Gerit Bertram
Die Tochter des Medicus

Gerit Bertram

Die Tochter
des Medicus

Roman

blanvalet

Verlagsgruppe Random House FSC® N001967
Das für dieses Buch verwendete
FSC®-zertifizierte Papier *Super Snowbright*
liefert Hellefoss AS, Hokksund, Norwegen.

1. Auflage
© der deutschsprachigen Ausgabe 2015
by Blanvalet Verlag, München,
in der Verlagsgruppe Random House GmbH
© Umschlaggestaltung: www.buerosued.de
© Umschlagmotiv: Arcangel Images/Stephen Mulcahey
Satz: Uhl+Massopust, Aalen
Druck und Bindung: GGP Media GmbH, Pößneck
Printed in Germany
ISBN 978-3-7645-0440-3

www.blanvalet-verlag.de

Dramatis Personae

2013, Trient und Regensburg

Gideon Morgenstern	Buchhändler
Paula Marek	Studentin
Gianna Sciutto	Gideons Freundin
Aaron Morgenstern	Gideons Großonkel
Natascha Morgenstern	Aarons Frau

1519, Regensburg und Frankfurt

Daniel Friedman	Regensburger Medicus
Alisah Friedman	seine Tochter
Sarah Friedman	Alisahs Schwester
Chaim Liebermann	Lehrer an der Talmudschule und Alisahs zukünftiger Mann
Meir Liebermann	Rabbiner und Chaims Vater
Jonathan Goldberg	Gemeindevorsitzender
Zvi Hirschkopf	Nachtwächter
Naomi Hirschkopf	seine Mutter
Schimeon Storch	Mazzotbäcker
Joseph Bundschuh	jüdischer Schankwirt
Lea Bundschuh	seine Frau
Samuel	ihr Sohn
Deborah und Elieser Strauß	seine Großeltern
Nathan Mendel	Hospitalverwalter
Lorenzo Neri	Theriakhändler

Isaak Weinlaub	Medicus
Christoph Bäuerlein	Bader
Hamman von Holzhausen	Frankfurter Patrizier
Justinian von Holzhausen	sein Sohn
Wilhelm Nesen	Magister und Rektor der Frankfurter Lateinschule

1

Trient, Norditalien, 2013

*C*iao, Mattia, bis morgen«, rief Gideon Morgenstern seinem Kollegen aus der Buchhaltung zu, mit dem er sich ein Büro teilte.

Gid war Controller bei *Libro del Desiderio*, einem renommierten Online-Buchhändler, der sich in der Via F. Petrarca unweit der Guardia di Finanza befand.

»*Ciao*, Gid. Richte der sagenhaften Gianna Grüße von mir aus. Du hast ein Glück, Mann, kaum zu fassen.«

Gideon zog seine Lederjacke über, schnallte sich den Rucksack auf den Rücken und griff nach dem Helm. Er erwiderte das Lächeln seines Kollegen und verließ das Gebäude. Warme Luft empfing ihn, und der leichte Wind trug den Duft der ersten Frühlingsblüten mit sich. Auf dem firmeneigenen Parkplatz an der Rückseite des Bürokomplexes startete er seine Vespa. Bis zu seiner Wohnung im ersten Stock eines Altstadthauses in der Via San Marco, direkt an der Piazzetta degli Agostiniani, waren es eigentlich nur wenige Minuten Fahrtzeit, doch wie immer in den Nachmittagsstunden kämpfte er sich durch den zähen Feierabendverkehr.

Dort angekommen, schloss Gid die Tür des rosé getünchten Hauses auf, in dessen Erdgeschoss sich eine hübsche Galerie befand, und ging zu seiner Wohnung hinauf. Auf der Fußmatte lag neben der Tageszeitung auch ein Brief. Er betrat die geräumige Wohnung und warf die Post auf den Küchentresen neben das Telefon. Der Anrufbeantworter blinkte.

»*Ciao, amore*«, erscholl die tiefe Stimme seiner Freundin Gianna. »Ich habe eine Überraschung für dich. Bis später.«

Gideon warf dem Gerät einen düsteren Blick zu. Wenn Gianna von Überraschungen redete, hatte sie bestimmt Karten für ein Rockkonzert ergattert. Er konnte Rockmusik nicht ausstehen.

Gid schlüpfte aus der Jacke, legte sie über den schwarzen Ledersessel und schob eine CD mit der Frühlingsinfonie von Schumann in die Anlage. Als die ersten Töne der Bläser das Wohnzimmer erfüllten, griff er nach dem Brief. Deutsche Briefmarke, Absender war ein gewisser Dr. Isachar Adler. Er öffnete das Kuvert, faltete das Schreiben auseinander und begann zu lesen.

Erst als seine Freundin das Wohnzimmer betrat, blickte er auf.

»Was ist denn los, Gid? Hast du mich nicht kommen gehört? Du siehst aus, als hätte dich der Schlag getroffen.«

»*Scusa*, Gianna.« Er zog sie an sich und küsste sie. »So früh habe ich nicht mit dir gerechnet.«

Sie nahm Platz und schlug die langen Beine übereinander. »Heute ist Montag, *amore*, schon vergessen? Da mache ich die Kanzlei schon am Mittag zu.« Die junge Anwältin zog einen Schmollmund. »So wichtig scheint dir unsere Verabredung ja nicht zu sein.«

»Unsinn. Offen gesagt bin ich gerade ein wenig verwirrt, weißt du? Ich habe einen Brief aus Regensburg bekommen, von einem Notar.«

»Aus Deutschland? Erzähl!«

Er ging in die Küche und bereitete ihnen einen Espresso zu, für Gianna mit einem Stück Würfelzucker, wie sie ihn mochte, und stellte die Tassen auf den Tisch. »Mein Großvater ist gestorben. Ich soll zur Testamentseröffnung erscheinen.«

»Wann?«

»Kommenden Freitag.«

»Aber da sind wir zur Dinnerparty bei meinen Eltern eingeladen. Ruf den Mann an und vereinbare einen anderen Termin. Mamma freut sich so sehr auf uns.«

»Ich dachte schon, du hättest Karten für ein…«

»…Konzert?«, ergänzte sie. »Ach, Gid, ich weiß doch, dass du Höllenqualen leidest inmitten tausender schreiender Fans und das Ganze nur mit Ohrstöpseln erträgst.«

Er schmunzelte und trank einen Schluck. »Ich kann wirklich nicht zu der Dinnerparty mitkommen. Die Testamentseröffnung ist wichtiger.«

»Das kann nicht dein Ernst sein. Was hast du mit deinem Großvater zu schaffen, dass der Notartermin nicht warten kann? Du hast seit vielen Jahren keinen Kontakt mehr zu deiner Familie. Was soll der alte Mann dir schon vermacht haben?«

Er stellte die Tasse geräuschvoll auf die Untertasse. »Stimmt, aber meine Großeltern haben mich nach dem Tod meiner Eltern bei sich aufgenommen und für mich gesorgt. Das werde ich ihnen nie vergessen. Außerdem… was ist so wichtig an dieser Party? Nein, ich werde nach Deutschland fahren und mir anhören, was der Notar mir mitzuteilen hat.«

»Gut, wie du meinst. Sieh zu, wie du das Mama beibringst.« Sie trank den Espresso aus, stand auf und glättete ihren eng anliegenden Rock. »Eigentlich wollte ich dich zum Essen einladen, aber mir ist der Appetit gerade gründlich vergangen. Wenn du wieder Zeit für mich erübrigen kannst, weißt du ja, wie du mich erreichst.«

Gianna ließ die Tür hinter sich zufallen. Er kannte sie, ihr aufbrausendes Temperament hatte er in den letzten zwei Jahren mehr als einmal zu spüren bekommen. Eigentlich war es etwas, das er durchaus an ihr mochte. Es konnte wie ein Unwetter über einen hereinbrechen, aber so schnell sie sich aufregte, so schnell beruhigte sie sich auch wieder. Schade, dachte er, statt mit ihr zu streiten, hätte er ihr lieber von den

Erinnerungen erzählt, die nach dem Lesen so machtvoll an die Oberfläche getreten waren, ja, ihn beinahe überrollt hatten. Die letzte Begegnung mit seinem Großvater lag über zehn Jahre zurück. Seine Oma hatte sich nach der Begrüßung in ihr Zimmer zurückgezogen, es gehe ihr nicht gut. »Immer diese Kopfschmerzen«, hatte sie mit einem gequälten Gesichtsausdruck gesagt und seine Wange gestreichelt.

Gid sah sich wieder in dem mit gediegenen Möbeln ausgestatteten Wohnzimmer sitzen. Die siebenarmige Menorah schmückte eine Eichenkommode, der Raum strahlte eine unauffällige Eleganz aus. Auf dem Tisch stand ein orientalisches Service, und das kräftige Aroma von Tee hing in der Luft. Die Gardinen vor der geöffneten Terrassentür bauschten sich leicht im Wind. Sein Großvater hatte ihm gegenüber in seinem Ohrensessel Platz genommen und musterte ihn, während er dem Älteren sein Anliegen vortrug. Wie immer trug der Mann, der die siebzig bereits überschritten hatte, eine dezente Krawatte. Sein Gesicht schien alterslos, und die aufrechte Gestalt ließ ihn um viele Jahre jünger wirken.

»Buchhalter willst du werden?«

»Für's Erste. Später möchte ich dann eine Ausbildung zum Controller machen.«

»Wieder so ein Anglizismus!« Ephraim Morgensterns Gesicht färbte sich unnatürlich rot. »Was ist das?«

Gideon erklärte es ihm.

»Du hast ein glänzendes Abitur, wieso studierst du nicht Medizin, wie es alle Männer in unserer Familie getan haben?«

Gideons Hände wurden feucht. Obwohl er sich gründlich auf dieses Gespräch vorbereitet hatte, traf ihn das Entsetzen seines Gegenübers mit voller Wucht. »Warum?« Er rang nach Worten. »Du weißt doch, Medizin hat mich noch nie interessiert. Was ist so schlimm an meinem Berufswunsch? Ist er etwa nicht anständig genug für unsere ehrenwerte Familie?«

»Moment mal, junger Mann. Was fällt dir ein, derart respektlos mit mir zu reden?«, entgegnete Ephraim Morgenstern scharf und beugte sich tiefer über den Tisch. Seine dunklen Augen hinter den Brillengläsern nahmen jenen intensiven Ausdruck an, den Gid von Kindesbeinen an fürchtete. »Meinst du nicht, du solltest mir etwas mehr Achtung zollen, mein Junge?«

Wie immer in solchen Situationen lag Gid eine Entschuldigung bereits auf den Lippen. Dieses Mal jedoch schwieg er beharrlich.

»Ich rate dir dringend, deine Entscheidung zu überdenken, Gideon. Kein Beruf wird dir je dieselbe Befriedigung schenken wie der des Arztes.«

Bei diesen Worten stieg Übelkeit in Gideon auf. »Das sagst du. Ich möchte meinen eigenen Weg gehen, was soll daran falsch sein?«

»Du trittst mit deinem Verhalten die Familie, alles, woran wir glauben, und unsere ganze Tradition mit Füßen.«

»Ich kann das Wort Tradition nicht mehr hören, Großvater!«, stieß Gideon hervor. Jahrelang hatte er nur innerlich rebelliert, und jetzt erschien es ihm so einfach. Die lange zurückgehaltenen Gedanken sprudelten nur so aus ihm heraus. »Meine Güte, Opa, wir leben im einundzwanzigsten Jahrhundert und nicht mehr im Mittelalter.«

Ephraim Morgensterns Miene wurde eisig. »Du hältst unsere Lebensweise also für antiquiert? Mit dir ist nicht zu reden. Wie du meinst. Du hattest schon immer einen Dickschädel. Pass nur auf, damit du das Andenken deiner Eltern nicht eines Tages noch beschmutzt.«

Gid war, als würde etwas in ihm zerbrechen. »Lass bitte meine Eltern aus dem Spiel. Sie haben leider genau wie du nie verstanden, was ich wirklich will.«

Mit diesen Worten hatte er sich abgewandt und das Haus verlassen.

Zugegebenermaßen hatte er sich damals in die Meinung geflüchtet, für seine jüdische Familie ohnehin nur das schwarze Schaf gewesen zu sein. Wie konnte ein junger Kerl von knapp zwanzig Jahren nur auf seinen eigenen Plänen beharren und den Morgensterns Schande bereiten? Seine Eltern waren 1988 bei einem Verkehrsunfall in den österreichischen Alpen ums Leben gekommen. Damals kaum sechs Jahre alt, hatte Gid wie durch ein Wunder keine lebensgefährlichen Verletzungen davongetragen.

Bis zum heutigen Tag konnte er sich an diese Schicksalsmomente nur schemenhaft erinnern. Dr. Ephraim Morgenstern und seine Frau Rahel, von dem Verlust des Sohnes schwer erschüttert, hatten es als ihre Pflicht angesehen, die Erziehung ihres Enkels selbst zu übernehmen. Sie hatten ihm ein Zimmer in ihrem Regensburger Haus eingerichtet. Ein anständiger und frommer Jude sollte er werden.

Wie schade, Großvaters Bemühungen sind gescheitert, überlegte Gid, zumindest was die Frömmigkeit anging. Anders als seine Großeltern und Eltern besuchte er die Synagoge so gut wie nie, er wusste nicht einmal, ob es eine größere jüdische Gemeinde in der Stadt gab.

Geräuschvoll stellte er die Espressotassen auf den Küchentresen. Auch heute noch lösten diese rebellischen Gedanken Trotz in ihm aus. Was letztlich auch der Grund war, warum er in den Jahren nach dieser Auseinandersetzung nie versucht hatte, mit Ephraim Morgenstern Kontakt aufzunehmen. Sein Großvater war viel zu engstirnig und stolz gewesen, um auch nur einen winzigen Schritt auf seinen Enkel zuzugehen. Daraufhin hatte sich Gid in seine Ausbildung gestürzt. Wann immer ihm während dieser Zeit Zweifel an seiner Entscheidung, sich von der Familie abzuwenden, gekommen waren, gab ihm der Trotz Kraft zum Weitermachen. Er wollte es ihnen allen zeigen, und das war ihm gelungen.

Mit Auszeichnung, lautete das Ergebnis der Prüfung, die er vor knapp sechs Jahren abgelegt hatte. Daraufhin hatte er

Deutschland den Rücken gekehrt und war zurück nach Italien gegangen. Ob es eine reine Flucht gewesen war oder ob er es getan hatte, weil er sein Geburtsland mit schönen Erinnerungen verband, wusste er bis heute nicht. So etwas wie ein Heimatgefühl – was für ein großes Wort – hatte er jedoch bisher nirgends empfunden. Vermutlich war es nur eine romantische Umschreibung für das Bedürfnis nach Bodenständigkeit.

Seine guten Abschlussnoten hatten es ihm ermöglicht, bei dem Online-Versender in Trient unterzukommen, der Zweigstellen in der Schweiz, Österreich und in Süddeutschland unterhielt. Auch eine nette Wohnung hatte er schnell gefunden. Inzwischen war er zum Controller aufgestiegen. Ihm gefiel es, mit Zahlen, Tabellen und Kalkulationen zu arbeiten. Als Kind hatte er sich oft ausgemalt, später mal einen Beruf zu ergreifen, der ihn glücklich macht, und natürlich musste dieser Beruf mit Büchern zu tun haben. Sie waren die einzige Leidenschaft, die ihn mit seinem Großvater verbunden hatte. Aber der Gedanke, noch dreißig Jahre oder länger mit Tabellen zu jonglieren, löste in letzter Zeit zunehmend Unbehagen in ihm aus.

Gianna hingegen war ehrgeizig und besaß seit zwei Jahren eine eigene Kanzlei. Ihr Vater war Abgeordneter des Landtages, ihre Mutter eine erfolgreiche Geschäftsfrau. Selbstverständlich unterstützten die gut situierten Eltern ihr einziges Kind, um es in den entsprechenden Kreisen zu etablieren. Giannas hervorragender Ruf als Anwältin versprach ihr eine rosige Zukunft.

Bis zum Abend hatte sich ihr Schmollen bestimmt verflüchtigt, er würde sie dann zum Essen bei Giovanni um die Ecke einladen. Kerzenschein, romantische Musik – er wusste, wie er sie besänftigen konnte. Grinsend kramte er sein Smartphone hervor, um sich die Route nach Regensburg herauszusuchen.

Das Paar saß in einem Separee im *Da Giovanni*, nur wenige Schritte von Gideons Wohnung entfernt. Der Schein der Kerzen auf dem silbernen Leuchter zwischen ihnen zauberte rötliche Lichtpunkte in Giannas glänzendes dunkelbraunes Haar. Im Hintergrund ertönte unaufdringliche Klaviermusik. Gianna hatte das Kostüm gegen eine lässige Leinenhose und eine tief ausgeschnittene Bluse getauscht. Über den Tisch hinweg tastete Gideon nach ihrer Hand.

Sie betrachtete ihn aus halb geschlossenen Lidern. »Hast du Mamma schon angerufen?«

»Klar. Sie hat Verständnis für meine Reise nach Regensburg gezeigt… und mir viel Erfolg gewünscht«, konnte er sich den Zusatz nicht verkneifen.

Gianna verzog das Gesicht. Sie schien noch immer nicht versöhnt zu sein mit der Aussicht, das kommende Wochenende allein verbringen zu müssen.

»Vielleicht erbst du ja einen Batzen Geld, und die Fahrt zahlt sich aus.«

Der Gedanke brachte ihn zum Lachen. »Das glaube ich kaum. In seiner Freizeit hat sich mein Großvater für die Jüdische Gemeinde engagiert. Ich garantiere dir, jeder Cent ist dort hingeflossen. Was ich übrigens immer bewundernswert fand.«

»Ja, sicher«, murmelte sie und vertiefte sich in die Speisekarte. Sie bestellte Stockfisch, Polenta und gebackene Kartoffeln, Gid nahm das mit Pinienkernen, Brot und Eiern gefüllte Hühnchen, dazu *mostarda di mandarini*, Mandarinensenf, und einen leichten Weißwein für sie beide.

Kurz darauf ließen sie ihre Gläser aneinanderklingen und lächelten sich über den Tisch hinweg an.

»Wann fährst du, *amore*?«

Er schnippte einen Fussel von seiner schwarzen Stoffhose. »Am Freitag, ganz früh, damit ich nicht in den Berufsverkehr komme. Der Notar erwartet mich gegen drei. Ich werde morgen einen Tag Urlaub einreichen.«

Sie trank einen Schluck Wein. »Dann lass uns den Abend noch genießen«, erwiderte sie mit einem tiefen Blick in seine Augen.

»Du bist also nicht mehr sauer?«

Gianna lehnte sich in ihrem Stuhl zurück. Plötzlich spürte er ihren Fuß an seiner Wade. »Das habe ich nicht gesagt, aber du kannst es in den nächsten Tagen wiedergutmachen.« Ihre Stimme hatte jenen rauen Ton angenommen, den er so hinreißend fand.

Gid wollte gerade etwas erwidern, als die Vorspeise gebracht wurde. Er wartete, bis der Kellner sich diskret zurückgezogen hatte, und nahm den Gesprächsfaden wieder auf. »Ich wüsste schon, wie ich es wiedergutmachen könnte.«

»Ach ja, und wie?« Sie stützte die Ellenbogen auf. »Da bin ich aber mal gespannt.«

Er schob sich eine Olive in den Mund. »Warum schließt du nicht am Freitag die Kanzlei und kommst mit? Ich suche uns ein gutes Hotel, und wir verbringen das Wochenende gemeinsam. Regensburg ist eine sehenswerte Stadt. Na, was meinst du?«

Gianna griff nach einer Peperoni. »Wie stellst du dir das vor, mein Lieber? Auch ich muss mich an Öffnungszeiten halten, außerdem habe ich am Freitag noch zwei Gerichtstermine.« Sie zog einen Schmollmund. »Schade, aber es geht wirklich nicht. Allerdings hätte ich da eine andere Idee.«

»Und die wäre?«

»Du verbringst die Nacht bei mir.«

Gid, der gerade im Begriff war, sich ein Stück Bruschetta mit Parmaschinken zu belegen, hielt in der Bewegung inne. Genüsslich ließ er den Blick über ihre reizvolle Gestalt schweifen. »Da könnte ich mir wirklich eine härtere Strafe vorstellen.«

2

Am Freitagmorgen griff Gideon nach seiner bereits am Vorabend gepackten Reisetasche und fuhr mit seinem alten knallroten Fiat los. Je näher er Regensburg kam, umso nervöser wurde er. Lange Zeit hatte seine Verdrängungstaktik funktioniert, doch nun, da er sich auf dem Weg zu Dr. Isachar Adler befand, blieb ihm nichts übrig, als sich mit seiner Familie auseinanderzusetzen. Genau genommen wusste er selbst nicht, warum er dem Notar nicht klargemacht hatte, dass er nichts mehr mit den Morgensterns zu tun haben wollte. Aber vielleicht war es der letzte Wunsch des über achtzigjährigen Ephraim Morgensterns gewesen, Frieden mit seinem Enkel zu schließen. Tat seinem Opa etwa sein damaliges Verhalten leid? Wenn ja, wäre Gideon mehr als froh, lange genug hatte ihn der alte Zwist belastet.

Er zwang seine Gedanken in eine andere Richtung und dachte an Gianna und ihre letzte gemeinsame Nacht zurück. Seine Freundin war eine raffinierte Geliebte, sie wusste genau, womit sie sein Begehren fast bis ins Unerträgliche steigern konnte. Obwohl er ihre Zärtlichkeiten genossen und alles getan hatte, um sie glücklich zu machen, war an jenem Abend etwas in ihm weit fortgedriftet. Fort von ihr und von dem luxuriösen Apartment mit Blick auf die Dolomiten, das sie etwas außerhalb von Trient bewohnte.

Es lag nicht an ihr, dass Gid diese Leere ab und zu in sich spürte. Er hatte gehofft, Giannas verführerischer Körper mit den üppigen Rundungen würde ihn von dem unbestimmten Gefühl in seinem Inneren ablenken. Stattdessen ging es ihm miserabler als zuvor, ohne dass er auch nur den Hauch einer Erklärung dafür finden konnte.

Gleich nach seiner Rückkehr würde er mit ihr reden, beschloss er und konzentrierte sich wieder auf die Straße.

Dr. Adlers Kanzlei befand sich in einem vornehmen Vorort von Regensburg. Der weiß gestrichene Bungalow, dessen Eingangsbereich zwei Kübel mit Buchsbäumen zierten, machte einen freundlichen Eindruck. Gideon hatte kaum den Klingelknopf betätigt, da ertönte auch schon der Summer. Eine junge Sekretärin im Kostüm geleitete ihn ins Besprechungszimmer des Notars. Ein sportlich aussehender Mittdreißiger mit Geheimratsecken im blonden Haar streckte ihm die Hand entgegen und wies auf einen bequemen Sessel.

»Nehmen Sie Platz, Herr Morgenstern. Nett, dass Sie es einrichten konnten«, sagte er auf Englisch, »ich hoffe, Sie hatten eine angenehme Reise?«

Ein siebenarmiger Leuchter mit weißen Kerzen stand auf der Fensterbank. Eine gerahmte Fotografie auf dem Schreibtisch des Notars zeigte eine hübsche Frau und zwei Kinder.

Gideons Blick kehrte zu seinem Gesprächspartner zurück.

»Danke, ja«, erwiderte er auf Deutsch.

Die Sekretärin brachte ein Tablett mit einer Porzellankanne, zwei Tassen und einer Schale mit Gebäck herein.

Während Dr. Adler die Teetassen füllte, sagte er: »Zunächst möchte ich Ihnen mein aufrichtiges Beileid zum Ableben Ihres Großvaters aussprechen. Er war ein großartiger Mann. Wir hatten im Verlauf der letzten Jahre des Öfteren miteinander zu tun. Gemeindeangelegenheiten, Sie verstehen.«

»Danke, Herr Doktor Adler, aber mein Großvater und ich standen uns nicht besonders nahe.« Gideon nippte an dem Tee und tat ein Stück Würfelzucker hinzu.

»Oh, das tut mir leid. Ich hatte eigentlich den Eindruck, dass Doktor Morgenstern Sie sehr geschätzt hat.«

»Der Eindruck täuscht«, erwiderte Gid trocken. »Wann und wie ist er gestorben? Können Sie mir etwas über seine letzten Jahre erzählen?«

»Selbstverständlich«, sagte der Notar und berichtete, dass Gids Großvater sich nie vollständig von einem vor zwei Jahren erlittenen Herzinfarkt erholt hatte und eines Abends über seiner Zeitung für immer friedlich eingeschlafen war.

»Ich danke Ihnen. Dann ist meinem Großvater ein langes Krankenlager erspart geblieben, das beruhigt mich. Aber lassen sie uns zum Anlass meines Besuchs kommen.«

»Die Testamentseröffnung, sehr gerne.«

»Ehrlich gesagt wüsste ich nicht, warum Ephraim Morgenstern mir etwas vererben sollte. Es kann sich nur um eine reine Formsache handeln«, sagte Gideon skeptisch. Der Tee schmeckte wunderbar nach Vanille und Zitronengras und gab ihm die Gelegenheit, seine Finger zu beschäftigen.

»Ich habe bereits alles vorbereitet, Herr Morgenstern, und werde Ihnen jetzt das von mir beglaubigte Testament verlesen, wenn es Ihnen recht ist.«

»Bitte sehr.« Obwohl Gids Stimme gelassen klang, kribbelte sein Inneres wie von Tausenden Ameisen.

Der Notar nahm eine Akte von dem Stapel auf seinem Tisch, setzte eine Lesebrille auf und begann mit sachlicher Stimme vorzulesen:

Testament vom Dienstag, den 09.02.2011. Ich, Ephraim Morgenstern, versichere ausdrücklich, im Vollbesitz meiner geistigen Kräfte zu sein und diesen Letzten Willen aus freien Stücken verfasst zu haben.

Beglaubigt und unterzeichnet von Dr. Isachar Adler, Notar, Regensburg, und dem Erblasser

Lieber Gideon,

wir haben uns viele Jahre nicht gesehen, und du fragst dich sicher, was ich mit diesem Testament bezwecke. Doch zunächst zu dir: Ich hoffe für dich, dass du deine Pläne verwirklichen konntest und inzwischen den Beruf ergriffen hast, um den du seinerzeit so unerbittlich gekämpft hast. Hat es sich letztlich gelohnt? Vor allem aber habe ich mir immer gewünscht, du mögest ein zufriedenes und erfülltes Leben führen. Mein Junge, ich glaube, wir waren uns wohl zu ähnlich und die Fronten zu verhärtet, um einen Weg des Friedens für uns zu finden. Dennoch sollst du wissen: Ich habe dich geliebt, wie ein alter, starrsinniger Mann seinen rebellischen Enkel nur lieben kann.

Kommen wir zu den Fakten: Da du mein jüngster lebender Verwandter bist und damit – auch wenn du es nicht glauben magst – derjenige, der meinem Herzen am nächsten steht, verfüge ich Folgendes:

Du sollst zu meinem Alleinerben eingesetzt werden. Mein Haus mit der vermieteten Praxis in der Regensburger Galgenbergstraße soll nach meinem Tod in deinen Besitz übergehen. Grundbuchein-träge sowie alle nötigen Formalitäten werden dir von Doktor Adler ausgehändigt. Du kannst mit dem Haus verfahren, wie du es für richtig hältst. Überdies habe ich eins meiner Sparkonten auf dich übertragen, das andere soll der Jüdischen Gemeinde zugutekom-men. Den aktuellen Kontostand sowie alle Details wirst du ebenfalls von Doktor Adler erfahren.

Solltest du das Erbe antreten wollen, stelle ich allerdings eine Bedingung. Sie ist unumstößlich und gilt bis zu deinem Lebens-ende. Herr Doktor Adler wird dich dazu ein gesondertes Schreiben unterzeichnen lassen. Erst dann wird die Erblassung rechtskräftig.

Der Notar hielt inne.

Ein heiseres Lachen stieg in Gid auf. Klar, selbst im Tod lässt mich Großvater den erhobenen Zeigefinger spüren, durchzuckte es ihn. »Hören Sie, Herr Doktor Adler, nichts für ungut«, erklärte er fest. »Ich bin kein dummer Junge mehr, dem man mit einem Rohrstock droht, wenn er nicht gehorcht. Glauben Sie mir, ich bin auf das Erbe des werten Doktor Morgenstern nicht angewiesen. Bis heute bin ich gut ohne seine Gunst klargekommen und kann auf seine Bedingungen gut verzichten. Wenn Sie mich bitte entschuldigen würden, ich habe eine weite Fahrt vor mir und möchte jetzt aufbrechen.«

Gideon stand ruckartig auf, als der Notar ihn mit einer Handbewegung bat, sich wieder zu setzen.

»Aber Herr Morgenstern, kein Grund zur Aufregung.« Die Miene seines Gegenübers verzog sich zu einem gutmütigen Lächeln. »Vielleicht hören Sie sich erst einmal an, was Ihr Großvater Ihnen mitzuteilen hat? Ich bin sicher, es wird nicht halb so schlimm werden, wie Sie vermuten.«

Gid wollte zu einer scharfen Antwort ansetzen, hielt sich aber zurück. Was wusste dieser Mann schon von seiner Familie? Mit einem Seufzen nahm er abermals Platz. »Na schön. Fahren Sie fort, Doktor Adler.«

»Vielen Dank.« Der Notar räusperte sich, rückte seine Brille zurecht und blätterte eine Seite um. Mit gesetzter Stimme las er weiter.

Ich erwarte von dir, dass du den Koffer, der dir bei Annahme des Erbes übergeben wird, sicher bei dir zu Hause verwahrst. Solange du lebst, darfst du ihn und den Inhalt weder in fremde Hände geben noch vernichten oder dich seiner anderweitig entledigen.
Im Falle deines Einverständnisses bitte ich dich, dies zunächst mit deiner Unterschrift zu bestätigen.

»Einen Koffer?«, unterbrach Gid sein Gegenüber. »Ich verstehe nicht ganz.«

»So hat Herr Doktor Morgenstern es verfügt«, erwiderte der Notar ungerührt und griff nach einem weiteren Schreiben, um es Gideon zusammen mit einem Kugelschreiber zu reichen. »Wenn Sie bitte hier unterzeichnen würden?«

Mit gerunzelter Stirn blickte Gid auf das Dokument mit der markanten Unterschrift seines Großvaters. Ein Koffer. Der alte Herr hatte nie etwas getan, ohne damit etwas zu bezwecken. Diesmal allerdings schien ihn irgendein sentimentales Gefühl angetrieben zu haben. Wie sonst war diese seltsame Klausel zu verstehen? Nach einem Moment des Zögerns ergriff Gideon den Kugelschreiber, überflog die Zeilen und setzte seine Unterschrift unter die seines Großvaters.

»Ich bedanke mich, Herr Morgenstern«, sagte Dr. Adler.

Er rief die Sekretärin herein und bat sie, den betreffenden Gegenstand zu holen. Kurze Zeit später stand ein großer schwarzer Lederkoffer vor dem Schreibtisch des Notars, und dieser las weiter:

Mein lieber Junge,
halt mich ruhig für einen hoffnungslos sentimentalen Esel, aber
dieser Alltagsgegenstand ist überaus wichtig für mich. Ich habe
ihn vor vielen Jahren den »Koffer wider das Vergessen« genannt.
Genau das symbolisiert er, denn mit seinem Inhalt legt unsere
Familie seit Jahrhunderten Zeugnis über unser Leben, unser
Wirken und unsere Traditionen ab. Nicht nur in Zeiten der Not
waren uns die Vermächtnisse unserer Vorfahren Trost und Halt
zugleich.
Der Koffer enthält das Kostbarste, das ich besitze. Bitte bewahre
ihn an einem sicheren und trockenen Ort auf und behandle ihn
mit der Achtung, die er verdient.
Eins noch: Lege beizeiten selbst Zeugnis über dich ab, indem du
etwas, das dir viel bedeutet, für deine eigenen Nachfahren in den
Koffer legst.
Möge der Ewige dich segnen.
Dein Großvater

Dr. Adler legte das Testament beiseite. »Das war's, Herr Morgenstern.« Nachdem Gid nichts erwiderte, betrachtete er seinen Klienten. »Gehe ich recht in der Annahme, dass Sie das Erbe ihres verehrten Großvaters antreten?«

»Ich habe doch schon unterschrieben, oder?«

Der Notar nickte.

Gideon blickte aus dem Flügelfenster. Seine Bar-Mizwa-Feier blitzte in seinen Erinnerungen auf. Allein Großvaters Bruder und dessen Frau Mavah, die ihm immer heimlich Bonbons zugesteckt hatte, waren ihm im Gedächtnis geblieben. Die beiden hatten sich aus den späteren Streitigkeiten herausgehalten, doch nachdem Gid mit der Familie gebrochen hatte, war auch dieser Kontakt eingeschlafen.

»Mein Großvater hatte einen Bruder, Aaron Morgenstern. Vermutlich lebt er nicht mehr, oder?«

»Oh doch, Doktor Morgenstern lebt in Straubing. Zwar wurde er in dem Testament nicht bedacht, hat aber ebenfalls ein persönliches Schreiben bekommen. Ihr Großvater hatte sich eine Beisetzung in aller Stille gewünscht, nur in Anwesenheit der Gemeindemitglieder.«

»Ach so.« Gid kniff die Augen zusammen, während er das Erbstück begutachtete.

Also gut, er besaß nun einen Koffer mit… ja, womit eigentlich? Der Inhalt sollte das Kostbarste gewesen sein, was der alte Mann besessen hatte? Seltsam. Es war ein gewöhnlicher Lederkoffer mit leichten Gebrauchsspuren, bestimmt älter als dreißig Jahre und gesichert durch ein Ziffernschloss. Wie hatte sein Großvater es noch mal formuliert? *Mit seinem Inhalt legt unsere Familie Zeugnis über unser Leben, unser Wirken und unsere Traditionen ab.* Die interessierten ihn allerdings nicht im Geringsten.

»Kommen wir also zum bürokratischen Teil. Wenn Sie bitte hier und hier und auch auf der letzten Seite unterzeichnen würden?«, sagte der Notar und riss Gideon aus seinen Gedanken.

Ein letztes Mal sah er auf die Papiere. Längst vergessen geglaubte Erinnerungen schossen ihm durch den Sinn. Das alte Haus im Ostteil der Stadt. Die Terrasse, auf der er früher so gern gespielt hatte. Die Modelleisenbahn in dem Kinderzimmer, das Großmutter Rahel für ihn unter dem Dach eingerichtet hatte. Die Thora auf seinem Nachtschrank und die unzähligen Nächte, in denen er in die Kissen schluchzte, bis er endlich eingeschlafen war. Dann der Rosengarten. Ob er noch existierte? Hatte seine Mutter dem Großvater nicht irgendwann einen dieser englischen Rosenstöcke geschenkt? Gid war damals höchstens vier gewesen. Großvaters Haus hatte immer nach Pfeifentabak und alten Büchern gerochen.

Jetzt gehörte es also ihm. Welch eigenartiger Gedanke.

»Meinen Glückwunsch, Herr Morgenstern.« Wieder holte ihn Dr. Adler in die Wirklichkeit zurück. »Wissen Sie schon, wie Sie mit dem Haus weiter verfahren? Werden Sie es selbst bewohnen oder vermieten?«

»Ich denke nicht«, erwiderte Gid. »Wahrscheinlich werde ich es verkaufen.«

»Ganz wie Sie wünschen«, antwortete der Notar und rief nach der Sekretärin.

Gideon erhielt die Papiere für das Haus, Großvaters Schlüsselbund und das Sparbuch mit einem Guthaben von etwas mehr als zehntausend Euro. Die beiden Männer verabschiedeten sich, und nachdem Gid den Koffer auf den Rücksitz seines Fiats gelegt hatte, machte er sich auf den Weg ins Hotel.

In seinem Zimmer, das einen hübschen Blick auf den Stadtpark bot, stellte er als Erstes den Koffer in den Kleiderschrank und warf die Tür zu.

Was hatte sein Großvater sich nur dabei gedacht, ihm dieses unhandliche, schwere Ding zu hinterlassen? Zumal der alte Herr gewusst haben musste, was er davon hielt, alte, unnütze Sachen aufzubewahren.

Gid griff nach seinem Rucksack und kramte seine Tagebücher sowie den Füllfederhalter hervor. Wie gut, dass er im letzten Moment noch daran gedacht hatte, seine Schreibsachen mitzunehmen. Er kannte niemanden, der wie er seit seinem dreizehnten Lebensjahr Tagebuch schrieb – etwas, das er seiner Großmutter Rahel zu verdanken hatte. Sie hatte ihm damals zu seiner Bar-Mizwa-Feier das erste Exemplar geschenkt und ihm erklärt, er könne ihm alle Geheimnisse und Gedanken anvertrauen. Niemand würde seine Zeilen je lesen, da es durch ein kleines Schloss gesichert war.

Ob seine Großmutter geahnt hatte, wie dringend er sein Tagebuch bereits an jenem Tag benötigte? Gideon erinnerte sich lebhaft daran, wie falsch er sich in dem langen Umhang und mit der Kippa auf dem Kopf gefühlt hatte, während er zum ersten Mal aus der Thora las. Endlich war er in der Lage, all das auszudrücken, was er sich nicht traute auszusprechen. Seitdem war es Gid zur Gewohnheit geworden, Tagebuch zu führen.

Jahre später hatte er seine Einträge um kleine Geschichten ergänzt, in denen er seine Ängste und Nöte mithilfe fiktiver Figuren verarbeitete. Sie handelten von gefährlichen Abenteuern und mutigen Protagonisten, von Träumen und einer Welt, in der jeder so sein durfte, wie er war.

Gideon entfernte die Kappe des Füllfederhalters und schrieb in seiner klaren geschwungenen Schrift die Erlebnisse der letzten Tage nieder, bis ihm die Augen zufielen.

Am nächsten Morgen beschloss er spontan, sich in Großvaters Haus umzusehen, bevor er sich auf den Heimweg machte. Es war ein seltsames Gefühl, fremd und dennoch vertraut, durch die Straßen des Viertels zu fahren, das er seit seiner Kindheit kannte. Eine Mischung aus stiller Freude und Beklemmung ergriff ihn, als das Haus vor ihm auftauchte. Warum waren Opa und er nur so stur gewesen, statt aufeinander zuzugehen? Jetzt war es zu spät, sie konnten sich nicht mehr aussöhnen. Bei dem Gedanken verspürte Gid einen stechenden Schmerz.

Kaum fünfzig Meter entfernt befand sich der von alten Kastanienbäumen gesäumte *Kneitinger Keller* mit dem Biergarten, in dem sich Ephraim Morgenstern manchmal mit Kollegen oder Gemeindemitgliedern getroffen hatte. Als Gid vor seinem geerbten Haus stand und die Tür öffnete, schlug ihm der Geruch von Staub und abgestandener Luft entgegen. Mit langen Schritten durchquerte er das mit Eichenholzmöbeln und Bücherregalen eingerichtete Wohnzimmer und öffnete die Terrassentür weit. Dann drehte er sich um und ließ die Atmosphäre auf sich wirken. Der alte Herr hatte seit damals kaum etwas verändert. Auf dem Tisch lag die von Oma Rahel geklöppelte Decke, darauf Opas Aschenbecher mit der Pfeife und dem Tabakdöschen, seine Brille und ein Stapel Post. Daneben ein Zettel mit einer Telefonnummer: »Haushälterin Ludmilla Stöfel«, las er. Er steckte ihn in die Hosentasche und erinnerte sich, dass sein Großvater Zeitschriften und Werke berühmter Poeten gesammelt hatte. Doch schien eine weitere Sammelleidenschaft hinzugekommen zu sein: Pfeifen, wohin er blickte, sicher mehr als zweihundert Stück.

Mit gerunzelter Stirn betrachtete Gideon die Wände, den abgenutzten Teppichboden im Arbeitszimmer und die vergilbten Türen. Der Parkettboden im Wohnzimmer und Flur musste dringend abgeschliffen werden. Gid pustete sich Luft zu. Wenn er dieses Haus zu einem anständigen Preis verkaufen wollte, musste er es erst renovieren lassen. Sein Großvater hatte früher viel Wert darauf gelegt, es instand zu halten, was seine Krankheit womöglich nicht mehr zugelassen hatte. Warst du zu schwach, um Handwerker im Haus zu ertragen?, fragte er sich im Stillen.

Nachdenklich blickte er sich ein letztes Mal um und verließ das Haus.

3

Im Telefonbuch fand Gid die Adresse eines Handwerksmeisters in der Nähe des Hotels und suchte diesen noch am selben Nachmittag auf. Die beiden Männer wurden sich rasch einig, am kommenden Samstag wollte er den Mann durch das Haus führen und alles Notwendige mit ihm besprechen. Er fuhr zur Bank, holte das Sparbuch ab und kehrte danach in einem Gasthof ein. Während er auf sein Essen wartete, fiel ihm der Zettel wieder ein, und er kramte ihn aus der Hosentasche. Kurzentschlossen wählte er die Nummer und konnte zum Glück gleich bei der Haushälterin vorbeikommen, die in der Nachbarschaft wohnte.

Frau Stöfel freute sich sehr über sein Vertrauen und das Angebot, für ihn in dem Haus nach dem Rechten zu sehen. Die beiden besprachen das Finanzielle, und als er in seinen Wagen stieg, um die Heimreise anzutreten, war es früher Nachmittag. Gid fand, er konnte zufrieden mit sich sein. Wenn er sparsam war, reichte Großvaters Geld sogar für die Renovierung.

Am Brenner sank Gideons Laune auf einen Tiefpunkt, da sich der Verkehr wegen eines Unfalls auf mehreren Kilometern staute. Bis er endlich Trient erreichte, war es weit nach Mitternacht, und in Gideons Kopf dröhnte es wie Hammerschläge. Ächzend schleppte er den schwarzen Koffer und sein restliches Gepäck in sein Apartment. Er würde das alte Ding irgendwo deponieren und sich später ansehen, was es enthielt.

Als Gideon am nächsten Morgen die Augen aufschlug, war es bereits Viertel nach elf. Da er nichts vorhatte, drehte er sich noch mal um und schloss die Lider. Abermals zogen die Ereignisse des gestrigen Tages an ihm vorbei. Ein eigentümliches Gefühl beschlich ihn, wenn er an das Regensburger Haus dachte. Jedes Möbelstück, jedes Foto, ja, selbst der allgegenwärtige Geruch der alten Bücher schien Vergangenheit zu atmen. Heilfroh würde er sein, wenn der alte Krempel endlich verschwand.

Mit dem Handwerksmeister hatte er vereinbart, dass der Hausrat in der Garage gelagert wurde, bis er die Zeit fand, ihn zu entsorgen. Die Möbel sollte eine karitative Einrichtung abholen.

Eine Stunde später schälte sich Gideon mühsam aus dem Bett und duschte heiß, was seine Lebensgeister weckte und den Schmerz in seinem Kopf linderte. Gerade trocknete er sich das Gesicht ab, als das Telefon klingelte. Er schlüpfte in seinen Bademantel und eilte ins Wohnzimmer.

»*Amore*, du bist schon zurück?«, erklang Giannas leise Stimme. »Warum hast du mich nicht angerufen?«

Mist, daran hatte er überhaupt nicht gedacht. »Entschuldige, ich war erst nach Mitternacht zu Hause.«

Sie verabredeten sich für den kommenden Abend. Gianna wollte Pasta kochen, und Gid sollte ihr haarklein berichten, was er erlebt hatte. Ob Gianna gefiel, was er für die nächste Zeit plante, blieb abzuwarten.

Nach einem ausgiebigen Frühstück entschied er, dass er nicht so lange warten wollte. Im Blumengeschäft um die Ecke ließ er einen Strauß weiße Rosen binden, Giannas Lieblingsblumen, und fuhr zu ihr. Warum sie nicht jetzt schon überraschen? Er war das Grübeln leid, außerdem hatte er etwas gutzumachen.

Gianna wohnte im Obergeschoss einer aufwendig restaurierten, im toskanischen Stil erbauten Villa aus dem vorigen Jahrhundert. Von ihrem Balkon aus hatte sie einen bezaubernden Blick auf die Berge. Aber die Fassade des Hauses täuschte, denn die Innenausstattung war hochmodern. Im Fahrstuhl gab er den Code ein, der ihn direkt vor ihre Wohnungstür brachte. Er besaß einen Schlüssel und schloss auf, ohne zu klingeln. Im Flur empfingen ihn Stimmengewirr und Gelächter. Gid zögerte, doch just als er auf dem Absatz kehrtmachen wollte, kam Gianna mit wehenden Haaren um die Ecke. Dunkelrote Seide schmiegte sich eng um ihre verführerischen Rundungen.

»Gid!« In ihre Augen trat ein Strahlen. »Wie schön! Sind die für mich? Du bist süß!« Sie vergrub ihr Gesicht in der weißen Blütenpracht.

»Ich dachte, ich komm kurz vorbei und überrasche dich. Aber du hast Besuch, da gehe ich wohl besser wieder.«

Er wollte sich schon umwenden, da schlang sie lachend die Arme um seinen Hals und küsste ihn.

»Nichts da, du willst doch wohl nicht kneifen? Es sind bloß Marta und Alice.«

»Sei mir nicht böse, aber ich habe überhaupt keine …«

»Keine Widerrede.« Sie zog ihn mit sich durch den mit Granit gefliesten Flur in den mit weißen Möbeln und vielen weiblichen Accessoires ausgestatteten Wohnraum.

Giannas Freundinnen erhoben sich von der Couch und kamen ihm lächelnd entgegen. Widerwillig ließ er die Wangenküsse über sich ergehen und wischte sich so unauffällig wie möglich den Lippenstift aus dem Gesicht.

»Schön, dich zu sehen, Gideon!«, säuselte Alice und betrachtete ihn aus etwas zu auffällig geschminkten blauen Augen. »Du siehst ja furchtbar aus! Ist Gianna etwa nicht gut zu dir?«

Die beiden Frauen kicherten. Gid wollte protestieren, aber Gianna zwinkerte ihm zu. »Hör nicht auf sie, *amore*. Sie sind nur neidisch auf mich.«

Gid wurde auf die Couch gedrückt, und eine der Frauen reichte ihm ein Glas Prosecco. Ein starker Espresso wäre ihm lieber gewesen. Während er in dumpfes Schweigen verfiel, unterhielten sich die Freundinnen angeregt. Keine halbe Stunde verging, und der Kopfschmerz vom vergangenen Abend setzte wieder ein. Das Glas Prosecco nahezu unberührt in den Händen, sah er auf seine Armbanduhr.

Alice und Marta blieb seine schlechte Laune nicht verborgen, und sie verabschiedeten sich bald darauf wortreich. Wie betäubt nahm er einen Schluck aus dem Glas, als Gianna das Wohnzimmer betrat und sich neben ihn setzte.

»Ein bisschen freundlicher hättest du ruhig sein können. Immerhin sind die beiden meine besten Freundinnen.«

»Wieso?«, konterte er. »Du kannst mir nicht vorwerfen, dass ich mich nicht an euren Gesprächen beteilige, oder?«

»Und ob! Ist es wirklich nötig, ihnen zu zeigen, wie sehr sie dich langweilen? Immerhin bist du hier einfach hereingeplatzt.«

Gideon stellte das Glas hart auf den Tisch. »Richtig, das hätte ich ja beinahe vergessen! Ich wollte dich überraschen und Zeit mit dir verbringen.«

Sie betrachtete ihn aus halb gesenkten Lidern. »Lass uns nicht wegen Lappalien streiten, *amore*. Erzähl mir lieber, was mit dir los ist. Wieso bist du so gereizt?«

Sie schmiegte den Kopf an seine Brust, und er begann, ihr von seinem Kurzbesuch in Regensburg zu berichten.

»Der Patriarch hat dir sein Haus vermacht? Wer hätte das gedacht?« Sie trat in die offene Küche und stellte kurze Zeit später zwei dampfende Espressotassen vor ihnen ab. »Du warst sicher mehr als erstaunt, oder?«

Gideon nahm die Tasse dankbar entgegen. »Stimmt. Außerdem musste ich eine ziemlich komische Klausel unterschreiben.«

Als Gianna von dem Lederkoffer und den damit verbunde-

29

nen Bedingungen hörte, stieß sie einen leisen Pfiff aus. »Sentimental war dein Großvater also auch noch.«

»Sieht ganz so aus.« Er legte ihr einen Arm um die Schulter und küsste sie. »Ich stelle den Koffer in irgendeine Ecke, lasse das Haus renovieren und verkaufe es dann.«

»Ist er eigentlich schwer?«, fragte sie mit dem Gesichtsausdruck eines kleinen Mädchens, das aufs Christkind wartet.

»Allerdings. Wer weiß, was mein Opa darin aufbewahrt hat.«

»Sag nur, du hast ihn noch nicht geöffnet.«

»Nein, wieso?«

»Unfassbar!« Sie warf den Kopf zurück und lachte. »Das sieht dir ähnlich, Gid! Ich hätte das alte Ding längst aufgesperrt. Immerhin könnte es wertvolle Antiquitäten enthalten. Du wärst ein reicher Mann …« Ihre Stimme wurde einschmeichelnd, als sie anfing, an seinem Ohrläppchen zu knabbern. »Du könntest mich heiraten und eine große Familie mit mir gründen.« Sie gluckste, ihre Lippen suchten seine.

Gid rückte von ihr ab. »Sicher«, entgegnete er lakonisch, »dann wäre ich endlich standesgemäß, nicht wahr?«

Gianna rollte mit den Augen. »Meine Güte, wo bleibt nur dein Humor? Aber mal im Ernst – hast du eine Ahnung, was in dem Koffer sein könnte?«

»Briefe, Urkunden und Fotos, nehme ich an. Aber wenn es dich beruhigt, ich werde das Ding schon noch öffnen. Bisher bin ich einfach nicht dazu gekommen!«

»Manchmal verstehe ich dich nicht, Gid.« Sie ging in die Küche und begann, das Gemüse fürs Abendessen zu putzen.

Er folgte ihr. »Übrigens fahre ich kommendes Wochenende wieder nach Regensburg. Ich treffe mich mit einem Handwerker, um die Renovierung zu besprechen.«

Gianna legte das Messer aus der Hand, mit dem sie Zucchini und Auberginen klein geschnitten hatte. »Wann?«

»Am Samstag. Sonntagmittag fahre ich zurück. Hast du Lust mitzukommen?«

»Ich weiß noch nicht«, erklärte sie ausweichend und gab das Gemüse in eine Glasschale. »Aber du fährst jetzt hoffentlich nicht jedes Wochenende nach Deutschland, oder?«

Gid trat zu ihr, umfasste ihre Hüften und küsste die weiche Stelle an ihrem Nacken. »Ich muss die Renovierungsarbeiten überwachen, Gianna.«

Abrupt drehte sie sich um. »Dafür stellt man zuverlässiges Personal ein, *amore*!«

Er betrachtete sie lange und ruhig. »Bei euch vielleicht. Schon vergessen? Ich komme nicht wie du aus einer betuchten Familie, die für alles und jedes Hilfskräfte einstellt. Ich möchte selbst regelmäßig nach dem Rechten sehen. Spar dir also bitte den besserwisserischen Ton.«

Sie stieß ihn von sich. »Du willst streiten? Na gut, mein Lieber, das kannst du haben!«

»Stimmt es etwa nicht, Gianna? Deine Eltern haben einen Koch, eine Zugehfrau, einen Gärtner und was weiß ich nicht noch alles. Sicherlich würden sie auch in diesem Fall nicht zögern und …«

Ihr attraktives, fein gezeichnetes Gesicht rötete sich vor Zorn. »Halt endlich den Mund, Gideon Morgenstern. Willst du mir im Ernst vorwerfen, dass ich aus einem guten Haus komme? Habe ich mich je umgekehrt darüber ausgelassen?«

»Nein, hast du nicht. Das erledigen schon deine Eltern.«

»Deine Laune ist unerträglich. Bist du hergekommen, um meine Familie zu beleidigen?«

Wie sie so vor ihm stand mit entrüsteter Miene, geröteten Wangen und weit aufgerissenen Augen, erinnerte sie Gideon an eine Medusa, allerdings an eine sehr verführerische.

»Wenn du meinst, die Renovierungsarbeiten selbst überwachen zu müssen, dann tu es. Aber beim nächsten Mal rufst du an, bevor du in meine Wohnung rauschst und miese Stimmung verbreitest.«

Er zog sie in die Arme. »Du hat recht, Gianna, es tut mir

leid. Weißt du, ich hatte gehofft, ungestört mit dir reden zu können. Die Sache mit meinem Großvater beschäftigt mich mehr, als ich dachte, und wühlt Vergangenes wieder auf.«

Ihre Züge wurden weicher. »Das kann ich mir gut vorstellen. Entschuldigung angenommen.« Ihre Augen senkten sich in seine, während sie sich aus der Umarmung löste und im nächsten Atemzug mit einer geschickten Bewegung den Reißverschluss ihres Seidenkleides öffnete. Geräuschlos glitt es zu Boden, und Gideon starrte fassungslos auf ihre nur von einem Hauch von Nichts bedeckte Nacktheit.

»Meinst du, mir gelingt es, dich auf andere Gedanken zu bringen, *amore*?«, flüsterte sie dicht an seinem Ohr.

Er antwortete, indem er an dem Verschluss ihres Büstenhalters nestelte und sich bereitwillig ihrer Führung überließ.

4

Gideon trommelte mit den Fingerspitzen auf der Schreibtischplatte, während er eine digitale Kalkulation der Einkäufe für die nächsten Monate überprüfte. Starr blickte er auf den Monitor seines Computers. An konzentriertes, effektives Arbeiten war an diesem Tag kaum zu denken. Sein Chef Andrea Rozzo führte seit acht Uhr morgens Gespräche mit den Mitarbeitern. Die halbjährlichen Leistungsbeurteilungen standen an, und auf Basis dieser Gespräche entschied er über Beförderungen und Entlassungen. Die Spannung im Büro von Mattia und Gideon schien mit Händen greifbar, zumal Bruno Orsetti inzwischen länger als dreißig Minuten in Rozzos Büro saß.

Gideon und Mattia sahen einander vielsagend an. Beide hatten sie hart an ihrer Karriere gearbeitet. Der Kollege mit dem schmalen Haarkranz und dem Kinnbart zog eine Grimasse. Mattia war verheiratet und hatte mit seiner Frau Alessandra zwei Kinder. Mühsam richtete Gid den Blick auf den PC, rechnete und schwitzte, denn die Mittagssonne schien ihm durch das große Fenster mitten auf den Rücken.

Da öffnete sich die Tür des Vorgesetzten, und der junge Kollege verließ mit einem Lächeln auf den Lippen das Büro. Gideon bemerkte, wie die Sekretärin in die kleine Küche ging und sich dort zu schaffen machte, um die Wünsche des Chefs nach einem Espresso und Gebäck zu erfüllen.

»Hab ich dir schon mal gesagt, wie satt ich das Getue von Rozzo habe, Mattia? Der spielt sich auf wie der König von … ach, was weiß ich!«

»Er *ist* der König, Gid, und hat leider jedes Recht dazu.«
Der Kollege drehte einen Bleistift in der Hand. »Was macht
eigentlich die schöne Gianna?«

»Alles wunderbar«, brummte er.

Gid wusste, dass Mattia ihn um seine Freundin beneidete.
Dabei fragte er sich oft, warum, immerhin war der Kollege mit
einer fröhlichen, liebevollen Frau verheiratet. Seine Gedanken wanderten zu Gianna. In der vergangenen Woche hatte
sie ihm mehrmals mit kleinen Andeutungen zu verstehen
gegeben, dass es nach über zwei Jahren Beziehung allmählich
Zeit wurde zu heiraten. Ihre biologische Uhr ticke, und sie
müssten an die Zukunft denken. Bisher war es Gid gelungen,
das Thema abzuwenden. Davon abgesehen konnte er sich
Gianna irgendwie nicht als Mutter vorstellen. Er schielte zu
der sich eben öffnenden Bürotür seines Vorgesetzten hinüber.

»Kommen Sie rein, Signor Morgenstern.« Rozzos rundes
Gesicht mit der leicht himmelwärts gerichteten Nase verzog
sich zu einem dünnen Lächeln.

Gid betrat das Reich seines Chefs.

Dieser wies auf einen Stuhl vor dem mit zahlreichen Papieren bedeckten Schreibtisch. »Wie geht es Ihnen?«

Gid schlug die Beine übereinander. »Ich kann nicht klagen,
danke.«

»Schön.« Rozzo zog eine Zigarette aus einer halb leeren
Schachtel und ließ das vergoldete Feuerzeug aufschnappen.
»Sie rauchen nicht, oder?«

»Danke, nein.«

Der Vorgesetzte hielt die Flamme an das Zigarettenende
und inhalierte tief. »Lassen Sie es uns kurz machen. Zu Ihrer
Leistung: Sie sind pünktlich, was ich als Selbstverständlich-
keit betrachte, arbeiten sorgfältig und sind teamfähig. Ihre
Arbeitsweise hat sich im Vergleich zum letzten halben Jahr
nicht verschlechtert.«

Gideon hatte zwar nichts anderes erwartet, dennoch atmete er unmerklich auf.

»Bevor Sie mich jetzt nach einer Gehaltserhöhung fragen«, fuhr Rozzo fort, »muss ich Ihnen leider mitteilen, dass daraus in absehbarer Zeit nichts wird.«

Gid nickte. Auch dieser Umstand überraschte ihn nicht.

»Gut. *Eine* Neuerung wird es geben. Ich habe mich dazu entschlossen, Bruno Orsetti zum stellvertretenden Geschäftsführer zu ernennen.«

Gideon musste sich zusammenreißen, um nicht nach Luft zu schnappen. Ausgerechnet Orsetti!

»Ihr Kollege zeigt großes Engagement für die Firma und hat Führungsqualitäten bewiesen. Deshalb kann ich mir niemand anderen in dieser Position vorstellen.« Sein Vorgesetzter drückte die Zigarette in dem Aschenbecher aus. »Das wär's. Sagen Sie bitte Mattia, er möchte in zwei Minuten zu mir kommen.«

Gid verließ den Raum und ging zurück in sein Büro.

Mattia hob den Kopf, als er hereinkam. »Na, gibt's eine Gehaltserhöhung?«

»Vergiss es«, erwiderte Gid. »Du bist der Nächste. Mach dich auf eine Überraschung gefasst.«

Am Abend traf Gideon vor seiner Haustür auf Gianna, die ihn mit einem fröhlichen *Ciao* begrüßte. Im nächsten Moment betrachtete sie ihn von oben bis unten.

»Du hast am helllichten Tag getrunken?«

»Nur zwei Cognac«, murmelte er, ohne auf ihren zum Kuss gespitzten Mund einzugehen. »Ich war noch mit Mattia … Ob du's glaubst oder nicht, es gibt Tage, da brauchen Männer einen Schnaps.«

»Aha«, kommentierte sie lakonisch. »Darf ich nun mit rein oder nicht?«

Gid ließ ihr wortlos den Vortritt, und sie stiegen gemeinsam die Treppe hoch. Sein Rucksack flog in eine Ecke, er trat mit unsicheren Schritten ins Wohnzimmer und ließ sich in den Ledersessel sinken. In knappen Worten berichtete er ihr von dem Gespräch mit seinem Chef.

»Orsetti? Ist der nicht höchstens Mitte zwanzig?«, fragte sie überrascht nach.

»Vierundzwanzig«, erwiderte Gid finster. »Wir sollen uns ein Beispiel an seinem Engagement für die Firma nehmen. An diesem Lackaffen!«

»Nun reg dich nicht so auf, *amore*«, entgegnete Gianna kopfschüttelnd.

Doch eben diese Geste war es, die ihn vollständig aus der Fassung brachte.

»Leicht gesagt, Gianna! Schon vergessen, wie viele Fortbildungen ich besucht habe, weil Rozzo im letzten Jahr angedeutet hat, mich fördern zu wollen?«

Sie hob eine Braue. »Tatsächlich, Gid? Hast du wirklich alles getan, um deine Karriere voranzutreiben? Mattia und du seid doch zwei Jahre länger im Betrieb als Orsetti, oder nicht?«

»Drei.«

»Wenn er nach so kurzer Zeit schon sein Potenzial unter Beweis gestellt hat, muss er ziemlich hart gearbeitet haben, Gid. Härter als du, sonst wärst *du* jetzt der stellvertretende Geschäftsführer.«

Er blinzelte, glaubte, sich verhört zu haben. Plötzlich hielt es ihn nicht mehr an seinem Platz. Vor dem Sofa blieb er stehen und starrte Gianna sekundenlang wortlos an. In ihren Zügen, so rassig sie auch sein mochten, fehlte etwas, wie ihm in diesem Moment schlagartig bewusst wurde. Etwas, das es in keinem Tiegel oder Döschen zu kaufen gab. Warum war ihm das bisher nie aufgefallen?

Gideon bemühte sich um einen ruhigen Tonfall, dennoch schwang in seiner Stimme Schärfe mit. »Was soll das alles?

Ach, klar, für dich zählen ja nur Erfolg und ein dickes Bankkonto!«

Giannas Teint wechselte, und in ihrem nunmehr bleichen Gesicht wirkten ihre Augen größer und dunkler. »Oh ja, diese Dinge sind mir tatsächlich wichtig«, fauchte sie und erhob sich ebenfalls. »Ob du das jetzt gerne hörst oder nicht, du bist ein Träumer! Du schreibst lieber alberne Geschichten oder fährst mit deinem … komischen kleinen Auto durch die Gegend, statt alles für deine Firma zu geben. Orsetti ist sich dafür offenbar nicht zu schade, was sich auszahlt, wie du siehst.« Auch sie rang um Fassung, wich aber seinem Blick um keinen Millimeter aus. »Verstehst du denn nicht? Ich will einen Ehemann, der mir und den Kindern ein bequemes Leben bieten kann.«

Gid wurde die Luft knapp, weshalb er den oberen Hemdsknopf öffnete. »So ist das also. Ein Controller ist dir wohl nicht gut genug.« Er konnte sehen, wie Gianna vor Wut bebte, eigentümlicherweise ließ es ihn jedoch kalt.

»Was redest du nur für einen Blödsinn!«, entgegnete sie scharf, aber diesmal konnte sie ihm nicht in die Augen sehen. »Ich möchte nur einen Mann, der …«

»Schon verstanden. Du möchtest einen Mann, der vorzeigbar ist. Tut mir leid, damit kann ich nicht dienen! Mein Auto und meine blöden Geschichten passen nicht in dein Leben, richtig?«

Gideon trat ein paar Schritte zurück. Wieso habe ich die Wahrheit nicht längst erkannt?, wunderte er sich und spürte, wie alle Zweifel sich auflösten. Wie lange war selbst nach den leidenschaftlichsten Stunden dieses Gefühl der Leere in ihm zurückgeblieben? Genau wie bei ihrem letzten gemeinsamen Abend. Sie hatten großartigen Sex gehabt, aber danach … Er war völlig verkrampft gewesen, hatte sich weder auf die Anekdoten aus ihrer Kanzlei konzentrieren können noch auf ihr Geplapper über das Dinner ihrer Eltern und war mit höllischen Kopfschmerzen früh gegangen. Gianna hatte ihn als Miesepeter bezeichnet und ihm gesagt, er solle die Vergangenheit ruhen lassen. Sie hätte es nicht verstanden, was es für ihn bedeutete, nach all den Jahren wieder mit seiner Kindheit und den alten Streitigkeiten konfrontiert zu werden. Deshalb hatte er ihr auch nicht erzählt, dass er um den Mann trauerte, der ihn einst aufgezogen hatte, auch wenn er Gideon mit seinem Testament ein letztes Mal verärgert hatte.

Plötzlich war es Gid, als ob ein unsichtbarer Schleier zwischen ihnen gewesen wäre, der in diesem Atemzug fortgezogen wurde und ihn endlich klar sehen ließ. Sie *konnte* es gar nicht verstehen, wie sollte sie auch. Die entscheidenden Worte kamen ihm so leicht über die Lippen, als hätte er nur darauf gewartet, sie endlich aussprechen zu dürfen.

»Ich glaube, du gehst jetzt besser. Such dir einen anderen, der deine oberflächlichen Bedürfnisse erfüllt. Du hast doch eine Menge Kontakte.«

Eisiges Schweigen erfüllte den Raum, bis Gianna schließlich unter mühsam zurückgehaltenen Tränen hervorpresste: »Das kann nicht… dein Ernst sein, Gid.« In ihrem Blick lag Verletztheit.

Aber er wusste, es gab kein Zurück mehr. »Es ist mein voller Ernst.«

Heftig schüttelte sie den Kopf. »Aber ich liebe dich doch. Ich dachte, wir gehören zusammen.«

»Ja, diesem Irrtum bin ich auch aufgesessen.«

»Irrtum?« Ihre Stimme wurde schrill.

»Bitte geh jetzt.«

Einen Moment lang blieb sie wie festgewachsen stehen, dann kam Leben in sie, und sie schoss mit erhobener Hand auf ihn zu. Er rechnete damit, dass sie ihm eine Ohrfeige verpassen würde, doch sie ließ die Hand sinken. »Vielleicht hast du recht«, zischte sie, während ihr Tränen über die Wangen liefen.

Abrupt drehte sie sich um und riss ihre Tasche vom Sofa. Er wandte sich ab. Gleich darauf hörte er, wie die Haustür geräuschvoll ins Schloss gezogen wurde.

Gideon empfand ein Gefühl der Befreiung. Dabei hatte er Gianna wirklich gern. Er konnte sich geradezu bildlich vorstellen, wie sie sich nun in ihren Kreisen als unglückliche, verschmähte Person darstellte. Ganz sicher würde es nicht lange dauern, bis sie jemanden fand, der sie über ihr Pech hinwegtröstete. Um Gids Mundwinkel zuckte ein Lächeln. Zumindest konnte er sich nach diesem besonderen Tag nun endlich auf die Renovierung seines Hauses konzentrieren.

5

Am Montag lagern wir den Hausrat vorerst in der Garage, und die Möbel werden abgeholt. Als Erstes entfernen wir die Teppiche und die alten Tapeten. Wenn alles nach Plan läuft, sind wir in zwei bis drei Wochen fertig«, erklärte Norbert Hoffmann, nachdem er die Hausbegutachtung mit Gideon abgeschlossen hatte.

Die Männer standen vor der Eingangstür und schüttelten sich die Hände. Gid überreichte dem Handwerksmeister die Haustürschlüssel. »Wir sehen uns dann am übernächsten Wochenende. Bis dahin wird die Haushälterin meines Großvaters nach dem Rechten sehen. Für eventuelle Fragen haben Sie meine Karte.«

»Alles klar, Herr Morgenstern. Lassen Sie sich überraschen, was wir aus dem alten Kasten machen.«

»Ich bin gespannt«, antwortete Gid, »denn ich möchte das Haus so bald wie möglich verkaufen.«

Eine Woche verging, in der Gid gleich nach Feierabend nach Hause fuhr, um sich zu verkriechen. Sogar eine Fernsehzeitung kaufte er sich, aber es liefen fast nur Wiederholungen oder Sportsendungen, die ihn nicht interessierten. Auch am Donnerstagabend stand er untätig im Wohnzimmer und blickte trübsinnig aus dem Fenster. Dicke Regentropfen klatschten gegen die Scheibe. Gid starrte in den wolkenverhangenen Himmel und fragte sich, ob er zu hart mit Gianna umgegangen war. Nicht, dass er sie vermisste. Dennoch hätte er ihr die Wahrheit vielleicht etwas feinfühliger beibringen können. Immerhin war sie ebenso unschuldig an ihrer Herkunft wie er an seiner.

Idiot, rügte er sich selbst, dir hätte von vornherein klar sein müssen, dass eine Beziehung mit ihr zum Scheitern verurteilt ist. Gideon öffnete das Balkonfenster.

Die plötzlich einsetzende Alarmanlage eines Autos schmerzte in seinen Ohren und vermischte sich mit dem wütenden Schreien eines Kleinkindes in der Nachbarschaft. Er ließ den Blick über die im Regen farblos wirkenden Altstadthäuser schweifen. Im Sonnenschein waren die fein gearbeiteten Ornamente der Fassaden gut zu erkennen, jetzt, im fahlen Grau des Abends, verschwammen die Umrisse mit dem trüben Licht. Gid mochte Trient, die weite Gebirgslandschaft, das Blütenmeer im Frühling und den malerisch gelegenen Gardasee. Er mochte die kleinen Bars, die geschichtsträchtigen Kathedralen und die Piazza Duomo, den Domplatz, der nachts beleuchtet war und von dem man bei Tage eine schöne Aussicht auf die Berge hatte. Aber eigentümlicherweise verband er die meisten Erinnerungen an all diese Orte mit Gianna.

Er fasste sich an die Stirn. Ihren Haustürschlüssel, er hatte ihn noch immer an seinem Bund. Wahrscheinlich war sie zu stolz, um ihn anzurufen. Seine Armbanduhr zeigte halb sechs, Gianna schloss ihre Kanzlei meist gegen sechs. Dann würde er ihr den Schlüssel eben vorbeibringen. Es war Zeit für klare Verhältnisse.

Gid zog den Einbauschrank im Flur auf, um seine Regenjacke vom Bügel zu nehmen. Dabei fiel sein Blick auf den Koffer, der einen Großteil des Schrankbodens einnahm. Wo war nur seine Jacke? Er war sich ganz sicher, sie aufgehängt zu haben. Gideon hob den Koffer an. Nichts. Als er das alte Ding wieder abstellen wollte, vernahm er ein leises Klicken. Bei genauerem Hinsehen entdeckte er, dass sich der Schnappverschluss gelockert hatte. Sollte der alte Herr den Koffer tatsächlich nicht ordnungsgemäß mit der Zahlenkombination des Schlosses verriegelt haben? Kaum vorstellbar, diese Nachlässigkeit, dachte Gideon, und der Gedanke entlockte ihm ein Lächeln. Das dunkle Leder wirkte am Griff und an den Nähten porös und abgewetzt.

Erinnerungsfetzen des letzten Gespräches mit seinem Großvater kamen auf, und dabei konnte er die Stimme des alten Mannes so deutlich hören, als stünde dieser neben ihm. Kopfschüttelnd hielt Gid das Erbstück hoch. Als er zum Schrank hinübersah, entdeckte er die Regenjacke am Boden. Sie war vom Bügel gerutscht. Gedankenverloren hob er sie auf und hängte sie wieder auf den Bügel. Was mochte der Koffer enthalten, dass sein Großvater sogar sein Erbe davon abhängig machte? Das erfährst du nie, wenn du nicht hineinschaust, sagte er zu sich selbst und trug das Gepäckstück ins Wohnzimmer.

Das Schloss schnappte beim zweiten Versuch auf. Der Inhalt des Koffers war mit einem schweren, an den Ecken ausgefransten Wollstoff bedeckt, auf dem mit Stecknadeln zwei große Briefumschläge befestigt waren. Auf einem davon stand sein Name, auf dem anderen waren hebräische Schriftzeichen. In diesem Moment bereute Gideon, dass er beim Hebräischunterricht, auf den sein Großvater bestanden hatte, nie aufmerksam gewesen war. Wie gut er sich noch an den Trotz erinnerte, mit dem er sich als Siebenjähriger allem verweigert hatte, das auch nur im Entferntesten mit dem Leben seiner Großeltern zu tun hatte. Er hatte diese seltsame Sprache nie gemocht, genauso wenig wie die Synagogenbesuche und die strengen Essensvorschriften, von denen seine Großmutter nie abgewichen war.

Gideon grinste. Das ungesäuerte Brot war so geschmacklos, dass er es kaum herunterbekommen hatte. Obendrein gaben ihm diese Erinnerungen bis zum heutigen Tag das Gefühl, fremdbestimmt gelebt zu haben, alles fein säuberlich mit dem Mantel der Religiosität zugedeckt. Er nahm den Umschlag mit seinem Namen und öffnete ihn. Heraus fielen mehrere Blätter, wobei es sich bei einigen um alte Briefe zu handeln schien. Einer der Bögen war neueren Datums. Gideon entfaltete ihn und begann zu lesen.

Mein lieber Junge,
da du nur über rudimentäre Hebräischkenntnisse verfügst –
was mich immer betrübt hat, wie du weißt –, schreibe ich dir in
deutscher Sprache. Mit dem Koffer und seinem Inhalt lege ich das
Vermächtnis unserer Ahnen vertrauensvoll in deine Hände. Du
wirst es mit dem Respekt behandeln, den es verdient. Dir Näheres
zu erklären, ist nicht nötig, unsere Vorfahren sprechen für sich
und werden dir ihre Geheimnisse enthüllen. Seit dem Tod unseres
lieben Sohnes Ari, deinem Vater, habe ich den Koffer für dich
verwahrt. Anbei findest du eine von mir angefertigte Liste deiner
Ahnen, die dich bis ins sechzehnte Jahrhundert führen wird, wenn
auch in der Sprache unserer Väter und Vorväter.
Ich wünsche dir den Segen des Ewigen.
Dein Großvater Ephraim Morgenstern

Neben einigen verschnürten Gegenständen und zwei antiquarischen, erstaunlich gut erhaltenen Büchern enthielt der Koffer noch einen aus Holz gefertigten Kasten mit einem Griff. Auf ihm und den anderen Hinterlassenschaften hatte jemand Umschläge befestigt, auf denen jeweils der Name des Eigentümers stand. Der Kasten war wurmstichig, mit einem Siegel verschlossen und trug auf dem dazugehörigen Umschlag den Namen Daniel Friedman. Gid entschied sich, ihn erst später zu öffnen. Er wandte sich ein paar vergilbten Schwarz-Weiß-Fotografien zu, die mit einem Band zusammengehalten wurden. Das erste Bild zeigte zwei Kinder, die vor einem Haus standen. Das ungefähr elf- oder zwölfjährige Mädchen hatte rosige Wangen, trug ein Kopftuch und ein etwas zu kurz geratenes bräunliches Kleid mit einer Schürze darüber. Auf dem

Kleid war, wenn auch nur schwach, ein aufgestickter Judenstern zu entdecken.

Gideon schluckte. Der Junge daneben wirkte in der dunklen Hose und der karierten Jacke, als müsste er in die Sachen erst noch hineinwachsen. Auf dem Kopf trug er eine Kippa. Er grinste in die Kamera, eine Hand in die Hosentasche gesteckt, die andere um die Schultern des Mädchens gelegt. Gid ließ das Foto sinken und betrachtete erneut die Gestalt des Jungen mit dem aufgestickten Symbol auf der Jacke. Die Züge des ungefähr Vierzehnjährigen waren schwer zu erkennen, da das Foto an dieser Stelle einen Knick aufwies, aber die buschigen Augenbrauen und der kluge Ausdruck in den Augen ließen nur einen Gedanken zu: Der Junge musste Großvater Ephraim sein – und neben ihm seine geliebte Rahel.

Ein seltsames Gefühl ergriff ihn, während er das Zeugnis aus der Vergangenheit betrachtete. Wie es aussah, hatte sein Großvater damals schon eine besitzergreifende Art gehabt. Das schloss Gid daraus, wie er Rahel umarmt hielt. Schade, dass Ephraim Morgensterns Jungengesicht kaum erkennbar war, die Gestik jedoch, wie der Halbwüchsige das Gleichgewicht auf ein Bein verlagerte und das vorgereckte Kinn, lösten lebendige Erinnerungen in ihm aus. Vielleicht tat er seinem Großvater aber auch unrecht? Was wusste Gideon schon von Krieg, Hunger und Verfolgung? Wie es war, wenn einstige Freunde die Straßenseite wechselten, weil es verboten war, sich mit Juden abzugeben? Wenn von einem arischen Ehemann die Scheidung verlangt wurde, weil seine Frau jüdischer Herkunft war? Oder allein ein gelbes, sternförmiges Stück Stoff genügte, um wie ein Stück Vieh für jedermann gebrandmarkt zu werden?

Nachdenklich legte er das Foto in den Koffer zurück und griff nach einem sorgfältig verschnürten Bündel. Er hatte einst seiner Großmutter gehört. Vorsichtig löste er den vom

Alter faserig gewordenen Knoten, und ein leichter elfenbein-farbener Stoff lag in seinen Händen. Es war ein Hochzeits-kleid mit einer fein gearbeiteten Stickerei am Ärmel. Behut-sam strich Gid über den Baumwollstoff, fühlte den Taft, mit dem das Kleid gefüttert war, und ertastete an der Rückseite ein Säckchen mit Lavendel.

Er lächelte. Bestimmt hatte Großmutters Familie jeden Pfennig gespart, den sie erübrigen konnten, um diesen Stoff für die junge Braut kaufen zu können. Wie er Oma Rahel kannte, hatte sie es selbst genäht und bestickt und das Laven-delsäckchen daran befestigt, um es vor Mottenfraß zu schüt-zen. Der Gedanke berührte etwas tief in seinem Inneren. Sie hatte es getan, damit die Erinnerung an diesen besonderen Tag die Zeit überdauerte. Damit zunächst sein Vater Ari und danach er das Bündel im Koffer finden und das Hochzeits-kleid betrachten konnten. Im *Koffer wider das Vergessen*, wie der alte Herr ihn in seinem Schreiben genannt hatte.

Er legte das Kleid wieder ordentlich zusammen und wi-ckelte es in das alte Leder. Dann griff er nach dem Umschlag, der sichtlich durch viele Hände gegangen war. Wo normaler-weise die Adresse geschrieben stand, prangte unter hebräi-schen Schriftzeichen der sechseckige Davidstern auf der Vor-derseite.

Gideon hatte dieses Symbol noch nie leiden können. Nach kurzem Zögern zog er ein Blatt Papier hervor. Mit gefurchter Stirn ließ Gideon den Blick über die fein säuberlich geführte Liste gleiten. Nicht eine einzige Zeile konnte er entziffern, be-sonders die Jahreszahlen bereiteten ihm Schwierigkeiten. Auf einmal sah er sich wieder in der Talmudschule sitzen. Noch heute empfand er denselben Groll wie damals als Zehnjähri-ger, als er vergeblich versucht hatte, den jüdischen Kalender zu verstehen.

Als Gideon wenig später nach der Regenjacke griff, hatte er sich innerlich gefasst. Kurz entschlossen verließ er die Wohnung, kehrte jedoch schon bald zurück. Gianna war nicht da gewesen, weswegen er den Schlüssel in den Briefkasten geworfen und die Kosmetikartikel in einer Tasche vor ihre Tür gelegt hatte.

An diesem Abend ging er zeitig zu Bett, denn er hatte spontan beschlossen, am nächsten Tag gleich nach Feierabend nach Regensburg zu fahren.

Er mietete sich im selben Hotel ein wie bei seinem letzten Besuch. Als er am Samstagmittag neben dem Handwerker in Großvaters Wohnzimmer stand, war er verblüfft. Allein die fehlenden Teppiche und Tapeten veränderten den Raum enorm. Die Wände erstrahlten in einem warmen Ockerton, das Parkett war sauber abgeschliffen. In der Luft hing nicht mehr der Muff von alten Büchern und Pfeifentabak, stattdessen roch es nach frischer Farbe und Holzversiegelung. Wie groß der Wohnraum mit dem gemauerten Kamin tatsächlich war, wurde ihm jetzt deutlich bewusst, da die schweren Möbel fehlten. Das erste Mal seit langer Zeit hatte er das Gefühl, hier drinnen wieder frei atmen zu können.

»Ist das noch dasselbe Haus wie vor zwei Wochen?«, entfuhr es ihm.

Er legte den Kopf in den Nacken und blickte an die frisch gestrichene Decke. Wie viel Atmosphäre das Haus besaß, wurde ihm in diesem Moment erst bewusst. Es war ganz anders als seine Triester Wohnung. Kein Verkehrslärm störte den Frieden, nur ab und zu verirrte sich ein Auto in die Seitenstraße.

»Man mag es kaum glauben, nicht wahr?«, riss ihn Herr Hoffmann aus seinen Überlegungen. »Häuser wie dieses sind von der Substanz her nahezu unverwüstlich, was man von den neumodischen Bauten nicht behaupten kann. Wenn ich Ihnen einen Rat geben darf, Herr Morgenstern, dann würde ich an Ihrer Stelle noch mal überdenken, ob Sie es wirklich

verkaufen wollen. So ein voll unterkellertes Haus, dem anzusehen ist, dass es zeitlebens gepflegt wurde, findet man nicht
alle Tage.«

Gideon sah nachdenklich auf den Garten hinaus. »Ich
danke Ihnen, Herr Hoffmann, aber wie Sie wissen, lebe und
arbeite ich in Norditalien.«

»Freilich. Nichts für ungut.« Der Handwerker trat neben
ihn. »Am Montag werden die Wände im ersten Stock neu ver-
putzt, dann wären wir fertig.«

»Sehr gut. Wir sehen uns dann am kommenden Samstag.«

Kurz darauf war Gideon allein. Beinahe magisch angezogen
schritt er wie in Kindertagen die geschwungene Holztreppe in
den ersten Stock hinauf, wo sich sein altes Kinderzimmer befand. Es war kaum wiederzuerkennen, jetzt, da der alte Plun-
der weg und der Holzfußboden neu versiegelt war. Vom Fenster aus konnte er den ganzen Garten überblicken. In einem
der Obstbäume erkannte er sogar noch das Baumhaus, das
Großvater ihm kurz nach seinem Einzug gebaut hatte.

Vom Schnitt und von der Größe her wäre dieser Raum perfekt als Arbeitszimmer geeignet. Daneben gab es noch ein
kleines Bad sowie das Schlafzimmer seiner Großeltern. Es
könnte seine alte Funktion behalten, überlegte er. Unten befanden sich neben dem Wohnraum noch eine große, funktio-
nell eingerichtete Küche, ein zweites Bad mit Dusche und ein
Gästezimmer. Platz genug für eine kleine Familie.

Warum hatte er den Gedanken, das Haus selbst zu bewohnen, eigentlich bisher so energisch von sich geschoben?
Hatte er sich nicht seit der Trennung von Gianna in seinem
Apartment unwohl gefühlt? War es nicht sogar so, dass er
weniger an seinem Wohnort, sondern vielmehr an den Menschen hing, die dort lebten? Einzig aus Freundschaft zu Mattia und weil Gianna ihn ständig gedrängt hatte, seine Karriere
voranzutreiben, hatte er jeden Gedanken an eine berufliche
Veränderung von sich geschoben. Ihm fiel ein, dass *Libro del*

Desiderio eine Zweigstelle in Landshut betrieb. Wenn er sich nicht irrte, war die Stadt gar nicht so weit von Regensburg entfernt. Alles fügte sich auf einmal zu einem Ganzen zusammen, und Gideon hatte es eilig, nach Trient zurückzukehren.

Als er am Abend sein Apartment betrat, stellte er ernüchtert fest, wie wenig es ihm ausmachen würde, seine Wohnung aufzugeben. Außer den wenigen Möbelstücken, seinen Büchern und den persönlichen Sachen brauchte er nichts mitzunehmen. Ein kleiner Transporter würde genügen.

Mit langen Schritten eilte Gideon ins Schlafzimmer, kramte aus dem Nachttischschränkchen sein Tagebuch und einen Füllfederhalter hervor und setzte sich auf die Couch. Mit jeder Zeile, die er schrieb, wurde ihm ein wenig leichter ums Herz. Papier ist geduldig, hatte seine Großmutter ihn damals getadelt, wenn er im schwachen Schein einer Taschenlampe spätabends noch in sein Buch geschrieben hatte. Dabei war ihr bestimmt nicht bewusst gewesen, was es ihm bedeutete, dem Buch seine Gedanken, Wünsche und Träume anzuvertrauen – ohne dafür zur Rechenschaft gezogen zu werden.

Auch jetzt ließ Gid nichts in seinen Berichten aus. Während der Füller noch übers Papier huschte, wusste er, was er wollte. Er schloss seinen Eintrag mit den Worten: »Ich werde mich versetzen lassen und in Regensburg ein neues Leben beginnen. Das Leben, das ich immer schon führen wollte.«

6

Letztlich hatte sich Puzzlestück um Puzzlestück zu einem Ganzen gefügt. Gideons Versetzungsgesuch war akzeptiert worden, da in der deutschen Zweigstelle zum ersten Juni zunächst eine Stelle als Buchhalter zu besetzen war. In vier Monaten würde dann der Regensburger Controller in Rente gehen, dessen Platz Gid übernehmen könne. So hatte man es ihm zugesichert. Auch die Nachmieter für sein Apartment waren schnell gefunden: Mattias Tenniskollege und seine Frau.

So kam es, dass Gid kaum vier Wochen später die ersten Umzugskartons packte. Am kommenden Freitag wollte er mit den Kollegen noch Abschied feiern, dann war es endlich so weit, und er konnte Trient verlassen.

Eigenartig, wie wenig es ihn berührte, die vielen Kleinigkeiten zu verpacken. Wie blind er gewesen sein musste, all die Jahre an einem Ort zu leben, der nie sein Zuhause gewesen war. Wie sonst war es zu erklären, dass er sich mit jedem Stück, das in die Kisten wanderte, beflügelt fühlte? Ein Lächeln stahl sich in seine Mundwinkel. Von Gianna hatte er bis auf eine kurze Mail, in der sie ihm für ihre Sachen dankte, nichts mehr gehört. Abgesehen von seiner Vespa und den großen Möbeln, die ein Umzugsunternehmen abbauen und nach Regensburg transportieren würde, blieb ihm lediglich, die Küchenschränke auszuräumen – und den Koffer in sein Auto zu laden. Seit er den Brief seines Großvaters gelesen hatte, hatte er ihn nicht wieder geöffnet.

Die letzten Tage vergingen wie im Fluge. Der Abschied

von den Kollegen fiel feuchtfröhlich aus, und als Gideon am späten Abend in sein Apartment zurückkehrte, war er erleichtert.

Als Gideon am Sonntag weit nach Mitternacht verschwitzt im Flur seines Regensburger Hauses stand, blickte er sich um. Im Wohnzimmer herrschte ein heilloses Durcheinander aus Kisten, Werkzeugen und leeren Getränkedosen, die sich auf der Fensterbank türmten. Großvaters Teppich lag eingerollt neben der Terrassentür; Gid hatte noch nicht entschieden, ob er ihn behalten wollte. Nur seine Ledercouch, der Sessel und der Glastisch standen bereits an Ort und Stelle. Er nahm eine Cola aus dem Rucksack und ließ sich, leise stöhnend, in den Sessel sinken.

Überschäumende Freude erfüllte ihn, trotz bleierner Müdigkeit und schmerzender Gelenke. Dabei kümmerte es ihn nicht, dass er noch viel Zeit und Mühe investieren musste, bis sein neues Heim so war, wie er es sich vorstellte. Auch dass er kaum jemanden in Regensburg kannte, schreckte ihn nicht. Die folgende Woche hatte er noch Urlaub, dann erst würde er seine neue Stelle antreten. Bis dahin blieb ihm genug Zeit, alle Formalitäten zu erledigen und es sich hier gemütlich zu machen.

Noch eine ganze Weile saß Gideon still im Sessel, betrachtete den sternenklaren Himmel und fühlte sich zum ersten Mal seit sehr langer Zeit frei.

Den nächsten Vormittag brachte Gideon damit zu, den Kühlschrank zu füllen, Lampen zu montieren und einige Möbel aufzubauen. Nach einem Besuch im *Kneitinger Keller* kehrte er mit sich und der Welt zufrieden nach Hause zurück, als ihm einfiel, dass er den Koffer im Auto vergessen hatte.

Kurz darauf wuchtete er den Koffer auf das Bett und ließ das altersschwache Schloss aufschnappen. Sein Blick fiel auf den Holzkasten. Was er wohl für Geheimnisse barg? Er holte ihn heraus und strich über das wächserne dunkelrote Siegel, das einen Davidstern zeigte. Sollte er wirklich? Er kannte sich nicht mit Antiquitäten aus, aber der Kasten aus dunklem Holz war mindestens hundert Jahre alt. Er holte ein Messer aus der Küche und schob die Schneide unter das Siegel. Mit einem Knacken zerbrach das Wachs. Vorsichtig klappte er den Deckel auf. Eine Schere, eine Zange und eine Art Skalpell. Chirurgische Instrumente, erkannte Gid, obwohl sich die altertümlichen von modernen medizinischen Geräten unterschieden. Auch eine Säge von etwa vierzig Zentimetern Länge befand sich unter den Instrumenten.

Behutsam fuhr Gid mit dem Zeigefinger die rostigen Zähne entlang. Hatten die Gegenstände einst einem *Medicus* gehört? Das ergab Sinn, schließlich waren seine männlichen Vorfahren Ärzte gewesen. In zwei braunen DIN-A4-Umschlägen entdeckte er ein halbes Dutzend durchsichtige Dokumentenhüllen. In jeder steckte ein in dunkelbraunes Leder gebundenes Büchlein von der Größe eines Oktavheftes. Gid ließ eines davon herausgleiten und betrachtete den rauen Einband. Stammte das Buch aus derselben Zeit wie die medizinischen Instrumente? Mit spitzen Fingern öffnete er es. Es war nicht geheftet wie viele alte Bücher, sondern geleimt. Gideon schlug die erste vergilbte Seite auf und starrte auf die Buchstaben. Hebräisch. Frustriert klappte er es wieder zu, legte es zusammen mit den anderen Sachen zurück in den Koffer und verstaute ihn im Kleiderschrank.

Bald lagen die ersten Arbeitstage hinter ihm. Von den Kollegen wurde er freundlich aufgenommen, und er bereute seinen Entschluss nicht, sich versetzen zu lassen. Allerdings hatten die anhaltenden Niederschläge der letzten Wochen die Donau und den Regen bedrohlich anschwellen lassen. Im Radio war gemeldet worden, dass der Wasserstand an der Messstelle Eiserne Brücke mit fast sieben Metern so hoch war wie seit über hundert Jahren nicht mehr. Am letzten Dienstag war Katastrophenalarm ausgerufen worden, wenngleich für die Bevölkerung keine Gefahr bestand. Einigen Straßen drohte aber Überschwemmung. Die Galgenbergstraße gehörte glücklicherweise nicht dazu.

Inzwischen waren die Umzugskartons verschwunden, und das Haus war behaglich eingerichtet. Nur der Koffer mit Großvaters Hinterlassenschaften stand nach wie vor im Schlafzimmer. Gid ertappte sich dabei, wie er täglich darum herumschlich. Eigentlich wäre dies ein guter Zeitpunkt, ihn endgültig aus dem Kleiderschrank zu verbannen, schließlich hatte er alles, was sein Großvater ihm zeitlebens verschwiegen hatte, durch die Briefe und Fotos erfahren. Bis auf das, was in den hebräischen Briefen stand. Doch die Entscheidung, was er mit dem Lederkoffer anfangen wollte, verschob er immer wieder.

Bis er an einem Samstag beim Frühstück in der *Mittelbayerischen Zeitung* einen Artikel über den Tag der offenen Tür der jüdischen Gemeinde las. Über tausend Mitglieder zählte sie, weit mehr, als er gedacht hätte. Bis man die Juden 1519 aus Regensburg vertrieben hatte, war es eine blühende Gemeinde gewesen. Danach hatten erst ab Anfang des neunzehnten Jahrhunderts wieder Juden in der Stadt gelebt. Nach der Zeit des Nationalsozialismus hatten nur wenige Juden in Regensburg gewohnt, aber durch die Zuwanderung aus den ehemaligen GUS-Staaten war die Gemeinde in den letzten Jahren größer geworden und bot neben zahlreichen kulturellen Veranstaltungen auch Deutsch- und Hebräischkurse für Zuwanderer an.

Mit Sicherheit würde er dort jemand finden, der ihm beim Übersetzen der Schriftstücke und der Büchlein behilflich sein konnte. Spontan wählte Gid die Nummer der Anzeigenabteilung der Zeitung und gab eine Annonce unter *Vermischtes* auf: »Übersetzer für diverse hebräische Schriften gesucht.«

Tatsächlich meldete sich nur wenige Tage später eine Studentin, die ihm ihre Dienste anbot. Nachdem Gid mit ihr telefoniert hatte, fühlte er eine freudige Erregung in sich aufsteigen.

7

Paula Marek hatte den halben Samstag über einer Hausarbeit zum Thema *Einflüsse des Barock in der Kunst Mitteleuropas* gesessen. Eine Kommilitonin hatte sie zwar für den Abend auf eine Party eingeladen, aber Paula hatte abgelehnt. Sie war viel zu neugierig auf die Geschichte hinter der Annonce. Sie war sofort hellhörig geworden, als sie sie gelesen hatte. Wer suchte heutzutage schon einen Übersetzer fürs Hebräische? Höchstens ein Historiker.

Nach einer zweistündigen Autofahrt hatte sie die angegebene Adresse erreicht. Als sie vor der Tür des Auftraggebers stand, schob sie sich eine blonde Strähne hinters Ohr und klingelte. Von drinnen waren Violinen- und Klavierklänge zu hören, die jetzt leiser gestellt wurden. Dann näherten sich Schritte.

Vor ihr stand ein schlanker junger Mann von höchstens Anfang dreißig. Das dunkle Haar war modisch kurz geschnitten.

»Guten Abend. Herr Morgenstern?«

Er nickte. »Guten Abend.«

»Ich bin Paula Marek. Wir sind verabredet.« Sie musterte sein offenes, bartloses Gesicht und fand ihn auf Anhieb sympathisch.

Er bat sie herein, führte sie in ein behaglich eingerichtetes Wohnzimmer und bot ihr eine Tasse Tee an.

Paula ließ den Blick über das großzügige Wohnzimmer schweifen und musterte den weißen Umschlag, der auf dem Glastisch lag. Sofort erkannte sie den Davidstern darauf.

Da kehrte Gideon Morgenstern auch schon mit dem Tee zurück und stellte eine Tasse vor ihr ab.

Er setzte sich neben sie aufs Sofa. »Sie sagten am Telefon, Sie studieren?«

Ihr Auftraggeber sprach mit einem leichten melodischen Akzent. »Ja, Kunstgeschichte an der Julius-Maximilians-Universität in Würzburg. Wenn alles klappt, mache ich übernächstes Jahr meinen Bachelor.« Sie zögerte kurz und fragte dann: »Kennen Sie Würzburg?«

»Nein, leider nicht. Ich bin erst vor wenigen Wochen von Trient nach Regensburg gezogen.«

»Sie sind Italiener?«

»Ja, mit jüdischen Wurzeln.«

»Das dachte ich mir.«

Er hob eine Braue.

Sie zwinkerte. »Na ja, wegen des Namens Morgenstern.«

»Ach so. Meine Eltern waren Juden, meine Mutter stammte aus Italien.«

»Ich verstehe.« Sie trank einen Schluck und wies auf den Brief. »Ist das die Schrift, um die es sich handelt?«

»Eine davon.« Er gab ihr den Brief. »Er enthält eine Liste mit Namen und Angaben von Personen. Leider habe ich als Kind im Unterricht nicht sonderlich gut aufgepasst. Kurzum, ich bin hilflos«, sagte er und grinste verlegen.

Paula fand, es stand ihm ausgesprochen gut.

»Kein Problem. Jetzt bin ich ja da.« Sie lächelte ebenfalls.

»Wollen wir nicht du sagen?«, schlug er vor. »Ich heiße Gideon. Manche sagen auch Gid zu mir.«

»Gern. Paula«, gab sie zurück.

Kurz besprachen sie noch das Finanzielle und wurden sich rasch einig.

»Woher kannst du eigentlich hebräisch, Paula?«

»Meine Mutter ist Jüdin und hat darauf bestanden, dass ich ihre Muttersprache erlerne.«

»Und dein Vater?«

»Er hat keiner Gemeinde angehört, stand aber dem katholischen Glauben nahe. Er ist letztes Jahr gestorben.«

»Oh, das tut mir leid.«

»Muss es nicht. Mein alter Herr und ich hatten kein besonders gutes Verhältnis.« Sie wies auf den Umschlag. »Darf ich?«

»Klar.«

Paula zog das Blatt aus dem Umschlag und las es durch. »Du hast recht«, erklärte sie einige Minuten später. »Es ist eine Liste mit Namen von jüdischen Männern und Frauen. Vermutlich deine Vorfahren, aufgezeichnet vom frühen sechzehnten Jahrhundert bis heute. Sie beginnt mit einem Daniel Friedman, geht weiter mit seiner Tochter Alisah, gefolgt von ihren Söhnen Samuel und Isaak Morgenstern, geboren in Venedig.«

Sichtlich gebannt hörte Gideon zu, wie sie etwa ein Dutzend weitere Namen vorlas, zuletzt den des 1888 geborenen Menachem Morgenstern, hinter dem vermerkt war: »gestorben 1942, zusammen mit seiner Frau Hanna im Konzentrationslager Jungfernhof bei Riga.«

»Ich nehme an, das ist dein Urgroßvater?«

»Ja, sein Sohn Ephraim war mein Großvater. Er hat mir dieses Haus vererbt.«

Ein schönes, solides Haus, das geschmackvoll renoviert war, fand Paula.

»Zwei weitere Namen lauten Ari und Sofia Morgenstern. Das sind deine Eltern, nicht wahr?«

»Genau. Sie sind neunzehnhundertachtundachtzig bei einem Autounfall in den österreichischen Alpen ums Leben gekommen.«

Sie schwieg einen Augenblick, um sich dann wieder der Liste zuzuwenden. »Hinter Daniel Friedman, geboren vierzehnhundertachtzig in Regensburg, ist die Bezeichnung Medicus vermerkt, genau wie bei den folgenden männlichen Nachfahren. Wahrscheinlich sagen dir die wenigsten davon etwas.«

»Das ist richtig. Aber das ist nur eines der Schriftstücke, die mir mein Großvater hinterlassen hat. Ich bin sehr gespannt, welche Überraschungen der Koffer noch zu bieten hat.«

»Welcher Koffer?«

»Mein Großvater hat ihn mir vererbt. Ein ziemlich sperriges Teil. Ich habe darin verschiedene Gegenstände, Fotografien, Briefe an meine Großmutter sowie diese Aufzeichnungen hier gefunden. Sie handeln vom Leben derjenigen, deren Namen auf der Liste stehen. Noch Tee?«

»Gern. Das klingt spannend. Wer von uns hat schon die Möglichkeit, Details aus dem Leben seiner Ahnen zu erfahren?«

Gideon machte eine abwehrende Handbewegung. »Eigentlich halte ich nichts davon, sich an die Vergangenheit zu klammern. Aber mein Großvater hat mich gebeten, den Koffer zu verwahren, also tue ich ihm den Gefallen.«

Paula warf ihm einen langen Blick zu. »Natürlich besteht die Gefahr, sich an die Vergangenheit zu klammern, andererseits ist es ein Urbedürfnis des Menschen, die eigenen Wurzeln zu kennen.«

»Die Sachen sollen die Erinnerungen an meine Ahnen wachhalten.« Er klang, als wüsste er damit nicht allzu viel anzufangen.

Paula musterte ihn vorsichtig. Gideons gut geschnittenes Gesicht mit dem etwas dunkleren Teint wirkte sehr italienisch, ein bisschen melancholisch vielleicht.

»Hast du was zu schreiben?«, bat sie.

»Klar.« Gideon reichte ihr einen Block.

Sie beugte sich über das Papier, um mit ihrer klaren, schnörkellosen Schrift eine Übersetzung der Liste mit den Namen, Berufen und Wohnorten seiner Ahnen anzufertigen.

Gid verließ den Raum, um kurz darauf mit einem Holzkasten zurückzukehren. »Das hier musst du dir ansehen. Ich habe es ebenfalls in dem Koffer gefunden.« Er stellte den Kasten auf den Tisch und öffnete ihn. »Das Ding enthält medizinische Instrumente und das hier.«

Sie schob den Block zur Seite und warf ihm einen fragenden Blick zu. »Was ist in den Umschlägen?«

»Alte Bücher, sechs Stück in jedem. Sie sind in Hebräisch verfasst. Mein Großvater hat sie in Dokumentenhüllen verwahrt, um sie zu schützen.« Gid reichte ihr eine Klarsichthülle mit einem der Büchlein.

»Sieht ziemlich alt aus«, stieß sie hervor, nahm es heraus und schlug es auf. »Kein Druck? Da hat sich damals aber jemand viel Arbeit gemacht.«

»Kannst du eine vorsichtige Schätzung abgeben?«

»Gid, ich bin keine Expertin. Trotzdem würde ich sagen, das Buch ist weit über zweihundert Jahre alt.«

»Du meinst, jemand hat das alles etwa um achtzehnhundert mit der Hand geschrieben?«

Sie wandte sich ihm zu. »Eins steht fest: Es handelt sich sehr wahrscheinlich um persönliche Aufzeichnungen, nur für denjenigen gedacht, der sie niedergeschrieben hat. Ansonsten hätte er das Ganze sicherlich drucken lassen.«

»Das klingt einleuchtend. Könnte es sich um ein Tagebuch handeln?«

»Möglicherweise. Wenn ich die ersten Seiten gelesen habe, wissen wir mehr. Hat man denn vor zweihundert Jahren bereits Tagebuch geschrieben? Ich dachte, das wäre erst im neunzehnten Jahrhundert in Mode gekommen.«

»Sogar schon viel früher. Es gibt ein einzigartiges Zeugnis von Albrecht Dürer. Während einer Reise durch die Niederlande hat er seine Erlebnisse schriftlich festgehalten. Soweit ich weiß, war er nicht der Einzige.«

»Ich bin beeindruckt«, gab Paula zu. »Wie kommt's, dass du dich damit so gut auskennst?«

»Ich arbeite im Buchhandel.«

»Ach so, das wusste ich nicht.« Erneut wandte sie sich dem Büchlein zu.

Einen Augenblick lang war es still im Raum, bis Paula einen leisen Pfiff ausstieß und ihre Brille abnahm.

»Es ist tatsächlich ein Tagebuch, und es wurde von einer Frau geschrieben.«

8

Regensburg, 21. Februar 1519
Alisah

Regen fiel auf die Stadt, vermischt mit winzigen Schneeflocken, und der Wind blies scharf an diesem Nachmittag. Mit jedem Schritt, den ich mich dem Judenviertel näherte, wurde mein wollener Umhang schwerer. Ich lächelte zu meinem Vater auf, der wie immer seinen Medizinalkoffer bei sich trug. Er erwiderte meinen Blick mit einem Zwinkern, da löste sich ein Tropfen von der Krempe seines spitzen Hutes und fiel ihm auf die Nase. Ein warmes Gefühl durchströmte mich. Der handtellergroße Ring an meinem Rock und an Vaters Mantel sowie der gelbe Hut wiesen uns als Angehörige des jüdischen Volkes aus. Alle Aschkenasim hatten sie zu tragen, wenn sie außerhalb ihres Viertels unterwegs waren. So hatte es mir mein Vater vor fünf Jahren erklärt.

»Warum ist das so?«, hatte ich ihn damals gefragt.

»Ich nehme an, die Christen haben Bammel vor uns. Sie glauben, wir könnten ihnen gefährlich werden. Deshalb wollen sie schon von Weitem erkennen, wenn sich ihnen ein Jude nähert. Weißt du, viele Menschen fürchten das Fremde. Deshalb erfinden sie Geschichten über uns, abscheuliche Geschichten darüber, was wir angeblich essen und trinken.«

»Was wir essen und trinken? Wieso ist das abscheulich, Vater?«

»Es ist zu ekelhaft, um darüber zu sprechen, Alisah. Nicht mit einem Mädchen von zwölf Jahren. Leider finden sich immer Menschen, die diesen Schmonzes glauben. Doch auch unter den Christen gibt es kluge Leute«, hatte mein Vater mir damals erklärt.

Klug wie Vater, dachte ich, während wir jetzt über das nasse Pflaster schritten. Er hatte im norditalienischen *Veneto* studiert, beherrschte neben Hebräisch auch Latein und war in allen Fragen der Theologie und Philosophie bewandert. Des Abends, wenn Sarah bereits schlafen gegangen war, saß unser Vater oft noch im Wohnraum. Dann beugte er den Kopf tief über den Tisch und schrieb mit seiner klaren, gut lesbaren Schrift in einem medizinischen Handbuch, in dem er alle Behandlungsmethoden, Beobachtungen an den Patienten sowie die Rezepturen für die Medizin aufzeichnete, alles säuberlich nach dem Tagesdatum aufgelistet. Sein Handbuch sollte einmal mir gehören, denn ich eiferte ihm in allen Dingen nach, während sich meine Schwester vor dem Anblick von Krankheit und Siechtum fürchtete.

Jüdische Ärzte waren in den Städten besonders angesehen, standen sie doch in dem Ruf, fähiger und weiser zu sein als ihre christlichen Kollegen. Manche munkelten gar, die Juden besäßen geheime Zauberformeln, um Gebrechen zu heilen. Eins wusste ich jedenfalls mit Sicherheit: Sie bemühten sich weit mehr um die Kranken, denn sollten sie bei den Christen in Ungnade fallen, war ihr Leben in Gefahr.

Wir waren auf dem Rückweg von einem der Armenviertel der Stadt. Ein alter Mann hatte Vater in seine schäbige Hütte gerufen, damit er sein langjähriges Magenleiden behandelte. Seine Möglichkeiten waren angesichts der Mangelernährung des Alten begrenzt, weshalb Vater mich bat, ihm einen Aufguss von *Melissa* und *Betonica officinalis* zuzubereiten, um die Schmerzen des Leidenden zu lindern. Die *Melissa* sorgte obendrein für eine gute Nachtruhe. Der Alte sollte alle vier Stunden von dem Aufguss trinken, mein Vater wollte bald wieder nach ihm sehen.

»Seine Nägel und Lippen waren ganz dunkel verfärbt. Bestimmt hat der Arme auch ein Herzproblem«, sagte ich, nachdem wir den Platz überquert hatten und uns dem Judenviertel näherten. »Hätten wir denn nichts dagegen tun können?«

Er legte den Arm um meine Schulter. »Gewiss, nur was nützt all die Medizin, wenn der Patient sein letztes Geld für billigen Fusel ausgibt, statt für nahrhaftes Essen? Du hast seinen Atem selbst gerochen.«

Ich verzog das Gesicht. Aus dem verhangenen Himmel war inzwischen eine geschlossene gräuliche Wolkendecke geworden. Schneeflocken rieselten lautlos auf uns herab, und wir beschleunigten unsere Schritte. Ein einbeiniger, vor einer Hauswand hockender Bettler hielt uns seine Mütze entgegen. Als er unsere Abzeichen erkannte, ließ er sie sinken. Vor uns tauchte eines der Tore der Mauer auf, die das Judenviertel umgab. Über fünfhundert Menschen lebten hier.

Wir traten hindurch, vorbei an dem Stadtknecht, der den Durchgang bewachte. In etwa einer Stunde ging die Sonne über der Reichsstadt unter, dann würde der Mann die Pforten aus eisenbeschlagenen Eichenbohlen verriegeln. Wir passierten das Haus von Schimeon Storch, einer der vier Mazzotbäcker im Judenviertel. Vor einer knappen Woche war seine Frau Tikvah im Kindbett gestorben. Nicht einmal Vater, den die Hebamme eilig hatte rufen lassen, war imstande gewesen, der Erstgebärenden zu helfen. Auch das Kind hatte er nicht retten können. Nun ruhte ihr Leib in einem der viertausend Gräber unweit der Ruhestätte meiner Mutter Batya, die an einem Morgen vor zwei Jahren plötzlich leblos im Bett gelegen hatte.

Sie war selten krank gewesen, selbst Vater hatte nicht herausfinden können, was geschehen war. Seit ich in das stille, entrückte Gesicht meiner Mutter geblickt hatte, verging kein Tag, an dem ich sie nicht schmerzlich vermisste. Obwohl ich wusste, wie sehr sich unser Vater bemühte, Sarah und mir die Mutter zu ersetzen, war unser Leben nicht mehr dasselbe.

Ich straffte die Schultern und lief weiter neben meinem Vater her, der nun in eine Gasse einbog, in der die besser gestellten Bewohner lebten, vornehmlich Kaufleute und Geldverleiher. Ich wich einer überfrorenen Pfütze aus und grüßte in Richtung eines Mannes mit ergrauten Schläfenlocken und einem ebenso grauen Bart, der in einem Hauseingang stand. Meir Liebermann, einer unserer Rabbiner und damit ein angesehener Mann – und mein zukünftiger Schwiegervater. Im Oktober würden sein Sohn Chaim und ich uns verloben, das hatten meine Eltern und die Liebermanns lange zuvor beschlossen. Chaim sei keine schlechte Partie, behauptete Vater. Als Lehrer der Talmudschule bezog er einen Lohn, der es ihm ermöglichte, eine Familie zu ernähren. Obendrein sah er mit seinen dunklen Haaren und der schlanken Gestalt recht gut aus, auch wenn er acht Jahre älter war als ich. Dass Chaim schon vor Jahren ein Auge auf mich geworfen hatte, hatte mir meine Schwester erzählt. Weil ich ihn sehr gut leiden konnte, war ich mit den Plänen unserer Eltern einverstanden.

Hoch in den Abendhimmel erhob sich das gewölbte Dach unserer Synagoge. Sie war das Zentrum unseres Viertels. Ich liebte das *Haus der Versammlung*, in dem dreihundert Menschen Platz fanden, um sich dreimal täglich zu den Gottesdiensten zu treffen. Meist begleiteten wir unseren Vater zum *Maariv*, dem Abendgebet.

Dann erreichten wir unser Haus. Vater berührte die Mesusah am Türpfosten. Ich tat es ihm gleich und strich über die Schriftkapsel mit den Thoraversen. Dann erst öffnete er die Tür des zweistöckigen Gebäudes. Ich folgte ihm, zog den Umhang aus und streifte den feuchten Schleier ab.

Sarah drehte sich zu uns um. In ihre braunen Augen trat ein warmer Schimmer, und der Schein des Herdfeuers ließ ihre Haut rosig wirken. In der Hand hielt sie einen hölzernen Kochlöffel. »*Schalom.* Ihr kommt gerade recht.«

»Das riecht aber gut«, meinte Vater, nachdem er meiner

Schwester einen Kuss auf die Stirn gehaucht hatte. Er machte eine Kopfbewegung zu dem offenen Kessel hin, der auf dem gemauerten Herd in der Ecke des Raumes stand. »Was ist das?«

»Ein Gemüseeintopf aus Schalotten, Sellerie und Pastinaken.«

Auch mir lief bei dem Duft das Wasser im Mund zusammen. Kochen gehörte eindeutig nicht zu meinen Talenten, dafür beherrschte Sarah es umso besser. Das musste sie von unserer Mutter geerbt haben, genau wie ihr fröhliches, manchmal übermütig wirkendes Wesen, während ich eher meinem Vater glich. Dieser trat nun an einen Tisch, auf dem eine irdene Schale mit klarem Wasser für die Waschung bereitstand. Dreimal übergossen wir uns zunächst die linke und dann die rechte Hand, wie es der Talmud vorschrieb, und trockneten sie anschließend ab.

Vater senkte den Kopf. »Gepriesen seist Du, Ewiger, unser Gott«, sprach er den Tischsegen, »Du regierst die Welt, alles entsteht durch Dein Wort.« Zu dem Eintopf gab es frisch gebackenes, ungesäuertes Brot.

Während des Essens redeten Vater und ich noch einmal über den Patienten, den wir aufgesucht hatten. Sarah beteiligte sich nicht an unserem Gespräch, ihre Miene zeigte allzu deutlich, wie wenig sie sich für dieses Thema erwärmen konnte.

Ich bezweifelte, ob der alte Mann sich an die Anweisung hielt, alle vier Stunden von dem Sud zu trinken. Schon beim Betreten der Hütte war uns der Geruch von billigem Wein entgegengeschlagen. In solchen Augenblicken fragte ich mich, ob ich lieber eine andere Tätigkeit wählen sollte. War mir der Beruf des Mediziners nicht ohnehin verwehrt? Frauen war es verboten zu studieren. Die einzige Möglichkeit, meine Fähigkeiten eines Tages unter Beweis zu stellen, bot mir mein Vater, denn nur wenn mich ein *doctor medicinae* in der Heilkunde unterwies, war es mir gestattet, als Chirurgin oder

Hebamme zu arbeiten. Obwohl es nur wenige Ärztinnen gab – und noch weniger Jüdinnen –, war es doch nicht unmöglich. Vater erzählte uns ab und zu von jüdischen Ärztinnen, einer Frau namens Rebekka etwa, die vor vierhundert Jahren im fernen Salerno sogar medizinische Abhandlungen verfasst hatte. Zwei Medicae namens Floreta und Ceti hatten ebenfalls schon vor Jahrhunderten im Dienst spanischer Königinnen gestanden.

»Träumst du wieder davon, eitrige Geschwüre aus schwitzenden Körpern zu befreien?« In Sarahs Stimme schwang gutmütiger Spott mit.

Ein energisches Klopfen an der Haustür hinderte mich an einer Antwort. Vater erhob sich.

»Unser Tor wird bald geschlossen«, hörte ich ihn kurz darauf sagen.

»Ich weiß. Trotzdem bitte ich Euch, helft meinem Freund«, gab eine Männerstimme zurück.

Neugierig geworden, trat ich an Vaters Seite. Auf der Gasse, die inzwischen unter einer dichten Schneedecke lag, standen zwei wohlgenährte Männer, einer von ihnen bereits älter, der andere mit schmerzverzerrter Miene. Auf seiner Stirn waren Schweißperlen zu erkennen, und er stützte sich mühsam auf seinen Begleiter.

»Ich bin keinen Steinwurf vom Judentor entfernt ausgerutscht«, brachte er mit heiserer Stimme hervor. »Ich kann kaum auftreten.«

Der Mann klopfte auf seinen Mantel an der Stelle, unter der sich sein Pfennigsack befand. »Es soll Euer Schaden nicht sein.«

»Mir geht es nicht ums Geld. Es wird bald dunkel. Dann könnt Ihr die Judengasse nicht mehr verlassen.«

»Ich weiß. Würdet Ihr Euch das Bein trotzdem ansehen?«

»Also gut, kommt herein. Ihr müsst allerdings mit anfassen, meine Behandlungsräume befinden sich im ersten Stock.«

65

Gemeinsam halfen die beiden Männer dem vor Schmerzen Keuchenden die Treppe hinauf.

»Wenn er Glück hat, ist es nur eine Prellung«, raunte Vater mir zu, als ich ihm nach oben folgte.

Sie legten den Verletzten auf einen langen, mit wollenen Decken gepolsterten Tisch. Vorsichtig hob Vater das Bein an und begann mit der Untersuchung. Seine Miene verdüsterte sich.

»Tut mir leid, werter Herr. Wie es aussieht, habt Ihr Euch den Unterschenkel angebrochen. Ich muss ihn schienen. Meine Tochter wird mir dabei assistieren.«

»Ich danke Euch«, presste der Verletzte hervor.

Sofort begab ich mich in den Nebenraum, in dem Vater alles aufbewahrte, was er für die Behandlung gebrochener Glieder benötigte. Einer abgedeckten Schale entnahm ich zwei zusammengelegte, mit Eiweiß bestrichene Leinentücher, griff nach einem verschlossenen Tiegel und kehrte eilig zurück. Nachdem Vater die angeschwollene Stelle eine Handbreit unterhalb des Knies mit Salbe bestrichen hatte, gab er mir wortlos zu verstehen, das Bein des Mannes anzuheben. Ohne dessen Zähneknirschen zu beachten, begann er mit dem festen Anlegen der Leinentücher. Schon bald würde das Eiweiß fest wie getrockneter Lehm werden, um den Knochen die Gelegenheit zu geben, ordentlich zusammenzuwachsen.

»Von hier bis zum Haus meines Freundes ist es ein ganzes Stück Weges«, sagte der Begleiter. »Kennt Ihr jemanden, der uns einen Eselkarren oder etwas Ähnliches leihen könnte?«

Vater schüttelte den Kopf. »Leider nicht. Ich stelle Euch meinen eigenen Karren zur Verfügung. Ihr müsst ihn mir aber gleich morgen zurückbringen, da ich des Öfteren zu Patienten außerhalb der Stadtmauern gerufen werde.«

»Ich danke Euch, Medicus.« Der Ältere schlug den geöffneten Mantel zurück, zog das Lederband seines Geldbeutels auf und fasste hinein. »Nehmt das für Eure Mühe.«

Staunend sah ich zu, wie er drei Silbergulden in Vaters geöffnete Rechte fallen ließ.

»Ihr seid nicht nur ein hervorragender Arzt, sondern auch ein guter Mensch.«

Vater winkte ab.

Der Mann trat von einem Fuß auf den anderen. Dann sagte er: »Was ich Euch nun anvertraue, habt Ihr nicht von mir. Der Stadtrat hat heute beschlossen, alle Juden aus Regensburg auszuweisen. Innerhalb weniger Tage sollt Ihr die Stadt verlassen.«

»Was sagt Ihr da?« Vaters Gesichtsfarbe wechselte. »Das kann ich nicht glauben! Gewiss habt Ihr da etwas falsch verstanden.«

Der andere hob die Schultern. »Glaubt mir besser, es ist so, wie ich sage.«

Durch das warme, einheimelnde Haus schien plötzlich ein eiskalter Hauch zu pfeifen. Meine Kehle wurde eng.

»Warum sollten sie so etwas tun?«, fragte ich.

Dem Mann war die Unterhaltung sichtlich unangenehm, er getraute sich kaum, meinem Vater in die Augen zu blicken. »Die Handwerker der Stadt stecken dahinter. Denen seid Ihr Juden schon lange ein Dorn im Auge. Und Balthasar Hubmaier gießt noch kräftig Öl ins Feuer.«

»Hetzt er denn immer noch von der Domkanzel gegen uns und unsere christlichen Freunde?«

»Erst letzten Sonntag wieder.«

Ich hatte von Marianne, der Tochter eines christlichen Baders, bereits davon erfahren. Obendrein sollte der Domprediger im vorigen Jahr die Regensburger Zünfte dazu angestachelt haben, beim Kaiser Beschwerde gegen die Jüdische Gemeinde einzulegen. Kaiser Maximilian galt zwar nicht als ausgesprochener Judenfreund, wie es sein Vater gewesen war. Doch stand er unserem Volk auch nicht feindlich gegenüber, vielmehr hieß es, er würde uns sogar schätzen. Vor wenigen

Wochen jedoch war der Kaiser auf einer Reise von Innsprucke nach Linz gestorben. Offenkundig nutzten die Regensburger die Situation, um erneut etwas gegen die Juden der Stadt zu unternehmen.

»Ich danke Euch für Eure Offenheit«, gab mein Vater nach einigen Momenten des Schweigens zurück.

Nachdem wir den Mann mit dem frisch versorgten Bruch wieder ins Erdgeschoss des Hauses gebracht hatten, wies Vater ihn an, so lange auf einem Stuhl Platz zu nehmen und zu warten, bis er den Esel auf die Gasse geführt hatte. Nach einem kurzen Abschied kehrten Vater und ich mit einem unbehaglichen Gefühl ins Haus zurück.

9

Alisah

chalom, Daniel. Seid willkommen in meinem bescheidenen Heim«, sagte Jonathan Goldberg.

In meinen Augen war das Haus des Gemeindevorsitzenden alles andere als bescheiden. Besonders die Einrichtung der großzügig geschnittenen Stube zeugte vom erlesenen Geschmack des Ehepaares. Der erst vor einem halben Jahr zum Gemeindevorsitzenden gewählte Geldverleiher hatte unsere Familie zum Essen eingeladen. Jonathan Goldberg und mein Vater kannten sich schon länger und spielten gelegentlich Schach miteinander.

Durch die Küchentür drang der deftige Geruch eines Fleischgerichts in meine Nase. Vermutlich eine Lammkeule, gewürzt mit Thymian und Knoblauch. Als Armenarzt bezog Vater zwar ein jährliches Gehalt von fünfzig *Regensburger Gulden*, aber einen Braten wie diesen konnten wir uns nur an Festtagen leisten.

Nachdem wir an dem liebevoll gedeckten Esstisch Platz genommen hatten, auf dem sich neben den Speisen auch eine Karaffe Wein befand, füllte der Gemeindevorsitzende seinen Becher und wollte den Weinsegen sprechen.

Dann aber hielt der Hausherr inne und hob einen Finger zum Mund, um den Gästen zu bedeuten, still zu sein. »Entschuldigt mich. Es hat geklopft«, bat Goldberg und verließ den Raum.

Kurze Zeit später kehrte er in Begleitung dreier gutgekleideter Männer zurück. »Diese Herren sind Mitglieder einer Ratskommission«, erklärte er. »Sie haben mir etwas Wichtiges mitzuteilen.« An die Männer gewandt, deren Blicke ernst auf der kleinen Tischgesellschaft ruhten, fuhr er fort: »Setzt Euch bitte und sagt, was führt Euch zu mir?«

Mit sichtlichem Unbehagen nahmen die drei auf einer gepolsterten Bank an der Längsseite des Raumes Platz.

»Goldberg, wir wollen nicht um den heißen Brei herumreden«, begann ein hochgewachsener Mann. Er griff in einen Beutel, den er zu seinen Füßen abgestellt hatte, und zog ein zusammengerolltes, versiegeltes Schriftstück heraus. »In dieser Urkunde wird Euch befohlen, das Judenviertel zu räumen.«

Ich schnappte nach Luft. Sarah schlug die Hand vor den Mund.

»Was sagt Ihr da?«, stieß Esther Goldberg hervor. Der beleibten Frau wich jeder Blutstropfen aus dem Gesicht.

»So wurde es gestern in der Stadtratssitzung beschlossen«, erwiderte der Sprecher der Abordnung.

Die Frau des Geldverleihers stöhnte auf.

Ihr Mann erbrach das Siegel. »›Alle Juden haben die Stadt Regensburg bis zum fünfundzwanzigsten Februar zu verlassen.‹« Sein Blick suchte den meines Vaters, dessen Züge wie versteinert wirkten. »Lest weiter, Goldberg!«

»›Ihr sämtliches Eigentum geht in den Besitz der Stadt über. Außerdem wird ihnen hiermit befohlen, unverzüglich die Synagoge niederzureißen, da auf dem Platz eine Kirche für unseren Allmächtigen, den Schöpfer der Welt, errichtet werden soll. Weigern sich die Juden, ihr Bethaus eigenhändig abzutragen, werden es die Regensburger tun.‹«

Als hätte ihm jemand den Boden unter den Füßen fortgezogen, sank der Gemeindevorsitzende auf seinen Stuhl zurück. Nur ein Gurgeln entrang sich seiner Kehle.

Vater sprang auf. »Weiß der Rat, was er da von uns verlangt? Im Judenviertel leben um die fünfhundert Menschen! Frauen und viele Kinder, Alte, Kranke, Wöchnerinnen …«

»Das· mag alles sein«, fiel ihm einer der Ratsmänner ins Wort. »Dennoch ist der Befehl verbindlich. So ist es beschlossen, so soll es geschehen.«

»Ihr müsst von Sinnen sein«, presste mein Vater heiser hervor. »Werden auf der Kanzel von Sankt Peter nicht die Worte unserer Propheten verkündet? Die Taten des Stadtrates sprechen leider eine andere Sprache. Wahre Christenmenschen, fürwahr!« Die letzten Worte kamen ihm voller Bitterkeit über die Lippen.

»Zügelt Eure Zunge, *Jude*.« Der Wortführer der Männer musterte unseren Vater abfällig und richtete seine Aufmerksamkeit wieder auf den Hausherren, der wie festgewachsen auf seinem Stuhl saß. »Sicher werdet Ihr Euch anderenorts ein neues Geldgeschäft aufbauen können. Es soll ja noch Städte im Reich geben, in denen man Euch duldet. Behaltet ruhig Platz, wir finden allein hinaus.«

Die Frau des Gemeindevorsizenden schloss die Augen. Ein gequälter Zug lag um ihre Lippen, und auch das Mienenspiel ihres Mannes zeigte deutlich seine Gefühle, die zwischen Wut und Trauer wechselten. Plötzlich war mir kalt, obwohl im Kamin ein Feuer brannte.

Mein Vater fand als Erster seine Sprache wieder. »Dass sich Altdorfer für so etwas hergibt!«

»Von einem Mann, der uns jüdische Geldverleiher Wucherer schimpft, darf man wohl nichts anderes erwarten«, erwiderte Jonathan Goldberg bitter.

»Wer ist dieser Altdorfer, Vater?«, wollte ich wissen.

»Albrecht Altdorfer ist einer der bekanntesten Maler und selbst beim Kaiser geschätzt. Seit Kurzem ist er Mitglied des Äußeren Rates«, erläuterte er. »Ihr müsst eine Versammlung einberufen, Jonathan, und zwar noch heute Abend.«

»Sicher, das werde ich. Aber zunächst sollten wir mit einigen Männern der Gemeinde zum Rathaus gehen. Wir müssen versuchen, das Ganze noch abzuwenden.« Goldberg raufte sich den Bart. »In der Sache kann das letzte Wort noch nicht gesprochen sein.«

»Warum bietet ihr Geldverleiher dem Rat nicht eine größere Summe an?«, meldete sich Goldbergs Frau zu Wort, die endlich ihre Fassung wiedererlangt hatte.

»Ich fürchte, die hohen Herren werden nicht mit sich reden lassen«, erwiderte unser Vater düster. »Es geht ihnen nicht ums Geld. Unser Hab und Gut wird Eigentum der Stadt, Ihr habt es doch gehört. Man will uns endgültig loswerden.«

»Aber die Synagoge!«, warf Goldberg ein. »Sie können doch nicht von uns verlangen, dass wir unser eigenes Bethaus zerstören. Selbst wenn wir tatsächlich die Stadt verlassen müssen, so soll wenigstens etwas von uns zurückbleiben. Ich bin dafür, Rabbi Liebermann, den Kantor und ein paar andere zu verständigen und sie zu bitten, uns zu begleiten.«

»Also gut«, stimmte unser Vater zu. »Hoffen wir, dass die Ratsherren bereit sind, uns anzuhören. Wenn nicht, dann gnade uns der Höchste, der Gott unserer Väter Abraham, Jakob und Isaak.«

Eine Stunde später machten sich mein Vater, Jonathan Goldberg, Rabbi Meir Liebermann, Chaim, Kantor Salomon Birnbaum sowie ein halbes Dutzend unserer angesehensten Männer auf den Weg zum Regensburger Rathaus. Vater erzählte mir später, was geschehen war.

Der Rabbi ging ihm voraus, den Rücken kerzengerade, obwohl mein Vater wusste, wie sehr die Knochen des alten Mannes im Winter schmerzten. Sie alle mussten dieselben Gedanken umtreiben. Vater stützte den Rabbi. Die Leute warfen ihnen neugierige Blicke nach.

In der Rathaushalle angekommen, stellten sich ihnen zwei Büttel in den Weg.

»Was wollt Ihr hier?«

»Wir müssen den Bürgermeister sprechen«, gab Jonathan Goldberg mühsam beherrscht zurück. »Die Angelegenheit duldet keinen Aufschub.«

In diesem Moment kam eine Gruppe schwarz gekleideter Ratsherren die Treppe herab. Einer von ihnen richtete das Wort an den Geldverleiher.

»Goldberg, was macht Ihr denn hier? Solltet Ihr nicht Eure Sachen packen? Euch bleiben nur noch drei Tage.«

Mein Vater bemerkte, wie der Gemeindevorsitzende sich versteifte. »Darüber wollen wir mit Euch sprechen, Ratsherr Scharnagel.«

»Euer Auszug ist beschlossene Sache.« Er wollte sich umdrehen, aber Chaim Liebermann verneigte sich tief vor dem Mann und appellierte an seine Güte. »Wir dulden keinen Widerspruch. Unsere Stadt benötigt kein jüdisches Bethaus. Aber um Euch zu zeigen, dass wir keine Unmenschen sind, geben wir Euch für den Abriss noch einen weiteren Tag Zeit. Ich denke, diese Entscheidung kann ich vor den anderen Mitgliedern des Rates vertreten.«

Da stellte sich ihm mein Vater in den Weg. »Seit Jahren schon praktiziere ich im Viertel. Und jetzt kommt Ihr und verlangt, dass ich die Hilfsbedürftigen ihrem Schicksal überlasse? Nennt Ihr das Nächstenliebe?«

Der Ratsherr grub ihm einen Finger in die Brust. »Wenn Ihr nicht wollt, dass Eure Worte Konsequenzen nach sich ziehen, dann sollten wir besser so tun, als wären sie nie gesagt worden. Und jetzt geht mir gefälligst aus dem Weg!«

An jenem Abend fanden sich alle zu einer Versammlung ein. Das Gemeindehaus war bis auf den letzten Platz besetzt. Weitere Männer standen dicht gedrängt im Flur und lauschten den Worten ihrer Gemeindeleiter. Die gespannte Stimmung hing wie ein drohendes Gewitter in der Luft. Als Rabbi

Liebermann die Urkunde verlas, brachen etliche Mitglieder in Tränen aus oder fingen an zu wehklagen. Andere machten ihrer Empörung lautstark Luft, und mehrmals mussten Goldberg und Liebermann um Ruhe bitten. Sarah und ich wechselten einen raschen Blick. Auch wir rangen um Fassung, denn die Klagelaute der Menschen, die wir seit Kindertagen kannten, drangen uns bis ins Mark.

»Es muss doch einen Anlass geben, warum sie uns loswerden wollen«, rief ein Mann aus, der erst vor einem halben Jahr ins Judenviertel gezogen war. »Bisher haben wir hier doch mit den Christen friedlich zusammengelebt.«

Andere widersprachen, und auch wir erinnerten uns noch gut daran, wie die Regensburger während der Fastnachtszeit vor zwei Jahren ihren Mutwillen mit Unseresgleichen getrieben hatten. Ein Brauch, von dem sich mein Volk hatte freikaufen müssen. Auch die *Judensau* am Dom St. Petri bewies deutlich, was man von uns hielt. Das aus Stein gemeißelte Schwein, an dessen Zitzen drei Juden hingen, war eine Beleidigung für jeden von uns.

Stundenlang wurde im Gemeindehaus heftig darüber gestritten, ob wir ohne weiteren Protest dem Befehl folgen oder die Männer abermals beim Stadtrat vorsprechen sollten. Auch der Vorschlag Esther Goldbergs, sich von der Anordnung freizukaufen, wurde kurz erwogen, dann aber von der Mehrheit abgelehnt. Wir waren ebenfalls dagegen, da uns das als Bestechung ausgelegt werden könnte. Schließlich beschloss die Gemeinde, dass eine Delegation unseres Viertels am folgenden Tag im Rathaus vorsprechen sollte, um einen letzten Versuch zu unternehmen, den Rat umzustimmen.

10

Regensburg 2013

Durch die geöffneten Fenster in Gideons Arbeitszimmer kam ein warmer Luftzug herein. Die Wanduhr schlug zum siebten Mal, und er beobachtete die versunkene Miene von Paula Marek, die an seinem Schreibtisch saß und las. Die Brille war ihr auf die Nasenspitze gerutscht. Gid räusperte sich vernehmlich, aber sie reagierte nicht.

»Nun spann mich nicht auf die Folter, was steht da drin?«, entfuhr es ihm, nachdem sich Paula über eine halbe Stunde mit dem Tagebuch beschäftigt hatte.

Endlich hob sie den Kopf. Ihr Gesichtsausdruck wirkte entrückt, so als würde sie ihn kaum wahrnehmen. »Eins vorweg: Ich habe mich geirrt«, sagte sie atemlos. »Die Aufzeichnungen stammen nicht aus dem neunzehnten Jahrhundert.«

Er beugte sich vor. »Sondern?«

»Sie sind wesentlich älter.« Ihre Stimme klang heiser, während ihr Blick aus dem Fenster schweifte. Auf ihrer Miene lag ungläubiges Staunen.

»Noch älter?« Gid klopfte ungeduldig auf die Schreibtischplatte. »Jetzt lass dir doch nicht jedes Wort aus der Nase ziehen! Wie alt?«

»Das Buch stammt aus der ersten Hälfte des sechzehnten Jahrhunderts.«

Sein Mund wurde trocken. »Bist du sicher?«

»So sicher, wie man nur sein kann. Die Verfasserin hat es uns leicht gemacht.« Die Studentin drehte das Büchlein um und deutete auf eine Stelle. Dabei entging Gideon nicht das Zittern ihrer Finger. »Hier hat sie in deutscher Schrift das Jahr vermerkt, in dem sie ihre Aufzeichnungen begonnen hat.«

»Anno fünfzehnhundertneunzehn.« Er beugte sich tiefer über die Lektüre und sog den Geruch von Alter und Staub ein. Seine Fingerspitzen prickelten vor Neugierde, die Seiten zu berühren. »Ein Tagebuch aus dem sechzehnten Jahrhundert? Wahnsinn!«

»Du sagst es. Ich denke, so ein Fund ist sehr selten.« Ihre Wangen wurden rosig. »Gideon, diese Tagebücher sind Zeitzeugnisse. Vorausgesetzt, sie sind echt, wovon ich ausgehe. Warum sollte jemand so etwas fälschen?«

»Weil es sich um einen jüdischen Kulturschatz handelt?«, schlug er vor.

»Das sind sie. Andererseits haben wir es hier nicht mit den Hitler-Tagebüchern zu tun – entschuldige den Vergleich –, sondern mit den Aufzeichnungen einer Unbekannten.«

»Wer war sie?«

»Sie wird in der Liste deiner Vorfahren erwähnt. Sie hieß Alisah Friedman, ihr Vater Daniel, ein Medicus, war Witwer und hatte zwei Töchter. Die andere hieß Sarah.«

»Dieser Medicus ist damit also mein ältester bekannter Vorfahre.«

»Zumindest beginnen die Aufzeichnungen mit ihm«, bestätigte Paula. »Übrigens haben die Friedmans vor vierhundertdreiundneunzig Jahren in Regensburg gelebt, so wie du heute. Du kannst versuchen, bei der Jüdischen Gemeinde mehr über das damalige Judenviertel herauszubekommen. Vermutlich gibt es auch einen Friedhof, auf dem Daniel Friedman und seine Töchter begraben liegen.«

»Klar, aber vergiss nicht, dass die Juden die Zeit anders berechnen. Mein Lehrer an der Talmudschule hat mir vor zwanzig Jahren erklärt, dass wir im Jahr fünftausendsiebenhundertzweiundfünfzig leben.« Ein Gedankenblitz durchzuckte

76

ihn. »Fünfzehnhundertneunzehn – in jenem Jahr wurden die Juden aus Regensburg vertrieben. Das habe ich erst kürzlich in einem Artikel der *Mittelbayerischen Zeitung* gelesen.«

»Genau«, bestätigte Paula. »Das kündigt sich in dem Abschnitt an, den ich mir eben angesehen habe.«

Gid stand auf, verschränkte die Arme hinter dem Rücken und wanderte durchs Zimmer. »Ich werde die Bücher sofort einem Fachmann oder der Jüdischen Gemeinde übergeben.«

»Bitte tu das nicht, bevor ich eine Übersetzung davon angefertigt habe«, erwiderte Paula. »Gideon, sie gehören dir. Überleg doch mal: Wenn dein Großvater gewollt hätte, dass ein Museum oder die Jüdische Gemeinde die Bücher bekommt, hätte er sie längst übergeben.«

»Auch wieder richtig«, räumte Gid ein. »Am besten, ich speichere deine Übersetzungen zusätzlich auf dem Computer, damit nichts verloren geht. Trotzdem müssen wir die Originale wie rohe Eier behandeln. Ich besorge mir diese dünnen weißen Stoffhandschuhe, die man in Archiven immer überziehen muss, wenn man in alten Dokumenten blättert.«

»Mach das. Mein Vater war Jäger. Ich habe es gehasst, wenn er früher das erlegte Wild mit nach Hause brachte. Jedenfalls trug er zum Reinigen seiner Gewehre auch diese Handschuhe. Übrigens sollten wir die Bücher nicht in die Plastikhüllen zurückstecken. Alte Dokumente dürfen, soweit ich weiß, nicht schwitzen.«

Wie viel Schweiß, Träume, Ängste und Tränen mochten sie miterlebt haben?, ging es Gid durch den Kopf. Wer war diese Alisah? Und wie war es seinen Vorfahren gelungen, ihre Schriften beinahe fünfhundert Jahre aufzubewahren?

Er riss sich von seinen Gedanken los und ging in die Küche, um gleich darauf mit zwei Gläsern Apfelschorle zurückzukehren. »Wieso kannst du das Hebräisch von damals überhaupt entziffern? Hat das Mädchen nicht eine altertümlichere Variante benutzt?«, fragte er und trank einen Schluck.

»Schon, allerdings ist der Unterschied zum heutigen Hebräisch nicht so groß, wie du denkst. Sie hat in Mittelhebräisch geschrieben, was zu der Zeit auch zur Abfassung medizinischer und philosophischer Texte verwendet wurde. Aus diesem Mittelhebräisch und dem Hebräisch der Neuzeit ist übrigens das *Ivrit* entstanden, das Neuhebräisch.«

Gid trat hinter die Studentin.

»Wir haben also Glück«, fuhr sie fort. »Hätte Alisah in der deutschen Schrift geschrieben, die sie als Aschkenasim wahrscheinlich im Alltag benutzte, wäre das Übersetzen jetzt um einiges schwieriger.«

»Ist es nicht faszinierend, wie gut die Bücher erhalten sind?«, warf er ein.

»Allerdings, im arabischen Raum gibt es sogar Schriften, die wesentlich älter sind«, antwortete Paula und nahm die Brille ab. »Hast du schon mal von der Bibliothek von Timbuktu gehört?«

»Klar. Das älteste Manuskript dort soll aus dem Jahr zwölfhundertvier sein, habe ich irgendwann gelesen, also dreihundert Jahre älter als meine Dokumente. Ist das nicht unglaublich spannend?«

»Stimmt.« Paula begann zu schreiben.

Während sich langsam Seite um Seite füllte, überließ Gideon sich erneut seinen Gedanken. Was mochte diese Frau im Mittelalter erlebt haben, das ihr so wichtig erschienen war, um es in über einem Dutzend Tagebücher für die Nachwelt festzuhalten?

11

Regensburg 2013

*D*ie Aufzeichnungen der Alisah Friedman, tippte Gideon am Donnerstagabend in die Tastatur seines Computers. In den letzten Tagen hatte er mehrfach Überstunden leisten müssen, und für die Abschrift von Alisahs Tagebüchern hatte ihm die Konzentration gefehlt, was ihn zunehmend frustriert hatte. Heute hatte er früher Feierabend gemacht. Jetzt saß er endlich im Arbeitszimmer und konnte den Blick nicht von den übersetzten Seiten wenden.

Nach kurzem Zögern griff Gid nach dem ersten Blatt. Was ging ihn eigentlich das Leben irgendwelcher Vorfahren an, noch dazu, da die Ereignisse Jahrhunderte zurücklagen? Warum beschäftigten ihn die Aufzeichnungen, obwohl ihm der jüdische Glaube bis heute fremd geblieben war? Er hätte ins Kino oder in eine Bar gehen sollen, statt sich mit vergilbten und verwitterten Papieren auseinanderzusetzen. Nichts von dem, was diese Alisah ihrem Tagebuch anvertraut hatte, war ihm in der Gegenwart nützlich. Der Gedanke lag nahe, dass sein Großvater ihm nur wieder einmal Gewissensbisse hatte einreden wollen. Aber das würde dem alten Herrn nicht gelingen. Aus Respekt vor einem Toten digitalisierte und speicherte er diese Aufzeichnungen, mehr nicht.

Seine Finger flogen über die Tastatur. Als er an der Stelle angelangte, an der Alisah ihren Vater Daniel beschrieb, schmunzelte er. Der Medicus schien ihr Vorbild gewesen zu sein. Unversehens formten sich in seiner Vorstellung die Bilder der beiden, ihre Kleidung, der gelbe Ring und die Regentropfen, die sich von Daniel Friedmans Hut lösten. Die altertümliche Sprache hatte wohl seine Fantasie angeregt. Ausdrücke wie »Bammel« und »Schmonzes« fielen ihm auf. Ob sie unter Juden heute noch gebräuchlich waren?

Bald darauf war er mit seiner Arbeit fertig und fuhr den Computer herunter. Paula und er hatten sich für das kommende Wochenende wieder verabredet. Das kleine Honorar, das er ihr zahlte, war sicherlich ihr größter Anreiz, schließlich war ihnen beiden damit gedient. Bis Samstag hoffte er, ein paar Informationen über das Regensburger Pogrom von der Jüdischen Gemeinde zusammengetragen zu haben. Nachdenklich verstaute er die Dokumente und griff nach seinem eigenen Tagebuch.

Die Eindrücke und Gedanken sprudelten nur so aus ihm heraus und kleideten sich wie von selbst in Worte. Aus den Worten wurden Sätze, und als Gideon endlich das Buch zuklappte, hatte er mehrere Seiten eng beschrieben und fühlte sich auf merkwürdige Weise beschwingt.

Nachts im Traum sah er sich selbst vor den Tagebüchern sitzen, und mit jedem Wort, das er selbst schrieb, verschwanden die fremdartigen Buchstaben aus den brüchigen Seiten.

Gid erwachte am nächsten Morgen bestens gelaunt und pfiff auf dem Weg zur Arbeit vor sich hin. Dort wandte er sich einer Bilanz zu, die bis zum Abend fertig sein musste.

Die Zeit verging schleppend. Gideon besprach sich mit seinem Kollegen Sven wegen eines komplizierten Vorgangs und seufzte, als er feststellte, dass es erst Mittag war. Sein Job war anspruchsvoll, Fehler konnte er sich nicht leisten, und er versuchte, sich zu konzentrieren. Bald verschwammen die Zahlen vor seinen Augen zu einem einheitlichen Grau. Irgendwie war das alles nicht so, wie er es sich vorgestellt hatte. Wo blieb das Gefühl von Erfüllung, das sichere Empfinden, die eigene Berufung gefunden zu haben? Wahrscheinlich war er wirklich ein Träumer, wie Gianna es ihm damals vorgeworfen hatte.

Gideon streckte den Rücken. Sven, der ihm gegenübersaß, zwinkerte ihm zu. Papier raschelte. Seine Gedanken wanderten zu seinem Haus. Heute wurden Großvaters Möbel abgeholt, womit die Renovierung ihren Abschluss fand.

Sven kam zu ihm herüber. Ab und zu gingen die beiden nach Feierabend noch in ein Bistro gegenüber vom Firmengelände. Der Kollege teilte Gideons Vorliebe für Oldtimer.

»Zeit für die Mittagspause. Gehen wir zum Chinesen?«

»Gern.«

Er war froh, den Schreibtisch für eine Stunde verlassen zu können.

Das Restaurant war gut gefüllt, und sie hatten Mühe, einen freien Tisch zu finden. Dennoch dauerte es nicht lange, bis die Bedienung die bestellten Gerichte brachte. Hungrig widmeten sich die beiden der Ente süßsauer und dem Rindfleisch nach Szechuan Art.

»Morgen findet in Ingolstadt eine Veranstaltung der Oldtimerfreunde statt«, sagte Sven, als sie mit dem Essen fertig waren. »Ich habe vor hinzufahren. Willst du vielleicht mitkommen?«

»Tut mir leid, aber da habe ich schon eine Verabredung.«

»Sieh an, der Herr hat bereits weitere Kontakte. Und ich dachte, dir fällt die Decke auf den Kopf, wenn du nach Feierabend in deinem großen, einsamen Haus sitzt.« Sven grinste. »Wie sieht sie aus?«

»Kein Kommentar.«

»Danke. Für Oldtimer interessiert sie sich nicht zufällig, oder?«, fragte der Kollege.

»Netter Versuch. Ehrlich gesagt, über Autos haben Paula und ich bisher nicht gesprochen.«

Sie zahlten, Gideon schlüpfte in seine leichte Jacke und verließ nach seinem Kollegen das Restaurant. Im Grunde wusste er nur wenig über Paula. Sie mochte ihren Tee ohne Zucker und konnte sich regelrecht begeistern, wenn sie sich über Geschichtliches unterhielten. Die Art, wie sie mit den alten Schriften umging, zeugte von ihrer Liebe zu Büchern. Das war auch schon alles. Gianna kam ihm in den Sinn. Die beiden Frauen waren so verschieden wie Feuer und Wasser. Die Italienerin liebte ihr Rindersteak medium bis blutig. Paula hingegen ekelte sich vor rohem Fleisch. Gianna ging nie ohne ihre High Heels vor die Tür und genoss es, wenn Männer ihr nachsahen, während sich Paula eher sportlich kleidete und völlig natürlich wirkte.

Als er am späten Nachmittag zu Hause eintraf, waren die Handwerker gerade damit beschäftigt, die Garage auszuräumen. Gideon sah zu, wie sie ein Möbelstück nach dem anderen sowie eine Unzahl Umzugskartons in einen Transporter luden.

»So«, sagte einer der Männer. »Nur noch das alte Ding hier und die Kommoden, dann sind wir fertig.«

Zu zweit hoben sie Großvaters Ohrensessel an.

»Stopp!«, rief Gid einem inneren Gefühl folgend. »Ich habe meine Meinung geändert. Bringen Sie den Sessel bitte ins Haus. Ich werde ihn neu beziehen lassen.«

Bald darauf war Gideon allein. Großvaters Sessel stand wieder im Wohnzimmer, nahe der Terrassentür. Er wusste selbst nicht, was ihn zu dieser Sentimentalität verleitet hatte, aber der Gedanke, das Möbelstück restaurieren zu lassen, gefiel ihm.

Den Abend verbrachte er vor dem Fernseher. Doch noch während des Spielfilms wurden ihm die Augen schwer, und er ging bald darauf schlafen.

Der Samstag kam. Gid war schon früh und voller Tatendrang aufgestanden. Der Tag war trüb. Es hatte den ganzen Morgen gegossen, und Paulas Haare waren feucht, als er sie ins Arbeitszimmer bat.

Gideon reichte ihr ein Paar Baumwollhandschuhe.

»Danke schön. Bevor ich mich ans Werk mache«, erklärte sie mit einem Lächeln, »möchte ich gern etwas mit dir besprechen.«

»Ich höre.«

Paulas geblümtes Kleid unterstrich ihre zartgliedrige Gestalt. Gideon mochte es, wie ihr die Brille immer ein wenig von der Nasenwurzel rutschte. Er fand sie auf eine unaufdringliche Weise hübsch, ganz anders als Gianna.

»Ich möchte nicht mehr für die Übersetzungen bezahlt werden.«

»Wieso denn das?«

»Die Tagebücher haben mich gepackt. Ich finde es aufregend, Alisahs Geschichte zu enthüllen.«

»Wie du willst. Ich habe allerdings auch eine Bitte an dich: Ich möchte vorerst nicht, dass irgendjemand von den Tagebüchern erfährt, okay?«

»Selbstverständlich. Sie gehören dir, Gid. Alles, was damit zu tun hat, ist einzig und allein deine Sache.«

Paula machte sich sofort an die Arbeit. Gideon beobachtete, wie ihre Zungenspitze beim Lesen zwischen den Lippen hervortrat. Sie kam ihm vor wie ein Kind, das in einem aufregenden Roman las. Paula schien geradezu in der Vergangenheit zu versinken. Er musste sich beherrschen, um sie nicht zwischendurch zu fragen, wovon Alisah auf den bräunlich verfärbten Seiten berichtete.

Endlich klappte sie das Buch zu.

»Erzähl«, forderte Gideon sie ungeduldig auf, »was schreibt Alisah?«

83

12

Alisah

Ich war früh aufgestanden, also entschied ich mich, ein letztes Mal am *Schacharit* teilzunehmen. Am nächsten Tag sollte das *Haus der Versammlung* dem Erdboden gleichgemacht werden. Der Gedanke ließ mich schaudern, und ich betete, dass Rabbi Liebermann, Jonathan Goldberg und Vater bei ihrem Gespräch mit dem Bürgermeister Glück beschieden sein würde. Mein ganzes Leben hatte ich in diesem Viertel verbracht. Der Zusammenhalt seiner Bewohner hatte mir ein Gefühl von Sicherheit vermittelt, und mit brennendem Schmerz entsann ich mich der gemeinsam begangenen Feste und Feiertage. In meiner Erinnerung tauchte wieder das Gesicht meiner Mutter auf, wie es einen gequälten Zug annahm, wenn sie von den unendlichen, ruhelosen Wanderungen des Gottesvolks sprach. Wo auch immer wir lebten, wurden wir vertrieben. Auf die Frage, ob sie Bewohner des Viertels kannte, die schon das Land ihrer Väter besucht hätten, fielen ihr nur wenige ein. Diese paar frommen Leute hatten stets heilige, geweihte Erde mitgebracht, die sie in Säckchen sorgsam verwahrten.

In meinen Ohren hatten sich diese Berichte wie tragischromantische Geschichten oder Legenden angehört, über die kurz gesprochen wurde und die bald darauf wieder in Vergessenheit gerieten. Mit meinem Leben hatten sie nichts zu tun. Aber nun wurde aus der traurigen Legende bittere Wirklichkeit. Übelkeit stieg in mir auf, nur mühsam verdrängte ich die

Gedanken an das Bevorstehende, während ich mich dem Platz näherte, auf dem das Bethaus stand – noch.

Zunächst jedoch hatte ich die Mikwe aufzusuchen, da vor einer Woche die Tage meiner Unreinheit zu Ende gegangen waren. Vor dem Eingang, gleich gegenüber der Synagoge, hatte sich eine Schlange gebildet. Die Gesichter der Frauen waren von Trauer und Schmerz gezeichnet. Seit ich denken konnte, war ich gern in die Mikwe gegangen. Tief atmete ich die modrig riechende Luft ein, die selbst zwischen den Mauersteinen des Gebäudes zu hängen schien. Ich griff nach einem brennenden Talglicht und tastete mich die Stufen hinab, die in den Raum mit dem Tauchbecken führten. Rasch hockte ich mich nieder und tauchte bibbernd dreimal unter. Nur wenn das Haar sowie mein ganzer Leib vollständig vom Wasser bedeckt waren, war dem Ritus Genüge getan. Im Nebenraum kleidete ich mich wieder an und ließ das Licht für die nächste Frau brennen.

Mehr Menschen als gewöhnlich drängten an diesem Morgen in das Bethaus. Das Herz der Synagoge war der Thoraschrein, der sich in der Mitte der nach Jeruschalajim zugewandten Seite befand. Er barg die Thorarollen. Sie waren in Samtstoff gehüllt und mit einer kleinen Krone geschmückt. Meine Augen füllten sich mit Tränen, während ich mich durch den Säulengang schob, vorbei an alten Männern und einer Gruppe junger Mütter mit ihren Kindern. Ich wusch mir die Hände in einem der Becken und schlüpfte in den für die Frauen abgetrennten Raum. Durch mehrere Fenster in der Wand konnte ich den Gottesdienst verfolgen. Neben einer kleinen, runzeligen Frau ließ ich mich nieder. Es war Margalit, die seit sechzig Jahren mit dem Glasmacher Erez verheiratet war und ihm fünfzehn Kinder geschenkt hatte, von denen immerhin noch sechs am Leben waren. Die Familie von Erez war die größte der Gemeinde und zählte an die vierzig Personen, alles fromme und rechtschaffene Leute. Ich strich ihr über die Hand, denn ich kannte sie von Kindesbeinen an.

»*Schalom*, Mädchen«, flüsterte Margalit, die wie alle verheirateten Frauen ihr Haar unter einem Schleier verbarg, und erwiderte die Liebkosung.

»*Schalom*. Wo ist Erez?«

»Er ist zu schwach. Er sitzt daheim und weint.«

Gern hätte ich ihr ein paar tröstende Worte zugesprochen, aber was hätte ich sagen sollen? Also reckte ich den Hals, konnte meinen Vater jedoch nirgends ausmachen. Unterdessen betrat Sarah den Frauenraum und setzte sich auf die Bank hinter mir. Ihr Gesicht wirkte ernst.

Salomon Birnbaum wartete, bis es still wurde. »Wie schön sind deine Wohnstätten, Israel!« Mit den uralten Worten aus dem Buch Numeri begrüßte der Kantor zunächst das Gotteshaus, danach folgten eine Hymne und der *Birchot haschacha*: »Mein Gott! Die Seele, die du mir rein gegeben, du hast sie geschaffen, du hast sie gebildet, du hast sie mir eingehaucht, und du hütest sie in mir«, rezitierte Birnbaum mit gesetzter Stimme.

Der Kantor sprach weitere Gebete, zu denen sich die Gläubigen erhoben, und schließlich das *Sch'ma Israel*. »Höre Israel, der Ewige ist Gott, der Ewige ist einzig«, intonierte der Kantor.

Ich bemerkte, wie Vater, Rabbi Liebermann und Jonathan Goldberg auf ihre Plätze zusteuerten. Der Gottesdienst nahm seinen gewohnten Fortgang. Schließlich drängten die Anwesenden den Ausgängen zu.

Vor dem Hauptportal trafen wir auf unseren Vater. Mit stockenden Worten berichtete er uns von dem Gespräch im Rathaus.

Bürgermeister Ammberger hatte sich in seinem Amtssessel zurückgelehnt und die Männer, die vor seinem Schreibtisch standen, aus seinen fehlsichtigen Augen gemustert.

»Wir danken Euch sehr für Eure Bereitschaft, uns anzuhören«, begann Vater und fiel in eine leichte Verbeugung.

»Ihr wisst, warum wir hier sind, Herr Bürgermeister. Wir wollen Euch gewiss nicht die Zeit stehlen, aber wir bitten Euch, noch einmal über den vom Rat gefassten Beschluss nachzudenken.«

»Da gibt es nichts mehr nachzudenken, Medicus.«

Unser Vater blieb hartnäckig. »Selbst wenn wir noch heute damit beginnen, unser Eigentum zu packen und alles Weitere zu veranlassen, brauchen wir viel mehr Zeit. Bedenkt, um wie viele Menschen es sich handelt! Außerdem hat der Winter die Stadt fest im Griff. So habt doch ein Einsehen.«

»Also gut. Ich gewähre Euch acht Tage, dann habt Ihr die Stadt verlassen. Das ist mein letztes Wort. In Sallern und Stadt-am-Hof findet Ihr vorerst Aufnahme.«

»Was wird aus unserer Synagoge?«, brachte Rabbi Liebermann schwach hervor. »Es ist uns unmöglich, sie abzureißen.«

»Dann werden es unsere Leute tun. Und nun geht.«

»Wahrscheinlich sind wir nichts anderes für ihn als lästige Insekten, die sich mit einer Handbewegung verscheuchen lassen«, beendete Vater seinen Bericht. »Wenigstens konnten wir einen kleinen Aufschub erreichen.«

Ich war wie betäubt. Da lenkte ein Kutscher einen Pferdewagen auf den Platz vor dem Bethaus zu, gefolgt von einem weiteren Fuhrwerk. Darauf saßen jeweils etwa ein Dutzend Männer. In den Händen hielten sie langstielige Äxte, schwere Vorschlaghämmer und anderes Handwerkszeug.

Die Menge wich zurück. Jeder Laut verstummte. Entsetzen breitete sich auf den Gesichtern der Männer und Frauen aus. Die Kerle kletterten von den Wagen und nahmen vor uns Aufstellung.

»Was wollen die von uns?«, flüsterte Sarah neben mir.

»Still, Mädchen«, erwiderte Vater kaum hörbar.

Der Wortführer, ein kräftiger rothaariger Mann, wandte sich an unseren Gemeindevorsitzenden. »Nur für den Fall, dass ihr unsere Hilfe braucht.«

Der Geldverleiher lief rot an. »Ihr verdammten …«

»Gojim? So nennt ihr uns doch. Glaubt ihr, wir wüssten das nicht? Für euch Juden sind wir Heiden, nicht wahr?« Er gab einem der wartenden Männer einen Wink. Der trat vor und reichte dem Sprecher eine Axt. »Nehmt sie, Goldberg«, befahl er, »und führt den ersten Hieb aus. Sicherlich soll doch kein Gojim Hand an euer schönes Gotteshaus legen, oder?«

Ich konnte erkennen, wie der Gemeindevorsitzende zur Salzsäule erstarrte.

Widerwillig fasste Goldberg nach dem Stiel des Spaltwerkzeugs und trat zurück. Auf seiner Stirn bildeten sich Schweißperlen. Kurz sah ich das Grauen in seinen Augen. Ein Kälteschauer jagte durch meinen Leib.

Der andere schlug den geöffneten Mantel zurück und legte die Hand auf den Griff seines Kurzschwertes. »Worauf wartest du noch, Jude?« Er machte eine Kopfbewegung in Richtung der verschlossenen Türflügel.

Jonathan Goldberg hob die Axt und bewegte die Lippen wie zu einem stummen Gebet. Dann hieb er das scharfe Werkzeug gegen einen der Türflügel. Der dumpfe Schlag sowie sein Keuchen hallten gespenstisch über den Platz. Allerdings hinterließ der nur mit halber Kraft ausgeführte Hieb nichts als einen kleinen Kratzer in dem jahrhundertealten Eichenholz.

»Weiter!«

Erneut hob Jonathan Goldberg die Axt in die Höhe, schlug zu. Diesmal blieb das Eisen im Holz stecken und ließ sich nicht wieder herausziehen.

Der Rothaarige baute sich vor unserem Vater auf. »Helft ihm.«

»Was, wenn ich mich weigere?«

»Schwing keine Reden, Jude! Tu, was ich dir sage. Oder denkst du, wir hätten Befehl, euch zu schonen, wenn ihr euch weigert?«

Drohend machte Vater einen Schritt auf den Rothaarigen zu. Sarahs Hand schob sich in die meine.

Vaters Züge wurden hart, in seinen Augen schimmerten Tränen. Er rang um Fassung, legte dem Älteren die Hand auf die Schulter und schien ihm Kraft zusprechen zu wollen. Dann legte er seine kräftigen Hände um den Stiel und zog unter äußerster Kraftanstrengung die Schneide aus dem Holz. In meinem Inneren krümmte sich alles zusammen.

Auf einen Befehl ihres Anführers hin überreichten die Kerle, die die Szene feixend beobachtet hatten, unseren Männern die Dreschflegel, Äxte und Vorschlaghämmer. In ihren Mienen las ich deutlich, was geschehen würde, sollten wir Widerstand leisten. Also nahmen unsere Leute die Werkzeuge entgegen und hieben die Vorschlaghämmer gegen die alten Mauern.

Bald lösten sich die ersten Steine und fielen in den Schnee. Erez' und Margalits Söhne Nahum und Baruch verschwanden im Inneren des Bethauses. Kurz darauf flog das zerschlagene Fensterglas im Obergeschoss auf den Platz herab, alles begleitet vom Wehklagen der Alten, die abseits standen und die Hände rangen.

»Holt die Thorarollen heraus. Es ist furchtbar kalt heute, ein Feuerchen wird uns guttun«, hörte ich einen vierschrötigen Kerl brüllen, gefolgt vom Gelächter seiner Kameraden.

Rabbi Liebermann, dessen Züge sich in stummem Schmerz verzerrten, hob die Hände. »Alles, nur das nicht, meine Herren. Die Thora enthält das Heilige Wort unseres Gottes. Ihr lest es doch auch in eurer Bibel, der Heiligen Schrift!«

»Vergesst nicht, wir sind Heiden, alter Mann«, gab der Rothaarige grinsend zurück.

Ein pickliger Bursche rannte schnell wie ein Wiesel an dem Rabbiner vorbei in die Synagoge, um wenig später mit den Pergamentrollen unter dem Arm zurückzukehren. Auf seinen Zügen lag ein triumphierendes Grinsen.

»Wir sollten die Bänke auch gleich herausholen«, feixte der andere. »So ein Feuer braucht ordentlich Nahrung.«

Die Kerle johlten.

Margalit, die vor mir stand, wankte und schien sich kaum noch auf den Beinen halten zu können. Ich ergriff ihren Arm.

»Oh Gott Abrahams, Jakobs und Isaaks«, stieß sie hervor. »Warum lässt du zu, dass dein Volk so sehr gepeinigt wird?«

Schon schlugen die ersten Flammen empor, und sie stöhnte auf. Im nächsten Augenblick krampfte sich ihre Rechte über dem mageren Brustkorb zusammen, und ein Röcheln entwich den blutleeren Lippen. Bevor ich sie auffangen konnte, sank Margalits schlaff gewordener Leib in den frisch gefallenen Schnee. Ich tastete nach ihrem Puls. Nichts. Rasch presste ich zwei Finger auf ihre Halsschlagader.

Sie war tot.

»Höre Israel, der Herr ist unser Gott«, murmelte ich das Totengebet und wischte mir die Tränen aus dem Gesicht. »Komm mit mir, Sarah«, rief ich meiner Schwester zu, die mit weit aufgerissenen Augen dastand und mit ansah, wie unser Vater aus der Synagoge trat.

In den Händen hielt er zwei kleine silberne Leuchter, die er behutsam vor dem Portal abstellte. Wir blickten uns an und rannten davon, während die Hammerschläge der Männer schmerzhaft in meinen Ohren gellten.

13

Alisah

Sarah lief auf Vater zu, als er endlich heimkehrte. Sein rechtes Auge war blutunterlaufen und ein Brillenbügel verbogen. Sie warf sich schluchzend in seine Arme. Er hielt sie fest und sah mich mit einem gequälten Ausdruck an. Sie haben ihn geschlagen, schoss es mir durch den Kopf.

»Vater!«

Er zog mich an sich, und ich half ihm aus dem feuchten Mantel. Vater schloss die Augen.

»Ich sollte die Gebetsschals und die Gebetsriemen eigenhändig ins Feuer werfen. Ich konnte es einfach nicht.« Auf einmal wirkte er um Jahre gealtert. »Sie wollten selbst Hand anlegen, es ging ihnen wohl nicht schnell genug. Plötzlich tauchte Albrecht Altdorfer auf. Er ordnete an, mit der Zerstörung der Synagoge noch ein paar Tage zu warten. Altdorfer will vorher ein paar Skizzen anfertigen, warum auch immer.« Mit einer fahrigen Bewegung rieb er sich über das Gesicht. »Es heißt ja, der Herr sympathisiere mit diesem Doctor in Wittenberg, der gegen die Missstände der Kirche wettert. Hoffen wir, dass uns seine Anhänger wohlgesinnt sind.«

Bald darauf setzten wir uns an den Küchentisch. Aber Vater schob die Suppenschale von sich. »Etliche Familien wollen morgen das Viertel verlassen.« Er nahm die Brille ab und legte sie auf den Tisch. »Unser Kantor und seine Frau sind unter ihnen, außerdem mehrere Händler.« Er zählte verschiedene, uns bekannte Namen auf. »Die Goldbergs und Rabbi Liebermann mit seiner Familie brechen ebenfalls morgen auf. Chaim will vorerst bleiben. Er hat sich nach dir erkundigt und lässt dich grüßen, Alisah.«

»Und wir, Vater? Wann verlassen wir die Stadt?«, wollte Sarah mit einem unüberhörbaren Zittern in der Stimme wissen.

»Noch nicht. Deine Schwester und ich haben hier noch einiges zu tun.« Er erhob sich. »Ich kann es nicht verantworten, die Kranken sich selbst zu überlassen. Deshalb werde ich bis zum letzten Tag in der Judengasse bleiben.« Vater rieb sich die Augen. Die Erschöpfung auf seinen Zügen tat mir weh. »Es war ein langer, dunkler Tag, lasst uns zu Bett gehen.«

Auch uns war der Appetit vergangen, und ich folgte Sarah in unsere Kammer. Wir sprachen unsere Abendgebete und schlüpften unter die Decken. Ich schloss die Lider, sehnte mich danach, der Schlaf möge mir ein kurzes Vergessen schenken. Doch alles, was ich wieder und wieder sah, waren die grauenhaften Bilder des Tages.

Sarah und ich verfolgten am nächsten Tag, wie Margalit, nur in ein Leichentuch gehüllt, bestattet wurde. Für eine Totenwache und eine angemessene Zeremonie blieb keine Zeit. Ihr Mann Erez brach am Grab zusammen, und seinen Kindern stand die bange Frage, wie ihr Vater in seinem Zustand den Weg bis zu ihrem Ziel erreichen sollte, förmlich ins Gesicht geschrieben. Nur das Nötigste – Kleider, etwas Hausrat und ein paar Lebensmittel – durften wir mitnehmen.

An den Toren der Judengasse kontrollierten Stangenknechte jede Familie, sahen in jede Tasche, in jeden Beutel. Wer es wagte, mehr als das Erlaubte bei sich zu tragen, bekam den Knüppel zu spüren. Arm in Arm beobachteten wir beklommen, wie immer mehr Nachbarn und Bekannte das Viertel verließen. Die Furcht vor dem, was uns alle erwarten mochte, ergriff selbst die Jüngsten. Stumm und gesenkten

Hauptes schritten sie, die Bündel auf den Rücken gebunden, zum Tor hinaus. Die Jungen stützten die Alten, und diejenigen, die wie Erez zu schwach zum Laufen waren, wurden von den Kindern getragen. Beim Anblick des Glasmachers, der reglos im Arm seines ältesten Sohnes lag, vergrub ich das Gesicht in Sarahs Haar, um meine Tränen zu verbergen.

Plötzlich drang ohrenbetäubender Lärm zu uns herüber. Er schien aus der Synagoge zu kommen. Männerstimmen johlten und stießen Jubelschreie aus, die mir durch Mark und Bein gingen. Wir begannen im selben Moment zu laufen. Die Geräusche von Hammerschlägen, gefolgt vom Knirschen berstenden Holzes empfingen uns, als wir das *Haus der Versammlung* erreichten. Der Pöbel tobte sich in der Synagoge aus und zerschlug die Einrichtung. Ein kräftiger Mann, der eben mit einer Bank aus dem Gotteshaus trat, musterte mich unverhohlen von oben bis unten. Krachend stellte er die Bank ab und machte Anstalten, auf uns zuzugehen.

»Schnell weg hier, Sarah«, zischte ich, dann rannten wir zurück ins Haus.

Dort angekommen, nahm ich den durchdringenden Geruch von Feuer wahr. Sie zündeten tatsächlich unsere Synagoge an! Schluchzend warfen wir uns in Vaters Arme, der uns schon erwartete. Auch die Schule ging am selben Tag in Flammen auf, die wertvollen Pergamente mit den Talmudtexten wurden beschlagnahmt. Chaim Liebermanns Schüler verließen mit ihren Familien die Stadt, ich hatte meinen zukünftigen Ehemann seit Tagen nicht mehr gesehen. Wo mochte er nur stecken? Pfänder wurden aus den Leihhäusern getragen, die Geschäfte der Händler und die Kassen der Geldverleiher geplündert.

»Christusmörder! Giftmischer!«, hallten hämische Stimmen durch die Gassen. Mich fröstelte. Waren es nicht stets Christen gewesen, die uns in der Vergangenheit vorgeworfen hatten, ihre Brunnen vergiftet zu haben? Nun schüttete der Pöbel Unrat und Steine in die Brunnen auf dem Marktplatz. Unter den Hammerschlägen einer Schar grobschlächtiger Kerle fielen die Mauern der Mikwe, und man zwang einen unserer Schächter, in das Becken zu urinieren.

Kein Tag verging, an dem es nicht zu neuen Grausamkeiten kam. Einmal mussten wir hilflos mit ansehen, wie zwei Wöchnerinnen aus der Stadt getrieben und zusammen mit einer alten Frau auf ein Floß gesetzt wurden. Mitten auf der Donau geriet es in der reißenden Strömung ins Schwanken und kenterte. Keine der Frauen war in der Lage, sich aus dem eiskalten Wasser zu retten.

Kurz vor Ablauf der Frist hatten sich die Gassen geleert, nur wenige harrten noch in ihren Häusern aus, um die letzten Habseligkeiten zusammenzupacken. Vater und ich kehrten nach einem langen, arbeitsreichen Tag heim.

Zipora war niedergekommen, eine schwere und kräftezehrende Geburt, die den ganzen Tag gedauert hatte. Ihr Sohn machte einen gesunden und kräftigen Eindruck, aber die junge Mutter bereitete uns Sorgen, da sie aufgrund des erheblichen Blutverlustes immer wieder das Bewusstsein verlor. Ich hätte Zipora gern umarmt, doch leider genügte eine einzige Berührung mit ihrem Blut, um selbst unrein zu werden. Also musste ich mich darauf beschränken, ihr Verse aus der Thora vorzulesen und einen Aufguss aus Frauenmantel zuzubereiten. Er sollte Ziporas Herz stärken, entkrampfend wirken und die Milchbildung fördern. Sie war kaum fünfzehn, genau wie Sarah, und brauchte dringend Ruhe, um sich zu erholen. Aber eben dies blieb ihr verwehrt.

Jochanan ben Israel, nunmehr der einzige Rabbiner der Judengasse, seit Meir Liebermann das Viertel verlassen hatte, wollte noch am selben Tag vorbeikommen, um Zeremonien abzuhalten, da es ihr erstgeborenes Kind war. Danach wollten auch er und Hannah, seine junge Frau, mit ihren zwei Mädchen die Stadt verlassen. Dies war kein guter Zeitpunkt, um geboren zu werden, überlegte ich. Zipora und ihr Mann Ruben konnten dem Kleinen erst an ihrem neuen Wohnort einen Namen geben und ihn beschneiden lassen.

Vater und ich hatten während des Rückweges geschwiegen. Worte waren nicht nötig. Kaum hatten wir uns im Flur unserer Umhänge erledigt, klopfte es.

Chaim Liebermann lüftete seinen Hut. »*Schalom*, Alisah. Möge Adaunoi dich segnen. Ob ich einen Moment hereinkommen dürfte?«

»Natürlich.«

Erleichtert, ihn wohlbehalten vor mir zu sehen, bat ich ihn in die Stube, wo ein knisterndes Feuer wohlige Wärme verbreitete. Chaim wurde vom Rest der Familie herzlich begrüßt. Auf die Bitte abzulegen, winkte er ab, nahm aber Platz.

»Ich habe nicht viel Zeit, daher will ich gleich zur Sache kommen: Herr Friedman, ich bitte Euch, verlasst diesen unseligen Ort.« Seine dunklen Augen waren ohne Glanz, und die schmalen Gesichtszüge zeigten Spuren tiefer Erschöpfung. »Meine Schüler sind längst nicht mehr in der Stadt. Der Pöbel wütet, nichts ist diesen Leuten heilig, und ich gebe unumwunden zu, dass ich Angst um das Leben und die Gesundheit meiner zukünftigen Frau habe.«

Vater und Sarah setzten sich zu uns.

Unser Vater wiegte den Kopf. Sein Haar war noch feucht vom Schnee. Aufmerksam blickte er in das Gesicht unseres Gastes. »Wenn jemand Eure Sorgen teilt, so bin ich es, Chaim. Auch mir ist nicht wohl dabei, meine Töchter an diesem Ort zu wissen, an dem Leid und Zerstörung herrschen. Vor wenigen Tagen erst sind sie von einem dieser… dieser Männer bedroht worden.«

Chaim Liebermann erbleichte. »Was ist geschehen, Alisah?«

Ich trat an das von Eisblumen bedeckte Fenster und spähte

in die Dunkelheit. »Wir waren am Ort der Ewigkeit, um nach dem Grab unserer Mutter zu sehen«, begann ich stockend. »Als wir uns auf den Heimweg machen wollten, betraten ein paar Männer den Friedhof. Sie waren offenbar betrunken und fingen an, einige der Matzewah umzustürzen. Einer von ihnen erbrach sich auf dem frischen Grab von Aaron Strauß. Sarah und ich versteckten uns hinter einem der dicken Eichenstämme, damit die Unholde uns nicht bemerkten. In dem Augenblick kam Gerson Morgenthau vorbei.«

»Kantor Birnbaums Schwager ist noch in der Stadt?«, fragte Chaim mit angewiderter Miene.

Ich kehrte an den Tisch zurück. »Wäre er nur schon gegangen«, erwiderte ich bitter. »Gerson Morgenthau trat den Männern entgegen und forderte sie auf, unseren Friedhof zu verlassen. Da packten sie ihn, schnitten ihm die Schläfenlocken ab und schlugen auf ihn ein, bis er sich nicht mehr rührte. Es war so schrecklich. Plötzlich bemerkten sie uns doch. Einer von ihnen lief uns fast bis zum Ausgang des Friedhofs hinterher. Es war Friedrich Scharnagel, der älteste Sohn des Ratsherrn. Er drohte, Sarah und mir eigenhändig den Hals umzudrehen, wenn wir verrieten, was wir beobachtet haben.«

»Gemeines Mörderpack«, erwiderte Chaim ungewohnt heftig. »Was ist mit Gerson Morgenthau geschehen?«

»Wahrscheinlich haben die Mörder seinen Leichnam verschwinden lassen.«

»Herr Friedman, es ist purer Leichtsinn, noch länger hierzubleiben. Ihr versucht den Ewigen.«

»Ich bleibe, solange es noch Glaubensgenossen gibt, die meiner Hilfe und Behandlung bedürfen.«

»Dann lasst wenigstens Eure Töchter gehen.« Chaims Blick streifte mich warm. »Gleich morgen früh müsst ihr aufbrechen. Ich werde euch begleiten.«

»Nein!« Ich erhob mich abrupt. »Ich bleibe bei meinem Vater.«

Chaim trat so nah an mich heran, wie es den Anstand gerade nicht verletzte. »Was, wenn dieser Scharnagel hier auftaucht…?«

»Das glaube ich nicht. Ihr beide seid die Einzigen, die von dem Verbrechen wissen.«

»Der Mistkerl wird es nicht wagen, meinen Töchtern etwas anzutun. Der Stadtrat hat allen Bewohnern der Judengasse zugesichert, dass ihnen nichts geschieht, wenn sie Regensburg verlassen.«

»Nichts geschieht?«, fragte Chaim zurück. »Reicht Euch denn nicht, was in unserem Viertel vor sich geht, Medicus Friedman? Menschen werden verprügelt, unsere Synagoge besteht nicht länger, die Talmudschule…« Er brach ab, und ich entdeckte Tränen in seinen dunklen Augen. »Ihr müsst wissen, was Ihr tut, Medicus. Ich verlasse jedenfalls morgen Regensburg und warte in Stadt-am-Hof auf Euch und Eure Töchter.«

14

Alisah

Könnt Ihr bitte nach meinem Vater sehen?«, stieß der Halbwüchsige hastig hervor. Er hieß Alban, war der Sohn des Regensburger Kürschners Johannes Pelzer und machte einen aufgelösten Eindruck. »Er liegt seit Tagen mit Fieber darnieder.«

»Und da kommst du erst heute?«

Kopfschüttelnd forderte ich ihn auf, einzutreten und zu warten, bis Vater so weit sein würde. Er saß gerade in der Stube und las in einem seiner medizinischen Bücher.

»Vater, jemand braucht unsere Hilfe.«

Er sah auf. »Was gibt es denn?«

Ich wiederholte Albans Worte.

Besorgnis legte sich über Vaters Züge. »Hol meine Tasche, Alisah. Ich ziehe mir nur schnell etwas Warmes über.«

Wohnhaus und Werkstatt des Kürschners befanden sich in der Weißgerbergasse, unweit des Donauufers. Während wir über das verschneite Pflaster eilten, dachte ich an unsere erste Begegnung mit Pelzer zurück. Es war ein Jahr her, seit wir nach einem Krankenbesuch auf dem Domvorplatz beschimpft worden waren. Es wäre wohl zu Handgreiflichkeiten gekommen, hätte nicht ein hünenhafter Mann eingegriffen und die Burschen verscheucht: Johannes Pelzer, sechzig Lenze alt, Besitzer der größten Kürschnerei Regensburgs und Herr über zwanzig Gesellen und Anwärter auf eine Mitgliedschaft im Stadtrat.

Wir mussten achtgeben, nicht auf den gefrorenen Steinen auszugleiten, deshalb hakte ich Vater unter. Wäre Pelzer nur schon im Stadtrat! Endlich erreichten wir das Fachwerkhaus, die Gerüche von Beize und anderen Mitteln, welche die Weißgerber zur Behandlung der Tierhäute und Felle benutzten, reizten meine Nase.

Albans ältere Schwester Dietlinde öffnete. »Gut, dass Ihr da seid, Herr Medicus«, sagte sie zu Vater und schenkte mir ein scheues Lächeln.

Alban führte uns in die Schlafkammer im Obergeschoss. Der Raum war vom warmen Licht zweier dicker Wachskerzen erhellt. Ich fröstelte in der ungeheizten Kammer. Aus dem maskenhaft wirkenden Gesicht des Kranken blickten uns trübe Augen entgegen.

»Ich warte draußen.« Der Junge schloss leise die Tür.

Als wir näher an das Krankenlager traten, bewegten sich die trockenen Lippen des Kürschners zu einem stummen Gruß.

»Verehrter Pelzer, was macht Ihr denn für Sachen?« Vater bemühte sich um einen scherzhaften Tonfall. Er legte dem Kranken die Hand auf die gerötete Stirn. »Habt Ihr Schmerzen?«

»Alle Knochen tun mir weh und«, ein Hustenanfall schüttelte den Kranken, »auch der Kopf.« Seine Züge verzerrten sich. »Es ist doch keine Influenza, Friedman?«

»Das ist leider wahrscheinlich. Um sicherzugehen, lasst mich Euch zunächst eingehend untersuchen.« Mit einer Kopfbewegung bedeutete Vater mir, ein paar Schritte zurückzutreten. Ich gehorchte, wusste ich doch um die Ansteckungsgefahr.

»Öffnet den Mund. Ich muss in Euren Rachen sehen, Pelzer«, erklärte Vater ihm.

Der Kranke gehorchte.

Die Tür wurde aufgestoßen. Es war der Sohn des Kürschners, der mich aus schreckgeweiteten Augen anstarrte.

»Im Flur sind Männer!«, rief er. »Sie tragen Schwerter bei sich.«

Von unten ertönte ein Aufschrei, dann polterten schwere Schritte die Treppe herauf, und zwei Gestalten betraten den Raum. Ein Bulle von einem Mann mit einer gewaltigen Hakennase trat näher und musterte den Kranken.

»Gott zum Gruße, Pelzer. Lasst Ihr Euch etwa von einem *Juden* behandeln?« Er spie die Worte förmlich aus und heftete den Blick auf uns. »Was habt ihr beiden hier zu suchen? Warum seid ihr immer noch in der Stadt?«

»Meines Wissens haben wir heute den dritten März«, gab Vater höflich, aber bestimmt zurück. »Damit bleibt uns noch ein voller Tag, um der Forderung des Stadtrates nachzukommen.«

»Willst du mich belehren?« Mit einem Satz war der Mann bei ihm und packte ihn am Mantelaufschlag.

Mein Vater schaute dem Angreifer furchtlos in das breite Gesicht und öffnete den Mund. Da vernahm ich vom Krankenlager her die Stimme Johannes Pelzers.

»Ich bitte Euch, lasst Herrn Friedman in Ruhe.« Ein erneuter Hustenanfall schüttelte ihn. »Er ist ein hervorragender Medicus, der mir schon oft gute Dienste erwiesen hat.« Erschöpft rang der alte Mann nach Luft. »Sicherlich werden er und seine Töchter am morgigen Tag die Stadt verlassen, doch gestattet ihm, mir noch einmal behilflich zu sein.«

Der zweite Mann, der mit verschränkten Armen an der Tür gewartet hatte, trat ins Licht. In seinem ungepflegten Bart tummelte sich gewiss allerlei Getier.

»Johannes Pelzer, dass Ihr ein Judenfreund seid, ist in ganz Regensburg hinreichend bekannt. Aber damit ist es nun vorbei. Ihr habt Euch um eine Ratsmitgliedschaft beworben, hörte ich. Wenn man Euch so betrachtet, dürfte es kaum noch dazu kommen.«

»Hundsfott!«, brachte der Kranke mit letzter Kraft hervor.

Gleich darauf stand der Bärtige an seinem Bett, und eine Ohrfeige traf die eingefallene Wange des Kürschners.

»Wie könnt Ihr es wagen?« Voller Empörung baute sich Vater vor dem Mann auf.

»An Eurer Stelle würde ich die Kammer so schnell wie möglich verlassen«, gab ich betont ernst zu bedenken. »Der Patient hat die Influenza. Bei dieser Krankheit ist die Ansteckungsgefahr äußerst hoch.«

»Ist das wahr, Jude?«, fragte die Hakennase und schielte zur Tür.

Vater zuckte mit den Achseln. »Warum sollte meine Tochter lügen? Pelzer ist schwer krank, das seht Ihr selbst.« Er senkte die Stimme. »Er wird sterben. Ihm bleiben nur noch wenige Tage.«

Die beiden Eindringlinge wichen zurück. »Wenn man sich so leicht anstecken kann, wie das Mädchen sagt, warum hast du es...«

»Ihr meint, weshalb ich meine Tochter zu solchen Fällen mitnehme? Nun, durch die häufigen Krankenbesuche ist sie abgehärtet. Sie begleitet mich ja inzwischen seit Jahren.«

Der Mann wiegte den Kopf und wendete sich seinem Spießgesellen zu. »Lass uns gehen.«

Die Hakennase schnaubte. »Du glaubst einem hergelaufenen Juden? Erinnere dich nur an Hubmaiers letzte Predigt. ›Der Vater der Juden ist der Teufel, das hat Christus selbst gesagt.‹«

Seine Hände schossen vor, packten Vater erneut am Aufschlag seines Mantels und zerrten ihn zur Tür. Der Bärtige riss sie auf. Erschreckt sprang der junge Pelzer, der dahinter gewartet hatte, beiseite.

»Hinunter mit dir!«, dröhnte der Bärtige.

Ich schrie gellend auf, da stießen die Männer meinen Vater auch schon die Stufen hinab und folgten ihm die Treppe hinunter. Ich hastete ihnen nach. Gerade versuchte Vater sich

101

zu erheben, als der Bärtige ihm mit voller Wucht in den Unterleib trat. Mit einem dumpfen Schmerzenslaut sackte Vater zusammen.

»So, Jude, das war für deine Frechheiten gegenüber einem Christenmenschen.« Der Bärtige bleckte die Zähne. »Und der hier soll dich daran erinnern, endlich abzuhauen. Am besten noch heute.«

Er holte aus, um erneut zuzutreten. Aber ich sprang ihm auf den Rücken, krallte mich mit einer Hand in seine Jacke und mit der anderen in seine Haare. Mit einem Fluch fuhr der Mann herum und versuchte, mich abzuwerfen. Vergeblich. Erst als der zweite Mann in meine Haare griff und mir den Kopf nach hinten riss, lösten sich meine Hände von dem Bärtigen. »Verfluchte Judenbrut«, presste er hervor und schleuderte mich gegen die Wand.

Aus den Augenwinkeln bemerkte ich Alban und Dietlinde, die mit starren Mienen das Geschehen verfolgten.

Der Mann mit der Hakennase beugte sich zu mir herab. »Du bist ja eine richtige Wildkatze. Das mag ich«, grinste er, und ich konnte seinen fauligen Atem riechen. »Schöne Lippen hast du. Küss mich, Judenbraut.«

Oh Adaunoi, hilf mir, betete ich stumm. Einen Herzschlag später spürte ich die schuppige Haut des Widerlings an meiner Wange, hörte wie von Ferne den anderen Mann flüstern: »Lass sie los.«

Vater stand hinter ihm. Er hatte dem Kerl mit dem schmutzigen Bart einen Arm um den Hals gelegt. In der rechten Hand hielt er einen Dolch, dessen Klinge er an die Kehle seines Angreifers presste.

»Weg von meiner Tochter! Sonst ist es um Euren Freund hier geschehen. Und glaubt mir, ich werde nicht zögern. Euresgleichen hat lange genug Mutwillen mit uns getrieben.« Vater griff nach dem Medizinalkoffer. »Alisah, komm zu mir.«

Ich tat, wie mir geheißen. Vater versetzte dem Kerl einen

Stoß, sodass dieser dem anderen entgegenstürzte. Klirrend landete der Dolch im Halbdunkel des Flures.

Ohne uns umzusehen, liefen wir ins Freie und die Weißgerbergasse hinab. Wir hatten kaum zehn Klafter hinter uns gebracht, da geschah es. Auf einer überfrorenen Pfütze glitt er aus und stürzte.

»Vater!«

Sein Koffer fiel in den Schnee, und ich nahm ihn an mich. Als er sich erheben wollte, stöhnte er auf. Er versuchte es erneut, und im Licht der ersten Sterne erkannte ich, wie sich seine Züge verzerrten. Vater musste sich den Fuß verstaucht haben. Ich half ihm auf. Plötzlich hörte ich Schritte. Ich fuhr herum. Der Bärtige und sein Kumpan. Das boshafte Grinsen auf ihren Gesichtern brannte sich für immer in mein Gedächtnis.

»So schnell sieht man sich wieder«, meinte der Hakennasige.

Er schaute sich um, die Gasse lag still vor uns. Der Lichtschein einer Fackel ließ eine metallene Klinge aufleuchten.

»Vielen Dank übrigens, dass du ihn mir gelassen hast, Jude! Ohne seinen Dolch ist ein Mann schließlich nur ein halber Mann.«

Im nächsten Augenblick stieß er die Hand vor, und die Klinge fuhr bis zum Heft in Vaters Oberkörper.

Der Koffer fiel hin, und ich schrie auf. Vater griff sich an die Brust, die Augen schreckgeweitet. Ganz langsam, als liefe die Zeit wie Sand durch ein Stundenglas, brach er in die Knie und stürzte auf das Pflaster, während die Männer neben ihm ausspuckten und sich im Schlendergang entfernten. Schluchzend warf ich mich auf den gefrorenen Boden neben ihn und nahm seine Hand, die sich bebend nach meiner ausstreckte.

»Vater, nein!«

Ein Brillenglas war zersprungen. Sanft nahm ich ihm seine Augengläser ab. Sein Atem ging pfeifend, ein unheilvolles

Glucksen entrang sich seiner Brust. Mit fliegenden Händen löste ich die Knöpfe seines Mantels, schlug den Stoff beiseite. Über seinem Herzen färbte sich das Hemd rot.

»Was haben sie dir nur angetan?«, stammelte ich und presste die Faust auf die heftig blutende Wunde.

Ein wissender Ausdruck trat in seine Augen, und die Art, wie er über meine Hand strich, ließ mich innerlich erzittern.

»Bitte, bitte, bleib bei mir. Hörst du mich?«

Meine Stimme klang schrill und hallte durch die Gasse. Ich suchte seinen Blick, wollte ihn festhalten. Vater öffnete die wie blutleer wirkenden Lippen. Wollte er mir etwas sagen? Ich beugte mich tiefer und legte das Ohr an seinen Mund. Das Sprechen schien ihn unendlich viel Kraft zu kosten.

»Geht… ihr müsst… nach Frankfurt. Bitte«, meinte ich zu verstehen. Röchelnd schnappte er nach Luft und drückte meine Hand. »Geht zu Onkel Levi. Er… er wird euch aufnehmen.«

Ein dünnes Rinnsal Blut trat zwischen seinen Mundwinkeln hervor. Ein letzter Atemzug, dann erkannte ich, wie das Leben aus seinen Augen wich, wie sie starr wurden und sein Kopf zur Seite fiel.

15

Regensburg 2013

Alisahs Wahrnehmungen und Gefühle waren mit einer Eindrücklichkeit geschildert, die in Paula und Gideon tiefe Betroffenheit weckte. Zwar war ihnen bekannt, dass die Juden gezwungen gewesen waren, ihre eigene Synagoge zu zerstören und ihre Heimat zu verlassen. Aber die Ereignisse aus der Sicht einer Zeitzeugin zu lesen, empfanden sie wie das Eintauchen in eine andere Dimension.

Die beiden schwiegen lange. Die Studentin hatte Gid den Rücken zugedreht, wobei er hätte schwören können, sie habe heimlich geweint.

»Wie lang ist dieser Eintrag noch?«, fragte er heiser.

»Zwei eng beschriebene Seiten. Leider sind die alten Papiere zum Teil fleckig und schwer lesbar. Gib mir etwas Zeit, okay?«

»Klar.«

Gideon trat ans Fenster und sah hinaus in den Garten, während sein Geist in die Vergangenheit wanderte. Zu einem Tag, an dem Männer mit Äxten und Beilen auf Holz eingeschlagen hatten, bis das berstende Geräusch jedem Beobachter Tränen in die Augen trieb. Alisah schien ein tapferes Mädchen gewesen zu sein.

Ob es außer ihren Aufzeichnungen wohl noch andere Quellen gab, die über ihre Familie berichteten? Die Regensburger Gemeinde hatte doch mit Sicherheit eine Homepage. Vielleicht fand er dort etwas über die Geschichte. Gid setzte sich an seinen Computer, öffnete die Maske der Suchmaschine und gab die Worte *Jüdische Gemeinde Regensburg* ein. Gespannt rief er die Website auf. Tatsächlich. Es gab einen Link zur Geschichte. Er klickte ihn an und daraufhin auf *Bis 1519.*

»Eine jüdische Gemeinde existiert in Regensburg mindestens seit dem zehnten Jahrhundert innerhalb der Mauern des alten Römerlagers«, schrieb der Autor Dr. Andreas Angerstorfer. Gideon scrollte weiter. Erst ganz am Ende wurde die Vertreibung der Juden im Jahr 1519 erwähnt. Viel stand da nicht. Zwei Bilder zeigten die Synagoge, »bevor sie eingerissen wurde«. Er klickte zurück auf die Hauptseite. Kurz entschlossen griff er zum Handy und tippte die angegebene Telefonnummer ein. Gideon wollte die Verbindung schon beenden, als der Anruf von einer Frau entgegengenommen wurde.

»Jüdische Gemeinde Regensburg.« Die Dame nannte ihren Namen.

Gideon brachte sein Anliegen vor. »Leider sind die Informationen auf Ihrer Homepage, was das sechzehnte Jahrhundert angeht, etwas spärlich. Es gibt sicherlich die Möglichkeit, mehr zu erfahren. Vielleicht von dem Autor des Artikels persönlich?«, erkundigte er sich vorsichtig.

»Herr Doktor Angerstorfer ist leider im vorigen Jahr verstorben, aber ich könnte einen unserer Vorsitzenden fragen. Bleiben Sie bitte am Apparat, Herr Morgenstern.«

Einige Sekunden vergingen, dann meldete sich eine sonore Männerstimme.

»Sie interessieren sich für unsere Geschichte während des sechzehnten Jahrhunderts, Herr Morgenstern? Ich bedaure, viel mehr, als Sie auf unserer Homepage finden, ist aus jener Zeit leider nicht bekannt.«

Gid bedankte sich und beendete das Gespräch. Paulas Stimme riss ihn in die Gegenwart zurück. Er setzte sich zu ihr.

Sie befeuchtete die Lippen. »Es geht noch weiter. Lies selbst.«

Als Gideon von der Ermordung Daniel Friedmans erfuhr,

stockte ihm der Atem. In Paulas Gesicht konnte er noch das Grauen erkennen, das sie bei diesen Zeilen wohl empfunden hatte.

»Ich glaube, für heute reicht es, oder?« Sie berührte ihn zart am Arm. »Du siehst ziemlich mitgenommen aus, deshalb werde ich jetzt gehen. Außerdem bin ich noch verabredet.«

»Natürlich. Wir sehen uns ja bald wieder.«

Er sah ihr zu, wie sie ihre Sachen einpackte.

»Ich frage mich, ob es noch mehr Aufzeichnungen über das Pogrom in Regensburg gibt«, dachte er laut nach, als er sie zur Tür begleitete. »Offensichtlich ist recht wenig über die Tage der Vertreibung bekannt. Ich vermute, wenn weitere persönliche Briefe existieren, werden sie von der Familie verwahrt.«

»Gibt es denn außer dir keine Morgensterns mehr?«

»Doch, den Bruder meines Großvaters. Er ist Arzt und lebt in Straubing. Er müsste in den Siebzigern sein.«

»Warum rufst du ihn nicht an?« Sie hob die Hand zum Gruß. »Bis nächsten Samstag, bin gespannt, ob du etwas herausfindest.«

Ja, warum eigentlich nicht?, dachte er und schloss die Haustür. »Sollten Sie Fragen haben, können Sie mich jederzeit anrufen«, hatte Dr. Adler ihm beim Abschied angeboten. Gid suchte das Schreiben des Notars heraus und wählte die Nummer. Mist, heute war Samstag. Wahrscheinlich war er sowieso nicht in seiner Kanz…

»Isachar Adler.«

»Gideon Morgenstern. Bitte entschuldigen Sie, dass ich Sie am Wochenende behellige.«

»Kein Problem. Sie haben noch Fragen wegen des Testaments?«

»Nein, mein Anruf betrifft den Bruder meines Großvaters. Können Sie mir bitte seine Adresse und Telefonnummer geben?«

»Moment.« Gideon hörte, wie eine Schublade aufgezogen wurde und Papier raschelte. Dann nannte der Notar ihm die Kontaktdaten.

Gid bedankte sich und trennte die Verbindung. Unschlüssig starrte er auf die notierte Nummer. Schließlich griff er erneut zum Telefon. Wenn sein Großonkel überrascht von seinem Anruf war, ließ er sich das nicht anmerken. Die Stimme weckte Kindheitserinnerungen in Gideon. Die beiden wechselten ein paar höfliche Worte, erkundigten sich gegenseitig nach dem Befinden.

»Ich hätte einige Fragen zur Geschichte unserer Familie«, kam Gid schließlich zur Sache, »besonders, was die Zeit vor gut vierhundert Jahren betrifft.«

Aaron Morgensterns Stutzen war deutlich zu hören. »Du meinst die Friedmans?«

Gid bejahte. »Du hast von ihnen gehört?«

»Unsere Eltern Menachem und Hanna haben deinem Großvater und mir von unseren Ahnen erzählt. Soweit ich weiß, kannte sich Ephraim besser mit der Geschichte unserer Familie aus als ich. Es gab Aufzeichnungen. Moment mal, die müsste er dir eigentlich vermacht haben.«

»Ja, das hat er getan«, gab Gideon zurück. »Ich habe nur gehofft, du hättest weitere Informationen für mich.«

»Warum besuchst du uns nicht morgen Nachmittag? Wir haben uns lange nicht mehr gesehen. Natascha macht einen wunderbaren russischen Zupfkuchen.«

Aaron Morgensterns Frau hieß also Natascha. War Tante Mavah verstorben?

Gespannt legte Gideon den Hörer auf.

Den Sonntagvormittag verbrachte Gideon damit, Paulas handschriftlich übersetzte Seiten in eine Computerdatei zu übertragen. Am Sonntagnachmittag machte er sich auf den Weg nach Straubing. Während er den Cinquecento über die A3 Richtung Osten lenkte, kehrten seine Gedanken zu dem Telefongespräch mit Großvaters Bruder zurück. *Es gab Aufzeichnungen.* Wusste der Großonkel etwa von den Tagebüchern? Gid überholte einen Sonntagsfahrer. Ob der Arzt zum liberalen Flügel des Judentums gehörte? Das wäre Gideon wesentlich lieber, als einem strenggläubigen Vertreter seines Volkes gegenüberzutreten. Er warf einen Blick auf den Ausdruck des Routenplaners neben sich.

Bald darauf verließ er die Autobahn und näherte sich seinem Ziel. Das Einfamilienhaus wirkte schlicht. Gid zögerte, als er vor der Tür stand. Nicht besonders feinfühlig von mir, dachte er. Jahrelang keinerlei Kontakt zu pflegen und sich genau in dem Moment, da er Hilfe brauchte, der Blutsbande zu erinnern. Auf sein Klingeln öffnete ihm eine schick gekleidete Dame mit üppigem dunklem Haar, das sie zu einem Zopf gebunden trug. Er schätzte sie auf höchstens Mitte vierzig.

»Hallo. Mein Name ist Gideon Morgenstern. Ich bin mit meinem Großonkel verabredet.«

»*Schalom.* Ich bin Natascha. Bitte komm doch herein«, erwiderte die attraktive Frau mit ungewöhnlich tiefer Stimme. »Aaron erwartet dich im Wintergarten.«

Gid folgte ihr. Überrascht blickte er sich in dem geschmackvoll eingerichteten Wohnzimmer um. Auf der Fensterbank entdeckte er blühende Orchideen, und dezente Klaviermusik von Frédéric Chopin unterstrich den gemütlichen Eindruck. Die Liebe zu klassischer Musik lag offenbar in der Familie.

Dr. Aaron Morgenstern erhob sich von einer Sitzgruppe im Wintergarten und kam ihm entgegen. Die Ähnlichkeit mit seinem Bruder war unübersehbar, wenngleich Aarons Figur rundlicher und sein Lächeln herzlicher war.

»Gideon! Komm herein und setz dich.« Dr. Morgenstern machte eine einladende Handbewegung. »Ich gebe zu, mein Junge, ich hätte dich nicht wiedererkannt. Tee oder Kaffee?«

»Kaffee, bitte.«

»Ich hatte gehofft, dass du nach Deutschland kommst.«

Natascha Morgenstern schenkte ein, bat die Männer, sich an dem Kuchen zu bedienen, und setzte sich zu ihnen.

»Du wirst deinem Vater immer ähnlicher, Gideon«, nahm Aaron Morgenstern den Faden wieder auf.

»Und du meinem Großvater.«

Der Arzt lachte. »Hoffentlich nicht im Wesen. Ephraim hatte sich in seinen letzten Lebensjahren zu einem eigenbrötlerischen und oft schroffen Menschen entwickelt. Deshalb haben wir uns auch nur noch selten gesehen.«

»Er war viel allein, glaube ich.« Gideon blickte bewundernd zu den Palmen hinüber, die einen Großteil des Wintergartens einnahmen.

»Richtig, bis auf die Gemeindearbeit, die ihm sehr wichtig war, lebte er zurückgezogen.« Aaron Morgensterns Miene wurde nachdenklich. »Natascha und ich haben uns manchmal gefragt, ob es ihn geschmerzt hat, als wir beide vor sechs Jahren geheiratet haben. Er hat den Verlust seiner Frau nie verwunden.«

Lange Zeit hatte Gideon kaum noch ein Bild von seiner Großmutter Rahel vor Augen gehabt. Jetzt erinnerte er sich plötzlich wieder ganz deutlich an sie, und Wehmut ergriff ihn. »Wann ist sie gestorben?«

»Vor über neun Jahren. Sie war unheilbar krank, Ephraim verbrachte jede freie Minute an ihrem Krankenbett. Als sie starb, hat er alle Vorhänge zugezogen und sich wochenlang in seinem Haus vergraben. Hat er dich denn nicht benachrichtigt, Gideon?«

»Nein, sonst wäre ich sicher zur Beisetzung gekommen.«

»Wahrscheinlich konnte er deine Adresse nicht ausfindig machen. Aber außer seiner Haushälterin wollte er damals sowieso niemanden um sich haben.«

»Ludmilla Stöfel? Ich habe sie kennengelernt. Was ist mit Tante Mavah, ist sie auch inzwischen verstorben?«

»Nein, wir haben uns vor acht Jahren scheiden lassen. Im Jahr darauf trat diese wunderbare Frau hier in mein Leben. Ich hätte nicht geglaubt, mich mit über sechzig noch einmal zu verlieben. Liebling, erzähl Gideon, wie wir uns kennengelernt haben.«

Natascha Morgenstern lächelte warm. »Als ich nach Deutschland kam, verstand ich kaum ein Wort Deutsch. In der damaligen UdSSR haben wir nur russisch und *jiddisch* gesprochen, obwohl meine Eltern deutsche Vorfahren hatten.«

»Du stammst aus Russland?« Gid nahm sich ein weiteres Stück Zupfkuchen.

»Ich bin in Leningrad aufgewachsen und habe dort auch studiert, Orthopädie.«

»Wie war das Leben in der UdSSR für euch?«

»Leicht wurde es uns nicht gemacht. Es gab mancherlei Repressalien, besonders wenn man bekundete, die ›ruhmreiche sozialistische Sowjetunion‹ verlassen zu wollen.« Sie lächelte traurig. »Mein Vater war ein Regimekritiker. Das brachte ihm zehn Jahre Gefängnis ein. Kurz nach seiner Entlassung starb er. Erst als Gorbatschow Mitte der achtziger Jahre mit der Perestroika begann, lockerten sich die Ausreisebestimmungen. Die meisten von uns wanderten nach Israel oder in die USA, einige auch nach Deutschland, darunter auch meine Mutter und ich. Wir machten einen Sprachkurs und zogen nach Berlin, wo ich eine Anstellung im Jüdischen Krankenhaus bekam. Dann starb meine Mutter, ich ging nach Süddeutschland und fand eine Arbeit in einer Landshuter Gemeinschaftspraxis. Bei einem Ärztekongress in München lernte ich einen fast dreißig Jahre älteren, aber äußerst charmanten Kollegen kennen, der mir einige Monate später einen Heiratsantrag machte.« Sie griff nach Onkel Aarons Hand und hielt sie fest.

»Ich nehme an, du arbeitest nicht mehr in der Praxis in Landshut?«

»Nein, Aaron bat mich, bei ihm mit einzusteigen.«

Das verblüffte Gideon. »Du praktizierst noch, Onkel Aaron?«

Der Arzt setzte eine entrüstete Miene auf. »Was soll das denn heißen? Traust du mir das etwa nicht zu? Mit Mitte siebzig bin ich noch lange kein Greis, oder?« Sein Gesichtsausdruck wich einem spitzbübischen Lächeln. »Außerdem hält meine Natascha mich jung. Doch nun zu deinem Anliegen, Junge. Du wolltest etwas über unsere Vorfahren wissen. Deshalb habe ich heute Vormittag in meiner Dachkammer nach alten Schriftstücken gesucht.«

Gespannt beugte Gideon sich vor. »Bist du fündig geworden?«

»Nur ein paar Briefe aus dem achtzehnten und siebzehnten Jahrhundert. Aber das ist es nicht, was du suchst, oder?«

»Nein, mir geht es nur um die Familie Friedman. Sie hat bis zur Vertreibung in Regensburg gelebt.«

»Daniel Friedman war der erste Medicus, der Begründer unserer Dynastie von Ärzten. Jeder in unserer Familie kennt seinen Namen und den seiner Tochter.«

»So steht es auch in der Liste, die früher Opa gehörte«, nickte Gideon.

»Die Aufzeichnungen kenne ich natürlich, genau wie den ›Koffer wider das Vergessen‹. In den ich übrigens als zweitgeborener Sohn Menachem Morgensterns nichts hineinlegen musste.«

»Außer den Schriftstücken hast du nichts gefunden?«, hakte Gideon nach.

»Leider nicht. Allerdings gebe ich zu, dass ich seit Jahren keinen Fuß mehr auf den Dachboden gesetzt habe. Wir bewahren dort eine Menge Möbelstücke auf, von denen wir uns bisher nicht trennen konnten. Wenn es meine Zeit erlaubt, mache ich mich noch mal auf die Suche. Vielleicht finde ich ja etwas, das dich interessiert. Aber wir haben noch gar nicht über dich gesprochen. Was hast du mit dem Haus meines Bruders vor? Wirst du es verkaufen?«

Gideon verneinte. »Ich bewohne es selbst. Ich habe mich versetzen lassen und arbeite seit einigen Wochen in Landshut.«

»Du hast in Trient alle Zelte abgebrochen? Mutig, mein Junge. Was hat dich zu dieser Entscheidung bewogen?« Aaron Morgensterns Züge wurden weich, als er den Arm um Natascha legte. »Ist es der Liebe wegen?«

»Nein, ehrlich gesagt habe ich mich in der Stadt schon länger nicht mehr wohlgefühlt«, antwortete Gideon. »Großvaters Haus hat nur den Stein ins Rollen gebracht. Und nun merke ich: Je länger ich mich mit der Geschichte meiner Ahnen beschäftige, desto interessanter wird das alles für mich.«

»Ich beneide dich ein bisschen«, erwiderte Natascha, »du hast die Möglichkeit, die Geschichte eurer Vorfahren kennenzulernen. Das ist leider nicht jedem vergönnt. Ich zum Beispiel weiß kaum etwas über meine Großeltern und Urgroßeltern. In der früheren Sowjetunion sind viele Aufzeichnungen meiner Familie verloren gegangen.«

Die drei hingen eine Weile jeder seinen eigenen Gedanken nach und genehmigten sich noch ein Stück Kuchen.

Bald darauf räusperte sich Gideon. »Bitte nehmt es mir nicht übel, wenn ich mich verabschiede. Auf mich wartet jede Menge Arbeit im Haus.«

Aaron Morgenstern sah auf seine Armbanduhr. »Kein Problem. Wir erwarten auch noch Besuch von einem langjährigen Freund.«

Gideon erhob sich und reichte der Hausherrin die Hand. »Vielen Dank für die Einladung. Natascha, es war schön, dich kennenzulernen. Dein Zupfkuchen ist ein Gedicht.«

»Komm uns gern mal wieder besuchen«, sagte sie.

Sein Großonkel brachte ihn zur Tür.

»Bis bald, Onkel Aaron.« Gid schüttelte ihm fest die Hand.

113

Das Gespräch mit Aaron Morgenstern hatte ihm zwar keine neuen Erkenntnisse gebracht, doch es war ein gutes Gefühl, seinen Großonkel nach all den Jahren einmal wiedergesehen zu haben.

16

Alisah

In meinen Ohren gellten Schreie. Wie in einem Albtraum gefangen, taumelte ich voran und presste den Koffer und Vaters Brille an die Brust. Es mussten meine eigenen Rufe gewesen sein, deren Töne unwirklich und fremd klangen und meinen gesamten Körper durchdrangen. Ich blieb ruckartig stehen. Sarah! Ich musste zu ihr! Reiß dich zusammen, schimpfte ich mich.

Von Tränen blind, passierte ich das Rathaus, überquerte den weitläufigen Platz vor dem mächtigen Dom St. Peter und strebte dem jüdischen Viertel zu. Fast hatte ich mein Ziel erreicht. Irgendwann musste ich Vaters Brille verloren haben. Vater. Alles, was ich wahrnehmen konnte, war der Ausdruck auf seinem Gesicht, bevor er gestorben war. Dann drang eine weitere Empfindung jäh zu mir durch. Je näher ich unserem Zuhause kam, desto deutlicher konnte ich den beißenden Geruch von Feuer riechen. Ich fiel in einen Laufschritt und bog um eine Hausecke. Vor mir gähnte das Tor zur Judengasse. Ich hastete darauf zu, registrierte das Fehlen des Torwächters und näherte mich meinem Elternhaus. Entsetzt schlug ich die Hände vors Gesicht. Aus den Fenstern etlicher Gebäude schlugen Flammen, mehrere Dächer brannten lichterloh. Sarah! Ich beschleunigte meine Schritte und verbarg den Koffer unter meinem Mantel. Plötzlich sah ich mich einer wilden Meute junger Männer gegenüber. Als sie meiner gewahr wurden, versuchten sie, nach mir zu greifen.

»Ihr Juden habt doch ein Tanzhaus«, rief einer. Es war der Stadtknecht, der sonst das Tor bewachte. »Wir wollen tanzen. Schließlich ist heute ein Feiertag.«

Ich wich ihm aus, der Mann griff ins Leere, schwankte und stürzte in eine Schneewehe. Die anderen johlten. Ich rannte die von Rauch und Gestank erfüllte Gasse hinab. Sie folgten mir. Im Schein ihrer Fackeln wirkten ihre zu höhnischen Grimassen verzerrten Gesichter wie die von Dämonen. Manche trugen Forken und Knüppel bei sich.

Voller Grauen wich ich der Meute aus und stürmte weiter bis zu unserem Haus. Die Eingangstür hing schief in den Angeln. Sarah!, schrie alles in mir. Ich spähte ins Halbdunkel der Küche. Unter meinen Füßen knirschte etwas.

»Sarah?«

In der Stube ließ ich Vaters Koffer fallen und rief den Namen meiner Schwester wieder und wieder. Keine Antwort. Ich hastete die Treppenstufen hinauf und lief in die Schlafkammer.

»Sarah, bist du hier?«

Aus einer Ecke erklang ein Geräusch. Meine Schwester hockte auf dem Boden und sah angstvoll zu mir auf.

»Alisah?«

»Ja, ich bin es.«

»Wo ist Vater?«

»Vater…« Im nächsten Moment krachte ein Pflasterstein mit ohrenbetäubendem Lärm durch das Kammerfenster. Meine Schwester schrie.

»Das ist nur ein Stein…«

Erneut flog etwas durch das zerborstene Fenster und landete zwischen unseren Betten – eine brennende Fackel! Sogleich griff das Feuer auf den Wollteppich über.

In Sarahs Augen erkannte ich Todesangst.

»Wir müssen sofort hier raus!«, stieß ich aus, aber sie kauerte sich zusammen und schüttelte wild den Kopf. »Raus hier! Hörst du mich denn nicht?«

»Ich gehe nicht nach draußen, da warten diese furchtbaren Unholde«, wimmerte sie.

Insgeheim verbot ich mir jeden Gedanken daran, was die Männer mit meiner Schwester angestellt haben mochten. »Du wirst auf der Stelle mit mir das Haus verlassen, Sarah«, befahl ich und packte sie am Arm.

Die Flammen hatten inzwischen die Decken und Kissen unserer Betten erreicht und schlugen empor. Ein Windstoß drang durch das Fenster und fachte sie zusätzlich an.

»Nein!«

Im nächsten Moment versetzte ich meiner Schwester eine schallende Ohrfeige. »Willst du, dass wir alle beide verbrennen?«, schrie ich und schlug ihr erneut ins Gesicht. »Willst du, dass wir hier sterben?«

Endlich erhob sie sich. Wortlos folgte sie mir zur Treppe. Noch im Laufen ergriff ich den Medizinalkoffer.

»Komm! Die Männer sind fort. Du brauchst keine Angst mehr zu haben«, redete ich auf sie ein und wandte mich nach ihr um. »Sarah?«

Taghell war es plötzlich, denn der Dachstuhl hatte Feuer gefangen, und die Flammen schlugen hoch in den nächtlichen Himmel.

»Sarah!«

Meine Schwester stand auf der obersten Treppenstufe und blickte unbeweglich zur lichterloh brennenden Decke empor. »Was machst du denn, Liebes? Komm zu mir.«

Ich ließ den Koffer wieder fallen, streckte die Hände nach meiner Schwester aus und wollte ihr entgegenlaufen.

Da drang ein unheimliches Knirschen an mein Ohr. Ein dicker Eichenbalken zerbarst mit einem furchtbaren Krachen, und ein wahrer Funkenregen ging auf uns nieder. Ich spürte etwas am Arm. Ein Holzsplitter, glühend rot, hatte ein Loch in meinen Mantel gebrannt und steckte in meiner Haut. Sarah warf den Kopf zurück und starrte mit weit aufgerissenen Augen in die Flammen. Im selben Moment löste sich der Balken und stürzte auf sie herab. Der ungläubige Ausdruck im Antlitz meiner Schwester war das Letzte, was ich sah, bevor sich gnädige Dunkelheit über mich senkte.

»Alisah Friedman?«

Es dauerte einige Momente, bis sich die Nebel der Ohnmacht verflüchtigten und ich den Mann erkannte, der sich über mich beugte. Es war Zvi Hirschkopf, einer der beiden Nachtwächter der Judengasse. Ich lag im harschen Schnee am Straßenrand und fühlte, wie die Kälte durch meine Kleider kroch und mich lähmte. Neben mir ertastete ich Holz, erleichtert griff ich nach dem Koffer meines Vaters und umklammerte ihn.

»Könnt Ihr mich hören?«

»Was … was suche ich hier? Wo ist Sarah?«

Heiser kamen die Worte über meine Lippen, dann jagte ein furchtbarer Schmerz durch meinen Arm. Ich konnte den beißenden Gestank verbrannter Haare riechen. Irgendwo in der Ferne weinte ein Kind, und ich befeuchtete meine aufgesprungenen Lippen.

»Ihr seid in Sicherheit. Ich konnte Euch ein Stück von Eurem Haus fortziehen. Adaunoi muss meine Füße an diesen Ort gelenkt haben.«

»Fortziehen«, wiederholte ich tonlos, während die Erinnerung an Sarah, die auf den glühenden Dachbalken starrte, mich jäh einholte. »Was ist mit meiner Schwester?«

»Ich konnte nur Euch retten. Es tut mir leid.« Bekümmert fasste Hirschkopf nach meiner Hand. »Kommt, ich helfe Euch auf.«

In meiner Kehle formte sich ein Schrei. Ich öffnete den Mund, doch es kam nicht ein Laut hervor. Den Schrei hörte ich nur in meinem Inneren. Auf dem Gesicht meines Gegenübers zeichnete sich Verwirrung ab. Er sagte etwas, aber ich

verstand ihn nicht. Jedes Geräusch wurde auf einmal ver-
schluckt, bis selbst die Konturen Zvi Hirschkopfs vor meinen Augen verschwammen und mein Bewusstsein erneut
schwand.

Stundenlang hatte ich in die Dunkelheit gestarrt, bis mich
der Schlaf übermannte. Naomi Hirschkopf, Zvis hochbetagte
Mutter, hatte mir ein Nachtlager in ihrer Kammer bereitet.
Als ich die Augen aufschlug, wusste ich einen Moment lang
nicht, wo ich war. Bis die Erinnerung mich wie ein Schlag in
der Magengrube traf. Vaters Koffer lag neben dem Bett. Vater.
Sarah.

Ich warf die wollene Decke von mir, sprang hinaus und
schaffte es gerade noch in eine Ecke des Raumes, wo ich mich
würgend in die Waschschale erbrach. Hinter mir nahm ich
Bewegungen wahr. Wirres Haar lugte aus der Decke hervor.
Nachdem sich mein rebellierender Magen ein wenig beruhigt
hatte, drehte ich mich mit weichen Knien um.

Naomi Hirschkopfs wache, alte Augen sahen mich voller
Mitleid an. »Mein Junge hat mir erzählt, was geschehen ist.
Das mit deiner Schwester und eurem Haus. Es tut mir so
leid.« Sie klopfte neben sich. »Komm zu mir, Mädchen.«

Ich hockte mich zu ihr auf die Bettkante. Die Kammer war
kalt, furchtbar kalt, und ich begann zu frieren.

»Wo ist dein Vater, Alisah?«

Tränen schossen mir in die Augen und versickerten in dem
einfachen Kleid, das Naomi mir vergangene Nacht überge-
streift hatte. Vater ist tot, ermordet, wollte ich hinausschreien.
Alle, die ich liebe, sind tot! Meine Lippen formten die Worte,
aber nicht ein Ton verließ meinen Mund.

Sie beugte sich näher zu mir. »Was wolltest du sagen, Mädchen?«

Hilflos hob ich die Schultern. Ein Zittern überlief mich,
und ich sank in mich zusammen.

Naomi legte mir eine faltige Hand auf die Wange. Tröstlich warm waren ihre Finger. »Du weißt nicht, wo dein Vater ist, richtig?«

Adaunoi hilf!, schrie es in mir. Ich schüttelte den Kopf.

»Beim Höchsten, es ist ihm doch nichts geschehen«, stieß die Alte hervor. Bilder schoben sich vor das runzelige Gesicht, Bilder, die mein Innerstes zusammenkrampften. Die hässlichen Mienen zweier Männer. *Küss mich, Judenbraut.* Ein Dolch. Blut, das dem Leib meines Vaters entströmte, und mit ihm das Leben. Seine letzten Worte. »Geht nach Frankfurt…«

Naomi ergriff meine Hand. Mein Vater liegt ermordet in der Weißgerbergasse, rief es in mir. Und ich kann es niemandem sagen, kann nicht einmal Totenklage halten, denn Adaunoi hat mir meine Stimme genommen. Ich musste meine Toten finden. Allein der Gedanke, sie in der Kälte des anbrechenden Morgens zu wissen, tat unendlich weh. Ich muss sie begraben, irgendwie, durchfuhr es mich. Wenn uns auch keine Zeit blieb, sie würdig zu verabschieden, so sollten sie wenigstens in der Erde ruhen.

Nachdem ich mir den Ruß und das Blut vom Körper gewaschen hatte, saß ich Zvi und seiner Mutter am Küchentisch gegenüber. Die angebotenen Speisen lehnte ich ab, nicht einen Bissen hätte ich herunterbekommen. Mit der Hand beschrieb ich eine Bewegung, als bewegte ich einen Stift über ein Blatt Papier.

Der Nachtwächter begriff. »Wir sind nur einfache Leute. Leider kann weder meine Mutter noch ich lesen oder schreiben.«

Nicht jedem Angehörigen meines Volkes war dieses Privileg vergönnt, obwohl viele Männer eine Thoraschule besucht und dort das Lesen und Schreiben erlernt hatten. Einige Augenblicke lang herrschte betretene Stille. Wie sollte ich den beiden begreiflich machen, was mir auf der Seele lag? Also versuchte ich, mich durch Lippenbewegungen verständlich zu machen, aber Zvi und seine Mutter schüttelten nur bekümmert die Köpfe. Verzweiflung senkte sich wie ein dunkles Tuch auf mich. Wie ein Leichentuch, dachte ich.

Eisblumen bedeckten die Fensterscheibe. Ich hauchte meinen Atem dagegen. Es schneite erneut. Die Kälte, die durch die Ritzen des Hauses drang, fraß sich allmählich bis in mein Innerstes.

Da kam mir ein Gedanke. Ich sprang auf und formte mit den Lippen, ich müsse unbedingt zur Weißgerbergasse – vergebens.

Frau Hirschkopf ergriff das Wort. »Mädchen, ich glaube, ich weiß, was dir geschehen ist. Der Verlust deiner Schwester hat dazu geführt, dass du die Stimme verloren hast. Ich habe von einem alten Mann gehört, dem dasselbe in Rothenburg passierte, als …«

Zvi legte seiner Mutter die Hand auf die Schulter. »Diese Geschichte möchte Alisah jetzt sicher nicht hören, Mutter.«

Verzweifelt griff ich nach Zvis Arm und bedeutete ihm, er möge mir folgen. Im Flur reichte ich ihm seinen Mantel.

»Ich soll mit Euch kommen?«

Eilig schlüpfte ich in meinen Umhang und zog ihn mit hinaus. Es musste die ganze Nacht über geschneit haben, denn der Schnee bedeckte die Gasse knöcheltief.

»Und nun?«, wollte Zvi atemlos wissen, während er versuchte, mit mir Schritt zu halten.

Da es noch früh am Morgen war, begegnete uns kaum eine Menschenseele. Von Ferne bemerkte ich die Silhouetten mehrerer Gestalten, die schwer beladen das Tor passierten, das niemand mehr bewachte. Zwei Hübschlerinnen warfen uns einen misstrauischen Blick zu.

Endlich erreichten wir die Weißgerbergasse, und je näher wir dem Ort kamen, an dem mein Vater zusammengebrochen war, umso schwerer wurde mir das Herz. Ich kannte diesen Schmerz nur allzu gut, seit Mutters Tod hatte er mich nie vollständig verlassen. Einen Augenblick lang verharrte ich und schritt auf eine Schneewehe am Rand der Gasse zu. Unsere Stiefeltritte knirschten auf dem gefrorenen Boden, der Wind blies uns scharf ins Gesicht. War es nicht hier gewesen? Unschlüssig sah ich mich um. Weiter hinten konnte ich Johannes Pelzers Haus ausmachen. Vater und ich waren nicht weit gekommen, nachdem er ausgeglitten war. Diese Schneewehe dort…

Zögernd trat ich näher. Und ahnte, dass ich den Ort seines furchtbaren Todes erreicht hatte. Eine Hand legte sich auf meine Schulter.

»Soll *ich* nachsehen?«, fragte er leise.

Erleichtert trat ich zur Seite. Zvi Hirschkopf bückte sich. Etwas hielt mich fest, zwang mich zuzusehen, wie er rasch und mit bloßen Händen den Schnee entfernte. Dann wurde das bleiche, noch vom Todeskampf gezeichnete Antlitz meines Vaters sichtbar. Bittere Galle stieg mir in den Mund. Tränen nahmen mir gnädig die Sicht. Zvi erhob sich, strich mir über den Kopf, und ich sank dankbar gegen seine Schulter.

»Möge der Herr Medicus in Frieden ruhen. Jetzt verstehe ich, was Ihr uns mitteilen wolltet. Wir müssen einen Karren holen, damit wir ihn von hier fortbringen können«, erklärte er, während mein Blick auf den sterblichen Überresten meines Vaters ruhte. »Wir müssen uns beeilen, Alisah«, drängte Zvi. »Uns bleiben nur wenige Stunden, um zu packen und die Stadt zu verlassen. Die Straßen werden bald voller Menschen sein.«

Die Pelzers! Der Kürschner besaß gewiss ein Gefährt, das er uns zur Verfügung stellen konnte. Aber Johannes Pelzer war schwer krank, und es war fraglich, ob er die vergangene Nacht überlebt hatte. Ich schüttelte den Gedanken ab und zog meinen Begleiter die kurze Strecke bis zum Haus der Pelzers.

»Ihr kennt die Leute?«, fragte Hirschkopf, als ich den Türklopfer gegen das Holz schlug.

Ich nickte.

Alban öffnete. Seine Augen leuchteten auf. »Ihr wollt nach meinem Vater sehen? Es geht ihm ziemlich schlecht. Er wird sich über Euren Besuch freuen.«

Seine Schwester Dietlinde erschien neben ihm. »Nachdem diese Widerlinge gestern Abend unser Haus verlassen haben, um Eurem Vater zu folgen...« Sie brach ab. »Wo ist er denn? Wieso seid Ihr allein gekommen?«

»Doctor Friedmans Tochter ist nicht hier, um nach Eurem Vater zu sehen«, erklärte Zvi Hirschkopf. »Der Medicus ist tot.«

»Bei allen Heiligen!«

»Würdet Ihr uns etwas zur Verfügung stellen, womit wir den Toten zu unserem Friedhof bringen können?«, bat Zvi.

Das Mädchen überlegte kurz. »Wäre Euch mit unserem Eselkarren geholfen?«

»Natürlich. Ich bringe ihn Euch noch heute zurück.«

Dietlinde musterte mich. Als Hirschkopf es bemerkte, beugte er sich zu ihr herunter und redete leise mit ihr.

Sie riss die Augen auf. »Wie furchtbar. Was für ein grausames Los!«

Ich wandte mich um und wünschte mich weit fort. Aber ich musste bleiben, hatte noch einen letzten Dienst an meiner Familie zu erfüllen, um ihnen meine Achtung und Liebe zu erweisen. Also hieß es, die Blicke der anderen zu ertragen. Einen kurzen Moment erwog ich, noch einmal nach Pelzer zu sehen, aber ich verwarf den Gedanken gleich wieder. Mochte Adaunoi Pelzers Seele gnädig sein und ihm vergelten, was er für meinen Vater und mich getan hatte.

Ein Tor in einer halbhohen Mauer zwischen dem Wohnhaus und der angrenzenden Werkstatt öffnete sich, und Alban führte den Esel, den er vor einen Karren gespannt hatte, hinaus. Zvi dankte den beiden. Eilig geleitete er das Tier zu der Stelle, an der der Leichnam lag. Eine Krähe hockte auf

123

Vaters Brust und beäugte seine halb geschlossenen Augen mit schief gelegtem Kopf. Ich machte einen Satz auf ihn zu und klatschte in die Hände. Der Vogel flog schimpfend auf. Hirschkopf beugte sich über Vaters Leib und hob ihn hoch.

Oh Vater, wie steif du bist, wie bleich deine Haut. Wo ist nur dein Lächeln geblieben? Deine Augen – sie blicken an mir vorbei, an einen Ort, an den ich dir nicht folgen kann.

Regungslos beobachtete ich, wie er Vaters Leib auf den Karren lud. Wie konnte ich ihm das jemals vergelten? Alban hatte einen leeren Sack hineingelegt. Dankbar nahm ich den groben Stoff, beugte mich über meinen Vater und hauchte ihm einen Kuss auf die kalte Stirn. Wenn ich doch nur… Hätte ich wenigstens ein wenig Erde von der Heiligen Stadt. Ein letztes Mal betrachtete ich sein geliebtes Gesicht. Ihn noch mit Blut besudelt und ohne sein Totengewand mit der passenden Kappe, die er wie viele von uns bereits in einer Truhe daheim aufbewahrt hatte, der kalten Erde übergeben zu müssen, war mir unerträglich. Schließlich bedeckte ich seinen Körper mit dem Sack.

Auf dem Kutschbock war nur Platz für eine Person, und Zvi bat mich hinaufzuklettern. Sogleich zog er den Esel mit sich durch die Gassen.

Endlich erreichten wir unseren Ort der Ewigkeit. In einem unverschlossenen Gebäude fand mein Begleiter eine Hacke und eine Schaufel.

»Wo sollen wir Euren Vater begraben?«

Der einzige Platz, der mir einfiel, war das Grab meiner Mutter. Es würde ihm gefallen, wieder mit ihr vereint zu sein, durchfuhr es mich. Ich bedeutete dem Nachtwächter, mir zu folgen. Viele Grabsteine waren aus dem Fundament geschlagen und wahllos verstreut worden, manche gar mit erniedrigenden Zeichnungen beschmiert. Meine Gedanken wanderten zu Sarah, meiner sanften, fröhlichen Schwester. Wenn ich die Augen schloss, konnte ich sie vor mir sehen, wie sie den

124

Kopf zurückwarf, wenn sie lachte. Ich hörte Vaters Stimme, die sie liebevoll neckte, und Mutter… Gequält schnappte ich nach Luft. Als Nächstes musste ich unbedingt Sarah suchen, denn ich wollte die Hoffnung nicht aufgeben, genügend sterbliche Überreste zu finden, um auch sie zu bestatten.

Dort war Mutters Grab. Hinter ihrer Matzewah war noch Platz. Ich wies auf die betreffende Stelle, woraufhin Zvi nach der Hacke griff und damit begann, den gefrorenen Boden aufzuschlagen. Sein Gesicht färbte sich vor Anstrengung rot, und die Sehnen an seinen Unterarmen schwollen an. Endlich drehte er sich zu mir um. Auf seiner Stirn glänzten Schweiß-perlen.

»Unser zweiter Rabbiner hat die Judengasse gestern Abend verlassen, deshalb werde *ich* das Totengebet sprechen.« Er schloss die Augen. »Der Fels, vollkommen ist Sein Tun, alle Seine Wege sind gerecht«, sprach er die uralten Worte. »Adaunoi ist treu, ohne Fehl und gerecht ist er…«

Nach dem Gebet reichte er mir die Schaufel. Dreimal warf ich etwas Erde in die Grube, wie es Pflicht war, und wir ris-sen zum Zeichen der Trauer unsere Kleider ein. Nicht mal einen Sarg hatte ich, der den Leib meines Vaters vor Nässe und Kälte schützte. Ich trat zurück und entfernte mich einige Schritte, während der Nachtwächter das Grab zuschaufelte.

Wir kehrten zur Judengasse zurück, um Sarahs sterbliche Überreste zu holen. Als ich den Weg zu unserem Haus ein-schlagen wollte, bedeutete mir Zvi, stehen zu bleiben.

»Lasst mich zuerst allein nachsehen und wartet bei mei-ner Mutter«, bat er mit fester Stimme. »Sie kann gewiss Hilfe beim Packen gebrauchen.«

Nur widerwillig folgte ich seiner Bitte. Als ich das Haus der Hirschkopfs erreichte, kam ich gerade recht, denn Naomi mühte sich damit ab, ihre alten Stiefel zu flicken. Ich gab ihr ein Zeichen beiseitezutreten. Mit wenigen Nadelstichen ge-lang es mir, während ich aus den Augenwinkeln beobachtete, wie die alte Frau etwas aus einer kleinen Truhe nahm und es in eine Innentasche ihres Umhangs stecken wollte. Im spärlichen Licht der Talglampe blitzte es kurz auf. Ich stutzte und wies mit dem Finger darauf.

Naomi wirkte plötzlich verlegen. »Nur etwas Schmuck, Alisah. Die Brosche meiner Großmutter, die sie zur Hochzeit geschenkt bekam. Wer weiß, wozu wir sie noch benötigen.«

17

Alisah

Zvi betrat die Küche. »Es tut mir leid«, sagte er, »Euer Haus ist bis auf die Grundmauern niedergebrannt. Eure Schwester… Ich glaube, ich sollte sie besser ohne Euch zum Friedhof bringen und begraben. Behaltet sie so in Erinnerung, wie Ihr sie kanntet.«

Ich verstand. Bis in die Grundfeste erschüttert, lief ich in Naomis Kammer und warf mich auf die Schlafstatt.

Irgendwann trat die alte Frau an das Bett, setzte sich neben mich auf die strohgefüllte Matratze und streichelte meine feuchten Wangen. »Zvi ist wieder da, er hat Eure Schwester begraben und den Eselkarren zurückgebracht. Er meinte, er hätte überall Männer beobachtet, die sich zusammenrotten. Viele sind betrunken. Wir müssen aufbrechen, wenn wir ihnen nicht in die Hände fallen wollen.«

Ich richtete mich auf, schwang die Beine aus dem Bett. Naomi stopfte ein paar Kleidungsstücke in einen Beutel.

Unten hatte ihr Sohn weitere Sachen eingepackt.

»Wir gehen in Richtung Norden. Ich habe vorhin mit Schimeon Storch gesprochen. Er hegt wie ich die Hoffnung, dort einen Ort zu finden, an dem wir in Frieden leben können. Schimeon will nicht nach Sallern oder Stadt-am-Hof ziehen, sondern möglichst weit fort von Regensburg. Wir werden uns ihm anschließen, Alisah.«

Ich machte eine Geste der Zustimmung, erleichtert, nicht allein reisen zu müssen.

Am Tor erwarteten uns bereits der Mazzotbäcker und die Weißhaupts, ein Ehepaar mit zwei kleinen Kindern. Ihre Augen waren vom Weinen gerötet. Niemand sprach ein Wort. Ich fror und hatte Mühe, mich auf den Beinen zu halten. Da unser Haus niedergebrannt war, reiste ich mit nichts als Vaters Medizinkoffer in der Hand und einem Bündel auf dem Rücken, während meine Gefährten, schwer beladen, noch ihre verängstigten Kinder zu beruhigen hatten. Dennoch versetzte es mir einen Stich zu beobachten, wie sich die Kleinen vertrauensvoll an die Erwachsenen schmiegten. Damit hatten die Eltern wenigstens einen Grund, für den sich das Leben und das Kämpfen lohnte.

Am Ende der steinernen Brücke drehte ich mich ein letztes Mal um. Deutlich hoben sich die Geschlechtertürme gegen den Himmel ab, bis zu siebenstöckige Bauten, wie es sie sonst nur in Städten südlich der Alpen gab. Die meisten wurden von Patriziern, aber auch von wohlhabenden Bürgern bewohnt. Niemand von ihnen hatte etwas gegen den grausamen Befehl des Rats unternommen. In meinem Mund sammelte sich bittere Galle, und ich wandte mich ab.

Eine Möwe flog über uns hinweg und kurz darauf eine zweite. Unwillkürlich zog ich den Kopf zwischen die Schultern, während die Vögel kreischend zum Flussufer hinabstießen, wo ein Graureiher mit seinem langen, spitzen Schnabel einen Fisch aufspießte. Als die weiß gefiederten Räuber ihn lärmend umkreisten, spreizte der Reiher die Flügel und flog mit einem klagenden Schrei davon. Wie gern hätte auch ich mein Leid in die kalte Winterluft hinausgeschrien. Würde ich jemals wieder einen Ton über die Lippen bringen?

Ich schlang den Mantel, den mir Naomi überlassen hatte, fester um mich. Dieser und das Kleid waren neben Vaters Medizinalkoffer mit seinen wichtigsten Instrumenten, dem medizinischen Handbuch, einigen Bögen Papier und einem Schreibblei mein einziger Besitz. Rasch folgte ich den anderen zum Eingang einer Gasse, die in die Ortschaft Stadt-am-Hof hineinführte. Vater und ich hatten hier einmal einen Kranken aufgesucht. Dort also, kaum eine halbe Stunde Fußwegs von unserem Viertel entfernt, wollten sich viele von uns ansiedeln. Wie konnten sie sich hier nur sicher fühlen? Mochten sie tun, was sie für richtig hielten, für mich war es unvorstellbar nach allem, was geschehen war.

Es begann wieder heftig zu schneien. Ich zog mir die Kapuze des Mantels tiefer ins Gesicht. Eins der Kinder weinte jämmerlich. Ich blieb mit Dana, der Mutter der beiden, stehen und gab ihr ein Zeichen, sie möge mir eins ihrer Bündel geben, damit sie die sechs Monate alte Irit auf den Arm nehmen konnte. Der etwa vierjährige David ging an ihrer Hand. Sie dankte mir mit einem freudlosen Lächeln, und ich band mir das Gepäck auf den Rücken. Ich musste Chaim noch wissen lassen, was ich vorhatte. Daher bedeutete ich Zvi, stehen zu bleiben, und richtete den Blick auf Amos Weißhaupt. Der junge Mann war erst vor wenigen Wochen mit seiner Frau Dana und den Kindern in die Judengasse gezogen. Er hatte als Buchbinder gearbeitet. Ich gab ihm ein Zeichen, dass ich etwas aufschreiben wolle.

»Der Nachtwächter hat mir berichtet, was Euch wiederfahren ist.« Amos setzte sein Bündel auf einer niedrigen Mauer ab, holte ein Schreibblei und ein zusammengefaltetes Blatt Papier heraus und reichte mir beides. »Behaltet es, Ihr braucht es nötiger als ich.«

Ich dankte ihm mit einer kleinen Verbeugung. *Ich muss zu Chaim Liebermann, er ist vermutlich in Stadt-am-Hof.*

»Wir sollten die Leute da vorne nach ihm fragen«, antwortete er und wies auf eine kleine Gruppe in lange Mäntel gehüllter Männer, die an einer Weggabelung unter mehreren Eichen Schutz vor dem einsetzenden Schneesturm suchten. »Ich vermute, es sind Söhne Israels.«

Tatsächlich erkannten wir beim Näherkommen ihre Hüte sowie die gelben Ringe auf den Mänteln.

»*Schalom.* Seid Ihr die Letzten?«, erkundigte sich einer von ihnen mit gepresster Stimme. Es war Meir Liebermann.

Amos Weißhaupt neben mir erwiderte den Gruß. »Ja, Rabbi. Wir sind die Letzten.«

Um mich bemerkbar zu machen, zupfte ich ihn am Ärmel, bis er sich zu mir umdrehte.

Als Rabbi Liebermann mich erkannte, zogen sich seine buschigen Brauen zusammen. »Alisah, wo sind denn Euer Vater und Eure Schwester?«

Zvi trat vor und berichtete mit wenigen Sätzen, was geschehen war.

Dem alten Mann fehlten die Worte, aber dann zog er mich an sich. »Natürlich werden meine Rachel und ich dich aufnehmen«, versprach er. »Es gibt hier ein paar gute Leute, die uns ein Haus zur Verfügung gestellt haben.«

Ich löste mich sanft aus seiner Umarmung und schrieb etwas auf. *Ich weiß Euer Angebot zu schätzen und danke Euch von Herzen, aber ich möchte den letzten Wunsch meines Vaters erfüllen. Er wollte, dass ich nach Frankfurt gehe. Dort lebt ein Onkel von mir, der mich aufnehmen wird. Vorher jedoch möchte ich mit Chaim sprechen.*

»Nach Frankfurt, Alisah? Ganz allein?«

Ich steckte die Schreibutensilien in meine Manteltasche.

Zvi Hirschkopf trat neben mich. »Sie wird nicht allein reisen, Rabbi Liebermann.« Er wies auf Schimeon Storch, den Mazzotbäcker, Amos Weißhaupt und die anderen. »Wir wollen ebenfalls gen Norden ziehen. Irgendwo wird es gewiss Gemeinden geben, in denen wir Aufnahme finden.«

»Ihr seid also fest entschlossen? Nun gut, ihr müsst wissen, was ihr tut.« Ein heftiger Windstoß zerrte an dem ergrauten Bart des Rabbiners. Er hob die Hände zum Reisesegen, und die kleine Gruppe senkte die Häupter. »Möge Adaunoi euch in Frieden leiten und wohlbehalten zum Ziel führen. Möge er euch vor allen Gefahren behüten, die unterwegs lauern.«

Schimeon Storch dankte dem Rabbiner.

»Kommt mit mir, Alisah, ich bringe Euch zu meinem Sohn. Ich denke, wir haben etwas zu besprechen.« Der Rabbi schüttelte den Kopf. »Das wird Chaim nicht gefallen«, hörte ich ihn murmeln.

»Wir warten hier auf Euch«, versprach Naomi Hirschkopf. Traurig folgte ich Rabbi Liebermann zu einem schlichten Gebäude gleich am Ortseingang.

Meir Liebermanns Frau Rachel kam herbeigeeilt und streckte mir beide Hände entgegen.

»Alisah! Du bist hier? Wie geht es dir und deiner Familie? Ihr seid hoffentlich alle wohlbehalten? Warum hast du sie nicht mitgebracht?« Sie musterte mich. »Du siehst nicht gut aus. Komm mit und setz dich.«

Ich öffnete den Mund, hörte förmlich die Worte, die sich in mir formten, aber es gelang mir nicht, sie auszusprechen. Tränen stiegen in mir auf.

Rachel wechselte einen schnellen Blick mit ihrem Mann, ehe sie mich energisch in den Wohnraum führte. Chaim stand am Fenster, drehte sich um und kam strahlend auf mich zu.

»Wie schön, dich zu sehen.« Er stutzte und ergriff meine Hand. »Du zitterst ja. Was ist geschehen?«

Meir Liebermann drückte mich auf einen Sessel und räusperte sich. »Hör mir gut zu, mein Junge.« Daraufhin begann er, seinem Sohn alles zu erzählen.

Chaim erbleichte. Ich spürte, wie er verzweifelt nach Worten des Trostes suchte. »Es tut mir so leid, Alisah. Ich weiß nicht, was ich sagen soll, aber gemeinsam werden wir es schaffen. Du bleibst hier bei mir in Stadt-am-Hof, und eines Tages, wenn der Ewige es will, wird deine Stimme zurückkehren.«

Ich bemerkte die Zuversicht auf seiner Miene, und es tat mir weh, ihm seine Hoffnung rauben zu müssen. Mit einem Nicken bat ich den Rabbi fortzufahren.

Der seufzte und berichtete Chaim, welche Pläne ich hegte.

»Nach Frankfurt willst du?« Im Gesicht meines zukünftigen Ehemannes spiegelte sich Unverständnis. »Aber wieso denn? Man hat uns doch hier eine neue Heimat angeboten. Im Oktober wirst du meine Braut, wie es sich unsere Eltern gewünscht haben. Du brauchst nicht nach Frankfurt zu gehen. Ich werde dir ein guter Ehemann und unseren Kindern ein guter Vater sein.«

Ich nahm das Schreibblei. *Es tut mir leid, Chaim. Ich habe dich gern, und es tut mir weh, dich zu verletzen. Aber ich will mehr sein als nur die Mutter deiner Kinder, ich möchte in die Fußstapfen meines Vaters treten und als Heilerin arbeiten.*

»Alisah, du musst dich nicht mit Siechtum und Eitergeruch umgeben«, kam es entsetzt über seine Lippen. »Mein Verdienst reicht, damit wir gut leben können.« Er umfasste meine Schultern. »Du gehörst an meine Seite.«

Heftig schüttelte ich den Kopf. *Das ist nicht mein Weg, Chaim. Außerdem glaube ich den hohen Herren nicht. Eines Tages werden sie unser Volk wieder aus den zwei Städten vertreiben. Worum mich mein Vater aber im Angesicht des Todes gebeten hat, ist mir heilig. Deshalb werde ich ihm seinen letzten Wunsch erfüllen. Wir beide sind nicht füreinander bestimmt, das fühle ich ganz deutlich. Möge der Ewige deine und die Schritte der Familie leiten.*

Rachel Liebermann, die sich ein wenig abseits hielt, beobachtete mich. Ich drehte mich um, griff nach den Händen des Rabbis, der wie erstarrt neben mir stand, und drückte sie fest. Er musste die Zeilen gelesen haben, aber er ließ mich nicht los. Es schmerzte mich, diese guten Menschen zu enttäuschen. Ich blickte in Meir Liebermanns Antlitz und formte langsam mit den Lippen die Worte: *Danke und Schalom.*

»Ich verstehe, Alisah«, erwiderte er mit brüchiger Stimme. »Aber ich kann dich nicht ohne einen Beschützer und in dieser Verfassung ziehen lassen. Chaim wird dich begleiten, nicht wahr, mein Junge?«

Wie schwer ihm diese Worte fielen, war ihm deutlich anzusehen, und meine Hochachtung für ihn wuchs. Traurig schüttelte ich den Kopf und löste mich von ihm, um mich seinem
Sohn zuzuwenden.

Dein Platz ist hier bei der Familie, schrieb ich in winzigen
Buchstaben, da kaum noch Platz auf dem Papier war.

Chaims scharf geschnittenes Gesicht zeigte tiefe Traurigkeit, als er meine Zeilen las, und ich legte ihm eine Hand an
die Wange. Könnte ich ihm doch nur begreiflich machen, was
mir die letzten Worte meines Vaters bedeuteten. Aber mir
blieb nichts anderes übrig, als ihm auf meine Weise Lebewohl
zu sagen. Ich tastete nach seiner Hand, nahm sie in meine,
küsste sie und drehte mich abrupt um, bevor ich es mir anders überlegen konnte. Mit großen Schritten lief ich zu den
anderen.

18

Regensburg 2013

Paula saß an Gideons Schreibtisch. Sonnenstrahlen fielen auf das Tagebuch von Alisah Friedman, in dem sie gerade las. »Um Himmels willen!«, entschlüpfte es ihr. Die Lässigkeit, die Gid üblicherweise ausstrahlte, war von ihm gewichen. Der Schock über Alisahs Erzählungen stand auch ihm ins Gesicht geschrieben. Plötzlich sprang er auf und trat zu der alten Musiktruhe, nahm den Tonarm von der Schallplatte mit Klezmermusik und ließ die Violinen, Klarinetten und das Akkordeon verstummen. Paula atmete auf, als Stille eintrat. Die Melodien ähnelten dem Aufschluchzen einer menschlichen Stimme, was Gideon offensichtlich ebenso unerträglich fand wie sie. Einige Augenblicke sagte keiner ein Wort. Gid schien jedenfalls nicht der coole Typ zu sein, für den er sich ausgab. Seine unvermittelten Gefühlsäußerungen machten ihn für Paula nur sympathischer. In mancherlei Hinsicht wirkte er wie ein waschechter Italiener, temperamentvoll und höflich. Dann wieder, wenn er auf die Geschichte seiner Familie zu sprechen kam, lagen Trauer und Verletzlichkeit in seinem Blick. Diesen Mann ein wenig näher kennenzulernen, dürfte aufregend sein. Ob er eine Freundin hatte? Einen Ring trug er jedenfalls nicht.

Sie richtete ihre Gedanken wieder auf das Schicksal seiner Vorfahrin. »Gideon, kannst du dir ihre Situation vorstellen? Mit einem beinahe Fremden im winterlichen Niemandsland unterwegs? Ich habe einen Heidenrespekt vor den Juden.«

»Genau«, kommentierte er. »So etwas sollte niemand erdulden müssen. Andererseits haben die Juden durch ihre Kleidung und die strenge Lebensweise das Ihre dazu beigetragen, mit schiefen Blicken bedacht zu werden.«

»Na ja, Andersartigkeit ist in unserer Gesellschaft von jeher eine problematische Angelegenheit«, warf Paula ein. »Nur wer mit dem Strom schwimmt, bleibt unauffällig.«

In seine Augen trat ein Ausdruck, den sie nicht zu deuten wusste. Sie zupfte an den Trägern ihres Kleides und beschäftigte ihre Finger, indem sie die beschriebenen Blätter säuberlich auf einen Stapel legte.

»Welchem Glauben gehörst du eigentlich an, Paula?«

Verblüfft wandte sie sich ihm zu. »Keinem. Ich bestreite nicht, dass es etwas Göttliches geben mag, möchte mich aber keiner Glaubensgemeinschaft anschließen.«

»Warum nicht?«

»Du willst es heute aber ganz genau wissen, was?« Sie lächelte. »Keine Ahnung, es steht nicht auf meiner Prioritätenliste. Mir sind Toleranz und der Wille, das Beste aus dem eigenen Leben zu machen, wichtiger. Und *du*? Praktizierst du deinen Glauben?«

»Meine Großeltern haben nach dem Tod meiner Eltern zwar versucht, mich zu einem guten Juden zu erziehen, sind damit aber kläglich gescheitert. Unsere Traditionen waren für mich immer eher Frust als Lust, wenn du verstehst, was ich meine.«

»Sie geben dir nichts?«

Er schüttelte den Kopf. »Die ganzen Gebete und Riten haben mir nie etwas bedeutet. Ich denke, da ist es mir nicht viel anders ergangen als vielen säkularisierten Christen.«

»Falls du auf mich anspielst, ich bin nicht einmal getauft«, gab sie zurück. »Meine Mutter ist Jüdin, mein Vater …«

»… stand dem Katholizismus nah, ich erinnere mich. Was offenbar keinen großen Einfluss auf deine Erziehung hatte.«

Paula lachte. »Er hätte damit auch keinen Erfolg gehabt. Ich war schon als Kind starrköpfig. Meine Eltern sind so manches Mal an meiner konsequenten Weigerung in Glaubensdingen verzweifelt. Letztlich war meine Mutter die Klügere. Sie besuchte zwar ab und zu die Synagoge, ließ mich aber in Ruhe. Eines verdanke ich ihr allerdings: mein Interesse an der hebräischen Sprache.«

»Ich sollte deiner Mutter einen Dankesbrief schreiben.«

Paula lachte. »Hast du dich denn inzwischen in unserem schönen Bayern eingelebt?«

»Bisher hab ich noch nicht viel gesehen«, gab Gideon zu, »von Montag bis Freitag sitze ich in der Zweigstelle des *Libro del Desiderio*, und die Samstage verbringe ich mit dir.«

»He, das hört sich ja fast wie eine Beschwerde an!«

Er hob die Hände. »So war das nicht gemeint.«

»Das will ich hoffen. Aber du hast recht, Gid. Was hältst du davon, wenn wir für heute aufhören und mal etwas anderes machen? Ich kenne Regensburg zwar nicht besonders gut, aber wir könnten uns die Altstadt ansehen.«

»Wollen wir irgendwo etwas essen?«

»Hungrig bin ich eigentlich nicht. Ich hätte eher Lust auf ein Eis.«

»Eine gute Idee«, stimmte er zu.

Er griff nach ihren Jacken und hielt ihr die Tür auf.

»Ist deine Arbeit eigentlich dein Traumjob?«, wollte die Studentin wissen, als die beiden durch die malerischen Gassen zwischen altem Rathaus, Domplatz und Uferpromenade schlenderten.

Gids Blick wurde nachdenklich. »Anfangs schon. Ich konnte mir nichts Interessanteres vorstellen, als mit Büchern zu arbeiten.«

»Als Controller hast du wahrscheinlich nicht allzu viel mit den einzelnen Büchern zu tun, oder?«

»Stimmt. Mehr am Rande«, gab er zu. Sie steuerten auf ein Eiscafé zu. »Inzwischen betrachte ich meinen Job als genau das – einen Job, mit dem ich meinen Lebensunterhalt verdiene, nicht mehr und nicht weniger.«

Paula musterte sein Profil und freute sich insgeheim über seine offenen Worte. »Das hört sich nicht unbedingt nach einem erfüllten Berufsleben an«, kommentierte sie. »Ehrlich gesagt geht es mir gerade ähnlich. Die Kunstgeschichte war für mich immer ein besonders spannendes Gebiet, in letzter Zeit stelle ich jedoch in den Vorlesungen fest, wie langweilig und trocken sie sein kann. Was natürlich auch an unserem Dozenten liegen mag, der so entrückt wirkt, als wäre er für uns kaum ansprechbar.« Sie sah ihn von der Seite an. »Ich habe mir unter dem Studium etwas anderes vorgestellt. Momentan bin ich mir nicht sicher, ob es wirklich das Richtige für mich ist. Aber vielleicht ist die Praxis ja spannender. Wir werden sehen.«

Sie blieb vor dem Eiscafé stehen und lächelte der Verkäuferin zu. »Ich nehme eine Kugel Zitrone und eine Kugel Malaga.«

»Ich bitte dasselbe.« Gid bezahlte und nahm die Eistüten entgegen.

»Seit Langem träume ich davon, eine eigene Buchhandlung zu eröffnen«, gestand er, als sie den Weg zur Uferpromenade einschlugen.

Unterwegs kam ihnen eine Gruppe Jugendlicher entgegen. Ihr fröhliches Stimmengewirr verband sich mit dem Geklapper von Tellern und leiser Musik aus einem der Restaurants.

»Eine Buchhandlung?«, entgegnete sie. »Wenn das so ist, hättest du in mir bereits deinen ersten Stammgast. Wie soll sie aussehen?«

Am Donauufer angekommen, fanden sie gegenüber dem Schifffahrtsmuseum eine Bank und setzten sich. Die Straßenlaternen warfen Lichtschimmer auf die *Ruthof*, einen alten

137

Raddampfer, der sanft auf der Donau schaukelte. Im Hintergrund konnten sie die Steinerne Brücke ausmachen.

»Ich träume von einem Laden, der nicht sehr groß ist, doch etwas Besonderes soll er sein. Eins von diesen Geschäften, in denen man sich noch Zeit nimmt und in denen die Leute gern stöbern.« Auf seinen Zügen entdeckte sie im Mondlicht ein Strahlen. »Ich liebe den Geruch von Büchern. In meinem Laden würde es eine Leseecke mit gemütlichen Möbeln geben. Dort könnten meine Kunden bei einem Glas Wein entspannen. Mir ist klar, dass es schwer ist, sich mit einem kleinen Buchladen einen Namen zu machen, aber ganz aufgeben mag ich meinen Traum dennoch nicht.«

Paula leckte an ihrer Zitroneneiskugel. Gids Züge spiegelten deutlich wider, was er sich in seinem Tagtraum gerade ausmalte. »Das verstehe ich. Leider sind solche Buchhandlungen inzwischen selten geworden. Die Menschen wollen immer alles schnell, sie schreiben Einkaufszettel, weil sie in Zeitnot sind. Insofern wäre ein Lädchen, in dem man in aller Ruhe in einem Buch blättern kann, eine himmlische Vorstellung.«

Gideon lächelte, und sie aßen schweigend ihr Eis.

Als Paula und Gideon zum Parkplatz zurückkehrten, blieb er abrupt stehen. »Hier in der Nähe muss sich das Judenviertel befunden haben.« Er blickte auf den Boden. »Wenn man darüber nachdenkt, dass Alisah, Sarah und Daniel Friedman ebenfalls über dieses Pflaster gelaufen sind …«

»Komisch, ich hatte gerade denselben Gedanken«, gab Paula zu. »Ganz schön beklemmend, wie?«

»Ja. Da drüben ist das Viertel. Ich bin gespannt, wie es mit ihr weiterging. Ob sich ihr Traum erfüllt hat?«

»Ärztin zu werden, meinst du?«

Gideon nickte.

»Sicherlich erfahren wir es bald.«

Sie steuerten auf Gids Auto zu. Bevor er den Zündschlüssel herumdrehte, sah er sie an.

»Alisah hat auf den ersten Seiten zwei jüdische Ärztinnen erwähnt, ich glaube, sie hießen Floreta und Ceti.«

»Wir könnten versuchen, mehr über die beiden Frauen herauszufinden«, schlug Paula vor.

»Bin schon dabei«, sagte er zwinkernd. »Ich habe ein Buch über ärztliche Anweisungen für Frauen im Mittelalter entdeckt und es gleich bestellt.«

»Super, vielleicht bekommen wir doch noch neue Informationen. Apropos Ärzte. Hast du inzwischen Kontakt mit deinem Onkel in Straubing aufgenommen?«

»Großonkel«, korrigierte Gideon lächelnd. »Ja, ich habe ihn und seine Frau am Sonntag sogar besucht.«

Nachdem er in die Galgenbergstraße eingebogen war und vor der Garage hielt, reichte Paula ihm die Hand. »Danke für den schönen Nachmittag. Bis nächsten Samstag.«

Einen Moment zögerte sie, als ob sie ihm noch etwas sagen wollte, doch dann stieg sie aus.

19

Alisah

In den nächsten Stunden, in denen wir den Spuren folgten, die zahlreiche Menschen und die Fuhrwerke der christlichen Händler im Schnee hinterlassen hatten, war nur das Knirschen unserer Stiefeltritte auf dem gefrorenen Boden zu hören. Unser erstes Ziel war Fürth. Dort hatte unser Buchbinder Amos Weißhaupt eine Zeit lang gelebt. In der Stadt gäbe es eine kleine jüdische Gemeinde. Wenn wir dort ankämen, hätten wir ein Drittel des Weges hinter uns gebracht, klärte uns Amos auf.

Aber bis Fürth lagen noch mehrere Tagesreisen vor uns. Wir näherten uns einer weiteren Ortschaft. Könnten wir nur unsere müden Beine ausstrecken. Inzwischen musste längst Mittagszeit sein, und ich war hungrig. Naomi und Dana hatten in den vergangenen Tagen Brot gebacken. Der Proviant reichte allerdings nur kurze Zeit, und wann wir die nächste Mahlzeit bekommen würden, war ungewiss.

Wenig später schritten wir über die einzige Straße, die durch das Dorf führte. Am Ende befand sich ein kleiner Marktplatz, gesäumt von einer Anzahl hübscher Fachwerkhäuser, wie ich sie aus dem Süden Regensburgs kannte. Aus einem der Eingänge trat eine dralle Frau und maß uns neugierig. Ein Junge, kaum älter als sechs oder sieben, drückte sich an sie. Als unsere Blicke sich begegneten, senkte er die Lider.

»Du musst dich nicht fürchten«, hörte ich die Frau zischen. »Das sind nur Juden. Die will hier niemand haben.«

»Warum denn, Mutter?«

»Weil sie unseren Herrn Jesus Christus umgebracht haben. Geh jetzt ins Haus. Es ist kalt.«

Ihr irrt Euch, hätte ich am liebsten gerufen. Ihr Heiden habt Euren Heiland selbst gekreuzigt.

Da näherte sich uns ein ältlicher Mann in einem langen Wintermantel, auf dem Kopf ein Barett, und trat auf uns zu. »Kann ich Euch behilflich sein? Sucht Ihr etwas?«

Der Buchbinder verbeugte sich leicht. »Amos Weißhaupt mein Name.«

»Jasper Eichholz, Krämer«, stellte sich der andere vor.

Der Buchbinder wies auf unsere Gruppe und erzählte Eichholz von unserer Flucht. Der Krämer richtete die Aufmerksamkeit auf uns. »Bei allen Heiligen! Ich hörte kürzlich, man habe sämtliche Juden von dort vertrieben.«

»Wir sind die Letzten, die Regensburg verlassen haben«, bestätigte Zvi, und Amos fügte hinzu: »Nicht nur unsere Häuser, auch die Synagoge, die Schule – alles hat der Pöbel zerstört.«

»Wohin wollt Ihr denn?«, fragte der Krämer.

»Viele haben sich in Sallern und Stadt-am-Hof niedergelassen. Meine Familie und die Leute hier haben entschieden, nach Norden zu ziehen.«

»Bei dem Wetter?«

»Was sollen wir denn machen? Über kurz oder lang wird man uns auch aus den beiden anderen Städten vertreiben.«

»Mag sein, dennoch ist es nicht recht, alte Leute und kleine Kinder den Unbilden des Winters auszusetzen. Ich kann Euch bis nach Neumarkt mitnehmen. Unter der Plane meines Karrens seid Ihr sicher.«

»Euch schickt der Himmel!« Naomi trat vor. Ihre Lippen waren bläulich, und ihre Haut schimmerte wie Wachs.

Der Mann lächelte. »Mein Ochse wartet auf dem Hof hinter der Schänke.«

»Das werde ich Euch nie vergessen, Herr Eichholz«, versprach Amos.

»Ach was. Was die Leute über Euch verbreiten, ist nichts als dummes Zeug.«

Wir folgten ihm und erklommen den Ochsenkarren. Das kräftige Tier wandte den mächtigen Schädel und stieß den Atem aus den Nüstern. Wie kleine Wolken stand er in der kalten Luft.

»Keinen Mucks«, raunte Eichholz uns zu. »Wenn die Leute mitkriegen, was ich hier mache, dann gnade mir Gott! Wer Juden hilft, wird hart bestraft.« Sein feistes Gesicht verzog sich gutmütig, als er den Blick auf mich richtete. »Nur keine Sorge, Mädchen, ist nicht das erste Mal, dass ich etwas Verbotenes tue.«

Zaghaft lächelte ich zurück. Wie gut, dass es Menschen wie ihn gab. Was soll nur aus uns werden, wenn man uns überall fortjagt?, ging es mir durch den Kopf. Woher bekommen wir dann Essen und Trinken und einen warmen Platz zum Schlafen – zumindest für die Kleinen und Naomi?

Die beiden Kinder klammerten sich verängstigt und blass wie der Tod an ihre Mutter. Amos Weißhaupt setzte sie einen nach dem anderen ebenfalls auf den Wagen. Ich kroch unter die Plane, hockte mich neben Zvi und Naomi und zog die Beine an. Auf dem Wagen war es kalt, aber immerhin bot das Segeltuch etwas Schutz vor dem Wind und den Schneeflocken.

Die folgenden Tage zogen sich schleppend hin. Zusammengekauert unter der Plane, schwankten wir zwischen der Angst, entdeckt zu werden, und der Hoffnung auf einen Ort, an dem wir sicher waren. Wir sprachen wenig, selbst die Kinder wurden zunehmend stiller.

Dann konnten wir Neumarkt schon in der Ferne erkennen, das auf halber Strecke zwischen Regensburg und Nürnberg lag. Wie weit es noch bis Frankfurt war, wusste ich nicht. Die letzten beiden Nächte hatten wir dicht aneinandergelehnt verbracht, nur notdürftig mit Wolldecken zugedeckt, die Eichholz für ein paar Heller im Auftrag von Amos Weißhaupt gekauft hatte. Wir stiegen vom Wagen und verabschiedeten uns von dem Krämer, der den Ochsen auf die Mauern von Neumarkt zulenkte.

Etwas abseits der Straße konnte ich ein Gehöft ausmachen. Auch Amos hatte es entdeckt und wies mit dem Kopf dorthin. »Wir müssen es riskieren. Ich werde den Bauern fragen, ob wir die Nacht in der Scheune verbringen dürfen.«

Bangen Herzens folgte ich meinen Begleitern zu dem Haus, das an ein Tannenwäldchen grenzte.

Der buckelige Mann musterte uns von oben bis unten. »Was wollt ihr denn hier?«

Amos deutete eine Verbeugung an. »Wir bitten Euch, die Nacht in Eurer Scheune schlafen zu dürfen.«

»In meiner Scheune? Warum sollte ich euch das erlauben?«

Dana Weißhaupt trat vor, die Kleine auf dem Arm. Aus großen Augen blickte das Kind den Mann an.

»Bitte, Herr. Um der Kinder willen und der alten Frau, die sich kaum noch auf den Beinen halten kann.« Sie wies auf Naomi, die von ihrem Sohn gestützt wurde. »Sie braucht etwas zu essen, genau wie meine Kinder hier.«

»Essen wollt ihr auch noch? Ihr seid doch Juden auf der Flucht! Habt ihr wenigstens Geld dabei?«

»Ein paar Heller besitzen wir noch. Wenn Ihr Euch damit zufriedengeben wollt…«

Der Bauer machte eine Kopfbewegung zu der Scheune hin. »Also gut, kommt mit.«

Dankbar, die Nacht nicht unter freiem Himmel verbringen zu müssen, betrat ich den halbdunklen Raum und ließ mich auf einem der feuchten Strohballen neben Naomi und Zvi nieder. Der Nachtwächter stellte das Bündel mit den Habseligkeiten der Hirschkopfs ab.

Da betrat der Bauer die Scheune. Ein Glitzern trat in seine Augen. »Wenn ihr etwas essen wollt, müsst ihr es mir bezahlen.« Er hielt die Hand auf.

Weißhaupt griff in seinen Beutel und ließ ein paar Münzen in die ausgestreckte Hand fallen. »Das ist alles, was ich noch habe«, sagte er.

Der Bauer baute sich vor Zvi auf, doch der Nachtwächter schüttelte den Kopf.

»Kein Geld, kein Essen«, knurrte der Bauer.

»Was seid Ihr nur für ein Mensch?«

»Lass gut sein, Junge«, fiel seine Mutter ihm hastig ins Wort. Aus dem Umhang, den sie um die mageren Schultern geschlungen hatte, kramte sie einen Beutel hervor. »Ich kann bezahlen, für uns alle, seht nur her.« Mit gespreizten Fingern hielt sie dem Mann die silberne Brosche entgegen. Naomis Erbstück, ihr einziger Besitz.

Ich stieß sie sanft in die Seite und schüttelte abwehrend den Kopf.

»Es ist gut. Alles unnützes Zeug, Alisah. Gefüllte Bäuche sind wichtiger«, flüsterte sie. »Der Ewige weiß, ich gebe es freien Herzens.«

In mir stieg ein Schluchzen hoch.

Die Miene des Bauern bekam etwas Verschlagenes. »Ach, zeigt mal her. Was für ein hübsches Schmuckstück.« Er entriss es ihr und grinste breit. »Ich bin ein wahrhaft großzügiger Mensch. Dafür bringt euch mein Weib gleich etwas warmes Mus, und morgen bekommt ihr sogar noch ein feines Frühstück. Aber dann ab vom Hof, verstanden?«

Schweigend breiteten wir unsere Decken aus und legten uns zur Ruhe. Bald hörten wir Zvis leise Schnarchgeräusche. Auch ich nickte ein, die Erschöpfung ließ mich sogar den Dreck und den harten Boden vergessen.

144

Eine junge Frau und ihre halbwüchsige Tochter brachten uns kurz nach Sonnenaufgang zwei dunkle Brotlaibe, eine weitere Schale Mus, in der vier Löffel steckten, und einen großen Krug Milch. Ein schäbiger Tausch für Naomis Schmuckstück.

Schweigend nahmen wir das Mahl zu uns und verließen die Scheune. Als wir über den Hof schritten, sah ich den Bauern aus dem Küchenfenster spähen.

Im Laufe der folgenden Stunden zeigte sich immer öfter die Sonne, und der Schnee schmolz zusehends. Gegen Abend verkündete Amos Weißhaupt, nun sei es nicht mehr weit bis Nürnberg. Wir sollten die hochberühmte Stadt – »des Reiches Schatzkästlein«, wie sie überall genannt wurde – am nächsten Tag erreichen. Dort waren wir nur leider ebenso wenig willkommen, weshalb wir beschlossen, uns außerhalb der Stadtmauern ein paar Tage auszuruhen, bevor wir weiterzogen. Vorher allerdings galt es, einen Schlafplatz zu finden. Bedauerlicherweise war in der einsetzenden Dämmerung weit und breit kein Gehöft auszumachen.

Dana und ich wechselten einen raschen Blick. Der kleine David hatte Angst vor der Dunkelheit, und die Aussicht, im Freien nächtigen zu müssen, setzte ihm zu. Mehrmals beobachtete ich, wie er sich verstohlen ein paar Tränen aus dem Gesicht wischte. Wir kamen zu dem Schluss, uns nahe einem kleinen Weiher niederzulassen, der unweit der Straße verlief und von einer Reihe dickstämmiger Eichen gesäumt wurde.

Wir rückten eng zusammen, breiteten die Decken über uns und nahmen die Kinder in unsere Mitte. Nachdem David sich beruhigt hatte, begann Naomi leise und anfangs stockend, Gutenachtgeschichten zu erzählen. Schon bald bekam ihre Stimme einen weichen und einschmeichelnden Klang, und selbst ich lauschte gebannt, wie Mose das Volk Israel durch die Wüste Sinai geführt hatte, um es aus der Knechtschaft Ägyptens zu befreien. Die Kinder schliefen ein. Danach sprachen Amos und Zvi das Abendgebet und lasen Verse aus der Thora vor, die Amos, sorgfältig in ein Stück altes Leder gewickelt, in einem Bündel bei sich trug. Dennoch bekam ich in dieser Nacht kaum ein Auge zu. Dana schien es ebenso zu ergehen, ich hörte ihre Zähne klappern.

Noch vor Sonnenaufgang nahmen wir unsere Bündel und zogen weiter. An dem von schweren Wolken bedeckten Himmel tauchte bald darauf die Silhouette Nürnbergs auf. Wir näherten uns einem Tor innerhalb einer aus mächtigen Sandsteinquadern errichteten Mauer. Die eisenbeschlagenen Flügel waren noch verschlossen. Das Wiehern der Pferde und das Knarren der Räder auf dem schlammigen Weg verbanden sich mit dem Stimmengewirr der Wartenden. Als ich einem Pferdewagen nachsah, fiel mein Blick auf eine Gruppe von Männern mit dunklen Mänteln und spitzen Hüten, die abseits der Wagen um ein Feuer kauerten und auf Stecken gespießte Brotstücke über den Flammen rösteten. Der Kleidung nach zu urteilen, gehörten sie meinem Volk an.

»*Schalom*, Brüder«, begrüßte Amos die Fremden.

Die Männer erwiderten den Friedensgruß. Mit einer einladenden Handbewegung forderte der Älteste uns auf, uns zu ihnen zu setzen, und nannte die Namen seiner Mitreisenden.

»Ich bin Mordechai Roth«, schloss er und reichte unserem Buchbinder einen der Stöcke.

Auch ich bekam ein Stück Brot und biss hungrig hinein.

»Amos Weißhaupt«, stellte sich unser Wortführer vor. »Wir kommen aus Regensburg.« In wenigen Sätzen berichtete er, was uns dort widerfahren war. Er wies auf mich. »Am schlimmsten hat es Alisah Friedman getroffen. Sie hat ihren Vater und ihre Schwester verloren.«

Mordechai Roths Augen waren mitfühlend auf mich gerichtet, um sich dann erneut unserem Buchbinder zuzuwenden. »Das ist unfassbar. Gewiss hat dieser unselige Domprediger dabei die Hände im Spiel gehabt!«

»Ihr habt von Hubmaier gehört?«, wollte Zvi wissen.

Einer der jüngeren Männer verzog das Gesicht. »Wer nicht? Wohin wollt ihr überhaupt?«

»Alisah will nach Frankfurt, ihr Onkel lebt dort.«

»Und wohin seid Ihr unterwegs?«, fragte Zvi.

»In den Osten, ins Königreich Polen«, antwortete Roth. »Dort soll es uns besser ergehen als im Reich. Wollt Ihr Euch uns nicht anschließen?«

Amos blieb die Antwort schuldig, denn in diesem Augenblick wurden die Flügel des Stadttores geöffnet. Zwei kräftige Männer mit Hellebarden in den Händen und Kurzschwertern an den Gürteln traten heraus und kontrollierten jeden, der in die Stadt hineinwollte.

»Für uns ist in Nürnberg längst kein Platz mehr«, meinte einer der jungen Männer bitter. »Allerdings kann ich nicht behaupten, dass mir das besonders leidtut. Wie man hört, soll es in der Stadt wieder Pesttote geben. Diesmal kann uns niemand dafür die Schuld geben.«

»Was ist nun, Weißhaupt?«, kam der Ältere auf seine letzte Frage zurück. »Kommt Ihr mit uns nach Polen?«

Naomi wirkte seltsam entrückt. Gewiss würde Zvi seine Mutter nicht den Anstrengungen einer derart weiten Reise aussetzen. Auch für Amos Weißhaupt und seine kleine Familie bedeutete der Weg bis ins Königreich Polen eine Strapaze. Die Gesichter meiner Gefährten waren von der Erschöpfung und dem Schock des Erlebten gezeichnet. Wenn es einen unter uns gab, der das Angebot ernsthaft in Betracht ziehen könnte, dann der Mazzotbäcker.

»Ich muss darüber nachdenken, Roth«, antwortete Weißhaupt nach kurzem Zögern. »Bedenkt, ich bin für meine Frau und die Kinder verantwortlich.«

»Das sehe ich genauso.« Zvi Hirschkopf fasste nach Naomis Hand. Ich konnte erkennen, wie sehr sie in ihrem Umhang fror. »Traust du dir eine Reise bis nach Polen zu, Mutter?«

147

»Solange du bei mir bist, bin ich bereit, Zvi.«

Ihr Sohn schwieg, doch Mordechai Roth wandte sich ihr zu. »Wir Juden sind gut darin, uns überall einzuleben und ein Zuhause zu schaffen.«

»Ihr sprecht die Wahrheit, Roth«, pflichtete unser Buchbinder ihm bei. »Wir sollten es wagen. Was ist mit Euch, Storch und Alisah?«

Energisch schüttelte ich den Kopf.

Schimeon Storch warf sein Stöckchen ins Feuer. »Ich werde Euch begleiten, Alisah.« Ich blickte wohl überrascht drein, denn er lächelte. »Denkt Ihr wirklich, ich lasse Euch allein weiterziehen? Mazzot werden überall benötigt, wo das Volk Israels lebt. Außerdem kann ich Eurem Vater, dem geschätzten Medicus, damit Ehre bereiten.«

Gerührt ergriff ich Schimeon Storchs Hand.

Unterdessen hatte Mordechai Roth das Feuer gelöscht. Er holte ein paar Münzen heraus. »Nehmt es«, bat er Schimeon Storch. »Ihr werdet es brauchen.«

»Das kann ich nicht«, wehrte der Mazzotbäcker ab. »Ihr benötigt es selbst.«

Mordechai Roth lächelte. »Macht Euch keine Sorgen. Ich habe ein paar Ersparnisse. Sie dürften genügen, um mir im polnischen Königreich ein neues Geschäft aufzubauen.«

Der Mazzotbäcker dankte ihm.

»Möge Adaunoi Euch behüten«, wünschte uns Weißhaupt mit fester Stimme.

Ich nahm Naomi in die Arme. Dann schüttelte ich ihrem Sohn, der so viel für mich getan hatte, die Hand. Wie gern hätte ich ihm mit ein paar warmen Worten für alles gedankt.

20

Regensburg 2013

Einmal mehr ärgerte sich Gideon über sein Desinteresse damals im Hebräischunterricht, das ihn jetzt zum Warten verdammte. Zuweilen fluchte Paula leise, wenn sie auf ein unbekanntes Wort stieß oder die Schrift unleserlich war. Ihre Miene war hoch konzentriert. Endlich schloss die Studentin den Band mit Alisahs Aufzeichnungen. Auf ihrem hübschen Gesicht zeichneten sich Erschöpfung, aber auch unterdrückte Emotionen ab, als sie Gideon die Übersetzung reichte.

Ihm wurde bei der Schilderung der im Freien verbrachten Nacht augenblicklich kalt. »Sie haben sich also untereinander geholfen«, murmelte er, ohne aufzublicken.

»Soweit ich von meiner Mutter weiß, stehen die Juden auch heute noch eng zueinander. Hilfsbereitschaft innerhalb der Gemeinde ist für sie selbstverständlich.« Paulas Augen ruhten warm auf ihm. »Diese Passage zu lesen hat mich richtig gefreut. Ist das Buch, das du bestellen wolltest, inzwischen da?«

»Ja, es geht darin um Ärztinnen und Hebammen allgemein, aber einige Kapitel beschäftigen sich auch mit jüdischen Frauen, die Heilkunde betrieben haben.«

»Oh, das ist ja spannend. Magst du es holen?«, entfuhr es Paula.

Ihre Miene erinnerte ihn an die eines Detektivs, der einem Geheimnis auf der Spur war, und brachte ihn damit zum Lächeln.

»Moment.«

Kurz darauf schlug er das Buch an einer mit einem Lesezeichen versehenen Stelle auf.

Paula hielt die Hände im Schoß gefaltet, aber ihre Finger spielten mit dem Stoff ihrer Bluse.

»Noch im zehnten Jahrhundert konnten Frauen eine Ausbildung an der Medizinschule von Salerno absolvieren«, las er vor. »Leider wurden sie bald darauf vom Medizinstudium ausgeschlossen, und es blieben ihnen nur wenige heilkundliche Berufe, wie der der Hebamme. Ab dem dreizehnten Jahrhundert war die Ausgrenzung weiblicher Ärzte dann die Regel.«

»Welchen Grund hatten sie, Frauen nicht mehr als Ärztinnen zuzulassen?«, wollte Paula wissen.

»Man wollte sie aus allen wirtschaftlich lukrativen Berufen ausgrenzen. Wenn eine Frau es dennoch wagte, wurde sie angeklagt und musste eine hohe Geldstrafe zahlen.« Er blätterte weiter. »Trotzdem gab es immer wieder Ausnahmen, wie die einer Jüdin namens Sarah, deren Mann Abraham ebenfalls Medicus war. Ihr war es sogar erlaubt, einen Lehrjungen auszubilden.«

»Wahrscheinlich hatte diese Sarah prominente Unterstützer oder adelige Patienten, die sich für sie verbürgten.« Sie schnaubte. »Oder glaubst du etwa, man hat es ihr aus Hochachtung erlaubt? Wahrscheinlich war ihr Ruf zu gut, um auf sie verzichten zu können.«

»Davon gehe ich auch aus.« Gideon betrachtete ihre vor Wut geröteten Wangen. Ob sie wusste, was ihr Gesicht alles über sie verriet? »Im Laufe der Zeit durften Frauen sich in Chirurgie ausbilden lassen, führten Steinoperationen durch und behandelten Abszesse und verschiedene Krankheiten«, fuhr er fort. »Die männlichen Ärzte mit akademischer Ausbildung genossen hohes Ansehen, nahmen aber oft nur eine Kontrollfunktion wahr, während die praktische Ausübung in den Händen von Chirurgen und Badern lag. Darunter auch

150

Frauen, die als *medica* bezeichnet wurden und es teilweise zu Wohlstand und Ansehen brachten. Im Spätmittelalter führten einige Frauen sogar Apotheken, wenngleich es eine Ausnahme blieb.«

»Das ist alles sehr interessant, Gid, aber gibt es weitere Informationen über jüdische Ärztinnen in Deutschland?«

Gideon schlug eine andere Seite auf. »Hier ist etwas. Der Bischof von Würzburg gestattete im Jahr vierzehnhundertzwanzig einer Frau, die ebenfalls Sarah hieß, die Ausübung ihres Gewerbes, natürlich gegen Zahlung einer jährlichen Steuer. In Frankfurt arbeiteten Jüdinnen als Augenärztinnen und Chirurginnen.« Gid las die Namen verschiedener jüdischer Frauen vor, die diese Berufe außerhalb der Judengasse ausgeübt hatten.« Gideon legte das Buch auf den Tisch. »Wenn ich noch mehr interessante Passagen finde, werde ich dir davon berichten, okay?«

»Alles klar, Gid.« Paula sah auf ihre Armbanduhr. »Oje, schon nach drei. Ich fürchte, ich muss los. Ich bin noch mit meiner Mutter verabredet. Ich wünsche dir einen schönen Sonntag und eine gute Woche. Wir sehen uns dann nächsten Samstag.« Damit packte sie rasch zusammen und ging.

Kaum war er allein, klingelte sein Telefon. Es war Aaron Morgenstern.

»In unserem Gemeindezentrum findet zurzeit eine Ausstellung statt, ›Jüdisches Leben in Straubing‹«, sagte er. »Hättest du Interesse, sie dir mit uns morgen anzusehen?«

Spontan sagte er zu.

»Schön, dass du da bist.«

Aaron Morgensterns Händedruck war fest, sein Blick warm. Gid begrüßte Natascha und folgte dem Ehepaar in den Vorraum der Synagoge, »der einzig erhaltenen in Niederbayern«, wie ein weibliches Gemeindemitglied, das die Besucher durch die Ausstellung führte, erklärte.

»Mit dem Bau wurde im Jahr neunzehnhundertsieben begonnen«, sagte die Frau gerade.

»Seit wann ist in Straubing jüdisches Leben belegt?«, fragte Gideon und griff nach einer Broschüre, die auf einem Tisch auslag.

»Das lässt sich nicht mehr nachweisen, aber um das Jahr neunhundert waren bereits jüdische Kaufleute entlang der Donau im Fernhandel tätig. Sie haben sich im frühen dreizehnten Jahrhundert in Bayern angesiedelt.«

Gideon wollte wissen, ob es auch in Straubing zu Pogromen gekommen war.

»Ja, leider, da ist es uns nicht anders ergangen als den Juden in Rothenburg und Regensburg.«

Alisah, neben ihrem sterbenden Vater kniend, tauchte vor Gideons geistigem Auge auf, und er schwieg, während die Frau über die Reichskristallnacht sprach. Die Judenhasser hatten die Fenster des Bethauses eingeworfen, Einrichtungsgegenstände zertrümmert und Thorarollen angezündet. Die Synagoge war zwar verwüstet und geschändet, jedoch nicht vollends zerstört worden.

»So ist sie heute ein Mahnmal gegen die Judenverfolgung während der NS-Zeit und ein bedeutendes Denkmal. Folgen Sie mir nun bitte in die Rosengasse, dem früheren Judenviertel. Dort möchte ich Ihnen das Duplikat eines hebräischen Grabsteins zeigen. Er wurde während des Regensburger Pogroms als Trophäe nach Straubing verschleppt«, erklärte die Frau und ging voraus.

Zum Abschluss folgten viele Gäste der Einladung in den Festsaal des Gemeindezentrums, und auch die Morgensterns nahmen an einem der langen Tische Platz. Eine junge Frau stellte eine Schale mit Gebäck vor ihnen ab.

»Die Führung war sehr interessant. Ich freue mich über alles, was ich über die Vergangenheit unserer Familie herausfinden kann. Sag mal, Onkel Aaron, engagierst du dich eigentlich ebenso wie Großvater in der Jüdischen Gemeinde?«, fragte Gid.

Eine zweite Dame füllte ihre Kaffeetassen, und der Arzt dankte ihr leise. »Nicht in dem Maße wie dein Großvater, dazu fehlt mir leider die Zeit. Meine Praxis ist an drei Vormittagen die Woche geöffnet. Natascha und ich besuchen allerdings gern und oft unser Bethaus. Einmal in der Woche findet ein Seniorentreff statt, den ich von Zeit zu Zeit leite.« Der Arzt nickte einem älteren Paar zu, das sich am anderen Ende des Tisches niederließ.

»Dort habe ich liebe Freunde aus meiner Heimat gefunden«, ergänzte Natascha mit einem weichen Lächeln. »Straubing ist mein Zuhause geworden. Trotzdem habe ich manchmal Heimweh, deshalb tut es mir gut, mich in meiner Muttersprache zu unterhalten.«

»Das verstehe ich. Ein wenig vermisse ich es auch, Italienisch zu sprechen, wobei ich bei dir kaum einen Akzent heraushören kann, Natascha.«

»Danke, Gideon.« Sie warf ihm einen langen Blick zu. »Darf ich dich mal was fragen?«

»Klar.« Er griff nach einem Gebäckstück.

»Bitte entschuldige meine Neugier«, fuhr Natascha fort. »Soweit ich weiß, hast du nie etwas mit dem jüdischen Glauben zu tun haben wollen. Was hat dich also dazu bewogen, dich mit unserer Vergangenheit auseinanderzusetzen?«

»Oh, ich glaube, das interpretierst du falsch«, wehrte Gid ab. »Mich fesselt die Person Alisah Friedman, und ich möchte begreifen, warum unsere Vorfahren mit besonderer Hochachtung von ihr sprechen. Leider habe ich so meine Schwierigkeiten mit dem Hebräischen.«

Aus einem ihm unbekannten Grund wollte Gid nicht über Paulas Übersetzungen reden, deshalb gab er dem Gespräch eine andere Wendung. »Du hast die Tagebücher nie gelesen, Onkel Aaron, oder?«

Dr. Morgensterns Gesicht nahm einen bekümmerten Ausdruck an. »Nein, das durfte nur der erstgeborene Sohn. Du kannst dir sicher denken, wie ungerecht ich das fand.«

Gid lachte. »Klar.«

»Als Kind waren mir unsere Vorfahren und ihre Geschichten gleichgültig, wir hatten genug mit der Gegenwart zu kämpfen. Später als Teenager konnte ich nicht verstehen, warum ausgerechnet Ephraim das Vorrecht bekam, die Tagebücher zu lesen, obwohl ich der bessere Schüler war. Kinder erleben die Welt bekanntlich anders.«

»Eure Eltern wurden neunzehnhunderteinundvierzig in ein Konzentrationslager bei Riga gebracht und Großvater nach Dachau, wo er das Kriegsende erlebte. Was war mit dir, Onkel Aaron?«

»Mein Vater kannte einen Arzt, der ein naher Verwandter des Kreisleiters von Würzburg war. Dieser Mann und seine Frau waren zwar Parteimitglieder, aber keine ausgesprochenen Judenfeinde. Sie versteckten mich, bis das Tausendjährige Reich zusammenbrach. Als ich Ephraim endlich wiedersah, war ich sechs Jahre alt.«

»Und der Koffer? Wo war der während der Kriegszeit?«

»Unser Vater hatte ihn ebenfalls seinen Bekannten anvertraut. Schließlich war er das Kostbarste, das die Familie besaß.«

»Wie gut, dass es damals auch Deutsche gab, die unserem Volk geholfen haben.«

»Ja, längst nicht alle haben Hitlers wahnsinnige Ideen über die angebliche Gefährlichkeit der jüdischen Rasse geteilt. Es gab viele, für die preußische Tugenden wie religiöse Toleranz und Redlichkeit noch immer galten.« Der Blick des Arztes verlor sich in der Ferne, dann richtete er sich auf seinen Neffen. »Sprechen wir nicht mehr über diese furchtbare Zeit, sondern lieber über dich. Weißt du eigentlich, wie sehr uns deine Entscheidung getroffen hat, mit der Tradition zu brechen und nicht Medizin zu studieren? Besonders für Ephraim war das ein schwerer Schlag. Er hat bis zuletzt gehofft, du würdest deine Meinung noch ändern.«

»Ich bereue meine Wahl nicht, im Gegenteil, Onkel Aaron. Trotzdem habe ich immer gehofft, dass ihr mich so akzeptiert, wie ich bin.«

»Ich weiß, die Zeiten ändern sich, Gideon«, erwiderte der Arzt nach einem Moment des Schweigens. »Den jungen Leuten von heute bedeutet das Erbe ihrer Vorväter nicht mehr das Gleiche wie noch zu meiner Generation. Mir war es damals eine Ehre, die Arbeit meines Vaters fortzuführen. Ich war begierig, alle Geheimnisse der Medizin zu ergründen.« Aaron Morgensterns Blick ruhte freundlich auf ihm. »Dennoch kann ich dich verstehen. Du hast jedes Recht, deine Zukunft selbst zu gestalten. Möglicherweise hättest du dich anders entschieden, wenn deine Eltern nicht so früh gestorben wären. So bist du bei einem Mann aufgewachsen, dem sein jüdisches Erbe über alles ging. Das musste früher oder später zu Konflikten führen. Ich habe mir immer gewünscht, dass wir trotzdem in Verbindung bleiben.«

»Ich auch, Onkel Aaron.«

Als es zwischen den beiden still wurde, lächelte Natascha erst Gideon und danach ihren Mann an. »Wer weiß, wozu das alles gut war. Entscheidungen führen uns manchmal auf neue Wege, die wir sonst nie beschreiten würden, nicht wahr? Wäre ich nicht aus der ehemaligen UdSSR ausgereist, hätte ich deinen Großonkel nie kennengelernt.«

Gideon strich Natascha, die neben ihm saß, über den Arm. »Danke. Ich bin jedenfalls froh, euch angerufen zu haben. Es tut gut, mit euch zu sprechen.«

»Es ist schön, dich bei uns zu haben, Junge.« Aaron Morgenstern sah sich um. »Findet ihr es hier auch so fürchterlich stickig und laut? Ich möchte gern allmählich aufbrechen. Wie ist es mit euch?«

21

Alisah

Endlich erreichten Schimeon Storch und ich die Mauern der Stadt Sachsenhausen. Nach Auskunft eines Schweinebauers, mit dem der Mazzotbäcker in einem Dorf nahe Offenbach ein paar Worte gewechselt hatte, waren wir nicht mehr weit von unserem Ziel entfernt. Das Eis auf dem Stadtgraben war zum größten Teil getaut, sodass dem Wasser, in dem vermoderte Pflanzen und allerlei Unrat schwammen, ein fauliger Gestank entstieg.

Vorsichtig überquerten wir die Brücke, und mein Begleiter zahlte den verlangten Zoll. Vorbei an einer Reihe einfacher Häuser, Brunnen und einer Kirche folgten wir einer gewundenen Gasse zu einem bogenförmigen Durchgang. Er war Teil eines mächtigen Bauwerks, das sich noch höher als die Spitze des Gotteshauses in den wolkenverhangenen Himmel erhob. Was dahinter lag, konnte ich nicht erkennen.

Der Mazzotbäcker wandte sich an einen Mann, der vor der Tür eines Häuschens stand. »Wir wollen nach Frankfurt. Sind wir hier richtig?«

Der andere musterte uns gelangweilt. »Ihr wollt wohl nach *Neu-Ägypten*, was?«

»*Neu-Ägypten*?«, wiederholte Storch.

»So nennen die Juden hier ihr Viertel.« Der Stadtknecht wies auf die Pforte. »Da hindurch und dann über den Fluss. Aber nicht ohne den Brückenzoll zu zahlen.«

Storch gab dem Mann das Verlangte. »Wärt Ihr so freundlich, mir zu sagen, wo unser Viertel liegt? Frankfurt ist gewiss eine große Stadt.«

»Oh, das findet ihr schon. Hinter der Brücke lauft ihr ein kurzes Stück die Fahrgasse hinauf, dann rechter Hand in die Predigergasse hinein, bis ihr das Kloster der Dominikaner seht. Daran müsst ihr vorbei und dann das Judenbrücklein überqueren. Der Eingang liegt gleich dahinter.«

Schimeon Storch bedankte sich. »Das war mein letzter Heller«, raunte er mir zu, während wir durch das Tor schritten. »Ich kann nur hoffen, dass sie hier einen Mazzotbäcker gebrauchen können.«

Auf der steinernen Brücke waren zahlreiche Menschen unterwegs. Als uns ein Pferdefuhrwerk entgegenkam, trat ich zur Seite und spähte hinab. An den Ufern des Flusses lagen zahllose Schiffe und Kähne. Davor konnte ich einige Hütten ausmachen, wie ich sie aus Regensburg kannte. Gewiss wohnten dort die Fischer und Gerber der Stadt. Etwa in der Mitte der Brücke hatten ihre Erbauer ein ehernes Kruzifix mit einem goldenen Hahn auf der Spitze aufgestellt. Wir gingen auf einen ähnlichen Turm zu.

Da fasste mich der Mazzotbäcker am Arm. »Schaut nicht hin!«

Doch es war bereits zu spät. Ich hatte einem kreischenden Vogel nachgesehen, da fiel mein Blick auf zwei eiserne Zinken an der Stirnseite des Bauwerkes. Auf einem steckte ein menschlicher Schädel. Ich wollte Schimeon Storch durch den Torbogen nacheilen, da blieb er ruckartig stehen. Wortlos betrachteten wir das Bild auf der ins Mauerwerk eingelassenen Tafel, das drei Männer zeigte. Einer, deutlich als Rabbiner zu erkennen, saß rittlings auf einer Sau, ein zweiter stand am After des Tieres, ein dritter, jüngerer Mann saugte an den Zitzen. Ein gehörntes Wesen – der Teufel der Christen – beobachtete das schändliche Geschehen, begleitet von einer Frau auf einem Ziegenbock. Alle Figuren trugen den gelben Ring an der Kleidung. Als wäre das alles noch nicht grässlich genug, hatte man über der Tafel noch eine etwas kleinere angebracht, die ein ermordetes Kind darstellte. Angewidert schlug ich die Augen nieder, und wir gingen weiter.

Wie beschrieben befand sich der Eingang zum Judenviertel unweit einer Klosteranlage, hinter der ein runder, alles überragender Wehrturm zu erkennen war. Durch die geöffneten Fenster drangen die monotonen Stimmen einiger Männer.

»Gegrüßt seist du, Maria, heilige Mutter Gottes«, hörte ich sie murmeln.

Der Mazzotbäcker eilte weiter. Die Christen glaubten, die Mutter ihres Heilandes sei selbst nach seiner Geburt Jungfrau geblieben. Für mich war das nicht nachvollziehbar. Wie sollte ein Kind ohne die Öffnung des Schoßes auf die Welt kommen? Vater hatte mir erklärt, dass die Christen diese Annahme von einer Weissagung unseres Propheten Jesaja herleiteten.

Wir betraten die Gasse, und sofort fühlte ich mich wie in einer anderen Welt. In *meiner* Welt, dachte ich und die Anspannung in meinem Inneren nahm allmählich ab. Tröstlich war der Anblick der *Mesusot*, die an den Türpfosten angebracht waren und die Bewohner der Häuser als Gottes Volk auswiesen.

Obwohl es noch früh war, wimmelte es nur so von Menschen. Ihre Stimmen vermischten sich mit dem Blöken eines Lämmleins, das ein Mann an einem Strick hinter sich herzog. Es jammerte, schrie und stemmte sich mit aller Kraft gegen den Strick. Ob es ahnte, was ihm blühte? Der Herr machte ein verzweifeltes Gesicht, sprach auf das arme Tier ein und zerrte es weiter. Aus einem der Gänge zwischen den eng zusammenstehenden Gebäuden drang mir der Duft von frisch gebackenem Brot und gebratenen Zwiebeln verlockend in die Nase. An einem Brunnen unweit des Tores blieben wir stehen und beobachteten das bunte Treiben. Laut miteinander scherzend, näherten sich mehrere junge Mädchen. Als sie unser gewahr wurden, starrten sie uns neugierig an, bevor sie ihre mitgebrachten Eimer in die Tiefe ließen.

»Ihr seid wohl neu hier?«, erklang hinter uns eine helle Knabenstimme. Ein dunkelhaariger Junge mit zierlichen Schläfenlöckchen maß uns freundlich.

»Stimmt«, antwortete Schimeon, »wir sind soeben angekommen. Kannst du uns sagen, wo wir euren Gemeindevorsteher finden?«

»Das ist in diesem Monat Abraham von Kronberg. Kommt mit, ich bringe Euch zu ihm. Ich bin übrigens Samuel Bundschuh«, stellte sich der Knabe vor. »Wie heißt ihr?«

Der Mazzotbäcker nannte unsere Namen, und wir liefen neben Samuel her, vorbei an den dicht an dicht stehenden Häusern, die zwar schmal gebaut waren, dafür aber zumeist zwei Stockwerke besaßen. Einigen davon war der Wohlstand ihrer Bewohner anzusehen. Die Bezeichnung Judengasse traf in Frankfurt tatsächlich zu. Anders als in meiner Heimatstadt gab es hier nur eine einzige Gasse, an der sämtliche Gebäude lagen.

»Hier ist es.« Der junge Bundschuh blieb vor einem prächtigen Haus stehen. Er klopfte gegen die Tür, in deren Öffnung gleich darauf das Gesicht eines Mannes sichtbar wurde.

»Baumeister von Kronberg, das hier sind Schimeon Storch und Alisah Friedman«, sprach der Junge den Mann an, der die fünfzig sicherlich bereits überschritten hatte. »Sie sind heute in Frankfurt eingetroffen.«

Der Gemeindevorsteher musterte uns aus hellwachen Augen. »*Schalom*. Kommt bitte herein.«

Samuel verabschiedete sich. Schimeon und ich folgten von Kronberg in eine winzige Stube, deren Wände mit Bücherregalen bedeckt waren.

Der Vorsteher bat uns, Platz zu nehmen. »Meine Frau bringt Euch gleich etwas Warmes zu trinken«, versprach er und setzte sich in einen Ohrenbackensessel nahe einem gemauerten Kamin, in dem ein offenes Feuer brannte. »Woher kommt Ihr?«

»Aus Regensburg.« Mit wenigen Sätzen beschrieb Schimeon die Vorgänge in unserer Heimatstadt. Nachdem er geendet hatte, sah ich Tränen in den Augen des Gemeindevorstehers.

»Ausgerechnet Regensburg«, sinnierte er, »über Jahrhunderte hinweg das Zentrum jüdischer Gelehrsamkeit im ganzen Reich …«

Er wurde durch das Eintreten einer Frau unterbrochen.

»Meine Judith«, stellte er seine Gattin vor, nachdem diese uns den Friedensgruß entboten und ein Tablett auf den Tisch gestellt hatte. In den Bechern dampfte heißer Würzwein. »Unsere Gäste sind aus Regensburg geflohen«, erläuterte er ihr.

»Wie schrecklich!« Der Blick der Frau richtete sich auf mich. »Wie ist Euer Name, mein Kind?«

»Sie kann Euch leider nicht antworten«, entgegnete Schimeon und erzählte den beiden meine Geschichte.

»Ihr gehört also ebenfalls zu denjenigen, die all ihre Verwandten verloren haben? Wie viele von uns mag es geben, die Euer Schicksal teilen?«, brachte die Frau sichtlich erschüttert hervor.

Ich wollte gerade die Schreibutensilien aus meinem Bündel nehmen, da ergriff Schimeon wieder das Wort.

»In der hiesigen Judengasse lebt ein Onkel von ihr namens Levi. Er wird seine Verwandte gewiss aufnehmen.«

»Levi Friedman, der Scheibenmacher, war Euer Oheim?« Der Gemeindevorsteher brach ab.

Storch beugte sich vor. »War?«

»Der gute Levi ist vor einem halben Jahr an den Folgen eines Unfalls gestorben. Es tut mir sehr leid, Alisah.«

Nachdem ich mich wieder gefasst hatte, zog ich ein Blatt Papier und das Schreibblei aus dem Beutel und schrieb darauf die Worte *Wo sollen wir wohnen?*

160

»Geht hinüber zu dem Haus mit der Aufschrift *Zum Affen*«, antwortete der Vorsteher mit einem leicht verwunderten Blick darüber, dass ich das Schreiben beherrschte. »Es ist nicht nur unsere Weinschänke, sondern dient uns als Herberge für durchziehende Glaubensgenossen. Dort könnt Ihr die nächsten Tage verbringen, bis sich eine andere Lösung gefunden hat. Dasselbe gilt natürlich auch für Euch, Storch.« Er sah von einem zum anderen. »Welchen Berufen seid Ihr bisher nachgegangen?«

»Ich bin ein Mazzotbäcker, Herr von Kronberg, und Alisah Friedman hat ihrem Vater, dem Medicus, stets assistiert.«

Der Vorsteher lächelte und klatschte in die Hände. »Das ist ja wunderbar! Leute wie Euch können wir hier immer gebrauchen. Ich werde Euch gleich morgen beim Stadtrat anmelden, das ist in Frankfurt so üblich. Bitte sorgt Euch nicht, und seid uns herzlich willkommen.«

22

Alisah

Kurz darauf eilten wir durch die langgezogene, leicht gewundene Gasse. All meine Hoffnungen waren wie Seifenblasen im Wind zerplatzt. Wenn ich wenigstens Trauer über den Verlust meines Onkels empfinden könnte, aber ich hatte ihn ja nicht mal gekannt. Übrig blieb eine Leere in meinem Inneren, die von meiner Unfähigkeit, mich mit Worten auszudrücken, noch verstärkt wurde. Wie eine Marionette kam ich mir vor, dazu verdammt, mich auf die Hilfe anderer Menschen zu verlassen. Warum konnte ich nicht mehr sprechen? Tief in Gedanken versunken, bemerkte ich die buckelige Alte, die auf einem niedrigen Hocker vor einem der Hauseingänge saß, erst im letzten Moment.

»Kannst du nicht aufpassen, Mädchen?«, zeterte sie.

Auf einer Decke hatte die in einen dicken Mantel gehüllte Frau allerlei Silbergeschirr und verschiedene Kleinode ausgebreitet, auf die ich beinahe getreten war. Wie gern hätte ich mich für meine Unachtsamkeit entschuldigt. Schimeon, der den Vorfall beobachtet hatte, übernahm es für mich.

Bald darauf hatten wir das von Kronberg beschriebene Gebäude gefunden und wollten es gerade betreten, als uns erneut Samuel Bundschuh begegnete, diesmal in Begleitung eines beleibten Mannes. Sie saßen auf dem Kutschbock eines von einem Maultier gezogenen Wägelchens. Sogleich sprang der Junge auf das Pflaster.

»*Schalom*, ihr zwei«, grinste er in unsere Richtung. »Das

sind die beiden Neuankömmlinge, Vater«, rief er dem Mann zu, der das Maultier an den Rand der Gasse lenkte und nun ebenfalls abstieg.

»*Schalom*«, grüßte er uns mit einer warmen Stimme, die mich an die meines Vaters erinnerte. »Willkommen in unserem Viertel.«

»Zieht ihr in den *Affen*?«, wollte der Junge wissen und steckte die Hände in die Hosentaschen.

Storch streckte den Rücken durch. »Euer Baumeister riet uns dazu, bis sich eine andere Möglichkeit ergibt.«

Ein Mann trat aus dem Eingang auf die Gasse. »Wollt Ihr zu mir?«

»Wenn Ihr der Besitzer seid, ja.«

»Steht vor Euch.« Der Mann verbeugte sich tief.

Die Geste wirkte auf mich etwas theatralisch und überzogen. Obwohl ich ihn nicht kannte, fand ich ihn auf Anhieb abstoßend.

»Knebel, der Wirt dieser schönen Weinstube.«

»Die allerdings nicht dir gehört, sondern der Gemeinde«, ließ sich Samuels Vater vernehmen.

»Na und, Bundschuh? Du bist doch nur neidisch, weil ich besseren Umsatz mach als du.« Nun entblößte der Mann sein schadhaftes Gebiss zu einem breiten Grinsen. »Unsere Gästezimmer können sich sehen lassen. Leider habe ich nur noch eine freie Kammer, da in den letzten Tagen einige auswärtige Juden zu uns gekommen sind. Ihr müsst Euch also einigen, wer von Euch das Zimmer nehmen soll.«

Schimeon sah zu mir. »Alisah, ich werde schon irgendwo unterkommen, nehmt Ihr die Kammer.«

Samuels Vater musste mein Unbehagen bemerkt haben. »Auch ich führe eine Schänke, die *Eule*«, erklärte er. »Über der Gaststube befindet sich eine kleine Kammer. Wenn Ihr wollt, könnt Ihr sie haben.«

Der Mann wartete auf eine Antwort. Rasch zog ich mein

163

Schreibzeug aus dem Beutel hervor und kritzelte die Worte *Sehr gern* auf das letzte, längst zerknitterte Blatt Papier. Ich würde mir neues besorgen müssen, wenn ich mich mit den Bewohnern der Judengasse verständigen wollte.

»Ich heiße. übrigens Joseph Bundschuh«, stellte sich Samuels Vater vor, »steig bitte auf den Wagen … Alisah, nicht wahr?«

Ich nickte erst ihm und dann Schimeon zu, der mit dem Wirt des *Affen* in die Weinstube ging, und folgte Bundschuhs Aufforderung. Samuel kletterte auf den hinteren Teil des Wägelchens und ließ sich zwischen den Eichenholzfässern nieder.

»Warum hast du etwas auf einen Zettel geschrieben? Kannst du denn nicht sprechen?«, warf der Junge zaghaft ein.

Ich schüttelte bekümmert den Kopf, und Samuel schwieg betreten.

Langsam setzte sich das Maultier in Bewegung. Kurz darauf rollte das Gefährt erneut an der buckligen Frau vorüber, die mir einen giftigen Blick zuwarf.

»He, Reyle, welche Laus ist dir denn über die Leber gelaufen?«, rief Bundschuh.

Die Alte winkte nur ab.

Während wir die Gasse hinauffuhren, erzählte mir der Junge, wer die Häuser mit den prächtigen Fassaden bewohnte. Da gab es eine Familie Stern, eine Familie Buchsbaum, die Cohens, die Goldschmidts, die von Geismars und viele andere. Schon bald schwirrte mir der Kopf von den vielen Namen, die für wohlhabende, einflussreiche Angehörige meines Volkes standen. Doch kamen wir auch an einigen schmalen Gebäuden vorüber. Wie beengt diese Menschen, die sicher zum niedrigsten Stand gehörten, hier lebten! Was allerdings allen Häusern, an denen Joseph Bundschuh sein Zugtier vorbeilenkte, gemein war: An den Türen befanden sich Schilder mit Abbildungen von Tieren oder Gegenständen, mit denen die Bewohner der Judengasse ihre Häuser bezeichneten – ein Widder, ein Schwan, eine weiße Rose, eine Lilie und so manch anderes Bild konnte ich dort erkennen.

Später sollte ich erfahren, dass nicht wir Juden selbst, sondern der Rat der Stadt den Häusern diese Namen gegeben hatte, um sie leichter voneinander unterscheiden zu können. Einige Gebäude waren abgerissen worden, weshalb ich nur einen kurzen Blick auf einige weitere Häuser erhaschen konnte, die in zweiter Reihe errichtet waren. In den Lücken bewarfen sich Kinder mit Schneebällen. Ein kleines Mädchen winkte mir zu, und ich winkte zurück. Alles war so friedlich hier, so ganz anders als alles, was ich in den letzten Wochen erlebt hatte.

»Sei froh, dass bei uns noch was frei ist«, unterbrach Samuel meine Gedanken. »Dem Knebel kann man nämlich nicht trauen.«

»Seit der Rat ihn als Weinzapfer eingesetzt und er den *Affen* übernommen hat, haben wir ständig Streit mit ihm. Er ist ein äußerst unangenehmer Zeitgenosse, und die Männer, die sich bei ihm zum Glücksspiel treffen, ebenso. Es hat sogar schon Messerstechereien bei ihm gegeben«, sagte Joseph Bundschuh. Er zog die Zügel an und brachte das Maultier vor einem Hauseingang zum Stehen, über dem ein Schild mit einer aufgemalten Eule angebracht war. »Da wären wir.«

Wir traten ein.

»Samuel und ich haben einen Gast mitgebracht, Lea.«

Die dunkelhaarige Frau, die uns in der Küche empfing, war höchstens Ende zwanzig und wollte nicht recht zu dem beleibten, weitaus älteren Mann passen. Hinter ihr, aufgereiht wie die Pfeifen einer Orgel, hockten vier Mädchen auf einer Ofenbank. Wir begrüßten uns mit einem freundlichen Nicken, den Mädchen zwinkerte ich zu.

»Das sind unsere Töchter Akiva, Tirza, Binah und Ruth«, klärte mich Samuels Vater auf.

Die Jüngste war höchstens drei, die Älteste etwa zehn Jahre alt. Ihr Bruder übernahm für mich die Vorstellung und berichtete seiner Familie von unserer ersten Begegnung.

»Ich hielt es für besser, Alisah unsere Kammer anzubieten. Du hast doch nichts dagegen, Lea?«

»Natürlich nicht, mein Lieber.« Frau Bundschuh blickte mich an. »Wenn Ihr mögt, könnt Ihr meinem Mann in der Gaststube zur Hand gehen. Wir haben nämlich noch einen Säugling, den ich vor fünf Wochen entbunden habe und der meine Fürsorge braucht. Die Kleine hustet ganz erbärmlich. Unser Hekdeschmann hat deshalb schon vorgeschlagen, sie ins Spital zu bringen. Aber ich kann das Kind nicht in den Hekdesch bringen. Was, wenn sie sich bei den Kranken ansteckt?«

Ich kann nicht sprechen, schrieb ich hastig, *lasst Euch von Eurem Vorsteher berichten, was mir widerfahren ist.*

»Gut, Alisah«, antwortete Herr Bundschuh, »wir werden mit ihm sprechen. Sorgt Euch nicht.«

Aus einem anderen Raum erklang das jämmerliche Weinen eines Kindes.

»Ich muss zu Elana. Wenn Ihr mich bitte entschuldigt?« Lea Bundschuh gab dem älteren Mädchen die Anweisung, sich um die Geschwister zu kümmern, und strich den vieren über den Kopf.

Sie wollte hinauseilen, aber ich bedeutete ihr, sie begleiten zu wollen. Der winzige Säugling lag in einer Wiege zwischen zwei Betten, darauf sorgfältig gefaltete Wolldecken. Auf jedem Bett entdeckte ich ein Spielzeug. Ich trat neben Lea Bundschuh, die sich über die Wiege beugte und das greinende Kind herausnahm.

»Was soll ich nur tun?«

Die verzweifelte Stimme der jungen Mutter berührte mich. Ich legte die Hand auf die Kinderstirn. Die Kleine fieberte. Das Köpfchen war schweißnass. Ich gab Frau Bundschuh zu verstehen, sie möge die Brust der Kleinen freimachen, damit

166

ich Herz und Lunge abhorchen konnte. Die Hausherrin tat, worum ich sie gebeten hatte. Ich beugte mich zu dem Kind hinunter und legte mein Ohr gegen den kleinen Brustkorb. Das Herz schlug kräftig, aber der Atem des Mädchens rasselte. Ich gab Frau Bundschuh ein Zeichen, damit sie die Kleine wieder ankleidete. Ich erinnerte mich an den letzten ähnlichen Fall, als Vater und ich zu einer Wöchnerin aus dem Armenviertel gerufen worden waren.

Ich tat, als hielte ich einen Stift in der Rechten, um damit auf der Handfläche zu schreiben.

»Ihr braucht Papier, um mir etwas mitzuteilen? Wartet.« Sie übergab mir die kleine Elana. »Ich bin sofort zurück.«

Unten hörte ich sie mit ihrem Mann sprechen. Das Kind in meinen Armen blickte mich aus großen Augen an, und ich strich ihm über die heißen Wangen.

Bald darauf kehrte die junge Mutter zurück. »Hier ist genug Papier und ein neues Schreibblei.« Lea Bundschuh reichte mir den Stift und einen Stoß gelblicher Blätter und legte das Kind in die Wiege zurück.

Besorgt bei Eurem Apotheker oder im Spital getrockneten Thymian und Salbei und kocht einen kräftigen Sud daraus. Eurer Kleinen dürft Ihr ihn zwar noch nicht geben, aber wenn Ihr den Sud trinkt, wirken die Kräuter über Eure Milch. Außerdem solltet Ihr eine Schale davon ins Zimmer stellen, damit die Dämpfe die Luft reinigen und die Kleine leichter atmen kann. Baldrian und Hopfen könnt Ihr ebenfalls beschaffen.

Lea Bundschuh schaute mir über die Schulter und runzelte die Stirn. »Hopfen? Für einen fünf Wochen alten Säugling?«

Ein wenig Hopfen und Baldrian, am Abend auf die Zunge geträufelt, sorgen dafür, dass die Kleine leichter einschläft, schrieb ich und strich ihr aufmunternd über den Arm.

»Soll ich Elana kalte Wickel um die Unterschenkel machen? Das habe ich bisher bei meinen anderen Kindern getan, wenn sie fieberten.«

Ich nickte.

Lea Bundschuh ergriff meine Hände. »Ich danke Euch, Alisah. Möge Adaunoi Euch segnen.«

Kurz darauf war der Säugling endlich eingeschlafen, und wir verließen leise die Kammer. In der Küche warteten Samuel, die vier »Orgelpfeifen« und deren Vater auf uns.

Frau Bundschuh trat zu einer Truhe, der sie eine kleine Schiefertafel und einen Griffel entnahm. »Samuel, lauf zum Spital und frage den Hekdeschmann nach diesen Kräutern hier«, wies die Mutter den Jungen an, während sie die Bezeichnungen der Heilkräuter in die Tafel ritzte. »Nimm vier Heller aus der Dose, das müsste genügen.«

Der Junge griff in das Gefäß und ließ ein paar Münzen in der Hosentasche verschwinden. Er nahm die handtellergroße Platte entgegen, lächelte mir zu und verließ den Raum.

»Komm, Alisah.« Lea Bundschuh legte mir einen Arm um die Taille. »Lass uns die förmliche Anrede vergessen. Wir wohnen doch jetzt gemeinsam in diesem Haus.«

Mir fiel es schwer, meine Rührung zu verbergen, als ich nickte.

»Schön. Dann zeige ich dir nun deine Kammer.«

Rasch griff ich nach meinem Bündel und folgte ihr zu einer Tür am Ende des Ganges.

»Ich hoffe, du fühlst dich wohl bei uns.« Mit diesen Worten öffnete Lea sie, und ich stand in einer zweckmäßig eingerichteten Kammer. Der blitzsaubere Raum verfügte sogar über ein Fenster, und auf einem Nachtschränkchen entdeckte ich ein Talglicht sowie eine Pergamentrolle mit Thoraversen.

»Hier findest du alles, was du benötigst. Einen Krug mit frischem Wasser und ein paar Tücher bringe ich dir gleich noch. Aber Alisah, du weinst ja!«

Ich fühlte die scheue Umarmung der Älteren, wie sie mir über die Haare strich, und blickte auf die Schlafstatt. Auf einmal war ich so müde wie noch nie zuvor und ließ mich aufs

Bett sinken. Das Kissen war wunderbar weich, und die Lider wurden mir schwer. Ich spürte noch, wie die Decke über mich gezogen wurde, dann schlief ich ein.

23

Regensburg 2013

Es war August geworden, und Paula und Gideon saßen jeden Samstag über Alisahs Aufzeichnungen. Manchmal fühlten sie sich wie zwei Zeitreisende, die dem Mädchen durch die Judengasse folgten. Je mehr sie von der jungen Frau erfuhren, umso schwerer fiel es ihnen, anschließend in die Gegenwart zurückzukehren. Gideon erzählte Paula, dass er oft nach seinem eigenen Tagebuch griff, wenn sie gegangen war.

Bevor Paula zu Gideon fuhr, betrachtete sie sich kritisch im Spiegel. Sie fand, der neue Fransenbob stand ihr gut, und die Mascara ließ ihre Augen ausdrucksvoller wirken. Ob Gid die Veränderung gefiel?

Gideon und seine Geschichte spukten ihr ständig im Kopf herum, und sie ertappte sich dabei, die Tage bis zum nächsten Samstag zu zählen. Warum ausgerechnet er? Sie kannte genügend nette Männer, die sich gern mit ihr treffen würden. Bisher hatte sie aber allen eine Abfuhr erteilt. Ausgerechnet der eine, der sich in ihr Herz geschlichen hatte, zeigte keinerlei Interesse an ihr. Vermutlich war ihm nicht in den Sinn gekommen, dass ihr Vorschlag, zusammen durch die Stadt zu schlendern, so etwas wie ein vorsichtiger Annäherungsversuch gewesen sein könnte.

Aber auch Alisahs Schicksal beschäftigte Paula mehr, als sie je für möglich gehalten hätte. Selbst für gesunde heilkundige Jüdinnen war es ein seinerzeit hartes Los, für ihre von Männern dominierte Arbeit anerkannt zu werden. Wie musste es erst für ein stummes Mädchen gewesen sein?

Schon wieder waren Paulas Gedanken abgedriftet. Ärgerlich über sich selbst warf sie ihrem Spiegelbild einen letzten Blick zu und griff nach dem Rucksack. Es wurde Zeit, sich auf das zu beschränken, wofür Gideon sie engagiert hatte: die Übersetzung der Tagebücher.

Zwei Stunden später klingelte Paula an seiner Tür. Während sie arbeitete, warf sie Gideon, der mit übereinandergeschlagenen Beinen in einem Sessel saß, einen kurzen Blick zu. Er war in ein dünnes Buch vertieft.

»Du bist also fündig geworden?«, fragte sie.

»Gestern Nachmittag in einem Antiquariat«, sagte er und nickte. »›Isak Münz: Über die jüdischen Ärzte im Mittelalter‹. Es hat immerhin schon hundertfünfundzwanzig Jahre auf dem Buckel… oder Buchrücken. Der Autor hat das Werk seinem Vater, einem Rabbiner, ›in Liebe und Verehrung‹ gewidmet. Schön, was? Dieser Münz schreibt: ›Man wird mit Verwunderung, Erstaunen und mit Stolz erfüllt, wenn man gerade dieser Seite der jüdischen Geschichte seine Aufmerksamkeit zuwendet und die ungeheure Tätigkeit und den Einfluss der jüdischen Ärzte auf die Entwicklung und Verbreitung der medizinischen Kenntnisse im Mittelalter wahrnimmt. Kein Volk im Mittelalter hat so viele und tüchtige Ärzte hervorgebracht als gerade das jüdische.‹« Gid blätterte ein paar Seiten weiter. »›Dort Tod und Verderben, hier Heilung und Trost; dort Hass und Gewalt, hier Barmherzigkeit und Milde.‹«

Genauso ist es den Friedmans gegangen, dachte Paula. Dass Alisahs Vater auch von so manchem nichtjüdischen Bürger Regensburgs konsultiert worden war, hatte ihn am Ende nicht vor einem grausamen Tod bewahrt.

»In Regensburg«, berichtete Gideon, »beklagten sich im vierzehnten Jahrhundert die judenfeindlichen Mitbürger, dass sich die meisten Leute von jüdischen Ärzten behandeln ließen. Vielleicht, weil es sich bei denen, die von den drückenden Steuerlasten befreit wurden oder sonstige Privilegien erhielten, in erster Linie um jüdische Ärzte handelte.«

»Schreibt der Autor etwas über jüdische Ärztinnen?«

Gid streckte den Rücken. »Nicht viel. Neben Sarah aus Würzburg erwähnt er eine gewisse Zerlin. Sie arbeitete als Augenärztin in Frankfurt und durfte außerhalb der Judengasse wohnen. Das war's.«

»Schade, es wäre schön gewesen, mehr über sie zu erfahren«, meinte Paula und wandte sich erneut dem Tagebuch zu.

Gideon legte das Buch auf den Tisch und öffnete ein Fenster. Auf dem Dach des Nistkastens, den sein Großvater in einem Ahornbaum angebracht hatte, hockte eine Blaumeise und sah mit schief gelegtem Köpfchen zu ihnen herüber.

»Hast du Lust, unseren Altstadtbummel bald mal zu wiederholen?«, wagte sie sich vor. »Oder wollen wir vielleicht ins Kino gehen?«

Über sein Gesicht huschte Verblüffung. »Klar, gern. Nur bitte sei mir nicht böse, wenn wir das auf einen anderen Tag verschieben, okay?«

»Kein Problem.«

Aufmerksam betrachtete Paula Gids entrückte Miene. Auf seinem Gesicht konnte sie die Emotionen ablesen, die von Rührung, Betroffenheit und Trauer bis hin zu Erleichterung variierten. Ihr Herz flog ihm entgegen. Es fiel ihr schwer, ihn nicht zu umarmen und ihm zu zeigen, wie gern sie ihn hatte, wie sehr sie sich wünschte, von ihm geküsst zu werden.

Gideon drehte ihr den Rücken zu. Er hatte weder ihre neue Frisur noch das Kleid oder das zarte Make-up bemerkt. Sie war eben nichts weiter als seine Übersetzerin.

»Na gut, ich gehe jetzt«, sagte sie und erhob sich.

Er nickte. »Ich bringe dich zur Tür.«

»Lass nur, ich finde selbst hinaus. Bis bald.« Mit aufeinandergepressten Lippen griff sie nach ihrer Tasche, schickte noch einen Gruß hinterher und schloss leise die Tür hinter sich.

Als Paula am nächsten Samstag bei Gideon eintraf, war er frisch rasiert und trug ein neues Hemd.

»Ich habe Brötchen geholt und Kaffee gekocht«, murmelte er undeutlich und griff sich an die Schläfe. »Möchtest du auch frühstücken?«

»Gern.« Besorgt sah sie ihn an. »Alles in Ordnung mit dir? Du siehst krank aus.«

»Nein, alles okay. Ich bin nur das gute bayerische Bier nicht mehr gewohnt, das ich mit meinem Kollegen Sven gestern getrunken habe.«

Gid machte sich in der Küche zu schaffen. Paula schlug Alisahs Tagebuch auf, die ihr in den vergangenen Wochen wie eine Freundin geworden war. Sie war sich sicher, dass es Gideon ebenso ging.

Wenig später folgte sie ihm mit dem Schreibblock in die Küche, wo er die Übersetzung las.

Schließlich blickte Gid auf. »Ich bin gespannt, wie sich Alisah in Frankfurt einleben wird.«

»Ich auch.« Sie zögerte, denn es fiel ihr schwer, das Thema anzusprechen. »Gideon, ich muss dir noch etwas sagen. Wir werden uns in den nächsten sechs Wochen nicht sehen.«

Er stutzte. »Wieso? Hast du keine Lust mehr, die Tagebücher zu übersetzen?«

»Doch, schon. Aber ich gehe nach Berlin. Am zweiten September beginnt mein Praktikum in der Gemäldegalerie am Potsdamer Platz. Siebentausend Quadratmeter voller Botticellis, Dürers, Cranachs, Raffaels, Brueghels, Rembrandts.«

»Die Uni schickt dich nach Berlin?«, unterbrach er sie.

In seiner Stimme meinte sie, einen Hauch von Enttäuschung wahrzunehmen.

»Nein, es ist kein Pflichtpraktikum, ich mache das freiwillig.«

»Aber wieso denn?«

»Einfach weil ich unbedingt mal raus aus der öden Theorie und rein in die Praxis möchte. In einer Gemäldegalerie zu arbeiten, stelle ich mir wahnsinnig interessant vor. Ich bin jedenfalls sehr gespannt.«

Die eintretende Stille lastete schwer auf ihr. Es war Gid, der schließlich das Schweigen brach.

»Wie lange weißt du das schon?«

»Beworben habe ich mich bereits vergangenes Jahr, aber die Zusage kam vor zwei Wochen. Bei meinem letzten Besuch warst du ziemlich abwesend. Deshalb erzähle ich es dir erst heute.«

Seine Miene verdüsterte sich. »Ich weiß, das tut mir leid. Ich war ziemlich unhöflich.«

»Stimmt. Zum Praktikum: Unter anderem werde ich Besucher durch die Ausstellungen führen und ihnen einzelne Bilder und Sammlungen erklären.«

»Aber was wird mit den Tagebüchern, solange du in Berlin bist?«, fragte Gid unvermittelt.

Schwer vorstellbar, ihn wochenlang nicht zu sehen. Paula kam es vor, als ob er schon seit Ewigkeiten zu ihrem Leben gehörte. Manchmal hatte sie den Eindruck gehabt, zwischen ihnen sei etwas Besonderes entstanden. Aber da hatte sie sich wohl mal wieder getäuscht. Dabei wurden ihre Gefühle für ihn von Besuch zu Besuch stärker – und damit verbunden leider auch der Wunsch, ihm zu gefallen. Das musste aufhören. Aus dem Grund war ihr der Brief aus Berlin wie gerufen gekommen.

»Du wirst dich gedulden müssen, bis ich zurück bin, Gideon.«

»Scheint so«, erwiderte er. »Ich verstehe, dass ein Praktikum in einem renommierten Museum ein Job ist, bei dem wohl jeder Kunststudent zugreifen würde.«

»Danke für dein Verständnis«, entgegnete sie hastig.

»Was bleibt mir anderes übrig? Sag mal, hast du eine neue Frisur?«

»Schon seit zwei Wochen. Gefällt's dir?«

»Ja, sieht hübsch aus.« Er lächelte. »Wollen wir heute Abend ins Kino gehen? Ich lad dich ein.«

»Grundsätzlich gern, nur heute passt es mir leider nicht«, erwiderte Paula.

Natürlich war das geschwindelt. Der Koffer stand gepackt neben der Tür, und es gab nicht mehr viel zu erledigen, bis sie am Sonntag in den Zug nach Berlin stieg. Doch so leicht wollte sie es ihm nicht machen. In den nächsten Wochen blieb ihm genügend Zeit, sich mit Alisahs Tagebucheinträgen auseinanderzusetzen.

»Schade. Dann holen wir es nach, wenn du zurück bist. Berlin soll eine tolle Stadt sein.«

»Ja, ich war schon mal für ein verlängertes Wochenende dort, um eine Freundin zu besuchen. Ich werde in den nächsten Wochen bei ihr wohnen.«

»Ihr werdet bestimmt auch ausgehen, oder?«

»Ja, warum nicht?« Paula lächelte, als sie sich nach einem Blick auf ihre Armbanduhr erhob. »Ich muss jetzt los, Gideon.«

Er stand ebenfalls auf. »Klar. Meldest du dich zwischendurch mal?«

»Mach ich.«

Paula wusste, wenn Gideon sie jetzt bitten würde zu bleiben, würde sie alle Pläne über Bord werfen. Um dem zu entgehen, reichte sie ihm die Hand und trat in den grauen und wolkenverhangenen Tag hinaus.

Kurz nachdem sie Regensburg hinter sich gelassen hatte und auf die A3 gefahren war, wurde es dunkel, und heftiger Regen setzte ein. Die altersschwachen Scheibenwischer konnten die Wassermassen kaum bewältigen, weshalb Paula auf den nächsten Parkplatz fuhr und den Motor abstellte.

Sie schloss die Augen, lehnte sich zurück und sah Gids enttäuschte Miene vor sich. Mit der zur Faust geballten Hand schlug sie aufs Lenkrad.

»Verdammter Mist!«, stieß sie hervor und dann, etwas leiser: »Ich vermisse dich schon jetzt, Gideon Morgenstern… und Alisah auch.«

Nein, sie brauchte unbedingt Abstand. Die Bücher hatten jahrzehntelang in dem Koffer gelegen, bis sie Gideon anvertraut worden waren. Auf die paar Wochen kam es nun wirklich nicht an. Als ihr Handy klingelte, zuckte sie zusammen.

»Ja?«

»Ich bin's. Gid.«

»Was gibt's?«, fragte sie betont lässig, obwohl ihr Herz schneller schlug.

»Ich wollte mich nur erkundigen, ob alles in Ordnung ist. Ich meine, bei dem Wolkenbruch…«

»Alles okay. Ich stehe auf einem Parkplatz irgendwo in der Pampa. Gid, warum fragst du nicht deinen Großonkel, ob er dir hilft, die Bücher zu übersetzen?«

»Ich weiß nicht. Eigentlich wollte ich niemandem von Alisah erzählen, jedenfalls noch nicht«, antwortete er. »Aber vielleicht mach ich es tatsächlich. Ich werde darüber nachdenken.«

Paula lächelte ihrem Bild im Rückspiegel zu. »Bis dann. Ich melde mich, wenn ich in Berlin bin.«

24

Alisah

Ich bin der Herr, dein Arzt.‹ Durch Mose, unseren höchsten Propheten, hatte der *Ewige* den Kindern Israels seine Hilfe zugesagt, wenn sie sich in Krankheitsnöten an ihn wandten.

Dieses Versprechen war erfüllt worden. Zwei Tage später ging es dem Säugling besser. Seitdem behandelte mich Herr Bundschuh, den ich inzwischen mit dem Vornamen anreden durfte, wie sein eigenes Kind, und er versicherte mir immer wieder, wie dankbar er mir sei. Ich schrieb ihnen von meinem Vater und davon, dass er mich jahrelang in der Medizin unterrichtet hatte.

»Er muss ein guter Lehrer gewesen sein«, sagte Lea.

Wie sie mich gebeten hatte, half ich dem Hausherrn in der Schänke, die hauptsächlich von durchreisenden Angehörigen meines Volkes besucht wurde.

Tagsüber einer Beschäftigung nachzugehen, die mich am Grübeln hinderte, half mir sehr. Abends auf meiner Kammer jedoch, wenn sich Stille über das Haus senkte, wurden die Schreckensbilder der letzten Zeit zu meinen ständigen Begleitern. So manchen Abend weinte ich mich in den Schlaf, nicht nur aus Trauer, sondern aus Wut und Ohnmacht, weil meine Sprache nicht zurückkehren wollte. Obwohl die Nachbarn der Bundschuhs höflich waren, wusste ich, dass sie heimlich über mich redeten, was meinen Kummer nur verstärkte. Lea entging dies ebenso wenig, deshalb richtete sie es möglichst so ein, dass ich bis zum Schlafengehen nicht allein blieb. Sie erinnerte mich oft an meine Mutter, teilte sie doch ihren Humor und das sanfte Gemüt, und ich gewann sie lieb.

Eines Abends riet mir Lea, meine Erlebnisse niederzuschreiben. »Es könnte dir helfen, besser damit fertigzuwerden«, sagte sie und brachte mir einen Stapel Papier und ein neues Schreibblei.

So begann ich mit dem Aufzeichnen der Geschehnisse in Regensburg. Anfangs fiel es mir schwer, aber nach einiger Zeit stellte ich fest, wie wohl es tat, sich alle Gedanken und Sorgen von der Seele zu schreiben.

Bald grüßten mich die Bewohner des Viertels. Die Synagoge, die ich gemeinsam mit den Bundschuhs einige Tage später aufsuchte, war das größte und stattlichste Bauwerk der Judengasse. Das Bethaus sowie die imposanten Gebäude der wohlhabenden Händler wurden von einem vom Judenrat eingesetzten Nachtwächter beaufsichtigt, wie mir Samuel berichtete. Der Junge schien mir sehr zugeneigt zu sein, so als wäre ich für ihn wie eine ältere Schwester.

In der Nähe eines der drei Tore wohnten Samuels Großeltern, Elieser und Deborah Strauß. Der Junge stellte sie mir bald darauf vor.

»Ich hörte, du hast deinem Vater, einem Medicus, assistiert?«, erkundigte sich die Frau mit den silberdurchwirkten Haaren und der hellen Stimme. Sie hatte bis vor einigen Jahren als Krankenwärterin im Spital gearbeitet, wie Samuels Mutter mir erzählt hatte.

Ich nickte.

Sie baten mich hinein. Draußen spielten ein paar Kinder lautstark mit einem Ball, und das ausgelassene Lachen eines Mädchens beschwor Kindheitserinnerungen in mir herauf an Momente, in denen Sarah und ich ebenso fröhlich gewesen waren.

»Du hilfst also meinem Schwiegersohn in der Schänke«,

riss Deborah Strauß mich aus meinen Gedanken. »Es tut mir leid, Alisah, ich kann mir nicht vorstellen, dass dich diese Tätigkeit auf Dauer ausfüllt.«

Das letzte Licht des Tages fiel durchs Fenster, und winzige Staubkörner tanzten in der Luft.

»Jemand sollte mit Nathan Mendel sprechen, unserem Spitalverwalter. Vielleicht kann er eine tüchtige Krankenpflegerin gebrauchen.«

Eilig griff ich nach einem Blatt Papier und dem Schreibblei. *Das wäre wunderbar,* schrieb ich, *im Hekdesch würde ich sehr gerne arbeiten.* Ich reichte ihr den Zettel. »Gut, dann werde ich zu Mendel gehen und mit ihm reden, sobald der Schabbes vorüber ist«, versprach Deborah. »Gefällt es dir denn in unserem Viertel, Alisah?«

Viel habe ich noch nicht gesehen. Habt Ihr immer hier gelebt?

»In Frankfurt schon«, lautete die Antwort von Elieser Strauß, und sein Blick wanderte in die Ferne. »Wenn auch nicht in der Judengasse. Wir wohnten früher in der Nähe des Doms. Unser Bethaus befand sich keinen Steinwurf davon entfernt.«

Seine Frau tätschelte ihm die Hand, als ob sie ihm damit Kraft zum Weitersprechen geben wollte.

»Die Besucher der Heiligen Messe fühlten sich schließlich von dem Geschrei gestört. Ja, als Geschrei bezeichneten sie unsere Gesänge und das Lob, das wir Adaunoi darbrachten.« Seine Lippen verzogen sich zu einem dünnen Lächeln, aber es erreichte nicht die Augen des etwa siebzig Jahre alten Mannes. »Über ein halbes Jahrhundert ist das her. Ich hatte erst wenige Tage zuvor meine Bar Mizwa gefeiert und erinnere mich noch gut daran, wie unser damaliger Vorsteher den Männern in der Gemeindeversammlung mitteilte, wir hätten unsere Häuser zu räumen. Unser Bethaus sollte abgerissen werden. Du kannst dir bestimmt vorstellen, was das für uns bedeutete.«

Oh ja, dachte ich, sehr gut sogar.

»Die jüdische Gemeinde von Frankfurt bestand damals aus etwa vierzig Mitgliedern. Dennoch wollte man uns außerhalb der Mauern ansiedeln. Bald nach dem Beschluss des Rats, hinter dem vermutlich die geistlichen Herren der Stadt gesteckt haben, begannen die Bauleute mit der Errichtung der ersten Wohnhäuser hier am Wollgraben.«

»Einige Jahre zuvor wurden wir Frankfurter Juden bereits gezwungen, uns durch den gelben Ring kenntlich zu machen, um uns von unseren christlichen Mitbürgern zu unterscheiden«, ergänzte Deborah heiser. »Längst nicht jeder hielt sich daran. Trotzdem waren wir dankbar, nicht ganz aus der Stadt vertrieben zu werden. Einige der Wohnhäuser, einen Brunnen, unser Tanzhaus, zwei Schänken und das Spital ließ der damalige Rat in den folgenden zwei Jahren auf eigene Kosten errichten. Unser Bethaus und die Mikwe bauten wir selbst, später kam dann ein zweiter Brunnen hinzu.«

Auch Samuel, der mir schräg gegenübersaß, hörte seiner Großmutter aufmerksam zu, obwohl er die Geschichte sicher längst kannte.

»Wie Ihr seht, haben wir uns nicht alles schenken lassen«, sagte Elieser Strauß mit unverhohlenem Stolz. »Auch die Gasse und den Platz vor dem Bethaus haben wir zehn Jahre später eigenhändig gepflastert.«

»Wenn es nach den Frankfurtern und dem Mainzer Erzbischof gegangen wäre«, wandte seine Frau ein, »hätte man uns vor vier Jahren aus jeder Stadt an Main und Rhein vertrieben. Dass es nicht dazu kam, verdanken wir allein Kaiser Maximilian.«

Es fing an zu dämmern, demnächst setzte die Arbeitsruhe ein. Deshalb verabschiedete ich mich von dem Ehepaar. Elieser Strauß wünschte uns einen friedlichen Schabbes und trug uns Grüße an die Bundschuhs auf. Gleich darauf liefen Samuel und ich auf die *Eule* zu. Bis morgen am Abendhimmel die ersten drei Sterne erschienen, würde nicht nur in der Schänke, sondern auch in allen Geschäften und Werkstätten des jüdischen Viertels die Arbeit ruhen.

Unterwegs machte ich einige Männer und Frauen aus, die auf dem Weg zum Abendgebet waren. Die Bundschuhs hatten beim Frühmahl beschlossen, erst am kommenden Vormittag das Bethaus aufzusuchen. Heute blickte ich in einige fremde Gesichter. Ob es sich ebenfalls um Flüchtlinge handelte, die sich bis nach Frankfurt durchgeschlagen hatten?

»Einen guten Schabbes«, wünschte uns Joseph, als wir eintraten.

Seine Töchter saßen auf ihrer Bank, die Kleine schlief friedlich im Arm der ältesten Schwester Akiva. Auch Samuel und ich nahmen am Tisch Platz, über den Lea an diesem Abend eine weiße Decke gebreitet hatte. Über den Flammen, die aus der Öffnung emporleckten, hing ein gusseiserner Topf. Das köstlich duftende Gericht aus Ziegenfleisch und verschiedenen Gemüsen hatte die Hausherrin am Vormittag zubereitet.

Mit einem am Feuer entfachten Kienspan entzündete Lea die beiden Kerzen. Als sie brannten, warf die Hausfrau den Span ins Feuer, bedeckte – wie es von alters her Sitte war – mit beiden Händen die Augen und sprach die Segensworte über den Lichtern. »Gelobet seiest Du, unser Gott und König der Welt, der Du uns durch Deine Gebote geheiligt und geboten hast, das Licht des Schabbes zu entzünden.«

Lea setzte sich neben Samuel und mich. Nun erhob sich sein Vater, um den Kidduschsegen zu sprechen.

»Gelobet seiest Du, König der Welt, der Du die Frucht des Weines erschaffen hast. Gelobet seiest Du, der Du uns den Schabbes gegeben hast, zur ewigen Erinnerung an Dein Werk der Schöpfung.«

Jeder bis auf die Kleinste bekam den Becher gereicht. Joseph nahm den mit einem Leinenstoff bedeckten Weidenkorb, zog das Tuch herunter und fasste nach den beiden mit

Mohn bestreuten Broten. Auf ewig sollten die beiden Challot unser Volk an das Manna erinnern, mit dem Adaunoi uns in der Wüste gespeist hatte. Nachdem der Hausherr auch über den Broten den Segen gesprochen, von einem Challa ein Stück abgerissen und in eine Schale mit Salz getunkt hatte, brach er auch das zweite Brot und reichte es herum. Lea füllte unsere Schalen mit dem dampfenden Eintopf. »Wie war es bei den Großeltern, Samuel?«

Der Junge nahm sich ein Brotstück und tunkte es in sein Essen.

»Wenn der Schabbes vorüber ist, will Großmutter zum Hekdesch gehen und sich für Alisah um eine Arbeit erkundigen. Dann muss sie da wohnen, sagt sie.«

»Gefällt dir die Arbeit als Schankmagd etwa nicht?« Joseph versuchte seiner Miene Ernsthaftigkeit zu verleihen, aber um seine Mundwinkel zuckte ein Lächeln.

Ich faltete entschuldigend die Hände.

»Ist schon recht, Mädchen«, meinte er gutmütig und schob sich einen Löffel Eintopf in den Mund. »Du musst tun, was du für richtig hältst. Du bist klug und kannst mehr als nur Gläser füllen. Aber ich hoffe, du weißt, dass du für uns zur Familie gehörst. Deine Kammer steht dir hier immer zur Verfügung.«

Ich spürte, wie meine Augen vor Freude feucht wurden, und drückte dankbar seine Hand. Es tat gut zu wissen, dass ich mich um eine Unterkunft nicht zu sorgen brauchte.

»Obendrein kann Mendel deine tatkräftige Hilfe gut gebrauchen«, fügte Joseph hinzu.

Die Familie schien großes Vertrauen in meine Fähigkeiten zu setzen. Ich würde alles dafür tun, sie nicht zu enttäuschen. Während der Vorabend des wöchentlichen Feiertages seinen Verlauf nahm, kehrten meine Gedanken zum letzten Schabbes zurück, den ich mit meiner Familie in Regensburg gefeiert hatte. Zwei Tage später hatte Alban Pelzer an unsere Tür geklopft. Was mochte aus dem Jungen und seiner Schwester geworden sein? Wäre mein Vater an jenem Abend nicht zu Johannes Pelzer gerufen worden, wären er und Sarah jetzt womöglich noch am Leben.

Traurig lauschte ich den Schabbesliedern, die Joseph mit kräftiger Stimme intonierte und in die seine Frau und die »Orgelpfeifen« fröhlich einstimmten.

25

Alisah

Ihr seid also Alisah Friedman.« Der Mann mit der hohen Stirn hob den Blick von dem Zettel. »Deborah Strauß hat mir bereits von Euch erzählt. Zu schade, dass sie nicht mehr im Hekdesch arbeitet.« Er musterte mich aus dunklen, tief liegenden Augen. »Ich hoffe, Ihr werdet eine gute Pflegerin sein.«

Ich werde mir die größte Mühe geben, Herr Mendel.

»Gut, versuchen wir es also miteinander. Als Erstes: Ich bin nicht nur der Verwalter des Hekdesch, sondern auch der Oberpfleger. Wer hier arbeitet, bezieht eine Kammer innerhalb des Spitals. Das ist unsere Bedingung. Einmal im Monat habt Ihr einen freien Tag. Seid Ihr damit einverstanden?«

Ich nickte.

»Solltet Ihr Fragen haben, wendet Euch getrost an mich.« Nathan Mendel trat hinter dem mit verschiedenen medizinischen Büchern bedeckten Schreibtisch hervor. »Kommt mit, ich werde Euch jetzt Euren zukünftigen Arbeitsplatz zeigen.«

Ich folgte dem schlanken Mann auf den Flur.

»Übrigens ist unser Spital eines der ältesten Häuser der Judengasse«, erklärte Mendel. »Ich wurde vor über zwanzig Jahren vom Gemeinderat zum Verwalter ernannt. Meine Frau Hadassa ist die Vorsteherin unserer Spitalapotheke.«

Mendel stieß eine der Türen auf. »Hier operiere ich.«

Er wies auf einen breiten Holztisch in der Mitte des Raumes sowie ein Regal an der Wand. In den Fächern lagen Messer aller Größen und andere Instrumente, die ich von den Behandlungen meines Vaters kannte.

Mendels Gesicht nahm einen ernsten Ausdruck an. »Vor einer Woche hatte ich einen alten Mann auf dem Tisch. Er war mit seinem Sohn und dessen Frau aus Rothenburg nach Frankfurt gekommen. Auch in ihrer Heimatstadt ist es in letzter Zeit zu Anfeindungen durch die christliche Bevölkerung gekommen. Deshalb verlassen viele unserer dortigen Glaubensgenossen die Stadt. Die drei waren wochenlang unterwegs. Dabei hat sich der alte Mann eine Verletzung am Bein zugezogen, und als sie hier eintrafen, war es längst voller Fäulnis. Ich musste es abnehmen, aber es war bereits zu spät. Das Gift hatte längst seinen gesamten Körper angegriffen. Gestern hat Zeligmann, unser Totengräber, ihn begraben.«

Ich folgte ihm bis zu einer weiteren Tür.

»In diesem Krankenzimmer liegen drei Patienten. Zwei von ihnen stammen aus Regensburg. Ihr werdet sie vielleicht kennen.«

Als wir eintraten, schlug mir der Geruch von Siechtum und Fäulnis entgegen. Im mittleren Bett erkannte ich Amschel Reiß, einen der drei Schneider, die in unserer Judengasse ihre Werkstatt gehabt hatten.

Auf die Züge des Mannes trat ein Ausdruck des Erkennens. »Alisah Friedman! Tut gut, Euch zu sehen.«

Ich setzte mich auf einen Schemel neben sein Bett. Reiß war stets ein kräftig gebauter Mann gewesen, nun aber war sein Doppelkinn verschwunden. Sein Bauchraum war angeschwollen.

»Wie geht es Eurem Vater, unserem verehrten Medicus?«
Er wusste es also noch nicht. Woher auch?

»Der Medicus und seine zweite Tochter haben die Übergriffe nicht überlebt«, flüsterte Nathan Mendel neben mir.

Der Schneider hob eine Hand, um nach der meinen zu greifen, doch ich drehte mich abrupt um und lief zur Tür.

Nicht ein Wort des Trostes hätte ich in diesem Moment ertragen können. Die beiden Männer sprachen noch eine Weile miteinander, dann verließ auch Mendel den Raum.

Ich zog mein Schreibzeug hervor. *Ich gehöre zu den Letzten, die Regensburg verlassen haben,* schrieb ich und reichte dem Spitalverwalter den Zettel.

»Rechnet damit, dass Euch Ähnliches öfter widerfährt«, sagte er.

Danach geleitete er mich zurück in sein Zimmer.

»Seid Ihr immer noch entschlossen, im Hekhaus zu arbeiten?«, fragte er mich mit ernstem Blick.

Ich nickte. Vater hätte es sicher gutgeheißen.

»Gut, Alisah Friedman, dann erwarte ich Euch morgen früh hier. Ich werde Euch Clara Katz vorstellen, einer meiner besten Pflegerinnen. Sie wird Euch in den nächsten Wochen unter ihre Fittiche nehmen, Euch Eure Kammer im Schwesternhaus zeigen und Euch in die Arbeit einweisen.« Zum Abschied wünschte Mendel mir den Frieden des Ewigen.

Durch das Haupttor verließ ich das Gebäude und trat auf die im warmen Sonnenlicht liegende Gasse. Ich atmete die frische Luft ein. Langsamen Schrittes passierte ich ein Haus und lächelte meinem Spiegelbild in einer der blank geputzten Fensterscheiben zu. Wie schwer mir auch der Abschied von Chaim und seinen Eltern gefallen war, in diesem Moment spürte ich mit Gewissheit – ich hatte mich richtig entschieden. Begierig zu lernen und zu helfen, fühlte ich mich auf eigentümliche Weise befreit. Ein Leben daheim, wie es unsere Gesetze seit jeher von den Frauen verlangten, war mir nicht genug. Erfüllt von neuer Kraft kehrte ich zu den Bundschuhs zurück.

Meine Kammer im Hekhaus war noch kleiner als die, die ich bei den Bundschuhs bewohnte.

Clara Katz mochte eine gute Pflegerin sein, Freundlichkeit hingegen schien für die hagere Frau mit den grauen Haaren ein Fremdwort zu sein. Ich fragte mich, wann ihre Lippen sich zum letzten Mal zu einem Lächeln verzogen hatten. Da Nathan Mendel sie über meine Stummheit in Kenntnis gesetzt hatte, hielt sie es scheinbar nicht für angebracht, mehr als die nötigsten Worte mit mir zu wechseln. Nur wenn Schwester Katz mir etwas zu erklären hatte, redete sie mit mir. Sollte das bedeuten, dass sie mich *unter ihre Fittiche genommen* hatte, so hatte ich mir darunter bisher etwas anderes vorgestellt.

Dennoch ließ ich mir die Freude an meiner neuen Arbeit nicht verderben. Stattdessen nahm ich mir vor, so viel wie möglich von der Pflegerin zu lernen. Einzig zu Operationen, bei denen sie Mendel assistierte, durfte ich sie nicht begleiten. Ich war nicht unglücklich darüber. Neben Schwester Katz arbeiteten noch ein gutes Dutzend weitere Frauen im Haus, die meisten davon als Pflegerinnen, der Rest in der Wäscherei und in der Küche. Außerdem gab es zwei Krankenwärter, die sich um die buchstäblich schweren Fälle kümmerten. Wenn schwergewichtige Patienten eingeliefert wurden und in eines der Krankenbetten oder auf den Untersuchungstisch gelegt werden mussten, riefen die Frauen nach Adam Hahn und Perez Amsel.

Waren an meinem ersten Arbeitstag im Spital noch einige Betten leer, so änderte sich dies in den folgenden Wochen, denn es trafen weitere Flüchtlinge aus anderen Städten ein. Unter ihnen nicht selten alte Leute, welche die Strapazen der langen Reise nicht ohne körperliche Schäden überstanden hatten. Bald mussten Perez und Adam zusätzliche Betten aufstellen, bis in jedem Krankenzimmer fünf Patienten lagen. Eine junge Frau hatte mich offensichtlich besonders ins Herz geschlossen. Miriam war mit ihrem Bruder Boaz aus Rothenburg weggezogen, weil den Juden dort der Wind immer schärfer entgegenschlug. Boaz Weinstein sah täglich nach seiner Schwester.

»Vor etwa sieben Jahren berief die Kirche einen Prediger namens Johann Teuschlein«, berichtete er mir bei einem seiner Besuche, während wir ein paar Schritte durch den Spitalgarten machten. »Dank diesem *Doctor theologiae* stehen uns die Rothenburger zunehmend feindlich gegenüber. Viele von uns vermuten, dass es auch in unserem Viertel schon bald zur Vertreibung kommen könnte.«

Hadassa Mendel betrat den Garten, der hinter dem Gebäude angelegt worden war. Sie grüßte Boaz Weinstein mit einem Nicken, um sich dann ins Gras zu hocken, in dem die ersten Maiglöckchen blühten. Als Vorsteherin der Spitalapotheke nutzte Frau Mendel deren getrocknetes Kraut – in geringer Dosierung und zu einem dünnen Sud gekocht – zur Behandlung unserer alten Patienten, die meist unter einem schwachen Herzen litten.

»Ihr seid in Gedanken, Alisah«, fuhr Weinstein fort. »Es tut mir leid, wenn ich Eure leidvollen Erlebnisse wachgerufen haben sollte.«

Ich schüttelte den Kopf. Einerseits verging kaum ein Tag, an dem ich nicht an meine Familie dachte, andererseits war ich viel zu beschäftigt, um zu grübeln. Vater hätte es sicher gern gesehen, wenn ich mit neuem Mut und Zuversicht in die Zukunft blickte, was ohnehin schwer genug war.

Boaz Weinstein verabschiedete sich, und ich wandte mich ebenfalls zum Gehen, da vernahm ich den Ruf von Schwester Katz, die aus dem geöffneten Fenster ihrer Kammer den Blick auf mich gerichtet hatte. Irrte ich mich, oder wirkten ihre Züge heute noch strenger als sonst?

»Alisah«, wiederholte sie, »ich muss mit Euch sprechen. Sofort!«

Dieses Zusatzes hätte es nicht bedurft, denn wenn die Oberpflegerin rief, tat man besser daran, augenblicklich zu gehorchen. Ich stieß die schwere Tür des Wohnheims auf und stieg die Treppen hinauf. Nachdem ich eingetreten war, nahm die Frau mit den eingefallenen Wangen Platz. Da sie mich nicht ebenfalls dazu aufforderte, blieb ich stehen.

»Es wurden Beschwerden an mich herangetragen.«

Ich erschrak.

»Einige Eurer Mitschwestern sind nicht länger bereit, mit Euch zusammenzuarbeiten. Es ist ihnen zu mühselig, sich durch Gesten mit Euch zu verständigen. Außerdem ist es wiederholt zu Missverständnissen gekommen.«

Insgeheim musste ich ihr beipflichten. Tatsächlich gab es zwei Pflegerinnen, welche die fünfzig bereits überschritten hatten. Immer öfter beschlich mich das Gefühl, dass sie mich nicht verstehen wollten. Doch jedes Mal nach meinem Schreibzeug zu greifen, war schlichtweg unmöglich.

»Ich werde noch einmal mit den Schwestern Menzel und Cohn reden. Unser Oberpfleger und ich dulden keinen Zwist unter den Angestellten. Die Arbeit ist anstrengend genug. Ihr könnt dann gehen.«

Zum Dank senkte ich den Kopf.

Wie wahr, dachte ich. Wir hatten viele Patienten, die wir rund um die Uhr betreuen mussten. Da war es wichtig, dass wir uns einig waren und gut zusammenarbeiteten. Unwillkürlich fiel mir dabei Libsche Wertheim ein. Die Alte hatte einen Schlag erlitten und konnte seitdem die rechte Körperseite nicht mehr bewegen. Bisher war sie von ihrer Tochter gepflegt worden, aber die hatte nicht verhindern können, dass sich am Rücken der Gelähmten zwei offene Geschwüre von der Größe eines Silberguldens gebildet hatten. Nun mussten wir die Frau alle paar Stunden umbetten, um Schlimmeres zu verhindern. Wenn die anderen Schwestern nicht bereit waren, mit mir Dienst zu machen, war es nicht möglich, die Patientin anständig zu versorgen.

Ein anderer Patient litt unter einem eiternden, handtellergroßen *Gangraena* über dem Steißbein. Hatte sich ein solches erst gebildet, war es so gut wie unmöglich, die zerstörte Haut wieder zum Heilen zu bringen. So blieb Adam und Perez nichts anderes übrig, als die Schmerzen des armen Mannes zu lindern, indem sie sein Gesäß auf ein großes Daunenkissen legten.

»Alisah, ich sagte, Ihr könnt gehen.«

Ich verließ den Raum, um zusammen mit den anderen im Speisesaal das Abendessen einzunehmen, obwohl ich mich am liebsten in meine Kammer zurückgezogen hätte. Auf dem Gang traf ich auf Gundel Fromm, die wenige Tage vor mir die Arbeit im Hekdesch angetreten hatte. Ich verstand mich auf Anhieb mit der jungen Frau aus Würzburg, die mit ihrer Mutter im Schutz einer Gruppe Wanderjuden nach Frankfurt gekommen war. Eigentlich hatten ihre Mitreisenden weiter gen Norden ziehen wollen. Da es ihnen aber in Frankfurt gut gefiel und Gundel mit der Krankenpflege vertraut war, hatten sie entschieden, in der Judengasse zu bleiben.

Ich betrat den Speisesaal und nahm an der langen Tafel Platz. Dabei entgingen mir nicht die Blicke von Schwester Menzel und Schwester Cohn. Ich tat, als bemerkte ich sie nicht. Ob sie wussten, dass Schwester Katz heute mit mir gesprochen hatte?

»*Schalom*, Alisah, möchtest du mit uns den Sederabend verbringen?«, lud mich Lea am folgenden Tag ein, als wir im Bethaus vor der Frauenabteilung aufeinandertrafen.

Gern! Aber ich muss erst Herrn Mendel fragen, ob ich gehen darf.

Nach einer herzlichen Umarmung kehrte ich zum Hekhaus zurück. Pessach, unser wichtigstes Fest! Wehmut erfüllte mich. Das letzte Mal, als wir es gefeiert hatten, war meine Welt noch heil und voller Zuversicht gewesen. Für einen Augenblick standen mir meine Schwester und mein Vater vor Augen, ich sah ihn den silbernen, schön gearbeiteten Kidduschbecher mit dem besonders guten Wein heben und den alten Segen darüber sprechen.

Zu meiner Freude gab mir Herr Mendel schon für den Vortag des Pessachs frei. Lea war seit Tagen mit Putzen beschäftigt. Wie alle Frauen meines Volkes war auch sie darauf bedacht, keinen Krümel gesäuerten Brotes oder irgendein Nahrungsmittel zu übersehen, das mit Gesäuertem in Berührung gekommen war.

»Du kannst mir beim Auskochen der Töpfe und Bestecke helfen«, erklärte sie, während wir in die Küche hinübergingen, in der bereits Trinkbecher und Gläser in großen Schalen wässerten.

Morgen Abend würden sie blank poliert auf dem mit einem frisch gewaschenen Leintuch bedeckten Tisch stehen. Lea legte ein Holzscheit in das Feuer unter dem großen Kupferkessel, in dem sie alle Kochutensilien auskochte, um sie koscher zu machen.

»Wie geht es dir, Alisah? Wie gefällt dir die Arbeit im Spital?«

Zwei ältere Schwestern machen mir das Leben schwer, ansonsten fühle ich mich ganz wohl im Hekdesch.

»Lass dir bloß nichts gefallen.« Lea nahm eine Handvoll Zinnlöffel aus einer Truhe und ließ sie in das kochende Wasser gleiten, ein scharfzackiges Fleischmesser folgte.

Am Nachmittag waren wir fertig. Ich wusste, wenn die Dämmerung einsetzte, entzündete Josephs Frau ein Licht und beleuchtete abermals jeden Winkel des Hauses. Die nächsten acht Tage würden wir nur ungesäuertes Brot essen. Es sollte uns daran erinnern, wie unsere Vorfahren einst so überstürzt aus Ägypten fliehen mussten, dass ihnen zum Säuern und Gärenlassen ihrer Brote keine Zeit mehr blieb.

Lea dankte mir und schloss mich in die Arme. »Wir sehen uns morgen Abend in der Synagoge.«

Rasch lief ich zum Hekhaus zurück, vorbei an den Fassaden der Gebäude, in denen die Bewohner die letzten Vorbereitungen trafen. Auch die Christen feierten in diesen Tagen ein Fest. Sie gedachten in ihren Kirchen und Kapellen der Auferstehung Jesu Christi. Ihrem Glauben nach war er während des Pessachfestes in Jeruschalajim, unserer Hauptstadt, gekreuzigt worden.

Im Wohnheim prallte ich beinahe mit Schwester Cohn zusammen. Im letzten Augenblick konnte ich der Frau mit dem fliehenden Kinn und den vorstehenden Augen ausweichen.

»Kannst du nicht aufpassen, du dummes Ding?«, fuhr sie mich an.

Die gelblichen Beläge auf ihrem schadhaften Gebiss waren deutlich zu erkennen. Wäre Adaunoi in diesem Moment so gnädig gewesen, mir – und sei es nur für einen einzigen Tag – die Sprache wiederzugeben, ich hätte der Schwester eine passende Antwort erteilt. So aber blieb mir nur, mich erhobenen Hauptes abzuwenden.

In meiner Kammer trat ich innerlich bebend ans Fenster und riss es auf. Die frische Abendluft brachte den Duft von frischem Gras und Blüten mit herein. Wenn ich die Augen schloss und mich nur auf den Wind und die Gerüche besann, konnte ich mir vorstellen, wie es wäre, in meinem Elternhaus am Fenster unserer Kammer zu stehen. Ich hörte Mutter in der Küche hantieren, sie scherzte mit Vater, während Sarah und ich die Frühlingsluft einatmeten und dem Gesang des Vogels lauschen, der in einem der Obstbäume im Garten saß. Ich ließ die Vergangenheit wieder lebendig werden, bis ich merkte, wie sich meine inneren Verkrampfungen allmählich lösten. Die Erinnerungen an glückliche Jahre taten meinem aufgewühlten Gemüt gut.

Als der Gottesdienst am nächsten Tag zu Ende war, strömten die Bewohner der Judengasse in ihre Häuser zurück, denn nun begann der fröhliche Teil der Feier. Schließlich ist Pessach ein Fest der Freiheit, an dem wir des Endes der Unterdrückung und Sklaverei gedenken, die unser Volk vor langer Zeit erdulden musste.

Während wir die von der Abendsonne beschienene Gasse hinaufgingen, die zu dem Zuhause der Bundschuhs führte, nahm ich die ausgelassene Stimmung der Bewohner wahr. Bevor wir in die Synagoge gegangen waren, hatte Lea mit den beiden ältesten Mädchen den Tisch gedeckt. Das Geschirr, die Gläser und Weinbecher bildeten den Rahmen für den großen Sederteller, der zur Aufnahme der symbolischen Speisen dieses besonderen Abends diente.

Lea bat mich, ihr die kleine Elana abzunehmen, und verschwand in die Küche. Mit dem Kind auf dem Arm setzte ich mich zu ihren Schwestern, Samuel und seinem Vater. Joseph lächelte mir freundlich zu. Bald darauf brachte seine Frau den gefüllten Sederteller herein, mit einem Stück Fleisch, einem hart gekochten Ei, verschiedenen bitteren Kräutern und einem Sträußchen Petersilie. Dazu ein Schälchen mit Salzwasser und eine Schale mit den zu einem Brei zerstoßenen Obststückchen und Mandeln.

Voller Zuneigung blickte ich in die Gesichter der Bundschuhs. Ich stupste Elana an die Nase, und sie gluckste, während ich schmunzelnd verfolgte, wie Samuel mit großem Appetit aß. Es war schön, an diesem Abend ein Teil ihrer Familie zu sein.

26

Alisah

Ich war damit beschäftigt, das Essen an die Patienten auszuteilen, als Nathan Mendel mich am folgenden Tag vor einem der Krankenzimmer ansprach.

»Alisah, ich hoffe, es gefällt Euch im Hekhaus?«

Ich erwiderte seinen Blick mit einem höflichen Lächeln, doch es geriet schief, denn eine der beiden älteren Pflegerinnen hatte am Vortag jeden freien Moment genutzt, um mir abfällige Bemerkungen zuzuwerfen. Offenbar war Mendel etwas davon zu Ohren gekommen, denn er bat mich, ihn in sein Arbeitszimmer zu begleiten.

»Schwester Katz berichtete mir, es gebe nach wie vor Probleme zwischen Euch und zwei anderen Pflegerinnen.«

Er trat ans Fenster, durch das helles Sonnenlicht auf ein aufgeschlagenes Buch fiel. Nach einigen Momenten der Stille wandte er sich um.

»Die Oberschwester sagte mir auch, Ihr wärt sehr fleißig und wissbegierig. Sie ist äußerst zufrieden mit Euch, Alisah.«

Ich errötete bis unter die Haarwurzeln. Auch Mendel musste es bemerkt haben, denn ein gutmütiger Zug glitt über sein Gesicht.

»Deshalb möchte ich, dass Ihr mir in der nächsten Zeit bei den Operationen zur Hand geht.«

Freude wallte in mir auf. Endlich durfte ich meine Fähigkeiten unter Beweis stellen und zeigen, dass mehr in mir steckte als die Handlangerarbeiten der letzten Wochen.

Ich danke Euch für Euer Vertrauen und werde Euch gewiss nicht enttäuschen.

»Davon bin ich überzeugt, Alisah. Meldet Euch bitte gleich bei Schwester Katz. Auf gute Zusammenarbeit.«

Ich erwiderte seinen Händedruck dankbar und machte mich eilig auf den Weg in einen der Behandlungsräume. Da die Tür nur angelehnt war, trat ich ein.

»Da seid Ihr ja, Alisah. Herr Mendel hat mich beauftragt, Euch alles Notwendige zu zeigen. Na, dann wollen wir mal«, begrüßte mich Schwester Katz. »Als Erstes werde ich Euch die Funktion der verschiedenen Instrumente erklären.«

Wir traten an das ausladende Regal, auf das ich schon an meinem ersten Tag hier einen Blick geworfen hatte, und sie wies auf zwei Sägen von unterschiedlicher Größe.

»Zum Amputieren, wenn ein Arm oder Bein nicht mehr zu retten ist.« Daneben lag eine Art Messer mit scharfer Klinge. »Man nennt es Skalpell. Wir verwenden es zum Öffnen des Körpers. Euer Vater hat es gewiss auch benutzt.« Schwester Katz nahm einen Gegenstand aus dem Regal, an dessen oberem Ende sich ein drehbarer Griff befand, während das untere aus einer in drei Spitzen auslaufenden Röhre bestand. Als sie den Griff drehte, bewegten sich die Spitzen mit. »Das hier benötigen wir zum Herausziehen eines Fremdkörpers, etwa einer Pfeilspitze«, erläuterte sie und reichte mir das Gerät. Sie griff nach einem weiteren, das dem soeben gezeigten ähnelte, jedoch am unteren Ende ein Gewinde besaß. »Damit kann man durch die Schädeldecke eines Kranken dringen, der einen *Wurm* im Kopf hat. Habt Ihr diese Operation schon einmal gesehen?«

Ich schüttelte den Kopf. Einen *Wurm* im Kopf? Vater hatte mir von solchen Behandlungen zwar berichtet, das Assistieren bei einem dieser Fälle war mir aber bisher erspart geblieben. Unwillkürlich schauderte ich.

»An der Stelle, wo man den *Wurm* vermutet, bohrt der Arzt

mehrere kleine Löcher durch die Schädeldecke. Er entfernt die Knochenflächen mit einer feinen Zange, bis die Stelle aufgeklappt werden kann und das Hirn des Patienten offen daliegt. Dann schneidet man den *Wurm* mit einem feinen Skalpell heraus.« Sie legte die Bohrer zurück und wies auf eine Anzahl weiterer Instrumente. »Hier haben wir noch einige Haken sowie Laucher zum Spreizen von größeren Wunden.«

Geduldig brachte mir Schwester Katz die Funktion der Scheren, Ahlen, Zangen, Feilen, Klöppel und anderen Instrumente nahe, die Nathan Mendel und sie bei den Operationen verwendeten. Die meisten davon kannte ich bereits.

Eine Woche nachdem mir Schwester Katz den Operationsraum gezeigt hatte, sollte ich Herrn Mendel erstmals assistieren. Ein abgemagerter Mann lag teilnahmslos in seinem Krankenbett. Seine Frau hatte ihn ins Spital gebracht.

»Mein Eli kann kaum noch sehen. Erst dachten wir, das liegt an der Verletzung, die er sich vor einigen Wochen am rechten Auge zugezogen hat. Aber es wird nicht besser, er leidet furchtbare Ängste zu erblinden.«

Mendel untersuchte den Patienten eingehend. Dieser litt offensichtlich unter *Katarakten* auf beiden Augen, wobei die Krankheit auf dem linken weiter vorangeschritten war als auf dem rechten Auge. Doch das war nicht alles, was dem Hekdeschmann Sorgen bereitete. Der Allgemeinzustand des älteren Mannes war bedenklich, denn er war unterernährt, musste häufig Wasser lassen und wurde zudem von Erbrechen gequält.

Mir kam ein Verdacht, denn ähnliche Symptome hatte ich schon mehrfach bei den Behandlungen meines Vaters beobachtet.

Nachdem Mendel am nächsten Morgen eine *Harnschau* durchgeführt und den Urin des Patienten probiert hatte, bestätigte sich unsere Befürchtung: Der Ärmste litt unter der Zuckerkrankheit.

»Ich vermute, dass die beiden Krankheiten etwas miteinander zu tun haben. Jedenfalls habe ich schon öfter Diabeteskranke behandelt, die zu einem späteren Zeitpunkt Probleme mit den Augen bekamen«, erläuterte mir Mendel.

Er entschloss sich, den *Katarakt* auf beiden Seiten zu entfernen. Es war ein gängiger Eingriff, wenn auch nicht ungefährlich. Operierte er nicht, bedeutete es für den Patienten, den Rest seines Daseins als Blinder zu fristen.

Wird der Mann danach vollständig wiederhergestellt sein?

Ich reichte Mendel eines der Papiere, die ich mir von meinem ersten Arbeitslohn gekauft hatte.

»Das kann ich nicht mit Gewissheit sagen, Alisah. Wichtig wird zunächst sein, Entzündungen an den Augen zu vermeiden. Alles Weitere bleibt abzuwarten.«

Wenig später waren die Vorbereitungen für die Augenoperation abgeschlossen, und Schwester Katz und ich halfen dem Patienten, sich auf den Tisch zu legen. Sein Blick aus milchig trüben Augen weckte mein Mitgefühl. Möge Adaunoi den Eingriff gelingen lassen, betete ich. Beruhigend streichelte ich seine zitternden Hände, während Schwester Katz ihm einen mit betäubenden Essenzen getränkten Schwamm vors Gesicht hielt. Nach wenigen Atemzügen glitt der Kranke in einen schlafähnlichen Zustand. Von Vater wusste ich, wie riskant die Betäubung sein konnte. War die Mischung aus Schlafmohn, Bilsenkraut und Alraune zu hoch dosiert, wollten manche Patienten hinterher kaum erwachen oder starben gar.

Die Brust des Mannes hob und senkte sich gleichmäßig. Die Oberschwester tauchte einen bereitliegenden Lappen in die tönerne Schale mit warmem Wasser. Mit geübten Bewegungen wusch sie die Augenpartien des Schlafenden aus, woraufhin ich sie wieder abtrocknete.

Mendel hielt eine feine Nadel mit einer abgerundeten Spitze in der Hand, die zuvor in einem Kessel heißen Wassers gereinigt worden war. Leise erklärte er uns die weitere Vorgehensweise. Schwester Katz sollte mit zwei löffelartigen Instrumenten die Lider des Patienten auseinanderhalten, damit Mendel ungehindert arbeiten konnte. Ich sollte den Patienten währenddessen beobachten. Vorsichtig näherte sich Mendel dem rechten Augapfel des Mannes. Ich wandte den Kopf, um nicht mit ansehen zu müssen, wie der Arzt die getrübte Linse in das Augeninnere schob. Leise gab er der Oberschwester eine Anweisung. Bildete ich es mir nur ein, oder hatten die schlaffen Hände des Patienten gerade gezuckt? Aufmerksam lauschte ich auf die Atemzüge des Mannes. Nein, ich musste mich getäuscht haben.

»Das andere Auge werde ich mir in den nächsten Tagen vornehmen«, erläuterte Mendel. »Hoffen wir, dass er ohne den Katarakt eine bessere Sehleistung bekommt. Zudem werde ich ihm eine der Brillen schenken, die wir von unseren Verstorbenen aufbewahren.«

Die Finger, die ich umklammert hielt, bewegten sich leicht. Mir wurde heiß und kalt zugleich. Ein gequältes Stöhnen entrang sich der knochigen Brust, gefolgt von einem Schrei, der mir durch Mark und Bein ging.

»Schwester Katz, den Schlafschwamm«, rief Mendel aus, »direkt aufs Gesicht drücken, rasch!«

Während ich die Hände des Patienten festhielt und Mendel seine strampelnden Füße auf das Laken drückte, presste die Oberschwester ihm den Schwamm auf Mund und Nase. Es erschien mir wie eine kleine Ewigkeit, bis seine Glieder wieder erschlafften und er erneut in einen gnädigen Schlaf sank. Erschöpft wich ich an die weiß getünchte Wand hinter mir zurück.

Das Erschrecken war auch Mendel deutlich anzusehen. »Soeben habt Ihr miterlebt, was passiert, wenn die Essenzen zur Betäubung des Patienten zu niedrig dosiert sind. So etwas sollte nicht geschehen, dennoch kommt es zuweilen vor.

Wenn der Patient erwacht, wird er Schmerzen leiden. Alisah, bitte geht zu meiner Frau und lasst Euch mit Spitzwegerich und Kamille versetztes klares Wasser geben. Dieses träufelt Ihr dem Kranken in das operierte Auge. Ich hoffe, Ihr lasst Euch durch das Erlebnis nicht davon abschrecken, mir auch weiterhin bei den Operationen zu assistieren?«

Ich schüttelte den Kopf.

»Schön, das freut mich.«

27

Alisah

Nachdem Nathan Mendel auch das linke Auge des Alten operiert hatte und alles ohne Komplikationen verlaufen war, erholte sich der Patient zusehends. Neben seiner Pflege hatte ich es mit zahlreichen anderen Kranken zu tun, viele von ihnen völlig entkräftet und unterernährt. Es handelte sich ausnahmslos um Menschen, die anderen Ortes wegen ihrer Zugehörigkeit zu unserem Volk Verfolgungen ausgesetzt waren, darunter auch einige frühere Bewohner der Regensburger Judengasse. Ich freute mich, sie wiederzusehen, aber was sie über meine Heimatstadt zu berichten wussten, war mehr als traurig. Einige Bürger – so hatten ihnen christliche Freunde berichtet – benutzten die Grabsteine unseres geschändeten Friedhofs als Baumaterial für ihre eigenen Häuser. Leider war Chaim nicht unter den Neuankömmlingen.

Wie mochte es ihm und seinen Eltern gehen? Ob sie immer noch in Stadt-am–Hof wohnten? Hoffentlich fand er eines Tages eine Frau, die besser zu ihm passte als ich. Plötzlich hörte ich wieder die Schreie der Menschen, und der beißende Qualm der brennenden Synagoge stieg mir in die Nase. Ich sah Sarahs schreckgeweitete Augen, bevor sie starb, hörte Vaters letzten, rasselnden Atemzug.

Wie naiv von mir! Ich hatte tatsächlich gehofft, durch das Niederschreiben der täglichen Ereignisse würde die Vergangenheit etwas von ihrem Grauen verlieren. Doch der Anblick der vertrauten Gesichter rief mir die furchtbaren Ereignisse ins Gedächtnis zurück. Nur die Arbeit half mir, trotz allem Schmerz nicht *meschugga* zu werden. Die Arbeit und die Ausflüge in die Stadt, die ich unter der Führung Samuels unternahm, wenn es mir meine freie Zeit erlaubte.

In unserer neuen Heimat fand zweimal jährlich eine Büchermesse statt, zu der sich Buchdrucker und -händler aus aller Herren Länder einfanden. Auch Professoren, Gelehrte und Geistliche kamen dort zusammen. Die meisten Frankfurter Verleger und Buchhändler lebten am unteren Ende des Kornmarktes, einer breiten Gasse, die ich in Begleitung von Samuel durchstreifte. An einem dieser Tage – wenige Stunden, bevor der Schabbes begann – wollte mir der Junge auch die neu gegründete Lateinschule zeigen, die in der Nähe des Flussufers gelegen war.

Just als wir vor dem Portal des imposanten Gebäudes ankamen, öffnete sich einer der Türflügel, und ein breitschultriger Mann trat ins Sonnenlicht. Wie das halblange Haar, das unter einem Barett hervorlugte, war auch sein Vollbart bereits ergraut. Dann ruhte ein Blick aus gütigen Augen einige Momente lang auf mir. Ein zweiter, mindestens dreißig Jahre jüngerer, bartloser Bursche trat neben den in einen knöchellangen Mantel gewandeten Mann. Es folgten zwei Frauen meines Alters.

»Weißt du, wer das war?«, stieß Samuel aufgeregt hervor und beantwortete die Frage gleich selbst. »Hamman von Holzhausen. Er war schon mehrmals *Älterer Bürgermeister* von Frankfurt, ist Ratsmitglied und außerdem einer der reichsten Männer der Stadt. Er hat die Lateinschule gegründet. Das hier ist sein Haus. Der andere war Justinian, sein Sohn, die beiden Damen waren seine Töchter Margaretha und Katharina.«

Es wurde Zeit, in die Judengasse zurückzukehren, wo ich mich sogleich ins Hekdesch begab.

»Ihr seht erschöpft aus, Alisah« sprach mich Herr Mendel nach dem Abendgottesdienst an. »Ihr solltet Euch nicht überfordern. Es ist niemandem damit gedient, wenn Ihr eines Tages unter der Arbeit zusammenbrecht.«

Ich machte eine abwehrende Handbewegung.

Oft war es gerade die Beschäftigung mit den Kranken, die mich von meiner Trauer über Vaters und Sarahs Tod ablenkte. Allerdings war und blieb es mühsam, mich mit den anderen Pflegerinnen und den Patienten zu verständigen. Ich spürte deutlich, dass man mich beobachtete, ihre Blicke brannten wie Feuer. Dennoch tat mir die Arbeit gut. Wenn ich hingegen allein in meiner Kammer war, kam es mir oft vor, als würden die Wände auf mich zukommen. Aus diesem Grund war ich häufiger zu den Patienten gegangen, um die Nachtschwester vorzeitig abzulösen. Das verscheuchte meine trüben Gedanken und schenkte mir Befriedigung.

»In den nächsten Wochen solltet Ihr nur vom Morgen bis zum Nachmittag arbeiten. Ruht Euch etwas aus.« Mendel legte mir eine Hand auf die Schulter. »Das ist übrigens keine Bitte, sondern eine Anordnung.«

Ein heftiger Schmerz schoss durch meinen Leib. Unwillkürlich legte ich beide Hände auf den Bauch.

Der Hekdeschmann verstand.

Die Zeit meiner Unreinheit begann weit früher, als ich damit gerechnet hatte. Für die nächsten sieben Tage galt ich als Niddah. Ich musste mich in einem gesonderten Raum aufhalten und durfte weder arbeiten noch an den Mahlzeiten teilnehmen oder die Synagoge besuchen. Jeder, der mich berührte, wurde ebenfalls unrein bis zum Abend, musste seine Kleider wechseln und sich waschen. Wer nach mir auf meinem Stuhl Platz nahm, ebenfalls, so stand es schon in unserer Thora geschrieben.

Im nächsten Moment spürte ich Feuchtigkeit zwischen meinen Schenkeln, und etwas strömte aus mir heraus. Erneut krampfte sich mein Leib zusammen. Ich kannte den Schmerz, das vertraute Zusammenziehen, das Gefühl der Taubheit, bevor es von vorne begann.

Der Niddaraum befand sich in einem Nebentrakt des Gebäudes und war nur über einen Gartenweg auf der rückwärtigen Seite des Spitals zu erreichen. Der Arzt gab mir einen Schlüssel, und ich machte mich auf den Weg.

Kurz darauf war ich allein. Bisher hatte es mir gefallen, die Tage der Einsamkeit zur Einkehr zu nutzen, um die Thora zu studieren oder in Vaters medizinischem Handbuch zu lesen. Seine klare, schnörkellose Schrift entsprach seinem Wesen und versetzte mich in die unbeschwerte Zeit meiner Kindheit zurück. Im letzten Monat hatten mir die Tage in der Niddakammer Kraft gegeben. Dieses Mal jedoch stand mir nicht der Sinn danach, die Gebete, Vorschriften und Texte unserer Schriften zu lesen, noch würde ich es ertragen, mich in Vaters Handbuch zu vertiefen. Wozu sollte es gut sein, die vielen Fachbegriffe, lateinischen Ausdrücke und Behandlungsmethoden zu erlernen, wenn ich niemals in seine Fußstapfen treten durfte?

Es muss mitten in der Nacht gewesen sein, als das schwere Husten eines Menschen, gefolgt von der kräftigen Stimme eines Mannes an meine Ohren drang.

»Ich versuch's noch mal.«

Die Stimme kam mir bekannt vor. Der Türklopfer schlug gegen das Eisen. Die halbhohe Mauer befand sich in unmittelbarer Nähe des Gebäudes, in dem die Schwestern und Pfleger ihre Kammern hatten. Wenn ich einen Blick durch mein kleines Fenster warf, konnte ich die Pforte erkennen. Bei Tage versah hier eine frühere Pflegerin den Dienst einer Torhüterin, nachts jedoch lagen die Mauern verlassen da. Ich spähte hinaus und lauschte in die nächtliche Stille, da erscholl erneut die Stimme.

»Ich habe hier einen schwerkranken Mann. Also macht gefälligst das Tor auf!«

203

Plötzlich wusste ich, wer da so lautstark Einlass begehrte. Es war Knebel, der Wirt des *Affen*.

»Ist denn niemand da, der uns helfen kann?« Ein derber Fluch folgte und ließ mich zusammenzucken. »Verdammt noch mal, wenn nicht gleich jemand kommt, dann lasse ich den Kranken hier liegen und verschwinde.«

Ich schlüpfte in Kleid und Schuhe und lief zum Eingang des Spitals. Leise öffnete ich eine Tür nach der anderen. Ewiger, warum hast du mir nur die Stimme genommen? Ein Schmerz fuhr mir durch den Leib und ließ mich innehalten. Wo war bloß die Nachtschwester?

Der Hekdeschmann. Er bewohnte mit seiner Familie ein Haus, gleich gegenüber dem Spital. Der Hof war in helles Mondlicht getaucht, denn die dichten Wolken hatten sich verzogen und gaben den Blick auf einen klaren, von Sternen erleuchteten Himmel frei. Nur wenige Schritte trennten mich noch von der Mauer. Unschlüssig blieb ich stehen. Vorsichtig öffnete ich die Pforte. Niemand zu sehen. Was sollte ich nur tun? Vielleicht hörten mich die Mendels, wenn ich lange genug an ihre Tür pochte.

Jemand keuchte. Keinen Steinwurf entfernt, lehnte ein Mann an der Mauer. Sein Antlitz war blutüberströmt, seine Lippen bebten, als er die Hand nach mir ausstreckte. Ich wich zurück.

»Hilfe, bitte … bitte helft mir!«

Sein Atem ging stoßweise, und ich trat von einem Fuß auf den anderen, während ich die große, klaffende Wunde oberhalb einer Augenbraue betrachtete, aus der unentwegt Blut rann. Ich bot ihm den Arm, um ihn ins Spital zu begleiten. Sogleich umfasste er mich, und ich zog ihn mit mir durch das halb offenstehende Tor. Auf halbem Weg entglitt er mir. Nur mit Mühe gelang es mir zu verhindern, dass er auf dem Boden aufschlug. Speichel lief ihm aus dem Mundwinkel.

Nur nicht damit in Berührung kommen, schoss es mir

durch den Kopf. Jeden weiteren Gedanken daran, von ihm verunreinigt zu werden, schob ich beiseite. Ich griff dem Mann unter die Arme und zog ihn empor, um ihn zur Innenseite der mannshohen Mauer zu führen. Mit wenigen Schritten war ich wieder an der Pforte, warf den weit geöffneten Flügel ins Schloss und kehrte zu dem Kranken zurück, der sich mit beiden Händen an dem unverputzten Mauerwerk abstützte.

»Ich glaube, ich muss…«

Gerade noch rechtzeitig konnte ich zur Seite springen, ehe mich ein Schwall sauren Mageninhalts traf. In sicherer Entfernung blieb ich stehen.

Wut auf Knebel ergriff mich. Warum hatte er nicht warten können, bis ich an der Pforte angekommen war? Er hätte mir gewiss erklären können, welche Beschwerden den Kranken plagten und wie er ihn gefunden hatte. Der Mann taumelte entkräftet auf mich zu. Was blieb mir anderes übrig, als ihn aufzufangen, ehe er auf das Pflaster stürzte? Er war kreidebleich, wie ich im fahlen Licht des Mondes erkennen konnte. Ich musste ihn ins Haus schaffen.

»Warum sagt Ihr denn nichts?«, brachte der Verletzte mühsam hervor. Schwer stützte er sich auf mich und umklammerte meinen Arm. »Hat Euch mein Anblick die Sprache verschlagen?«

Endlich hatten wir die Tür erreicht, aber der einzige Raum, in dem ich ihn unterbringen konnte, war der Operationssaal. Nur wie sollte ich ihn die Treppe hinaufschaffen? Dieselbe Frage stellte sich der Mann offensichtlich ebenfalls, denn vor der ersten Stufe blieb er stehen. »Ihr wollt, dass…« Er würgte erneut, und ich wich zurück. »Dass ich *da* hochsteige?«

Ich musste Hilfe holen. Deshalb bedeutete ich ihm, sich zu setzen, und er gehorchte. Mitten auf dem Hof hielt ich inne. Wie viel Zeit blieb mir, bevor der Mann verblutete?

Mit der Faust schlug ich mehrmals gegen die Eingangstür

205

der Mendels, aber im Inneren regte sich nichts. Schließlich klaubte ich ein paar Steinchen vom Boden auf und warf sie gegen eine der Scheiben. Endlich wurde das Fenster geöffnet.

»Wer macht so einen Krach? Alisah, seid Ihr das? Was ist denn los? Wartet, ich ziehe mir etwas über und komme.«

Kurz darauf eilte Mendel mit mir zu dem Kranken, dessen Oberkörper zur Seite gesunken war.

Ungläubig ruhte sein Blick auf dem reglos Daliegenden. »Ihr habt ihn selbst hier hereingeschafft? War Euch denn nicht klar, dass Ihr ihn ebenfalls verunreinigt habt, als Ihr ihn berührtet? Wie konntet Ihr so leichtfertig sein und unsere Gesundheitsvorschriften missachten? Wieso seid Ihr nicht gleich zu mir gekommen?«

Ich biss mir auf die Unterlippe, denn ich hatte in der Eile vergessen, meine Schreibutensilien mitzunehmen. Kopfschüttelnd trat er zu dem Bewusstlosen und begutachtete die Wunde. Seine Züge verhärteten sich. »Ich will Euch hier nicht mehr sehen, bevor die Zeit Eurer Unreinheit vorbei ist und Ihr die Mikwe aufgesucht habt. Habt Ihr mich verstanden, Alisah? Über Euer eigenmächtiges, verantwortungsloses Handeln reden wir noch.«

Seine Worte hallten schmerzhaft in mir wider. Mein Herz hämmerte in Erwartung der Strafe, die unweigerlich folgen würde. Dennoch regte sich Widerstand in mir. Ohne mein Einschreiten wäre es dem Mann schlecht ergangen. Ich hatte es doch nur getan, um ihm zu helfen.

28

Alisah

Schon nach den ersten Tagen kam ich mir wie eingesperrt vor. Ich fragte mich, wie es wohl dem Patienten ging, den ich des Nachts ins Spital gebracht hatte, und sehnte mich nach Gesellschaft. Das Fenster war zu klein, um in den Garten zu sehen. Die einzige Abwechslung blieben die Mahlzeiten, die mir in die Kammer gebracht wurden. Die Schwestern sprachen nicht mit mir. Sie wichen sogar vor mir zurück und hatten es jedes Mal eilig, den Raum wieder zu verlassen. Nur Gundel machte eine Ausnahme. Deshalb freute ich mich, wenn sie mich besuchte, weil sie mir mit ihrem lebhaften Wesen immer ein Lächeln ins Gesicht zauberte. Dann schilderte sie mir kurz, was es Neues im Spital gab.

Nachdem die sieben Tage vorbei waren, suchte ich die Mikwe auf. Das Hekhaus besaß ein eigenes Reinigungsbad, sodass ich das Spitalgelände nicht verlassen musste. Vor dem Ausgang traf ich auf Schwester Katz.

»Alisah, Herr Mendel möchte Euch sprechen, bevor Ihr an Eure Arbeit zurückkehrt.«

Seit Tagen malte ich mir aus, worin meine Strafe bestehen mochte. Der Vorstand der Gemeinde war dazu berechtigt, mich aus dem Dienst zu entlassen. Sogar geträumt hatte ich eines Nachts davon, dass Mendel mich auf die Straße setzen und mir mein Bündel hinterherwerfen würde. Ängstlich klopfte ich gleich darauf an seine Tür. Kälte kroch mir in die Glieder.

»Tretet ein, Alisah.« Herr Mendel war nicht allein. Schwester Katz stand neben ihm. Ihre Miene war nicht weniger ernst als seine.

»Setzt Euch«, forderte er mich knapp auf.

In Erwartung des nun folgenden Donnerwetters senkte ich den Kopf.

»Ich möchte Euch die Gelegenheit geben, uns die Gründe für Euer unverzeihliches Verhalten darzulegen. Bisher haben wir Euch als eine verantwortungsvolle Dienerin des Ewigen kennengelernt. Was brachte Euch dazu, die Kammer zu verlassen und den Kranken ebenfalls zu einem Unreinen zu machen?«

Betreten starrte ich auf meine im Schoß gefalteten Hände. Meine Finger waren klamm, als ich in der Tasche nach meinen Schreibsachen kramte. Wohl allen Menschen, die sich durch die Stimme auszudrücken vermochten. Nach kurzem Zögern schrieb ich nieder, wie mich die Rufe des Mannes aus dem Schlaf gerissen hatten und ich vergeblich versucht hatte, eine Schwester zu finden, damit sie dem Verletzten half. Ich vergaß auch nicht, die stark blutende Kopfwunde zu erwähnen.

Herr Mendel reichte Schwester Katz das Blatt. »Sicher wolltet Ihr nur das Beste«, räumte er ein, »doch unglücklicherweise leidet der Patient nicht nur an einer Platzwunde und einem Magenleiden, sondern auch an einem ansteckenden Hautausschlag.«

Entsetzt schnappte ich nach Luft. Wenn ich nur keinen größeren Schaden angerichtet hatte!

Schwester Katz trat auf mich zu. »Keine Sorge, es geht ihm mittlerweile den Umständen entsprechend gut. Auch hat bisher kein anderer Patient Symptome einer Ansteckung gezeigt. Dieser Vorfall sollte Euch allerdings lehren, unsere Gesundheitsvorschriften allzeit zu beachten.«

Mir blieb nichts, als mich mit dem Neigen meines Kopfes

zu entschuldigen. Gleichzeitig regte sich Trotz in mir. Womöglich wäre der Verletzte verblutet, wenn ich die Gesetze befolgt hätte, wie es verlangt wurde.

»Obendrein gibt es ein weiteres Problem, Alisah.« Ich blickte in das strenge Gesicht von Schwester Katz. »Irgendjemand hat die Geschichte über Eure nächtliche Fehlentscheidung weiterverbreitet. Kann es sein, dass eine der Schwestern Euch in jener Nacht beobachtet hat?«

Da war niemand. Kann der Patient etwas von dem Gespräch zwischen Herrn Mendel und mir mitbekommen haben?

»Gut möglich«, entgegnete der Hekdeschmann nachdenklich und kratzte sich am Kinn. »Jedenfalls weigern sich die meisten Schwestern, weiterhin mit Euch zusammenzuarbeiten.«

Mein Innerstes krampfte sich zusammen. Ich konnte förmlich vor mir sehen, wie sie beieinanderstanden und tuschelten. Meine Wangen brannten vor Scham. Hatten die beiden Schwestern erreicht, was sie seit Längerem planten?

»Ich werde mir Gedanken darüber machen, wie es mit Euch weitergehen soll, Alisah, denn ich möchte Euch gern im Hekhaus behalten«, versicherte Mendel und wendete sich an die Oberschwester. »Schwester Katz, bitte sorgt dafür, dass so etwas nie wieder vorkommt.«

»Natürlich, Herr Mendel.«

»Gut, denn sollte es abermals Grund zur Klage geben, werde ich Euch beim Baumeister melden. Habt Ihr das verstanden, Alisah?«

Ich nickte.

»Das Gerede muss ein Ende haben. Schwester Katz und ich werden gleich morgen mit den anderen sprechen.«

»Selbstverständlich, Herr Mendel«, bekräftigte diese.

Damit war ich entlassen und ging in meine Kammer. Dort streckte ich mich auf dem Bett aus und schloss die Augen. *Sollte es abermals Grund zur Klage geben.* Gab es denn tatsächlich Grund zur Klage? Wie schwer wog meine Schuld vor Adaunoi? War es nicht das höchste Gut Seines Volkes, das Leben eines Menschen zu erhalten? Wie stickig die Luft plötzlich war. Ich sprang auf und öffnete das Fenster. Aus den Bäumen drang das Gezwitscher der Vögel zu mir herauf. Kurz entschlossen schlüpfte ich in meinen Mantel und zog die Kammertür hinter mir zu, um wenig später die Judengasse zu verlassen.

Bald gewöhnte ich mir an, durch die Gassen rund um den Dom zu streifen, wann immer es mir meine Zeit erlaubte. Es tat gut, die Mauern des Hekdesch hinter mir zu lassen und mich unter die Menge zu mischen. Besonders die Märkte zogen mich an. Allen voran der zwischen dem Rathaus, der Nicolaikirche und einer Reihe Patrizierhäuser gelegene Marktplatz auf dem Römerberg. Als Angehörige des Volkes Israel musste ich allerdings darauf achten, nur den östlichen Teil des Platzes zu betreten, der Samstagsberg genannt wurde.

Wie auch an diesem Tag boten dort jeden Samstag zahllose Händler aus der Umgebung ihre Waren an. Die meisten, die sich vor den Ständen und Tischen der Verkäufer drängten, waren einfache Leute, manche sogar bitterarm. Besonders der Anblick der Frauen und Kinder tat mir in der Seele weh. In der Judengasse hatte ich nie jemanden gesehen, der Hunger litt, und wenn wir erkrankten, wurde unsereins von seinen Angehörigen ins Hekhaus gebracht und dort kostenlos behandelt. Die Stadt Frankfurt betrieb zwar ebenfalls ein Spital, doch wurden Verwundete oder Verletzte nur dann aufgenommen, wenn der Rat vorher zustimmte oder der Patient sich im Dienst für die Stadt verletzt hatte. Wer krank und mittellos war, musste Bürger Frankfurts sein oder von alters her hier gelebt haben.

Durch eine überbaute Gasse strebte ich dem Marktplatz zu und spürte, wie die Anspannung langsam von mir abfiel. Viele Händler verstauten ihre Waren bereits wieder auf den

Wagen. Noch etwa drei Stunden bis Sonnenuntergang, dann würde der Platz nur noch von Bettlern und Gesindel bevölkert sein.

Ich wich einem Haufen Pferdekot aus und ging auf einen Brunnen zu, an dem eine rote Fahne mit einem weißen Adler im Wind flatterte. An die steinerne Brunnenumrandung gelehnt, saß eine junge Frau mit geschlossenen Augen. Beim Schlag der Glocke von St. Nicolai hob sie den Kopf. Ich weiß nicht, was mich mehr erschreckte, ihre durchscheinende, eingefallene Haut oder das ausdruckslose Gesicht, in das sich ein bitterer Zug eingegraben hatte. Sie hielt ein Kind in den Armen. Wie winzig sein Köpfchen war. Unsere Blicke begegneten sich, bevor der ihre zu einem Stand schweifte, an dem ein Mann über einem Holzkohlefass Würstchen briet. Zischend tropfte das Fett in den Behälter mit den glühenden Kohlen. Ein Windstoß wehte würzigen Duft zu uns herüber. Die Frau tastete mit der freien Hand nach einem Beutel an ihrem Gürtel und zog zwei kleine Münzen heraus, um sie im nächsten Moment traurig wieder zu verstauen. Spontan traf ich eine Entscheidung.

Am Stand wies ich auf den Rost.

»Drei Stück kosten zwei Heller«, sagte der Verkäufer. »Wie viele wollt Ihr?«

Ich hob die Hand und zeigte ihm einen Finger.

»Ein Würstchen? Das macht einen Pfennig.« Er stockte. »Ihr seid doch Jüdin, oder? Ich dachte, Ihr esst kein Schweinefleisch.«

Ich nahm die Wurst entgegen und kehrte zu der Frau zurück.

Ihre Augen leuchteten auf. »Vielen Dank. Warum tut Ihr das, Ihr kennt mich doch gar nicht?«, sagte sie und dann: »Könntet Ihr die Kleine halten, während ich esse?«

Ich nahm ihr das Kind ab, und die junge Mutter verschlang die Wurst mit beiden Händen. Schließlich wischte sie sich den Mund mit dem Ärmel ihres Kleides ab und streckte die Arme aus.

»Gebt mir bitte meine Aennlin wieder, und habt nochmals Dank. Wenn ich doch nur meine Kleine satt bekommen würde! Die drei Wochen nach ihrer Geburt lag ich krank darnieder, und nun will die Milch nicht mehr fließen. Heute Morgen kamen wieder nur ein paar Tropfen. Ich habe Angst, dass sie mir verhungert.«

Ich zog mein Schreibzeug hervor. *Habt Ihr es schon mit Kümmel und Fenchel versucht?*, schrieb ich. *Sie regen den Milchfluss an. Außerdem ist beides gut für den Magen Eurer Kleinen.*

Ich reichte der Frau den Zettel, doch sie schüttelte den Kopf. »Ich kann nicht lesen. Und Ihr nicht sprechen, wie es aussieht.«

Auf ein weiteres Stück Papier schrieb ich die Namen der Kräuter und deutete auf das Geschäft des Apothekers auf der anderen Straßenseite. Damit legte ich ihr den Zettel in die Hand und tat, als ob ich ein Gefäß in den Händen hielte und darin rührte. Danach zeigte ich auf ihre Brust und strich dem Kind über das Köpfchen.

»Meint Ihr, ich soll einen Sud herstellen lassen, damit die Milch in meine Brüste zurückkehrt?«

Ich nickte eifrig, und ihr Gesicht hellte sich auf.

»Ihr habt wohl selbst ein Kind. Seht nur, wir bekommen Besuch.«

Ein Stadtbüttel mit einer langen Holzstange in der Hand kam geradewegs auf uns zu.

»Dich beobachte ich schon eine ganze Weile. Was tust du da?« Blitzschnell nahm er der Frau das Papier aus der Hand. »Für mich sieht es aus, als wolltest du der Frau irgendeine Medizin verkaufen. Wer hat dir das gestattet, Jüdin? Ich sollte dich zum Stadtrat mitnehmen und …«

»Na was, Steinhauer?«

Zwei Männer waren unbemerkt hinter uns getreten.

212

»Ach, die Herren von Holzhausen«, brachte der Büttel hervor.

Tatsächlich, bei dem breitschultrigen Mann mit dem grauen Bart und seinem jüngeren Begleiter handelte es sich um Hamman von Holzhausen und seinen Sohn Justinian.

»Was willst du beim Stadtrat, Steinhauer?«, wiederholte von Holzhausen scharf seine Frage.

»Die Jüdin anzeigen. Sie hat versucht, dem Weib dort Medizin zu verkaufen.«

Justinian von Holzhausen streckte die Hand aus. »Gebt mir den Zettel.«

Der Stangenknecht reichte ihm das Papier mit meinen Anweisungen. »Ich lese hier nichts von irgendeiner Medizin«, erklärte Justinian von Holzhausen, »allenfalls von Kümmel und Fenchel, aus denen ein Sud hergestellt werden soll.« Er gab der Frau den Zettel zurück.

Sein Vater sah mich forschend an. »Haben wir uns nicht schon einmal gesehen? Ich glaube, Ihr wart in Begleitung eines Jungen.« Um seine Lippen spielte ein feines Lächeln.

Ich griff nach meinem Schreibblei und einem leeren Blatt Papier. Schnell notierte ich, warum ich der jungen Mutter zu den beiden Kräutern geraten hatte.

Von Holzhausen drehte sich zu dem Büttel um, der mich aus zu Schlitzen verengten Augen angaffte. »Büttel, ich wüsste nicht, was dieser Frau vorzuwerfen wäre. Lasst sie in Frieden, und kümmert Euch lieber um die beiden Rotzlöffel dort drüben!«

»Natürlich, Herr Bürgermeister, wie Ihr befehlt.« Mit einer übertrieben wirkenden Verbeugung marschierte der Büttel auf eine zeternde Fischhändlerin zu, vor deren Tisch sich zwei junge Burschen laut lachend einen Karpfen zuwarfen, als wäre es ein Ball.

»Wie ist Euer Name?«, wollte der ältere der beiden Patrizier wissen. Er wartete, bis ich fertig war. »Alisah Friedman«, las er halblaut. »Vor unserer Begegnung habe ich Euch noch nie in Frankfurt gesehen.« Er gab mir das Papier zurück. »Woher stammt Ihr?«

Ich schrieb die Antwort nieder.

Hamman von Holzhausens Miene verdunkelte sich. »Ich hörte von der Ausweisung. Es gibt nur wenige Städte im Reich, in denen Euresgleichen noch unbehelligt leben. Ihr seid jung und habt gewiss Eltern und Geschwister. Ich hoffe, sie sind ebenfalls alle wohlauf.«

Ich schüttelte den Kopf und schrieb.

Von Holzhausen ließ die Hand mit dem Papier sinken. »Das tut mir leid für Euch.«

Auf einmal verdüsterte sich der Himmel. Nicht mehr lange, und ein Wolkenbruch ging über der Stadt nieder.

»Geh zum Apotheker«, forderte Hamman von Holzhausen die junge Frau auf, die das Geschehen mit großen Augen verfolgt hatte. »Hast du Geld?«

»Nur noch ein paar Pfennige, Herr.«

»Gibt es keinen Ehemann?«

»Hat mich verlassen, der Lump. Behauptet, die Kleine sei nicht von ihm.«

»Und, ist sie von ihm?«

»Ich bin keine Buhle, Herr. Das schwör ich bei der Mutter Gottes und allen Heiligen.«

»Schwöre nicht, sorge lieber dafür, dass das Kind Nahrung bekommt.« Der Patrizier warf der Frau eine Münze zu.

Rasch ließ sie das Geldstück in ihrem Beutel verschwinden und drückte das Kind an sich. »Danke, Herr.« Ohne sich umzusehen, strebte sie dem dreistöckigen Haus auf der gegenüberliegenden Seite des Platzes entgegen, in dem sich die Apotheke *Zum weißen Schwanen* befand.

Dankbar nickte ich den beiden Männern zu und lief auf einen überdachten Hauseingang zu, wo ich mich vor dem Regenguss unterstellen wollte.

Ich hoffte, dass der Sud des Apothekers seine Wirkung tun würde. Niemand schien sich um die armen, bemitleidenswerten Menschen zu kümmern. Wessen Geldbeutel nicht gut gefüllt war, der brauchte nicht auf Hilfe zu vertrauen. Wenn es etwas gab, das mich immer wieder aufs Neue an den Gepflogenheiten der Christen entsetzte, war es die Härte, mit der sie die Schwächsten sich selbst überließen. Adaunoi hingegen hatte uns geboten, uns um Kinder, Alte und Kranke zu kümmern, sie zu besuchen und zu versorgen. Deshalb gab es in allen Judenvierteln Spitäler, die als vorbildlich galten. Was meine Gedanken zum Hekdesch lenkte. Vielleicht beruhigten sich die Schwestern ja bald und ließen mich in Frieden. Eines Tages käme gewiss jemand anders, über den sie sich ereifern konnten.

Der Regen ließ allmählich nach, und ich kehrte zur Judengasse zurück.

29

Regensburg 2013

In der Firma war die Hälfte von Gids Kollegen erkrankt. Er hatte alle Hände voll zu tun, um die nächste Monatsabschlussrechnung trotz allem Chaos fertigzubekommen.

Als er an einem Freitagabend Ende September sein Haus betrat, setzte er sich noch hinaus in den Garten. Die Obstbäume trugen schwer an der Last der Früchte. Viele Jahre lang hatte er sich eingeredet, nach dem Bruch mit seiner Familie endgültig mit der Vergangenheit abgeschlossen zu haben. Was für ein Irrtum. Wo auch immer er sich aufhielt, die Geschichte seiner Familie, seine Geschichte, begleitete ihn auf Schritt und Tritt. Es war die Stimme des Blutes, die eine Brücke spannte zwischen ihm und den vergangenen Jahrhunderten, in denen seine Vorfahren gelebt und gewirkt hatten. Das machte die Faszination der Überlieferungen aus, dass sie Teil seines eigenen Schicksals geworden waren.

Wenn Gideon in manchen Momenten bewusst wurde, wie oft seine Gedanken um Alisah und Paula kreisten, erschrak er über die Heftigkeit seiner Empfindungen. Selbst wenn er die Tagebücher vernichtete, längst hatte sich ihm jedes einzelne Wort unweigerlich ins Gedächtnis gebrannt. Sein Großvater hatte ihn gebeten, selbst etwas für seine Nachkommen zu hinterlassen. Natürlich übertrug er die Übersetzungen weiterhin in die Computerdatei, aber das genügte ihm nicht. Jeden Abend saß er seither am Schreibtisch und vertraute seinem Tagebuch an, was ihm im Kopf herumspukte. Bis ihm vor einigen Tagen eine Idee gekommen war: Warum nicht Alisahs Berichte nutzen, um eine Geschichte daraus zu spinnen? Der Gedanke hatte ihn elektrisiert. Nur wie? Die Tagebücher waren sein Vermächtnis, ihre Erzählungen zu verfälschen, kam für ihn daher nicht in Frage.

Gideon ging ins Haus und holte den Ordner mit den Übersetzungen hervor. Paula hatte die handgeschriebenen Zettel fein säuberlich in Klarsichthüllen gesteckt. »Sonst sind sie bald völlig zerknittert, so oft wie du sie liest«, hatte sie lächelnd gesagt.

Auch jetzt starrte er auf die Lektüre und wartete auf eine Eingebung. Paulas Gesicht tauchte wieder vor ihm auf. Wenn sie jetzt hier wäre, hätten sie den Abend gemeinsam im Garten verbringen können, mit einer Kanne Tee und Alisahs Aufzeichnungen. Es wäre schön, mit ihr die vielen Gedanken zu teilen, die ihn beim Lesen der Einträge überfielen. Aber Paula war noch in Berlin und dachte bestimmt keinen Moment lang an die Tagebücher.

Wie sollte er es noch weitere vier Wochen aushalten, ohne zu wissen, wie Alisahs Geschichte weiterging? Plötzlich kamen ihm die Worte der Studentin wieder in den Sinn. »Warum fragst du nicht deinen Großonkel, ob er dir hilft, die Bücher zu übersetzen?«

Gideon griff zum Telefon und wählte Aaron Morgensterns Nummer.

Die weibliche Stimme am anderen Ende gehörte nicht Natascha. »Der Herr Doktor und seine Gattin sind gestern für zwei Wochen nach Israel geflogen«, erklärte die Frau, deren Deutsch einen slawischen Akzent aufwies. Sie sei ein Mitglied der Jüdischen Gemeinde und kümmere sich um die Blumen und die Post, wenn die Morgensterns in den Urlaub fuhren.

Gid bedankte sich. Nun gut, Aaron Morgenstern hatte ihm die Entscheidung abgenommen. Wenn die beiden zurückkamen, dauerte es nicht mehr lange, bis sich auch Paulas Praktikum dem Ende zuneigte.

Die Tage und Wochen ohne sie zogen sich endlos dahin. Missmutig nippte Gideon an seinem Tee. So sehr er sich auch bemühte, seinen Grübeleien eine neue Wendung zu geben, er scheiterte. Paulas Gesicht schob sich immer wieder in seinen Geist. Die Frage war ja: Betrachtete sie ihn ebenfalls als Freund, oder interessierte sie sich lediglich für die Tagebücher? Gestern hatte sie ihn angerufen, und ihre Stimme hatte seine verletzte Seele für kurze Zeit besänftigt.

»Ich habe zum ersten Mal zwei Stunden lang eine Besuchergruppe durch die Säle und Kabinette geführt«, hatte sie munter erzählt.

»Hast du nicht gesagt, du musst den Leuten nur einige ausgewählte Bilder erklären?«

Sie lachte leise. »Ja, genau. Der vollständige Rundgang ist fast zwei Kilometer lang und dauert vier Stunden.«

»Das klingt nach einer Menge Arbeit«, gab er zu. »Was machst du in deiner Freizeit?«

»Meine Freundin Sabrina schleppt mich von einer Diskothek in die andere.«

»Ich wusste gar nicht, dass du gern tanzt.«

Eine kurze Pause, dann hatte sie erwidert: »Du weißt vieles noch nicht.«

Gideon stand auf und warf einen Blick in den Kühlschrank. Gähnende Leere, wenn man von einem Rest Käse, etwas Butter und einer Flasche Orangensaft absah. An der Pinnwand hing ein Flyer von einem Pizzaservice. Er bestellte eine Mediterrana und eine Flasche Chianti dazu.

Während er wartete, klingelte das Telefon, und die Frauenstimme, die aus dem Hörer drang, war ihm nur zu vertraut.

»*Buona sera*, mein Lieber. Da staunst du, was?«

Gianna! Täuschte er sich oder klang ihre Stimme leicht verwaschen?

»Was kann ich für dich tun?«, fragte er reserviert.

»Wie geht es dir, Gid? Du hast seit deinem Umzug nach Deutschland nichts mehr von dir hören lassen.«

»Wenn ich mich nicht irre, hast du mich bei unserer letzten Begegnung einen Träumer genannt. Ich wüsste nicht, was wir uns noch zu sagen hätten.«

»Meine Güte, jetzt sei doch nicht so nachtragend. Man sagt im Streit so manches, das man hinterher bereut. Du kennst mich doch, manchmal geht eben mein Temperament mit mir durch.«

»Allerdings, aber lassen wir das«, erwiderte er unwillig. Woher hatte sie seine Nummer? Sie stand noch nicht im Telefonbuch. »Was willst du von mir, Gianna?«

»Ach, Gid.« Er hörte, wie sie sich etwas zu trinken einschenkte. »Ich wollte nur hören, was du machst und wie es dir in deiner neuen Heimat geht. Ist das so ungewöhnlich? Immerhin waren wir mehr als zwei Jahre zusammen. Ich bin eben ein bisschen einsam.«

Ein Verdacht keimte in ihm auf. »Du hast Freundinnen. Ruf die an, wenn du deine Probleme loswerden willst, okay?«

»Warum gleich so hart?«

»Ich wünsche dir, dass du dein Leben in den Griff bekommst«, erklärte er ruhig. »Ich gehöre nicht mehr dazu. Alles Gute!« Damit unterbrach er die Verbindung.

Es läutete, und kurz darauf kehrte er mit dem Rotwein und der Pizza ins Wohnzimmer zurück und versuchte das Bild der angetrunkenen Frau im dreihundert Kilometer entfernten Trient abzuschütteln. Paulas weiche Züge schoben sich vor jene der rassigen Italienerin. Die Studentin war viel reizvoller. Warum war ihm das nie zuvor aufgefallen? Sie hatte ein wunderbares, offenes Lächeln, aus ihren Augen strahlten Sanftmut und Humor. Im Gegensatz zu Gianna benötigte sie keine Schminke, um anziehend zu sein. Paula war für ihn eine Frau, deren Attraktivität und Vorzüge sich mit jedem Treffen mehr offenbarten. Während Gianna wie die Strahlen der Sonne wirkte, die einen Mann schnell blendeten, sobald man ihr zu nahe kam.

Gid horchte in sich hinein. Manchmal war er so ein Idiot! Die neue Frisur stand Paula richtig gut, aber er hatte nur Interesse an Alisah und ihrer Geschichte gezeigt. Trotzdem – als er sie neulich im Auto angerufen hatte, schien sie sich wirklich darüber gefreut zu haben.

Er vermisste Paula, gestand er sich schließlich ein. Er empfand weit mehr für sie als den drängenden Wunsch, mit ihr gemeinsam weiter Alisahs Tagebücher zu übersetzen. Er hatte sich in sie verliebt.

30

Alisah

Lustlos rührte ich mit dem Löffel in der Schale herum. Mir war schon seit dem frühen Morgen nicht wohl. Schwester Katz hatte mich aufgefordert, in meiner Kammer zu bleiben. Auch das Stück Brot und den verdünnten Wein schob ich beiseite und sah aus dem Fenster. Es dunkelte bereits. Außerdem war es furchtbar kalt in der Kammer. Ich zog mein Obergewand aus und hängte es über die Lehne. Wieso nur fror ich so heftig? Rasch schlüpfte ich unter die wollene Bettdecke und zog sie bis zum Kinn hoch. Meine Zähne schlugen unaufhörlich aufeinander, und ich hatte das Gefühl, zu einem Eisklumpen zu erstarren. Es schien mir eine Ewigkeit zu vergehen, bis ich in einen Dämmerzustand fiel, der von wilden, unzusammenhängenden Träumen begleitet wurde.

Als ich gegen Morgen die Augen aufschlug, pochte in meinem Kopf ein dumpfer Schmerz, und jede noch so kleine Bewegung fiel mir unendlich schwer. Warum war ich nur so matt? Wieder wurden mir die Lider schwer.

Ein Klopfen weckte mich. Benommen sah ich zur Tür, in der Gundels rundes, sommersprossiges Gesicht erschien.

»*Schalom*, Alisah, wo warst du? Ich habe dich beim Frühmahl vermisst.« Sie trat an mein Bett und legte mir eine Hand auf die Stirn. »Du hast ja Fieber! Ich glaube, es ist besser, wenn ich Schwester Katz hole.«

Müde verzog ich das Gesicht, ließ sie aber gewähren.

Wenig später betrat die Oberschwester die Kammer. »Alisah, was ist mit Euch?«

Wie schon Gundel legte sie mir eine Hand auf die Stirn. Dann griff sie nach meinem Handgelenk und fühlte meinen Pulsschlag. »Ihr bleibt die nächsten zwei Tage im Bett«, sagte sie mit besorgter Miene, »habt Ihr verstanden?«

Ich nickte.

»Ich sehe später noch einmal nach Euch«, kündigte sie an.

Während der nächsten Stunden, in denen ich dalag und auf Schwester Katz wartete, ging mir immer wieder das Verhalten meiner Mitschwestern durch den Kopf. Was gab ihnen das Recht, mich so zu behandeln? Bei manchen Frauen mochte der Grund für ihre ablehnende Haltung Neid sein, weil ich Nathan Mendel schon nach wenigen Wochen bei den Operationen hatte assistieren dürfen. Einige andere waren sicher gegen mich aufgestachelt worden.

War ich nach all den schmerzlichen Erlebnissen nach Frankfurt geflüchtet, um abermals Schmach erdulden zu müssen? Tränen liefen mir über die Wangen. Wäre da nur jemand Vertrautes, an den ich mich lehnen könnte. Die tröstliche Nähe eines Freundes, eine Stimme, die mir versicherte, dass ich nicht allein sei, war alles, wonach ich mich sehnte. Mit diesem Gedanken schlief ich ein.

Als ich das nächste Mal erwachte, war es bereits heller Tag. Ich konnte mich nicht erinnern, geträumt zu haben. Meine Grübeleien kehrten umgehend zurück. Wenn ich eines ganz deutlich spürte, dann die Gewissheit, mein Leben ändern zu müssen. Blieb ich im Hekhaus, brauchte ich mir keine Sorgen um regelmäßige Mahlzeiten zu machen. Dafür musste ich jeden Tag aufs Neue um Anerkennung und eine freundliche Behandlung kämpfen. Wollte ich das? Wenn ich allerdings die Arbeit im Spital aufgab, wovon sollte ich dann leben?

Die Erinnerungen an glückliche Zeiten an der Seite meines Vaters holten mich ein. Der nicht nur in der Judengasse

222

beliebte und geachtete Medicus und seine Tochter auf dem Weg zu einem Krankenbesuch. Mit dem Medizinalkoffer in der Hand waren wir über die Marktplätze der Stadt geeilt. Dort hatten wir regelmäßig neben Scherenschleifern, Sattlern, Fischverkäufern und Gemüsehändlern auch jüdische Heilerinnen angetroffen, die ihre Dienste anboten. Könnte ich nicht ebenfalls auf diese Weise mein Glück versuchen? Mein Vater hatte mich in der Heilkunst unterwiesen und gut ausgebildet, vermutlich weitaus besser, als es die meisten Heilerinnen von sich behaupten konnten. Demzufolge durfte mir niemand verwehren, den Kranken Ratschläge zu erteilen und sie mit meinen aufgeschriebenen Anweisungen zum Apotheker zu schicken, solange ich mich nicht als Ärztin ausgab.

Teilchen um Teilchen setzte sich zu einem Ganzen zusammen. Ich hatte bei den Bundschuhs immerhin ein Dach über dem Kopf, würde selbstverständlich dafür bezahlen, was wiederum der hilfsbereiten Familie zugutekäme.

Ich fühlte mich zuversichtlich wie lange nicht mehr. Endlich wusste ich, was zu tun war.

Gundel brachte mir das Frühstück. Nachdem sie gegangen war, griff ich nach meinem Schreibzeug und notierte, welchen Entschluss ich gefasst hatte. Wenig später suchte ich den Hekdeschmann auf.

Er las meine Erklärung und hob überrascht den Kopf.»Seid Ihr Euch ganz sicher, die richtige Entscheidung getroffen zu haben?« Er trat auf mich zu. »Ich bedaure sehr, dass Ihr uns verlassen wollt, Alisah. Andererseits ist es wahrscheinlich das Beste, damit wieder Ruhe in das Spital einkehrt. Aufgrund der misslichen Lage und der Stimmung unter den Schwestern dürft Ihr ausnahmsweise sofort nach Dienstschluss gehen. Ich werde dafür sorgen, dass Ihr für den Rest der Woche beurlaubt seid. Es wird schwer sein, eine Schwester zu finden, die sich so wie Ihr mit ganzer Kraft für die Kranken einsetzt. Aus dem Grund tut es mir ganz besonders leid, Euch zu verlieren. Ich wünsche Euch alles Gute für Euren weiteren Weg. Möge der Allmächtige Euch bewahren.«

Dankbar drückte ich seine Hand und ging hinaus. Vor der Tür begegnete mir die Oberschwester in Begleitung von Schwester Menzel.

Schwester Katz hob eine Braue. »Geht es Euch besser, Alisah?«

Ich reichte ihr das Papier.

»Ihr wollt uns verlassen?«

Ohne das triumphierende Lächeln von Schwester Menzel zu beachten, ergriff ich die Rechte von Schwester Katz, doch diese zog mich an sich.

»Ich wünsche Euch den *Schalom* des Ewigen.«

Sie ließ mich los, und ich sah den beiden Frauen nach, bis sie um eine Ecke bogen.

In meiner Kammer packte ich das Wenige zusammen, das ich besaß. Draußen schien die Sonne, die warme Luft war erfüllt von Vogelgezwitscher. Auf meinem Weg zu den Bundschuhs passierte ich das Haus des Schächters Leszek, eines Polen, von dem es hieß, er nehme es nicht so genau mit den koscheren Vorschriften. Ich kam am Wirtshaus *Zum Affen* vorbei und musste wieder an mein nächtliches Erlebnis mit dem blutenden Mann denken.

Samuel öffnete auf mein Klopfen. Ein Strahlen trat auf sein Gesicht. »Alisah!« Er drehte sich um und rief in den Flur: »Mutter, Alisah ist wieder da!«

Ich zog den Jungen an mich. Dann küsste ich die Fingerspitzen meiner rechten Hand, berührte die Mesusah am Türrahmen und trat ein.

In der Küche nahm ich als Erstes mein Schreibzeug heraus. Gespannt verfolgte Lea, wie das angespitzte Ende des Bleis über das Papier wanderte. Als ich beide Seiten mit kleinen Buchstaben gefüllt hatte, reichte ich ihr das Blatt, und sie las. Von oben drang das fröhliche Lachen der Mädchen zu uns herunter.

Joseph betrat die Küche und begrüßte mich.

»Alisah hat die Arbeit im Hekhaus aufgegeben«, klärte Lea ihn auf. »Sie bleibt jetzt bei uns und möchte uns Miete bezahlen.«

»Du bist nicht mehr im Spital?«, rief Samuel aus. »Hat es dir da nicht mehr gefallen?«

Ich schüttelte den Kopf.

»Warum?«, wollte sein Vater wissen und setzte sich auf die Ofenbank.

Lea berichtete ihm, was mich zu meinem Entschluss veranlasst hatte.

»Dumme Weiber!«, kommentierte Joseph und kratzte sich im Nacken. »Was willst du nun tun?«

»Das, was sie bisher gemacht hat: den Kranken und Verletzten helfen«, antwortete Lea und erklärte ihrem Mann mein Vorhaben. »Sie besitzt doch den Medizinalkoffer ihres Vaters.« Ihre Lippen verzogen sich zu einem Lächeln, und sie setzte sich neben ihn.

»Alles schön und gut, aber hast du dir schon überlegt, wie du deine Dienste anbieten möchtest, ohne zu sprechen?«, gab Joseph mit sorgenvoller Miene zu bedenken.

Ich ergriff seine Hand.

Er erwiderte den Druck. »In unserem Volk legen wir viel Wert auf Bildung und lehren unsere Kinder Lesen und Schreiben, doch vergiss nicht, wie viele Menschen in dieser Stadt weder das eine noch das andere beherrschen.« Er ließ mich los. »Stell dir vor, du möchtest einem Kranken erklären, welche Umschläge oder Heilkräuter ihm helfen. Wie willst du das anstellen?«

Betroffen senkte ich den Kopf. Joseph hatte recht. Von den Unmengen an teurem Papier, die ich für meine Nachrichten an die Gebildeteren benötigte, mal ganz abgesehen.

»Das schaffst du nicht allein, Alisah. Wenn die Leute spüren, wie schwer es dir fällt, dich verständlich zu machen, kommst du leicht vom Regen in die Traufe«, wandte Lea nachdenklich ein. »Du brauchst jemanden, der dir hilft.«

Kann es auf den Gassen und Marktplätzen schlimmer zugehen als im Hekhaus?, fragte ich mich jäh.

Da hellte sich Samuels Miene auf. »Darf ich Alisah begleiten? Bitte, Papa. Wenigstens die erste Zeit, bis die Leute sie besser kennen. Ich kann ihre Stimme sein…«

»Moment mal, junger Mann«, unterbrach Joseph seinen Sohn in ungewohnt scharfem Ton, »du scheinst zu vergessen, dass du erst zwölf Jahre alt bist.«

»Aber in zwei Monaten werde ich dreizehn. Dann bin ich erwachsen.«

Das entsprach der Wahrheit. Bis zu Samuels Bar-Mizwa-Feier, zu der die Familie mich eingeladen hatte, waren es nur noch wenige Wochen.

»Trotzdem möchte ich nicht, dass sich mein Sohn den ganzen Tag über unter diesen Gojim aufhält«, zischte Joseph.

»Aber wenn Alisah das tut, hast du nichts dagegen einzuwenden«, kam es trotzig zurück.

»Alisah ist nicht meine Tochter. Sie ist kein Kind mehr und muss selbst wissen, was sie tut. Und jetzt Schluss damit. Ich bin mir sicher, es wird sich wer finden, der ihr behilflich ist.«

»Das ist ungerecht!«

»Wie redest du eigentlich mit deinem Vater?« Joseph erhob drohend die Hand, ließ sie jedoch wieder sinken.

»Lieber«, mischte sich Lea ein, »der Junge war schon des Öfteren allein mit Alisah in der Stadt unterwegs. Dagegen hattest du bisher auch nichts einzuwenden. Meinst du nicht, wir sollten es ihm erlauben?«

»Nicht, solange er nicht weiß, wie man sich seinem Vater gegenüber benimmt!«

Samuel senkte den Kopf. »Es tut mir leid, Papa.«

»Entschuldigung angenommen. Geh auf deine Kammer.«

»Ja, Vater.« Der Junge schritt zur Tür.

Als er sie hinter sich schließen wollte, sagte der Hausherr: »Also gut. Aber nur die ersten ein oder zwei Wochen und nur an den Tagen, an denen ich keine Hilfe in der Schänke benötige.«

Ich war erleichtert. Samuels Eifer rührte mich, doch um meine Dienste auf den Märkten anzubieten, benötigte ich weit mehr als Vaters Medizinalkasten und die gut gemeinte Unterstützung des Jungen. Sauberen Stoff zum Verbinden beispielsweise, außerdem Wein für das Reinigen von Wunden, Salben für die verschiedensten alltäglichen Verletzungen, Holzschienen für Brüche, Betäubungsmittel und einiges mehr. Alle diese Dinge musste ich stets bei mir tragen. Die Heilkräuter konnte ich jederzeit bei den Kräuterfrauen oder Wassermacherinnen beschaffen, mein Geldbeutel gab allerdings die dafür nötige Summe nicht mehr her.

Ich brauche Geld, um Heilmittel zu kaufen. Kannst du eine Bedienung gebrauchen, Joseph?

»Du willst nach deiner Arbeit noch in der *Eule* stehen? Ich habe eine bessere Idee«, erklärte er.

31

Alisah

Der Mann beugte sich über eines der Bücher, die vor ihm auf dem Tisch lagen. »Wie viel braucht Ihr, Frau Friedman?«

Joseph nannte dem Geldverleiher eine Summe. Raphael Geiger, ebenfalls neu im Viertel, hatte sich in der kurzen Zeit laut Joseph bereits einen guten Ruf erworben.

»Wofür benötigt Ihr das Geld?«

Mit wenigen Worten erklärte Joseph dem jungen Mann, was ich mit den gewünschten zwanzig Kreuzern vorhatte.

»Ich verstehe. Könntet Ihr ein Pfand hierlassen? Ihr erhaltet es zurück, wenn Ihr mir das Geld bringt.«

Ich schüttelte bekümmert den Kopf.

»Ich verbürge mich für Alisah«, bot Joseph an. »Sie wird Euch das Geld wiedergeben, sobald sie dazu in der Lage ist, Herr Geiger.«

»Wenn Ihr es sagt, Herr Bundschuh. Wartet bitte einen Augenblick.«

Der Geldverleiher verschwand in einem hinteren Raum. Als er wieder hervorkam, zählte er vor unseren Augen das Geld ab.

»Zwanzig Kreuzer insgesamt«, sagte er und schlug ein Buch auf. »Quittiert mir bitte den Empfang.«

Er reichte mir eine Feder, und ich unterschrieb.

»Dann bleibt mir nur noch, Euch gute Geschäfte zu wünschen.«

Ich lächelte ihm zu, und wir verließen das Haus des Geldverleihers. Draußen dankte ich Joseph mit einem festen Händedruck und machte mich auf den Weg in die Stadt.

Auf einem der Marktplätze war mir eine Kräuterfrau in Leas Alter aufgefallen. Ihr Name war Helene. Bei ihr wollte ich von einem Teil des geliehenen Geldes schmerzlindernde und heilungsfördernde Salbe bestellen. Ich mochte die Frau nicht, denn sie hatte eine scharfe Zunge und wirkte ungepflegt. Dennoch riss ich mich zusammen und ging mit Samuel zu ihr. Zunächst wollte sie uns fortschicken, mit Juden gebe sie sich nicht ab.

Ich straffte den Rücken und versuchte, ihre gifttriefenden Worte an mir abprallen zu lassen. Sie durfte froh sein, dass ich nicht antworten konnte, sonst hätte ich ihr geradeheraus mitgeteilt, wie widerlich sie nach Schweiß und Urin stank. Da ich jedoch ihre Hilfe benötigte, zählte ich in Gedanken bis zehn, um mich zu beruhigen. Erst als Samuel ihr meine Lage schilderte, ließ sie sich zu einem freundlicheren Tonfall herab und willigte ein, die Salben und mehrere Kräuteraufgüsse herzustellen, wenn auch zu einem unverschämten Preis.

Samuel dankte ihr mit den Worten, dass wir uns noch weitere Angebote einholen wollten, und zog mich von Helene fort. Der Junge schimpfte wie ein Rohrspatz. Leider erklärte sich kein anderes Kräuterweib bereit, mir das Geforderte zu verkaufen. Eine der Frauen bemerkte schnippisch, sie wolle sich keine Konkurrenz heranziehen, eine andere machte ein Abwehrzeichen gegen das Böse, als wir uns ihr näherten. Also blieb mir nur Helene. Als Nächstes musste ich Wein und Betäubungsmittel vom Apotheker beschaffen. Joseph wollte sich um einige Holzlatten bemühen, die ich zum Schienen von Brüchen verwenden konnte. Im Koffer meines Vaters lag noch eine Rolle Verbandsstoff, auch wenn es nicht mehr die neueste war. Ich würde den Stoff auskochen, fürs Erste musste er genügen.

Später erklärte mir Joseph, dass der Baumeister mich zu sprechen wünschte. Deshalb begaben wir uns gleich zu dessen Haus.

Die rundliche Frau des neu gewählten Gemeindevorsitzenden forderte Joseph und mich auf einzutreten. »Setzt Euch bitte in die Stube. Mein Mann ist auf der Gemeindesitzung, müsste aber jeden Moment zurückkommen.«

Während wir auf das Erscheinen des Hausherrn warteten, ließ ich den Blick über die Buchrücken der in Rindsleder gebundenen Werke schweifen, die einen großen Teil der Wände bedeckten. Ein weiteres Buch lag aufgeschlagen auf einem Eichenholztisch. Es war in Hebräisch, der Sprache meiner Vorfahren, verfasst.

Kurz darauf erschien Salomon Herzberg und ließ sich auf einem dritten Stuhl nieder. »Ich habe soeben von unserem Hekdeschmann erfahren, dass Ihr nicht mehr im Spital arbeitet. Der gute Mendel bedauert Euren Entschluss. Deshalb möchte ich von Euch erfahren, was Euch zu diesem Schritt bewogen hat.«

Hatte Herr Mendel das Verhalten der Schwestern etwa nicht erwähnt? Joseph erläuterte dem Gemeindevorsitzenden, was meiner Entscheidung vorangegangen war. Ohne den Wirt zu unterbrechen, hörte Herzberg zu.

»Was gedenkt Ihr zu unternehmen?«, wollte er an mich gewandt wissen, nachdem Joseph geendet hatte.

Im Haus der Bundschuhs hatte ich niedergeschrieben, was ich vorhatte, nun reichte ich dem Gemeindevorsitzenden das Papier.

Er führte es nahe an die Augen. »Wenn Ihr außerhalb unseres Viertels arbeiten wollt, seid Ihr verpflichtet, im Rathaus vorzusprechen, um Euch die Erlaubnis dafür einzuholen«, erläuterte er. »Dass die Vorsitzenden unserer Gemeinde die Bewohner der Judengasse gegenüber der Stadt in allen Belangen vertreten, ist Euch gewiss bekannt. Ich werde deshalb ein kurzes Schreiben aufsetzen, in dem ich bestätige, dass Ihr eine unbescholtene Person mit gutem Leumund seid und ich keine Einwände gegen Eure Tätigkeit hege. Wartet bitte einen Moment, Ihr könnt das Papier gleich mitnehmen.«

Nach dem Mittagessen verließen Joseph und ich unser Viertel über das Judenbrücklein und kreuzten die von zahlreichen Fuhrwerken und Fußgängern belebte Fahrgasse. Wir liefen an der Nordseite von St. Bartholomäus die kaum weniger breite Krämergasse hinab und traten endlich auf den sich vor uns öffnenden Platz. Vom Turm der Nicolaikirche, der sich gegen den klaren Junihimmel abzeichnete, erscholl die Bosune des Türmers, mit der dieser den Schiffsverkehr auf dem nahen Main begrüßte. Schräg gegenüber der Kapelle befand sich das Rathaus. An Josephs Seite überquerte ich den Platz und betrat gleich darauf das Vestibül.

Sogleich musterte uns eine Gruppe dunkel gekleideter Männer, die eben noch in ein Gespräch vertieft gewesen waren. Aus ihren Blicken sprach unverhohlene Neugier. Fast meinte ich, ihre Gedanken lesen zu können. *Was wollen denn die Juden hier?*

»Ratsherren«, raunte Bundschuh, während wir die Treppe erklommen, die zu den Räumen der Ratsangestellten führte.

Wir passierten eine Reihe Gemälde mit den Konterfeis würdevoll dreinblickender Herren, bis Joseph vor einer der Türen stehen blieb.

»Herein«, hörte ich eine tiefe Stimme auf unser Klopfen hin.

Hinter einem mit Schriftstücken bedeckten Pult blickte uns ein rundlicher Mann mit spärlichem Haarkranz entgegen.

»Herr Bundschuh, wenn ich mich nicht irre. Was führt Euch zu mir?«

Der Wirt verbeugte sich. »Ihr irrt nicht. *Schalom*, Herr Konz.« Joseph wies auf mich. »Ich möchte Euch Alisah Friedman vorstellen. Sie lebt seit einigen Monaten in der Judengasse und wohnt in unserem Haus. Ihr Name ist sicherlich längst in den Akten verzeichnet.«

»Einen Moment, bitte.« Der Angestellte blieb vor einem mannshohen Regal stehen, fuhr mit dem Finger die lange Reihe der Bücher entlang und zog eines hervor.

»Alisah Friedman, jawohl. Bei uns hat eben alles seine Ordnung. Was kann ich für Euch tun, junge Frau?«

»Leider ist sie stumm«, ergriff Joseph erneut das Wort. »Deshalb begleite ich sie. Alisah Friedman möchte gern als Heilerin arbeiten, und zwar außerhalb unseres Viertels. Unser neu gewählter Baumeister hat ihr deshalb ein Empfehlungsschreiben ausgestellt.« Ich reichte es dem Ratsangestellten.

»Euer Vater war Medicus? Er hat Euch also alles beigebracht, was Ihr braucht, um als Heilerin arbeiten zu können?«, wollte er wissen, nachdem er Herzbergs Schreiben aufmerksam gelesen hatte.

»Außerdem hat Alisah seit ihrer Ankunft in Frankfurt in unserem Spital gearbeitet«, ergänzte Joseph. »Dort war man sehr zufrieden mit ihr.«

Konz faltete die Hände über seinem Bauchansatz. »Dennoch seid Ihr dort nicht mehr tätig?«

»Alisah möchte ihre Heilkunst in ganz Frankfurt anbieten«, wich Joseph der Frage aus.

»Solange Ihr die Anweisungen befolgt, die der Stadtrat den Juden auferlegt hat, soll es mir recht sein. Viel wichtiger ist: Wie will sich eine stumme Heilerin verständigen?«

»Mein Sohn Samuel wird sie in der ersten Zeit begleiten.«

»Wie alt ist er?«

»In acht Wochen feiern wir seine Bar Mizwa. Dann ist er dreizehn.«

»Wenn Ihr die Verantwortung übernehmt, soll der Junge

Frau Friedman begleiten. Bis zum Einbruch der Dunkelheit, wenn das Gesindel die Gassen unsicher macht, müssen die beiden sowieso in die Judengasse zurückgekehrt sein.« Er zog eine Lade seines Schreibpults auf, nahm ein Blatt heraus und tunkte vorsichtig einen Federkiel in ein Tintenfass. »Hiermit erteile ich Alisah Friedman die Erlaubnis, als Heilerin außerhalb der Judengasse arbeiten zu dürfen«, sprach er leise, während er die Spitze der Feder über das Papier führte. Als die Tinte getrocknet war, faltete er es zusammen. »Das müsst Ihr immer mit Euch führen, Frau Friedman. Ihr wisst, dass vorab eine Steuer in Höhe von zwei Gulden zu entrichten ist? Habt Ihr das Geld dabei?«

Joseph erklärte dem Mann, dass ich noch nicht so viel besäße, die geforderte Summe aber so bald wie möglich bezahlen würde.

»Gut, bringt mir die Abgabe innerhalb der nächsten vier Wochen. Bis dahin habt Ihr sicherlich schon etwas verdient.«

Das hoffte ich auch, sonst würde es mir unmöglich sein, die Summe aufzubringen. Doch der erste Schritt war getan, und ich fühlte Erleichterung in mir aufsteigen.

Draußen wies ich erst auf das Gebäude, danach auf Joseph und zog die Brauen zusammen. Wie sonst hätte ich meine Frage auch ausdrücken sollen?

»Du möchtest wissen, woher ich Konz kenne? Vor zwei Jahren habe ich hier beim Rat mein Gewerbe angemeldet. Seither haben wir immer mal wieder miteinander zu tun. Heute bin ich froh darüber, dass ich damals ausgerechnet an ihn geraten bin. Unter den vielen Ratsangestellten soll es eine Menge Judenhasser geben.«

Wir wichen einer Frau aus, die einen widerlich stinkenden Eimer auf der Hüfte trug. Der Geruch von Urin war beißend, und ich hielt mir die Nase zu.

Nachdem die Frau an uns vorüber war, fuhr mein Begleiter fort: »Wie Konz früher über das Volk Israel gedacht haben mag, kann ich nicht sagen, Mädchen. Seit es jedoch einem jüdischen Arzt gelungen ist, seinen halbwüchsigen Sohn vom *Antoniusfeuer* zu heilen, obwohl ihn die christlichen Ärzte längst aufgegeben hatten, ist er uns wohlgesinnt.«

Wieder kamen wir an St. Bartholomäus vorbei. Die Kirche war das gewaltigste Bauwerk, das ich je gesehen hatte. Die Christen mussten über unermessliche Geldmittel verfügen, wenn sie ihrem Gott derartige Bauten errichten konnten.

Ich blieb stehen, legte den Kopf in den Nacken und betrachtete das mit Schieferplatten gedeckte Dach eines Vorbaus, auf dessen gemauerter Traufe Dutzende gurrende Tauben dicht aneinandergedrängt saßen. Die jüdische Gemeinde in Frankfurt konnte froh sein, dass es in dieser Stadt keinen Prediger wie Balthasar Hubmaier gab, der gegen uns hetzte und die Leute zu Schikanen aufstachelte.

Über uns erklangen Glockenschläge, sie riefen die Gläubigen zur mittäglichen Messe.

Kaum jemand beachtete uns. Nur ein vornehm gekleideter Herr verzog abschätzig das Gesicht, als er die gelben Ringe auf unseren Mänteln bemerkte. Er wechselte die Gassenseite und trat prompt in einen Haufen Kot, den einer der herumstreifenden Hunde hinterlassen hatte.

Wir erreichten die Predigergasse, in der uns eine Gruppe Dominikanermönche entgegenkam, liefen über das schmale Brücklein und betraten durch die dahinterliegende Pforte in der Mauer unser Viertel.

Ich folgte Joseph in die Küche, wo er Lea und den Kindern von unserem Besuch bei dem Ratsangestellten berichtete.

»Aber nur die nächsten zwei Wochen«, fuhr er fort und richtete das Wort an seinen Sohn. »Unmittelbar vor deiner Bar Mizwa wirst du anderes zu tun haben. Du musst unsere Gesetze auswendig lernen und manches mehr. Wir haben uns schon öfter über deine Aufgaben und Pflichten als Erwachsener unterhalten, mein Junge.«

234

»Ja, Vater«, erklärte Samuel folgsam. »Wann willst du mit deiner Arbeit beginnen, Alisah?«

So bald wie möglich, schrieb ich, *schließlich muss ich Geld verdienen, damit ich deinen Eltern die Kammer und das Essen bezahlen kann.*

Samuels Gesicht verzog sich zu einem breiten Lächeln, als er mir die Hand auf den Arm legte. »Mach dir keine Sorgen, Alisah. Wir schaffen das!«

32

Regensburg 2013

Paula trat in Gideons Küche und stellte ihre Tasche auf einem der Stühle ab. Als ihr Blick auf seinen Jahresplaner fiel, hoben sich ihre Mundwinkel zu einem Lächeln. »Paula kommt wieder!«, las sie vor, »mit einem dicken Ausrufezeichen.«

Er trat von einem Fuß auf den anderen. Wie peinlich, hätte er doch nur den Kalender abgenommen. »Setz dich und erzähl«, lenkte er sie verlegen ab. »Wie ist es dir in der Hauptstadt ergangen?«

Sie schob sich eine Haarsträhne hinters Ohr. Ihre Wangen wurden rosig. »Es war eine interessante Zeit, und Berlin ist aufregend, aber ganz ehrlich? Ich bin froh, wieder zu Hause zu sein.«

»Das ist schön. Möchtest du etwas trinken?«

»Gern.«

Gid goss ihr ein Glas Mineralwasser ein.

»Die Arbeit in der Galerie war nur halb so aufregend, wie ich sie mir vorgestellt habe. Klar, für ein paar Jahre wäre der Job eine feine Sache, aber für immer? Ich weiß nicht, Gideon. Muss der Beruf einen nicht packen? Muss man nicht eine gewisse Befriedigung durch ihn finden? Echt, ich bin am Zweifeln.«

»Woher kommt mir das nur bekannt vor?«, murmelte er. »Ja, ich finde, wir haben Berufe verdient, in denen wir uns wohlfühlen.«

»Aber jetzt zu dir. Hat dein Großonkel dir in der Zwischenzeit beim Übersetzen geholfen?«, fragte sie weich.

»Die Morgensterns waren im Urlaub und sind erst seit Kurzem zurück. Da habe ich mir gedacht, die paar Tage, bis du wieder da bist, kann ich auch noch warten.«

Paula beugte sich über den Tisch. Als sich ihre Blicke begegneten, fühlte er ein Kribbeln im Bauch.

»Du hast mir gefehlt, Gideon, und Alisahs Geschichte auch. Gilt deine Einladung ins Kino eigentlich noch?«

»Na klar«, entgegnete er erfreut. »Welche Filme gefallen dir denn?« Er griff nach der Zeitung, suchte das Kinoprogramm und las vor.

Eine Komödie erregte Paulas Interesse.

»Gut«, sagte er. »Bist du spontan? Die nächste Vorstellung beginnt in einer Stunde.«

Sie grinste. »Ich bin dabei.«

Das Kino war gut besucht, was sicher an dem ungemütlichen Nieselregen lag. Sie teilten sich eine große Tüte Popcorn und amüsierten sich blendend.

Als der Abspann über die Leinwand lief, blieben sie anders als die meisten Kinobesucher noch einen Moment lang sitzen, bis das Licht anging.

Mittlerweile war es dunkel geworden, und es goss wie aus Kübeln. Rasch liefen sie zu Gids Wagen, den er in der Nähe abgestellt hatte.

»Du willst doch nicht bei dem Wetter noch nach Hause fahren, oder?«, fragte Gideon, während er sich in den Verkehr einfädelte. »Ich kann dir mein Gästezimmer anbieten, wenn du magst.«

Sie warf ihm einen verblüfften Seitenblick zu. »Okay, das Angebot nehme ich an.«

Gideon parkte den Fiat vor der Garage, lief um den Wagen herum und öffnete die Beifahrertür. Paula folgte ihm über den schmalen Plattenweg zum Eingang. Er schloss die Tür auf und ließ der Studentin den Vortritt. Aus irgendeinem unerklärlichen Grund schaute Gid nochmals zur Straße zurück. Die Tür eines BMW-Cabrios öffnete sich, und gut geformte Beine, deren Füße in High Heels steckten, wurden sichtbar. Gideon kniff die Augen zusammen, als die Frau in dem schicken Kostüm auf ihn zukam.

»*Buona sera*, Gideon.«

Das durfte nicht wahr sein!

»Gianna, wie kommst du denn hierher? Woher hast du meine Adresse?«, brachte er mühsam hervor.

»Ich freue mich auch, dich zu sehen… *amore*.« Schon schlang sie die Arme um ihn.

Er machte sich von ihr frei. »Ich dachte eigentlich, ich hätte dir unmissverständlich zu verstehen gegeben, dass ich kein Teil deines Lebens mehr sein möchte.«

»Das hast du. Aber nun bin ich hier. Willst du mich denn nicht hereinbitten? Wir müssen uns doch nicht hier draußen unterhalten, noch dazu bei diesem Wetter. Außerdem hatte ich eine lange Reise.«

»Niemand hat dich aufgefordert herzukommen.«

Sie legte den Kopf schief. »Früher warst du wesentlich freundlicher. Keine Angst, Gid, ich fahre morgen Abend zurück, und die Nacht verbringe ich in einem Hotel. Aber einen Drink wirst du mir ja wohl anbieten können.«

Sie trat an ihm vorbei in den Flur, wo sie sich Paula gegenübersah, die die Italienerin mit großen Augen musterte.

»Du hast Besuch?« Lässig reichte sie der Studentin die Hand. »Gianna Sciutto.«

»Paula Marek.«

Gianna antwortete, und er übersetzte für Paula: »Sie hofft, dass sie uns nicht stört.«

»Willst du eine ehrliche Antwort?«, fragte Gideon die Italienerin gleich darauf.

Sie zog einen Schmollmund, schlüpfte aus der Kostümjacke

und hielt sie ihm entgegen. Mit wiegenden Schritten ging sie ins Wohnzimmer und ließ sich mit übereinandergeschlagenen Beinen in seinem Sessel nieder. »Ein Martini wäre jetzt gut.«

»Hab ich nicht da. Ein Mineralwasser kann ich dir anbieten. Da du sowieso noch zu deinem Hotel fahren musst…«

»Dann eben ein Wasser.« Ihr prüfender Blick heftete sich auf Paula, die auf dem Sofa Platz genommen hatte. »Seid ihr beiden ein Paar, *amore*?«

»Nein, nicht direkt«, antwortete Gid widerwillig. »Wir sind gute Freunde.«

Paula schien sich unwohl zu fühlen, sie rutschte auf ihrem Sessel herum.

»Aber heute Abend wart ihr miteinander aus, oder?«

Gids Tonfall wurde schärfer. »Was willst du, Gianna?«

»Seit wann bist du so ungastlich, *amore*? Ich erkenne dich ja kaum wieder. Wenn ich gewusst hätte, wie du mich empfängst, hätte ich die weite Fahrt nicht auf mich genommen. Übrigens soll ich dich von Mattia und seiner Frau grüßen. Ich habe die beiden neulich in *unserem* Restaurant getroffen und erwähnt, dass ich dich besuchen werde.«

In *unserem* Restaurant. Er fing einen Blick von Paula auf, der deutlich zeigte, was die Studentin von seinem Gast hielt.

»Sei mir nicht böse, Gid, aber ich bin müde«, warf sie ein. »Ihr habt euch bestimmt noch einiges zu erzählen. Zeigst du mir jetzt bitte das Gästezimmer?«

»Klar. Komm mit, hier entlang.« Er wies zum Flur. »Da drüben ist das Badezimmer. Dort findest du Handtücher und alles, was du sonst noch brauchst.«

Vor dem Gästezimmer strich er Paula zart über den Arm. »Glaub mir, ich hatte keine Ahnung, dass sie hier auftauchen würde.«

»Aber ihr habt immer noch Kontakt?«

»Ein Telefonat vor einer Woche.« Er seufzte. »Ich hätte den Abend wirklich gern anders ausklingen lassen.«

»Schon gut.«

»Wie lange kannst du bleiben?«

»Ich muss morgen ganz früh los. Meine Mutter und ich treffen uns um zehn. Wir haben uns lange nicht gesehen.«

Gideon war bemüht, sich seine Enttäuschung nicht anmerken zu lassen. »Dann schlaf gut.«

Als er zurück ins Wohnzimmer kam, hatte Gianna die Schuhe abgestreift und saß mit seitlich angezogenen Beinen auf dem Sofa.

»Du möchtest mir wirklich weismachen, ihr zwei hättet nichts miteinander?«

»Denk, was du willst.«

»Setz dich zu mir.« Sie klopfte mit der flachen Hand neben sich, aber er nahm ihr gegenüber in seinem Sessel Platz.

»Heraus mit der Sprache, Gianna. Du bist sicher keine dreihundert Kilometer gefahren, nur um mich wiederzusehen.«

»Doch, Gideon«, beteuerte sie. Ihr unergründlicher Blick ließ ihn nicht los. Sie beugte sich vor, ihre Brust hob und senkte sich heftig, und ihre Stimme bekam einen samtigen Klang. »*Amore*, ich weiß, ich habe Fehler gemacht. Ich vermisse dich. Denkst du nicht auch manchmal an mich?«

Gid zog es vor, nicht auf ihre Frage einzugehen. Er bewegte sich auf gefährlichem Terrain, da wollte jedes Wort wohl überlegt sein. »Du warst nicht ganz nüchtern, als wir neulich telefoniert haben, oder?«

»Wie süß, du machst dir Sorgen um mich.« Sie lachte kehlig. »Das zeigt mir, dass ich dir nicht völlig gleichgültig bin.« Sie erhob sich und kam auf ihn zu. »Wenn du und die farblose Studentin da oben wirklich kein Paar seid, warum gibst du dann *uns* keine zweite Chance?«

Im nächsten Augenblick machte sie Anstalten, sich auf seinen Schoß zu setzen, doch er fuhr hoch.

»Gianna, lass das!«

Zu spät. Als hätte sie eine derartige Reaktion erwartet,

240

schmiegte sich ihr wohlgerundeter, verführerischer Körper an seinen.

»Das ist keine gute Idee«, presste er mit zusammengekniffenen Lippen hervor. Ihr Parfum drohte seine Sinne zu benebeln.

»Findest du?« Ihr Mund liebkoste seine Ohrläppchen, und ihre Hände schoben sich unter sein Hemd, um jeden Millimeter seiner Brust zu ertasten. »Gefalle ich dir denn gar nicht mehr?«

Er griff nach ihren Händen, wollte sie fortschieben, aber sie war schneller und verschloss ihm die Lippen mit einem Kuss.

»Jetzt ist es aber genug!« Wut kroch in ihm hoch. »Was denkst du dir eigentlich? Du platzt in mein Haus und hast nichts Besseres zu tun, als den Vamp zu spielen?«

Er stieß sie von sich, und in ihren Augen schimmerten auf einmal Tränen.

»Hast du mich denn wirklich nicht vermisst, *amore*?«, flüsterte sie dicht an seinem Ohr. »Das kann ich nicht glauben.«

Er trat einen Schritt zurück.

Ihr Blick war voller Verlangen. »Lass uns in mein Hotel fahren, Gid. Du wirst es nicht bereuen.«

»Nicht so laut, Gianna!«

»Ach, richtig, du hast ja Besuch.« Sie streifte ihren Rock glatt und schlüpfte in die High Heels, während Gideon sein Hemd in die Hose zurückschob. »Komm.«

Auf dem Flur blickte er sich um, aber von Paula war nichts zu sehen. Leise folgte er Gianna zu ihrem Wagen. Sie löste die Zentralverriegelung und ließ sich auf den Fahrersitz sinken. »Steig schon ein«, bat sie ihn mit einem sinnlichen Lächeln.

»Schlaf gut, Gianna… aber ohne mich«, sagte er, schlug die Fahrertür zu und ging entschlossenen Schrittes zurück ins Haus.

33

Alisah

Andächtig hielt ich Vaters Instrumente in den Händen und betrachtete sie, um sie dann auf einem sauberen Leinentuch abzulegen. Einem halben Dutzend Pinzetten, Haken, Nadeln, Scheren, einer Rolle Rinderdarm, einem Skalpell und der Zange zum Entfernen von Knochensplittern folgte sein handtellergroßes, in Kalbsleder gebundenes Buch. Als ich die sorgfältig formulierten, mit Tinte geschriebenen Sätze las, stiegen mir Tränen in die Augen. Entschlossen klappte ich das Buch zu und legte es zusammen mit den Instrumenten in den Koffer zurück.

Nach dem Frühstück verließen Samuel und ich das Haus und wenig später die Judengasse. Bildete ich es mir nur ein, oder starrte uns jeder neugierig an, dem wir auf unserem Weg zum Kornmarkt begegneten?

Ich hatte mich für den südlichen Teil des Kornmarktes entschieden, weil ich mich dort, anders als auf dem in zwei Hälften unterteilten Römerberg, frei bewegen durfte. Wobei es sich im Grunde nicht um einen einzigen Marktplatz handelte. Die wegen des Frucht- und Getreidemarktes auch als Kornmarkt bezeichnete Straße zog sich von der Leonhardpforte bis zum Katharinentor in der nördlichen Stadtmauer.

Wir kreuzten mehrere Gässchen, die kaum breit genug waren, um ein Fuhrwerk hindurchzulassen, und kamen am Gasthof *Zum Strauß* und dem gegenüberliegenden Haus der Holzhausens vorbei. Unwillkürlich dachte ich an meine Begegnung mit dem Patrizier und seinem Sohn zurück, doch im nächsten Augenblick riss mich das Knallen einer Peitsche, gefolgt vom Brüllen eines Tieres, in die Gegenwart zurück.

»Aus dem Weg, verdammt! Oder wollt ihr unter die Räder geraten?«

Samuel griff nach meiner Hand, und ich sprang zur Seite. Der von einem Ochsen gezogene, mit allerlei Holzkisten beladene Wagen rumpelte an uns vorüber, und vom Kutschbock richtete sich ein giftiger Blick auf mich. Dann war das schwere Gefährt auch schon durch die Leonhardpforte, eines der Stadttore, verschwunden.

»Puh, das war knapp.« Samuel klopfte sich den aufgewirbelten Staub von der Jacke. »Und wohin jetzt?«

Ich wies auf den Platz vor dem christlichen Gotteshaus. Vor dem Portal lagerte eine Reihe abgerissener Gestalten. Langsam schritten wir auf sie zu.

Ein Junge, kaum älter als Samuel, hob den Kopf. Entsetzen erfasste mich, als ich den blutdurchtränkten Verband an seinem rechten, deutlich kürzeren Unterarm sah. Ich hatte davon gehört, dass man Langfingern die Hand abschlug, wenn man sie erwischte. Dieb hin oder her, der Bursche hatte Schmerzen. Außerdem musste der Verband gewechselt werden. Ich stellte meinen Koffer auf das Pflaster. Als ich mich zu dem Jungen hinunterbeugte und die Hand ausstreckte, verengten sich seine Augen.

»Nimm die Finger weg!«

Ich wich zurück.

Samuel trat ebenfalls vor. »Sie will dir nur helfen.«

»Von einer Jüdin nehm ich keine Hilfe an.«

Samuels und mein Blick begegneten sich. Er zuckte mit den Achseln, wir verließen den Platz und liefen in nördlicher Richtung weiter. Auf dem Römerberg hatte sich eine Menschenmenge um eine Bühne versammelt, auf der ein Spiel stattfand. Laut hallten die Stimmen der Mitwirkenden über den Platz. Neugierig geworden, trat ich näher an den Kreis von Leibern heran.

Samuel fasste nach meinem Arm und schüttelte energisch den Kopf, doch ich wollte sehen, was hier aufgeführt wurde, und reckte den Hals. Der vollbärtige, in ein weißes Gewand gekleidete Hauptdarsteller stand einer Gruppe fetter Kerle in dunklen Mänteln gegenüber. Als ich die gelben Ringe daran erkannte, erschrak ich. Die ausnahmslos hässlichen Männer sollten Juden darstellen. In meiner Nähe rief eine schrille Stimme, »der Heiland« möge es den verdammten Juden ordentlich geben!

Samuel zerrte an meinem Ärmel. »Wir müssen gehen, Alisah. Ich hab nicht daran gedacht: Das *Passionsspiel* findet jedes Jahr um diese Zeit statt. Wir Juden müssen dann in unseren Häusern bleiben. Wenn uns der Büttel da vorn erwischt, gibt's Ärger.« Er nickte unauffällig in Richtung eines bulligen Mannes.

Mit einem bitteren Geschmack im Mund kehrten wir in die Judengasse zurück. Nachdem ich mich von Samuel verabschiedet und ihm Grüße an seine Eltern ausgerichtet hatte, suchte ich ein Lädchen unweit des *Affen* auf. In dem Geschäft, in dem der alte Jakob Breuer alle möglichen Waren feilbot, besorgte ich mir von Zeit zu Zeit Papier und ein neues Schreibblei. Als ich den Verkaufsraum betrat, sah ich mich Herrn Ascher gegenüber, dem Wundarzt, der mit dem Ladenbesitzer ins Gespräch vertieft war. Der junge Arzt genoss hohes Ansehen in der Gemeinde.

»Seid Ihr nicht Frau Friedman?«

Verblüfft sah ich ihn an. Woher kannte er mich nur?

»Bitte entschuldigt, wir sind uns noch nicht persönlich begegnet. Mein Freund Mendel hat mir von Euch erzählt. Ich hörte, Ihr habt das Hekhaus verlassen?«

Das stimmt, schrieb ich auf eines der letzten Blätter. *Ich möchte stattdessen in der Stadt arbeiten.*

»Ihr habt wirklich Mut. Ich wünsche Euch viel Glück.«

Der Arzt wollte das Geschäft schon verlassen, da drehte er sich noch einmal um. »Besucht meine Frau und mich bald einmal in unserem Haus *Zur Traube*. Ich bin mir sicher, Euch ein paar gute Ratschläge geben zu können.« Stolz schwang in seiner Stimme mit, als er hinzufügte: »Immerhin hat mir der Stadtrat schon vor über zehn Jahren gestattet, meine Dienste außerhalb unseres Viertels anzubieten.«

Damit verließ Ascher den Laden. Es wäre sicher nicht verkehrt, seiner Einladung in den nächsten Tagen zu folgen, überlegte ich und wandte mich dem Ladeninhaber zu.

»Was kann ich für Euch tun?«, erkundigte sich der alte Mann.

Ich legte den kaum daumennagellangen Rest Schreibblei auf den Verkaufstisch und wies auf eine Schachtel mit Papier in dem Regal hinter ihm.

Der Händler nannte mir den Betrag. Ich suchte in meinem Beutel nach den passenden Münzen, als Herr Breuer sich über den Ladentisch vorbeugte.

»Frau Friedman, ich könnte einen medizinischen Rat gebrauchen. Es geht um einen Freund von mir. Die Sache ist etwas …«

Ich forderte ihn mit einer Geste auf fortzufahren.

»Seine Frau entzieht sich ihm seit einiger Zeit, wenn er mit ihr zusammenkommen will. Es scheint, als habe sie jegliche Lust am Beischlaf verloren. Habt Ihr eine Ahnung, was der Grund dafür sein mag?«

Ich ahnte, dass es diesen Freund gar nicht gab, sondern Breuer von sich selbst sprach, und überlegte einen Augenblick. Dann schrieb ich: *Vielleicht ist der Frau der eheliche Verkehr unangenehm, weil sie zu trocken ist und bei der ehelichen Pflicht Schmerz empfindet. Sollte das der Fall sein, lässt sich Abhilfe schaffen. Sagt Eurem Freund, er soll sich ein Töpfchen Gänsefett besorgen und dieses seiner Frau geben. Sie wird schon wissen, was sie damit zu tun*

hat. Die Hebammen wenden es unter anderem bei schwierigen Ge-
burten an.

»Ich werde es ihm ausrichten«, versprach Breuer. »Nehmt
die Sachen an Euch.«

Daraufhin machte er mir einen wesentlich niedrigeren
Preis als sonst, was meinen Verdacht, dass der Händler von
seinen eigenen Problemen gesprochen hatte, nur noch verstärkte. Mit einem dicken Stapel frischen Papiers und zwei
Stücken Bleyweiß machte ich mich auf den Weg zum Haus
der Bundschuhs.

34

Alisah

Noch etwas Wein, Alisah?«

Jochebed Ascher wollte mir nachschenken, aber ich wehrte dankend ab. Längst schwirrte mir der Kopf von all dem, was ihr Mann mir in der vergangenen Stunde erzählt hatte. Der Wundarzt war vor elf Jahren aus der Ortschaft Wimpfen in der Nähe von Heilbronn nach Frankfurt gekommen. Dort hatte er von seinem Vater, dem einzigen Juden des Städtchens, die Medizinalkunde erlernt. Nach dessen Tod hatte der Sohn Wimpfen verlassen müssen. Auch dem jungen Ascher war nur geblieben, sich in Frankfurt niederzulassen. Hier hatte er im *Affen* gewohnt, wo er die Tochter des Wirtes Seligman kennenlernte. Dieser hatte die Schänke geführt, bevor Knebel sie später übernahm.

»Als ich Jochebed sah, war es um mich geschehen«, erzählte er.

Frau Aschers volle Lippen verzogen sich zu einem Lächeln.

»Dein Heiratsantrag kam in der Tat ziemlich schnell, mein Lieber.«

»Ich musste doch verhindern, dass ein anderer dich mir wegschnappt. Schließlich gab es da so einige junge Burschen, die ein Auge auf dich geworfen hatten.« Ascher trank seiner Frau und mir zu. »Jedenfalls hat meine Jochebed mir Glück gebracht. Bald nach unserer Heirat gewährte man mir die Zulassung als Wundarzt, was nicht selbstverständlich ist. Der allseits geachtete und bewunderte Arzt Moshe aus Aschaffenburg ersucht beim Rat schon länger darum, darf bisher aber nur seine adeligen Patienten behandeln.« Er leerte seinen Becher. »Ja, wir sind dankbar«, fuhr er fort, »der Höchste schenkte uns drei gesunde Kinder, inzwischen besitze ich ein eigenes Haus, und wenn Ihr aus dem Fenster blickt, könnt Ihr im Garten vier feine Rinder grasen sehen.«

»Weshalb man ihn im Viertel den ›Ochsenhalter‹ nennt«, ergänzte seine Frau.

Ascher schmunzelte. »Es gibt schlimmere Spitznamen.«

Es war spät geworden und damit Zeit zu gehen. Die Aschers brachten mich zur Tür, wünschten mir eine gute Nacht und viel Glück. Erfüllt von neuer Zuversicht, fiel ich bald in einen tiefen Schlaf.

Als der Morgen kam, war ich ausgeruht und konnte es kaum erwarten, meine ersten Patienten zu versorgen. Doch die Ernüchterung folgte auf dem Fuße. Stundenlang liefen Samuel und ich den Kornmarkt auf und ab, ohne dass jemand bereit gewesen wäre, meine Hilfe anzunehmen. Manche Passanten machten sogar abfällige Bemerkungen über die Stumme, die offensichtlich auf die Unterstützung eines Kindes angewiesen war. Ich merkte dem Jungen an, wie unangenehm ihm die Äußerungen waren, und versuchte mich gelassen zu geben. Dabei brannten die abschätzigen Blicke wie Feuer auf meiner Haut, und jedes Wort traf mich bis ins Mark.

Bald taten uns die Füße weh, und ich bedeutete Samuel, sich mit mir auf den Rand eines Brunnens zu setzen. Wir hatten eine Weile das Treiben um uns herum beobachtet, als zwei Halbwüchsige – einer von ihnen ein dicklicher Rotschopf, der andere ein Bursche mit abstehenden Ohren und zahllosen Sommersprossen im Gesicht – die Gasse herabkamen. Zwischen sich führten sie ein fettes Schwein am Strick, das sie wohl zu einem der Schlachthäuser in der Nähe des Mainufers bringen sollten. Doch als ahnte das Borstenvieh, was ihm bevorstand, warf es laut grunzend den Kopf hin und her. Da zog der eine Bursche eine Peitsche aus dem Gürtel und ließ den Lederriemen auf den Rücken der Sau niederfahren. Sie stieß ein erschrockenes Quieken aus, machte einen Satz und riss den Rotschopf mit sich. Mit einem Aufschrei stürzte er auf das Pflaster, umklammerte jedoch krampfhaft weiter den Strick. Der andere sprang hinzu, und gemeinsam gelang es ihnen, das Tier festzuhalten.

»Guck dir an, was die blöde Sau mit mir gemacht hat!«, rief der Rothaarige wütend. »Meine Hose ist zerrissen und mein Knie blutet…«

»…wie ein Schwein«, lachte der andere.

»Grins nicht so blöd, pass lieber auf, damit es uns nicht davonläuft.«

»War eben ein komischer Anblick, wie sie dich mitgeschleift hat.«

»Hättest du ihr nicht die Peitsche gegeben, wär das gar nicht passiert, du Blödmann!«

Inzwischen hatte sich ein Kreis von Schaulustigen um die Streithälse gebildet.

»Mit der Wunde solltest du zu einem Bader gehen«, sagte eine füllige Frau. In ihrer Stimme schwang Besorgnis mit.

Ich sprang vom Brunnenrand und mischte mich unter die Menge. »Hab kein Geld für einen Bader«, brummte er.

»Diese Frau hier ist eine Heilkundige«, sagte Samuel, und alle Augen richteten sich auf mich.

Ich öffnete meinen Koffer und nahm eine Leinenbinde und eine Pinzette heraus, denn in dem aufgeschürften Fleisch steckten mehrere spitze Steinchen. Als der Junge den gelben Ring an meinem Mantel bemerkte, öffnete er den Mund, und ich erwartete, dass er mich ebenso wie der Bettler an der Leonhardkirche ablehnen würde, aber er schwieg.

So entfernte ich zunächst die Steinchen und legte ihm dann eine Verband an.

Schüchtern bedankte sich der Bursche. »Ich kann Euch

leider nicht bezahlen. Wir müssen erst das Schwein zum Schlachter bringen.«

»Wir warten hier so lange«, schlug Samuel vor.

Doch ich winkte ab, denn ich war müde und wollte heim.

»Nochmals danke«, sagte der Rotschopf und wandte sich zu dem anderen, der die ganze Zeit über auf das Borstentier aufgepasst hatte. »Komm, wir gehen. Jetzt kriegt die Sau, was sie verdient.«

Samuel und ich wollten ebenfalls aufbrechen, da steuerte eine Frau mittleren Alters auf uns zu. Ihr Haar war kunstvoll hochgesteckt und ihr Gesicht mit einem nahezu durchsichtigen Schleier bedeckt. Ihre gestelzt klingende Ausdrucksweise verriet ihre vornehme Herkunft.

»Mein Name ist Brigitta Pfefferkorn. Ihr seid eine Heilerin?«, stieß sie atemlos hervor.

Der Name klingt jüdisch, dachte ich verwundert. Seltsam, die Frau war mir noch nie begegnet, auch trug sie keinen gelben Ring.

»Das ist sie«, antwortete Samuel. »Was kann sie für Euch tun? Sie ist stumm, ich spreche für sie.«

Der Blick der Frau heftete sich missbilligend auf den Jungen, danach wieder auf mich. »Ein junges Mädchen in meinem Haus liegt in den Wehen. Die Hebamme ist nicht erschienen, und der Medicus wohnt zu weit entfernt. Ich habe Euch beobachtet. Wollt Ihr mir folgen? Mein Haus steht nicht weit von hier in der Guldengasse. Wenn Ihr Euch geschickt anstellt, soll es Euer Schaden nicht sein.«

Wenig später standen wir vor einem zweistöckigen Patrizierhaus. »Du wartest draußen«, befahl sie Samuel und richtete ihren dicken Zeigefinger auf mich. »Kommt mit. Die Dienstbotenkammer ist gleich hier, hinter dem Haus. Sagte ich schon, dass es sich um unser Dienstmädchen handelt?« Sie seufzte. »Ach, muss mein Mann aber auch immer auf Geschäftsreise sein, wenn es Schwierigkeiten gibt!«

250

Die Kammer war spärlich möbliert, und der Dielenboden machte den Eindruck, als wäre er länger nicht gekehrt worden. Als ich an das Bett der Kreißenden trat, öffnete die junge Frau die Augen. Sie waren von einem erstaunlichen Blau und bildeten einen krassen Gegensatz zu ihrem bleichen Antlitz, das sich kaum von dem weißen Kissen abhob.

»Elsa«, die Hausherrin fächelte sich Luft zu, denn in der Kammer roch es muffig, »ich bringe dir eine Heilerin, sie wird dir bei der Geburt helfen. Die Juden sollen über außergewöhnliche Fähigkeiten verfügen. Leider kann sie nicht sprechen, aber ich bin sicher …«

Plötzlich bäumte sich das Mädchen auf, und ihr hageres Gesicht verzog sich. »Bei der Jungfrau Maria, es geht schon wieder los. Bitte helft mir!«

Rasch stellte ich den Medizinalkoffer ab und holte meine Schreibsachen heraus. *Wie lange hat das Mädchen bereits Wehen?*, schrieb ich und hielt Frau Pfefferkorn den Zettel entgegen.

»Seit gestern in den frühen Abendstunden«, erwiderte diese und schickte sich an, den Raum zu verlassen.

Ich schüttelte den Kopf und zupfte sie am weiten Ärmel ihres Umhanges. Sichtlich ungeduldig sah sie zu, wie ich einige Sätze schrieb.

Ihr müsst bleiben, damit ich mich mit ihr verständigen kann. Oder Ihr schickt mir meinen Begleiter herein.

»Gott bewahre!« Die Dame schlug die Hände über dem Kopf zusammen. »Ein Junge hat in der Kammer einer Gebärenden nichts verloren.«

»Lasst mich nicht allein, bitte. Ich habe große Angst«, stieß das Mädchen mit bebenden Lippen hervor und streckte die Arme nach der Hausherrin aus.

Diese wich zurück, und ihre Körperhaltung drückte Abwehr aus. »Denkst du, ich habe nichts Besseres zu tun, als dir zuzusehen? Aber gut, eine kleine Weile werde ich bleiben.«

Als Erstes befühlte ich Elsas Stirn. Sie war viel zu heiß. Besänftigend legte ich meine Hand auf ihre. Wie gern hätte ich die Hausherrin hinausgeschickt, ihre Gegenwart und Unnahbarkeit machten mich nervös. Dann schlug ich die dünne Decke beiseite. Der Geruch geronnenen Blutes stieg mir in die Nase, und ich erschrak beim Anblick des schmuddeligen Lakens, das zahlreiche rote Flecken aufwies. Ich schluckte den Ekel herunter, der in meiner Kehle aufstieg, und bat die Hausherrin um Waschutensilien, ein frisches Laken, zwei Schüsseln, Tücher, einen Schwamm und reichlich sauberes Wasser.

Nachdem Frau Pfefferkorn eilig den Raum verlassen hatte, begann ich Elsas gewölbten Leib abzutasten. Dabei fiel mir die dünne, pergamentartige Haut auf, die sich über ihren Bauch spannte. Gerade ließ ich meine Finger über die Wölbung gleiten, da zog sich ihr Leib abermals zusammen. Sie stöhnte, und ich massierte sie sanft. Oh, wie sehr ich es verabscheute, stumm zu sein! Ich hätte Elsa erklären können, dass ihr Kind allem Anschein nach falsch herum in ihrem Schoß lag, denn ich ertastete die Schultern des Säuglings unterhalb ihrer Rippen, während das Gesäß schon im Geburtskanal steckte. Ich hätte die Ärmste gefragt, wo der Vater des Kindes war und wo es sie am meisten schmerzte. Aber nicht nur die Lage des Kindes bereitete mir Sorge, auch Elsas Schwäche erschien mir bedenklich.

»Kannst du meinem Kind helfen?«, stammelte die Gebärende, als die Wehe verebbte. »Ich spüre seine Bewegungen nicht mehr.«

Ich strich über ihr strähniges Blondhaar. Sie war sehr jung, höchstens vierzehn. Wie sie so dalag in dem Bett, wirkte sie eher wie ein zu mager geratenes, vernachlässigtes Kind, das kaum begriff, was mit ihm geschah. Selbst wenn ich sprechen könnte – die viel zu schnellen Herztöne des Ungeborenen hätte ich ihr verschwiegen, um sie nicht noch mehr zu ängstigen.

Eine ältliche Dienerin betrat den Raum und brachte das Gewünschte.

Ich wartete, bis ich wieder mit Elsa allein war, wusch Leib und Schoß des Mädchens und legte eins der Leinentücher unter ihr Becken, um sie von dem schmutzstarrenden Laken fernzuhalten. Danach bedeutete ich ihr, sich still zu verhalten, damit ich sie von innen untersuchen konnte. Kaum hatten meine Finger die blutige Feuchte ihres Schoßes erreicht, nahte eine neue Wehe, und ich musste mit dem Abtasten warten. Bald bestätigte sich meine Vermutung. Der Kinderhintern steckte im Geburtskanal. Ich lächelte Elsa aufmunternd zu, während ich mich im Stillen fragte, wie es mir gelingen sollte, das Kind in die richtige Richtung zu befördern, ohne den Leib der Schwangeren zu öffnen.

In Gedanken blätterte ich in Vaters medizinischem Handbuch und suchte nach dem Kapitel, das die Geburt bei falscher Lage beschrieb. Ich erinnerte mich wieder. »Will ein Kind nicht mit dem Kopf voran auf die Welt, bereite ihm durch Kitzeln, Zupfen der Haut oder sanftem Druck genügend Unbehagen, sodass es selbstständig seine Lage verändert.« Fieberhaft ging ich im Geiste die Utensilien meines Koffers durch, beschloss jedoch, mir den kleinen hölzernen Hammer bis zum Schluss aufzuheben und es zunächst mit der sanftesten Methode zu versuchen.

Mit Daumen und Zeigefinger zupfte ich die gespannte Haut über dem Hintern des Kindes. Elsas Augen weiteten sich. Ich spürte, wie sie jede meiner Bewegungen verwirrt verfolgte. Da sich unglücklicherweise außer uns niemand im Raum befand, musste der Grund für mein Tun unerklärt bleiben. Ich konnte nur hoffen, dass Elsa mir vertraute und sich nicht gegen meine Bemühungen zur Wehr setzte. Nach und nach dehnte ich das Zupfen auf den Bereich aus, wo ich die Beine und Füße des Säuglings ertastet hatte. Allmählich musste es ihm wahrlich ungemütlich werden. Wenn er sich doch nur bald drehte!

Ich hielt den Atem an, legte mein Ohr an die Stelle, an der sich das kindliche Herz befand, und zählte. Die Töne klangen wie das erregte Flügelschlagen eines Schmetterlings. Wie viel Zeit blieb mir noch, bis sich die kindlichen Herztöne derart beschleunigten, dass ich um sein Leben fürchten musste? Mittlerweile schlug mein eigenes Herz beinahe ebenso wild, und Elsa spürte meine Unruhe sehr genau.

»Es geht ihm nicht gut«, stieß sie mit sich überschlagender Stimme hervor. »Ich sehe es dir an!«

Betrübt nickte ich und streichelte ihre Hand. Was sonst blieb mir? Das Kind rührte sich nicht, die lange Geburt schien es geschwächt zu haben – oder die Reize, die ich ausübte, ließen es unbeeindruckt.

Gleich darauf hörte ich das Rascheln von schwerem Stoff. Frau Pfefferkorn stand mit versteinerter Miene vor Elsas Schlafstatt.

»Ich wünsche Euch kurz zu sprechen«, sagte sie in meine Richtung und ging hinaus.

Ich gab dem Mädchen ein Zeichen und bedeckte seinen Leib, bevor ich der Hausherrin auf den Flur folgte.

»Könnt Ihr das Kind retten?«

Ich tue, was ich kann, aber es liegt falsch herum, und seine Herztöne geben Anlass zur Sorge.

»Rettet den Säugling. Gleich, was auch immer Ihr dafür verlangt, ich werde es Euch geben. Habt Ihr verstanden?« Als ich nicht sofort eine Antwort zu schreiben begann, trat sie näher und schüttelte mich. »Ich will, dass das Kind überlebt! Tut, was immer Ihr wollt, wendet jeden Zauber und jede Medizin an, über die Ihr verfügt, aber das Kind muss leben.« Ihre Augen funkelten, ein Frösteln überlief mich, und sie verstärkte ihren Griff. »Das Mädchen ist belanglos, hört Ihr? Keiner wird um sie trauern. Aber ich will mein Enkelkind! Also, geht jetzt wieder an die Arbeit.«

Ich starrte sie an, suchte in ihrer Miene nach einem Hauch

von Mitgefühl oder Zuneigung für ihre Dienstmagd, aber sie zuckte mit keiner Wimper. Sie war tatsächlich bereit, Elsas Leben zu opfern, damit …

Nur mit Mühe konnte ich mich beherrschen, nicht vor ihr und dieser Unverfrorenheit auszuspeien. Der Ewige hatte uns, seinem Volk, befohlen, Leben zu erhalten und zu schützen. Sollte jedoch in Frage stehen, ob das Leben der Mutter oder das des Kindes zu behüten sei, hatten wir uns für die Mutter zu entscheiden. Der Hausherrin würde es nicht gelingen, mich Seinem Willen, dessen Gesetze weise und unumstößlich waren, zu widersetzen. In mir brodelte es. Ich konnte mich nicht erinnern, jemals so viel Abscheu einem Menschen gegenüber empfunden zu haben.

Mit gerecktem Kinn betrat ich erneut die Kammer der Gebärenden. Sie stöhnte und wand sich unter Schmerzen. Ich riss das Fenster auf. Die frische Luft vertrieb den beißenden Geruch von Schweiß, Schmutz und Staub.

Während der nächsten Stunde ließ mir Elsa keine Zeit zum Nachdenken. Die Wehen kamen in immer kürzeren Abständen, und ich bemühte mich nach Kräften, das Ungeborene in die richtige Position zu bringen. Das Mädchen selbst wirkte dabei wie ein allmählich verlöschendes Licht, ihre Kräfte schwanden, je weiter die Zeit voranschritt. Inzwischen war es dunkel geworden, und ich hatte Elsa einen kräftigenden Sud verabreicht, im Stillen gebetet und ihren Leib immer wieder abgetastet.

Erst als ich den Hammer aus Vaters Koffer nahm und versuchte, dem Kleinen damit den Weg hinaus in die Welt zu weisen, zeigten meine Methoden endlich Wirkung. Das Kind drehte sich. Erleichtert bemerkte ich das Erstaunen auf Elsas erschöpftem Gesicht, als auch sie es spürte. Mit einem Tuch wischte ich mir über den schweißnassen Nacken und die Stirn.

Die alte Dienerin brachte Getränke hinein. Ich gab erst

dem Mädchen schlückchenweise zu trinken und stürzte dann selbst durstig einen Becher warmen Weins hinunter. Meine Erleichterung wich jedoch rasch, denn die Geburt geriet ins Stocken. Wäre Vater jetzt hier, durchfuhr es mich, er wüsste genau, was zu tun wäre. Ich lugte zu Elsa hinüber, die trotz der nächsten nahenden Wehe kaum noch Widerstand zeigte. Ihre Lippen waren bläulich verfärbt, und sie drohte die Besinnung zu verlieren.

Ich versetzte ihr eine Ohrfeige. Du darfst nicht sterben, schrie es in mir, während ich ihr eine zweite und dritte verpasste. Sie hob die Lider. Nahm sie ihre Umgebung überhaupt noch wahr, oder hatte sich ihre Seele längst an einen friedlichen Ort zurückgezogen? Abermals betastete ich ihren Leib. Das Kind steckte mit den Schultern im Geburtskanal fest, aber es lebte. Verzweifelt rüttelte ich Elsa. Press endlich das Kind raus! Könnte ich ihr diese Worte doch nur ins Gesicht schleudern, damit sie verstand. Aber sie reagierte nicht. Ich hatte keine Wahl. Mit aller Kraft drückte ich auf die betreffende Stelle, an der das Ungeborene feststeckte. Elsa schrie gequält auf.

»Geht es voran?« Die Hausherrin hatte von mir unbemerkt die Kammer betreten. Ich spürte ihre Ungeduld. »Dem Kind geht es doch gut, oder?«

Meine Eltern hatten Sarah und mich Höflichkeit sowie Achtung gegenüber Älteren gelehrt, aber in diesem Moment tat ich, als hätte ich sie nicht gehört, und flößte dem Mädchen ein wenig Wein ein.

»Antwortet mir gefälligst«, zischte sie mir zu.

Ärgerlich holte ich ein frisches Papier aus dem Medizinalkasten und kritzelte eine kurze Nachricht darauf.

Die Hausherrin verstand.

»Elsa, hörst du mich? Du musst der Jüdin helfen! Press das Kind aus deinem Leib. Jetzt!«

Das Mädchen schien sie verstanden zu haben. Sein Gesicht

nahm einen angestrengten Ausdruck an. Die Magd tat ihr Bestes, doch bis sie die Kraft aufbrachte, das Kind endgültig ans Licht zu befördern, kam es mir wie eine kleine Ewigkeit vor. Ich nahm den winzigen Säugling an mich und rieb seinen Körper trocken, wie ich es von Vater gelernt hatte. Kopfüber hielt ich den kleinen Jungen, um ihn zum selbstständigen Atmen anzuregen. Da erschlaffte Elsas Körper, und ihr Kopf fiel zur Seite.

Ich stürzte auf sie zu, schüttelte sie und versetzte ihr eine weitere Ohrfeige. Mit angehaltenem Atem drückte ich ein Ohr an ihre Brust, lauschte, betete. Ihr Puls war schwach, aber sie lebte. Der Junge hingegen rührte sich nicht, und ich legte ihn kurzerhand auf Elsas Bett, um ihm die Nase frei zu pusten. Wieder und wieder versuchte ich es, aber das schrumpelige Gesicht des Säuglings blieb still. Irgendwann gab ich auf.

»Was ist mit meinem Enkelkind? Ist es etwa tot?«, zischte die Hausherrin.

Weinend wusch ich mir die Hände und konnte nichts weiter tun, als den kleinen Leichnam wieder und wieder zu betrachten.

Frau Pfefferkorn schüttelte mich grob. »Was hast du getan? Du solltest das Kind retten und nicht das Mädchen!«

Sah sie denn nicht meine Tränen, meine Ohnmacht? Hörte sie denn nicht Elsas Ausruf des Entsetzens, die gewiss erst in diesem Moment begriff, was geschehen war? Ich wollte meinen Zettel holen, um der Hausherrin alles zu erklären, aber sie schüttelte den Kopf.

»Pack deine Sachen und verschwinde! Das wird ein Nachspiel haben, verlass dich drauf!«

Mit zitternden Händen sammelte ich meine Utensilien zusammen, warf dem weinenden Mädchen einen hilflosen Blick zu und floh aus der unseligen Kammer, deren Luft von scharfem Blutgeruch und Frau Pfefferkorns schriller Stimme erfüllt war.

35

Regensburg 2013

Gid überlegte kurz, ob er Paula wecken sollte, entschied dann aber, zunächst einen Blick in die Wochenendausgabe der Zeitung zu werfen. Schade, dass sie nicht miteinander früh… Da entdeckte er einen Zettel auf dem Küchentisch. Er faltete das Blatt auseinander.

Lieber Gideon,
ich muss mich in Zukunft verstärkt meinem Studium widmen.
Deshalb kann ich nicht länger für dich übersetzen. Bitte versuche
nicht, mich umzustimmen. Meine Entscheidung steht fest. Ich
wünsche dir alles Gute und hoffe, du findest jemand anders, der
dir weiterhilft.
Paula

Er ließ die Nachricht sinken, lief zur Gästezimmertür und fand den Raum leer vor. Natürlich war sie längst fort. Sie konnte doch nicht so mir nichts, dir nichts aus seinem Leben verschwinden!

Gideon fischte sein Handy aus der Hosentasche, wählte ihre Nummer. Keine Verbindung. Nach einigen Minuten versuchte er es abermals. Wieder ohne Erfolg.

Er war wie vor den Kopf gestoßen. Was war nur mit den Frauen los? Die eine versuchte ihn abzuschleppen, um ihn in einem Hotelzimmer zu verführen, die andere verschwand mitten in der Nacht und ließ ihn mit einer fadenscheinigen

Begründung zurück. Erneut überflog er Paulas Zeilen. *Ich muss mich in Zukunft verstärkt meinem Studium widmen.* Warum hatte sie davon bisher nichts gesagt? *Bitte versuche nicht, mich umzustimmen.*

Gid knüllte das Blatt Papier zusammen und warf es in eine Ecke. Erneut wählte er ihre Nummer. Nichts. Sie musste ihr Handy ausgeschaltet haben.

Also gut. Wenn sie nicht am Telefon mit ihm reden wollte, dann eben von Angesicht zu Angesicht. Er ging in sein Arbeitszimmer und fuhr den Computer hoch. Ein paar Klicks später hatte er ihre Adresse herausbekommen.

Es war kurz nach acht. Gegen zehn wollte Paula sich mit ihrer Mutter treffen. Wenn er sich beeilte, konnte er es schaffen.

Kurz vor Nürnberg schaltete er das Radio ein. Bald darauf klingelte er an Paulas Tür. Wartete. Klingelte erneut. Fehlanzeige. Und nun? Gid seufzte.

Schräg gegenüber öffnete ein junger Mann gerade eine Kneipe. Gideon setzte sich in eine ruhige Ecke, bestellte eine Cola und blickte auf die Häuserzeile. Wenn er den Hals reckte, konnte er Paulas Eingangstür erkennen.

Nachdem er seinen Durst gelöscht hatte, kramte er Tagebuch und Füllfederhalter aus dem Rucksack. *Warum will Paula aus meinem Leben verschwinden?*, begann er mit großen Lettern zu schreiben und fügte den Zeilen die Schilderung des vergangenen Abends hinzu. Er hätte Gianna auf der Stelle hinauswerfen sollen. Er war ein Esel, dass er sich dieser prekären Situation ausgesetzt hatte. Endlich hatte sich eine Gelegenheit ergeben, um Paula näherzukommen und ihr zu sagen, was er für sie empfand. Jetzt hatte er es gründlich vermasselt! Bestimmt hatte sie noch am Abend sein Haus verlassen. Er sah auf seine Armbanduhr. Halb elf. Wer weiß, wie viel Zeit Paula und ihre Mutter miteinander verbrachten! Gut, dass er nicht nur sein Tagebuch, sondern auch den Ordner mit den Aufzeichnungen mitgenommen hatte.

Sein Wunsch, Alisahs Erzählungen in eine Geschichte zu verpacken, war im Laufe der Tage immer drängender geworden. Kann ich diesen Menschen, mit denen ich verbunden bin, ohne es gewusst zu haben, nicht ein würdiges Andenken setzen?, ging es ihm durch den Kopf. Könnte das nicht mein Beitrag gegen das Vergessen sein?

Bisher hatte sich Gid immer als das schwarze Schaf der Familie empfunden, als jemanden, den man lieber ignorierte. Nur sein Großvater hatte sich Gedanken um ihn gemacht. Dankbarkeit erfüllte ihn, als er sich vorstellte, wie der alte Mann an seinem Schreibtisch gesessen und sein Testament geschrieben hatte. *Der Koffer enthält das Kostbarste, das ich besitze. Behandle ihn mit der Achtung, die er verdient.* Er konnte dafür sorgen, dass Alisahs Schicksal und das der anderen nicht in Vergessenheit geriet. So wie seine Vorfahren dafür gesorgt hatten, dass die Aufzeichnungen die Zeit überdauerten. Die Frage war nur, wie sollte er es anstellen?

Er schloss das Tagebuch, schlug den Ordner auf und richtete seine Aufmerksamkeit auf die Personen, die im Leben seiner Vorfahrin eine Rolle gespielt hatten. Da jagte ihm ein Gedanke blitzartig durch den Kopf. Das war's! So könnte es funktionieren. War er nicht von Anfang an beim Lesen wie ein stiller Beobachter an Alisahs Seite gewesen? Gideon stürzte den Rest seiner Cola herunter und vergewisserte sich, dass Paulas Wagen noch nicht zu sehen war.

Dann nahm er seinen Füllfederhalter. Vor Erregung wurden seine Bewegungen fahrig, und er konnte es kaum erwarten, die ersten Notizen zu Papier zu bringen. Er würde eine Nebenfigur erfinden, die ihre Beobachtungen rund um Alisahs Leben schilderte. Wie ein unsichtbarer Zuschauer, jemand, der sich nur selten am Geschehen beteiligte, damit er nicht Gefahr lief, Alisahs Geschichte zu verändern. Ein Bettler. Die Figur könnte ein Bettler sein, der, von Alisahs Schicksal und ihrer Stärke beeindruckt, ihre Geschichte erzählte.

Doch das erschien ihm zu persönlich, sie sollte einen anderen Namen bekommen, entschied Gid. Ich könnte einen nehmen, der nur kurz Erwähnung gefunden hat. *Alisah: Irit,* notierte er. Als wäre sein Einfall ein winziger Stein, der eine Lawine ins Rollen brachte, formte sich in seiner Fantasie ein Bild, das eigentümlich lebendig wirkte.

Gid hörte das Knistern der Feuer von Regensburg, während Alisah neben ihm durch die Gassen schlenderte, in der Hand den Koffer ihres Vaters. Ganz nah war sie ihm mit einem Mal, und ihre Augen richteten sich fragend auf ihn.

Seine Hand huschte nur so übers Papier, und er vergaß alles um sich herum. Er fertigte Skizzen seiner Figuren an, verlieh ihnen Gesichter und Charaktere, bis er glaubte, sie schon seit Ewigkeiten zu kennen.

Als weitere Gäste die Kneipe betraten, blickte er nicht mal auf.

Ein kräftig gebauter Mann am Nebentisch winkte dem Wirt zu. »He Benno, bring uns noch eine Runde.«

Gid horchte auf. Benno – der Name passte gut für einen Bettler, befand er schmunzelnd.

Bald darauf lehnte er sich zurück. Ein Hochgefühl hatte von ihm Besitz ergriffen. Aufgewühlt starrte er auf die Seiten, die er binnen kürzester Zeit gefüllt hatte. Wenn die Geschichte fertig war, würde er sie binden lassen, am besten in robustes Leder.

Wann hatte er sich das letzte Mal so zufrieden mit sich selbst gefühlt? Sein Job hatte jedenfalls noch nie auch nur den Hauch dieser Gefühle in ihm ausgelöst. Seine Gedanken wanderten zu Alisah. Mit ihrem Mut und ihrer Entschlossenheit, unbeirrt ihren Weg zu verfolgen, war sie ihm zu einem Vorbild geworden. Wenn *sie* nicht aufgegeben hatte, obwohl ihr Alltag um ein Vielfaches schwieriger gewesen war als sein eigenes Leben, wieso war es ihm bisher nicht gelungen, seine Träume Wirklichkeit werden zu lassen? Paula hatte nicht die geringste Ahnung, wie wichtig sie ihm geworden war und dass sie Teil seiner Träume war.

Paula! Er sah auf seine Armbanduhr und erschrak. Über zwei Stunden hatte er mit seiner Geschichte verbracht und dabei völlig die Zeit vergessen. Vielleicht war Paula inzwischen zu Hause.

Gideon zahlte und trat ins Freie. Tatsächlich, da stand ihr Auto.

36

Alisah

Während des Fronleichnamsfestes, dessen laute Prozessionsgesänge über die Mauern bis in die Judengasse zu hören waren, hatten vom Stadtrat eingesetzte Kerle mit Hellebarden in den Händen darauf geachtet, dass kein Jude das Viertel verließ. Auch sonntags war es uns strengstens untersagt. Umso mehr freuten wir uns auf unseren wöchentlichen Feiertag. Als am Freitagabend der Schabbes anbrach, schlug Joseph vor, am nächsten Tag einen Ausflug zum gegenüberliegenden Mainufer zu machen.

»Lasst uns die Zuckermanns fragen, ob sie mitkommen möchten. Wir sollten uns um die Neuankömmlinge kümmern«, bat Lea.

Der junge Metzgergehilfe Levy Zuckermann und seine etwa zehn Jahre ältere Schwester Tamar waren vor gut einer Woche nach Frankfurt gezogen und wohnten im Nachbarhaus.

»Ich habe nichts dagegen«, stimmte ihr Mann gutmütig zu. »Du kannst die beiden morgen früh einladen, uns zu begleiten.«

Am folgenden Vormittag passierten wir das südliche Tor des Viertels und steuerten auf der ummauerten Gasse am Wollgraben, dem Abwasserkanal der Stadt, dem Mainufer zu. Die Geschwister hatten sich über Leas Einladung gefreut. Tamar Zuckermann allerdings wirkte wie die Freudlosigkeit in Person. Damit war die Frau das genaue Gegenteil ihres Bruders.

Joseph machte den Vorschlag, ein Stück am Flussufer entlangzugehen. Die Kinder um uns geschart, folgten Lea, die ihr Jüngstes auf dem Arm trug, und ich den beiden Männern. Levy Zuckermanns Schwester schritt hinter uns und murmelte Gebete. Ich wusste bereits, dass sie unseren Glauben ernster nahm als die meisten Bewohner unseres Viertels. Es hieß, die farblos wirkende Frau besuche buchstäblich jeden Gottesdienst. Auf der von Buchen und Birken gesäumten Straße, von der aus wir die Silhouette Frankfurts sehen konnten, begegneten uns immer wieder Fuhrwerke und von Zeit zu Zeit Reiter, denen wir ausweichen mussten.

Wir trafen auch einige Bewohner der Judengasse, darunter Beer Buchsbaum, einen der reichsten Männer der Gemeinde, und seine Frau Gelchen. Anders als gewöhnlich trugen sie nicht ihre prächtigen Gewänder, denn der Rat hatte unserem Volk verboten, uns beim Spaziergang auffällig zu kleiden.

Meine Gedanken kehrten zu den Ereignissen in dem Patrizierhaus zurück. Wie mochte es der jungen Dienstmagd wohl gehen?

Da vernahm ich Hufschlag, begleitet vom Schnauben eines Pferdes. Ich blieb stehen. Zwei vornehm gekleidete Männer näherten sich uns, der eine auf dem Rücken eines Rappen, der andere auf einem Braunen. In dem jüngeren der beiden Herren erkannte ich Justinian von Holzhausen. Sie ritten auf eine niedrige Mauer zu, auf der eine schwarze Katze lag. Der junge von Holzhausen gab seinem Pferd die Sporen. Der zweite, gut zehn Jahre ältere Mann tat es seinem Begleiter gleich. Doch der Schimmel bockte gegen die eisernen Rädchen, die sich ihm in die Flanken drückten.

Im selben Moment sprang die Katze fauchend von der Mauer und landete nur wenige Schritte vor dem Reittier des kräftigen Mannes. Das Pferd scheute vor dem Tier, das fauchend und mit gesträubtem Fell mitten auf dem Weg stand. Justinian von Holzhausen hatte seinen Braunen herumgelenkt und beobachtete mit schreckgeweiteten Augen das Geschehen. Auch Samuel riss die Augen auf, denn keine fünf Klafter vor uns stieg der Schimmel auf die Hinterläufe.

Tamar Zuckermann schrie, als der Reiter aus dem Sattel flog und auf dem Boden landete. Mit einem Satz war von Holzhausen vom Rücken seines Pferdes gesprungen und eilte auf den stöhnenden Mann zu, der gleich darauf verstummte.

»Herr Magister, was ist Euch?«, fragte von Holzhausen und schüttelte den Bewusstlosen leicht. »Ihr?«, fragte er überrascht, als er mich bemerkte.

Mit einer Geste bedeutete ich ihm, mir den Verunglückten genauer ansehen zu wollen.

»Ihr seid die Tochter eines Medicus, nicht wahr?«, fragte mich von Holzhausen. »Bitte untersucht ihn. Magister Nesen ist der neue Rektor der Frankfurter Lateinschule und ein Freund meines Vaters. Wenn Ihr ihm helfen könnt, werde ich Euch großzügig entlohnen.«

Ich hockte mich neben den Verletzten. Was konnte ich ohne meinen Medizinalkoffer schon ausrichten? Nesen schlug die Augen auf.

»Die Frau ist mir bekannt, Herr Magister«, erklärte ihm von Holzhausen. »Ihr Vater war ein *doctor medicinae* in Regensburg. Alisah Friedman ist eine Heilerin. Lasst Euch von ihr untersuchen. Sie kann Euch bestimmt helfen.«

»Natürlich, warum nicht?«, murmelte der Magister und verzog die Lippen zu einem dünnen Lächeln. »Das gibt einen tüchtigen Brummschädel, Justinian. Ich nehme an, dagegen könnt auch Ihr nichts unternehmen.« Der letzte Satz war an mich gerichtet.

»Prüft bitte trotzdem nach, ob er sich verletzt hat«, bat von Holzhausen.

Der junge Patrizier versuchte Nesen auf die Beine zu helfen, doch als dieser sich erheben wollte, stöhnte er. Ich trat zu dem Verletzten und betastete vorsichtig zunächst seine Schenkel unterhalb der Knie.

»Ist es gebrochen?«, wollte von Holzhausen wissen.

Ich nickte und gab ihm zu verstehen, dass das Bein geschient und ruhiggestellt werden müsse.

»Ich wäre Euch sehr dankbar, wenn Ihr das übernehmen könntet.«

Eilig lief ich zu den anderen zurück. Mit hastig dahingekritzelten Worten machte ich Joseph klar, dass ich etwas zum Verbinden und einen Stock benötigte.

»Würden dir vielleicht die Ärmel meines Hemdes helfen?« Schon zog er ein kurzes, scharfes Messer aus seinem Gürtel, trennte beide Ärmel seines Leinenhemdes ab und schnitt sie in mehrere Streifen. Derweil hatte Samuel einen starken Zweig von einem Gebüsch abgebrochen und reichte ihn mir. Ich bedeutete dem Jungen, mit mir zu kommen.

Mit Samuels Hilfe legte ich dem Mann einen festen Verband an. Bis der Verletzte einen Bader oder Wundarzt aufsuchte, mochte es gehen. Als sich uns ein Ochsenkarren näherte, stellte sich von Holzhausen dem Gefährt in den Weg.

Der vierschrötige Mann auf dem Kutschbock musterte uns. »Was wollt Ihr?«

»Ich bitte Euch, bringt den Verletzten in die Stadt. Es handelt sich um Wilhelm Nesen, den neuen Rektor der Lateinschule im Haus *Zum Goldstein* meines Vaters Hamman von Holzhausen.«

Der Mann riss die Augen auf.

Der junge Patrizier schlug den geöffneten Mantel zurück und griff in den Geldbeutel an seinem Gürtel. »Hier habt Ihr zwei Heller für Eure Mühe. Den Schimmel müsst Ihr ebenfalls mitnehmen. Bindet ihn an Euren Karren. Und nun helft mir, den Magister auf Euren Wagen zu schaffen.«

Als sich der Ochsenkarren mit dem Magister und seinem

Pferd langsam entfernte, reichte Justinian von Holzhausen mir die Hand.

»Ich wüsste nicht, was ich ohne Euch getan hätte. Bitte nehmt das hier.« Er ließ etwas in meine Hand fallen, schob die Stiefel in die Steigbügel und ritt davon.

Ich starrte auf die glänzende Münze. Ein Silbergulden! Das Herz wurde mit weit vor Freude. Mein erstes selbst verdientes Geld. Gewiss würde nun alles besser werden.

»Wir konntet Ihr es wagen?« Ich schrak zusammen. Tamar Zuckermann warf mir einen giftigen Blick zu. »Wie konntet Ihr das heilige Gebot des Ewigen brechen?«

»Wie kommt Ihr zu dieser Anschuldigung?«, erkundigte sich Joseph.

Auch Lea wirkte verdutzt. »Was meint Ihr damit, Tamar?«

»Bin ich etwa die Einzige, die weiß, welcher Tag heute ist?«, stieß die Frau hervor.

»Wir haben Schabbes, ja«, erwiderte ihr Bruder, »aber ich verstehe nicht, was das mit Alisah zu…«

»Sie hat *gearbeitet*, Levy. Scheinbar hat niemand von Euch das mitbekommen.« Tamar Zuckermann wies mit dem ausgestreckten Zeigefinger auf mich. »Wollt Ihr etwa leugnen, als Heilerin gearbeitet zu haben? Schließlich habt Ihr Euch bezahlen lassen. ›Gedenket des Sabbattages und haltet ihn heilig.‹ Ihr habt dagegen verstoßen. Obendrein habt Ihr den Jungen mit hineingezogen.« Angewidert rümpfte sie die Nase. »Wie konntet Ihr nur?«

Gearbeitet?, wiederholte ich innerlich. Sie warf mir vor, gegen das Feiertagsgebot verstoßen zu haben, weil ich einem Menschen in Not geholfen hatte?

Ich drehte mich auf dem Absatz um, um nicht länger in das von Verachtung zeugende Gesicht blicken zu müssen.

»Ja, geht nur. Aber glaubt ja nicht, dass ich die Sache auf sich beruhen lasse. Sobald der Schabbes vorüber ist, werde ich unserem Rabbiner berichten, was heute geschehen ist.«

Ich schnappte nach Luft. Mit geballten Fäusten ging ich auf sie zu, doch Levy Zuckermann schob sich zwischen uns. Tatsächlich fehlte nicht viel, und ich hätte sie gepackt, um ihr zu zeigen, was ich von ihr hielt.

»Bitte beruhigt Euch, Alisah«, brachte er atemlos hervor. »Ich bin mir sicher, Tamar meint es nicht so. Sie wird Euch nicht beim Rabbiner anzeigen. Das verspreche ich Euch.«

Lea nahm mich am Arm und zog mich von den Zuckermanns fort. »Komm, Alisah. Wir gehen nach Hause.«

37

Regensburg 2013

Paula saß an ihrem Schreibtisch und blickte auf die Straße. Es war schön gewesen, ihre Mutter nach so langer Zeit wiederzusehen. Als kunstinteressierter Mensch hatte Elisabeth Marek Paula viele Fragen über ihre Arbeit in Berlin gestellt. Sie lächelte. Als sie zwölf oder dreizehn Jahre alt gewesen war, hatte ihre Mutter sie öfter ins Museum am Dom mitgenommen und damit wahrscheinlich den Grundstein für ihr späteres Interesse an der Malerei gelegt.

Leider hatte Paulas Begeisterung nach einem Gespräch mit dem Leiter des Museums einen gehörigen Dämpfer erhalten. Natürlich machte es Spaß, Interessierten die Werke berühmter Künstler näherzubringen, im Kunsthandel oder Bibliothekswesen zu arbeiten. Aber weder im Studium noch im Praktikum hatte sie jemals das Gefühl gehabt, sich für den richtigen Beruf entschieden zu haben. Im Gegenteil. Immer öfter in den letzten Tagen hatte sie sich dabei ertappt, wie die Vorlesungen sie zutiefst langweilten, und hatte sogar einige davon geschwänzt. Das konnte so nicht weitergehen. Wo blieb am Ende des Tages dieses besondere Gefühl, etwas Lohnenswertes getan zu haben? Ihre Bedenken hatte sie ihrer Mutter gegenüber jedoch geheim gehalten.

Auch während ihrer Zeit in Berlin war ihr Alisah Friedmans Schicksal allgegenwärtig geblieben. Ob die junge Frau ihre Sprache jemals wiedererlangt hatte? Schade, dachte Paula, ich werde es nicht mehr erfahren. Es musste furchtbar sein, sich nur mithilfe von Gesten und Notizen verständigen zu können.

Einem Impuls folgend, suchte Paula im Internet nach Alisahs Krankheitsbild. *Mutismus als Traumafolge, Mutismus – wenn Menschen nicht mehr sprechen.* Wie gebannt las sie die Artikel, Berichte von Betroffenen und diverse Seiten von Ärzten, die sich auf diese speziellen Krankheitsbilder spezialisiert hatten und Therapiemöglichkeiten anboten.

Sie spürte kaum, wie die Zeit dahinfloss. Irgendwann landete sie auf einer Liste mit Berliner Sprachtherapeuten, und von dort aus gelangte sie zu einem ausführlichen Interview mit einer Logopädin. Zu ihren Patienten gehörten auch Menschen mit totalem Mutismus. Nach einem Schock, wie Alisah ihn zum Beispiel erlebt hatte. Menschen, die unter totalem Mutismus litten, konnten heutzutage von Logopäden in Zusammenarbeit mit Neurologen, Verhaltenstherapeuten und Hals-Nasen-Ohren-Ärzten erfolgreich behandelt werden. Wäre Alisah ein Mensch des einundzwanzigsten Jahrhunderts, hätte sie gute Heilungschancen, sinnierte Paula.

Der Beruf der Logopädin musste ungeheuer interessant sein. Garantiert erfüllender als die Tätigkeit einer Kunsthistorikerin. Paula seufzte. Einen Moment lang sah sie sich an einem Schreibtisch sitzen, in einem Gemäldekatalog blättern und an ihre Rente denken. Schluss mit den trüben Gedanken, rief sie sich selbst zur Ordnung. Heute war Sonntag, und sie wollte ihre Freizeit nutzen, um sich zu entspannen, bevor der Unialltag sie wieder einholte. Da klingelte es.

Als sie die Tür öffnete, stand Gideon vor ihr.

»Was machst du in Würzburg?«, sagte sie statt einer Begrüßung.

»Kannst du dir das nicht denken?«, fragte er. »Hast du wirklich geglaubt, du kannst einfach so aus meinem Leben verschwinden? Ich finde, nachdem wir so viel Zeit miteinander verbracht haben, habe ich ehrliche Worte verdient und nicht nur ein paar hastig hingeworfene Zeilen.«

Sie hob die Schultern. Es stimmte, sie hatte sein Haus geradezu fluchtartig verlassen, nachdem er mit dieser Gianna davongefahren war. Was fand er nur an der dummen Ziege? Ohne Frage, die Italienerin war eine attraktive Person, jedoch mit einem Geltungstrieb ausgestattet, den Paula abstoßend fand.

»Wir müssen reden.«

Er sah ihr tief in die Augen, und sie spürte, wie jeder Widerstand in ihr schwand.

»Also gut, komm rein.«

Im Wohnzimmer bat sie ihn, in einem Korbsessel Platz zu nehmen.

»Ich mache uns einen Tee.«

Sie setzte Wasser auf und nahm sich für die Zubereitung mehr Zeit als gewöhnlich. Paula wartete, bis sie ihr inneres Gleichgewicht wiedergefunden hatte, und kehrte ins Wohnzimmer zurück. Gid stand vor einem der Regale und studierte die Buchrücken ihrer Kunstbände und Künstlermonografien.

»Okay, es stimmt, ich hätte dir meinen Entschluss in Ruhe mitteilen sollen«, gab sie zu. »Bei Nacht und Nebel zu verschwinden, war nicht in Ordnung. Trotzdem steht meine Entscheidung fest. Bitte such dir wen anders, der dir die Schriften übersetzt.«

»Paula, ich möchte das alles mit keinem anderen machen als mit dir. Ich vertraue dir.«

»Das ist lieb von dir, aber ich bleibe dabei.«

»Erkläre es mir bitte, ich versteh's nämlich nicht.«

Sie schenkte ihnen Tee ein. Er setzte sich wieder und ließ sie dabei nicht aus den Augen.

»Gid, deine Exfreundin steht immer noch auf dich, stimmt's?«

Er ließ die Tasse sinken. »Wie kommst du jetzt auf Gianna?«

»Die Art, wie sie mit dir redet und dich ansieht, spricht Bände.« Sie gab ein Stück Kandis in ihre Tasse.

»Das ist einseitig, glaub mir. Die Sache mit Gianna ist längst vorbei.«

»Einseitig, ja?« Ihr Ton wurde ungewollt schärfer. Wieso hielt er sie zum Narren? »Gideon, sie hat dich auf ihr Hotelzimmer eingeladen. Und kurz darauf seid ihr zusammen weggefahren.«

»Das ist nicht wahr!«

»Ihr habt zusammen das Haus verlassen. Ich habe es doch gehört.«

Er schnappte nach Luft. »Zwischen uns läuft schon lange nichts mehr. Glaub es oder lass es bleiben!«

Offenbar merkte er gar nicht, wie sehr er sie verletzte. Sie kämpfte die aufsteigenden Tränen herunter. »Was denkst du dir, Gideon Morgenstern?«

»Wie bitte?«

»Du kannst in deinem Privatleben tun, was du willst.«

»Hör mir mal zu, Paula. Ja, Gianna wollte, dass ich mit ihr ins Hotel komme. Und ja, ich habe sie tatsächlich bis zu ihrem Auto begleitet. Aber hättest du einen Augenblick aus dem Fenster geschaut, dann wüsstest du, dass ich nicht in Giannas Cabrio eingestiegen, sondern ins Haus zurückgegangen bin!«

»Du bist gar nicht mitgefahren?«

»Nein«, versicherte er. »Du kannst mir glauben. Warum sollte ich dich belügen? Wenn das der Grund ist, warum du nicht mehr mit mir an den Übersetzungen arbeiten möchtest, dann überleg es dir bitte noch mal.«

Wärme breitete sich in ihr aus, während sie in sein erwartungsvolles Gesicht blickte. »Also gut, Gideon. Allerdings muss ich in nächster Zeit ein bisschen auf mein Geld achtgeben. Die Fahrten nach Regensburg sind teuer. Deshalb kann ich dich nur noch jeden zweiten Samstag besuchen.«

»Ich habe eine bessere Idee. Wir treffen uns künftig auf halber Strecke. Vielleicht in Erlangen?«

»Du meinst, in einem Hotelzimmer?«

»Nicht gerade gemütlich, ich weiß. Was hältst du davon, wenn wir uns in einer Pension einmieten? Die Kosten für die Unterkunft übernehme ich.«

Auf der Website der Touristeninformation fanden sie eine ganze Reihe von Pensionen. Eine ältere Wirtin vermietete helle Zimmer mit Blick auf den Wald und einem guten fränkischen Frühstück, wie sie hervorhob.

Der Tonfall der Frau veränderte sich deutlich, als Gid seinen Wunsch vortrug.

»Normalerweise vermieten wir erst ab drei Übernachtungen, Herr Morgenstern.«

»Wäre es möglich, eine Ausnahme zu machen? Es ist geschäftlich, und wir würden gern regelmäßig zwei Zimmer bei Ihnen mieten. Das kommt schließlich auch Ihnen entgegen, oder?«

»Geschäftlich?« Die Stimme am anderen Ende der Leitung klang skeptisch.

»So ist es.«

»Also gut, wann brauchen Sie die beiden Zimmer?«

»Kommenden Samstag.«

Als er auflegte, bemerkte Paula ein triumphierendes Lächeln auf seinen Zügen.

38

Alisah

Ein Hahnenschrei weckte mich. Einen Moment lang blieb ich mit geschlossenen Augen liegen und lauschte auf das aufgeregte Gackern der Hühner unserer Nachbarn. Viele Bewohner unseres Viertels hatten in den Hinterhöfen kleine Gärten angelegt. Dort befanden sich neben einer Laubhütte, in der wir *Sukkes* feierten, auch ein Kaninchen- oder Hühnerstall. Ich schwang die Beine aus dem Bett, um mich zu waschen. Neben den Stimmen der Mädchen war durch die dünnen Wände auch die von Samuel zu hören, die seit Kurzem öfter kippte und andeutete, dass der Junge allmählich zum Mann wurde.

Heute war der erste Tag, an dem er mich nicht mehr begleitete. Wie sollte ich mich den Leuten nur ohne seine Hilfe mitteilen? Gedankenverloren trat ich an den Tisch, auf dem der geöffnete Medizinalkoffer stand, und schloss ihn.

Im Flur begegnete mir Joseph. »Viel Erfolg«, wünschte er mir.

Ich verließ das Haus und ging in Richtung Judenbrücklein. Ziellos lief ich durch die Gassen zwischen Römerplatz, Kornmarkt und Fahrgasse. Zwar begegneten mir immer wieder Menschen, die meine Hilfe benötigten, doch ohne Samuel an meiner Seite fiel es mir schwer, sie ihnen verständlich anzubieten. An einer Straßenecke entdeckte ich ein altes Weib mit einer dick geschwollenen Wange. Sie jammerte und jammerte, dicke Tränen liefen ihr über das faltige Gesicht. Ich fasste mir ein Herz und ging auf sie zu, zeigte ihr meinen Koffer und wies dann auf ihre Wange.

»Kannst du mir helfen, Mädchen? Ich habe nicht viel, weißt du, aber ich gebe dir, was ich kann. Wenn nur meine Schmerzen verschwinden. Komm mit, ich wohne gleich nebenan.«

Schon zog sie mich mit sich, und als ich wenig später den fauligen Übeltäter in eine Schale legte, sah ich, wie sich ihre Züge entspannten.

»Du bist viel sanfter als die meisten Kerle, die sich Bader nennen.« Damit kramte sie aus ihrer Schürze ein paar Münzen hervor und gab sie mir. »Bist du öfter in der Gegend?«

Mit Gesten gab ich ihr zu verstehen, dass ich täglich in der Stadt meine Dienste anbot.

»Gut, danke.«

Eine Weile später sprach mich ein junger Bursche mit schleppendem Gang an. Er zitterte am ganzen Körper, und seine Lippen waren blau. Da spürte ich zum ersten Mal seit Längerem ein Gefühl der Ohnmacht, denn ich konnte nichts weiter für ihn tun, als ihm ein paar Kräuter zu verschreiben und ihm dringend zu raten, einen Arzt aufzusuchen. Seine blauen Lippen konnten auf Herzprobleme hindeuten. Auf dem Gebiet der inneren Medizin und ihrer Behandlungen hatte ich Wissenslücken, die mein Vater nicht mehr hatte schließen können.

Mit gemischten Gefühlen kehrte ich schließlich in unser Viertel zurück. Zumindest hatte ich ein wenig Geld verdient. Doch der Fall mit dem jungen Mann wollte mir nicht aus dem Kopf gehen.

Der Abendgottesdienst würde bald beginnen, und ich ging in die Synagoge. Ein paar Frauen betraten den Raum, sie zogen es aber vor, sich in der Bank hinter mir niederzulassen. Ein junger Rabbiner las aus der *Bereschit* vor, dem ersten Teil der Thora. Es war die Geschichte unseres Stammvaters Abraham, damals, als der Ewige ihn aufforderte, hinauszugehen und seinen Blick zum nächtlichen Himmel und zu den Sternen zu heben. »Kannst du sie zählen? So zahlreich sollen deine Nachkommen sein!«

Abraham war dem Höchsten nahe gewesen, und auch ich sehnte mich danach, einen himmlischen Helfer an meiner Seite zu haben, wie unser Erzvater es erlebt hatte. Aber wer war ich zu erwarten, dass Adaunoi sich um meine Sorgen und Nöte kümmerte?

Endlich war das letzte Lied verklungen und der Schluss-segen gesprochen. Eilig verließ ich den Trakt, der den Frauen vorbehalten war. Draußen traf ich auf Tamar Zuckermann. In ihren Augen las ich nichts als Verachtung. Was musste in ihr vorgehen, dass sie mir derart feindlich gegenübertrat? Ohne die Frau, zu der sich in diesem Moment ihr Bruder gesellte, weiter zu beachten, verließ ich den Platz vor der Synagoge und kehrte zur Familie Bundschuh zurück.

In meiner Kammer legte ich mich nieder und verschränkte die Arme hinter dem Kopf. Plötzlich gingen mir Namen durch den Kopf. Namen wie Rebekka, die jüdische Ärztin. Auch eine gewisse Sarah hatte mein Vater einmal erwähnt, der es vor etwa hundert Jahren in Würzburg gestattet worden war, das ärztliche Gewerbe auszuüben. Die Frau war mit der Heilkunst angeblich so wohlhabend geworden, dass sie sogar ein Ritter-gut erworben hatte. Dabei strebe ich gar nicht nach Reich-tum, überlegte ich, mir würde es genügen, von meiner Arbeit unbehelligt leben zu können.

Am nächsten Morgen machte ich mich auf den Weg zum Kornmarkt und schritt mit Vaters Koffer in der Hand die breite Fahrgasse hinab. Wie an jedem Tag belagerten auch heute zahllose Bettler den Platz vor dem Hauptportal von St. Bartholomäus. Wind kam auf und zerrte an meinem Schleier. Außerdem hatte es sich bewölkt, und ich konnte den Regen schon riechen. Mit hochgezogenen Schultern bog ich in die Korngasse ein.

Neugierig ließ ich den Blick über die Buden und Tische der Gewürzhändler und Gemüsebauern schweifen. Ich schlenderte auf die mit leinenen Zeltwänden überdachten Stände mehrerer Buchhändler zu. Neben dem Letzten in der Reihe, einem älteren Mann, blieb ich stehen und stellte den Medizinkoffer ab. Ich betrachtete die prächtig gestalteten und gebundenen Bücher, von denen er einige aufgeschlagen hatte, damit die Passanten sich von der Qualität und Schönheit seiner Ware überzeugen konnten. Den Büchern entströmte der typische Geruch von Tinte, Papier und gewachstem Leder.

»Was bietet Ihr an, junge Frau?«

Ich öffnete den Koffer, nahm ein mit großen Buchstaben beschriebenes Blatt heraus und reichte es ihm.

»›Ich heiße Alisah Friedman. Wenn Ihr gesundheitliche Hilfe benötigt, sprecht mich bitte an‹«, las er halblaut vor. »›Ich bin eine Heilkundige.‹«

Er gab mir das Blatt zurück, und ich legte es vor mir auf das Pflaster. Als ich mich anschickte, es mit einem Stein zu beschweren, schüttelte der Mann den Kopf.

»Benutzt ruhig meinen Tisch«, bot er an und wies zum Himmel. »Es sieht nach Regen aus. Unter dem Zeltdach werden wir nicht nass. Ich brauche nicht so viel Platz, da ich heute Morgen schon einiges verkauft habe.« Er schob die Schriften und Bücher ein Stück beiseite. »Mein Name ist übrigens Melchior Reintaler.«

Dankbar erwiderte ich sein freundliches Lächeln, stellte Vaters Koffer auf den zusammenklappbaren Tisch und nahm einige der Instrumente heraus. Das Blatt Papier drapierte ich für jedermann sichtbar daneben und beschwerte es mit einem Stein. Schon fielen die ersten Tropfen.

»Keinen Moment zu früh, was?«, lachte der Buchhändler, als der Regen immer heftiger auf den dicken Stoff über uns prasselte.

Bald bedeckten zahlreiche Pfützen die Gasse.

Ein gut gekleideter Mann näherte sich dem Tisch. Er trug einen halblangen Mantel. Eine schlichte dunkelblaue Filzkappe bedeckte sein Haar. Seine Aufmerksamkeit galt jedoch nicht den angebotenen Schriften und Büchern, sondern meinem Schild und den medizinischen Instrumenten. »Ihr seid eine Heilkundige?«

»Das ist sie, Walther«, meinte der Buchhändler erklären zu müssen. »Leidest du unter Beschwerden?«

Die beiden Männer kannten sich also.

Der andere verzog das bleich wirkende Gesicht. »Schon seit einer Woche. Mein Medicus hat leider vor einigen Tagen überraschend das Zeitliche gesegnet, und ich habe mir noch keinen neuen gesucht. Du weißt, es gibt solche und solche.«

Reintaler lachte. »Allerdings. Ein guter Arzt ist Goldes wert.«

»Eben. Es gibt eine Menge Quacksalber in der Stadt«, fuhr der Jüngere mit saurer Miene fort. »Deshalb habe ich bisher gewartet. Außerdem glaubte ich, die vermaledeiten Kopf- und Halsschmerzen würden langsam nachlassen, aber heute Morgen fingen sie wieder an.« Er wandte sich zu mir um. »Ich wäre froh, wenn Ihr mir helfen könntet. Bisher habe ich mit Juden nur gute Erfahrungen gemacht.«

Leider kann ich nicht sprechen, aber wir werden uns schon verständigen. Bitte schildert mir Eure Beschwerden.

»Nicht hier«, gab der Mann leiser zurück. »Bitte begleitet mich in mein Haus in der Krämergasse. Dort lebe ich mit meiner Schwester Brigitta. Mein Name ist übrigens Walther Dietzenbach. Ich führe das Geschäft meines Vaters. Er war einer der angesehensten Händler der Stadt.«

Zum Glück hörte der Regen so plötzlich auf, wie er eingesetzt hatte. Ich packte meine Sachen, verabschiedete mich mit einem Nicken von dem Buchhändler und folgte dem jungen Mann zu ihm nach Hause, wo er sich kurz zurückzog.

Seine Schwester, das honigblonde Haar hochgesteckt und

von einem hauchdünnen Schleier bedeckt, bot mir eine Erfrischung an, aber ich schüttelte den Kopf.

»Walther sagt, Ihr seid eine jüdische Heilerin. Ich hoffe, Ihr könnt meinem Bruder helfen. Es ist ein Elend, mit ansehen zu müssen, wie er leidet. Er wird gleich zurück sein. Entschuldigt mich bitte, ich habe zu tun.«

Gleich darauf betrat Walther Dietzenbach den Raum. Er trug eine eng anliegende Schecke und bequeme Hausschuhe.

»Ich will nicht lange um den heißen Brei herumreden«, begann er, und ich merkte, wie schwer ihm das Reden fiel. »Angefangen hat es im Frühjahr mit ein paar kleinen Geschwüren an meinem...« Er zögerte und senkte den Kopf.

»...am Unterleib. Sie sind ziemlich unangenehm, wie Ihr Euch vorstellen könnt. Zum Glück sind sie nach etwa zwei Monaten wieder abgeheilt, und ich hoffte, es wäre endlich vorbei. Doch vor einigen Tagen traten neue Beschwerden auf. Immer öfter Kopf- und Halsschmerzen, außerdem Übelkeit und Fieber.«

Geschwüre, Schmerzen, Fieber, Übelkeit. Ein Verdacht keimte in mir auf, und ich schrieb: *Was hat der Medicus zu Euren Beschwerden gesagt?*

»Unserem alten Arzt konnte ich nichts mehr darüber berichten.«

Wie hat er Eure Geschwüre behandelt?

Dietzenbach trat an eines der hohen Fenster. Inzwischen regnete es wieder. »Er meinte, man müsse abwarten, wie sich die Sache entwickle. Als die Geschwüre abheilten, war er beruhigt, bat mich aber, ihn sofort aufzusuchen, wenn ich etwas Ungewöhnliches an mir beobachten sollte.« Er drehte sich um. »Ist es möglich, dass ich mich mit der Franzosenkrankheit angesteckt habe? Es sollen ja immer mehr Männer daran leiden.«

Das wäre möglich, schrieb ich. *Eine Diagnosis kann aber erst nach einer eingehenden Untersuchung durch einen Medicus gestellt werden.*

279

»Natürlich. Ich werde in den nächsten Tagen einen Arzt aufsuchen.« Sein Blick verlor sich in der Ferne. »Das wäre dann die Strafe dafür«, brachte er tonlos hervor, »dass ich regelmäßig ein gewisses Haus am Hafen aufgesucht habe… Mein Vater hatte mich gewarnt.« Ein Weinkrampf schüttelte ihn und ließ seine Schultern beben.

Mitleid erfüllte mich. Sollte der junge Mann tatsächlich unter der Franzosenkrankheit leiden, kam die Diagnose einem Todesurteil gleich. Vater hatte mir einmal geschildert, welchen Verlauf diese Seuche nahm, die von den Franzosen ins Reich eingeschleppt worden war. Die ersten Symptome, die Dietzenbach an sich festgestellt hatte, waren Geschwüre an Geschlechtsteil und After, die eine Flüssigkeit absonderten. Wenn er das Haus am Hafen weiterhin aufgesucht hatte, war die Wahrscheinlichkeit groß, dass er noch mehr Menschen angesteckt hatte. Nach dem Abheilen der Geschwüre kam es einige Zeit später zu Appetitverlust und Übelkeit, des Weiteren zu Fieber, Kopf- und Halsschmerzen.

In diesem Stadium schien er sich derzeit zu befinden. Womöglich litt er schon bald unter Hautausschlägen und Haarausfall. Nach Abklingen dieser Symptome war es gut möglich, dass zunächst alle Beschwerden verschwanden. Doch die furchtbare Krankheit würde in Dietzenbachs Körper weiterwüten und allmählich seine Lunge, seinen Magen, die Leber sowie Muskeln und Knochen zerstören. Mir graute, wenn ich mir ausmalte, wie dieser gut aussehende junge Mann am Ende von Lähmungen, Hör- und Sehstörungen befallen und als Wahnsinniger seinen letzten Atemzug tun würde.

Als hätte er meine Gedanken erraten, sprang Dietzenbach auf. »Gibt es denn gar keine Rettung?«

Ihr müsst umgehend einen Medicus aufsuchen. Nur ein Arzt kann eine Diagnosis stellen und Euch helfen. Soweit ich weiß, wird die Krankheit mit einer Salbe behandelt, die Quecksilber enthält. Es tut mir sehr leid, dass ich nichts für Euch tun kann.

Dietzenbachs Miene wirkte wie in Stein gemeißelt. »Lasst mich Euch für die Zeit, die Ihr Euch genommen habt, entlohnen.«

Er nahm eine einzelne Münze aus seinem Beutel und legte sie auf den blank polierten Tisch. Ein ganzer Silbergulden! Ich wehrte ab, aber Dietzenbach schob die Münze näher zu mir.

»Ich bestehe darauf. Lebt wohl, Frau Friedman.«

39

Regensburg 2013

Es war fünf Uhr morgens, als Gideon mit einer Idee aufwachte. In seinen Bademantel gehüllt und einen Becher starken Kaffees neben sich, setzte er sich an seinen Schreibtisch. Vielleicht gelang es ihm noch, das Kapitel zu Ende zu schreiben, bevor er nach Erlangen fuhr. Nur das leise Klacken der Tasten auf seinem Laptop war im Arbeitszimmer zu hören.

Bald darauf machte er sich zufrieden auf den Weg in die Pension. Paula traf nur wenige Minuten nach ihm ein. Seinem Gefühl folgend umarmte er sie. Auch sie schien sich über ihr Wiedersehen zu freuen.

In der Diele wurden sie von der Pensionswirtin begrüßt. Frau Landler, die das graue Haar zu einem Dutt hochgesteckt hatte, zeigte ihnen ihre Zimmer und händigte ihnen ein paar Flyer mit Informationen über Erlangens Sehenswürdigkeiten aus.

»Vielleicht finden Sie ja die Zeit, sich unsere schöne Stadt anzuschauen. Das Schloss, der dazugehörige Garten und die Orangerie sind ein Muss für jeden Besucher.« Frau Landler plapperte munter weiter.

Gid und Paula wechselten einen vielsagenden Blick und zogen sich zurück.

Die nächsten Stunden vergingen wie im Flug, bald senkte sich Dunkelheit über die Stadt. Die beiden saßen in Paulas Zimmer. Die Schreibtischlampe zauberte Lichtpunkte auf ihr

Haar, während sie mit konzentrierter Miene an der Übersetzung arbeitete und ihm schließlich aus dem altertümlichen Text vorlas. Wie immer war er fasziniert. Nicht nur von den Geschichten, sondern auch von der Begeisterung, mit der Paula die Sätze vortrug. Wenn sie zwischendurch aufblickte, konnte er die Betroffenheit erkennen, mit der sie Alisahs Tagebuch begleitete.

»Paula, ich möchte dir gerne etwas zeigen«, sagte er endlich. »Dazu müsstest du allerdings noch mal zu mir nach Regensburg kommen.«

Sie schloss den Ordner und drehte sich zu ihm um. »Was ist es?«

»Der Koffer, von dem ich dir bei unserem ersten Treffen erzählt habe. Er enthält nämlich nicht nur Daniel Friedmans Holzkasten mit seinen Instrumenten und Alisahs Tagebücher, sondern auch das Hochzeitskleid meiner Großmutter, einige alte Bücher, eine antike Uhr und vieles mehr.«

»Au ja. Du machst mich ganz neugierig.«

Nachdenklich musterte er sie. »Ich weiß jetzt übrigens, was ich mit den Tagebüchern sonst noch anfangen kann.«

Ihre Miene drückte Verwirrung aus. »Was meinst du damit?«

»Ich habe angefangen, Alisahs Aufzeichnungen für einen Roman zu nutzen. Anfangs dachte ich, es würde nur eine Kurzgeschichte werden, aber je länger ich daran sitze…«

»Moment mal, Gid.« Sie setzte sich zu ihm. »Du schreibst einen Roman? Ich wusste ja gar nicht… Hast du das denn schon öfter gemacht?«

»Seit ich lesen und schreiben kann, nichts Besonderes«, wiegelte er verlegen ab. »Aber Alisahs Geschichte hat mich gepackt. Wenn es mir gelingt, daraus einen Roman zu machen, lasse ich ihn binden und lege ihn in den Koffer.«

Ihr Lächeln drang ihm direkt ins Herz. »Eine tolle Idee! Darf ich ihn irgendwann mal lesen?«

»Mal sehen. Wir treffen uns ja bald bei mir in Regensburg.«
Gideon stand auf. »So, und jetzt muss ich ins Bett. Es war ein
langer Tag.«

»Stimmt.«

An der Zimmertür zog er sie in die Arme. »Ich wünsche dir
eine gute Nacht.«

»Ich dir auch, Gid«, sagte sie herzlich. »Und danke noch
mal. Bis morgen.«

An dem Abend lag Gideon noch lange wach, und in seinen Träumen wechselten Alisahs und Paulas Gesichter einander ab.

Am nächsten Tag zur Mittagszeit fuhren sie beide nach
Hause. Doch während des ganzen Heimwegs ging ihm Paulas
Blick nicht aus dem Kopf, als sie ihm zum Abschied zugewun-
ken hatte.

Obwohl Gid jeden Abend an Alisahs Lebensgeschichte
schrieb, zog sich die kommende Woche schier endlos hin. Er
konnte es kaum erwarten, Paula am Samstag all die Fundstü-
cke zu zeigen, die er selbst jeden Tag aufs Neue betrachten
musste.

Als die Studentin endlich eintraf, war Gideon so aufgeregt wie schon lange nicht mehr. Sie trug ein eng anliegendes
Shirt, Jeans – und ein weiches Lächeln auf den Lippen. Nie
hatte sie hübscher ausgesehen.

Aber auch Gid hatte sich sorgfältig rasiert und ein neues
Aftershave ausprobiert.

Paula war die Entdeckerlust deutlich anzusehen. Die Er-
innerungsstücke hatte er auf dem Wohnzimmertisch verteilt,
und ihre Augen leuchteten, als sie näher trat.

Gideon breitete die Arme aus. »Bitte schön, da sind die
Sachen, sieh dir alles in Ruhe an.«

Paula entwich ein überraschter Laut. »Darf ich?«, fragte sie
mit einem Wink auf das Brautkleid.

»Klar.«

Sanft strich sie über den Taft und roch an dem Beutelchen mit Lavendel. »Wunderschön«, murmelte sie. »Es sieht noch immer aus, als wäre es erst vor wenigen Jahren verpackt worden. Wie ist es deiner Familie nur gelungen, das Kleid zu retten?« Sie lächelte. »In meiner Familie haben wir das Glück nicht. Das Meiste wurde bei Bombenangriffen vernichtet oder auf der Flucht verloren.« Sie richtete ihre Aufmerksamkeit auf die anderen Gegenstände. »Sie haben offensichtlich alles mit Namen versehen. Aber wieso haben sie Briefumschläge benutzt?«, fragte Paula und griff nach dem Kuvert, das mit einer Stecknadel an der Verpackung des Kleides angebracht war.

»Keine Ahnung.« Gideon nahm die Instrumente aus dem Holzkasten und reihte sie nebeneinander auf. »Was, wenn die Umschläge noch etwas enthalten?«

»Genau, lass uns später mal nachsehen.« Sie streifte die Handschuhe über und betrachtete eines nach dem anderen. »Du meinst wirklich, die Sachen stammen aus dem Mittelalter?«, fragte sie und hielt ihm eine rostige Schere entgegen.

»Ich vermute es zumindest. Man müsste sie mal einem Fachmann zeigen. Aber sie könnten durchaus Alisahs Vater gehört haben.«

»Und später ihr«, ergänzte Paula nachdenklich. »Der Holzkasten hat einen Griff. Das dürfte Daniel Friedmans Medizinalkoffer sein.«

Auch eine in dunkles Leder gebundene Ausgabe vom Talmud und zwei medizinische Bücher aus dem achtzehnten und neunzehnten Jahrhundert nahm sie hoch und roch daran. Dann griff sie nach einem Büchlein, das noch älter zu sein schien. Die Seiten waren nicht bedruckt. Eine klare, gut lesbare Handschrift füllte die vergilbten Seiten.

»Hast du dir das hier schon näher angesehen?«, fragte sie und wies auf das Buch.

»Klar, leider kann ich nichts damit anfangen. Vor allem die

Handschrift macht mir Schwierigkeiten«, gab Gideon zu. »Aber ich vermute, Daniel Friedman hat darin seine Krankenbeobachtungen und Rezepturen notiert.«

»Alisah hat es mehrmals erwähnt.« Paulas Stimme verriet ihre Aufregung. »Dann stammt es also auch aus dem sechzehnten Jahrhundert.«

»Blitzmerkerin«, grinste Gideon.

Sie drohte ihm mit dem Zeigefinger. »Mach dich nicht über mich lustig. Die Taschenuhr sieht übrigens schön aus. Mein Vater hatte auch so eine.«

Gid rückte noch etwas näher, und er konnte die Wärme ihrer Haut spüren. »Auf dem Deckel sind die Initialen M.M. eingraviert. Demnach gehörte sie Menachem Morgenstern, meinem Urgroßvater.«

»Ich bin beeindruckt«, flüsterte sie. »Die Erbstücke erzählen ihre eigenen Geschichten. Das ist fantastisch!«

Das Strahlen auf ihrem Gesicht ließ sein Herz höher schlagen. »Ja, das ist es, Paula«, sagte er. »Aber von all den Sachen finde ich die Tagebücher am interessantesten.«

»Ich auch. Trotzdem juckt es mich in den Fingern, mir auch noch alles andere anzusehen.«

Gideon lachte. »Kein Problem. Die Umschläge sind dünn, sie können also keine seitenlangen Briefe enthalten.«

»Lass uns einfach nachschauen.«

»Okay. Mach es dir bequem.«

Paula setzte sich auf die Ledercouch, nahm den ersten Umschlag und zog das darin steckende Blatt Papier heraus. »›Diese Taschenuhr gehörte einst Menachem Morgenstern, erstgeborener Sohn von Herschel Morgenstern. Doktor der Medizin in Fürth‹«, las sie vor. »›Für seine Tapferkeit vor dem Feind im Ersten Weltkrieg wurde er mit dem Eisernen Kreuz dekoriert.‹« Es folgten das Geburts- und das Sterbedatum, welche Gid und Paula bereits von der Liste der Vorfahren kannten.

286

Gideon schauderte, als er sich vorstellte, was es für Menachem bedeutet haben musste, tapfer vor dem Feind gewesen zu sein. Wie viel Elend hatte er im Angesicht des Todes gesehen, wie oft sich gefürchtet, ohne seinen Kampf um das Leben jedes einzelnen Verwundeten abzubrechen?

»Was hat Menachem Morgenstern die Kraft gegeben, um das durchzustehen?«, unterbrach Paula seine Gedanken.

»Vermutlich dasselbe, was auch heute noch vielen Menschen in Kriegszeiten hilft, das Grauen zu ertragen«, antwortete er heiser. »Hoffnung, der Glaube an Gott. Oder er hat sich wie alle anderen Ärzte ausschließlich auf den Moment konzentriert, in dem Verletzte seine Hilfe benötigten.«

Der nächste Umschlag betraf den Besitzer des Talmuds. »›Herschel Morgenstern, erstgeborener Sohn von Moishe Morgenstern. Doktor der Augenheilkunde in Würzburg. Lehrte an der Friedrich-Alexander-Universität in Erlangen. Ehrenmitglied des Corps Rhenania, Erlangen.‹«

»Er wurde Mitte des neunzehnten Jahrhunderts geboren«, ergänzte Gideon. »Steht dabei, warum man ihn zum Ehrenmitglied ernannt hat?«

»Ja, wegen seiner besonderen Verdienste in der Augenheilkunde und im Fechten. Er muss ein angesehener Mann gewesen sein«, meinte Paula. »Schau mal, Gid. Hier sind die Informationen über Alisahs Vater.«

Er blickte auf. »Wo hast du denn den Umschlag gefunden?«

»Er lag zwischen den anderen. Ich vermute, er war an der Kiste befestigt, und das Klebeband hat sich gelöst.«

»Gut möglich.«

Gideon betrachtete Paulas Profil, während sie den Finger auf die betreffende Stelle des Schreibens legte und ihre Miene jenen entrückten Ausdruck annahm wie immer, wenn sie sich konzentrierte. »›Daniel Friedman. Medicus, wie man es zu seiner Zeit ausdrückte. Geboren vierzehnhundertachtzig in

Regensburg, gestorben von gemeiner Mörderhand fünfzehnhundertneunzehn. Vater von Alisah Friedman, unserer verehrten Ahnin. Geachteter Gelehrter von jedermann, der ihn kannte. Der erste einer Dynastie von deutsch-jüdischen Ärzten.‹«

»Friedman«, überlegte Paula laut, »Alisah hat erst den schönen Namen Morgenstern in die Familie gebracht.«

»Richtig. Sie muss irgendwann geheiratet haben.«

Endlich legte Paula den letzten Umschlag beiseite. »Wer mag all diese Informationen gesammelt und zu den Gegenständen gelegt haben?«

»Ich vermute, dass man die jeweiligen Nachrufe ersetzt hat, bevor sie unleserlich wurden. Meine Vorfahren haben also über alle Generationen hinweg die Hinterlassenschaften nicht nur verwahrt, sondern sie auch gepflegt, um sie zu erhalten. Unfassbar, oder?« Gideon warf Paula einen Seitenblick zu.

In ihren Augen glitzerten Tränen. »Wundervoll«, flüsterte sie. »Hast du auch bemerkt, dass es immer die erstgeborenen Söhne deiner Familie waren, die Ärzte geworden sind?«

»Ja.« Auch in ihm hallte etwas von der Wärme und der Achtung nach und stimmte ihn nachdenklich. Der Roman über Alisahs Leben könnte tatsächlich ein geeignetes Erbstück für seine eigenen Nachfahren werden. Wobei die allerdings erst noch geboren werden mussten.

»Was gibt's denn zu schmunzeln?«, unterbrach ihn Paula.

»Hab ich das?«

»Oh ja, und wie.«

»Ich hab gerade an den Roman gedacht, den ich für meine Nachkommen in den ›Koffer wider das Vergessen‹ legen möchte.«

»Tja, damit hast du gleich zwei Probleme. Erstens gibt es derzeit noch nichts, das du hinterlassen könntest, und Nachkommen hast du auch keine«, stellte Paula fest. »Warum grinst du denn schon wieder?«

»Weil mir gerade bewusst geworden ist, wie schön es ist, wenn du da bist.«

Sie sah ihn reglos an. »Wieso? Ach, du meinst, weil du dann endlich wieder was Neues von Alisah erfährst.«

»Nein.« Ihr Blick war fragend auf ihn gerichtet, als er näher rückte und ihr übers Gesicht strich. »Die letzten Wochen ohne dich waren ganz schön lang, weißt du? Anfangs habe ich noch geglaubt, das hätte nur mit unseren Samstagen zu tun, die ich vermisst habe.«

»Aber?«

»Es ist viel mehr als das. Ich habe mich in dich verliebt.« Ihre Augen wurden groß, doch Gid sprach weiter. »Das ist mir in den letzten Wochen klar geworden. Paula, du hast mir so sehr gefehlt.«

Er zog sie an sich und bedeckte ihr Gesicht mit zarten Küssen. Sie schüttelte stumm den Kopf, als könnte sie nicht fassen, was gerade geschah.

Gideon hielt sie ein Stück von sich ab. »Was ist mit dir, Paula?«

Statt einer Antwort schlang sie die Arme um seinen Hals und küsste ihn. Ihr zarter Duft hüllte ihn ein, und ihre Lippen waren warm und verlockend. Was hatte er nur je an Gianna reizvoll gefunden? Was auch immer er in ihr gesehen hatte – gegen Paulas Wesen wirkte sie blass.

»Hör zu, Paula. Wir haben uns zwar durch Alisahs Tagebücher kennengelernt, aber sie haben nichts mit meinen Gefühlen für dich zu tun. Ich hoffe, das weißt du.«

Sie hob das Kinn. »Das musst du mir erst mal beweisen. Danach entscheide ich, ob ich dir glaube oder nicht.«

Seine Fingerspitzen prickelten, als sie ihre Hände in seinem Haar vergrub.

»Gleich jetzt?«, raunte er.

Ihre Augen blitzten. »Warum auf später verschieben?«

Er senkte seinen Mund auf ihren, und sie erwiderte den

Kuss mit einer Leidenschaft, die seine Beherrschung auf eine harte Probe stellte. Genüsslich ließ er die Finger ihren Nacken hinabgleiten. Die feinen, weichen Härchen dort brachten ihn beinahe um den Verstand. Wie sollte er gelassen sein, wenn sie ihren schlanken Körper so fest an seinen schmiegte? Da spürte er, wie sie ihre Finger unter seinen Pullover schob und seinen Rücken liebkoste. Gideon schauderte und hielt die Luft an, während Paula ihn reglos ansah, um ihm dann mit einer fließenden Bewegung das Kleidungsstück über den Kopf zu ziehen und zu Boden zu werfen.

Gid atmete hastig und befeuchtete seine Lippen. »Du meinst es offensichtlich sehr ernst?« Wobei seine Worte weniger wie eine Frage als wie eine Feststellung klangen.

Paula lächelte auf eine Weise, die seinen Puls beschleunigte, und strich über seinen Brustkorb und die Muskeln an seinem Bauch. Er hob sie kurzerhand auf seine Arme und strebte mit entschlossenen Schritten aufs Schlafzimmer zu, dessen Tür nur angelehnt war.

»Hey, Herr Morgenstern«, prustete Paula strampelnd. »Du willst mich doch nicht etwa über die Schwelle tragen? Lass mich runter, ich bin doch kein kleines Kind mehr!«

Gideon grinste. »Stimmt. Aber ich will verhindern, dass du es dir im letzten Moment anders überlegst.«

Im Schlafzimmer setzte er sie ab und gab der Tür einen Schubs, damit sie ins Schloss fiel.

Gideon glaubte zu träumen. Zu unwirklich kam es ihm vor, in Paulas Gesicht mit den halb geöffneten Lippen zu blicken. Er war versucht, über ihre Wangen zu streichen oder ihr Haar zu berühren, wollte sie jedoch nicht wecken. Vorsichtig schlug er die Bettdecke zurück und schlich aus dem Zimmer. Unter der Dusche ließ er eiskaltes Wasser über seinen Körper prasseln. Kein Traum, das hier war die Wirklichkeit. Paula Marek lag in seinem Bett, und sie hatten eine wunderbare

Nacht miteinander verbracht. Er griff nach dem Shampoo, schäumte seine Haare ein und summte die ersten Töne aus Edward Griegs *Morgenstimmung*.

Paula schob die Kunststoffwand zur Seite und steckte den Kopf herein. »Guten Morgen.«

»Guten Morgen, Paula. Hast du gut geschlafen?«

»So gut wie schon lange nicht mehr.« Ihr Blick wanderte seinen eingeschäumten Körper hinunter. »Und du?«

»Ich auch. Bin gleich fertig. Machst du uns einen Kaffee?«

Später saßen sie am Küchentisch.

»Ich muss dir übrigens noch etwas erzählen, Gid.« Ihr Gesichtsausdruck war ernst.

»Schieß los.«

»Es geht um mein Studium. Ich werde es abbrechen.«

»Ehrlich? Bei unserem Spaziergang damals hast du zwar eine Andeutung gemacht, dass die Vorlesungen dich manchmal langweilen und oft trocken sind, aber damit hätte ich nicht gerechnet.«

»Wenn ich angenommen werde, gehe ich nach Erlangen. Dort gibt es eine Berufsfachschule, an der ich mit dem Studium der Logopädie beginne.«

»Logopädie?«

»Sprachheilkunde. Schuld daran ist Alisah. Mir ist klar geworden, wie schlimm es sein muss, sich seinen Mitmenschen nicht mitteilen zu können. Im Mittelalter gab es keine Therapiemöglichkeiten, heute sehr wohl. Jedenfalls habe ich gestern bei der Fachschule in Erlangen angerufen. Man hat mir gesagt, ich solle mich bewerben. Der Studiengang fängt nächstes Jahr im Oktober an.«

»Das dauert ja noch fast ein Jahr!«

»Ich werde so lange jobben. Vielleicht in einer Einrichtung für sprachbehinderte Kinder. Es gibt in Fürth einen Sprachkindergarten. Gleich morgen rufe ich da an. Ansonsten versuche ich es bei einem Förderzentrum.«

»Du hast dich offensichtlich ziemlich gut vorbereitet«, staunte Gideon. »Erzähl mir von dem Studium. Ich hab ehrlich gesagt keine Ahnung, was man da lernt.«

»Alles über Sprachentwicklung, neurologische Sprachstörungen, Stimmstörungen und dergleichen. Wir werden in Hals-Nasen-Heilkunde, Kieferorthopädie, Pädiatrie und Neurologie unterrichtet, außerdem haben wir Rechtskunde und einige andere Fächer.«

»Hört sich ganz schön arbeitsintensiv an.«

»Das ist es sicherlich. Aber am Ende habe ich einen Bachelor-Abschuss und kann eine eigene Praxis aufmachen… Vorausgesetzt, ich besitze das nötige Kleingeld dafür.«

»Klingt toll. Ich denke, du hast eine gute Entscheidung getroffen.«

Paula lächelte. »Das habe ich. Morgen schreibe ich die Bewerbung.«

40

Alisah

Für die Händler auf dem Kornmarkt war ich nach einigen Wochen zu einer vertrauten Erscheinung geworden. Von meiner Unfähigkeit zu sprechen wussten inzwischen viele, denn Melchior Reintaler war ein ebenso freundlicher wie geschwätziger Mann. Er hatte mir am Tag nach meinem Besuch bei Dietzenbach angeboten, ich könne meine Sachen gern weiterhin auf seinen Tisch stellen.

Eines Morgens näherte sich uns ein Mann, der einen Esel an einem Strick mit sich führte. Über dem Rücken des Tieres lag eine schwere Satteltasche. Von Zeit zu Zeit gab es ein Schnauben von sich, und der Fremde tätschelte ihm zärtlich den Hals.

Der junge Mann hielt das Grautier unmittelbar vor dem Tisch an und verbeugte sich vor Reintaler. »Seid mir gegrüßt. Ich möchte gerne meinen Stand neben dem Euren aufbauen. Ist das wohl möglich?«

Der Buchhändler lüftete seinen Hut. »Gott zum Gruß. Ich wüsste nicht, was dagegen spräche. Allerdings müsst Ihr dafür ein Sümmchen an den Rat entrichten.«

»Wie in jeder Stadt, in die ich komme.« Der Mann, dessen bartloses Gesicht von blonden Locken eingerahmt wurde, grinste wissend, und unsere Blicke trafen sich. Seine Aussprache klang eigenartig. Sicher stammte er nicht aus diesem Teil des Reiches. »Warum sollte Frankfurt da eine Ausnahme bilden, nicht wahr, junge Frau?«

Ich hob die Schultern, da ich nicht wusste, wie ich mich ihm mitteilen sollte, und sah hilflos zu Reintaler. Der verstand und nannte dem Neuankömmling unsere Namen.

»Mit wem haben wir denn das Vergnügen?«, fragte er dann.

»Entschuldigt. Lorenzo Neri ist mein Name, ich bin Theriakhändler, wie Ihr sogleich sehen werdet. Ich biete *Himmelsarztney* an.«

Er führte den Esel an den Rand der Gasse, band den Strick um ein Lindenbäumchen und nahm dem Tier die schwere Satteltasche vom Rücken.

»So, mein Alter«, hörte ich ihn mit dem erschöpften Tier sprechen, »jetzt kannst du dich ausruhen. War eine lange Reise, nicht wahr?« Der Blonde klopfte ihm auf den Hals.

Ein Theriakhändler! Das bedeutete, er verkaufte sogenannte Wundermittel, die angeblich alles heilten und sogar die Lust steigern sollten. Das Zeug war eine Mischung aus Knoblauch, diversen Kräutern sowie Honig, Wein und Wurzeln, aber auch gemahlenem Schlangenfleisch und anderen ekelhaften Zutaten, noch dazu völlig unwirksam. Das Fleisch der giftigen Schlangen bekam man nur in Italien, hieß es. Auch der Name Lorenzo und seine Sprechweise deuteten darauf hin, dass der Mann von dort stammte. Dieser Scharlatan würde also von nun an neben mir seine *Himmelsarztney* feilbieten!

Unterdessen packte Neri seine Taschen aus und stellte eine ganze Anzahl von Flaschen und verschlossenen Döschen auf eine ausgebreitete Decke. Als er bemerkte, dass ich ihn beobachtete, lächelte er erneut.

»Ihr seht, ich habe einiges anzubieten, von einem wunderbaren Balsam für rasches Haarwachstum bis hin zu einer wirkungsvollen Salbe zur Entfernung derselben an Stirn und Schläfen. Manche feinen Damen wenden sie noch an ganz anderen Stellen an, Ihr versteht?« Der letzte Satz galt Reintaler.

»Ihr meint …?«

»In Würzburg hatte ich ein halbes Dutzend äußerst zufriedener Kundinnen, die auf meinen Balsam schwören. Viele Männer mögen es, wenn ihr Weib da unten … Aber am besten verkauft sich immer noch mein Theriak.«

Ich verdrehte die Augen.

»Was habt Ihr denn? Glaubt Ihr mir etwa nicht? Meine Medizin hat schon so manchem geholfen«, versuchte er mir weiszumachen.

Ich winkte ab.

»Dann eben nicht. Ich find's trotzdem schön, dass wir hier nebeneinander stehen und den Leuten unsere Hilfe anbieten. Betreiben wir nicht das schönste Gewerbe der Welt?«

Eine gut gekleidete Frau mit einem hübschen Hut trat an den Tisch. »Ihr seid die Heilerin, nicht wahr?«

Ich hielt ihr meinen Zettel hin, auf dem mein Name und mein Beruf standen.

»Schön. Kommt bitte ein paar Schritte mit mir«, bat sie, und ich ahnte, dass ihr Anliegen nicht für Männerohren bestimmt war.

Ich nahm mein Schreibzeug und folgte ihr, bis wir außer Hörweite von Reintaler und dem Italiener waren.

»Es geht um meine Tochter«, sagte die Frau. »Sie leidet unter einer Verstopfung ihrer Monatszeit. Habt Ihr einen Rat, wie das Blut wieder zum Fließen gebracht werden kann?«

Sie erwartet kein Kind?, schrieb ich. Auf keinen Fall wollte ich einer Schwangeren helfen, ihre Frucht loszuwerden.

Die Frau schüttelte entrüstet den Kopf. »Nein, das weiß ich genau.«

Ich hoffte, dass sie die Wahrheit sagte, und überlegte. Dann erinnerte ich mich, welchen Ratschlag Schwester Katz einmal einer jungen Patientin gegeben hatte, die über das Ausbleiben ihrer monatlichen Blutung klagte.

Sie soll morgen früh als Erstes einen Sud aus in Bier oder Wein gekochten Wurzeln und Blättern der Schwertlilie trinken. Sie kann ihn sich beim Apotheker herstellen lassen. Hilfreich ist es auch, ihren Unterleib mit Beifuß einzureiben, den sie in Wein ausgekocht hat.

Die Frau bedankte sich, gab mir zwei Heller, und ich kehrte an den Tisch zurück.

»Konntet Ihr helfen?«, erkundigte sich der Italiener. »Gewiss ging es um eine Frauensache.«

Ich nickte, und Neri wandte sich wieder den Passanten zu.

»He, Leute, kommt ruhig näher!«, rief er. »Bei Lorenzo bekommt Ihr die besten Öle, Wässerchen und Salben, die es auf den schönsten und größten Märkten zu kaufen gibt. Auch einen wunderbaren Theriak habe ich Euch mitgebracht. Also nicht so schüchtern, nur herzu! Meine Preise sind genauso gut wie meine Medizin.«

Die meisten Leute gingen vorbei, bis ein paar junge Mädchen das Angebot des Händlers begutachteten. Vermutlich handelte es sich um Patriziertöchter, denn sie waren nach der neuesten Mode gekleidet.

»Na, Ihr Hübschen«, schmeichelte Neri, »womit kann ich dienen?«

Eine schlanke Rothaarige mit einem *Hennin* auf dem Kopf wies auf ein Fläschchen, durch dessen Wände eine helle Flüssigkeit schimmerte. »Das hier ist ein Mittel zum Bleichen der Haut, habe ich recht? Was kostet es?«

»Ihr kennt Euch offensichtlich gut aus, obwohl Ihr so etwas gar nicht nötig habt. Eure Haut ist makellos.« Das Mädchen kicherte, und Neri beugte sich vor. »Soll ich Euch etwas verraten, junge Dame? Ich habe in den großen Städten des Reiches, die ich die letzten Monate bereiste, viele Frauen gesehen, die sich Wangen und Lippen färben. In Firenze und Venezia ist es der letzte Schrei. Die weiße Haut scheint allmählich aus der Mode zu geraten, versteht Ihr?«

»Die Lippen färben? Meint Ihr wirklich?«

Eine ihrer beiden Freundinnen zog die Stirn in Falten. Unter ihrer weißen Leinenhaube lugte ein kurzer Zopf hervor. »Wie sieht denn das aus?«

»Wenn ich ehrlich sein soll, mir gefällt's. Und den meisten Männern ebenfalls. Euch würde es bestimmt gut stehen. Sollte ich Eure Neugier geweckt haben, ich hätte da etwas für Euch… Kostet allerdings drei Heller mehr als das Mittel zum Bleichen, aber Gutes hat eben seinen Preis.«

Nach kurzem Zögern erstand die junge Frau ein kleines Gefäß mit einer cremigen Substanz, und sie schlenderten weiter. »›Der letzte Schrei‹«, hörte ich die Rothaarige kichern, »ein komischer Mann. Wie der geredet hat!«

Ich konnte ihr nur zustimmen.

»Was ist mit *Euch*? Weil wir uns so gut verstehen, biete ich Euch das Mittel zu einem wahren Freundschaftspreis an.« Neri zwinkerte mir verschwörerisch zu und nannte mir einen Betrag, bei dem ich ihn allzu gern einen jämmerlichen Betrüger genannt hätte. Abwehrend hob ich die Hände, und Neri seufzte. »Warum nur habe ich das Gefühl, dass Ihr mich nicht leiden könnt?«

Vier junge Burschen, die Hände in ihre Wämser vergraben, näherten sich uns. Der Theriakhändler beachtete sie nicht weiter.

»Jungs, ich fress 'nen Besen, wenn dasch da keine Jüdin ischt!«, rief einer von ihnen aus.

Die Kerle starrten mich unverhohlen an.

»Ist ja auch keine Kunst, so eine zu erkennen«, konterte ein Zweiter. Sein rundes Gesicht war über und über mit eitrigen Pickeln übersät. »He, Judenweib, was hast du hier auf dem Markt zu suchen?«

Der andere entblößte seine gelben Zahnstummel zu einem Grinsen. Sein rechtes Ohr war nur noch zur Hälfte vorhanden. »Wahrscheinlich isch sie neu in der Stadt und weisch noch nich, dasch sie hier als Händlerin nischts verloren hat.«

297

»Genau, verzieh dich in die Judengasse, wo du hingehörst«, forderte der Pickelige mich auf.

»He, lasst die Frau in Frieden, sie ist eine Heilkundige und hat eine Genehmigung«, ließ sich Reintaler vernehmen.

»Misch disch nischt ein, Alter!«, zischte der andere und machte eine unanständige Geste. »Warum verteidigschd du so eine überhaupt?«

»Wahrscheinlich ist er einer von diesen Huma… Huma…«, sagte ein anderer.

»Humanisten meinst du?«, fragte der Buchhändler. »Nein, das bin ich nicht, obwohl das gute Leute sind, die sich um die Stadt verdient gemacht haben. Aber Schwachköpfe wie ihr sind sowieso zu dumm, um das Wort richtig auszusprechen. Trollt euch gefälligst, ihr vergrault mir meine Kunden.«

Die harsch gesprochenen Worte zeigten Wirkung, und zwei der Männer gingen tatsächlich weiter. Nur der Kerl mit dem verletzten Ohr und der Picklige traten an meinen Tisch.

Blitzschnell griff Letzterer nach einer meiner Scheren. »Damit schneidest du also guten Christenmenschen den Bauch auf, oder was? Mit so was habt ihr Juden schließlich eine Menge Erfahrung.«

»Jetzt reicht's. Zurück auf den Tisch mit der Schere!« Der Theriakhändler, der die Szene bisher schweigend verfolgt hatte, sprang auf. »Wird's bald? Wenn Ihr nicht sofort verschwindet, rufe ich die Büttel.«

»Oh, jetzt kriegen wir aber mächtig Angst, was, Jobst?«, höhnte der Pickelgesichtige, ließ die Schere aber auf meinen Tisch fallen.

Sein Kumpan spuckte davor auf den Boden. »Das kannschde laut sagen, Urban.« Er richtete den Blick erneut auf Neri. »Dich hab ich hier noch nie gesehen. Woher kommst du überhaupt? Ein Deutscher bist du jedenfalls nicht!«

Er äffte die Aussprache des Italieners nach, doch dieser blieb ruhig, was den anderen nur umso mehr aufbrachte.

298

»Die Büttel willst du rufen? Dann zeig ihnen gleich mal deine Genehmigung zum Verkauf für das ganze Zeugs da, statt dich für eine Drecksjüdin einzusetzen …«

Neris Hand schoss vor und krallte sich in die schmutzige Jacke des Pickeligen. Der schrie auf und trat dem Theriakhändler mit aller Macht zwischen die Beine. Der Italiener stöhnte auf und sackte zusammen.

»Hat es wehgetan?« Das Pickelgesicht verzog sich zu einem hämischen Grinsen.

Dann hob der Bursche den rechten Fuß und zertrat Neris größte Flasche. Der milchige Inhalt ergoss sich über die Decke.

Der Theriakhändler sprang mit schmerzverzerrtem Gesicht auf. Entsetzt sah ich, wie Neri nach einem Messer griff.

»Ihr verdammten Hundesöhne!«, stieß er hervor und machte einen taumelnden Schritt auf den Kerl zu, den der Pickelige Jobst genannt hatte.

Dabei achtete er jedoch nicht auf seinen zweiten Gegner. Der hob die Faust und schmetterte sie gegen Lorenzo Neris Schulter. Wieder ging der Theriakhändler zu Boden, und sein Messer entglitt der erschlafften Hand. Reintaler und ich wechselten einen raschen Blick, und er wies auf den Mann mit den Zahnstummeln. Ich verstand. Im nächsten Moment griffen wir nach zwei schweren Büchern, die an seinem Stand auslagen. Gleichzeitig stürzte der Pickelige auf das Messer zu. Reintaler und ich hoben die Bücher, um jedem der Kerle eins auf den Kopf schnellen zu lassen. Der Lispelnde wich mir geschickt aus, während Reintalers Hieb das Gesicht des anderen traf, wenn auch nicht mit der nötigen Wucht. Aber das Pickelgesicht war schneller, denn die Klinge des Messers steckte bereits im Oberarm des Theriakhändlers.

»Als Andenken«, hörte ich ihn nach dem Hieb undeutlich murmeln.

Wann fiel der Widerling endlich um? Er schien zäh zu sein,

denn ihm gelang noch ein letzter hasserfüllter Blick, bevor die beiden sich taumelnd davonmachten.

Wir eilten zu Lorenzo Neri.

»Zieht nicht so ein entsetztes Gesicht. Es ist alles halb so schlimm«, brachte der Theriakhändler hervor, aber sein bleiches Gesicht strafte die bemüht munter gesprochenen Worte Lügen.

Der Buchhändler hockte sich neben den Verletzten und schob dessen blutdurchtränkten Hemdsärmel hoch. »Das sieht böse aus, Neri. Frau Friedman, würdet Ihr Euch bitte mal die Wunde anschauen?«

Reintaler erhob sich, um mir Platz zu machen. Der Theriakhändler seufzte ergeben und wollte sich aufsetzen. Ich bedeutete ihm, liegen zu bleiben. Zwar blutete die Wunde kräftig, die Schlagader oder die daneben verlaufene *vena brachiales* schien die Klinge jedoch nicht durchtrennt zu haben. Ein fester Verband sollte genügen, um die Blutung zum Stillstand zu bringen. Rasch holte ich meinen Koffer und nahm eine Binde, ein frisch gewaschenes Stück Leintuch und ein Gefäß mit einer blutstillenden Salbe aus Hühnereiweiß, Honig, Johanniskraut und Wasserpfeffer heraus. Diese hatte ich dem Apotheker für einen Heller abgekauft.

»Ich helfe Euch«, sagte Reintaler und hob Neris Arm ein wenig an.

Die Wunde hätte gereinigt werden müssen, doch ich besaß keinen Wein, und das nächste Gasthaus befand sich vermutlich unten am Mainufer, war also zu weit entfernt. Ich strich ein wenig Salbe auf das Leintüchlein, legte es auf die leicht blutende Einstichstelle und verband ihn.

»Ich danke Euch, Frau Friedman«, sagte der Italiener.

Ich wies auf ihn. Hätte Neri sich nicht für mich eingesetzt, wäre er nicht verletzt worden. Damit stand ich in seiner Schuld.

Er machte eine wegwerfende Handbewegung. »Hätte ich

denn zusehen sollen, wie dieses Gesindel eine Frau beleidigt, noch dazu eine so schöne?«

Ich errötete und ärgerte mich sogleich darüber. Deshalb nahm ich meine Instrumente und verstaute alles im Koffer, wobei ich mich bemühte, Lorenzo Neris Blick auszuweichen.

41

Lorenzo

Was für eine außergewöhnliche Frau, dachte der Theriakhändler, während Alisah Friedman ihm den Rücken zuwandte. Sie hatte keinen Hehl daraus gemacht, dass sie ihn für einen Schwindler hielt, der den Leuten das Geld mit schönen Worten aus der Tasche zog. Nun, ein Betrüger war er nicht, die Salben und der Theriak waren gut und wirksam. Schöne Worte machen, das konnte er wahrlich, aber das gehörte eben zum Geschäft. Jedenfalls wollte die Jüdin nichts mit ihm zu tun haben, selbst der halb durchsichtige Schleier hatte die Ablehnung auf ihrer Miene nicht verbergen können. Was sie jedoch keinen Augenblick daran gehindert hatte, ihm gemeinsam mit dem Buchhändler zu Hilfe zu eilen. Auch die Besorgnis, mit der sie seine Stichverletzung untersucht hatte, war ihm nicht entgangen. Wie ärgerlich, dass man sich nicht mit ihr unterhalten konnte. Schließlich würde er noch gute zwei Wochen in Frankfurt bleiben, bevor er nach Offenbach weiterziehen wollte. Wie anmutig sie sich bewegte. Ob sie schon stumm auf die Welt gekommen war? Vielleicht weiß ja der Buchhändler etwas mehr über ihr Leben, überlegte Lorenzo.

Leider vermochte der Mann nur zu berichten, dass Alisah Friedman seit gut vierzehn Tagen auf dem Kornmarkt ihre Dienste anbot.

»Plötzlich stand sie vor mir«, erzählte Reintaler an einem sonnigen Tag. Obwohl es kaum Mittagszeit war, trieb die

Hitze den Männern Schweißperlen auf die Stirn. Der Buchhändler zog seinen Hut tiefer ins Gesicht. »Da wir nicht miteinander sprechen können, erfahre ich kaum etwas von ihr.«

Lorenzo fächelte sich mit einem Heftchen vom Tisch des Buchhändlers Luft zu, was dieser mit einem missbilligenden Räuspern quittierte. Daraufhin legte er das Traktat wieder an seinen Platz zurück. »Ich wüsste wirklich gern mehr über diese Frau«, sagte er.

»Ich auch, glaubt mir, ich auch«, erwiderte Reintaler. »Aber schweigt jetzt, da kommt sie.«

Wie an jedem Morgen steuerte Alisah Friedman mit kleinen, schnellen Schritten und stolz erhobenem Kopf auf Reintalers Verkaufstisch zu. Lorenzo lächelte ihr freundlich entgegen. Alisah erwiderte es mit einem leichten Nicken.

Gern hätte er sie länger betrachtet, aber ein alter Mann trat an seine Decke, dem abgenutzten Kittel und der angeschmutzten Hose nach einer der Bauern, die am oberen Teil des Kornmarktes ihre Waren feilboten.

»Ihr seid ein Theriakhändler?«

»Das will ich meinen. Womit kann ich dienen?«

»Mein Weib leidet seit Tagen unter fürchterlichem Bauchgrimmen. Einen Medicus können wir uns nicht leisten.«

»Vielleicht hat sie etwas gegessen, das ihr nicht bekommen ist?«

Der Alte schüttelte den Kopf. »Dann hätte ich ebenfalls Beschwerden.«

»Wahrscheinlich. Wie ist es denn bei Eurer Frau mit«, Lorenzo fing einen Blick von Alisah auf, »der Notdurft?«

Der Bauer kratzte sich am Nacken. »Ihr meint, ob's mit dem Scheißen klappt?«

»Wenn Ihr es so ausdrücken wollt. Nun, wie dem auch sei, mein Theriak hilft bei Bauchgrimmen genauso gut wie bei Verstopfung, Durchfall und bei drei Dutzend anderen Krankheiten. Nur gegen die heutige Hitze ist leider auch diese Medizin wirkungslos. Wie viel soll es denn sein?« Lorenzo zeigte dem Bauern eine Anzahl unterschiedlich großer Fläschchen und nannte den jeweiligen Preis.

Der Alte entschied sich für ein kleines Gefäß, bezahlte und verschwand wieder.

»Sagt einmal, Neri«, sprach ihn der Buchhändler an, »diese Wunderarztney, die gegen alles helfen soll, was beinhaltet die eigentlich?«

»Ihr sagt das mit einem gewissen Unterton, als ob Ihr nichts davon haltet, werter Herr Reintaler. Darf ich Euch darüber aufklären, dass Theriak bereits seit über tausend Jahren ein beliebtes und wirksames Mittel ist? Lange Zeit durfte er nur in Venezia hergestellt werden. Man sagt, ihm verdanke die Stadt seinen Reichtum.«

»Wie ist es Euch unter diesen Umständen möglich, das Wundermittel so preisgünstig anzubieten?«

Lorenzo schwieg. Natürlich besaß die Mixtur, die er verkaufte, nicht dieselbe Qualität des Theriaks aus Venezia oder den Städten des Reiches. Was allerdings Reintaler nicht das Geringste anging. »Ihr wolltet wissen, was das Mittel alles enthält«, wich er der Frage aus, nahm eine bauchige Flasche zur Hand und wies auf das Etikett. »Der Hersteller in Nürnberg, von dem ich erst letzte Woche mehrere große Flaschen erwarb, nannte mir Baldrian, Zimt, Kardamom, Myrrhe, Honig, Engelwurz, Opium, Enten- und Vipernblut, zermahlenes Krötenflei… Was ist mit Euch, Frau Friedman?«

Auf dem Gesicht der jungen Frau mit den großen, traurigen Augen lag Ekel, weshalb Lorenzo die Aufzählung der weiteren Zutaten unterließ.

»Mir scheint, Euch ist nicht bekannt, dass die Angehörigen des jüdischen Volkes gewissen Speisegesetzen unterworfen sind. Dazu gehört auch der Genuss von Blut«, klärte Reintaler ihn auf.

»Davon wusste ich in der Tat nichts. Entschuldigt bitte, Frau Friedman.«

Lorenzo suchte Alisahs Blick, doch der richtete sich auf eine junge Frau, die mit einem Säugling auf dem Arm an den Tisch trat. Deshalb ging er zu seinem Esel hinüber. Das Tier spitzte die Ohren, hob den Kopf und sah ihn unter langen Wimpern hervor an. Wahrscheinlich hatte der Esel genauso großen Durst wie er. Außerdem wartete das Tier, dem er den Namen Matteo gegeben hatte, weil dessen langgezogenes Gesicht ihn an einen verstorbenen Onkel erinnerte, schon eine Weile auf seinen Herrn.

Lorenzo strich ihm sanft über den Rücken. »Was hältst du davon, wenn wir zum nächsten Brunnen gehen, mein Alter?«

Er griff in die Satteltasche, die über einem Ast hing, und nahm einen leeren Wasserschlauch heraus. Die Bewegung schmerzte. Obwohl er regelmäßig eine seiner eigenen Salben auf die Wunde strich, nässte sie und wollte nicht verheilen. Wie ihn das ärgerte! Immerhin warb er täglich für seine Produkte. Aber kaum benötigte er selbst diese Arztney, ließ sie ihn schändlich im Stich. Ob er Alisah Friedman deswegen ansprechen sollte? Schließlich behandelte sie Menschen mit den verschiedensten Gebrechen überaus erfolgreich, wie er neidlos zugeben musste. Vielleicht konnte sie ihm ja einen Rat geben. Aber zuerst war sein treuer Geselle an der Reihe, der ihn seit vielen Jahren auf seinen Reisen begleitete. Er führte ihn am Stand des Buchhändlers vorbei.

»Bin gleich zurück«, rief er ihm zu. »Ich muss Matteo tränken.«

»Ihr habt dem Esel einen Namen gegeben?«, fragte der Buchhändler lachend.

»Gefällt er Euch etwa nicht?«

Auch Alisahs Antlitz zeigte ein Schmunzeln und vertrieb für einen Moment die Traurigkeit in ihren Augen.

»Schon, aber das da ist doch nur ein …«

»… ein alter Esel, wollt Ihr sagen? Ach, Reintaler, wenn Ihr wüsstet, was Matteo und ich schon alles erlebt haben. Außerdem ist es schön, wenn man sich mit jemandem unterhalten kann.«

»Na, die Unterhaltung dürfte etwas einseitig sein«, warf der Buchhändler mit gutmütigem Spott ein.

»Dann werde ich mich mal auf den Weg machen«, erklärte Lorenzo. »Herr Reintaler, darf ich Euch bitten, in meiner Abwesenheit ein Auge auf meine Waren zu haben?«

»Selbstverständlich«, versprach der andere, »lasst Euch nur Zeit.«

Der Italiener zog am Strick, und die beiden entfernten sich gemächlich, als ihm die amüsiert klingende Stimme des Buchhändlers folgte: »Was für ein seltsamer Bursche!«

Wie gern hätte er sich umgedreht, um zu sehen, ob Alisah Reintalers Bemerkung mit einem Nicken zustimmte. Doch er führte den Esel weiter dem Brunnen zu, wo sich eine Pferdetränke befand.

42

Alisah

Neri band seinen Esel am Stamm des Bäumchens an und trat an den Tisch des Buchhändlers. »Ich danke Euch, Herr Reintaler. Ein älterer Kaufmann wollte mich heute aufsuchen, um eine große Flasche Theriak zu kaufen. War er inzwischen hier?«

»Nein, es war niemand da.«

»Ich hätte noch eine Bitte«, fuhr der junge Mann in meine Richtung fort. »Könntet Ihr einen Blick auf meine Wunde werfen? Sie will einfach nicht heilen.«

Der Italiener hatte seine Verletzung in den letzten Tagen selbst versorgt und sich dafür eine zweite Binde und ein paar frische Leintüchlein von mir erbeten. Er wolle mir keine Umstände bereiten, er komme schon allein zurecht, hatte er beteuert.

Da er mich nun aber um Hilfe bat, bedeutete ich ihm, mit mir hinter Reintalers Stand zu kommen, wo ich seinen Verband abwickelte. Ich erschrak. Der Geruch von Fäulnis war widerlich, die Wundränder klafften auseinander, außerdem hatte sich seine Salbe auf dem Tuch mit Eiter vermischt. Welche Bestandteile das Zeug auch immer enthalten mochte, wirksam war es jedenfalls nicht.

»Sieht nicht gut aus, was?«

Ich lasse Euch von Herrn Hiller, dem Apotheker in der Heiligengasse, eine Salbe aus Ringelblume, Johanniskraut und einigen anderen Bestandteilen anmischen. Außerdem werde ich die Wunde vor jedem

Verbandswechsel mit Wein reinigen. Eure Arztney könnt Ihr getrost fortwerfen!

Neri bedankte sich für meine Hilfe, da griff ich erneut zum Schreibblei.

Dafür berechne ich Euch drei Heller. Seid dankbar, dass es nicht zu einem lebensgefährlichen Wundbrand gekommen ist.

»Ich hätte die Versorgung der Wunde wohl besser Euch überlassen sollen«, räumte der Theriakhändler mit zerknirschter Miene ein.

Bevor ich einen frischen Verband anlege, muss die Wunde gereinigt werden. Ein Stück weiter unten gibt es eine Schänke. Kauft bei dem Wirt etwas Wein.

»Gut, dass Ihr Euch um ihn kümmert, Frau Friedman«, ließ sich Reintaler vernehmen, nachdem Neri in der Menge verschwunden war, »obwohl Ihr den Mann nicht besonders mögt.«

War die Abneigung, die ich dem Theriakhändler gegenüber hegte, wirklich so offensichtlich?

»Er hat sich übrigens nach Euch erkundigt«, fuhr der Buchhändler fort. »Überhaupt scheint er eine Vorliebe für Euch zu haben.«

Ich rollte die Augen, und Reintaler lachte.

Kurz darauf kehrte der Italiener zurück, und ich folgte ihm erneut hinter seinen Stand. Dort öffnete ich seinen Wasserschlauch und ließ etwas Wein über die Wunde laufen. Eines der Leintüchlein tränkte ich ebenfalls damit und fixierte es mit einer frischen Binde. Morgen wollte ich die Wunde wieder versorgen, allerdings mit der Salbe von Herrn Hiller.

»Wenn ich nur wüsste, wie ich Euch das vergelten kann«, sagte der Theriakhändler.

Indem du mich in Zukunft in Ruhe lässt, dachte ich und wandte mich einem Mann zu, der an den Tisch getreten war und dessen Kleidung Wohlstand verriet.

»Gott zum Gruß. Eine Heilkundige seid Ihr? Vielleicht

könnt Ihr mir helfen. Ich schlafe schon seit Wochen schlecht. Mein Medicus hält nichts von Arztneyen, er schwört auf den Aderlass. Doch die Prozedur habe ich schon mehrmals über mich ergehen lassen.«

Einen Moment betrachtete ich seinen stattlichen Leib, über dem sich ein fein besticktes Wams spannte. *Bittet den Apotheker in der Allerheiligengasse,* schrieb ich dann, *Euch einen Sud aus Lavendelblüten, Johanniskraut, Melisse und Baldrian zuzubereiten. Den trinkt Ihr leicht erwärmt eine Stunde vor dem Zubettgehen. Wenn ich Euch noch einen Rat geben darf: Nehmt am Abend keine schweren Speisen mehr zu Euch. Diese Beratung kostet zwei Heller.*

Der Mann steckte den Zettel ein und gab mir das Geld.

Am folgenden Tag versorgte ich Neris Wunde mit der Salbe, die ich bei dem Apotheker in der Allerheiligengasse gekauft hatte. Während der Behandlung verhielt sich der Theriakhändler auffallend still. Doch als ich zu Reintalers Stand zurückkehrte, folgte er mir.

»Stellt Euch vor, gestern Abend bin ich unseren ›Freunden‹ wieder begegnet.«

Ich stutzte. Meinte er die Männer, die ihn angegriffen hatten? Durch eine Geste gab ich ihm zu verstehen, er möge weitersprechen.

»Die beiden Kerle standen plötzlich vor mir. Ich glaube, sie waren ebenso überrascht wie ich. Sie beschimpften mich aufs Übelste und wollten auf mich losgehen.«

»Diesen Burschen sollte endlich das Handwerk gelegt werden«, empörte sich Reintaler. »Wie ging es weiter?«

»Ich hatte Glück. Ein Nachtwächter kam hinzu. Ich kenne ihn, der Mann bewohnt ebenfalls eine Kammer im *Strauß.* Wenn er nicht gewesen wäre, wer weiß, was die Lumpen mit mir angestellt hätten. Ihr hättet sehen sollen, wie dieser Nesen seine Hellebarde geschwungen hat.«

Ich forschte im Gesicht des Italieners. Trotz des leichten

Lächelns, das er während seiner Schilderung auf den Lippen trug, meinte ich einen Hauch von Furcht in seinen Zügen zu erkennen.

»Nesen, sagt Ihr? Dann ist er also der neue Lehrer der Junkerschule«, stellte Reintaler fest. »Der Mann gehört zum Kreis der Humanisten. Er soll die Söhne der Patrizier in Latein unterrichten und im nächsten Jahr Rektor werden. Nebenbei arbeitet er als Nachtwächter für die Stadt.«

»Von seinem Posten als Magister hat er mir gar nichts erzählt, als wir in der Schankstube saßen und einen Krug Wein miteinander leerten. Wir sprachen die halbe Nacht über alles Mögliche, unter anderem über die Reformation.«

Aufmerksam hörte ich den beiden Männern zu. Wilhelm Nesens Reitunfall verdankte ich mein erstes selbst verdientes Geld. Wenn er den Dienst des Nachtwächters versah, musste sein Bruch gut verheilt sein.

»Was dieser Martin Luther lehrt, macht mich neugierig«, sprach Neri weiter. »Ich würde gern mehr darüber erfahren, Herr Reintaler.«

»Da muss ich Euch enttäuschen, Herr Neri. Ich stehe zwar den Humanisten nahe, aber über die Reformation weiß ich bisher recht wenig, obwohl ich Luthers *Deutsche Theologia* sowie einige in unsere Sprache übersetzte Schriften von John Wycliff und Jan Hus anbiete.«

Mir sagten beide Namen nichts, aber wie es sich anhörte, mussten die beiden Männer schon vor dem deutschen Luther ähnliches Gedankengut verbreitet haben. Mein Vater hatte uns einst versucht, begreiflich zu machen, was dieser ehemalige Mönch der römischen Kirche vorwarf. Besonders lebhaft erinnerte ich mich an seine Ausführungen über den Ablasshandel. In Regensburg war Sarah und mir auf dem Marktplatz einmal ein Mönch begegnet, der gegen klingende Münze versprach, die Seelen der Umstehenden aus dem Fegefeuer zu erlösen. Gegen solche Geschäfte und vieles andere mehr wandte sich der Doctor aus Wittenberg in seinen Flugschriften und Predigten.

Dass sich Lorenzo Neri damit beschäftigen wollte, wunderte mich. Bislang war er mir nicht als Mann mit geistigem Tiefgang aufgefallen, aber möglicherweise tat ich ihm unrecht.

43

Lorenzo

Wie diese Frau ihn ansah! Hatte Alisah Friedman tatsächlich geglaubt, es mit einem Dummkopf zu tun zu haben? So kann es einem gehen, wenn man vorschnell ein Urteil fällt, dachte er und verkniff sich mühsam ein Grinsen.

Der Mann mit der Hellebarde war also ein Magister. Wie ein einfacher Söldner oder Büttel, die für gewöhnlich den Dienst des Nachtwächters versahen, wirkte er tatsächlich nicht.

An diesem Morgen waren sie sich in der Gaststube begegnet. Lorenzo hatte Nesen an seinen Tisch gebeten und ihn zu einem gemeinsamen Frühstück eingeladen. Erfreut ließ er sich von der Wirtin eine Schale mit Hafersuppe und etwas Weizenbrot bringen.

»Ich hoffe, Ihr habt gut geschlafen.«

Lorenzo bejahte. »Ihr ebenfalls?«

Der Ältere lächelte. »Ich habe noch mal über unser Gespräch nachgedacht. Wenn Ihr wollt, nehme ich Euch gern zu dem Treffen mit, das heute Abend im Haus meiner Bekannten stattfindet. Dort kommen Männer zusammen, die wie Ihr mehr über die reformatorische Lehre erfahren möchten. Auch Patrizier und Kaufleute, sogar Priester sollen heute unter ihnen sein.«

»Ihr habt meine Neugier also bemerkt?«

Der andere lachte. »Die war nicht zu übersehen.«

»Ja, ich komme gern mit.«

»Ich dachte es mir. Aber nun lasst uns essen, bevor die Suppe kalt wird.«

Dass ein Nachtwächter an diesen Treffen teilnahm, hatte Neri überrascht. Nie wäre er auf den Gedanken gekommen, der Mann könnte ein Magister sein. Wie man sich irren konnte.

»Du verkaufst Theriak, wie ich sehe.«

Jäh wurde Lorenzo in die Gegenwart zurückgerissen. Ein untersetzter Mann in Priesterkleidung war vor das Tuch mit seiner Auslage getreten und starrte ihn finster an.

»So ist es. Wollt Ihr eine Flasche davon erwerben?«

»Von dem Teufelszeug? Oh, ich vergaß, ihr Scharlatane nennt es *Himmelsarztney*. Du solltest dich schämen, dem Gebräu so einen Namen zu geben, Bursche!«

»Warum geht Ihr nicht einfach weiter, statt mich zu beleidigen? Die Wirkung des Theriaks ist von vielen Ärzten anerk…«

»Dann sind diese Ärzte ebenso dumm wie du!«, fiel ihm der Kleriker ins Wort. »Ich hätte nicht übel Lust, meinen Einfluss beim Rat geltend zu machen, damit du hier verschwindest.«

»Hochwürden, dieser Mann besitzt genau wie wir alle die Erlaubnis, seine Waren feilzubieten«, schaltete sich der Buchhändler ein.

Lorenzo fing einen Blick Alisahs auf und wandte sich wieder dem Priester zu.

Dieser maß ihn mit einem Ausdruck tiefster Verachtung. »Verkauf ruhig weiter dein Teufelsgebräu. Irgendwann wird es dir zum Verhängnis werden… Wenn nicht auf Erden, so am Tag des Jüngsten Gerichtes, vor dem jeder Mensch für seine Worte und Taten Rechenschaft ablegen muss.«

Lorenzo sah ihm nach, bis er in der Menge verschwand. Dies war nicht seine erste unliebsame Begegnung mit einem Vertreter der heiligen Mutter Kirche. In Pforzheim und München war ihm von ihnen ähnlich starke Ablehnung entgegengeschlagen.

Die Sonne stand schon tief am Himmel, als Lorenzo den Esel in südlicher Richtung auf den *Strauß* zuführte. Der Gasthof, der seinen Namen einem auf eine großflächige Holztafel gemalten Straußenvogel verdankte, war nicht weit vom Markt entfernt. Lorenzo brachte Matteo in den Stall, nahm die Tasche von seinem Rücken und versorgte ihn.

Im Haus begegnete ihm Wilhelm Nesen. »Ihr habt mich aber schön hereingelegt«, sagte er schmunzelnd.

»Hereingelegt? Wie meint Ihr das, Neri?«

»Indem Ihr mich in dem Glauben gelassen habt, nur ein einfacher Nachtwächter zu sein.«

Der andere lachte. »Bis ich meine Stellung an der Lateinschule antrete, vergeht noch einige Zeit. Bis dahin bin ich tatsächlich nur ein einfacher Nachtwächter im Dienste der Freien Reichsstadt Frankfurt. Im Übrigen sollten wir aufbrechen. Es wäre unhöflich, die anderen Herrschaften warten zu lassen.«

Die *Große Stalburg*, das Patrizierhaus, vor dem sie wenig später standen, war nach ihrem Besitzer benannt.

»Claus Stalburg ist Ratsherr und einer der reichsten Männer der Stadt«, erläuterte Herr Nesen. »Seine Söhne Crafft und Claus werden zu meinen Schülern gehören.«

Ein Diener führte die beiden in einen Saal, wo sie von zwei Dutzend gut gekleideten Männern erwartet wurden. Lorenzo hob den Blick zur Decke, welche ein Deckengemälde im italienischen Stil zierte, da ergriff einer der Herren das Wort.

»Meine Gattin und ich freuen uns, Euch in unserem Stammhaus willkommen heißen zu dürfen. Ganz besonders begrüßen möchte ich die Herren von Holzhausen, von Glauburg und vor allem Wilhelm Nesen, der heute zu uns sprechen wird.« Der bartlose, hochgewachsene Mann breitete die Arme aus. »Macht es Euch recht bequem, bevor er uns darüber unterrichten wird, was seit Monaten das gesamte Reich bewegt.«

Die Anwesenden, darunter auch einige im dunklen Rock der Kleriker, ließen sich in den bereitgestellten Sesseln und Bänken nieder. Lorenzo kam sich unter den Angehörigen der höheren Schicht der Stadt fehl am Platze vor. Nachdem Weinbecher hereingetragen und ein leichter *Imbiz* gereicht worden waren, erhob sich Wilhelm Nesen.

»Verehrte Patrizier, geistliche Herren und Bürger Frankfurts«, begann er, »Ihr seid Claus Stalburgs Einladung gefolgt, weil Ihr wissen möchtet, was es mit dem auf sich hat, das landauf, landab als Reformation bezeichnet wird. Gern will ich Euch darüber aufklären. Dabei geht es um nicht weniger als eine Erneuerung unserer Kirche.«

In der folgenden Stunde erfuhren die Gäste des Patriziers, was den früheren Mönch Martin Luther dazu bewogen hatte, der kirchlichen Lehre in einer Reihe von Punkten zu widersprechen und schließlich seine fünfundneunzig Thesen zu veröffentlichen.

»Doctor Luther fordert eine grundlegende Reform der Kirche, und zwar ›an Haupt und Gliedern‹, wie er es ausdrückt. Dafür wurde er im letzten Jahr nach Rom vorgeladen. Dort wollte man ihn eines Verfahrens wegen Ketzerei unterziehen, was er jedoch aus gesundheitlichen Gründen ablehnen musste. Daraufhin wurde Luther auf dem letzten Reichstag zu Augsburg von Kardinal Cajetan verhört. Er solle seine Thesen widerrufen, verlangte der Vertreter des Papstes. Luther lehnte dies entschieden ab.«

»Feige ist der Mann wahrlich nicht«, sagte ein Patrizier. »Wer hat schon den Mut, sich dem Heiligen Stuhl entgegenzustellen?«

»Erzählt weiter. Die Vertreter des Papstes kennen meines Wissens keine Gnade mit Rebellen des Glaubens«, erwiderte ein anderer.

»Richtig«, antwortete Nesen. »Damit galt Luther als Ketzer und sollte ausgeliefert werden. Glücklicherweise konnte er fliehen. Derzeit lebt er unter dem Schutz des Kurfürsten Friedrich in seiner Heimatstadt Wittenberg, empfängt an der dortigen Universität humanistisch gesinnte Männer aus aller Herren Länder und schreibt eine Abhandlung nach der anderen. Man berichtete mir, dass die Menschen in Scharen zu seinen Predigten strömen. Aber auch die Zahl seiner Feinde nimmt zu. Kürzlich wurden in Köln seine Schriften öffentlich verbrannt. Dennoch wenden sich ihm immer mehr einflussreiche Leute im ganzen Reich zu, darunter Albrecht Dürer in Nürnberg.«

»Kennt Ihr Einzelheiten von Luthers Forderungen?«, fragte ein Mann neben Lorenzo.

»Dazu komme ich gleich noch«, versprach Nesen. Er hob seinen Becher und trank dem Gastgeber zu.

»Martin Luther ist zu der festen Meinung gelangt, nicht der ist gerecht, der viele gute Werke tut, sondern derjenige, welcher an Christus glaubt. ›Der Gerechte wird aus Glauben leben‹, heißt es im Brief des Apostels Paulus an die Römer wie auch in der Epistel an die Galater. Luther behauptet, nach dieser Erkenntnis habe er sich wie neu geboren gefühlt, da sich ihm die Tür zum Paradies geöffnet hatte. Vorher habe ihm der Gedanke, nach seinem Abscheiden ins Fegefeuer zu müssen, um seine Sünden zu büßen, stets mit tiefer Furcht erfüllt, aber nun sei diese Angst ein für alle Mal von ihm gewichen. Deshalb wandte er sich auch gegen den Ablasshandel.«

Lorenzo hatte ebenfalls schon mal einen Ablassbrief gekauft. »Sobald das Geld im Kasten klingt, die Seele in den Himmel springt«, waren die Worte eines Predigers gewesen, dem er in Innsprucke begegnet war. Doch nach dem Erwerb des Briefes, für den er einen Viertelgulden bezahlt hatte, war die Furcht vor den Flammen nicht geringer geworden. Die Schuld, die er auf sich geladen hatte, begleitete ihn, seit er

Verona vor zwei Jahren bei Nacht und Nebel verlassen hatte. Ehebruch und Wollust – eine Todsünde hatte er begangen. Einmal mehr sah er die dunkelhaarige, vollbusige Frau auf dem von Gauklern und zahllosen Händlern bevölkerten Marktplatz an seinen Stand treten.

»Ein Fläschchen Theriak bitte.«

»Gerne, Signora.«

Als sie die verlangte Summe in seine Hand fallen ließ, lag bei den Münzen auch ein zusammengefalteter Zettel. Ein flehender Blick aus grünen Augen, dann verschwand sie in der Menge. »»Besucht mich bitte heute Abend in meiner *casa* gegenüber dem *Torre dei Lamberti*«, las er.

Fiorella Cesare war die Gattin eines städtischen Beamten, aber das hatte er erst nach ihrer ersten gemeinsamen Nacht erfahren. Eriberto Cesare befand sich auf einer Reise nach Venezia, und seine Frau erwartete ihn nicht vor der nächsten Woche zurück. Einsam und ungeliebt fühle sie sich von ihrem fünfzehn Jahre älteren Mann, beteuerte sie.

Lorenzo ließ sich natürlich nicht lange bitten, schließlich war er ein junger, auf diesem Gebiet völlig unerfahrener Mann und Fiorella mit ihren verführerischen Kurven eine unwiderstehliche Verlockung. Die heißblütige Frau führte ihn in die Geheimnisse der Liebe ein und bescherte ihm unvergessliche Stunden. Sie liebten sich die ganze Nacht wie im Rausch. Er sei ihr schon am Vortag aufgefallen, dort auf dem Markplatz, gestand sie ihm.

»Deshalb habe ich den Zettel geschrieben und unserer einzigen Bediensteten freigegeben. Ich habe so sehr gehofft, dass du kommst. Sehe ich dich morgen Nacht wieder?«

Auch am folgenden Abend schlüpfte Lorenzo zu später Stunde durch die Hintertür des aus hellem Sandstein gebauten Hauses. Doch die junge Zofe musste gehört haben, was sich hinter der Schlafzimmertür abspielte. Als der Hausherr früher als erwartet zurückkehrte, berichtete sie ihm alles.

Lorenzo sah seine Geliebte erst eine Woche später wieder, als sie in Begleitung ihrer Dienerin über den Marktplatz ging. Fiorellas schönes Gesicht wies einen großen blauen Fleck an Wange und Nase auf.

Noch am selben Tag hatte Lorenzo die Stadt verlassen und war nach Norden weitergezogen, aber es verging kaum ein Tag, an dem er nicht an die sündigen Stunden mit der schönen Veroneserin zurückdachte. Er fühlte sich schuldig, und selbst das laute und bunte Treiben in Trient, Innsprucke und München, wo er seine Medizin anbot, hatte ihn nicht ablenken können. Fiorellas Gatte hatte sie verprügelt, und an ihm, dem Ehebrecher und wollüstigen Mann, nagte die Furcht, für seine Tat mit dem Höllenfeuer bestraft zu werden.

Gewiss, die Priester lehrten, wer von ganzem Herzen bereute, dem werde von Gott vergeben. Wenn Lorenzo ehrlich war, konnte er genau das nicht, bereute er doch keinen einzigen Moment, den er in Fiorellas Armen verbracht hatte.

»Ihr behauptet also, Luther lehre, dass alle Buß- und Beichtübungen unnütz seien?«, rief ein vollbärtiger Mann ungläubig und riss Lorenzo aus seinen Gedanken.

»So wie sie die Kirche den Gläubigen auferlegt, ja«, antwortete Nesen. »Seine erste These lautet: ›Das ganze Leben des Gläubigen soll Buße sein.‹ Damit meint er nichts anderes als einen gottgefälligen Lebenswandel.«

»Das soll ausreichen?«, entschlüpfte es dem Mann neben Lorenzo.

Auch in seiner Stimme meinte der Theriakhändler Zweifel zu vernehmen.

»Luther ist davon überzeugt. Unser Herr straft uns, wenn wir sündigen, aber sobald wir uns mit unserer Schuld an Christus wenden, schenkt er uns seine Erlösung und Vergebung. Der Fürsprache der Heiligen oder der Jungfrau Maria bedarf es laut Luther nicht.«

Wilhelm Nesen fuhr mit seiner Rede fort, aber seine Worte rauschten an Lorenzo vorbei. Ihm war auf einmal, als würde eine schwere Last von ihm genommen.

44

Alisah

Drei Tage waren seit dem Auftauchen des Venezianers vergangen. Ich versorgte Neris Wunde und säuberte gerade meine Instrumente mit Wein, als sich um die Mittagszeit eine gebeugte Gestalt aus der Menge löste. Es handelte sich um den Bauern, dem der Italiener eine Flasche Theriak verkauft hatte.

»Erinnert Ihr Euch noch an mich?«, fragte der Alte scharf. Damit griff er in einen Leinenbeutel und förderte die bauchige Flasche zutage.

»Selbstverständlich. Ihr seid wegen Eurer Frau zu mir gekommen. Wie geht es ihr?«

»Das fragt Ihr noch? Schlecht geht es meinem Weib, schlechter noch als zuvor. Ihr habt mir für dieses Dreckszeug fünf Heller abgenommen, und geholfen hat es rein gar nichts.«

»Eure Frau leidet noch immer unter Bauchgrimmen?«

»Sag ich doch. Gebt mir sofort mein sauer verdientes Geld zurück! Das Zeug ist wertlos.«

»Das ist nicht wahr. Ich habe es erst vor Kurzem von einem hervorragenden Theriakhersteller in Nürnberg erworben.«

»Dann ist der Mann genauso ein Scharlatan wie Ihr.«

»Nehmt das sofort zurück!« Neri konnte gerade noch nach der Flasche greifen, bevor der Bauer sie aufs Pflaster warf.

»Meine fünf Heller!« Das Gesicht des Alten verfärbte sich dunkelrot.

»So beruhigt Euch endlich«, der Italiener öffnete seinen Beutel, »ich gebe Euch ja das Geld.«

Der Bauer steckte es ein und wandte sich dem Buchhändler zu, der das Geschehen zusammen mit mir beobachtet hatte. »Ihr solltet Euren Stand nicht in der Nähe eines solchen Betrügers aufbauen.«

»Das lasst nur meine Sorge sein, Herr Landmann«, antwortete Reintaler. »Aber wenn ich *Euch* einen Rat geben darf: Schafft Eure Frau zu einem Medicus.«

Der Bauer verschwand.

Neri gesellte sich zu uns. »Von Zeit zu Zeit kommt es vor, dass mein Theriak nicht hilft«, beeilte er sich zu erklären. »Herr Reintaler, Euer Vorschlag, einen Medicus zu Rate zu ziehen, ist sicher der richtige. Hoffentlich beherzigt der Alte ihn auch.«

Ein älteres Paar steuerte auf den Stand des Buchhändlers zu. Der Mann beugte sich sogleich über die ausliegenden Druckwerke. Als seine Gattin, deren hochgestecktes Haar ein durchsichtiger Schleier bedeckte, meiner gewahr wurde, stürzte sie auf mich zu. Es war Brigitta Pfefferkorn. Jene Frau, der das Leben ihrer Dienerin gleichgültig war, die sie für das Enkelkind ohne Wimpernzucken geopfert hätte. Ich wich zurück und wäre gestrauchelt, hätte Lorenzo nicht meinen Arm ergriffen.

»Da bist du ja«, zischte die Frau. »Ich habe schon überall nach dir Ausschau gehalten.«

Ihr Mann hob den Kopf, legte das Buch, in dem er geblättert hatte, zurück und musterte mich misslaunig. »Wieso sprichst du mit dieser Person, Brigitta?«

»Sie ist das Weib, das dich um deinen Enkelsohn gebracht hat, Johannes.«

»Du hast eine *Jüdin* in unser Haus gelassen, Brigitta?«

Er spie die Worte förmlich aus.

Ich wollte weglaufen, um der Abscheu, die mir entgegen-

321

schlug, zu entgehen. Aber Neri hielt mich fest und warf mir einen beschwörenden Blick zu.

»Ich muss es vergessen haben, mein Lieber.«

»Reintaler, Ihr gestattet dieser Scharlatanin, Euren Stand zu benutzen? Ich muss mich wirklich wundern. Ich habe angenommen, Ihr wäret ein guter Christenmensch.«

»Ich kenne Eure Einstellung, Pfefferkorn. Aber darf ein ›guter Christenmensch‹ einer Frau aus dem Volk unseres Herrn nichts Gutes erweisen?«

Der andere verzog missbilligend das Gesicht. »Ich kenne diese Argumente. Christus wurde als Jude geboren, aber vergesst nicht, dass er ihnen sagte, sie hätten den Teufel zum Vater.«

Pfefferkorn starrte mich unverhohlen an, und ich erwiderte seinen Blick. Wenn Neri schon verhinderte, dass ich mich der Situation entzog, dann wollte ich diesem Mann wenigstens mit geradem Rücken begegnen.

»Hört auf«, erwiderte der Buchhändler entschieden. »Ich möchte keinen Disput führen, sondern bitte Euch nur darum, die Frau in Frieden zu lassen. Vielleicht mögt Ihr stattdessen einen Blick auf meine wunderschönen Bücher werfen?«

Einem Moment lang schien der Mann zu überlegen, dann lenkte er ein. »Zeigt mir, was Ihr Neues dahabt.«

»Du hast Glück, wenn mein Mann dich nicht anzeigt«, zischte Frau Pfefferkorn mir zu. »Er hat ein paar einflussreiche Freunde im Rat.« Damit war für sie das Thema erledigt, und sie beachtete mich nicht weiter.

Eine Weile blätterte ihr Gatte noch in einem Buch, kaufte es schließlich und verschwand mit seiner Frau.

Lorenzo Neri räusperte sich. »Frau Friedman, wir haben wohl beide heute keinen glücklichen Tag.«

So lässt es sich auch ausdrücken, dachte ich.

»Ihr wart also im Hause der Pfefferkorns?« Reintaler musterte mich aufmerksam. Auf mein Nicken hin griff er nach einem schmalen Büchlein und hielt es in die Höhe. »Der *Judenspiegel*, verfasst von Johannes Pfefferkorn. Darin prangert er das schlechte Verhalten einiger Christen an. Die Juden lobt er ob ihres starken Glaubens, beschwört sie aber eindringlich, sich zum Christentum zu bekehren und ernsthaft über seine Ausführungen nachzudenken. Das Buch ist übrigens eines seiner friedlicheren Werke. Ihr habt Euch in der Höhle eines Löwen befunden.«

Das glaube ich gern.

Während die beiden Männer weiter über Pfefferkorn redeten, schweiften meine Gedanken zu der Dienstmagd, deren Kind ich nicht hatte retten können. Ob die Pfefferkorn Elsa immer noch beschäftigte, nachdem sie ihr nicht den ersehnten Enkelsohn geschenkt hatte? »Das Mädchen ist belanglos, keiner wird um sie trauern«, waren ihre Worte gewesen, die mir auch jetzt noch einen Schauer über den Rücken laufen ließen.

»Frau Friedman«, riss mich der Buchhändler aus meinen Überlegungen, »morgen werde ich in aller Frühe nach Nürnberg aufbrechen, wo ich mir einige kürzlich erschienene Bücher ansehen und eventuell kaufen werde. Ich packe jetzt schon zusammen, da ich bis dahin noch einiges zu erledigen habe. Den Tisch überlasse ich Euch, bis ich wiederkomme.« Er wandte sich zu Neri um. »Passt mir in der Zeit gut auf unsere Freundin auf, junger Mann.«

»Das versteht sich von selbst«, antwortete der Italiener und zwinkerte mir zu.

Zum Abschied reichte Reintaler uns die Hand, und wir sahen ihm nach, wie er den Marktplatz verließ. Ich warf meinem Nachbarn einen scheuen Blick zu. Diesmal nahm ich keinen Anstoß an Neris Benehmen. Wenn ich ehrlich war, mochte ich den Theriakhändler mittlerweile sogar ein wenig leiden, und das nicht nur, weil er mir gegen die beiden unverschämten Kerle beigestanden und dabei sein Leben riskiert hatte.

Ich lächelte und deutete auf seinen Arm. Ich war zufrieden mit dem Heilungsprozess.

»Darf ich Euch eine Frage stellen, Frau Friedman?«

Ich hob die Schultern.

»Ihr müsst sie mir nicht beantworten, wenn sie Euch zu persönlich ist«, fuhr er fort. Er wartete, als ob er nach den richtigen Worten suchte. »Seit wir uns kennengelernt haben, frage ich mich, warum Ihr nicht sprechen könnt.«

Angestrengt blickte ich zu Boden und focht innerlich einen Kampf mit mir aus. Allein der Gedanke an die Vergangenheit schmerzte – warum sie wieder heraufbeschwören? Als ich aber aufsah, entdeckte ich im Antlitz des Theriakhändlers ehrliche Anteilnahme. Er konnte nicht ahnen, dass ich nicht von Geburt an stumm war. Rasch verbarg ich meine aufsteigenden Tränen.

»Nun bin ich Euch doch zu nahe getreten«, murmelte Lorenzo sichtlich verlegen. »Verzeiht mir bitte meine Aufdringlichkeit.«

Seit Längerem hatten mich die schrecklichen Bilder jenes Abends nicht mehr heimgesucht, nun standen sie mir wieder glasklar vor Augen. Könnte ich nur aussprechen, was mich so schmerzte.

Seine Augen richteten sich geduldig auf mich, und ich holte tief Luft. Wie im Traum nahm ich Schreibblei und ein paar Blätter vom Tisch, schrieb alles auf und füllte drei volle Seiten Papier. *Damals habe ich meine Sprache verloren, jetzt kennt Ihr meine Geschichte*, endete ich.

Er begann zu lesen. Bisher hatte ich noch niemandem, nicht einmal den Bundschuhs, so ausführlich geschildert, was in jener Nacht in Regensburg geschehen war. Wohl deshalb empfand ich nun eine tiefe Erleichterung. Während seine dunklen Augen langsam über das Geschriebene wanderten, veränderte sich der Ausdruck seines fein geschnittenen Gesichts. Entsetzen spiegelte sich auf seinen Zügen.

»Ich danke Euch für Euer Vertrauen. Wenn ich gewusst hätte, was Ihr alles durchgemacht habt, Alisah…«

Es störte mich nicht, dass er in eine vertrauliche Anrede gefallen war. Mit einer Geste bedeutete ich ihm weiterzusprechen, doch der Italiener schüttelte den Kopf.

»Es fällt mir schwer, die richtigen Worte zu finden.« Damit drehte er sich um und überließ mich meinen Gedanken.

Ich fasste nach seinem Arm und machte eine Bewegung, als schriebe ich etwas auf.

»Ihr möchtet mir noch etwas mitteilen?«

Mit einem Nicken begann ich zu schreiben.

»Ihr befürchtet, der Mann könnte Euch tatsächlich beim Rat wegen dieser Sache anzeigen?«, wiederholte der Theriakhändler. »Was gedenkt Ihr zu tun?«

Ich sollte die Stadt verlassen und meine Heilkunst anderenorts anbieten.

»Verzeiht, aber das wäre dumm«, entgegnete Lorenzo. »Frankfurt ist meines Wissens nach einer der sichersten Orte für die jüdische Bevölkerung.« Er strich mir sanft über den Arm. »In kaum einer Stadt gibt es noch eine Judengasse, wie sie in Frankfurt seit Langem existiert. Auch die Erlaubnis, als Jüdin innerhalb der Stadt arbeiten zu können, dürfte höchst selten erteilt werden.«

Seine Argumente klangen durchaus vernünftig, aber konnte er wirklich nachempfinden, wie es war, wenn einem von allen Seiten Ablehnung entgegenschlug?

Sein sonst so heiteres Gesicht nahm einen besorgten Ausdruck an. »Den Gedanken, aus Frankfurt fortzugehen, lasst bitte fallen. Was Johannes Pfefferkorn angeht, nannte Reintaler ihn vorhin zwar einen Löwen, doch offenbar handelt es sich nur noch um einen zahnlosen. Den Einfluss, den der Mann vor zehn Jahren besaß, hat er längst eingebüßt. Glaubt mir, Alisah, es besteht kein Grund zur Besorgnis.«

45

Alisah

Ich trat durch die halb geöffnete Tür des Rathauses in die Halle, wo mich eine angenehme Kühle empfing. An diesem Morgen des *Heumonats* war es bereits so warm wie sonst zur Mittagszeit. Kaum jemand schenkte mir Beachtung, als ich den langen Gang entlangschritt. Vor der Tür des Ratsangestellten, den ich vor vier Wochen aufgesucht hatte, warteten zwei Männer. Nach einer Weile wurde der erste hereingerufen, trat jedoch bald darauf wieder heraus und lief mit hochrotem Gesicht an mir vorüber. Der andere wurde aufgefordert einzutreten, und die Erledigung seines Anliegens dauerte länger. Endlich war ich an der Reihe.

»Frau Friedman, nicht wahr?«, erinnerte sich der junge Mann. »Ich nehme an, Ihr seid gekommen, um die Steuer zu entrichten. Das macht zwei Gulden.«

Ich legte das Geld auf den Tisch.

»Lebt wohl und bis zum nächsten Mal«, verabschiedete er sich.

Auf dem Gang traf ich Lorenzo Neri.

»Unsere schöne Heilerin. Wenn das keine Überraschung ist! Was hat Euch hierher verschlagen?«

Seine sichtliche Freude machte mich verlegen. Ich rieb Daumen und Zeigefinger aneinander.

»Ah, ich verstehe. Ihr habt die Steuer entrichtet?«

Ich nickte und wies auf ihn.

»Was *ich* hier zu tun habe? Meine Arbeitserlaubnis muss

verlängert werden. Uns reisenden Händlern wird sie immer nur für zwei Wochen ausgestellt. Nun suche ich einen gewissen Herrn Konz.« Lorenzo seufzte und hob in einer Geste der Hilflosigkeit die Schultern. »Ich erinnere mich nicht mehr, in welcher Kammer er sitzt. Hattet Ihr auch mit ihm zu tun, als Ihr Euer Gewerbe angemeldet habt?«

Mit einem Winken bedeutete ich ihm, mir zu folgen. Vor der Tür des Ratsangestellten Konz blieb ich stehen.

»Wie dumm von mir, natürlich. Danke.« Er zögerte. »Wartet Ihr auf mich? Dann können wir später zusammen zum Kornmarkt gehen.«

Ich nickte.

Wenig später verließen wir das Rathaus und strebten dem Markt zu, an dessen Ende sich das Gasthaus befand, in dem er zur Herberge wohnte.

Der Theriakhändler wischte sich den Schweiß von der Stirn. »Was für eine Hitze! Wollen wir nicht irgendwo etwas Kühles trinken?«

Abwehrend hob ich eine Hand.

»Habt Ihr etwa keinen Durst? Ach so, ich verstehe. Ihr habt Angst davor, als Jüdin mit einem Christen in eine Wirtschaft einzukehren? Keine Sorge, in den Schänken unten am Hafen ist es den Wirtsleuten einerlei, welchem Glauben ihre Gäste angehören. Außerdem dürfte dort um diese Zeit nicht viel los sein.«

Kurz darauf ließen wir uns in einer Ecke des *Strauß* nieder. Lorenzo hatte recht. Bis auf einen alten Mann waren wir die einzigen Gäste.

Die Wirtin trat an unseren Tisch, und Lorenzo bestellte zwei Becher Bier.

»Frau Friedman, schaut bitte nicht so ängstlich«, lachte er meine Bedenken fort. »Wenn jemand etwas dagegen haben sollte, dass wir an einem heißen Tag ein kühles Bier trinken, so kann er gern herkommen, um sich zu beschweren.« Er ließ nicht zu, dass ich seinem Blick auswich. »Glaubt mir, ich werde schon auf Euch aufpassen.«

Da waren sie wieder, diese Heiterkeit und Zuversicht, die er selbst in schwierigen Zeiten nie ganz zu verlieren schien und die mich schon so manches Mal zum Lächeln gebracht hatten. Ich glaubte ihm sofort. Lorenzo würde mich beschützen, hatte er dies nicht mehrfach bewiesen?

Die Wirtin brachte die Becher mit dem Bier, und wir löschten unseren Durst.

»Wie es aussieht, laufen Eure Geschäfte ganz gut, oder?«, fragte er.

Ich faltete die Hände und formte mit den Lippen ein *Zum Glück! Trotzdem mache ich mir Sorgen*, schrieb ich. *Ich könnte den Menschen besser zu Diensten sein, wenn ich Hausbesuche machen würde. In der Stadt gibt es viele, die nicht mehr gut zu Fuß oder zu schwach sind, um mich auf dem Marktplatz aufzusuchen. Leider fällt es mir sehr schwer, mich mit ihnen zu verständigen. Am Stand ist es leichter, dort kann ich Euch oder Herrn Reintaler um Hilfe bitten.*

»Verstehe. Ich frage mich sowieso ständig, wie es Euch gelungen ist, Euch in der kurzen Zeit und trotz der fehlenden Sprache einen so guten Ruf zu erwerben«, griff er den Gesprächsfaden wieder auf und grinste. »Ach, das überrascht Euch? Also ich habe letzte Woche mehrmals beobachtet, wie«, er schnitt eine Grimasse, »ein paar meiner Kunden bei Euch Rat gesucht haben. Von meinem Theriak hingegen wollten sie nichts wissen. Genau genommen seid Ihr derzeit meine größte Konkurrentin.« Sein Versuch, eine düstere Miene aufzusetzen, scheiterte kläglich, denn in seinen Augen funkelte es vergnügt. »Ich tue also gut daran, Euch als ernsthafte Mitbewerberin zu betrachten. Na, dann Prosit, Frau Friedman!«

Ich legte den Kopf in den Nacken, denn in meiner Kehle formte sich ein helles Lachen. Nur drang leider kein Laut heraus. Dennoch hatte es etwas Befreiendes, mich mit meinem Gefühl nicht zu verstecken.

Lorenzo blickte mich reglos an. Über den Tisch hinweg griff er nach meiner Hand. Ich wollte sie ihm entziehen, doch er strich mit den Fingerspitzen über meine Handfläche und hielt sie fest.

»Ich würde vieles darum geben, Euer Lachen eines Tages zu hören, Alisah, und sei es nur ein einziges Mal.« Auf einmal klang seine Stimme fremd, beinahe hohl.

Er besaß wirklich schöne Hände, und in der Berührung lag eine Zartheit, die ich nicht erwartet hatte. Dennoch entzog ich mich ihm energisch.

»Ich hätte Euch ein Angebot zu unterbreiten«, fuhr er nach einem Räuspern fort. »Es gilt nur für Euch, ist sozusagen ein Freundschaftsdienst, der mir zugegebenermaßen gefallen könnte. Was haltet Ihr davon, wenn wir zwei Tage die Woche gemeinsam Hausbesuche machen? Immerhin habe ich auch meine Zauberarztney anzubieten, oder?«

Wie stellt Ihr Euch das vor, Lorenzo?

»Oh, ganz einfach. Wir nehmen Matteo mit, er kann unsere Koffer tragen. Wir klopfen an die Türen und bieten unsere Dienste an. So könnt Ihr Eure Patienten aufsuchen, und ich bekomme Gelegenheit, meine Waren feilzubieten. Ich spreche für Euch und kann gleichzeitig selbst neue Kunden werben. Was sagt Ihr?«

Freude rann mir wie ein warmer Strom durch die Adern. *Das würdet Ihr tun?*

»Natürlich, ganz eigennützig. Morgen früh nach Sonnenaufgang? Wir treffen uns am Kornmarkt.«

Ohne darüber nachzudenken, stellte ich mich auf die Zehenspitzen, beugte mich zu ihm vor und hauchte ihm einen Kuss auf die Wange.

Lorenzo hielt ganz still, die Augen geweitet. Als mir bewusst wurde, was ich getan hatte, fühlte ich mein Gesicht heiß werden.

Ich werde da sein.

So kam es, dass Lorenzo und ich am folgenden Morgen durch die verwinkelten Gässchen schritten. Zwischen uns führte er Matteo am Strick, und wenn der Esel mitten auf dem Weg stehen blieb, redete Lorenzo ihm so lange gut zu, bis sich das Grautier wieder in Bewegung setzte. Die beiden gaben wirklich ein erheiterndes Bild ab, und so mancher Passant schüttelte den Kopf über die seltsame Freundschaft. In der Nacht hatte es heftig geregnet, und die Luft roch wie frisch gewaschen, was ich nach den heißen Tagen als reinste Wohltat empfand. Die Bewohner hatten die Fenster weit geöffnet, um den Mief aus den Häusern zu vertreiben.

Unser erstes Ziel war eine alte Frau namens Jonata, die sich wegen ihres gekrümmten Rückens nur noch tief gebückt fortbewegen konnte. Jeder Schritt bereitete ihr unerträgliche Qualen. Ihr Sohn hatte uns um einen Besuch bei ihr gebeten.

Als wir ihr Häuschen nach der Behandlung wieder verließen, strich Lorenzo mir über den Arm.

»Irgendjemand hat mir mal ins Ohr geflüstert, die jüdischen Ärzte besäßen Zauberkräfte, was ich allerdings stets für Unsinn gehalten habe. Aber vielleicht ist ja doch etwas Wahres daran?«

Keine Zauberei. Ich habe Jonata einen Saft von der Rinde einer Weide gegeben, und Bilsenkraut sorgt für eine gute Nachtruhe. Weiterhin erklärte ich ihm, die alte Frau angewiesen zu haben, eine kleine Dosis von dem Kraut über ein paar glühende Kohlen zu geben. *Der Rauch riecht nach verbranntem Laub und betäubt.*

Lorenzo las. »Ich werde versuchen, mir das alles zu merken, danke.« Er betrachtete mich eingehend. »Sagt, habt Ihr Lust, mich in ein paar Geheimnisse der Heilkräuter einzuweihen? Ehrlich gesagt schäme ich mich fast, wie wenig ich darüber weiß.«

Ich freute mich über seine Wissbegier, fragte mich jedoch, wie ich ihm das große Gebiet der Heilkräuter ohne Stimme oder einen unbezahlbaren Stapel Papier nahebringen sollte. Dabei wäre dies nur eins der vielen Themen, die zur medizinischen Heilkunst gehörten. Statt ihm zu antworten, zog ich ihn weiter zu einer Häuserecke. Dort bedeutete ich ihm zu warten, damit ich meine Bedenken niederschreiben konnte.

»Richtig, Alisah. Ich gebe zu, darüber habe ich nicht nachgedacht. Diese Dinge von Euren – zugegebenermaßen sehr hübschen Lippen – abzulesen, stelle ich mir in der Tat schwer vor.«

Diesmal errötete ich bis zum Hals. Lorenzo schien Gefallen daran gefunden zu haben, mir Komplimente zu machen und mich in Verlegenheit zu bringen. Ich knuffte ihn in die Seite.

»Ha! Da ist es wieder, dieses lautlose Lachen«, entfuhr es ihm, und er zog mich unvermittelt an sich. Ruckartig machte ich mich von ihm los.

»Bin ich Euch zu nahe getreten? Entschuldigt, aber ich bin gerade so glücklich, Euch mit diesem bezaubernden Lächeln zu sehen.«

Das wusste ich durchaus, dennoch befremdete es mich, wie wenig er sich um die neugierigen Blicke der vorbeieilenden Leute scherte. Machte er sich denn keine Sorgen, beschimpft zu werden, weil er eine Jüdin umarmte? Am meisten allerdings ärgerte ich mich über mich selbst, denn seine Unbekümmertheit und die kleinen Zuneigungsbekundungen taten mir gut und brachten etwas in mir zum Klingen.

Plötzlich hellte sich sein Gesicht auf. »Vielleicht habe ich gerade die Lösung für unser Problem gefunden«, kam er auf den Ausgangspunkt unseres »Gespräches« zurück.

Ich gab ihm ein Zeichen fortzufahren.

In seine Augen trat das alte Glitzern. »Wir denken uns für alle wichtigen Begriffe so etwas wie eine Geheimsprache aus.«

Jetzt war es an mir, erstaunt zu sein. *Wie meint Ihr das?*, formte ich langsam mit den Lippen.

Lorenzos Blick verlor sich in der Ferne. »Als kleiner Junge, damals in Venezia, hatte ich einen Freund, der hieß Enzo. Seine Brüder haben uns oft belauscht, wenn wir Geheimnisse austauschten oder etwas ausheckten, deshalb haben wir uns eine eigene Zeichensprache ausgedacht. Ihr wisst schon, bestimmte Gesten, die nur der andere verstanden hat. Das könnten wir doch auch versuchen.«

Ich forschte in seinem Gesicht. Seit mich meine Stimme verlassen hatte, nahmen die meisten Menschen es als gegeben hin, sich nur schwerlich mit mir verständigen zu können. Lorenzo war der Erste, der nach Wegen suchte, das zu ändern. Wärme stieg in mir auf. Ich schluckte meine Rührung herunter.

Versuchen wir es.

Nachdem ich noch einige weitere Alte und Gebrechliche bestmöglich versorgt hatte, suchten wir uns eine Bank im Schatten und ließen uns darauf nieder. Lorenzo hatte sich meist im Hintergrund gehalten, während ich arbeitete. Nun genossen wir den seichten Wind, der die Hitze erträglicher machte.

Irgendwann wendete er sich zu mir um. »Wir könnten uns für alle Begriffe, die wir tagtäglich benötigen, Handzeichen ausdenken.«

Mit Eifer machten wir uns an unsere eigene geheime Sprache. Begriffe wie Haus oder Wasser waren einfach, wir beschrieben mit den Händen ein Dach oder Wellen. Aneinandergelegte Hände bedeuteten, dass wir um etwas baten. Bald jedoch gerieten wir an unsere Grenzen. Wie sollte ich die Namen von Heilpflanzen oder anderen Substanzen ausdrücken? Straßennamen? Oder gar feine Unterschiede zwischen Absud oder Tinktur? Lorenzos Stirn war umwölkt, auf seinen Zügen zeichnete sich Verbissenheit ab, als ich mit einer einzigen Handbewegung seine Grübeleien unterbrach.

So geht es nicht!, schrieb ich, *wie habt Ihr Euch damals die Sprache ausgedacht?*

Lorenzos schien von unseren Bemühungen ebenso ernüchtert zu sein. »Die beschränkte sich auf einfache Begriffe, für den Rest haben wir Spiegelschrift verwendet. Das hilft uns also nicht weiter.«

Ich stand auf und wollte gehen, aber er hielt mich fest.

»Bitte gebt nicht so schnell auf, Alisah. Gemeinsam finden wir eine Lösung.«

Seine Stimme wurde weich. Wie gern hätte ich mich an ihn gelehnt.

»Kommt schon.«

Damit drängte er mich sanft auf die Bank zurück. Leute drehten sich nach uns um, und eine Mutter zog ihr Kind, das uns neugierig beäugte, eilig weiter. Ich begann mich unter den Blicken und gezischten Kommentaren der Leute unbehaglich zu fühlen und spielte mit dem Stoffgürtel meines Gewandes.

Lorenzo betrachtete mich nachdenklich. »Ich kann mir vorstellen, was in Euch vorgeht. Aber was mich betrifft, Alisah, ich werde niemals Abstand zu Euch halten, gleich ob Ihr Christin, Jüdin oder Muselmanin seid, hört Ihr?«

Ich glaubte ihm jedes Wort, denn in seinen Augen fand ich Wärme. Doch wusste er überhaupt, was er da sagte und, noch viel mehr, was seine Einstellung für sein Leben bedeutete? Die stummen Feindseligkeiten waren die schlimmsten, ich war ihrer so überdrüssig. Trotzdem bedankte ich mich bei Lorenzo mit einem Lächeln.

Er sinnierte und kickte einige kleine Steine fort. Plötzlich drehte er sich zu mir um. »Alisah, dann denken wir uns eben ein eigenes Alphabet aus Gesten aus.«

Das ist eine langwierige Sache, Lorenzo. So viel Zeit haben wir nicht.

Er umfasste meine Schultern »Unsinn! Lasst uns sofort anfangen!«

So kam es, dass wir von diesem Tag an jeden Abend in einer ruhigen Ecke der Gaststube *Zum Strauß*, in der Lorenzo wohnte, beisammensaßen. Manche Buchstaben waren einfach, meist genügten zwei oder drei Finger.

Ich bin so froh, dass Ihr das Schreiben beherrscht, Lorenzo. Was würde ich nur ohne Euch anfangen?, schrieb ich an diesem Nachmittag, an dem es recht ruhig zuging und ich etwas früher meine Arbeit beendet hatte.

Auf seinem Gesicht spiegelte sich reine Freude wider. »Das ist wohl das Netteste, was ich bisher von Euch gelesen habe. Und ja, darüber können wir beide froh sein. Denn ohne unser Fingeralphabet könnte ich kaum die Heilkunde von Euch erlernen.«

Sein Lächeln traf mich, und ich schaute rasch fort.

»Machen wir weiter. Wie zeigen wir ein G, Alisah?«

Wir brüteten, machten Vorschläge – und verwarfen sie wieder. Wobei es weniger schwierig war, die Buchstaben im Einzelnen darzustellen. Versuchte ich hingegen einen ganzen Satz, erschien mir das viel zu kompliziert. Niedergeschlagen lehnte ich mich gegen einen dicken Baumstamm in der Nähe des *Eisernen Stegs*. Es musste doch eine Möglichkeit geben! Ich blickte aufs Wasser. Fischerboote zogen vorbei, Männer riefen einander etwas zu. Da fiel es mir ein.

Und wenn wir uns eine Geste ausdenken, die die Buchstaben miteinander verbindet?

»Das ist es, Alisah!« Lorenzo zog mich stürmisch in seine Arme, und ich wich erschrocken zurück.

Zwischen uns entstand ein betretenes Schweigen, und ich zeichnete schnell auf, wie ich mir die Geste vorstellte. Währenddessen fühlte ich seinen prüfenden Blick auf mich gerichtet. Dann reichte ich ihm das Papier.

46

Regensburg 2013

Paula arbeitete inzwischen in einem Förderzentrum für behinderte Kinder und Jugendliche.

»Ich habe im Sekretariat der Berufsfachschule nachgefragt, ob der Ansturm sehr groß ist«, berichtete Paula bei ihrem nächsten Treffen in Frau Landlers Pension. »Bisher gibt es wohl noch genügend Studienplätze. Wenn die Schulleitung mich nimmt, werde ich zu einem Vorstellungsgespräch eingeladen.«

Während Paula übersetzte, saß Gideon im Sessel und dachte nach. Vom Fenster seines Pensionszimmers aus hatten sie einen hübschen Blick auf einen kleinen Park. Die Sonne schien, und es versprach ein schöner Tag zu werden. Das Licht ließ Paulas Haar weizenblond schimmern. Gid hegte keinen Zweifel, dass sie ihr Ziel erreichen würde. Aber was war mit ihm? *Wie lange willst du warten, um deine Träume in die Realität umzusetzen?*, hatte er seinem Tagebuch anvertraut. *Willst du die nächsten dreißig Jahre an deinem Schreibtisch im Büro von* Libro del Desiderio *sitzen und Tag für Tag nichts als anonyme Zahlenreihen erstellen?*, hatte er sich selbst gefragt. *Wenn du wirklich etwas ändern möchtest, musst du aktiv werden. Sonst kannst du deinen Traum von der eigenen Buchhandlung endgültig begraben.*

Er könnte sich zu einem neunmonatigen Fernstudium anmelden, das ihm das nötige Praxiswissen zur Gründung und Führung eines Unternehmens vermittelte. Es gab Existenzgründungberatungen, um die Möglichkeiten und Risiken zu kalkulieren. Die erforderliche kaufmännische Ausbildung besaß er, ihm fehlte lediglich diese Weiterbildung, die er in seiner Freizeit absolvieren konnte.

Als er Paula kurz darauf unterbrach und ihr von seinem Entschluss erzählte, überschlug sich ihre Stimme fast.

»Im Ernst, Gideon? Oh, das ist wunderbar! Insgeheim habe ich immer gehofft, dass du dich für deinen Traum entscheidest. Als du mir damals am Donauufer davon erzählt hast, habe ich deine Begeisterung darüber sofort gespürt. Ich kann es schon genau vor mir sehen: Gideon Morgenstern berät eine Gruppe von Kunden auf einer gemütlichen Couch. Er gibt seiner Assistentin ein Zeichen, und sie bringt ein Tablett mit Rotwein und kleinen Snacks an den Tisch, während die Kunden in den von ihm vorgeschlagenen Büchern blättern und lesen. Das ist eine tolle Geschäftsidee! Genau das Richtige für dich!«

»Finde ich auch«, sagte er lächelnd. »Deshalb habe ich mich vor wenigen Minuten für den Kurs angemeldet.«

Gid fühlte Wärme in sich aufsteigen, während er in ihre strahlenden Augen blickte, und zog sie zärtlich an sich.

»Du hast deinen Laptop mitgebracht?«, fragte Paula verwundert, nachdem sie sich voneinander lösten.

»Ja, falls ich eine neue Idee habe, kann ich sie gleich aufschreiben.«

»Wie kommst du mit deiner Geschichte voran?«

»Sehr gut«, sagte er zufrieden.

»Darf ich sie mir mal ansehen?«

»Klar. Aber nicht heute Abend.«

Als er sie erneut in die Arme schloss, zog Paula ihn mit sich ins Schlafzimmer.

Später saßen sie Hand in Hand auf dem kleinen Balkon und blickten über die Dächer der Stadt. Von gegenüber wehte Klaviermusik zu ihnen herüber, irgendjemand übte Mozarts *Kleine Nachtmusik*.

»Schön, oder?« Er zögerte. „Magst du klassische Musik, Paula?«

»Manchmal schon. In Momenten wie diesem zum Beispiel«, antwortete sie. »Bist du glücklich?«

»Ja. Und du?«

»Ich werde Alisah für immer dankbar sein.«

»Alisah?« Gideon sah sie an, forschte in ihrem im Halbdunkel liegenden Gesicht.

»Sie hat uns zusammengebracht, Gid. Hätte sie damals nicht Tagebuch geschrieben …«

»Dann hätten du und ich uns niemals kennengelernt«, ergänzte er.

»Lass uns hineingehen, es wird kühl«, bat Paula.

Als er am nächsten Morgen erwachte, schlief Paula noch, also schlich sich Gid aus dem Zimmer und setzte sich in den kleinen Park. Er hatte gestern Abend nicht übertrieben, die Datei mit seiner Geschichte umfasste mittlerweile beinahe einhundert Seiten, und ein Ende war längst nicht in Sicht. Wenig später begann er zu tippen. Dabei merkte er kaum, wie die Zeit verstrich.

»Guten Morgen.« Paula kam lächelnd auf ihn zu, schlang die Arme um seinen Hals und küsste ihn. »Na, kommt der Herr Autor voran?«

»Schauen wir mal.« Gideon staunte selbst, als er die Seitenzahl am Ende des Dokumentes las.

»Darf ich?« Schon bewegte sich Paulas Zeigefinger auf dem Touchpad nach oben, bis sie zum Anfang der Geschichte zurückgescrollt war.

Er erhob sich von der Parkbank und bewegte die schmerzenden Schultern. »Setz dich.«

Während Paula Seite für Seite las, beobachtete er ihr Mienenspiel ganz genau. Wie beim Übersetzen der Tagebücher trat auch jetzt ihre Zungenspitze zwischen die Lippen.

337

Nach einer Weile räusperte er sich. »Wie gefällt es dir?«

Sie hob den Blick. Ihre Wangen waren gerötet. »Gid, du hast Talent, soweit ich das beurteilen kann. Wie du schreibst, wirkt die Geschichte richtig lebendig. Die Idee, alles aus der Sicht von diesem Benno zu schildern, ist toll. Das liest sich, als ob du mitten im Geschehen wärst.«

»Findest du?«

Sie nickte eifrig. »Eine schönere Art, Alisah ein ehrenvolles Andenken zu bereiten, kann ich mir nicht vorstellen.«

»Danke, Paula.«

»Aber vorher müssen wir Alisahs Aufzeichnungen zu Ende lesen. Uns fehlen immerhin noch vier Büchlein«, sagte sie und küsste ihn zärtlich.

Nach einem schnellen Frühstück machten sie sich erneut an die Arbeit.

Gid und sein Kollege verließen gerade das Firmengebäude, als sein Telefon klingelte. Es war Paula.

»Hi, Liebling. Ich habe eben einen Brief von der Berufsfachschule für Logopädie bekommen. Hör mal zu: ›Wir danken Ihnen für Ihre Bewerbung und möchten Sie zu einem Vorstellungsgespräch am Montag, den zweiten Dezember um zehn Uhr einladen.‹«

»Super! Herzlichen Glückwunsch, Paula! Das ist ja in einer Woche. Bist du schon aufgeregt?«

»Ja, und wie.«

»Zu einem Vorstellungsgespräch eingeladen zu werden, ist auf jeden Fall ein gutes Zeichen«, sagte Gideon und hielt Sven die Tür auf. »Wenn ich der Schulleiter wäre, würde ich dir sofort einen Studienplatz geben.«

Ihr aufgeregtes Lachen war ansteckend. »Das ist lieb von dir, Gid. Leider bist du's aber nicht. Was gibt es bei dir Neues?«

Inzwischen hatten die beiden Männer den Betriebsparkplatz erreicht, kalter Wind empfing sie. Sven blieb abwartend stehen und sah ihn an.

»Die Unterlagen habe ich inzwischen zugeschickt bekommen«, antwortete Gideon etwas leiser. »Nächste Woche fange ich mit dem Fernstudium an. Sehen wir uns am Samstagabend?«

»Na klar. Ich will schließlich wissen, wie es mit diesem Neri weiterging. Wie hat Alisah dieses Allheilmittel noch mal genannt, das er den Leuten aufschwatzte?«

»Theriak, glaube ich. Muss ein widerliches Zeug gewesen sein.«

»Stimmt, aber Alisah scheint in dem Quacksalber einen Freund gefunden haben«, meinte Paula. »Ich freu mich schon auf deine Geschichte.«

»Hoffentlich nicht nur darauf.«

Sie beendeten das Gespräch.

Sven betrachtete ihn fragend. »Du möchtest ein Fernstudium anfangen? Was hast du vor?«

»Das erzähle ich dir ein andermal«, raunte Gid und machte eine Kopfbewegung zu ein paar Kollegen hin, die auf ihre Autos zusteuerten und ihm zuwinkten. »Wenn wir ungestört sind.«

»Hast du noch Zeit auf ein Feierabendbier? Ich lade dich ein«, hakte Sven nach.

»Heute nicht«, gab Gid zurück und verabschiedete sich. Dann machte er sich auf den Heimweg.

Dieser Neri mochte ein seltsamer Typ gewesen sein, aber er hatte Alisah vor den beiden Judenhassern gerettet. In der Vergangenheit ist es sicher nicht oft vorgekommen, dass Nichtjuden sich schützend vor Angehörige meines Volkes gestellt haben, dachte Gideon.

Zu Hause angekommen, las er abermals Alisahs Einträge, die von ihren Begegnungen mit Lorenzo Neri berichteten. Anfangs hatte er geglaubt, der Venezianer wäre ein eitler und charmanter Betrüger, der den Menschen nur das Geld aus der Tasche zog. Aber alles, was er auf den letzten Tagebuchseiten erfahren hatte, widersprach seiner Einschätzung. Gid schmunzelte, als er die Passage las, in der Lorenzo so leidenschaftlich versicherte, dass er sich niemals von Alisah abwenden wolle. Vor über zehn Jahren hatte er mit derselben Verbissenheit für die Dinge eingestanden, die ihm etwas bedeuteten.

Das Gesicht seines Großvaters tauchte vor ihm auf. Da war seine immer leicht heisere Stimme, die Worte wie Dolchhiebe hervorzubringen wusste. *Wenn ich nur schon damals verstanden hätte, wie ähnlich wir beide uns waren!* Gideon ließ Alisahs letzte Zeilen auf sich wirken. Nachdenklich betrachtete er das gerahmte Foto von ihm und seinen Großeltern auf dem Schreibtisch, das bei seiner Bar-Mizwa-Feier aufgenommen worden war. Ob seinem Großvater der Name Irit gefallen hätte, den er in seiner Geschichte für Alisah ausgesucht hatte? Lorenzo hatte den Namen Angelo bekommen. Gedankenversunken griff Gid nach seinem Füllfederhalter und begann zu schreiben.

Als ich Irit das nächste Mal begegnete, saß sie mit Angelo auf einer Bank. Obwohl sie müde wirkte, gestikulierte sie lebhaft mit ihm. Ihre Wangen hatten einen rosigen Schimmer, während sie sich teils mit Handzeichen und teils auf Papier mit dem jungen Venezianer zu verständigen versuchte. Ich hielt mich ein wenig im Hintergrund und freute mich im Stillen über das Lächeln, das hin und wieder über ihre feinen Züge huschte. Ihre Bewegungen waren anmutig, während sie mit den Händen Zeichen beschrieb, die ich nicht deuten konnte.

47

Lorenzo

Am Abend des darauffolgenden Sonntages klopfte Lorenzo abermals an die Tür der *Großen Stalburg*, wo ihn Wilhelm Nesen inmitten einer Anzahl Männer und Frauen erwartete. Einige der Gäste waren in Begleitung ihrer Gattinnen erschienen. Während Nesen sprach, schweiften die Gedanken des Italieners zu den Ereignissen der letzten Tage ab. Reintaler war nun schon länger als eine halbe Woche fort. Am Tag nach seiner Abreise hatte Lorenzo seine Arztneyen auf dem Verkaufstisch verteilt. Die Geschäfte liefen recht gut, und zwischendurch fanden Alisah und er immer wieder Gelegenheit, sich miteinander auszutauschen. Dazu benutzte sie zunehmend seltener Schreibblei und Papier, denn mittlerweile gelang es ihr, ihm vieles durch Gesten und Handbewegungen mitzuteilen. Er lächelte leise. Alisah schien ihre anfängliche Abneigung abgelegt zu haben. Manchmal war sie es gar, die eine »Unterhaltung« suchte.

Im Anschluss an den Vortrag ließ Claus Stalburg gekühltes Bier servieren. Einer der Herren, der Lorenzo gegenübersaß, ein Mann im dunklen, langen Gewand des Gelehrten, wischte sich den Schaum von den wulstigen Lippen.

»Sagt, Nesen, wie steht Luther eigentlich zur Judenfrage? Ist er nicht auch der Meinung, dass diese Heiden einen Schandfleck in unserem Reich darstellen?«

»Im Gegenteil, Herr…«

»Johannes Cochlaeus, Magister wie Ihr und Doctor der

Theologie. Ich werde in einigen Monaten die Leitung des Liebfrauenstifts übernehmen.«

»Ich habe bereits von Euch gehört«, antwortete Nesen. »Habt Ihr nicht das *Brevis Germaniae* geschrieben?«

»Ja, das Buch wird in vielen Städten des Reiches benutzt. Möglicherweise auch an Eurer neuen Junkerschule.«

Lorenzo beugte sich tiefer über den Tisch, damit er im allgemeinen Stimmengewirr die Unterhaltung der beiden Männer besser verfolgen konnte.

»Das ist gut möglich. Doch zu Eurer Frage: Luther nennt die Juden ›unsere Menschenbrüder‹ und fordert ihnen gegenüber zu Toleranz auf. Wenn sich ein Jude zu Christus bekehrt, so erlangt er das Heil wie jeder andere Mensch.«

»Darauf können wir wohl bis zum Sankt Nimmerleinstag warten, Herr Magister«, sagte ein hagerer Mann.

Einige lachten.

»Man soll die Hoffnung nie aufgeben. Außerdem hat die Kirche ihnen gegenüber im Hinblick auf die Nächstenliebe und die Grundsätze eines christlichen Lebenswandels bislang kein gutes Beispiel abgegeben. Die wenigen Juden, die sich zum Glauben an unseren Herrn bekehrten und sich taufen ließen, taten dies vermutlich nur, um den ständigen Verfolgungen durch die Kirche zu entgehen.«

Ein junger Mann im Klerikergewand wiegte zweifelnd den Kopf. »Zeigt das denn nicht, um was für Lügner es sich bei diesem Volk handelt?«

Ein gesamtes Volk als Lügner zu bezichtigen, kam Lorenzo reichlich anmaßend vor. Alisah war der ehrlichste Mensch, der ihm je begegnet war, und alles andere als eine Lügnerin. Er wollte sich erheben und protestieren, aber der Magister kam ihm zuvor.

»Mit Verlaub, Herr Priester, Ihr habt Euch bisher nicht für Euren Glauben verantworten müssen, oder? Vor wem auch? Schließlich ist Rom offenbar im Besitz der allein selig machenden Wahrheit.« Sein Blick wurde noch ernster. »Was viele Juden überall im Reich durchlitten haben, davon dürfte sich in diesem Raum niemand einen Begriff machen können. Im Übrigen gibt es in jedem Volk ehrliche und falsche Menschen. Fest steht, die Kirche hat es dem Volk ihres Erlösers noch nie leicht gemacht.«

»Gehört das etwa auch zu Luthers Kritik an Rom?« Cochlaeus wirkte plötzlich missmutig.

»Vermutlich«, gab Wilhelm Nesen zurück. »Seid Ihr denn nicht der Meinung, es müsse sich dringend einiges ändern?«

Der zukünftige Dekan des Liebfrauenstifts stellte seinen Becher ab und setzte sich aufrecht hin. »Freilich bin ich das. Allerdings sollte man bei allem, was an unserer Kirche auszusetzen sein mag, nicht gleich das Kind mit dem Bade ausschütten. Was die Juden angeht, so halte ich Luthers Ansichten für falsch. Ich kann mir einfach nicht vorstellen, dass der Allmächtige ihnen jemals vergibt, unseren Herrn ermordet zu haben. Deshalb sage ich: Wir Christen sollten uns von den Juden fernhalten.«

»So sehe ich das auch«, stimmte ihm der Hagere zu. Er suchte Lorenzos Blick. »Euch habe ich schon häufiger in Gesellschaft einer Jüdin auf dem Kornmarkt gesehen. Was habt Ihr mit der Frau zu schaffen, junger Mann?«

Lorenzos Kehle wurde eng. Wut stieg bei diesen abfälligen Worten in ihm hoch, die er nur mühsam im Zaum halten konnte. »Diese Jüdin ist eine Heilkundige, die vom Rat die Erlaubnis erhielt, ihre Dienste innerhalb der Stadt anzubieten. Der Buchhändler Melchior Reintaler erlaubt ihr, seinen Verkaufstisch zu benutzen.«

»Schön und gut, aber soweit ich gesehen habe, pflegt Ihr einen recht vertrauten Umgang mit ihr, was mich doch sehr befremdet.«

Lorenzo fragte sich, was der Mann wohl darunter verstand, aber nun richtete eine beleibte Frau in mittleren Jahren das

Wort an ihn. »Dann müsst Ihr der junge Mann sein, von dem mir meine Freundin Brigitta Pfefferkorn erzählte. Ihr solltet wirklich darüber nachdenken, mit wem Ihr Euch abgebt.«

»Wie wahr, Mutter«, stimmte ihr ein Bursche zu, was Wilhelm Nesen mit den Worten kommentierte: »Das gilt für den Umgang mit anderen Christenmenschen gleichermaßen.«

Mittlerweile war es dunkel geworden, und die ersten Sterne zeigten sich am Firmament. Endlich verabschiedeten Claus Stalburg und seine Gattin ihre Gäste. Lorenzo und Wilhelm Nesen machten sich auf den Rückweg zum Gasthof *Strauß*.

Erst als sie dort ankamen, brach der Magister das Schweigen. »Was ist mit Euch, Neri? Hat das dumme Gerede über die Juden Euch derart zugesetzt?«

»Allerdings. Früher habe ich mir wenig Gedanken über dieses Volk gemacht. Aber seit ich Alisah Friedman kenne …«

Im Licht der Talglampen, das durch die Fenster aus dem Inneren des Hauses auf die Gasse fiel, konnte Lorenzo erkennen, wie sich Nesens Lippen zu einem Lächeln hoben. »Ihr mögt die junge Frau, nicht wahr?«

Lorenzo bejahte.

»Also hat mein Gefühl mich nicht getrogen.«

Die beiden reichten sich die Hände und wünschten sich eine angenehme Nachtruhe.

In den folgenden Tagen musste Lorenzo mehrfach erleben, wie abfällig Alisah behandelt wurde. Es reichte von feindseligen Blicken bis zu abschätzigen Äußerungen über »die Jüdin, die sich als Heilkundige ausgibt«. Ob diese Pfefferkorn etwa ihr Gift über Alisah verbreitet hatte? Oder waren die Menschen bisher nur so zurückhaltend gewesen, weil sie sich nicht mit Reintaler anlegen wollten? Auch Lorenzo wurde immer öfter zum Ziel boshafter Bemerkungen.

»Die Jüdin und der Scharlatan«, presste ein Kerl mit fauligen Zähnen hervor, nachdem er sie beide eng beieinander hatte stehen sehen, und spuckte auf den Boden. »Gleich und gleich gesellt sich eben gern.«

Es fehlte nicht viel, und Lorenzo wäre hinter dem Tisch hervorgestürzt, um dem Mann eine Lektion zu erteilen, die er sein Lebtag nicht vergessen würde. Doch mit einer Geste bedeutete Alisah ihm, den Widerling laufen zu lassen, und er hielt sich zurück.

Eines Morgens trat der Sohn der beleibten Frau von der Versammlung an den Tisch. Heute war er in Begleitung eines etwa gleichaltrigen Mannes.

»Ihr habt den Rat meiner Mutter also in den Wind geschlagen«, stellte er mit einer Miene fest, als hätte er auf etwas Saures gebissen, und wandte sich an seinen Bekannten. »Du wirst es nicht glauben, aber der Kerl hier hat sich in die gute Gesellschaft eingeschlichen. Ich traf ihn kürzlich in der *Großen Stalburg*.« Seine Augen verengten sich. »Wie kommst du dazu, dich unter unseresgleichen zu mischen?«

»Glaubt es oder nicht, der Magister selbst hat mich eingeladen, ihn zu begleiten«, entgegnete Lorenzo, »übrigens nicht zum ersten Mal.«

Der Mann schnaubte. »Wem willst du diesen Bären aufbinden? Einer wie du hat in der besseren Gesellschaft nichts zu suchen!«

»Mit wem und wo ich verkehre, das überlasst getrost mir!«, blaffte Lorenzo.

»Pass auf, Karl«, höhnte sein Begleiter, »demnächst bringt er noch das Judenweib mit.«

»Das fehlte noch! Eine dreckige Jüdin im selben Raum mit…«

Er kam nicht dazu, den Satz zu vollenden, denn Lorenzos rechte Hand schoss nach vorn, krallte sich ins Hemd seines Gegenübers und riss den Mann über den Tisch zu sich heran.

»Lasst mich sofort los«, bat der Bursche mit zittriger Stimme.

Aber Lorenzo zog ihn näher, sodass kaum noch ein Blatt Papier zwischen ihre Nasenspitzen passte. »Wie könnt Ihr es wagen, so von Frau Friedman zu reden!«

»Reg dich nicht so auf«, versuchte der andere, Neris erhitztes Gemüt zu beruhigen. Dabei setzte er allerdings eine derart hochmütige Miene auf, dass Lorenzo seinen Griff noch verstärkte. »Ich bin sicher, mein Freund hat es nicht persönlich gemeint.«

Da nahm Lorenzo aus den Augenwinkeln eine Bewegung wahr und sah, wie Alisah mit bleichen Wangen flehend die Hände rang. Bitte lasst ihn los, formten ihre Lippen.

Er verstand, doch sein Blut kochte, und er wollte dem Mann endlich einen Kinnhaken verpassen. »Entschuldigt Euch gefälligst für Eure Unverschämtheit.«

Aus dem Mund des Kerls drang ein schrilles Lachen. »Entschuldigen? Bei einer Jüdin?«

»Seid Ihr schwerhörig?« Eisern hielt Lorenzo den Mann fest.

Auf dessen Stirn perlten Schweißtropfen. »Also gut. Tut mir leid.«

»Sprecht lauter, damit Frau Friedman Euch auch versteht.«

Der Bursche wiederholte seine Worte, und Lorenzo gab ihn frei.

Sein Gegenüber wich zurück. »Bist du verrückt? Wie kannst du es wagen, einen Bürger von Frankfurt anzugreifen?« Er schob sich das schweißnasse Haar aus der Stirn. »Dafür könnte ich dich auspeitschen lassen. Da nutzen dir auch deine Kontakte zu diesem Nesen nichts.«

Der Theriakhändler holte tief Luft. Die beiden Männer warfen ihnen noch einen abfälligen Blick zu und entfernten sich.

In Alisahs Augen schimmerte es feucht. Mit einem Satz war er bei ihr, zog sie in die Arme und strich ihr übers Haar. Was gingen ihn die fremden Leute an, sollten sie sich ruhig die

Mäuler zerreißen. Sie versteifte sich und löste sich aus seiner Umarmung. Wie wunderschön sie war, selbst in diesem Moment tiefster Traurigkeit. Lorenzo schluckte.

»Kommt mit mir nach Venezia«, sprach er einen Gedanken aus, der ihm, seit er ihre Verzweiflung erlebt hatte, im Kopf herumspukte.

Ihre Augen weiteten sich, während es weiter aus ihm herausprudelte.

»Ich kann es nicht länger ertragen, wie Ihr hier behandelt werdet.« Wie gern hätte er die Tränenspuren aus ihrem lieben Antlitz geküsst, wagte jedoch nicht, sie mit seinen Gefühlen zu erschrecken. Als er weitersprach, klang seine Stimme heiser. »Deshalb bitte ich Euch, kommt mit mir in meine Heimatstadt. Dort werden Übergriffe gegen Juden bestraft, und sie können unbehelligt in einem großen Viertel leben, das die Venezianer ›Ghetto‹ nennen.«

48

Alisah

Ich blickte in Lorenzos aufgewühlt wirkendes Gesicht und konnte nicht fassen, worum er mich gerade mit hastig hervorgestoßenen Worten gebeten hatte. Ich sollte mit ihm, den ich erst wenige Wochen kannte, das Reich verlassen und nach Venedig gehen? Ich forschte in seiner Miene, und die Intensität, mit der er mich ansah, brachte mich vollends aus der Fassung. Seine Hand ruhte auf einmal auf meiner Wange, warm und tröstlich.

»Ich liebe dich von ganzem Herzen, Alisah. Bitte heirate mich. Ich werde immer gut für dich sorgen und dich beschützen. Das verspreche ich dir. Du kannst im Ghetto leben und arbeiten, dort bist du sicher. Das macht mir nichts aus, solange wir nur zusammen sind.«

Wie lange ich dastand, wie vom Donner gerührt, und in sein Antlitz blickte, in dem ich lesen konnte wie in einem Buch, weiß ich nicht mehr. Dann hob ich die Hände, ging zum Tisch und griff nach meinen Schreibsachen. *Lorenzo, ich bin mir sicher, du wärst mir ein guter Ehemann. Aber wir können niemals heiraten,* schrieb ich mühsam um Fassung ringend.

Er trat hinter mich und blickte mir über die Schulter.

Es ist uns nicht gestattet, Christen oder Muselmanen zu heiraten.

»Dann gibt es keine Zukunft für uns?«, brachte er tonlos hervor. »Das kann ich nicht glauben!« Lorenzo umfasste mein Gesicht. »Bin ich in deinen Augen etwa ein Ungläubiger?«

Du gehörst nicht meinem Glauben an.

Natürlich war er mir nicht gleichgültig, ich mochte ihn, mehr als das sogar, und musste mir eingestehen, wie sehr es mich schmerzte, ihn zu verletzen. Mein Herz klopfte wie wild, als ich zusehen musste, wie das funkelnde Licht in seinen Augen erlosch.

Einige Momente lang standen wir uns gegenüber.

»Ist das dein letztes Wort?«, flüsterte Lorenzo. »Sag mir, wie ich es ertragen soll, täglich in deiner Nähe zu sein und zu wissen, dass ich dich niemals in meinen Armen halten darf.«

Wie gern hätte ich ihm erklärt, dass nicht nur unser unterschiedlicher Glaube für immer zwischen uns stehen würde, sondern auch die Vergangenheit, die ich noch längst nicht verarbeitet hatte. Ich brauchte Zeit. Zeit, die mir Lorenzo nicht zu geben bereit war.

Ich strich ihm über den Arm, doch Lorenzo drehte sich um und verließ den Marktplatz. Mit brennenden Augen blickte ich ihm nach, bis er aus meinem Sichtfeld entschwand. In mir wurde es leer, denn mit ihm gingen auch die kostbaren Momente der Freude, die ich in seiner Gegenwart erfahren hatte.

Obwohl ich seither immerzu Ausschau hielt, sah ich Lorenzo nicht wieder. Herr Reintaler berichtete mir am nächsten Tag, dass er ihn in der Nähe des Katharinentors getroffen habe, allerdings ohne ein Wort mit ihm gewechselt zu haben. Ob er im Begriff gewesen war, die Stadt zu verlassen? Wieso zog er weiter, ohne sich zu verabschieden? Allein der Gedanke tat mir unendlich weh. Doch obwohl Lorenzo verschwunden war, hatte er Spuren in meinem Leben hinterlassen.

Ich musste oft an ihn denken. Es wurde von Tag zu Tag schlimmer, und eines Morgens war die Erinnerung an unsere gemeinsame Zeit mein erster Gedanke beim Erwachen. Er fehlte mir, und zwar weitaus heftiger, als ich es mir je hätte vorstellen können.

Inzwischen neigte sich der Sommer seinem Ende entgegen. In wenigen Tagen feierte Samuel seine Bar Mizwa, und die ganze Familie fieberte dem Ereignis entgegen.

Zwei Tage später war es so weit. Nach einem einfachen Mahl – das eigentliche Abendessen würde erst stattfinden, wenn der Schabbes vorüber war – verließen die Bundschuhs und ich das Haus und machten uns auf den Weg zur Synagoge. Zusammen mit Lea und den Mädchen betrat ich die den Frauen vorbehaltene Abteilung. Von der Empore aus beobachtete ich gespannt, wie Samuel und sein Vater durch den Mittelgang nach vorne gingen und sich in der ersten Bankreihe niederließen.

Dem Jungen war von Joseph der schwarz-weiß gestreifte Gebetsmantel mit den geknoteten Wollfäden an jeder der vier Ecken umgelegt worden. Auch die *Tefillin*, Kästchen aus Leder, welche winzige, zusammengerollte Pergamentrollen mit Texten der Thora enthielten, trug er mit schmalen Lederriemen um die Stirn und den linken Arm gebunden. Samuel sah schon jetzt aus wie ein erwachsener Jude.

Der Gottesdienst begann, Gebete wurden gesprochen. Endlich richtete Rabbi Gumprecht Levi von der *Bima*, der Plattform vor dem Schrein mit der Schriftrolle, den Blick auf die Besucher in der ersten Reihe. Außer Joseph waren noch zwei weitere Väter mit ihren Söhnen erschienen, die heute ihre Bar Mizwa feierten. Auf ein Zeichen des Rabbiners erhoben sie sich von ihren Plätzen.

»Samuel Bundschuh, du bist der Erste«, bat er ihn zu sich.

Der Junge stellte sich neben den Rabbi und den Gemeindediener. Die drei wendeten das Gesicht in Richtung Osten, der Heiligen Lade entgegen. Ein samtener, mit Stickereien versehener Vorhang verbarg sie vor den Blicken der Anwesenden. Der Gemeindediener zog den Stoff beiseite, öffnete den Schrein aus dunklem Eichenholz und nahm die Schriftrolle

350

heraus. Während er mit dem kostbarsten Besitz der Gemeinde zum Lesepult schritt, stimmten wir ein Lied an.

Hinter mir saß Tamar Zuckermann, die besonders inbrünstig sang. Unterhalb der Empore erkannte ich so manch anderes bekanntes Gesicht. Neben dem neuen Baumeister saß sein Vorgänger Abraham von Kronberg, hinter ihnen Ascher, der Wundarzt, und Nathan Mendel. Auch die Krankenpfleger Adam Hahn und Perez Amsel, mit denen ich im Hekhaus zusammengearbeitet hatte, waren gekommen und verfolgten aufmerksam die Zeremonie.

Am Pult entledigte der Gemeindediener die Schriftrolle ihres Mantels aus dunklem Samt.

»Samuel, lies uns bitte den Wochenabschnitt vor«, forderte der Rabbiner den Jungen auf.

Dieser griff nach einem Stab, an dessen Ende sich eine kleine Hand mit ausgestrecktem Zeigefinger befand. In der Sprache unserer Väter las er die uralten Worte aus dem Buch *Devarim*, die der Prophet Moses vor seinem Tod an die Israeliten gerichtet hatte, sowie die für diese Woche vorgegebenen Verse aus den Prophetenbüchern. Gumprecht Levi zum Stern war sichtlich zufrieden. Samuel dankte seinen Lehrern, die ihn in den vergangenen Monaten in der hebräischen Sprache und in den Gesetzen der Thora unterwiesen hatten.

Schließlich erhoben sich die Väter und sprachen nacheinander jeder dieselben Worte: »Gepriesen sei Er, der mich von der Verantwortung für diesen Knaben losspricht.«

Als die Zeremonie beendet war, verließen wir das Haus des Gebets.

Die letzten Strahlen der Sonne fielen auf den Platz. Mit ihrem Untergang endete der Schabbes, und es war uns erlaubt, Samuels großen Tag zu feiern. Wir strebten dem Tanzhaus zu. In der Küche wurden die am Vortag zubereiteten Speisen erwärmt. Ein paar Frauen deckten die langen Tische, an denen etwa zweihundert Menschen Platz fanden. Eine

Kapelle traf ein, die nach dem Essen zum Tanz aufspielen würde. Die jungen Männer trugen Flöten, eine Fidel, einen Schellenkranz und eine Schalmei unter den Armen.

»Komm mit an unseren Tisch«, sagte Lea und zog mich zum Ende einer der Tafeln.

Immer mehr Menschen betraten den Raum und gratulierten Samuel. Schon bald bog sich der Gabentisch unter der Last zahlloser Geschenke. Beer Buchsbaum, der Tuchhändler, überreichte Samuel einen schönen Tallit aus blau-weiß gefärbter Wolle, Moshe Goldschmidt, einer der reichsten Männer der Judengasse, schenkte dem Jungen einen kleinen Leinenbeutel. Als Samuel den Inhalt in seine Handfläche leerte, leuchteten darauf drei wunderschöne Schmucksteine: ein hellgrüner Türkis, ein Bernstein, in dessen Innerem eine Ameise eingeschlossen war, und ein blauer Lapislazuli.

Das Essen wurde aufgetragen, Platten mit gebratenem Lammfleisch und gehackter Leber, gefilte Fisch, Challot, Honigkuchen und vieles andere mehr, an dem sich die Gäste gütlich taten. Nach dem üppigen Mahl spielten die Musiker auf, und wir tanzten ausgelassen.

Einen Moment lang wünschte ich mir, Lorenzo wäre hier und könnte mit mir die Freude an dem Fest teilen.

352

49

Regensburg 2013

L orenzo hätte nicht sofort die Stadt verlassen sollen.
Schade. Die beiden hätten gut zusammengepasst.«
Gideon nickte. »Stimmt, Paula. Aber ich glaube
nicht, dass Alisah seine Gefühle erwidert hat. Zumindest wird
es nicht aus ihren Zeilen deutlich.«

Sie küsste ihn innig. »Vielleicht erfahren wir es ja noch. Ich
mach dann mal weiter.«

»Okay.«

Bedauernd löste er sich von ihr und blickte ihrer schlanken Gestalt nach. Wenn Paula in seiner Nähe war, fühlte er
sich irgendwie ganz, wie jemand, der nach langer Suche endlich zur Ruhe kam, weil er seine Heimat gefunden hatte. Wie
das klingt, dachte er. Obwohl sie sich erst vor Kurzem kennengelernt hatten, war es ihm, als wisse sie mehr über ihn als
er selbst. Mit ihr war das Leben einfach schöner. Für einen
Moment war er versucht, zu ihr hinüberzugehen, um ihr zu
sagen, was in ihm ablief. Aber das wollte er sich für einen
ganz besonderen Augenblick aufbewahren. Gideon lächelte,
klappte die Abdeckung seines Notebooks hoch und öffnete
die Datei mit dem Namen IRIT. Er scrollte die letzten Seiten
zurück und las.

*Ich erinnere mich an meine erste Begegnung mit Irit, als wäre es
erst gestern gewesen.*
Ich saß im Schatten des Doms und döste in der Mittagssonne vor

*mich hin. Nur ab und an hob ich den Kopf und bedankte mich,
wenn ein Geldstück in meine Mütze fiel. Plötzlich stand sie vor
mir. Sie wies auf meine linke Wade, die auf das Doppelte angeschwollen war und höllisch schmerzte. Ich blinzelte ins Sonnenlicht.
»Ein Hundebiss. Das Vieh wollte mich nicht an die Abfälle
hinterm Schlachthof ranlassen«, erklärte ich ihr.
Sie kniete nieder und begutachtete die Verletzung eingehend.
Ihr hübsches Gesicht wurde ernst.
Mit Gesten erklärte sie mir, sie könne nicht sprechen, wolle aber
meine Wunde versorgen. Mir wurde übel bei der Vorstellung, was
sie damit anstellen wollte. Sie musste es bemerkt haben, denn sie
tätschelte beruhigend meinen Arm. Dabei war ich doch so schmut-
zig, weil mir das Geld fehlte, um ins Badehaus zu gehen. Ich stank
bestimmt schrecklich, aber die junge Frau ließ sich nichts anmerken. Ihre Hände waren sanft, während sie die Fremdkörper aus
der Wunde entfernte und alles mehrmals mit einer Flüssigkeit
übergoss. Während der Behandlung biss ich auf ein Stück Holz.
»Bezahlen kann ich Euch leider nicht, aber verratet mir wenigstens, bei wem ich mich bedanken darf«, bat ich, nachdem sie mir
einen Verband angelegt hatte.
Sie zögerte einen Augenblick und schrieb etwas auf. Einmal mehr
war ich froh, dass ich mir als Gehilfe eines Buchdruckers wenigstens ein paar Kenntnisse im Lesen angeeignet hatte, bevor mir eine
der Walzen die Hand zerquetscht und mich zum Bettler gemacht
hatte.
Mein Name ist Irit, und Ihr seid mir nichts schuldig. Wenn Ihr
morgen wieder hier anzutreffen seid, wechsele ich Euch den
Verband.
Bewundernd sah ich zu ihr auf. Diese junge Frau, selbst durch den
gelben Ring gezeichnet, würde ich fortan in jedes meiner Gebete
einschließen.
Das war einige Tage her. Nun stand sie wieder vor mir.
»Wir haben uns lange nicht gesehen, junge Frau«, begrüßte ich
Irit.*

Sie nahm ein Stück Papier aus ihrem Beutel, schrieb ein paar Worte und reichte mir das Blatt.

Ich war in der Judengasse, las ich.

»Zuletzt sah ich Euch öfter in Begleitung eines jungen Mannes.« Irrte ich mich, oder legte sich ein trauriger Zug über das schöne Antlitz? Sie wies auf mein Bein.

»Oh, dem geht es gut«, beantwortete ich die unausgesprochene Frage.

Gideon streckte sich, kehrte mit seinen Gedanken in die Gegenwart zurück und blickte von seinem Laptop auf.

»Sag mal, wird Lorenzo später noch mal erwähnt?«

»Nein. Alisah erzählt bisher nur von Samuels *Bar-Mizwa-*Feier.«

»An meine Bar Mizwa kann ich mich kaum noch erinnern«, gestand er nachdenklich. »Nur daran, dass ich mich einsam und unwohl unter den anderen Jungen und ihren Angehörigen gefühlt habe. Meine Eltern waren zu dem Zeitpunkt schon seit fünf Jahren tot. Klar, meine Großeltern, mein Großonkel und seine erste Frau waren da, aber das war's auch schon.« Er hielt einen Moment inne, um dann fortzufahren. »Weißt du, ehrlich gesagt habe ich bisher, wenn ich über meine jüdischen Verwandten nachgedacht habe, immer nur müde gelächelt. Für mich waren diese Riten, das Tragen der Kippa und das ewige Gerede vom Volk Jahwes wie ein alter, viel zu langer Zopf. Ein Relikt aus dem Altertum und längst nicht mehr zeitgemäß.«

Paula kicherte, ohne ihn jedoch zu unterbrechen.

»Damit war jeder, der freiwillig zum Judentum übertrat, für mich automatisch ein komischer Kauz. Wie können sich modern denkende Menschen aus dem einundzwanzigsten Jahrhundert nur freiwillig diesen Gesetzen beugen?«

»Das ist mir ehrlich gesagt auch ein Rätsel. Ich würde mir nicht vorschreiben lassen, wie ich zu leben habe.«

Gideon setzte sich zu ihr. Es tat einfach gut, mit Paula zu sprechen, weil sie ihn nie in Frage stellte und ihn mit allen Eigenarten akzeptierte. Was bin ich nur für ein verdammter Glückspilz?, dachte er und küsste ihren lächelnden Mund.

»Du verstehst mich also«, murmelte er etwas später. Dabei fiel sein Blick auf die Mappe mit den Übersetzungen, die von Woche zu Woche dicker wurde.

Paula betrachtete ihn nachdenklich. »Oh ja, das tue ich, Liebling. Aber du klingst, als hättest du deine Einstellung zum jüdischen Glauben geändert.«

»Das nicht, allerdings gebe ich zu, dass mich meine Verwandten beeindrucken. Sie sind so … so fest miteinander verbunden und stärken sich. Vielleicht habe ich den Glauben bisher zu einseitig betrachtet.«

Paula lehnte den Kopf an seine Schulter. »Als mein Großvater vor ein paar Jahren gestorben ist, fand ich es ziemlich befremdlich, dass er sein Leichenhemd schon zu Lebzeiten selbst gekauft hatte. Aber das soll üblich sein. Dafür haben die Gemeindemitglieder die Totenfeier ausgerichtet, damit meine Großmutter Zeit zum Trauern hatte.«

»Im Ernst?«, entfuhr es ihm verblüfft. »Das wusste ich nicht. Interessant.« Ob man seinem Großvater denselben Dienst erwiesen hatte? »Weißt du was? Ich rufe meinen Großonkel an und lade ihn zu einem Gegenbesuch ein. Es gibt so vieles, was ich noch nicht weiß.« Er strich ihr über die Wange. »Wie ist es mit dir? Hast du Lust, ihn und seine Frau kennenzulernen?«

»Sehr gerne.«

Die Gelegenheit ergab sich bereits am nächsten Nachmittag.

»Guten Tag, Frau Marek«, sagte Aaron Morgenstern und hielt Gideon eine Tüte entgegen. »Brot und Salz für Sie, zum Einzug.«

»Vielen Dank für die Einladung«, fügte Natascha hinzu.

»Es wurde ja auch Zeit«, erwiderte Gid und ergriff ihre Hand. »Herzlich willkommen, ihr beiden. Darf ich euch die Mäntel abnehmen?«

Aaron und Natascha Morgenstern folgten ihm ins Wohnzimmer.

Der Großonkel sah sich um. »Das Haus ist schön geworden. Es ist wirklich kaum wiederzuerkennen«, stellte er anerkennend fest.

Gid trug ein Tablett mit Großvaters bestem Geschirr herein, und Paula schenkte den Gästen ein.

Onkel Aaron trank einen Schluck Kaffee. »Bist du mit deinen Nachforschungen vorangekommen?«

»Leider nicht. Allerdings haben Paula und ich uns inzwischen hauptsächlich auf das Lesen der Tagebücher konzentriert.«

»Die Tagebücher, ach ja«, seufzte der Onkel. »Du stellst meine Neugierde auf eine harte Probe, mein Junge. Würdest du mir, wenn die Übersetzung abgeschlossen ist, Näheres darüber berichten?«

»Das tue ich gern«, versprach Gideon. »Vor einiger Zeit habe ich übrigens angefangen, Alisah Friedmans Erlebnisse in Form eines Romans niederzuschreiben.«

»Du schreibst?«, fragte Onkel Aaron sichtlich überrascht.

»Ja, und das ziemlich gut«, antwortete Paula an Gideons Stelle.

»Darf ich den Text vielleicht eines Tages lesen?«

»Klar, warum nicht.«

Onkel Aaron und Natascha wechselten einen Blick. »Wo wir gerade beim Thema sind, mein Junge. Ich glaube, ich habe da etwas für dich.« Mit diesen Worten holte er einen Umschlag aus der Seitentasche seiner Jacke.

Verwundert blickte Gid auf das im Laufe der Jahre nachgedunkelte Papier und strich über einen kleinen Stockfleck. »Was ist das, Onkel Aaron?«

357

»Mach ihn auf. Du wirst es gleich verstehen. Ich habe ihn in einem Karton voller Briefe und Dokumente gefunden.«

Paula rückte näher, als Gideon den Umschlag öffnete. Zunächst fiel ihm ein Blatt Papier in die Hand, das die Handschrift seines Großvaters trug.

Lieber Aaron,
da ich weiß, dass du ein ordnungsliebender Mensch bist, wirst
du den Briefumschlag eines Tages finden. Jetzt fragst du dich
sicher, warum ich ihn dir nicht selbst gegeben habe. Ganz einfach:
Ich wollte keine sinnlosen Diskussionen.
Meine große Hoffnung für die Zukunft ist, wenigstens dich und
Gideon eines Tages beieinandersitzen zu sehen. Ihr habt euch
immer gemocht.
Der Junge wird nicht zu mir kommen, er ist mir viel zu ähnlich.
Aber vielleicht steht er eines Tages vor deiner Tür. In dem Fall
bitte ich dich, ihm diesen Brief zu schenken.
In Dankbarkeit
Ephraim

Verwirrt sah Gideon von einem zum anderen.

»Mach ihn auf«, flüsterte Paula.

Onkel Aaron reichte ihm einen Brieföffner, und nur Augenblicke später entfaltete er das Schreiben.

Geliebte Rahel,
ich hoffe, mein Brief wird dich eines Tages erreichen. Wo bist du?
Da ich gehört habe, dass eure Straße bombardiert wurde, vermute
ich, ihr habt bei deiner Tante in den Bergen Unterschlupf gefun-
den und seid alle wohlauf. Das ist zumindest meine einzige
Hoffnung, denn allein die Erinnerung an dein Gesicht hat mir die
Kraft gegeben, die letzten vier Jahre zu überstehen.
Meine Hand zittert, während ich dir zum ersten Mal nach all der
Zeit schreibe. Wir sind frei, endlich frei! Unsere Qualen haben ein

Ende. Ich kann es noch immer kaum fassen. Am letzten Sonntag
ist ein ganzes Bataillon der Amerikaner in das Lager einmar-
schiert. Die meisten der SS-Männer, die sich nicht vorher
abgesetzt hatten, ergaben sich ohne großen Widerstand.
In der Nachbarbaracke feiern viele meiner Mithäftlinge schon den
dritten Abend. Mir ist nicht danach zumute, solange ich nicht
weiß, was nach der Verhaftung aus meinen Eltern geworden ist …
Stell dir vor, Rahel, gestern hat mich eine Kriegsberichterstatterin
interviewt und Fotos von mir und einigen anderen gemacht. Sie
wollte alles wissen, was ich seit jenem Abend im April 1941 erlebt
habe, als man uns fortbrachte. Wenn Hitler, Göring, Streicher und
all die anderen Verbrecher gefasst und vor Gericht gestellt werden,
will Frau Higgins, so heißt die junge Frau, sie interviewen. Sie
arbeitet für eine große New Yorker Zeitung.
Liebste Rahel, ich werde noch einige Tage hierbleiben müssen,
heißt es. Die Amerikaner wollen so viel wissen. Sobald ich kann,
versuche ich mich nach Würzburg durchzuschlagen. Vielleicht
kann mir einer unserer alten Nachbarn weiterhelfen.
In Liebe
Dein Ephraim

Ein Liebesbrief. Geliebte Rahel, datiert auf Mai 1945 in Dachau.
Gids Zunge klebte ihm plötzlich am Gaumen. Dachau. Sein
Großvater hatte jene grausamen Kriegsjahre mit keiner Silbe
erwähnt. Die Briefe an seine Frau musste er nach der Befreiung des Lagers durch die Amerikaner geschrieben haben.
Unwillkürlich drängten sich Bilder in Gid auf, jene vom Fern-
sehen dokumentierten, die von der Vertreibung und Ermordung unzähliger Juden berichteten. Natürlich hatte er sie gesehen. Warum hatte er sich eigentlich nie gefragt, wie seine
Großeltern diese furchtbare Zeit überlebt hatten?

Wortlos reichte er den Brief erst an Paula, dann an seinen
Onkel weiter.

»Ehrlich gesagt hätte ich dem alten Herrn niemals einen

Liebesbrief zugetraut. Das wirft ein ganz neues Licht auf ihn. Danke, Onkel Aaron. Das bedeutet mir viel.«

»Keine Ursache, Gideon«, sagte der Arzt warm. »Ephraim war nicht immer der harte und strenge Mann, wie du ihn in Erinnerung hast.«

»Ich hatte keine Ahnung, dass Opa im Konzentrationslager in Dachau war.«

»Er hat nie über diese Zeit gesprochen, Gideon. Und ich freue mich, dass Ephraims Wunsch, wir mögen wieder Kontakt haben, wahr geworden ist.«

»Ich mich auch«, antwortete Gid und begegnete Paulas Lächeln. Dann weihte er seinen Onkel in seine beruflichen Pläne ein.

Der Arzt wiegte den Kopf. »Eine eigene Buchhandlung? Ich hoffe, du weißt, was du da tust, mein Junge.«

»Keine Sorge, Onkel Aaron, ich bin mir der Risiken durchaus bewusst. Vergiss nicht, ich kenne die Branche.«

Aaron Morgenstern lächelte. »Jedenfalls wünsche ich dir viel Erfolg.«

50

Alisah

»Ein Jegliches hat seine Zeit, und alles Vorhaben unter dem Himmel hat seine Stunde«, heißt es im Buch *Kohelet*. Feiern hat seine Zeit, und arbeiten hat auch seine Zeit.

Am Morgen nach Samuels Bar-Mizwa-Feier eilte ich zum Wollgraben, um nach der alten Jonata zu sehen. Es war ein herrlicher Tag, ich genoss das warme Sonnenlicht auf meinem Gesicht und bog in die Gasse, die auf den Abwasserkanal zuführte. Ich passierte gerade einen schmalen Durchgang, als ich ein klatschendes Geräusch und laute Hilferufe vernahm. Das Geschrei schien von unterhalb der ummauerten Gasse zu kommen, hinter der sich der Graben befand. Ich stürzte auf die Mauer zu, schirmte mit der Hand das blendende Sonnenlicht ab und erschrak. Unter mir ruderte ein Knabe in der trüben Brühe verzweifelt mit den Armen. Er brüllte wie am Spieß und schluckte immer wieder Wasser.

»Holt Hilfe, schnell!«, gellte die Stimme einer jungen Frau vom gegenüberliegenden Ufer zu mir herüber.

Eilig überquerte ich den Wollgraben auf einem schmalen Steg, warf im Laufen meinen Umhang ab und wollte ins Wasser springen. Da entdeckte ich einen älteren Mann, der ebenfalls auf den Grabenrand zulief und im nächsten Moment auf die Frau zustrebte.

»Rettet mein Kind, ich bitte Euch!«, flehte sie.

Mit einem Satz sprang der Fremde mit dem langen, ergrauten Bart ins Wasser, verschwand kurz und tauchte wieder auf. »Halt aus, Junge, ich bin gleich bei dir.«

Gleich darauf versank das Kind. Nur einige kräftige Schwimmzüge, und der Mann erreichte die Stelle, an der der flachsblonde Haarschopf des Jungen eben noch sichtbar gewesen war, und tauchte unter. Ich hielt den Atem an. Endlich, nach einer halben Ewigkeit, erschien erst der Kopf des Mannes an der Wasseroberfläche, dann der des Knaben. Ihm gelang es, den Jungen ans Ufer zu ziehen. Sogleich stürzte die Mutter des Knaben mit schreckgeweiteten Augen hinzu.

Der Retter beugte sich über das Kind, das still wie eine Puppe dalag, und versuchte es ins Leben zurückzuholen. Ich ließ mich neben ihm auf die Knie sinken.

»Ich bin ein Medicus«, murmelte er schwer atmend, ohne aufzublicken, und wischte sich mit dem Handrücken über das nasse Gesicht.

Behutsam legte ich eine Hand an den Hals des Kindes und tastete nach den Schlagadern.

»Sein Puls schlägt noch«, raunte er. »Was fehlt, ist die Atmung.«

Adaunoi hilf, betete ich, während bange Augenblicke vergingen.

Da rief der Fremde plötzlich: »Elisa!«

Elisa? Ich suchte den Blick des Arztes. Warum nannte er den Namen eines unserer wichtigsten Propheten?

»Ihr kennt die Geschichte, wie Elisa den toten Sohn der Sunamitin zum Leben erweckte?«

Ich nickte.

»Gut, dann helft mir. Rasch!« Er hockte sich dicht neben das Kind, aus dem das Leben gewichen schien. »Haltet seinen Kopf.«

Ich nahm das schmale Gesicht in beide Hände. Der Fremde holte tief Luft. Dann legte er seine Lippen auf den halb geöffneten Mund des Kindes und blies seinen eigenen Atem kraftvoll hinein. Der Mann wiederholte die Prozedur. Zweimal, dreimal. Immer wieder. Ich traute mich kaum zu atmen. Wenn der Junge doch nur die Augen aufschlug! Ich starrte in das kleine, bleiche Gesicht. Wasser tropfte aus seinen Haaren auf meine Hände. Schweiß brach mir aus den Poren. Wie gern hätte ich den Jungen geschüttelt, damit er endlich erwachte, aber ich traute mich nicht. Bis endlich ein erlösendes Röcheln aus der Kehle des Kindes drang. Rasch drehte ich ihn auf die Seite, da floss auch schon ein Schwall Wasser aus dem blutleer wirkenden Mund.

»Er lebt!«, rief der Mann. »Es ist geglückt, es ist tatsächlich geglückt!«

Der Junge hustete, seine Lider flatterten.

»Willkommen zurück im Leben«, sagte der Fremde und lächelte sichtlich erleichtert.

Ich legte eine Hand an die kühle Wange des Kindes und streichelte sie sanft. Der Junge hustete erneut. Wortlos nahm der Medicus ihn auf den Arm, trug den Knaben zu seiner Mutter, die mit großen Augen alles mit angesehen hatte, und übergab ihr das Kind. Als der Fremde, dessen nasse Kleider eine Pfütze unter ihm gebildet hatten, seinen leichten Mantel aufhob, den er achtlos zu Boden geworfen hatte, entdeckte ich den aufgenähten gelben Ring auf seinem Obergewand. Er schlüpfte hinein und setzte sich eine *Yarmulke* auf den fast kahlen Schädel.

»Das war knapp, äußerst knapp.«

Gemeinsam beobachteten wir die junge Mutter und ihren Sohn, der ihr eben zum zweiten Mal geschenkt worden war. Endlich erhob sie sich und trat zu uns.

»Euch muss der Himmel geschickt haben. Wenn Ihr nicht im rechten Augenblick gekommen und in den Graben gesprungen wärt…«

»Die junge Frau neben mir hätte dasselbe getan.«

»Aber Ihr wart mit Euren langen Beinen schneller.« Sie ergriff die kräftige Hand des Arztes. »Ich danke Euch von ganzem Herzen für das Leben meines einzigen Sohnes.«

»Gebt in Zukunft besser acht, wo er spielt, und zieht ihm trockene Kleider an.«

»Ja. Ihr aber auch.« Sie lächelte. »Lebt wohl und Gott mit Euch.«

Zaghaft zog ich den Fremden am Ärmel und gab ihm ein Zeichen, dass die Mutter recht hatte.

»So, Ihr macht Euch Sorgen um mich? Das ist mir in der Tat schon lange nicht mehr widerfahren.« Er wies auf sein Bündel. »Frische Kleidung habe ich nicht dabei, wohl aber eine Decke.« Aus seiner Tasche holte er den Wollstoff hervor und schlang ihn sich um die Taille. »Und nun zu Euch. Wieso redet Ihr nicht mit mir und nennt mir Euren Namen? Ich wüsste nur zu gern, wer mich so tatkräftig unterstützt hat.«

Im Kopf hörte ich förmlich meine Stimme und den Klang meines Namens. Ich öffnete den Mund. Alisah, Alisah Friedman, schrie es in mir. Aber die Töne in meinem Inneren verhallten irgendwo im Nichts. Verzweifelt stampfte ich mit dem Fuß auf und versuchte es erneut, nur um zum ungezählten Male zu scheitern.

»Ihr könnt nicht sprechen, richtig?«, unterbrach er meine Bemühungen. »Entschuldigt, ich wollte Euch nicht kränken.« Sein Lächeln war ungezwungen, als er mich sanft am Arm fasste. »Wollen wir gehen? Mir ist kalt.«

Der Fremde und ich schritten die Gasse auf der anderen Seite des Grabens entlang.

»Mein Name ist Isaak Weinlaub. Ich lebe in Höchberg, einem Dorf vor den Toren von Würzburg, drei Tagesreisen von hier entfernt. Eigentlich eine schöne Stadt, ebenfalls am Main gelegen und Frankfurt durchaus ähnlich.« Ein ernster Zug legte sich um seine Lippen. »Leider will man unsereins in Würzburg nicht länger dulden. Einzig die Arbeit innerhalb der Stadtmauern ist mir noch gestattet, weil es dort zu we-

364

nige gute Ärzte und Chirurgen gibt. Da greift man dann doch auf uns Juden zurück. Ich habe einen Freund besucht, den ich seit Längerem nicht mehr gesehen habe. Sicher kennt Ihr ihn.« Weinlaub nannte einen Namen, der mir unbekannt war.

Ich blieb stehen, griff nach meinem Koffer und nahm ein Blatt Schreibpapier sowie das Bleyweiß heraus.

Er las, was ich ihm aufgeschrieben hatte. »Ihr seid also Frau Friedman und arbeitet. Verzeiht meine Neugier, aber was für ein Gewerbe treibt Ihr, dass Ihr Euch in der Stadt aufhalten dürft?« Er gab mir das Blatt zurück. »Ihr habt Euch mit dem Jungen sehr geschickt angestellt, als ob Euch die Heilkunde nicht fremd sei.«

So ist es, schrieb ich. *Mein Vater war ein Medicus und brachte mir alles bei. Mein größter Wunsch wäre, dass Frauen ebenfalls die Medizin studieren dürfen.*

»Frauen als Ärzte? Entschuldigt, aber das wird wohl ein Traum bleiben«, antwortete er mit Bedauern, während wir durch das Südtor unser Viertel betraten.

Nach einigen Schritten blieb Weinlaub stehen. »Ich danke Euch für Eure Hilfe. Ich habe vor, morgen nach Höchberg zurückzukehren. Falls wir uns nicht mehr sehen sollten, lebt wohl.«

Einen Augenblick lang starrte ich ihn an. Ein Gedanke formte sich in meinem Kopf, so aufregend, dass mir fast die Luft wegblieb. In Frankfurt kam ich nicht weiter. Ich suchte jemanden, der mir all das beibrachte, wozu mein Vater nicht mehr in der Lage gewesen war. Doch es musste ein erfahrener Arzt sein, zu dem ich Vertrauen haben konnte. Zu Herrn Weinlaub hatte ich mich sofort hingezogen gefühlt, er strahlte Besonnenheit und Weisheit aus. Warum eigentlich nicht? Gab es außer den Bundschuhs etwas, das mich noch in Frankfurt hielt? Wenn der Medicus mich nach Höchberg mitnahm, konnte ich die Familie von Zeit zu Zeit besuchen.

Er räusperte sich. »Frau Friedman?«

Mit klopfendem Herzen schrieb ich hastig ein paar Worte auf das Papier und reichte es ihm.

»›Nehmt mich bitte mit‹«, las er halblaut vor. »›Mein Vater, der Medicus Daniel Friedman, starb, bevor er mir die praktische Lehre über innere Krankheiten und ihre Behandlungen beibringen konnte. Ich habe bisher noch nie selbst operiert, nur assistiert. Ihr seid ein versierter Arzt. Bitte lasst mich bei Euch lernen und Erfahrungen sammeln.‹«

Seine buschigen Brauen hoben sich. »Ihr möchtet mit mir nach Höchberg gehen? Seid Ihr sicher?«

Ich nickte eifrig.

»In der kurzen Zeit, die ich Euch nun kenne, überrascht Ihr mich nun schon zum zweiten Mal, Frau Friedman. Mit Verlaub, Ihr seid wirklich eine außergewöhnliche Frau.«

Meine Mundwinkel verzogen sich zu einem verlegenen Lächeln.

»Ich nehme an, Ihr seid ungebunden. Sonst würdet Ihr mir eine solche Frage nicht stellen.« Forschend ruhte sein Blick auf mir.

Ich hielt ihm stand.

Er kratzte sich am Kinn. »Ich gebe zu, der Gedanke, eine Gehilfin zu bekommen, gefällt mir. Es kommt öfter vor, dass ich zu weiblichen Patienten gerufen werde.«

Meine Lippen formten ein »Bitte!«.

»Nun ja, Ihr habt bewiesen, dass Ihr beherzt zupacken könnt. Warum also nicht? Uns beiden wäre gleichermaßen damit gedient. Dennoch bitte ich Euch: Schlaft eine Nacht darüber. Wenn Ihr morgen früh immer noch mitkommen wollt, würde ich mich freuen.«

Ihr werdet es nicht bereuen, schrieb ich.

»Gut. Wir sehen uns dann morgen. Ich nehme an, es gibt hier ein Gasthaus, in dem ich mich einmieten kann. Dort findet Ihr mich. *Schalom.*«

Ich blickte ihm nach, um gleich darauf zum Haus der

Bundschuhs hinabzulaufen. Je weiter ich mich dem Zuhause der Familie näherte, umso größer wurde meine Furcht. Wie sollte ich die Entscheidung, die für mich schon jetzt unumstößlich feststand, nur Joseph und Lea beibringen?

Ich trat in den halbdunklen Flur. Der Erste, der mir begegnete, war Samuel. Es versetzte mir einen Stich, mich von dem Jungen vielleicht für lange Zeit zu verabschieden. Mit einem Kloß im Hals betrat ich die Küche.

Lea blickte von einer Schüssel mit Brotteig auf. »Alisah! Du bist schon zurück?«

Ich setzte mich an den Tisch. *Ich muss euch etwas erzählen,* begann ich zu schreiben. Als ich fertig war, reichte ich Lea das Blatt Papier.

»Du willst Frankfurt verlassen?« Ihre Brauen zogen sich zusammen. »Um mit einem Mann nach Höchberg zu gehen? Du kennst diesen Herrn Weinlaub doch gar nicht!«

Joseph kam herein. »Was macht ihr beiden denn für Gesichter?«

Lea berichtete ihrem Mann von meinen Plänen.

»Was sagst du da?« Sein Blick richtete sich ernst auf mich. »Aber warum denn? Gefällt es dir nicht mehr in Frankfurt?«

Erneut nahm ich den Stift in die Hand, um den beiden zu erklären, was mich zu diesem Schritt bewogen hatte.

51

Alisah

Groß und rund stand der Vollmond am Firmament, als der Medicus und ich die ersten Häuser von Höchberg erreichten. Am Morgen unserer Abreise hatte ich mich von den Bundschuhs verabschiedet und Joseph darum gebeten, dem Geldverleiher Raphael Geiger die zwanzig Kreuzer zurückzugeben, die ich ihm noch schuldete.

Isaak Weinlaub schloss die Tür eines Häuschens gegenüber einer kleinen Kirche auf. »Tretet ein«, forderte er mich mit einem Lächeln auf. »Seid willkommen in meinem bescheidenen Heim.« Der Medicus öffnete die Tür zur Wohnküche. Aus einem Regal nahm er zwei tönerne Becher und einen Krug Bier und stellte sie auf den Tisch. Mit den Worten »*L'chaim*« prostete er mir zu. »Ich schlage vor, wir nehmen unsere Nachtmahlzeit im *Ochsen* ein. Es ist das einzige Gasthaus in ganz Höchberg, in dem man ein koscheres Stück Kalbsbraten bekommt. Doch zuvor will ich Euch Eure Kammer zeigen.«

Ich staunte, als ich den Raum betrat, denn er war nicht nur großzügig und hell, sondern mit einem Schreibpult, einem bequemen Sessel und einer Truhe für meine Kleider reichlich ausgestattet. Ich dankte ihm mit einer kleinen Verbeugung. Danach machten wir uns frisch und suchten das Gasthaus auf.

Der Medicus und ich steuerten gerade auf einen freien Tisch im *Ochsen* zu, da erhob sich einer der anderen Gäste schwerfällig und näherte sich uns watschelnd. Ein dichter rötlicher Bart umrahmte sein rundes Gesicht.

»Das ist Bertold Schwarzheimer, unser Schultheiß«, raunte Weinlaub mir zu und nickte dem wohlbeleibten Mann zu. »*Schalom*, Schwarzheimer.«

»Gott zum Grüße, Medicus«, gab dieser zurück und ließ sich an unserem Tisch nieder.

Als der Wirt kam, bestellte Herr Weinlaub Kalbsbraten, Brot und Wein.

»Das ist Alisah Friedman aus Frankfurt«, stellte er mich dem rotbärtigen Mann vor. »Ich habe ihr angeboten, sie in die Lehre zu nehmen.«

»Da könnt Ihr Euch glücklich schätzen«, sagte Schwarzheimer freundlich zu mir. Dann wandte er sich dem Medicus zu. »Könntet Ihr morgen bitte nach meiner Frau sehen? Sie klagt immer noch über Krämpfe im Bauch und Schwäche. Seit einigen Tagen liegt sie nun schon darnieder.«

»Hat sie den Sud aus Frauenmantel, den ich ihr verordnet habe, auch regelmäßig eingenommen, Schwarzheimer?«

Der Mann machte ein unglückliches Gesicht. »Das hat sie, aber zu ihren üblichen Beschwerden gesellt sich nun auch noch der verflixte Kopfschmerz. Ich erkenne mein Weib kaum wieder. Früher war sie meist guter Dinge, in letzter Zeit weint oder zetert sie nur noch oder bricht urplötzlich in Tränen aus.«

»Ich komme morgen früh und untersuche sie.« Herr Weinlaub schrieb etwas auf einen Zettel und reichte ihn Herrn Schwarzheimer. »Das holt Ihr vom Apotheker. Es ist eine Tinktur, die Eure Gattin über einen längeren Zeitraum schluckweise trinken muss. Alles weitere besprechen wir dann morgen.«

Der Schultheiß dankte ihm und verbeugte sich respektvoll.

Kurze Zeit später brachte eine Schankmagd unsere Bestellung. »Lasst es Euch schmecken.«

Wir verbrachten einen angenehmen Abend, und als ich ins Bett ging, schlief ich auf der Stelle ein.

Ich erwachte vom durchdringenden Ruf einer Elster. Einen Augenblick lang wusste ich nicht, wo ich mich befand, denn durch das Fenster konnte ich nur ein Stück blauen Himmels erkennen. Der Medicus sang mit seiner warmen Stimme eine fröhliche Melodie. Ich lächelte, denn ich kannte das Lied, mein Vater hatte es manchmal gesummt.

Sein geliebtes Antlitz stand mir wieder vor Augen. Ich hörte, wie er mir geduldig die lateinischen Begriffe der Anatomie nahebrachte, während Sarah mich neckte, weil ich nichts als die schreckliche Medizin im Sinn hätte. Auf einmal fühlte ich sie so dicht bei mir, als bräuchte ich nur die Hand auszustrecken, um sie berühren zu können. Chaims scharf geschnittene Züge tauchten vor mir auf. Wie mochte es ihm ergangen sein?

Ein Klopfen an meine Kammertür holte mich in die Gegenwart zurück.

»Ich habe uns Frühstück zubereitet«, sagte Weinlaub.

Nachdem wir die einfache Mahlzeit beendet hatten, suchten wir die Schwarzheimers auf.

Frau Schwarzheimers Gesicht war von Schmerzen gezeichnet, ihre Augen waren ohne Glanz. Ich lächelte der Patientin aufmunternd zu. Der Medicus bat sie, sich zu entkleiden.

»Frau Friedman wird Euch jetzt den Puls messen.« Isaak Weinlaub tätschelte die Hand der Kranken. »In der Zwischenzeit werde ich Euch einige Fragen stellen.«

Er drehte eine mitgebrachte Sanduhr herum. Die feinen Körner rieselten durch die enge Stelle in den unteren Kolben, während ich die Pulsschläge der Patientin zählte. Ich suchte Weinlaubs Blick und schüttelte den Kopf zum Zeichen, dass ich nichts Auffälliges feststellen konnte.

»Ist etwas Schlimmes mit mir, Herr Medicus?«, entfuhr es Frau Schwarzheimer, die meine Gestik offenbar falsch gedeutet hatte, mit ängstlicher Miene. »Unsere Söhne halten sich von mir fern, weil ich so häufig niedergeschlagen bin. Sie sagen, in meinem Kopf wohne ein Dämon, der ausgetrieben werden muss. Glaubt Ihr das auch?«

»Aber nein! Wie kommen Eure Söhne denn nur auf so etwas? Jedes Unwohlsein hat eine Ursache, sei es eine körperliche oder eine seelische. Niemand wird grundlos krank. Wenn es etwas gibt, das Eure Körpersäfte aus dem Gleichgewicht gebracht hat, dann werden wir es herausfinden.«

Der Medicus begann mit ruhiger Stimme seine Befragung, welche Nahrungsmittel sie mit Vorliebe zu sich nahm, wie sie zubereitet wurden und einiges mehr.

Herr Weinlaub und ich waren gleichermaßen entsetzt über die Blüten, die der Aberglaube noch immer trieb. Wie viele Christenmenschen fürchteten aus diesem Irrglauben heraus, ihr Gott hätte ihnen die Krankheit geschickt, weil sie nicht fromm oder demütig genug waren. Für uns Kinder Israels war der Körper hingegen eine Gabe des Höchsten, die wir hegen und pflegen mussten. Deshalb waren mir die Fragestellungen nicht fremd. Mein Vater hatte eine große Hochachtung für Hippokrates und Galen gehegt, jene herausragenden Ärzte der Antike, deren große medizinische und philosophische Schriften bis zum heutigen Tage an den berühmten Universitäten gelehrt wurden.

»Wenn ich Euch einen Rat geben darf, Frau Schwarzheimer«, schloss er, »würzt Euer Essen nur kräftig, das vertreibt die Melancholie. Esst mehr Rindfleisch und Fisch, und wenn es doch mal ein Stück Schweinefleisch sein soll, dann röstet es, statt es zu kochen. Außerdem möchte ich Euch bitten, täglich eine Schale *Mandelsulz* zu Euch zu nehmen. Diese Maßnahmen werden mit der Zeit das Gleichgewicht Eurer Körpersäfte wiederherstellen. Ihr müsst nur etwas Geduld aufbringen.«

Die Patientin verzog angewidert das Gesicht. »Ich kann Mandelsulz nicht ausstehen.«

Weinlaubs Stimme blieb sanft. »Welche Arztney schmeckt

schon? Meine liebe Frau Schwarzheimer, merkt Ihr nicht, wie Eure Urteilskraft Schaden nimmt?«

»Wie soll ich das jetzt bitte verstehen?«, antwortete die Frau spitz.

Der Medicus musterte seine Patientin ruhig. »Wie ich hörte, wettert, weint und jammert Ihr so sehr, dass Eure Söhne und Euer Ehemann inzwischen verzweifeln, weil sie Euch so wenig zu helfen vermögen. Wollt Ihr nicht wenigstens versuchen, meine Ratschläge zu beherzigen? Ja, möchtet Ihr denn nicht wieder eine gesunde und freundliche Frau werden?«

»Ach, diese vermaledeiten Söhne! Wie soll ein Weib wie ich zufrieden sein? Der eine ist faul, der nächste will keine Frau, und der Jüngste ist so ungeschickt«, klagte sie. »Von meinem Gatten ganz zu schweigen, der…«

Weinlaub unterbrach den Redeschwall seiner Patientin. »Wie ich Eure Söhne kennengelernt habe, sind sie rechtschaffene Männer und Euch sehr zugetan, und dasselbe gilt für Euren Gatten. Verzeiht, doch mir scheint, Euer Gemüt bringt Euch dazu, undankbar zu sein. Liege ich da richtig?«

Im Raum wurde es still. Der Medicus strich der weinenden Frau über das aufgelöste Haar.

»Besinnt Euch bitte darauf, wie gut es Euch im Grunde geht. Ihr habt einen liebenden Ehemann und gesunde Kinder. In anderen Gegenden wütet die Pest, aber Höchberg und die Städte in unserer Umgebung sind bisher verschont geblieben. Es gibt wahrlich allen Grund zur Dankbarkeit, Frau Schwarzheimer. Versprecht mir, in Ruhe darüber nachzudenken, dann wird alles gut, glaubt mir.«

Staunend verfolgte ich, wie das Mienenspiel der Dame wechselte und sich ihre Wangen zartrosa verfärbten.

Er notierte etwas auf einem Zettel. »Das ist ein Rezept für einen neuen Kräutertrank, der Eure Beschwerden lindert. Bitte nehmt ihn mehrmals täglich schlückchenweise zu Euch.

Gleichzeitig haltet Ihr Euch bitte an meine Essensanweisungen.«

»Ist schon gut«, seufzte die Frau des Schultheiß und schnäuzte sich in ein Tüchlein. »Ich weiß ja selbst kaum noch, wie mir geschieht. Bitte tragt mir meine Worte nicht nach, Herr Medicus.«

»Keine Sorge. Ihr könnt Euch jetzt ankleiden. Nächste Woche sehe ich wieder nach Euch. Und grüßt mir Eure Söhne.«

Wir verließen die Schlafkammer, wünschten Herrn Schwarzheimer alles Gute und kehrten in Weinlaubs Praxis zurück. Dort griff ich nach meinem Schreibzeug. *Wie ist Euch das gelungen? Frau Schwarzheimer war geradezu wie verwandelt.*

»Indem ich ihr gesagt habe, was sie im Grunde ihres Herzens selbst weiß. Ich brauchte sie nur daran zu erinnern.«

Wenn ich meinen Lehrherrn so betrachtete, wirkte er mit seiner stattlichen Gestalt, den großen Händen und der hohen Stirn eher wie ein Schmied oder Bauer. Wie ein Mann, der eben zupacken konnte. Umso erstaunlicher fand ich, welche Eigenschaften offenbar noch in ihm steckten.

52

Alisah

Der Herbst hielt Einzug und mit ihm das prächtige Farbenspiel der Blätter von Rotbuchen und Ahornbäumen, welche die Straße nach Würzburg säumten. Zwischen ihren unteren Äste und Zweigen spannten sich feine Fäden, die winzigen Spinnentieren zur Fortbewegung dienten. Bereits mittags stand die Sonne flach über dem Horizont, und die Luft war merklich abgekühlt.

Eines Morgens rollten der Medicus und ich auf die steinerne Brücke zu, über die man zum östlichen Tor in der Würzburger Stadtmauer gelangte. Ich blickte über die abgeernteten Felder, über denen der Frühnebel wie ein durchsichtiger Schleier schwebte. Darüber zog ein Vogel seine Kreise.

Welch friedliches Bild. Mit Isaak Weinlaub nach Höchberg zu gehen, war die richtige Entscheidung gewesen. Die Arbeit machte mir große Freude, weit mehr als damals im Frankfurter Hekhaus. Die Oberschwester und den Hospitalverwalter hatte ich geachtet, den Medicus hingegen bewunderte ich. Ihm war eine besondere Art zu eigen, stets nicht nur die richtigen Worte für seine Patienten zu finden, sondern diese auch auf eine Weise auszusprechen, die niemanden kränkte oder brüskierte. Dies alles tat er mit einer Empfindsamkeit, die ich an diesem kräftigen Mann niemals vermutet hätte.

Ich fragte mich oft, wie es ihm gelang, ohne Groll von den Männern zu sprechen, die vor einem Jahr für seine Vertreibung aus Würzburg gesorgt hatten. Das forderte mir Hochachtung ab. Obwohl man ihm übel mitgespielt hatte, schien er im Einklang mit sich und der Welt zu sein. Je länger ich unter seinem Dach lebte, desto mehr empfand ich ein Gefühl tiefer Verbundenheit zu ihm. Die Art, wie sein Blick bisweilen auf mir ruhte, ließ mich ahnen, dass auch er mich ins Herz geschlossen hatte.

Nach wenigen Tagen sprach er mich bereits mit meinem Vornamen an, was mich mit stiller Freude erfüllte. Er war ein strenger Lehrer, der mir viel abverlangte, aber nie mehr, als er von sich selbst erwartete.

Wenn wir abends beieinandersaßen und er mich unterrichtete, behandelte er mich keineswegs wie ein unwissendes Weib, das an den Herd gehörte. Etwas, das vor ihm nur zwei Männer getan hatten: mein Vater und Lorenzo.

Jeder Gedanke an meinen venezianischen Freund löste einen tiefen Schmerz in mir aus, der täglich wuchs. Am meisten bedrückte es mich, dass er ohne ein Wort gegangen war. Dennoch war es besser so, redete ich mir ein. Eine Verbindung zu einem Christen war undenkbar. Ich gebe zu, manchmal fiel es mir schwer, Weinlaubs Lehrstunden zu folgen, wenn sich Lorenzos letzte Worte immer wieder in meine Erinnerung drängten. Sicher hatte er unsere Freundschaft mit Liebe verwechselt. Vielleicht hatte er sogar inzwischen eine Frau gefunden, die zu ihm passte.

Wenn ich an diesem Punkt meiner Überlegungen angekommen war, wurde ich stets traurig und fühlte den Wunsch in mir, alles stehen und liegen zu lassen, um ihn zu suchen. Aber das durfte ich nicht tun. Zu lange hatte ich auf eine Möglichkeit gewartet, endlich weiterlernen zu dürfen.

Auch mein Vater und Herr Weinlaub hatten einiges gemeinsam. Vermutlich fühlte ich mich deshalb so sehr zu dem Medicus hingezogen. Sie waren beide eher von ernsthafter Natur, aber wenn sie scherzten, verwandelte der Humor ihre Gesichter und machte ihre Züge weich. Hatte der Medicus niemals daran gedacht, eine Familie zu gründen?

375

Die Zeit verging, und bald kam es mir vor, als lebte ich schon eine halbe Ewigkeit unter seinem Dach.

Am letzten Schabbes hatte er bemerkt, wie ich neugierig die Titel seiner medizinischen Werke beäugte. Darunter befand sich die Abhandlung des persischen Arztes Rhazes über Erkrankungen der Kopfhaut, Mundfäule, Wurmerkrankungen und Blasensteine. Gleich daneben entdeckte ich das mehrbändige Werk von Aulus Cornelius Celsus, das sich nicht nur mit Medizin, sondern auch mit Pathologie, Pharmakologie und Chirurgie beschäftigte. Ich wies darauf und wiegte zweifelnd den Kopf.

»Seine Thesen sind umstritten, meint Ihr?«

Ich hob die Achseln.

»Es stimmt. Doctor Paracelsus zum Beispiel hält nichts von der Viersäftelehre, wie Galen und eben auch Celsus sie vertraten.« Er schmunzelte. »Ich sehe, Ihr kennt Euch aus, Alisah. Gewiss war Euer Vater ebenfalls im Besitz des einen oder anderen wunderbaren Buches. Wenn Ihr möchtet, dürft Ihr sie Euch gern ausleihen.«

In den letzten Wochen hatte ich den Medicus zu zahlreichen Patienten nach Würzburg begleiten dürfen. Unter ihnen waren auch Hans Kuhn, ein Sattlermeister, der seit geraumer Zeit von einem hartnäckigen Husten geplagt wurde, und Lore Lambrecht, die junge Frau eines Ratsherrn, die unter einem juckenden Hautausschlag litt.

Während ich über all diese Dinge nachdachte, überquerten wir den träge dahinfließenden Main. Weinlaub lenkte das betagte Zugpferd nahe dem Marktplatz in eine Gasse und band das Tier an. Eine Magd der Lambrechts führte uns in die Stube ihrer Herrin.

Ein Lächeln breitete sich auf dem Gesicht der Frau aus. »Herr Medicus, Frau Friedman, wie schön, dass Ihr nach mir seht.«

Isaak Weinlaub erwiderte den Gruß und betrachtete die

Unterschenkel der jungen Frau. Bei unserem letzten Besuch hatte er ihr eine Mixtur verordnet, deren Anwendung seine Wirkung offensichtlich nicht verfehlte. Die vormals tiefroten fingernagelgroßen Stellen waren blasser geworden.

»Sehr schön, Frau Lambrecht«, stellte der Medicus fest. »Tragt das Mittel nur weiterhin auf, bald dürften auch Eure Beine wieder die einer hübschen jungen Frau sein.«

Lore Lambrecht errötete. »Darf ich Euch von unserer Magd etwas zu trinken holen lassen, Herr Medicus?«

»Vielen Dank, aber wir müssen weiter. Ich werde in einer Woche noch einmal bei Euch vorbeischauen«, versprach Weinlaub.

Hans Kuhn wohnte ganz in der Nähe der Lamprechts. Wie bei unserem letzten Krankenbesuch empfing uns der Sattlermeister in seiner Kammer. Ich bemerkte sofort, dass bei dem Patienten keine Besserung eingetreten war. Auf seiner breiten Stirn stand der Schweiß in feinen Perlen, sein Atem ging stoßweise. Weinlaub legte ein Ohr an Kuhns Brustkorb und horchte.

»Habt Ihr die Medizin eingenommen, die ich Euch gegeben habe?«

Der andere nickte schwach. »Es will einfach nicht besser werden, Herr Medicus. Nachts ist es besonders schlimm. Ich huste mir schier die Seele aus dem Leib.«

Ich fühlte währenddessen seinen Puls.

»Habt Ihr Schmerzen in den Seiten?«, erkundigte sich Weinlaub.

Der Kranke bejahte.

»Ich fürchte, Ihr habt Euch eine *pneumonia* zugezogen, Herr Kuhn. Eure Lunge hat sich entzündet. Ihr zeigt alle Symptome, die unser großer jüdischer Arzt Maimonides in einer seiner Abhandlungen nannte.«

Der Kranke fluchte. »Nicht schon wieder. Erst letzten Winter war ich wochenlang ans Krankenlager gefesselt. Der Arzt

377

ließ mich mehrmals zur Ader, schmierte mir die Brust mit Hundefett ein und verabreichte mir gesottenen Knoblauch mit klein geschnittener Fuchslunge. Alles ohne Erfolg…« Ein heftiger Hustenanfall brachte ihn zum Schweigen.

»Das glaube ich gern«, sagte Weinlaub, nachdem sich der Kranke beruhigt hatte. »Wir jüdischen Ärzte machen vieles anders als unsere christlichen Kollegen. Von zu häufigem Aderlass halte ich nicht viel, von Einreibungen mit Hundefett und dem zweifelhaften Genuss von Tierinnereien noch weniger. Stattdessen verschreibe ich Euch einen Trunk aus Nesselsamen und einigen anderen pflanzlichen Bestandteilen, vermischt mit Honig. Er hat sich als wirksames Mittel gegen starken Husten und Lungenentzündungen erwiesen.« Der Medicus wandte sich zu Kuhns Sohn um. »Bringt dem Apotheker das Rezept. Er wird Euch die Arztney anmischen.« Der Junge nahm den Zettel entgegen.

Weinlaub trat wieder an das Bett des Kranken. »Ihr müsst das Mittel morgens und abends warm trinken, und zwar drei, besser noch vier Löffel voll. Eure Frau darf es nicht zu stark erhitzen, sonst wirkt es nicht. Nur so lindert es die Schmerzen und löst den Schleim in Eurer Lunge. Sobald ich kann, sehe ich wieder nach Euch.«

In den nächsten Stunden suchten wir über ein Dutzend Patienten von Herrn Weinlaub auf. Während wir durch den Ort fuhren, wanderten meine Gedanken zu Lea, Joseph und den Orgelpfeifen. Mir fehlte die Vertrautheit mit Lea, die ich gleich bei unserer ersten Begegnung empfunden hatte. Natürlich vermisste ich auch Samuel, der so treu mit mir durch Frankfurt gegangen und meine »Stimme« gewesen war. Sobald sich die Gelegenheit bot, wollte ich die Familie besuchen. Waren meine Erinnerungen an diesem Punkt angelangt, schob sich stets Lorenzos liebes Gesicht in meinen Geist und ließ sich nicht mehr vertreiben.

Der Medicus lenkte mich mit seinen Erzählungen über

seine Patienten ab. Wenig später suchten wir einen dürren Mann auf, der sich den Oberschenkel gebrochen hatte. Mit großer Geschicklichkeit richtete Herr Weinlaub das Bein, und ich schiente es anschließend. Einige Patienten mit Schnittverletzungen waren ebenfalls darunter, deren Wunden ich unter Aufsicht des Arztes vernähte. Außerdem befreiten wir eine alte Frau von einem lästigen nässenden Geschwür in der Leistengegend.

Nun senkte sich die Dämmerung über Würzburg, und die Gassen leerten sich. Zwei Namen standen noch auf Isaak Weinlaubs Liste.

»Könntet Ihr bitte nach den Zwillingen der Burgdorfers schauen?«, bat der Medicus. »Sie sollen wunde Stellen am Hintern haben, die nicht heilen wollen. Ich werde in der Zwischenzeit die kleine Clara Karlsbach in der Bäckergasse aufsuchen. Die Vierjährige leidet unter Schwindsucht. Ihre Eltern haben ihr eine eigene Kammer eingerichtet, damit sie die Familie nicht ansteckt. Das arme Ding wird immer schwächer. Wir treffen uns in einer halben Stunde wieder hier auf dem Marktplatz.«

Darf ich Euch nicht begleiten?, schrieb ich. *Ich hatte noch nie mit einem derartigen Fall zu tun und möchte gern lernen, wie Ihr die Schwindsucht behandelt.*

»Auf keinen Fall, Alisah! Ich riskiere nicht, dass Ihr Euch ansteckt. Obendrein seid Ihr bei der Pflege von Säuglingen bestimmt geschickter als ich.«

Enttäuscht fügte ich mich, obwohl ich mich oft genug davon hatte überzeugen können, wie behutsam mein Lehrherr mit seinen großen Händen umzugehen in der Lage war. Ich machte mich also auf den Weg zu dem Haus der Familie, während Herr Weinlaub den Wagen über den gepflasterten Platz lenkte.

Wenig später stand ich am Bett der sechs Monate alten Zwillinge und begutachtete die Haut zwischen ihren drallen Oberschenkeln. Die tiefroten Wunden nässten nicht mehr. Ich strich etwas Salbe darauf und wies die Mutter an, die Prozedur nach jedem Wickeln zu wiederholen, wie es der Augsburger Arzt Bartholomäus Metlinger in seinem *Kinderbüchlein* empfahl. Wann immer es meine Zeit erlaubte, las ich in diesem Buch, das sich ausgiebig mit der Pflege und den Krankheiten des Säuglings und Kindes bis zum siebenten Lebensjahr beschäftigte.

Zufrieden kehrte ich zum Marktplatz zurück, auf dem am Morgen noch emsiges Treiben geherrscht hatte. Leider waren inzwischen auch die Gaukler und Spielleute mit ihren Sackpfeifen und Flöten verschwunden, deren fröhlichen Melodien ich immer so gern lauschte. Von Isaak Weinlaub war noch nichts zu entdecken. Einzig ein einbeiniger Bettler bewegte sich mühsam und auf eine Krücke gestützt über das holprige Pflaster.

Wo der Medicus nur blieb? Ich beschloss, ihm entgegenzugehen und bog in die Bäckergasse ein. Dort hatten keine zwei Fuhrwerke nebeneinander Platz, und inzwischen konnte ich kaum noch die Hand vor Augen erkennen. Ein ungutes Gefühl beschlich mich. Hatte sich der Zustand der Kleinen etwa derart verschlechtert, dass der Medicus sich verspätete? Das Haus der Karlsbachs befand sich am Ende der Gasse. Das heisere Bellen eines Hundes irgendwo zwischen den Mauern ließ mich zusammenfahren. Ich beschleunigte meine Schritte und hielt nach Weinlaubs Wagen Ausschau.

Vor mir konnte ich die Umrisse eines Gefährtes ausmachen. Es war tatsächlich sein Pferdewagen. Ich trat zu der Stute und strich ihr über die Mähne. Da entdeckte ich die Umrisse eines Körpers auf dem Pflaster. Im nächsten Moment stieß ich mit dem Fuß an einen Gegenstand. Es war Isaak Weinlaubs Yarmulke. Reglos lag er vor mir. Meiner Kehle entrang sich ein gellender Schrei, der von den Häuserwänden zurückgeworfen wurde. Ich beugte mich über ihn und strich mit den Fingern über seine Wangen. Als ich seine hastigen Atemzüge vernahm, fühlte ich, wie mir vor Erleichterung die Knie weich wurden.

»Alisah…« Kaum verständlich kamen die Worte zwischen den Lippen des Medicus hervor. »Ihr habt ja geschrien!«

53

Lorenzo

Ein stürmischer Herbstwind drang durch das geöffnete Fenster der Stube, in der Lorenzo es sich nach einem anstrengenden Tag bequem gemacht hatte. Seit gut vier Wochen lebte er in einer Wohnung in der Spitalgasse von Nürnberg, nahe der Pegnitz. Der vorige Mieter hatte keine Verwendung für die Möbel gehabt und sie ihm überlassen. Nach seiner letzten Reise war in ihm der Entschluss gereift, sich in Nürnberg niederzulassen. So mancher Bürger war hier zu Ansehen und Reichtum gelangt, wie er bei gelegentlichen Streifzügen über die Marktplätze und Gassen der Lorenzstadt feststellte.

Er konnte sich zwar nicht als wohlhabend bezeichnen, aber immerhin war es ihm in den vergangenen fünf Monaten gelungen, sich einen guten Ruf zu erwerben. Das verdankte er allein Alisahs Salben und Mixturen, die allerorts reißenden Absatz fanden. Theriak und die Rezepte seines Vaters bot Lorenzo hingegen nicht mehr an. Das meiste war wertloses Zeug, und Alisah hatte es von Anfang an gewusst. Genau genommen war er nichts weiter als ein jämmerlicher Quacksalber gewesen, der mithilfe seiner leutseligen Überredungskünste die Marktgänger zum Kauf verleitet hatte. In den letzten Monaten war er in allen möglichen Städten unterwegs gewesen, nur Frankfurt mied er, um ihr nicht zu begegnen.

Was er auch tat, er musste ständig an Alisah denken. Er trat ans Stubenfenster. Die Dämmerung setzte ein, und die Glocken im Turm der Sebalduskirche riefen zur Abendmesse.

Am letzten Sonntag hatte Lorenzo den Gottesdienst besucht. Der Priester schien der Reformation zugetan, denn er zitierte aus den Schriften Martin Luthers und erinnerte äußerlich an Wilhelm Nesen. Wie sehr er die klugen Gespräche mit dem Magister vermisste! Was sprach eigentlich dagegen, dem Rektor der Lateinschule einen Besuch abzustatten? Ob er immer noch im *Strauß* wohnte? Wieder schob sich Alisahs Antlitz vor sein inneres Auge. Diese Frau wollte ihm einfach nicht aus dem Sinn gehen.

Entschlossen packte Lorenzo sein Bündel und brach am nächsten Morgen kurz nach Sonnenaufgang auf. Seine Heilmittel nahm er ebenfalls mit. Menschen, die seiner Hilfe bedurften, gab es schließlich überall. Sein Leben hatte sich verändert, seit er Alisah getroffen hatte. Sein Herz klopfte schneller, sobald er an sie dachte. Während der Stunden, in denen Matteo ihn Meile um Meile näher nach Frankfurt trug, hatte Lorenzo sich eingestanden, dass es nicht allein der Magister war, weshalb er sich auf den Weg gemacht hatte. Natürlich freute er sich, Herrn Nesen einen Besuch abzustatten, Freundschaften galt es schließlich zu pflegen. Der eigentliche Grund seiner Reise aber war dunkelhaarig, immer ein wenig geheimnisvoll und begleitete ihn bis in seine Träume. Er musste wissen, wie es Alisah ging, und er wollte sie wiedersehen.

In den letzten Monaten waren ihm viele hübsche Weiber begegnet. Aber sie waren ihm alle gleichgültig geblieben, denn mit jedem Tag wuchs seine Sehnsucht nach der Einen, bis er es nicht mehr ausgehalten hatte. Wieso ausgerechnet Alisah, die ihn nicht wollte?

Bald hatte er Frankfurt erreicht, und er schlug den Weg zur Judengasse ein. Der Tag war trüb, nicht ein Sonnenstrahl drang durch die geschlossene Wolkendecke. Winzige Regentropfen hingen in der Luft und benetzten sein Gesicht. Plötzlich hob der Esel den Kopf und blieb ruckartig mitten auf der Gasse stehen.

»Weiter, Matteo«, forderte Lorenzo das Tier auf, doch das wollte sich keinen Schritt mehr bewegen.

»He, halt hier nicht Maulaffen feil, Kerl!«, keifte auf einem Kutschbock hinter ihm ein Mann, dessen Wagen mit Käfigen voller Federvieh geladen war. »Du hältst den Verkehr auf.«

Lorenzo stieg ab, stieß Matteo in die Seite und führte das Tier zum Wegesrand, damit der Händler passieren konnte. Unermüdlich sprach er auf den Esel ein, aber Matteo blieb ungerührt stehen. Erst nachdem Lorenzo ihm eine Mohrrübe ins Maul geschoben hatte, setzte sich das Grautier wieder in Bewegung.

Wer half Alisah wohl beim Verkauf ihrer Medizin? Wer beschützte sie vor der Ablehnung und dem Hohn mancher Zeitgenossen? Oder hielt sie sich nach wie vor bei dem Buchhändler am Stand auf? Lorenzo konnte es nur hoffen. Wie oft hatte er sich ausgemalt, was ihr alles zustoßen konnte! Wie würde es sein, Alisah gegenüberzustehen? Würde sie ihn erneut fortschicken? Er führte Matteo am Zügel durch das Tor ins Judenviertel.

Als ihm ein Mann entgegenkam, sprach er ihn an. »Könnt Ihr mir sagen, wo ich Alisah Friedman finde?«

»Alisah Friedman? Da kommt Ihr ein halbes Jahr zu spät. Die ist im letzten Sommer bei den Bundschuhs ausgezogen und hat die Judengasse verlassen.«

Lorenzo schluckte. Er zog seinen Umhang enger um sich. »Sie ist fortgegangen?«

»Ja. Allerdings nicht allein, sondern zusammen mit einem alten Medicus namens Weinlaub.«

»Wisst Ihr, wohin die beiden wollten?«

»Tut mir leid, nein. Aber da sie in Begleitung eines Glaubensgenossen ist, braucht Ihr Euch sicherlich nicht um sie zu sorgen.«

Lorenzo bedankte sich, bestieg sein Reittier und drückte ihm die Stiefelabsätze in die Seiten. Warum hatte Alisah Frankfurt an der Seite eines Medicus verlassen? Ihr Ehemann kann dieser Weinlaub nicht sein, sonst hätte der Bursche sicherlich erwähnt, dass Alisah verheiratet ist, grübelte er, während er die Fahrgasse hinabritt. Als Nächstes wollte er den Magister aufsuchen. Sicherlich wohnte Wilhelm Nesen längst nicht mehr in dem Gasthaus.

Vor dem Venezianer tat sich die Korngasse auf. Lorenzo stieg ab und führte den Esel am Zügel an den Verkaufsständen vorüber. Anders als im letzten Jahr handelte es sich bei den meisten Männern hinter den Tischen um Buchhändler. Er reckte den Hals, bis er den langen, von einer leinenen Plane überdachten Tisch Melchior Reintalers erspähte. Langsam schritt Lorenzo auf ihn zu.

»Der Theriakhändler, sieh an. Tretet näher«, sagte der Buchhändler erfreut.

»Seid mir gegrüßt, Herr Reintaler. Wie laufen die Geschäfte?«

»Danke der Nachfrage, Neri. Zur Frühjahrsmesse immer gut, aber dieses Jahr reißen mir die Leute die Schriften von Martin Luther geradezu aus den Händen. Die Druckereien kommen kaum mit der Lieferung nach. Und bei Euch? Verkauft Ihr den Leuten noch immer Eure *Himmelsarztney*?«

»Schon lange nicht mehr.«

Lorenzo trat zur Seite, da sich zwei Männer in Priestergewändern über die Bücher und Traktate beugten.

»Müsst Ihr diesen Unflat verbreiten, Reintaler?«, zischte der Ältere.

»Wovon sprecht Ihr?«

Der Geistliche verzog angewidert das gerötete Gesicht. »Von diesem Unsinn hier, den der Wittenberger sich zusammenfantasiert.« Er wies auf eine Schrift mit dem Titel *Von der Freiheit eines Christenmenschen*.

»Es ist wirklich höchste Zeit, dass der Dreck auch in Frankfurt verboten wird«, pflichtete der zweite Priester ihm bei.

»Nicht in einer Freien Reichsstadt«, gab Reintaler scharf zurück. »Außerdem zwingt Euch niemand, die Traktate zu kaufen. Habt Ihr überhaupt schon etwas von Doctor Luther gelesen?«

»Von diesem Ketzer? Das wäre ja noch schöner.«

Endlich setzten die Vertreter Roms ihren Weg fort.

»Ihr könnt mir gewiss sagen, wo ich Magister Nesen finde«, wandte sich Lorenzo an den Buchhändler, der den beiden Priestern kopfschüttelnd nachsah.

»Soweit ich weiß, hat Wilhelm Nesen eine Kammer in Hamman von Holzhausens Haus *Zum Goldstein* bezogen. Dort sind auch die Unterrichtsräume der Junkerschule untergebracht. Grüßt ihn bitte von mir.«

»Das werde ich tun«, versprach Lorenzo. »Sagt, wisst Ihr vielleicht auch, wo sich Alisah Friedman aufhält? In der Judengasse sagte man mir, sie habe die Stadt schon im letzten Sommer verlassen … zusammen mit einem Medicus.«

»Da kann ich Euch leider auch nicht weiterhelfen.«

»Ich danke Euch dennoch und wünsche Euch alles Gute«, verabschiedete sich Lorenzo und lenkte Matteo den Kornmarkt hinunter.

An dessen südlichem Ende befand sich das Haus *Zum Goldstein* inmitten einer Reihe ebenso prächtiger Patrizierbauten. Als er den Esel am Portal der Junkerschule anband, öffneten sich die Türen. Ein paar Halbwüchsige traten ins Freie und musterten ihn neugierig.

»Kannst du mir sagen, wo ich den Rektor finde?«, sprach er einen der Jungen an.

Der Patriziersohn erklärte ihm den Weg.

Wilhelm Nesen, einen Stapel Bücher unter dem Arm, kam ihm in der Halle entgegen. Er hob die Brauen. »Das ist aber eine Überraschung!«

Lorenzo erwiderte den festen Händedruck des Älteren. »Gott zum Gruße, Herr Magister.«

»Ich nehme meine Mittagsmahlzeit immer noch im Gasthof *Zum Strauß* ein. Mögt Ihr mich vielleicht begleiten?«, lud Nesen ihn ein.

Wenig später nahmen sie im Gasthof Platz und ließen sich das Tagesgericht schmecken. Lorenzo eröffnete das Gespräch.

»Ihr habt es also inzwischen zu etwas gebracht«, stellte Nesen fest, nachdem der Italiener ihm erzählt hatte, wie es ihm in den letzten Monaten ergangen war.

»Ja, das habe ich alles Alisah Friedman zu verdanken. Ich würde sie gern wiedersehen«, antwortete der Venezianer.

»Ihr seid der jungen Frau noch immer sehr zugetan.«

Lorenzo nickte. »Wie stehen eigentlich die Frankfurter Lutheraner inzwischen zur ›Judenfrage‹?«, lenkte er das Gespräch in eine andere Richtung. »So nannten sie es doch?«

Wilhelm Nesen gab dem Wirt ein Zeichen, dass er zahlen wollte. »Anders als Luther hält die Mehrheit die Juden für Schmarotzer und macht sie zu Sündenböcken für alles Übel der Welt. Aber es gibt auch einige andere, die Geschäftsbeziehungen und sogar freundschaftliche Kontakte zu den Bewohnern der Judengasse unterhalten.«

Der Wirt trat an ihren Tisch, und Nesen bezahlte.

»Es war schön, wieder mit Euch zu plaudern, Neri«, sagte er. »Bitte besucht mich wieder, wenn Ihr das nächste Mal in Frankfurt seid.« Sein Blick war warm. »Ich wünsche Euch eine behütete Heimreise und für Eure Suche nach Frau Friedman gutes Gelingen.«

Kurzentschlossen mietete Lorenzo eine Kammer im *Strauß*. Niedergeschlagen blickte er in die sternenklare Nacht, ohne Schlaf zu finden. So wahr er Lorenzo Neri hieß, er würde Alisah aufspüren, und wenn er Jahre damit zubrachte. Dabei spielte ihm der Umstand, dass sie mit einem Medicus unterwegs war, einen Trumpf in die Hand. Fahrende Ärzte fielen in den Städten weit mehr auf als eine junge Frau, die sich allein durchschlagen musste. Der Gedanke verlieh ihm neue Kraft, und er nickte endlich ein.

Mit frischem Mut machte er sich einige Tage später erneut auf den Weg. Diesmal war Aschaffenburg sein Ziel. Er kannte die Stadt im Süden Frankfurts von seinen früheren Reisen als Theriakhändler. Eine jüdische Gemeinde, in der er sich nach Alisah hätte erkundigen können, gab es wie in den meisten Städten hier allerdings nicht mehr. So blieb ihm nur, auf den Marktplätzen Ausschau nach ihr zu halten. Leider war seine Suche nicht von Erfolg gekrönt, ebenso wenig wie in Wiesbaden und Mainz. In Worms existierte zwar eine kleine Judengasse, aber niemand konnte sich an eine junge Frau und einen Medicus auf der Durchreise erinnern.

Viele Wochen vergingen, in denen Lorenzo ständig zwischen Hoffnung und Enttäuschung schwankte. Er reiste weiter in den Westen. Während er auf Matteo durch Koblenz und Saarbrücken ritt, seine Waren feilbot und dabei immer wieder nach Alisahs Gestalt Ausschau hielt, schalt er sich einen Narren. Andererseits liefen seine Geschäfte gut und boten ihm die Möglichkeit, durch die Lande zu reisen. War das vielleicht ein Zeichen, dass er nicht aufgeben sollte?

Nachdem er Alisah auch in Saarbrücken nicht finden konnte, beschloss er, heim nach Nürnberg zu reiten. Auf dem Weg dorthin legte er in Würzburg eine Pause ein. Längst hatte er es sich zur Gewohnheit gemacht, bei den Besitzern der Gasthäuser, in denen er übernachtete, nach dem ungleichen Paar zu fragen.

»Ein alter Medicus und eine junge Frau?« Der Wirt nickte bedächtig. »Natürlich kenne ich die beiden. Der Medicus heißt Weinlaub. Hat früher mal in Würzburg gelebt, bis die Juden die Stadt verlassen mussten. Aber seine Patienten behandelt er weiterhin. Neuerdings zusammen mit einer Frau, die seine Enkeltochter sein könnte.«

»Wisst Ihr, wo dieser Weinlaub wohnt?«

»Bedaure. Vielleicht fragt Ihr einen seiner Patienten.«

Lorenzo trat zurück, denn der Wirt hatte eine Waffe unter der Theke hervorgeholt. Bedrohlich zeigte der mit eisernen Dornen gespickte Kopf auf ihn.

»Keine Angst, junger Herr«, lachte der andere gutmütig, »das Ding hat noch nie einen Menschen getroffen. Einer der Ritter, die bei mir verkehren, hat es mir geschenkt. Deshalb habe ich meinen Gasthof danach benannt.«

Er trat an Lorenzo vorbei, ging zu einem der geöffneten Fenster und schob den stachelbewehrten Holzkopf hindurch. »Zum Zeichen, dass heute Abend im *Stachel* eine Zusammenkunft der Bürger stattfindet«, erklärte er, »Tilmann Riemenschneider, unser neuer Bürgermeister, ist auch darunter. Der Bauernaufstand, Ihr versteht?«

Lorenzo wusste von den Bauern, die sich in vielen Städten und Ortschaften gegen den Adel erhoben. Viele Bürger stellten sich inzwischen auf ihre Seite. »Könnt Ihr mir denn den Namen eines Patienten von Herrn Weinlaub nennen?«

Der Mann legte die Stirn in Falten. »Wenn mich nicht alles täuscht, hat Weinlaub ein Kind der Karlsbachs behandelt. Die Familie wohnt in der Bäckergasse.«

Lorenzo dankte ihm, bestieg seinen treuen Matteo und klopfte wenig später an die Tür des genannten Hauses.

»Der Medicus konnte unserem Clärchen leider nicht helfen«, sagte Frau Karlsbach, nachdem Lorenzo sein Anliegen vorgebracht und ihr und dem Hausherrn sein Beileid bekundet hatte. »Die Krankheit war zu weit fortgeschritten. Furchtbar, was Herrn Weinlaub vor unserer Haustür geschehen ist.«

»Was meint Ihr?«

Frau Karlsbach berichtete, was sich in jener Nacht zugetragen hatte. »Wenn die junge Frau nicht gewesen wäre…«, endete sie.

Lorenzos Herz schlug schneller. »Sie heißt Alisah. Wo finde ich die beiden?«

»Ich glaube, Weinlaub lebt in Höchberg.«

54

Alisah

Ich brauchte Hilfe! Die Karlsbachs, vielleicht konnten sie… Es war zu dunkel, um meinen Lehrherrn näher untersuchen zu können. Ich lief zum Haus der Familie. Hinter einem der Fenster brannte noch Licht, und ich klopfte an die Scheibe.

»Ja, bitte?« Ein hagerer Mann blinzelte in die Nacht.

»Ver… verletzt«, stieß ich mühsam hervor. Ob er mich überhaupt verstand?

»Verletzt? Wer? Worum geht es denn?«

»Bitte«, stammelte ich mit hohler Stimme und zerrte an seinem Arm. Woher waren diese Worte gekommen? War tatsächlich ich es, die sie ausgesprochen hatte?

»Ich soll mitkommen?«

Ich nickte heftig. Der Hausherr machte einen unschlüssigen Eindruck. Verzweifelt wies ich auf Weinlaubs Medizinkoffer, den ich in der Hand hielt.

Er riss die Augen auf. »Ist das… Das ist doch der Koffer von unserem Herrn Medicus? Und Ihr seid die neue Gehilfin?«

Abermals nickte ich heftig. »Licht. Bitte!«

Herr Karlsbach fragte nicht länger und nahm die Fackel an der Eingangstür vom Halter. Gemeinsam liefen wir zu der Stelle, an der Herr Weinlaub noch immer so dalag, wie ich ihn verlassen hatte. Im Schein der Fackel sah ich, wie der Medicus den Blick auf uns richtete. Karlsbach hockte sich neben ihn und leuchtete mir. Mit fliegenden Händen tastete ich Herrn Weinlaubs rechtes Bein ab, das merkwürdig verdreht wirkte. Ein Rinnsal Schweiß lief mir über den Rücken. Dem Ewigen sei Dank, gebrochen war es offenbar nicht. Sanft hob ich den Kopf des Medicus an, um ihn auf meinem Schoß zu betten. Da fühlte ich eine warme, klebrige Flüssigkeit an meiner Hand. Er blutete hinter dem Ohr, aber es schien sich lediglich um eine oberflächliche Wunde zu handeln.

Karlsbach räusperte sich. »Was ist geschehen, Herr Medicus?«

»Als ich Euer Haus verließ«, brachte Herr Weinlaub stockend hervor, »traten mir ein paar junge Burschen in den Weg. Sie wollten wissen, was ein ›dreckiger Jude‹ hier zu suchen hätte. Ich musste sie korrigieren, da ich erst gestern gebadet hatte…« Er brach ab, tat einen tiefen Atemzug und stöhnte auf. »Das hat ihnen wohl nicht gefallen.«

»Verdammtes Gesindel!« Karlsbach schüttelte den Kopf. »Daraufhin haben sie Euch so zugerichtet?«

»Ja. Sie… sie haben mich getreten, mehrfach. Ich glaube…« Der Medicus krümmte sich zusammen. Tränen schossen ihm in die Augen und vermischten sich mit dem gerinnenden Blut an seiner Schläfe. »Meine Rippen schmerzen.«

Ich sah zu Karlsbach auf. Könnt Ihr uns helfen? Der Satz formte sich in mir, deutlich spürte ich die Töne meine Kehle heraufkriechen, aber alles, was aus meinem Mund kam, war ein eigenartig heiserer Laut. Als ich es erneut versuchte, begegneten sich Weinlaubs und meine Blicke, und er sprach aus, was mir durch den Kopf spukte.

»Können Alisah und ich die Nacht unter Eurem Dach verbringen?«

»Selbstverständlich. Lasst uns sehen, ob Ihr imstande seid zu laufen.« Der Mann wandte sich zu mir um. »Helft mir, den Medicus aufzurichten.«

Karlsbach und ich fassten unter die Achseln meines Lehrers. Er stöhnte, aber mit vereinten Kräften gelang es uns, ihn in eine Kammer zu schaffen. Vorsichtig legten wir ihn auf ein einfaches Bett. Ich gab Herrn Weinlaub ein Zeichen, damit er sich auszog und ich ihn untersuchen konnte.

Die Verletzung am Kopf hatte aufgehört zu bluten, allerdings bildete sich an der Stelle, an der er getreten worden war, eine große Beule. Vorsichtig wusch ich die Wunde mit Wein aus, bestrich sie mit Salbe und legte ihm einen Verband an. Größere Sorgen bereitete mir sein Bein, denn obwohl es nicht gebrochen war, schwoll es in Höhe des Kniegelenkes stark an und würde ihm sicher noch einige Zeit Schwierigkeiten beim Laufen bescheren.

Herr Weinlaub, der mich während der Untersuchung beobachtete, gab Karlsbach Anweisungen, ihm kalte Umschläge zu bereiten.

»Selbstverständlich«, antwortete Karlsbach und versprach, Pferd und Wagen zu holen und in seinem Stall unterzustellen.

Die Frau des Hausherrn gesellte sich zu uns, und ihr Mann unterrichtete sie, was geschehen war.

»Der arme Medicus!«, entfuhr es ihr. »Er kann doch auch nichts dafür, als Jude geboren worden zu sein.«

Mich schüttelte es bei ihren Worten, doch die Frau meinte es gewiss nicht böse.

Nach der Behandlung bot Elisabeth Karlsbach mir ein Lager und uns eine kräftige Mahlzeit an. Kurze Zeit später brachte ich dem Verletzten eine Terrine Suppe und etwas Brot ans Bett. Kaum hatte der Medicus aufgegessen, fielen ihm die Augen zu. Leise schlich ich mit den Tellern aus dem Raum.

Am nächsten Morgen verließen wir die Stadt. Herr Karlsbach und ich hatten den Medicus auf den Wagen gebettet und eine wollene Decke über ihn gebreitet. Bevor der Torwächter mich fragen konnte, warum wir aus der Stadt hinausfuhren, ließ ich die Peitsche auf den Rücken des Tieres sausen. Mit einem Ruck schoss der Wagen vorwärts, und der Medicus stöhnte auf.

Er hatte Glück gehabt. Seine Rippen hatten keinen Schaden genommen, und die Wunde am Kopf würde rasch heilen. Während wir zwischen den vom Morgentau herbstlich feuchten Wiesen und Feldern in Richtung Höchberg rollten und in der Ferne der Kirchturm vor uns auftauchte, schwirrte es in meinem Kopf wie in einem Bienenstock. Adaunoi hatte mir die Sprache zurückgegeben. Selbst wenn meine wenigen Dankesworte beim Abschied von den Karlsbachs nicht viel mehr als heisere, undeutliche Laute gewesen waren, jubelte ich dennoch innerlich. Eines Tages würde ich sicher wieder richtig sprechen können.

Schon bald tauchten die ersten Häuser von Höchberg vor uns auf, und ich wandte mich zu dem Medicus um. Isaak Weinlaub hatte die letzte halbe Stunde mit geschlossenen Lidern dagelegen. Nun schlug er die Augen auf und hob den Kopf.

»Wir sind zu Hause«, murmelte er. »Das ist gut. Ich bin froh, wenn ich die Ladefläche des Wagens endlich gegen mein Bett eintauschen kann.«

Neben Weinlaubs Haus brachte ich das Zugpferd zum Stehen und führte die Stute auf den kleinen Hinterhof. Danach half ich dem Medicus vom Wagen. Schwer hängte er sich bei mir ein, und wir traten durch die Hintertür ins Haus.

»Erst mal in die Stube«, bat der Medicus.

Dort ließ er sich auf der gepolsterten Bank nieder, auf der er des Abends gern noch mit einem Becher Wein saß und mir aus seinem Leben erzählte. Isaak Weinlaub wies auf den Stuhl gegenüber.

»Setzt Euch, Alisah. Ich möchte Euch für Euer beherztes Handeln danken. Ohne Euch hätte ich wohl die ganze Nacht in der Gasse verbracht.«

Ich wollte ihm antworten, aber die Worte kamen zu undeutlich über meine Lippen. Tränen traten mir in die Augen, doch der Medicus hob mein Kinn.

»Alisah, das war gestern Abend der erste Laut, den ich aus Eurem Mund vernommen habe.«

Ich versuchte zu lächeln.

»Als Ihr bei Herrn Karlsbach geklopft hattet, habt Ihr ihn um Hilfe gebeten, nicht wahr?«

Ich nickte.

»Seht Ihr, das habt Ihr schon geschafft. Sicher wird es nun jeden Tag mit Eurem Sprachvermögen besser. Ihr müsst es nur weiter probieren. Dann können wir uns bald richtig unterhalten, ist das nicht wunderbar? Noch etwas: Nennt mich bitte Isaak.«

Mein »Ja« klang zwar zaghaft, dafür war meine Freude über seinen Vertrauensbeweis unermesslich.

»Gut, und jetzt möchte ich mich ein Stündchen hinlegen.«

Nachdem Isaak vollends wiederhergestellt war, suchten wir die ersten Patienten auf. Nicht nur in Würzburg war Isaak als Medicus tätig, auch in Eisingen, einer kleinen Stadt etwa eine Stunde von Höchberg entfernt, warteten Kranke auf seinen Besuch. Da es dieses Mal eine ganze Reihe an Patienten waren, die seiner Hilfe bedurften, beschloss Isaak, uns für ein paar Tage in Eisingen einzumieten, um uns die Fahrten auf der unwegsamen Landstraße nach Höchberg zu ersparen. Über dem Wirtshaus *Zum roten Stier*, das sich gleich neben einem Badehaus befand, bezogen wir zwei Kammern.

Die Tage vergingen, und es wurde zunehmend kälter. Insgeheim hatte ich gehofft, dass uns der Weg noch nach Frankfurt zu meinen Freunden, den Bundschuhs, führen würde. Ich hätte ihnen so viel zu berichten gehabt, doch es ergab sich leider keine Gelegenheit. Jeder Tag bot mir neue Möglichkeiten, um zu lernen, und ich saugte alles, was mir der Medicus beibrachte, auf wie ein Schwamm. Meine Freunde hätten sich gewiss gefreut zu hören, wie gut es mir bei Herrn Weinlaub erging. Wenn nur die bösen Träume, in denen ich jene Schreckensbilder aus Regensburg stets von Neuem erlebte, endlich vergehen würden. Sie hielten mich des Nachts ebenso wach wie mein wild klopfendes Herz, wenn ich an Lorenzo und seine letzten Worte dachte. Die Vorstellung, ihn niemals wiederzusehen, trieb mir jedes Mal Tränen in die Augen. Einzig die langen Arbeitstage schenkten mir Vergessen.

Eine Woche vor dem Jahreswechsel brach unser letzter Tag in Eisingen an. Noch vor der Morgendämmerung hatten wir die Heimreise nach Höchberg antreten wollen, da setzten über Nacht Eisregen und Dauerfrost ein und verwandelten die Wege in gefährliche Rutschbahnen. Mit skeptischem Blick traten wir hinaus. Ein Weinhändler, der gerade unsere Gasse passierte, berichtete von zahlreichen Unfällen.

»Wenn Ihr könnt, dann bleibt, wo Ihr seid. Auf den Handelsrouten liegen überall Wagenräder und Lasttiere mit gebrochenen Beinen«, rief er uns zu.

Isaak entschied, den Rat zu beherzigen und die Rückreise zu verschieben. Zum ersten Mal, seit ich bei ihm lernte, waren wir zur Untätigkeit verdammt.

»Die Leute wagen sich bei dem Wetter ohnehin nur auf die Straße, wenn es sich nicht vermeiden lässt«, erläuterte er mir. »Meine Patienten wissen, dass ich bei Glatteis keine Hausbesuche mache, und wer jetzt stürzt, der geht zu einem Bader.« Seine Sorgenfalten glätteten sich. »Wir haben die letzte Zeit hart gearbeitet, Alisah. Ein bisschen Müßiggang tut uns ganz gut, wenigstens zwei, drei Tage. Aber ich will die Gelegenheit nutzen und Euch einen Freund vorstellen, der hier gleich nebenan arbeitet.«

Wir betraten die Badestube, wo mich Herr Weinlaub Christoph Bäuerlein vorstellte. Der dunkelhaarige Bader bot dort seine Dienste an. Die Begrüßung der beiden Männer fiel herzlich aus.

»Schön, Euch zu sehen, Isaak. Ist lange her, seit wir uns das letzte Mal getroffen haben. Wen habt Ihr denn da mitgebracht?«

Der Medicus stellte uns vor, und Christoph bat mich spontan, ihn beim Vornamen zu nennen, worüber ich mich sehr freute. Die beiden Männer unterhielten sich kurz über ihr letztes Zusammentreffen.

»Ihr kommt wie gerufen«, gestand der Hüne ein wenig zerknirscht. »Ich brauche dringend Eure Hilfe.«

Daraufhin schilderte er uns den Fall des Ratsangestellten Ewalt Ruprecht, der von einer Ratte gebissen worden war.

»Ich wäre Euch dankbar, wenn Ihr Euch seine Wunde mal anseht. Sie heilt einfach nicht, und ich bin mit meinen Möglichkeiten am Ende. Sein Haus befindet sich hier schräg gegenüber. Es ist das mit der Steinfigur über dem Eingang.«

»Wir werden ihn gleich aufsuchen«, erwiderte der Medicus mit einem Blick auf seinen Medizinalkasten.

»Nett von Euch. Vielen Dank, Isaak.«

Weinlaub winkte ab. »Wir haben derzeit jede Menge Zeit, denn an eine Rückreise ist bei dem Wetter nicht zu denken, stimmt's, Alisah?«

Ich lächelte und nickte.

»Hach, ein bisschen Zeit zum Durchatmen hätte ich momentan auch gern.« Der Bader seufzte. »Allein in den letzten beiden Tagen habe ich mehr Knochenbrüche versorgt, als ich an zwei Händen abzählen kann. Ich gäbe was dafür, so wie Ihr einen Gehilfen zu haben, werter Isaak.«

Der Medicus legte einen Finger an die Lippe und sah mich nachdenklich an. »Alisah, wäre es Euch recht, meinem Freund Christoph ein paar Tage lang in seiner Badestube zur Hand zu gehen?«

Die Mundwinkel des Baders hoben sich. »Das würdet Ihr mir anbieten, Isaak?«

»Ja. Vorausgesetzt, Alisah ist einverstanden.«

Die Blicke der beiden richteten sich abwartend auf mich.

»Sehr gern«, brachte ich noch etwas undeutlich hervor und hoffte, der Bader würde mich verstehen.

»Wunderbar.« Bäuerlein ergriff Isaaks Hand und schüttelte sie. »Vielen Dank. Auch Euch, Alisah. Bis morgen früh dann.«

»Wir sehen uns«, sagte Isaak herzlich.

Daraufhin verließen wir die Badestube. »Ich kenne Christoph seit dem vorigen Jahr, als ich nach einem anstrengenden Tag die Badestube hier aufsuchte«, erzählte Isaak mir, während wir vorsichtig über den spiegelglatten Weg auf das Haus des Ratsangestellten zugingen.

In der geheizten Stube empfing uns ein Mann von etwa sechzig Jahren. Er saß auf einem Polsterstuhl, das rechte Bein auf einen Schemel gebettet. Sein glatt rasiertes Gesicht wirkte bleich.

Mein Begleiter erwiderte den Gruß des Hausherrn. »Ich bin Medicus Isaak Weinlaub, und die junge Frau hier ist meine Gehilfin Alisah Friedman. Wie geht es Euch, Herr Ruprecht?«

Der Ratsangestellte schien durch uns hindurchzublicken. Er senkte kurz die Lider, als ob er Kraft sammeln wollte. »Gar nicht gut, Herr Medicus. Die Wunde schmerzt.«

Isaak und ich waren bestürzt, denn seine Augen waren trüb, und jedes Wort bereitete ihm offenbar große Mühe. Der Medicus befühlte die Stirn des Patienten und schob dessen rechtes Hosenbein zurück.

Vorsichtig hob ich seinen Unterschenkel an, damit Isaak den Verband abwickeln und das auf der Wunde liegende Leintüchlein abnehmen konnte. Ein fauliger Geruch stieg mir in die Nase.

Die Hausherrin stellte unterdessen eine irdene Schüssel mit Wasser auf einem Tischchen ab, tunkte ein Tuch ein und legte es ihrem Mann auf die Stirn. »Ich habe die Anweisungen des Baders genau befolgt, Herr Medicus. Aber wie Ihr seht, beginnt er zu fiebern.«

Isaaks Gesicht nahm einen besorgten Ausdruck an. »Wir müssen Euch umbetten, Herr Ruprecht. Wo ist Eure Schlafstatt?«

»Gleich nebenan, Herr Medicus«, erwiderte die Hausherrin, da der Patient nicht reagierte.

»Helft mir, Euren Mann auf die Beine zu stellen. Rasch!«

Mit geübtem Griff zog seine Gattin ihn hoch. Isaak umfasste von hinten seinen Brustkorb.

»Alisah, packt ihn an den Füßen und helft uns«, forderte mich Isaak auf.

Gemeinsam gelang es uns, den Ratsangestellten auf das Bett zu lagern.

Isaak fuhr mit seinen Untersuchungen fort. »Leider hat sich der Brand in seine Wunde gesetzt. Frisches, kaltes Wasser und Wickel, Frau Ruprecht. Schnell! Alisah, bitte helft mir.« Er senkte die Stimme, damit die Hausherrin ihn nicht hörte. »Wir müssen amputieren.«

Entsetzt schüttelte ich den Kopf. »Nein! Wir müssen versuchen, das Bein zu retten«, brachte ich heiser hervor. »Sonst wird er immer... auf Hilfe angewiesen sein.«

Wie von weit her hörte ich die hastigen sich entfernenden Schritte der Hausherrin. Ich stand auf und kühlte Ruprechts Stirn. Da eilte die Magd mit einer Schüssel herbei, und gleich darauf brachte die Hausherrin einen Berg von Tüchern, während ich fieberhaft überlegte.

»Trockene Kräuter.« Mein Hals kratzte immer noch, wenn ich sprach.

Der Medicus warf mir einen ernsten Blick zu. Dann schickte er die Hausherrin und die Magd hinaus und bat sie, vor der Tür auf weitere Anweisungen zu warten.

»Das ist zu riskant«, protestierte er leise, als wir allein waren. Er überlegte kurz und gab schließlich nach. »Gut. Ihr habt zwei Stunden, Alisah. Sollte sich sein Zustand in der Zwischenzeit verschlechtern, müssen wir handeln.«

Ich nickte. Gleich darauf wies Isaak die Magd an, mir die Kammer zu zeigen, in der die Ruprechts ihre Vorräte aufbewahrten. Als ich zurückhastete, trug ich einen Krug Wein aus Helenenkraut sowie getrocknete Arnika und Brennnessel unter dem Arm. Aber würde das genügen?

Unterdessen hatte Isaak dem Ratsangestellten Tropfen zur Beruhigung eingeflößt und die Wunde gereinigt. Eilig bereitete ich dem Patienten einen Kräutertrunk zu. Isaak begann, das faulige Gewebe großzügig zu entfernen und bestrich die Wunde zum Schluss mit einer entzündungshemmenden Salbe. Als der Trunk fertig war, gab ich Herrn Ruprecht, der dank Isaaks Tropfen alles still über sich ergehen ließ, von dem Heilmittel.

In der nächsten Stunde wechselten wir mehrfach die Wickel, kontrollierten den Puls und flößten dem Patienten fiebersenkende Mittel ein. Als er endlich wieder zu sich kam, ging ein Aufatmen durch den Raum. Aber wir hatten den Kampf gegen den Wundbrand und das Fieber noch nicht gewonnen.

Als die zwei Stunden vorüber waren, tätschelte Isaak meine Hand. »Vielleicht ist der Ewige uns gnädig, Alisah. Zumindest hat sich Ruprechts Zustand nicht weiter verschlechtert.«

Es wurde allmählich Nacht. Unermüdlich kämpften wir gegen das zerstörende Fieber an und ließen den Ratsangestellten keinen Moment aus den Augen. Wir waren völlig erschöpft, aber als der Morgen graute, schlief er endlich ein.

Isaaks Augen lagen tief in den Höhlen. »Das war sehr mutig von Euch, Alisah. Gute Arbeit. Ich glaube, er wird es überstehen.«

Wir beobachteten den Kranken noch eine Weile, dann sank das Fieber endlich. Erleichtert räumten wir unsere Utensilien zusammen und gaben der Hausherrin noch einige letzte Anweisungen.

»Morgen sehe ich erneut nach Eurem Gatten, Frau Ruprecht«, versprach der Medicus. Mittlerweile war es Mittagszeit, und wir beschlossen kurzerhand, dem Bader noch einen Besuch abzustatten, um ihn über den Grund meines Ausbleibens in Kenntnis zu setzen.

Christoph verabschiedete gerade einen Kunden in teurer Kleidung mit einer Verbeugung, als wir eintraten. Erfreut kam er uns entgegen.

»Gott zum Gruße, Isaak, Alisah. Wart Ihr etwa die ganze Nacht bei Herrn Ruprecht?« Seine Miene drückte Besorgnis aus.

Isaak berichtete ihm, was geschehen war.

Der Bader strich sich über den kurz geschnittenen Kinnbart. »Alisah, es genügt mir, wenn Ihr morgen früh zur Badestube kommt.«

»Vielen Dank«, erwiderte ich stockend, da mir das Sprechen nach wie vor Mühe bereitete.

»Wo seid Ihr überhaupt untergekommen?«, wollte Christoph noch wissen.

»Wir wohnen gleich über dem Wirtshaus«, kam mir Isaak zur Hilfe.

»Schön. Wenn Ihr mich jetzt bitte entschuldigt, auf mich warten drinnen noch ein paar Badegäste.«

»Christoph ist ein feiner und fähiger Kerl«, sagte Isaak, als wir die Treppenstufen zu unseren Kammern hochstiegen. »Ihr könnt bestimmt das eine oder andere von ihm lernen.«

Als ich am nächsten Morgen die Badestube betrat, bot sich mir ein eindrückliches Bild. Isaak begleitete mich. Während sich nebenan ein paar Männer im Badezuber lautstark unterhielten, entdeckten wir Christoph im Behandlungsraum. Über eine Frau gebeugt, die unangenehm nach Schweiß roch und deren drei Kinder an ihr zerrten und jammerten, stand er da und redete geduldig auf sie ein.

»Alma, der Zehennagel muss gezogen werden, sonst kannst du deinen Fuß bald nicht mehr bewegen.«

»Aber Herr Bader, wer kümmert sich denn um die Kinder und das Hühnervieh, wenn mein Fuß verbunden ist?«

In der Luft schwirrte Staub. Mit wachsendem Entsetzen bemerkte ich, dass auch ihre Rotznasen vor Dreck starrten, und ich zog die Stirn kraus.

»Ah, da seid Ihr ja, Alisah«, winkte mich Christoph an seine Seite. »Guten Morgen, Isaak. Tretet näher.«

Der Medicus ließ sich auf einem Schemel nieder. Ich nickte der Frau zum Gruß zu und folgte der Aufforderung des Baders.

Er stellte mich vor und fragte dann: »Sagt, wie würdet Ihr meine Patientin behandeln?«

»Ich würde sie anweisen, nach Hause zu gehen und sich gründlich zu waschen«, antwortete ich leise, damit die Frau mich nicht hörte. »Ihre Kinder müssten draußen warten. Vorher würde ich sie nicht behandeln.«

Der Bader senkte ebenfalls die Stimme. »Ihr habt in allem recht. Was glaubt Ihr, wie oft ich auf die Leute einrede, dass sie regelmäßig in die Badestube gehen sollen.« Er rang die Hände. »Der Rat stößt hier leider immer noch auf taube Ohren, Alisah.«

»Weil viele Leute nicht wissen, dass Wunden nur heilen, wenn sie sauber gehalten werden«, warf Isaak leise ein. »Ich kann Alisah nur beipflichten. Macht Eurer Patientin deutlich, wie schnell sie ihren Fuß verlieren kann, wenn sich der Schmutz erst durch ihren Körper frisst.«

»Ich habe den Eindruck, Alisah und ich könnten voneinander einiges lernen«, meinte Christoph und suchte meinen Blick.

Wir lächelten uns an.

Isaak erhob sich. »Ihr werdet sicher noch eine Weile zu tun haben. Seht es mir bitte nach, wenn ich mich zurückziehe. Ich will die Stunden nutzen, um an meinen anatomischen Studien zu arbeiten. Ich komme leider viel zu selten dazu.«

Christoph nickte. »Selbstverständlich, Isaak.«

Ich war überrascht. Natürlich hatte ich den Medicus schon öfter beim Lesen gesehen, dass er aber Studien betrieb, war mir neu.

Ich brachte Isaak zur Tür und wünschte ihm einen angenehmen Tag.

In der Zwischenzeit redete Christoph eindringlich mit seiner Patientin und schickte die vier nach Hause. Angewidert riss ich das Fenster auf, um den Gestank zu vertreiben.

In den folgenden Stunden half ich Christoph in der Badestube und sah ihm zu, wie er geschickt die Bärte einiger Patrizier stutzte, faulige Zähne zog und die Gäste dabei mit kleinen Geschichten unterhielt. Für jeden hatte er ein freundliches Wort parat, und als sich die Badestube leerte, summte er eine fröhliche Melodie. Wir waren bereits beim Aufräumen, und ich säuberte gerade seine Instrumente, als die Patientin mit dem vereiterten Zehennagel den Behandlungsraum betrat.

Sogar ihr langes Haar war gewaschen und gekämmt. Ihre Kinder warteten vor der Tür, sagte sie uns.

Christoph nickte anerkennend. »Du bist also einverstanden, wenn ich den Nagel ziehe, Alma?«

»Was bleibt mir denn anderes übrig?«, antwortete sie. »Nun macht schon.«

Der Bader wollte ihr etwas Bilsenkraut zum Betäuben geben, aber sie wehrte ab, nestelte in ihrem Bündel und förderte eine Flasche Wein zutage. Staunend verfolgte ich, wie sie gleich ein Drittel davon mit wenigen Schlucken trank und sich den Mund abwischte.

»Gut, dann wollen wir mal«, sagte Christoph.

Nachdem ich die Wunde gesäubert hatte, band ich ihren Fuß an dem schweren Holztisch fest und gab dem Bader ein Zeichen, damit er zur Tat schreiten konnte. Wenig später zerriss ein gellender Schrei die angespannte Stille.

Bald darauf verließ Alma mit der Anweisung den Behandlungsraum, am nächsten Tag wiederzukommen.

»Der Tag war lang. Ich schließe jetzt die Badestube. Gute Nacht und bis morgen in alter Frische, Alisah«, entließ er mich, und ich war froh drum. Die Arbeit war sehr spannend, aber auch anstrengend gewesen.

Auch der folgende Tag begann aufregend, denn wir wurden gleich am frühen Morgen zu einem Halbwüchsigen gerufen, der unter die Räder eines Fuhrwerks geraten war und sich den Arm gebrochen hatte.

»Habt Ihr Erfahrung mit dem Richten von gebrochenen Gliedern?«, wollte Christoph wissen.

Ich bejahte, doch als ich mir den Arm des Jungen näher besah und ihn vorsichtig bewegte, erkannte ich, dass es gar kein Bruch war.

»Ihr habt recht, Alisah«, stellte der Bader fest, nachdem er den Arm nochmals genauer untersucht hatte. »Er ist ausgerenkt, mehr nicht. Das lässt sich schnell beheben.« Ausführlich schilderte er mir, was er vorhatte, und ich beobachtete ihn dabei genau.

Tapfer biss der Zwölfjährige die Zähne zusammen, als Christoph den Oberarmknochen mit einer ruckartigen Bewegung wieder einrenkte. Das laute Knirschen, als der Knochen einrastete, war wahrlich nichts für schwache Nerven.

In der Nacht hatte es heftig geschneit, und die Straßen und Plätze glitzerten in der Mittagssonne. So war es kaum verwunderlich, dass sich nur wenige Leute in der Badestube blicken ließen. Christoph nutzte die Zeit, um mir zu erklären, worauf es beim Einrenken von Knochen ankam.

»Das erfordert nicht nur Kraft, sondern auch Fingerspitzengefühl und viel Übung«, schloss er und fuhr sich mit der Hand über den Bauch. »Ich habe Hunger. Wie ist es mit Euch? Sollen wir mit Isaak in den *Roten Stier* gehen?«

Als wir bald darauf zu dritt an einer langen Tafel in der Schankstube saßen, vor uns jeder ein Krug Bier, lief mir bei dem würzigen Geruch von gebratenem Huhn das Wasser im Mund zusammen.

Isaak stach mit dem Messer hinein und beugte sich über das Fleisch, um zu prüfen, ob sich noch Blut darin befand. »Sieht koscher aus«, sagte er leise an mich gewandt. »Lasst es Euch schmecken, Alisah. Ihr natürlich auch, Christoph.«

Der Bader musterte uns nachdenklich. »Darf ich Euch beide mal etwas Persönliches fragen?«

»Nur zu, Christoph«, antwortete ich, und der Medicus machte eine auffordernde Geste.

»Wie kommt es, dass eine Frau bei Euch lernt, Isaak? Ich hoffe, ich trete Euch mit meiner Neugier nicht zu nahe, werter Freund. Nur ist mir bisher kein ähnlicher Fall untergekommen.«

Isaak nickte mir zu. »Christoph genießt mein Vertrauen, Alisah. Ihr könnt es ihm gern erzählen.«

»Ich wollte schon immer Ärztin werden, wie mein…« Ich stockte. »Wie mein Vater. Da mir das als Jüdin verwehrt ist, habe ich zunächst als Heilerin gearbeitet.« Daraufhin erzählte ich ihm kurz, wie Isaak und ich uns kennengelernt hatten. »Seitdem unterrichtet er mich.«

Christoph betrachtete mich eingehend. »Ich verstehe. Schade, dass Ihr kein Mann seid. Aus Euch wäre gewiss ein guter Arzt geworden.«

Ich überhörte die Anspielung auf mein falsches Geschlecht, daran war ich gewöhnt. »Das verstehe ich jetzt mal als Kompliment«, antwortete ich und schmunzelte.

»So ist es auch gemeint, Alisah.«

»Wie war es bei Euch? Wolltet Ihr immer ein Bader sein?«, fragte ihn Isaak.

Christoph hob die Schultern. »Ja, seit ich denken kann. Ich komme aus armen Verhältnissen, müsst Ihr wissen, und

405

für ein Studium bin ich einfach nicht klug genug.« Er hielt kurz inne, denn meine Gedanken zeichneten sich offenbar auf meiner Miene ab. »Seht mich nicht so mitfühlend an, Alisah. Es kann nicht nur kluge Köpfe geben. Eine Stadt braucht auch Leute wie mich, die zupacken können und sich vor Drecksarbeit nicht scheuen. Ich bin sehr zufrieden mit meinem Leben. Wenn ich mir etwas wünschen dürfte, wäre es, nicht nur dreimal die Woche in der Badestube auszuhelfen, sondern täglich dort zu arbeiten. Vielleicht habe ich ja eines Tages Glück, wenn sich die Badestube weiterhin so großer Beliebtheit erfreut.«

»Fähige Bader wie Ihr werden immer gesucht«, sagte Isaak, und wir prosteten uns zu.

Danach verbrachten wir noch eine vergnügliche Stunde miteinander und tranken einen zweiten Becher Bier. Rechtschaffen müde, wünschten wir uns bald darauf eine angenehme Nachtruhe und zogen uns zurück.

55

Alisah

Das Wetter besserte sich, die Straßen waren zwar noch schlammig, aber passierbar. Deshalb beschloss Isaak, nach Höchberg zurückzureisen, während ich noch einige weitere Tage bei Christoph blieb. Sein unbekümmertes Wesen tat mir gut, und ich schlief zum ersten Mal seit Langem tief und traumlos. Er lenkte mich von meinen düsteren Erinnerungen ab, nur in der Nacht meinte ich öfter, Lorenzos Stimme zu hören.

Christophs Einfühlungsvermögen beeindruckte mich. Er genoss einen guten Ruf bei seinen Patienten, doch waren seinen Kenntnissen Grenzen gesetzt, und besonders in der Kräuterkunde gab es einiges, was er nicht wusste. Während er mich üben ließ, wie man rasierte, ohne die Herren zu schneiden, erklärte ich ihm, wie wichtig Sauberkeit bei den Behandlungen von Kranken war. Erfreut nahm er jeden meiner Vorschläge an.

An meinem letzten Tag bei ihm hatten wir in der Badestube alle Hände voll zu tun. Es war schon spät am Abend, und wir waren erschöpft, als die Patientin mit dem gezogenen Zehennagel von einer Verwandten ins Behandlungszimmer gebracht wurde. Schwankend stand Alma vor uns, ihre Stirn glänzte fiebrig. Bereits auf den ersten Blick war zu erkennen, dass sie unsere Ratschläge nicht beachtet hatte. Ihr Fuß wies eine tiefblaue Farbe auf, der Brand hatte längst begonnen, sich durch ihr Fleisch zu fressen.

Zum ersten Mal erlebte ich Christoph wütend. »Das hast du jetzt davon, wenn du nicht auf mich hörst, Alma. Der Fuß muss ab!«

Sie protestierte stockend und unter Tränen, aber in diesem Fall musste auch ich das Unausweichliche einsehen. Wenn wir nicht amputierten, würde sie kaum länger als ein paar Tage überleben.

Einige Zeit später reichte mir Christoph wortlos die Säge. Am liebsten hätte ich auf dem Absatz kehrtgemacht, so sehr schauderte es mich vor dem, was vor mir lag. Niemals werde ich das Geräusch vergessen, als ich den Knochen aus dem Gewebe heraussägte, nie den Anblick ihres Fußes, als Christoph ihn mit verkniffener Miene in den Abfallkorb legte. Almas blutigen Stumpf.

Während Alma von ihrer Begleiterin und von Christoph nach Hause gebracht wurde, saß ich schweißüberströmt und am ganzen Körper zitternd auf einem Stuhl und wartete, bis ich glaubte, wieder aufstehen zu können.

Als der Bader zurückkehrte, tätschelte er mich. »Ihr habt Euch tapfer geschlagen. Also wenn es nach mir geht und mein Freund Isaak einverstanden ist, können wir das bald wiederholen. Es war mir eine große Freude, Euch bei mir zu haben. Aber jetzt ruht Euch aus. Morgen bringe ich Euch dann nach Höchberg zurück.«

Von da an besuchten wir uns häufiger, und Christoph war uns immer ein gern gesehener Gast. Aber wenn ich gehofft hatte, dass die Zeit alle Wunden heilte, war das leider ein Trugschluss. Lorenzo war stets bei mir, ob am Morgen, bevor der Arbeitstag begann, oder tagsüber, wenn meine Gedanken in ruhigen Momenten zu ihm abschweiften, oder nachts, wenn ich von ihm träumte. Je mehr Wochen und Monate vergingen, umso klarer wurde mir, dass ich einen Fehler begangen hatte. Ich hatte mich in Lorenzo verliebt. Warum war mir das nicht schon früher bewusst geworden? Ich hätte ihn aufhalten und um mehr Zeit bitten müssen. Jetzt war es zu spät, und alles, was mir geblieben war, war die Erinnerung an ihn.

Herr Weinlaub beobachtete mich immer mal wieder, doch er schien zu spüren, dass ich nicht darüber reden wollte.

Dann wurde er krank und lag nach einer Woche immer noch mit einer Influenza darnieder.

»Keine Angst, Alisah«, antwortete er nach einer heftigen Hustenattacke auf meinen besorgten Blick. »Ich bin bestimmt bald wieder auf den Beinen.«

Es klopfte.

»Alisah, könnt Ihr bitte nachsehen, wer das ist?«

Ich stellte den Topf mit dem schleimlösenden Sirup aus Spitzwegerich und Thymian ab. Draußen stand ein junger Mann im Mönchsgewand, dessen Kinn und Wangen von zartem Flaum bedeckt waren.

»Gott zum Gruße«, sagte er und verbeugte sich leicht.

»Was kann ich für Euch tun?« Auch nach Monaten kam es mir noch seltsam vor, meine eigene Stimme zu hören.

»Sophie von Grumbach, die Äbtissin des Klosters Himmelspforten schickt mich. Sie bittet den Medicus um einen Besuch.«

»Herr Weinlaub ist leider selbst erkrankt.«

Das schmale Gesicht des Mönchs wurde bleich. »Er kann nicht kommen?«

Ich setzte eine betrübte Miene auf. »Ich fürchte, nein. Was hat die Äbtissin denn für Beschwerden?«

»Schwarze Gedanken. Sie hat sich von den Schwestern zurückgezogen und nimmt seit geraumer Zeit kaum noch etwas zu sich. Wir machen uns große Sorgen um sie.«

Ich bat den jungen Mann einzutreten und öffnete die Stubentür. »Wartet bitte. Ich spreche kurz mit Herrn Weinlaub.«

Der Medicus setzte sich mühsam im Bett auf. Seine Haut glänzte fiebrig, und sein Atem rasselte. Ich konnte erkennen, wie schwer ihm das Sprechen fiel. Mit wenigen Worten erklärte ich ihm das Anliegen des Besuchers.

»Sophie von Grumbach schätzt mich sehr«, erklärte Isaak ohne falsche Bescheidenheit. »Sie ist seit Jahren eine meiner treuesten Patienten.« Ein erneuter Hustenanfall schüttelte ihn.

»Ihr könnt in Eurem Zustand nicht reisen, Isaak«, wandte ich sanft ein und reichte ihm ein Tuch. »Ihr seid zu schwach und braucht Ruhe.«

»Aber das … das geht doch nicht. Ich beziehe viele Heilkräuter aus ihrem Klostergarten.« Ermattet sank er aufs Kissen zurück. »Wenn sie meine Hilfe benötigt …«

»Wo befindet sich das Kloster?«

»Himmelspforten? In der Nähe von Würzburg.« Er verzog das Gesicht und griff sich unwillkürlich an die Brust.

»Ich werde zu Sophie von Grumbach fahren. Und Ihr schont Euch, damit Ihr rasch wieder zu Kräften kommt.«

Isaak hielt sich die Hand vor den Mund und hustete. »Sie leidet unter der *Melancholia*, die Krankheit begleitet sie schon ihr halbes Leben. Aber im letzten Jahr haben sich ihre Beschwerden verschlimmert. Ich habe die Vermutung, es hängt mit der Reformation zusammen, die sich immer stärker ausbreitet. Sie sorgt sich ums Kloster und die Schwestern. Der Gedanke, Himmelspforten könnte dann nicht mehr gebraucht werden, raubt der Äbtissin die innere Ruhe.«

»Wie habt Ihr sie bisher behandelt?«

»Mit einem Sud aus Johanniskraut. Bei meinem letzten Besuch, kurz bevor ich nach Frankfurt reiste, verordnete ich ihr Spaziergänge an der frischen Luft und riet ihr, unter Menschen zu gehen. Erfolglos, wie es scheint.« Er seufzte. »Frau von Grumbach hält die Krankheit für eine Todsünde. Sie glaubt, damit am Heilsplan Gottes zu zweifeln. Versucht bitte, ihr diese Gedanken zu nehmen und ihr klarzumachen, dass es sich um eine Krankheit der Seele handelt, um nichts anderes.« Er hustete erneut.

»Ich werde mein Bestes tun«, versprach ich und ging zurück in die Stube, wo mich der junge Mönch erwartungsvoll anblickte.

Wenig später bestieg ich den von einem Braunen gezogenen Wagen. Kurz ging mir durch den Kopf, mit welchen Mittelchen Lorenzo die Äbtissin wohl behandelt hätte. Ich musste beim Gedanken an seine Theriakfläschchen schmunzeln.

Als wir vor dem Würzburger Kloster ankamen, erwartete uns hinter einem Fenster bereits eine ältere Ordensfrau. Der Mönch hatte sich mir während der einstündigen Fahrt als Bruder Franz vorgestellt, einer der wenigen Männer, die im Dienst der Zisterzienserinnen von Himmelspforten standen und außerhalb des eigentlichen Klosterbereiches wohnten.

»Wo ist der Herr Medicus?«, wollte die Schwester von dem Mönch wissen.

»Herr Weinlaub ist leider erkrankt.«

»Oh. Das ist gar nicht gut.« Ihr fragender Blick heftete sich auf mich. »Wer seid Ihr?«

»Mein Name ist Alisah Friedman. Ich bin seine Gehilfin. Er hat mir aufgetragen, an seiner statt nach Eurer Mutter Oberin zu sehen.«

»Also gut. Kommt herein. Bruder Franz bringt Euch zu ihr.«

Wenig später klopfte der Mönch an eine Tür und öffnete diese auf ein leises »Herein«. Auf einem Stuhl saß eine Gestalt im weißen Gewand der Zisterzienserinnen. Sie hielt den Kopf abgewandt, den ein schwarzes Tuch bedeckte.

»Mutter Oberin, ich bringe Euch die Gehilfin von Herrn Weinlaub.«

»Ich möchte niemanden sehen. Die Schwestern wissen das.«

»Der Infirmarius hat mich aber zu Medicus Weinlaub geschickt«, antwortete der Mönch.

Noch immer wandte uns die Äbtissin den Rücken zu.

»Bitte geht. Ich fürchte, auch Ihr könnt mir nicht helfen.«

Ich nannte meinen Namen und erklärte nochmals mein Kommen.

Endlich drehte sich die etwa vierzigjährige Frau um. »Alisah heißt Ihr? Den Namen habe ich noch nie gehört.«

»Ich bin Jüdin.«

Daraufhin forderte Sophie von Grumbach mich auf, Platz zu nehmen. »Bruder Franz, ich lasse Euch rufen, wenn ich mich mit Alisah unterhalten habe.«

Gleich darauf waren die Äbtissin und ich allein.

»Ich habe gehört, Ihr sorgt Euch wegen Martin Luther und seiner Reformation«, begann ich auf ihre Aufforderung zu sprechen.

»Man redet ja allerorten von nichts anderem. Manche Klöster wurden bereits geschlossen, weil ihnen die Schwestern davonlaufen.« Sie seufzte. »Was man über die Bauern hört, ist ebenfalls besorgniserregend. Habt Ihr Kenntnis davon?«

»Nur so weit, dass die Bauern sich gegen den Adel und die Kirche wenden.«

»Eine Entwicklung, die mir Angst macht«, gab Frau von Grumbach zu. »Wer schützt uns, wenn es zu einem Überfall auf Himmelspforten kommen sollte? Manche Novizinnen sind noch halbe Kinder. Mir graut vor dem, was mit ihnen und den anderen Schwestern geschehen könnte. Tag und Nacht bete ich, dass unser Herr das nicht zulassen möge. Gleichzeitig zweifle ich immer öfter an seiner Allmacht.«

»Die Bürger von Würzburg werden nicht tatenlos zusehen, sollte es zu einem Sturm auf das Kloster kommen«, versuchte ich die Äbtissin zu besänftigen. »Es befinden sich gewiss manche Bürgerstochter oder gar Mädchen adeliger Herkunft unter Euren Schwestern.«

»Das ist wahr.« Ihre Miene entspannte sich kurz, doch im nächsten Moment traten ihre Sorgenfalten wieder zutage. »Die Bürger, so heißt es, halten zu den Bauern. Ich fürchte, die Würzburger holen ihre Töchter aus dem Kloster, bevor die marodierenden Horden uns überfallen.«

Ich trat ans Fenster und lenkte das Gespräch in eine andere Richtung. »Euer Klostergarten sieht selbst bei Frost und Eis herrlich aus.«

»Die Schwestern, die im Obst- und Kräutergarten arbeiten, halten sich an unsere Regel *ora et labora*«, kam es freudlos zurück.

Ich drehte mich zu ihr um. »Wollen wir nicht ein wenig hinausgehen? Viel zu selten habe ich die Gelegenheit, mich im Freien aufzuhalten.«

»Geht nur«, erwiderte Frau von Grumbach. »Ich bleibe hier in meiner Kammer.«

»Mögt Ihr mir nicht den Garten zeigen?«, fragte ich.

»Nun gut«, seufzte die Äbtissin nach einer Weile, stand auf und glättete ihr Gewand. »Damit Ihr dem Medicus mitteilen könnt, dass ich seinen Rat befolgt habe.«

Ein eisiges Lüftchen empfing uns im Obstgarten, in dem mehrere Frauen im schwarz-weißen Gewand mit dem Beschneiden von Apfel- und Birnbäumen beschäftigt waren. Als die Schwestern unserer gewahr wurden, nahmen ihre Gesichter einen erfreuten Ausdruck an.

»Wie wunderschön der Frost alles glitzern lässt«, entfuhr es mir.

Meine Begleiterin nickte nur. »Darf ich Euch eine persönliche Frage stellen?«, ergriff sie das Wort, nachdem wir schweigend eine Weile zwischen den gefrorenen Beeten entlanggeschlendert waren.

Ich blieb stehen.

»Als Angehörige des Volkes, das unseren Herrn hervorbrachte, habt Ihr gewiss schon Schlimmes erlebt. Man hört so manches, auch im Schutz der Klostermauern. Aus Regensburg sollen im vorigen Jahr sämtliche Juden vertrieben worden sein.«

413

In mir zog sich alles zusammen, und ich musste einen Moment innehalten, bevor ich antworten konnte. »Ich bin eine dieser Regensburger Juden, Frau von Grumbach.«

»Das tut mir leid, Alisah.«

Ich schwieg, zu schlimm war die Erinnerung an das Geschehene, das sich plötzlich wieder in mein Gedächtnis schob. Obendrein hatte ich den einzigen Mann, den ich je geliebt hatte, ziehen lassen. Dumpfe Trauer legte sich wieder um mich.

Das Gesicht der Äbtissin nahm einen bekümmerten Ausdruck an. »Ich hätte Euch nicht darauf ansprechen dürfen. Bitte verzeiht mir.«

»Ihr konntet es nicht wissen. Es ist nur so …«

Die Ältere wartete, bis ich weitererzählte.

Spontan ergriff die Frau meine Hände und hielt sie fest in den ihren. »Armes Kind, was habt Ihr alles durchgemacht!« Tief holte sie Luft und schüttelte den Kopf. »Und ich jammere und klage, obwohl es mir an nichts fehlt. Eigentlich sollte ich mich schämen.«

Ich gab ihr insgeheim recht. Ihre Sorgen um die Zukunft des Klosters mochten berechtigt sein, aber was nützte es, vor Angst schier zu vergehen und darüber seinen Glauben in Frage zu stellen?

»Ihr habt mich zum Nachdenken angeregt, Alisah«, unterbrach die Oberin meine Grübeleien und ließ meine Hände los. »Ich will versuchen, zuversichtlicher in die Zukunft zu blicken.« Jetzt legte sich sogar ein Lächeln auf ihre Züge. »Herrn Weinlaubs Ratschläge werde ich künftig beherzigen: ein Spaziergang pro Tag an der frischen Luft und kein Zurückziehen mehr. Wenn die dunklen Gedanken wiederkommen, und das werden sie gewiss, will ich mir ins Gedächtnis rufen, dass es Menschen gibt, denen es weitaus schlechter ergeht als mir.«

»Bitte denkt daran, was Euch Herr Weinlaub erklärt hat:

Die *Melancholia* ist eine Krankheit wie jede andere auch, nur eben nicht des Leibes, sondern der Seele. Krank zu sein ist niemals eine Sünde.«

»Der Medicus ist ein kluger Mann, bitte richtet ihm meine Grüße aus. Ich hoffe, er ist bald wieder auf den Beinen. Und nun begleitet mich in meine Räume, damit ich Euch entlohnen kann.«

56

Alisah

Der erste Schabbes nach dem Pessachfest war vorüber, und wir bereiteten gerade den Behandlungsraum für den nächsten Morgen vor, als Christoph Bäuerlein uns besuchte. Arbeitsreiche Wochen lagen hinter uns, in denen wir nichts voneinander gehört hatten.

»Stellt Euch vor: Endlich ist es mir möglich, meine eigene Badestube zu eröffnen«, erzählte er uns begeistert.

»Setzt Euch nur, bis wir fertig sind, Christoph«, unterbrach Isaak ihn. »Ihr seht mir aus, als wäre Euer Puls viel zu hoch. Danach berichtet Ihr uns alles in Ruhe.«

Christoph tat, worum ihn der Medicus gebeten hatte. Unser Freund machte in der Tat einen aufgewühlten Eindruck. Er seufzte und schüttelte betrübt den Kopf.

»Der Anlass ist leider kein schöner. Der Bader aus Frankfurt, von dem ich alles gelernt und dem ich viel zu verdanken habe, ist gestorben. Da er keine Kinder hinterlässt, hat er mir seine Badestube vermacht. Ich werde wohl einen zweiten Bader suchen müssen, denn allein ist die Arbeit nicht zu bewältigen. Mein alter Freund… hatte einen großen Stamm an Patienten, die ihm seit Jahrzehnten treu sind.« In einer Geste der Hilflosigkeit fuhr er sich übers Gesicht. »Ihr könnt Euch vorstellen, wie überrascht ich war. Ich kann es immer noch nicht fassen.«

Isaak und ich sprachen ihm unser Mitgefühl aus. »Euer Verlust tut mir wirklich leid, Christoph«, ergänzte ich sanft.

»Dennoch freue ich mich sehr für Euch, dass Ihr bald eine eigene Badestube haben werdet.«

»Danke, Alisah«, antwortete er bewegt.

Mittlerweile waren wir mit unserer Arbeit fertig und baten ihn in die Stube. »Ihr habt einen günstigen Zeitpunkt gewählt, um uns die Botschaft zu überbringen.« Auf Isaaks Gesicht zeigte sich ein Lächeln. »Auch ich habe nämlich eine wichtige Nachricht zu verkünden.«

»Was gibt es? Bitte spannt uns nicht auf die Folter«, bat ich und beugte mich vor.

Christoph setzte sich zu uns an den Tisch. Der Medicus verließ wortlos den Raum, und der Bader und ich warfen uns einen fragenden Blick zu. Kurz darauf kehrte Isaak mit einer versiegelten Rolle zurück.

»Dies hier ist für Euch, Alisah.« Die Überraschung war mir wohl deutlich anzusehen. »Ja, da staunt Ihr, was? Macht es auf!«

Ich erbrach das Siegel und erkannte Isaaks Handschrift, doch er redete unverdrossen weiter.

»In all den Monaten, die Ihr nun schon meine Gehilfin seid, habt Ihr Euch als überaus fähig erwiesen. Besonders die Art und Weise, wie Ihr kenntnisreich und beherzt bei Ewalt Ruprecht gehandelt habt, hat mich beeindruckt und in meiner Entscheidung bestätigt, Euch dieses Zeugnis auszustellen. Es ermöglicht Euch, in jeder Stadt als Medica zu arbeiten, sofern Euch der Rat die Erlaubnis dazu erteilt.«

Ich schnappte nach Luft und starrte auf das Papier, auf dem Isaaks eigenhändige Unterschrift prangte.

»Damit sollte es Euch gelingen, Euer Ansehen zu vergrößern, damit Ihr nicht für alle Zeiten meine geschätzte Gehilfin bleiben müsst.«

»Das bin ich aber sehr gern«, widersprach ich ihm lahm.

Wieder lachte der Medicus. »Ich weiß. Sagt nicht, Ihr wollt nicht mehr als Ärztin arbeiten.«

»Nicht wollen? Das ist von jeher mein größter Wunsch. Ich danke Euch sehr für Eure Auszeichnung. Wenn ich das nur meinem Vater noch erzählen könnte. Zu erleben, wie seine Tochter seine Arbeit fortführen darf, hätte ihn sicher sehr gefreut.« Ich schluckte die aufsteigenden Tränen herunter.

Isaak trat auf mich zu und umarmte mich.

Christoph küsste mich auf die Stirn. »Ich gratuliere Euch, Alisah. Habt Ihr vor, in Höchberg zu bleiben?«

Ich blickte zwischen meinen beiden Freunden hin und her. Höchberg, oder sogar Frankfurt. Lea, Samuel und Joseph. Die Judengasse. So viele vertraute Gesichter. Lorenzo. Hin- und hergerissen von meinen widerstreitenden Gefühlen schloss ich die Lider.

»Überdenkt es nur in Ruhe, meine Liebe«, hörte ich Isaaks Stimme dicht neben mir. »Ihr könnt ab sofort überall in der Stadt einen eigenen Behandlungsraum mieten, sofern der betreffende Rat es genehmigt.«

Seine Stimme klang wie von weit her, und dennoch hallten seine Worte in mir nach. »Wie… wie groß ist denn Eure eigene Badestube, Christoph?«, brachte ich endlich mühsam hervor.

»Sie hat drei Behandlungsräume, dazu natürlich die Badestube selbst«, erwiderte er. »Warum wollt Ihr das wissen?«

»Weil ich mich frage…«

»Was, Alisah?«, mischte sich Isaak ins Gespräch.

Der Gedanke, der mir durch den Kopf schoss und sich nicht mehr vertreiben ließ, war ebenso traurig wie wunderbar. »Ich frage mich, ob ich vielleicht einen Eurer Räume mieten könnte. Er muss nicht groß sein, aber in Frankfurt habe ich Freunde. Mein größter Wunsch… Er könnte sich damit erfüllen«, stammelte ich.

Christoph musterte mich und weitete die Augen. »Das wäre die Lösung. Statt eines Baders bekomme ich eine fähige Ärztin. Alisah, wisst Ihr, was Ihr da sagt?« Er zog mich in die

Höhe und sah mich mit leuchtenden Augen an. »In einer so großen Stadt wie Frankfurt besteht gewiss Bedarf genug. Wir richten einen eigenen Raum für Euch ein, in dem Ihr Eure Patienten untersucht und behandelt. Um ehrlich zu sein, bin ich mit einigen Krankheitsbildern sowieso überfordert, wie Ihr es bei Herrn Ruprecht selbst miterlebt habt.«

Mein Blick wanderte zu dem Medicus. »Es wird mir schwerfallen Euch zu verlassen, nach allem, was Ihr für mich getan habt, Isaak!«

Der alte Mann strich mir über die Wange und lächelte. »Wenn es Euer Wunsch ist, solltet Ihr gut darüber nachdenken. In Frankfurt habt Ihr die Gelegenheit, Euch einen Namen zu machen. Das kann ich Euch in Höchberg nicht bieten. Außerdem können wir uns doch jederzeit besuchen.«

Meine Sicht verschwamm, als ich mich Christoph zuwandte. »Lasst mir bitte ein paar Tage Zeit mit der Entscheidung.«

»So lange Ihr wollt, Alisah.«

Es war spät geworden, und Christoph verabschiedete sich. Am nächsten Tag wollte er in aller Frühe nach Eisingen zurückkehren.

»Ich danke Euch für alles«, flüsterte ich und ergriff Isaaks Hände, dann versagte mir die Stimme.

Im Grunde wusste ich: Wenn ich meinen Traum verwirklichen wollte, musste ich die Gelegenheit beim Schopf ergreifen, bot mir der Bader doch die Möglichkeit, die Kranken innerhalb schützender Mauern zu behandeln.

Da klopfte es kräftig an der Haustür, und der Lärm riss mich aus meinen Überlegungen.

Im Licht des Vollmondes erkannte ich einen Mann von etwa fünfzig Lenzen. »Meine Frau… Sie hat furchtbare Schmerzen. Der Medicus muss kommen.«

»Wieder der Kopf?« Isaak stand bereits hinter mir.

Der Mann nickte.

»Wir sind gleich bei Euch, Memminger. Geht schon mal voraus.«

Der Mann drehte sich auf dem Absatz um und lief die Gasse hinunter. Ich eilte ins Behandlungszimmer und holte Isaaks Tasche.

Wenig später führte uns Herr Memminger in die Schlafkammer seiner Frau. Sie lag mit geschlossenen Lidern auf dem Bett, die Züge schmerzverzerrt. Ein Stöhnen entwich ihrer Kehle, als Isaak und ich neben sie traten.

»Frau Memminger, ich bin da«, sagte Isaak ruhig.

Sie schlug die Augen auf. »Helft mir… Herr Medicus«, kam es ihr undeutlich über die Lippen.

»Was hat sie?«, fragte ich leise.

»Eine Geschwulst im Hirn. Leider verschlechtert sich ihr Zustand zusehends.«

Die Frau verzog das Gesicht unter einem erneuten Schmerz und schrie auf.

»Ich fürchte, wir müssen operieren. Bisher habe ich damit gewartet, aber es bleibt uns keine andere Möglichkeit, um sie von ihren Qualen zu befreien.« Nachdenklich sah er mich einen Moment lang an. »Als wir uns kennenlernten, sagtet Ihr, dass ihr schon häufiger bei Operationen assistiert habt.«

Ich nickte.

»Wollt ihr es tun, Alisah?«

»Ihr meint, *ich* soll die Schädeldecke öffnen?«

Isaak warf der Frau einen raschen Blick zu. »Ich sehe, Ihr wisst, was zu tun ist«, sprach er weiter. »Natürlich werde ich Euch dabei helfen.«

Ich schluckte. Bisher hatte ich erst einmal bei Herrn Mendel bei einer derartigen Operation assistiert. »An der Stelle, wo man den *Wurm* vermutet, bohrt der Arzt mehrere kleine Löcher durch die Schädeldecke.« Ich erinnerte mich an die Worte von Schwester Katz, als wäre es gestern gewesen. »Er entfernt die Knochenflächen mit einer feinen Zange, bis die

Stelle aufgeklappt werden kann und das Hirn des Patienten offen daliegt. Dann schneidet man den *Wurm* mit einem feinen Skalpell heraus.«

»Alisah?«

Fragend ruhte Isaak Weinlaubs Blick auf mir. Ich gab mir einen Ruck und nickte.

Daraufhin wandte sich der Medicus dem Ehemann der Kranken zu und bat ihn, einen Topf mit Wasser abzukochen. Die arme Frau verfolgte mit großen Augen jede unserer Bewegungen. Ich ergriff ihre Hand.

»Liebe Frau Memminger, ich werde nun das, was Euch so große Pein bereitet, aus Eurem Kopf entfernen.« Ich hielt weiter ihre kalten Finger fest. »Ähnliche Operationen werden öfter durchgeführt und haben den Patienten stets geholfen, ihre quälenden Schmerzen loszuwerden. Allerdings muss ich Euch vorab betäuben. Ihr werdet nichts von dem spüren, was mit Euch geschieht. Vertraut Ihr mir?«

Die Patientin bejahte leise, doch auf ihrer Miene zeichnete sich ihre Furcht deutlich ab. Zum Schluss erklärte ich ihr noch meine Vorgehensweise.

Der Medicus neben mir wies auf die Stelle, an der ich den Schädel öffnen sollte. Einen Moment lang fragte ich mich, woher er wissen wollte, dass sich der *Wurm* ausgerechnet dort befand, sagte jedoch nichts. Zuerst schnitt ich ihr die Haare und schabte vorsichtig die Stoppeln von der Haut, bis ein handtellergroßes Stück frei lag. Inzwischen hatte der Ehemann die Schale mit dem heißen Wasser auf das Tischchen neben das Bett gestellt. Isaak reinigte die Kopfhaut, goss etwas Opium, Alraune und Schierling auf einen Schwamm und hielt ihn der Patientin dicht vors Gesicht. Nur wenige Momente später fiel sie in einen tiefen Betäubungsschlaf.

Ich atmete mehrmals durch, griff nach dem Bohrer und setzte die gewundene Spitze auf Frau Memmingers Schädeldecke. Dabei betete ich, dass die Betäubung stark genug war. Ich trieb die Spitze des Bohrers bis in den Knochen. Blut schoss aus der Öffnung, das der Medicus' sofort mit einem Tuch auffing.

Einen Herzschlag lang sprach ich mir selbst Mut zu und fing einen zuversichtlichen Blick von Weinlaub auf. Erneut setzte ich die Spitze an, keinen Finger breit neben dem ersten Loch und bohrte nach und nach ein gutes Dutzend kreisrunder kleiner Öffnungen in den Schädel der Frau. Als kein Blut mehr hervorquoll, entfernte ich mit einer Zange die Knochenreste zwischen den Löchern. Das Knacken verursachte mir Übelkeit. Ich schüttelte sie ab und machte weiter, bis ich das runde Stück Knochen, das etwas größer als ein Silbergulden war, wie einen Deckel aufklappen konnte. Ich beugte mich so dicht es nur ging über die Patientin und starrte in den geöffneten Schädel. Da lag es vor mir, das Gehirn.

»Seht Ihr«?, fragte der Medicus, »da ist der Übeltäter. Seid Ihr so weit?«

Das war ich. Die Geschwulst war etwa daumennagelgroß. »Das Skalpell, Isaak«, bat ich mit klopfendem Herzen.

Gleich darauf setzte ich an der weißlichen Masse an. Schweiß rann mir über die Stirn. Stück für Stück löste ich die Geschwulst von dem umliegenden Gewebe und ließ sie erleichtert in eine Schale fallen, die Isaak bereithielt.

Hörbar stieß er die Luft aus. »Das habt Ihr großartig gemacht, Alisah.«

Errötend lächelte ich ihn an und klappte das Knochenstück wieder zu. Der Medicus strich eine heilende Salbe auf die Haut und legte ein Stück Leinen darauf. Gemeinsam hoben wir den Kopf der Schlafenden an und umwickelten ihn mit einer breiten Binde.

»Wenn es noch eines Beweises bedurft hätte, dass Ihr das Recht habt, als Medica zu arbeiten, dann habe ich ihn soeben erhalten«, sagte Isaak und tätschelte meine Wange.

57

Alisah

Eine Woche später suchte uns Christoph Bäuerlein erneut auf. Fragend drang sein Blick in meinen. »Habt Ihr eine Entscheidung getroffen, Alisah?«

Ich hatte es mir nicht leicht gemacht, war zwischen Hoffnung und Trauer hin und her geschwankt. Aber nach mehreren langen Gesprächen mit Isaak stand mein Entschluss fest.

»Das habe ich, Christoph. Euer Angebot ehrt mich, und ich nehme es gern an.«

»Das freut mich sehr. Isaak, Euch danke ich, dass Ihr Eure Gehilfin ziehen lasst.«

»Zumal sie nun eine Medica ist«, sagte Weinlaub und zwinkerte seinem Freund zu. »Ihr werdet es nicht bereuen, Christoph.« Er griff nach seiner Jacke. »Ich gehe jetzt das Pferd versorgen. Ihr beiden habt gewiss einiges zu besprechen.«

Gleich darauf hörte ich ihn die Stalltür öffnen.

»Wann kann ich mit Euch rechnen, Alisah?«, wollte der Bader wissen.

»Meine Bündel sind rasch gepackt.«

Christoph lachte. »Das freut mich zu hören, meine ebenfalls. Ich gebe Euch Bescheid.« Er erhob sich mit einer Geste des Bedauerns. »Ich muss zurück. Ein eitriger Backenzahn wartet darauf, gezogen zu werden, und ein weiterer Patient möchte, dass ich ihn zur Ader lasse.«

Ich geleitete den Bader hinaus.

Bald darauf vernahm ich Isaaks leicht schlurfende Schritte.

Er stand in der Tür, aber er war nicht allein. Neben ihm hob sich eine schlanke Gestalt gegen das Sonnenlicht ab.

»Alisah, du hast Besuch.«

Ein Mann trat näher. Blonde Haare fielen ihm bis weit über die Schultern. Auf seinem Kinn entdeckte ich feine Bartstoppeln. Seine dunklen Augen leuchteten auf, als sie mich erkannten, und schienen mir direkt in die Seele zu blicken.

»Lorenzo!«, entfuhr es mir heiser.

»Alisah, kannst du… Kannst du bitte meinen Namen noch mal…?«, stieß er endlich hervor.

»Lorenzo«, wiederholte ich langsam und konnte kaum glauben, dass das Schicksal es so gut mit mir meinte und ich seinen Namen aussprechen durfte. Dass ich ihn wiedersehen durfte. »Wie kommst du denn hierher?«

Im nächsten Augenblick zog er mich in seine Arme, und ich lehnte meinen Kopf an seine Schulter. Auf einmal erschien mir der Tag wärmer und strahlender als zuvor, und in mir regte sich das Bedürfnis, für immer in seiner Umarmung zu verharren und daran zu glauben, dass nun alles gut würde. Doch es durfte nicht sein.

Widerstrebend löste ich mich von ihm.

Mit großen Augen sah er mich an. »Du kannst sprechen? Deine Stimme ist wunderschön, Alisah. Sie zu hören, habe ich mir so lange gewünscht. Ach, ich weiß… Ich weiß nicht, was ich sagen soll.«

»Ja, ich kann wieder sprechen«, erklärte ich, als ich meine Gefühle wieder in der Gewalt hatte, »obwohl ich noch schnell heiser werde. Aber es wird von Tag zu Tag besser. Was führt dich zu uns?«

»Ich habe dich gesucht, Alisah.«

Ich konnte seine Worte kaum fassen. Sein Gesicht war mir so vertraut. Dennoch kam es mir gereifter vor und von den beschwerlichen Reisen gezeichnet.

»Bitte entschuldigt, wenn ich mich einmische«, ließ sich

der Medicus vernehmen, »ich habe Herrn Neri vor dem Haus getroffen. Er hat im *Ochsen* mit Herrn Schwarzheimer gesprochen, und dieser schickte ihn hierher.«

»Ein freundlicher Mann, der große Stücke auf Euch hält, Herr Weinlaub«, fügte Lorenzo hinzu und wandte sich mir erneut zu. »Dass du in Höchberg lebst, hat mir Frau Karlsbach in Würzburg verraten.«

Ich konnte meinen Blick nicht von ihm wenden.

»War der Mann, der eben aus dem Haus kam, eigentlich ein Patient, Alisah?«

»Du meinst Christoph? Nein, er ist unser Freund. Er wird demnächst in Frankfurt eine Badestube übernehmen, in der ich als Medica arbeiten werde. Du wirst ihn gewiss bald kennenlernen.«

Er betrachtete mich aus geweiteten Augen. »Als Medica? Das ist doch nicht möglich!«

»Das habe ich Isaak zu verdanken. Es ist viel geschehen seit unserer letzten Begegnung, Lorenzo.«

»Am meisten überrascht es mich immer noch, dich sprechen zu hören. Du musst mir unbedingt alles darüber erzählen. Für mich klingt es nämlich wie ein Wunder.«

»Das werde ich«, versprach ich und berichtete Isaak, woher Lorenzo und ich einander kannten.

»Ich habe noch eine Menge zu tun, Alisah. Daher lasse ich Euch jetzt allein und versorge Euren Esel.« Der Medicus zwinkerte uns zu und verließ den Raum.

»Ich werde mir eine Kammer im *Ochsen* nehmen. Mit meiner Rückkehr nach Nürnberg eilt es nicht«, brach Lorenzo schließlich die Stille.

»Du lebst in Nürnberg?«

»Ja, schon seit einigen Wochen.«

Als wäre es gestern gewesen, erinnerte ich mich, wie Lorenzo damals mit seinem Esel an unserem Stand aufgetaucht war und nicht müde geworden war, jedem Marktbesucher sein Theriak anzupreisen. Das hatte er mit derselben Hingabe getan, mit der er sein Grautier gepflegt und versorgt hatte.

»Deine Geschäfte mit dem Theriak laufen also gut?«, fragte ich.

Er grinste. »Ich kann mich nicht beklagen. Nur ist es nicht mehr Theriak, den ich anbiete.«

»Sondern?«, entgegnete ich erstaunt.

»Ich fertige meine Heilmittel nach deinen Rezepturen an, Alisah. Mittlerweile kommen die Menschen sogar aus den umliegenden Städten, um die Tinkturen und Salben bei mir zu erstehen. Da staunst du, was?«

Unwillkürlich trat ich näher. »Du arbeitest mit meiner Medizin?« Dies zu hören, trieb mir Tränen der Rührung in die Augen.

»Ja, Alisah. Das ist einer der Gründe, warum ich dich unbedingt finden wollte. Um mich bei dir zu bedanken. Ich habe so viel von dir gelernt, dir verdanke ich letztlich meinen Erfolg.«

Ich tastete nach seiner Hand, weil mir die Worte fehlten, um auszudrücken, was mir sein Geständnis bedeutete.

»Ich gebe zu, dass ich einen Augenblick lang dachte, dieser Christoph sei dein Mann«, gestand Lorenzo. »Aber er trägt nicht das Zeichen deines Volkes. Du ahnst nicht, wie erleichtert ich bin. Alisah, musst du wirklich mit ihm nach Frankfurt gehen?«

»Nenne mir einen Grund, warum ich es nicht tun sollte.«

Lorenzo zog mich näher, so nahe, dass ich nur die Hand auszustrecken bräuchte, um sein liebes Gesicht zu berühren.

»Erinnerst du dich noch an unser letztes Gespräch?«, fragte er leise.

Natürlich tat ich das. Wie sollte ich den Moment je vergessen, als er fortgegangen war.

»An meinen Gefühlen für dich hat sich nichts geändert, Alisah. Ich liebe dich. Bitte geh nicht mit dem Bader nach

Frankfurt, sondern komm mit mir nach Venezia. Weißt du noch, was ich dir über das dortige jüdische Viertel erzählt habe? Im Ghetto könntest du in Frieden leben.«

Einen schwachen Augenblick lang malte ich mir in den leuchtendsten Farben aus, wie Lorenzo und ich nach unserem gemeinsamen Tagewerk durch die prächtigen Gassen der Lagunenstadt schritten. Musik erklang, Menschen in feinen Gewändern gingen an uns vorüber. Sie nickten uns zum Gruß freundlich zu, während wir in unser Zuhause zurückkehrten. Allein der Gedanke daran genügte, um voller Zuversicht in die Zukunft zu blicken. Wäre da nicht das Wissen, dass eben dies unmöglich war, denn ich durfte niemals seine Frau werden.

Ich brauchte einen Moment, bis ich mich dem Gespräch wieder gewappnet fühlte. »Du weißt, dass das verboten ist, Lorenzo. Die jüdischen Gesetze sind überall gleich, auch im fernen Venedig. Bitte versteh das.«

Er umfasste mich. »Alisah, es tut mir leid, aber ich will und kann mich nicht damit abfinden. Du bist die Frau, die ich liebe. Was ist so schlimm daran, verschiedenen Glaubensrichtungen anzugehören?«

Ich fühlte mich auf einmal schrecklich müde, weshalb es mir schwerfiel, die Kraft aufzubringen, um ihm zu antworten. »Ich werde unsere heiligen Gebote nicht brechen. Such dir eine gute christliche Frau und werde mit ihr glücklich, Lorenzo.« Meine Stimme brach.

»Ich will aber keine gute christliche Frau, ich will dich! Was empfindest du für mich, Alisah?«

Ich mied seinen eindringlichen Blick, wollte ihm entgegnen, dass er nichts weiter als mein bester Freund sei, der Mensch, dem ich zu jeder Zeit mein Leben anvertrauen würde. Doch ich brachte es nicht über mich, ihn zu belügen.

»Willst du mir nicht antworten? Sag schon, empfindest du etwas für mich?«

»Ja, Lorenzo, das tue ich«, erwiderte ich nach kurzem Zögern.

»Glaub mir, auch ich habe meinen Stolz, deshalb werde ich dir diese Frage nie wieder stellen. Ist das dein letztes Wort, Alisah?«

Ich hob nur hilflos die Schultern. Daraufhin ließ er mich los, drehte sich auf dem Absatz um und ging.

Isaak saß auf der Bank und wickelte mit mir frisch gewaschene Leintücher auf, die wir zum Verbinden benutzen wollten.

»Ihr empfindet etwas für den jungen Mann. Die Art, wie Ihr Euch… angesehen habt, sprach Bände.«

Ich errötete.

»Aha! Wie ich vermutet habe.« Ein feines Lächeln umspielte seine Lippen.

»Lorenzo war der Mann, der mich auf dem Frankfurter Markt vor den Burschen gerettet hat, die mich angreifen wollten«, erklärte ich schließlich.

»Der Theriakhändler?«

Ich legte eine Rolle Stoff beiseite und griff nach dem nächsten Tuch. »Ja, genau, Isaak. Der Mann, der mit seinem Esel spricht, der Theriakhändler, den ich anfangs lächerlich fand und für einen Scharlatan hielt«, sagte ich und erzählte ihm, was danach geschehen war. »Jetzt ist er zurückgekommen, um mich abermals zu fragen, ob ich mit ihm nach Venedig gehe. Natürlich habe ich abgelehnt.«

»Der Höchste wird sich etwas dabei gedacht haben, Euch diese Bürde aufzulasten. Das wird nicht leicht für Euch werden«, sagte er.

Ich seufzte nur und wickelte weiter.

58

Regensburg 2014

Gleich nach Feierabend setzte sich Gideon mit seiner Schreibmappe in den Garten. Der Winter war viel zu lang und kalt gewesen, und der frühe Abend duftete endlich nach Frühling. Die Obstbäume trugen Knospen, und die Vögel kehrten allmählich aus ihrem Winterquartier zurück. Ein gutes halbes Jahr war es her, seit er mit dem Manuskript begonnen hatte. Paula und ihm blieb momentan nur selten Zeit füreinander, und sie sehnten die gemeinsamen Wochenenden herbei.

Während der letzten Monate hatte er oft bis tief in die Nacht an dem Roman geschrieben. Paula zog ihn zuweilen damit auf, dass er sich immer mehr zu einem typischen Schriftsteller entwickelte, der jede freie Minute über dem Papier oder der Tastatur verbrachte. Aber Gideon konnte nicht anders, etwas in ihm drängte ihn unablässig dazu. Alisah offenbarte ihre geheimsten Gefühle, und Gid bedauerte manchmal die Jahrhunderte, die zwischen ihrer beider Leben lagen. Im Laufe der Zeit hatte er ein detailliertes Bild von seiner Ahnin gewonnen, und eins stand für ihn fest: Alisahs Bekenntnisse würden ihn sein Leben lang begleiten.

Gideon nahm seinen Füller und versank wieder in der Geschichte. Am liebsten würde er sie mit einem Happyend versehen, aber natürlich musste er sich an Alisahs Tagebucheinträge halten. Ob sie und Lorenzo Neri doch noch ein Paar geworden waren?

Das Telefon riss ihn aus seinen Überlegungen. Es war sein Großonkel.

»Hör mal, mein Junge, ist schon wieder einige Wochen her, seit wir zuletzt miteinander gesprochen haben. Alles in Ordnung bei dir?«

»Entschuldige, Onkel Aaron. Du hast recht, ich hätte mich längst melden sollen. Mein Job, der Lehrgang und die Arbeit an meiner Geschichte lassen mir kaum Freizeit. Aber wir wäre es, wenn Paula und ich euch am Sonntag besuchen?«

»Sehr gern. Natascha und ich mögen deine Freundin.«

Der Sonntag kam, und nach einem gemeinsamen Essen zogen sich die Frauen in den Wintergarten zurück und plauderten wie alte Freundinnen.

»Wollen wir ein Stück spazieren gehen?«, fragte Gid seinen Onkel.

Unweit der Straße, in der die Morgensterns wohnten, befand sich ein gepflegter Park, den die beiden Männer wenig später betraten.

»Habt ihr eigentlich Zukunftspläne, Paula und du?«, fragte Aaron Morgenstern.

Gideon blieb stehen. »Du meinst, ob wir heiraten wollen? Ehrlich gesagt haben wir darüber bisher nicht gesprochen.«

»Du liebst sie, das zeigt die Art, wie du von ihr sprichst.«

»Ja, das tue ich. Deshalb möchte ich auch mit ihr zusammenziehen. Mein Haus ist groß genug. Allerdings beginnt sie in diesem Jahr mit ihrer Ausbildung.«

»Ich dachte immer, deine Freundin studiert.«

»Nicht mehr«, antwortete Gideon. »Alisahs Tagebuch hat auch sie verändert.« Er berichtete seinem Onkel von Paulas Wechsel.

Sie traten zur Seite, um ein paar Joggerinnen vorbeizulassen.

»Das hat sie alles Alisah zu verdanken, Onkel Aaron«,

sagte Gid mit einem Lächeln. »Übrigens, die Medica ist nicht stumm geblieben.«

Gid gab eine kurze Zusammenfassung der Ereignisse wieder.

»›Gott schreibt auf krummen Linien gerade‹, heißt es doch«, kommentierte Aaron Morgenstern. »Wir Menschen tun einander schlimme Dinge an, aber der Höchste kann selbst daraus noch etwas Positives entstehen lassen. So schlimm der Überfall auf den Medicus war, hatte er letztendlich auch sein Gutes, denn sonst hätte Alisah sicherlich niemals ihre Sprache wiederbekommen.«

Die beiden Männer schritten auf einen Teich zu, auf dem ein Meer von Seerosen leuchtete, und setzten sich auf eine Bank.

»Alisahs Bekenntnisse lassen wohl niemanden kalt«, sagte Gid. »Wer ihr Tagebuch nach der Lektüre einfach zuklappen kann, ohne über sein eigenes Leben nachzudenken, der muss ein echter Holzklotz sein.« Er musterte das freundliche Gesicht des Onkels. Nicht die Züge seines Begleiters glichen denen seines Großvaters besonders, vielmehr war es die Gestik. Die beiden Brüder verschränkten die Arme auf dem Rücken, wenn sie gingen, und wippten mit dem Fuß, wenn sie grübelten.

»Alisahs Vermächtnis hat bewirkt, dass ich mich innerlich mit Großvater aussöhnen konnte. So verschieden, wie wir auch waren, so viele Gemeinsamkeiten habe ich nun zwischen uns entdeckt, und das macht mich froh.«

»Freut mich zu hören. Was macht deine eigene Ausbildung?«

»Die läuft gut. Nur noch wenige Lerneinheiten, dann bin ich fertig.«

Der Mediziner nahm eine Pfeife aus der Tasche, stopfte sie und entzündete den Tabak. »Das hört sich alles ganz positiv an, mein Junge. Wo willst du deine Buchhandlung eröffnen? Hast du dir darüber inzwischen Gedanken gemacht?«

»Jede Menge sogar«, antwortete Gideon. »Am liebsten natürlich in Regensburg. Ich werde einen Makler beauftragen, damit er sich nach freien Räumlichkeiten umhört.«

Eine Entenfamilie kreuzte den breiten Weg und verschwand im Schilf, das den Uferrand bedeckte.

»Dein Großvater wäre stolz darauf, wie ehrgeizig du deine Ziele verfolgst.«

»Ich hoffe es, Onkel Aaron.«

»Falls du mal unsere Hilfe brauchst, gib uns Bescheid. Wir sind schließlich eine Familie. Selbst wenn es eine Weile gedauert hat, bis wir das wiederentdeckt haben.«

Familie. Ja, das waren die beiden tatsächlich für Gideon geworden.

Die beiden Männer erhoben sich und schlenderten zum Eingang des Parks zurück. Zwei Mädchen im Kindergartenalter liefen fröhlich lachend an ihnen vorüber, gefolgt von einem jungen Paar.

Mit betrübter Miene blickte der Arzt ihnen hinterher. »Eigene Kinder sind mir leider nicht vergönnt. Deine Tante Mavah konnte keine bekommen und Natascha… Na ja, wir waren damals längst über das Alter hinweg, in dem man Kinder in die Welt setzt. Sag mal, wann darf ich deine Geschichte endlich lesen?«

Der erwartungsvolle Ton ließ Gid schmunzeln. »Da ich mich an den Tagebüchern von Alisah orientiere, fehlen mir noch einige Kapitel. Du bekommst sie, wenn der Roman fertig ist.«

Aaron Morgenstern ließ eine Tabakwolke aufsteigen. »Ich bin schon sehr gespannt.«

»Und ich erst«, erwiderte Gideon.

59

Lorenzo

Du bleibst also noch in Höchberg?«
Solange du in meiner Nähe bist, würde ich überall bleiben, hätte Lorenzo ihr am liebsten geantwortet. Alisahs Stimme hatte etwas Besonderes für ihn, sie klang wegen ihrer ungeübten Stimmbänder immer ein wenig verwaschen, und wenn Alisah lachte, überschlug sie sich manchmal. Die Schatten der Traurigkeit über ihrem schönen Gesicht hatten sich gemildert, und sie lächelte öfter. So wie in diesem Moment, da er sie länger betrachtete, als es sich schickte.

»Das möchte ich sehr gern. Die Holzkästchen, in denen ich meine Heilmittel verwahre, trage ich sowieso immer bei mir. Tagsüber will ich meine Waren in der Stadt feilbieten. Werden wir uns in dieser Zeit sehen, Alisah?«, wagte er sich vor.

»Ich würde mich freuen, Lorenzo. Allerdings sind Isaak und ich häufig unterwegs zu Hausbesuchen. Unsere Arbeitstage sind lang. Du hast Glück, dass du uns hier angetroffen hast.«

»Ob ich Herrn Weinlaub einmal sprechen dürfte?«

»Fehlt dir etwas, Lorenzo? Kann ich dir helfen?«

»Danke, nein. Ich habe nur ein paar Fragen«, wehrte er ab.

»Natürlich, warum nicht? Komm am besten in den Abendstunden vorbei, zu der Zeit sind wir meist daheim.« Sie erhob sich. »Die Gelegenheit ist eigentlich gerade günstig. Isaak ist in seinem Studierzimmer. Warum sprichst du nicht gleich mit ihm?«

Lorenzo folgte ihr durch den Flur, Alisah öffnete ihm die Tür und zog sich zurück. Der Arzt saß mit konzentrierter Miene an einem Tisch und schrieb. Er schien etwas aus einem Buch zu übertragen und murmelte dabei vor sich hin. Nun hob er den Kopf.

»Ach, Ihr seid es, Herr Neri. Was kann ich für Euch tun? Plagt Euch etwas?«

»Nein, Herr Medicus, alles bestens. Aber ich habe den Wunsch, mehr über den jüdischen Glauben zu erfahren.« Lorenzo fühlte sich unter Weinlaubs forschendem Blick bis ins Innerste durchleuchtet.

»Warum wollt Ihr das, Herr Neri?«

»Ich stamme aus dem schönen Venezia, Herr Weinlaub. Dort hatte ich Gelegenheit, vielen Juden zu begegnen. Die meisten von ihnen waren Geldwechsler und Händler. Sie hatten stets die schönsten Tuche und orientalischen Gewürze anzubieten. Sie haben Kontakte zu Königshäusern in aller Welt und wissen immer spannende Geschichten zu erzählen. Ich habe sie als gebildete, zurückhaltende und stets höfliche Menschen kennengelernt. Nur sind sie meinen Fragen über ihre Sitten und Gebräuche gern ausgewichen und haben auf mich den Eindruck gemacht, unter sich bleiben zu wollen.«

»Was angesichts des Hasses, der uns seit jeher entgegenschlägt, verständlich ist«, wandte der Medicus ein.

»Gewiss, Herr Weinlaub.« Verdrängte Erinnerungen von Menschen, die mit Knüppeln aus dem Haus gejagt wurden, tauchten wieder auf und brachten das beklemmende Gefühl von damals zurück. »Als ich miterlebte, wie sie allerorts gemieden, vertrieben oder sogar getötet wurden, bin ich öfter in Schwierigkeiten geraten, weil ich mich auf ihre Seite gestellt habe.«

Der Medicus nickte. »Alisah berichtete mir davon.«

»Deshalb frage ich mich, was die Gemeinschaft der Juden ausmacht. Ich möchte Euer Volk gern besser verstehen.«

»Wenn es Euch wirklich ein ernstes Bedürfnis ist, werde ich Euch die Bitte nicht verweigern«, antwortete der Medicus. »Schon unser Prophet Jesaja rief das Volk Israel dazu auf, ein Licht für die Völker zu sein. Heute ist es uns verboten, Proselytenwerbung zu betreiben, obwohl wir niemals Mission betrieben haben wie die Christen. Deshalb bitte ich Euch um Stillschweigen. Niemand darf wissen, was wir in diesen vier Wänden besprechen. Seid Ihr einverstanden?«

Lorenzo versprach es. »Wann darf ich Euch wieder besuchen?«

Der Medicus legte seine Feder beiseite und klappte das Buch zu. »Von mir aus könnt Ihr gleich hierbleiben, junger Freund. Lasst uns in die Stube gehen, dort stehen ein paar religiöse Werke, die uns nützlich sein werden. Wenngleich ich wie jeder Junge meines Volkes die Talmudschule besucht habe, bin ich kein Schriftgelehrter.«

Sie gingen hinüber und ließen sich auf der gepolsterten Bank nieder. »Was möchtet Ihr wissen, Herr Neri?«

»Sagt bitte Lorenzo zu mir.«

Herr Weinlaub nickte. »Und Ihr nennt mich Isaak.«

»Gern.«

Geduldig erklärte der Arzt ihm den Sinn einiger Sitten und Gebräuche seines Volkes. Mittlerweile war es Mittag geworden, und Alisah steckte den Kopf zur Tür herein.

Wie hübsch sie aussieht, durchfuhr es Lorenzo abermals.

»Isaak, der Schultheiß ist gekommen. Er bittet Euch, nach seiner Frau zu sehen.« Ein Lächeln lag auf ihren Lippen, als sie hinzufügte: »Herr Schwarzheimer war mehr als überrascht, mich sprechen zu hören.«

»Das glaube ich unbesehen«, antwortete der Medicus. »Ich nehme an, er wird mir nachher eine Menge neugieriger Fragen stellen.« Er sah Lorenzo an. »Für heute müssen wir die Fragestunde beenden. Kommt gern morgen wieder.«

Am folgenden Nachmittag saßen die beiden Männer wieder beieinander.

»Warum verhalten sich Lutheraner, die ansonsten ganz vernünftig erscheinen, dem jüdischen Volk gegenüber so feindlich?«, fragte Lorenzo.

Der Medicus wiegte das graue Haupt. »Gerade von den Anhängern Martin Luthers hätte ich tatsächlich etwas anderes erwartet. Er selbst soll uns ja freundlich gesonnen sein. Aber lasst mich *Euch* eine Frage stellen. Warum wollt Ihr das alles wissen? Heißt der Grund dafür vielleicht Alisah? Wollt Ihr sie beeindrucken?«

»Ich dachte mir, dass Ihr mich früher oder später darauf ansprecht«, gab Lorenzo zurück. »Im Gegenteil, sie beeindruckt *mich*. In Frankfurt haben wir uns mittels einer Zeichensprache verständigt, aber leider konnten wir uns nicht auf die gleiche Weise unterhalten, wie es nun möglich ist. Es hat mir immer imponiert, wie sie ihre Schwierigkeiten bewältigte und dabei niemals an ihrem Gott zweifelte. Ich vermute, der Glaube gab ihr die Kraft dazu. Das hat mich neugierig gemacht.«

»Soweit es mir möglich ist, will ich Euch gern dabei behilflich sein, unsere Lehren besser kennenzulernen«, antwortete Isaak.

Lorenzo fragte, warum die Juden derart fest zusammenhielten, wie er es bei Christen noch nicht erlebt hatte.

»Die jahrtausendelange Verfolgung, die ständige Bedrohung und das enge Zusammenleben haben uns zusammengeschweißt.«

»Gibt es in Höchberg weitere Angehörige Eures Volkes?«

»Alisah und ich sind leider die einzigen. In Würzburg gab es einige mehr, aber sie haben sich nach der Ausweisung in anderen Städten angesiedelt. Ich ließ mich hier nieder, weil ich meine Patienten in Würzburg nicht im Stich lassen wollte. Von Zeit zu Zeit reise ich nach Frankfurt und besuche die Synagoge. Ich wäre gern öfter dort, aber der Weg ist zu beschwerlich.« Isaaks Gesicht hellte sich auf. »In wenigen Wochen feiern die Kinder Israels das Schawuotfest. Dann werden wir nach Frankfurt fahren, um es mit den Bewohnern des jüdischen Viertels gemeinsam zu begehen.«

»Was bedeutet das Wort Schawuot?«

»Wir nennen es auch das Wochenfest. An diesem Tag erinnern wir uns an den Empfang der Zehn Gebote, die der Höchste unserem Propheten Mose am Berg Sinai gab. Außerdem danken wir Ihm für eine gute Ernte. Deshalb schmücken wir unsere Häuser mit Blumen und grünen Zweigen. Da wir gern feiern, sind diese Tage stets etwas ganz Besonderes für uns.« Isaaks Gesicht wurde weich und glättete sich auf wundersame Weise, sodass er auf einmal um Jahre jünger erschien.

Wehmütig betrachtete Lorenzo den Medicus. »Schön muss es sein, Teil einer so großen Gemeinschaft an Gleichdenkenden zu sein.«

Weinlaub seufzte. »Oh ja. Gäbe es in Höchberg nur eine Synagoge und wären zehn erwachsene Männer anwesend, würde der Rabbiner an Schawuot aus der Thora vorlesen, zuerst die Zehn Gebote, danach einen Abschnitt aus dem Buch Ruth. Die Männer sprächen Gebete. Später würden wir zu Hause Eierkuchen mit Quark und Honig essen und dazu Milch trinken. So ist es seit ewigen Zeiten Brauch. Die Milch symbolisiert die Thora, die das Volk Israel wie ein unschuldiges Kind trinkt. Schawuot ist eines unserer Hauptfeste.«

»Da wäre ich gerne dabei. Dürfte ich Euch denn begleiten?«, entschlüpfte es Lorenzo.

»Warum nicht? Ein Mann mehr kann auf Reisen nie schaden. Ich bin zwar bisher davon verschont geblieben, Bekanntschaft mit Wegelagerern machen zu müssen – dem Höchsten sei Dank –, doch einmal ist immer das erste Mal, nicht wahr?«

Der Venezianer nickte.

»Machen wir weiter«, schlug der Medicus vor, »was wollt Ihr noch über uns wissen?«

»Ich habe gehört, dass Euer Volk sehr strenge Vorschriften hat im Hinblick auf das, was es essen und nicht essen darf.«

»Unsere Speisegesetze. Die sind tatsächlich von besonderer Wichtigkeit, schließlich wollen wir uns nicht verunreinigen.«

»Das hört sich alles sehr kompliziert an«, sagte Lorenzo, nachdem Isaak ihm die Gesetze erläutert hatte.

»Nur für jemanden, der sich noch nie damit beschäftigt hat«, versicherte der Medicus lächelnd. »Der jüdische Arzt und Gelehrte Maimonides fand heraus, dass die uns verbotenen Speisen dem menschlichen Körper schaden. Moses ben Nachman, ein weiterer jüdischer Arzt, schrieb später, noch mehr als dem Körper füge der Verzehr solcher Tiere unserer Seele Schaden zu. Wollt Ihr noch mehr wissen?«

»Ich glaube, das genügt mir fürs Erste. Danke für die erhellenden Ausführungen.«

Lorenzo lebte seit fast vier Wochen in Höchberg und nahm des Öfteren an den Mahlzeiten in Isaak Weinlaubs Haus teil, als Christoph Bäuerlein nach längerer Zeit wieder einmal an die Tür klopfte. Sein Anblick versetzte dem Italiener einen Stich.

Bäuerlein ließ sich neben Isaak nieder. »Es gibt Neuigkeiten«, platzte er heraus. »Der Besitzer der Badestube, in der ich arbeite, hat einen guten Bader gefunden, der meine Arbeit übernimmt.«

Isaaks Blick wanderte zu Alisah. »Nun steht Eurem Neuanfang nichts mehr im Wege.«

Sie nickte, und Lorenzo fühlte, wie ihm heiß und kalt zugleich wurde. Sollte ihre gemeinsame Zeit damit wirklich zu Ende sein? Ihnen blieben nur noch wenige Tage, bis sie Höchberg verließ und ihr Lebenstraum somit endlich in Erfüllung ginge.

Im Gegensatz dazu erschien Lorenzo seine Bitte, mit ihm das Leben in einem fremden Land zu teilen, fast schäbig. Alisah und er könnten zwischen Sonnenauf- und Sonnenuntergang ihre Dienste innerhalb der Lagunenstadt anbieten. Danach müsste sie allerdings ins Ghetto zurückkehren, das von vier Kanälen umgeben und nur durch Brücken zugänglich war. Lorenzo hatte beobachtet, wie das Ghetto abends von außen verriegelt wurde, dafür garantierte man den Juden Sicherheit. Ob das für sie wirklich erstrebenswert war, bezweifelte er. Als Nichtjude musste er außerhalb des Viertels leben, für Alisah jedoch wäre ihm jedes Opfer recht.

Seine Stimme kam ihm hohl vor, als er ihr und den anderen noch einen schönen Abend wünschte und das Haus verließ, um den Weg zum *Ochsen* einzuschlagen.

Nur mühsam konnte Lorenzo die trüben Gedanken beiseiteschieben. Er versuchte sich abzulenken, indem er darüber nachsann, was Isaak ihm in den letzten Tagen erzählt hatte. Für alle Juden, wo auch immer sie auf der Welt lebten, war Israel ihre einzige und wahre Heimat. Wenn es eine Sehnsucht gebe, die alle Juden einte, hatte ihm der Medicus erklärt, dann jene, einmal im Leben heiligen Boden zu betreten und gemeinsam mit den Juden von Jerusalem die Synagoge zu besuchen.

Besonders über das Wort Heimat war er gestolpert. Was bedeutete Heimat? Wo war eigentlich seine eigene? Lorenzo liebte die Kanäle, Brücken und Paläste seiner Geburtsstadt. Er genoss den Anblick, wenn sich die Lichter Venezias im Canale Grande spiegelten, und bewunderte die Maskierungen während des Karnevals. Aber wenn er der Lagunenstadt mit seinem Esel den Rücken kehrte, schaute er nie zurück. Vielleicht war er nichts als ein Vagabund, ein Mensch, der nicht dazu geschaffen war, sesshaft zu sein. Dabei hatte er sich zeitlebens eine große eigene Familie gewünscht. Nach dem frühen Tod seiner Eltern war er bei seinem Onkel und seiner Tante

aufgewachsen. Gute Leute, die selbst acht Mäuler zu stop-
fen hatten. Aber er war feinfühlig genug, um zu spüren, dass
sie ihm nicht dieselbe Zuneigung entgegenbrachten wie ihren
eigenen Kindern. Er konnte ihnen nie einen Vorwurf daraus
machen, nur hatte es ihn aus diesem Grund früh in die weite
Welt hinausgetrieben.

In der Kammer kehrten seine Gedanken zu Alisah und
Isaak zurück. In Lorenzos Kopf schwirrte es wie in einem Bienenstock. Er ließ sich aufs Bett sinken, die Arme hinter dem
Kopf verschränkt, und blickte an die Decke. Isaaks Ausführungen waren stets fesselnd, weckten in Lorenzo die Neugierde. Dennoch empfand er sie auch als verwirrend. Der jüdische Glaube schien sehr komplex zu sein. Jedem Einzelnen
wurde eine Menge abverlangt. Wieso fügten die Menschen
sich, und, noch mehr, warum waren sie mit dem engen Ge-
flecht aus Regeln und Traditionen zufrieden?

Lorenzo machte sich nichts vor. Natürlich war seine Liebe
zu Alisah einer der Gründe, weshalb er sich mit der jüdischen Lehre beschäftigte, warum sie ihn faszinierte. Immerhin
schenkten ihm die Stunden mit Isaak die Möglichkeit, tiefer
in Alisahs Gedankenwelt einzutauchen. Lorenzo konnte seine
nächste Lehrstunde kaum erwarten.

»Der Höchste weiß am besten, was gut für seine Geschöpfe
ist«, stellte Isaak am folgenden Abend fest, als sie über die
Anweisungen Adaunois sprachen. »Wenn sich alle Menschen
daran hielten, wäre die Welt ein friedlicherer Ort.«

Der Tag war klar und sonnig gewesen, und selbst jetzt war
es noch wunderbar warm. Wie sehr er sich wünschte, diesen
Abend mit Alisah bei einem Spaziergang zu beschließen.

Mit Macht wandte er seine Aufmerksamkeit wieder dem
Medicus zu. »Isaak, manche Prediger behaupten, die Juden
seien oftmals unbarmherzig mit ihren Feinden umgegangen.«

»Sie redeten wahrscheinlich über die Völker, die uns in

der Vergangenheit bedrohten und auslöschen wollten. Wir mussten uns verteidigen, sonst wäre ihnen damals ihr Vorhaben geglückt. Wir heutigen Juden sind friedfertige Menschen. Oder habt Ihr jemals gehört, dass wir gegen diejenigen aufbegehrt hätten, die uns aus ihren Städten weisen? Wenn man uns befiehlt zu gehen, ziehen wir weiter, dorthin, wo wir geduldet werden. Leider gibt es kaum noch solche Orte. Die Brüder und Schwestern meiner Generation und der davor haben die Hälfte ihres Lebens auf der Flucht zugebracht.« Isaaks Augen füllten sich mit Tränen. »Möge der Ewige seine Kinder schützen.«

Betroffen saß Lorenzo da. Ihm wollte keine tröstliche Antwort einfallen, und so ließ er den Blick schweifen. Bis auf einen siebenarmigen Leuchter, der mit einer Abschrift der Thora auf einer Kommode stand, war der Raum schmucklos. Einzig der Stapel in lateinischer und hebräischer Schrift verfasster Bücher, aus der Weinlaub zuweilen zitierte, verriet den Gelehrten.

»Es tut mir leid, wenn ich Euch mit meinen Fragen betrübt habe, Herr Medicus. Darf ich dennoch morgen wiederkommen?«, brachte Lorenzo hervor und erhob sich.

Sein Gegenüber winkte ab. »Macht Euch keine Sorgen, junger Freund. Es ist nur die Sentimentalität eines alten Mannes. Wir sehen uns morgen.«

Als Lorenzo kurz darauf nach Alisah Ausschau hielt, entdeckte er sie im Behandlungsraum, dessen Tür nur angelehnt war.

»Guten Abend, Alisah«, sagte er leise.

»*Schalom.*« Ihre Lippen hoben sich zu einem Lächeln, doch heute schmerzte es ihn. »Konnte Isaak dir weitere Fragen beantworten?«

»Ich fürchte, ich war heute nicht ganz bei der Sache«, räumte er ein. »In meinem Kopf sind so viele Gedanken.«

»Komm, setz dich zu mir.«

Er zog sich einen Hocker heran und beobachtete, wie sie ihre Instrumente mit Wein reinigte und sie in einen Behälter legte. »Wann brecht ihr auf nach Frankfurt, Alisah?«

Sie zögerte kurz und nahm ihm gegenüber Platz. »Wir reisen zu Schawuot, bis dahin hat Christoph die nötigen Formalitäten sicher erledigt.«

Sie schwiegen betreten.

»Ich werde euch begleiten. Isaak hat nichts dagegen, wenn ich bei der Feier dabei bin«, beendete er schließlich die Stille zwischen ihnen.

»Oh, ehrlich? Das finde ich schön. Das Fest wird dir gefallen, Lorenzo«, sagte sie und zog den Umhang aus, den sie während der Arbeit zu tragen pflegte.

»Bestimmt.« Sie sah ihm tief in die Augen, und er musste an sich halten, um sie nicht an sich zu ziehen.

60

Alisah

Lorenzo wirkte in den Tagen, bevor wir zu unserer Reise aufbrachen, irgendwie verändert. War er nicht in ein Gespräch verwickelt, wanderte sein Blick nachdenklich in die Ferne. Nichts erinnerte mehr an den jungen, leicht unsteten und fröhlichen Händler von damals. Die Wandlung gefiel mir, machte er doch den Eindruck eines Mannes, der zum ersten Mal im Leben die Muße hatte, über sich und sein Leben nachzudenken. Immer wenn ich ihn verstohlen beobachtete, stieg reine Freude in mir auf. Er war hier bei mir, das war alles, was für den Moment zählte.

Eines Abends erzählte mir Isaak, dass Lorenzo nicht nur wissbegierig sei, sondern auch freimütig von seinem Leben als reisender Händler spreche.

»Der Junge ist auf der Suche, nur weiß er noch nicht, wonach. Deshalb hat er es bisher vermutlich auch nie lange an einem Ort ausgehalten. Er scheint sich viele Gedanken zu machen.«

»Ja, ihr habt recht«, erwiderte ich. »Lorenzo sieht dabei aber ziemlich zufrieden aus. Ich glaube, er fühlt sich bei uns wohl.«

Isaak strich mir über den Schleier. »Sieht ganz so aus, Alisah.«

Der Tag vor unserer Abreise brach an. Isaak und ich kehrten gerade von einer glücklich verlaufenen Geburt zurück. Der Anblick der rosig wirkenden Mutter mit ihrem winzigen, aber kräftig schreienden Säugling in den Armen beschwingte uns. Da entdeckte ich Lorenzo vor Isaaks Tür, der von einem Fuß auf den anderen trat und mir lächelnd entgegensah.

Wir begrüßten uns.

Der Medicus blickte erst zu ihm, dann zu mir. »Geht nur, Ihr zwei. Ich schließe die Praxis jetzt für heute. Wir sehen uns später, Alisah.« Er zwinkerte mir zu und klopfte Lorenzo auf die Schulter. »Nach dem Abendessen stehe ich Euch wieder zur Verfügung, wenn Ihr mögt.«

»Gern, Isaak«, antwortete Lorenzo. Er nahm mich am Arm. »Gehen wir ein wenig spazieren? Du siehst aus, als könntest du frische Luft gebrauchen.«

In der Tat sehnte ich mich nach den langen Stunden in der überheizten Kammer, in der das Kind geboren worden war, nach frischer Luft. Wir schlenderten die Gasse entlang, tollende Kinder liefen an uns vorbei, und Lorenzo führte mich zu einem Brunnen unter einer ausladenden Eiche. Dort waren wir unter uns.

Ich erzählte ihm von der Geburt des kleinen Jungen und davon, wie großzügig wir von der Familie entlohnt worden waren. »Was hast du erlebt?«, wollte ich danach wissen.

»Ich habe meine Heilmittel überall in der Stadt angeboten, meine Kasse hat ebenfalls geklingelt. Das war ein guter Tag, ich bin zufrieden«, sagte er. »Später hat mir Isaak ein Buch über Maimonides geliehen. Ich habe viel gelesen und nachgedacht.«

Wir setzten uns auf eine Bank.

»Weißt du, was Luther verkündet, schien mir vor einiger Zeit die reinste Befreiung zu sein. Aber mir wurde schnell klar, dass ich mich in den Lutheranern getäuscht habe. Wie abfällig sich die feinen Herren über das jüdische Volk geäußert haben. Außer Nesen hat niemand für euch Partei ergriffen. Erinnerst du dich, Alisah? Du hast einen der Teilnehmer selbst kennengelernt.«

Schmerzlich stand mir der Zwischenfall mit dem Mann, der mich eine dreckige Jüdin genannt hatte, wieder vor Augen.

»Wenn die Lutheraner so über euch denken«, fuhr Lorenzo fort, »will ich nichts mit ihnen zu tun haben.«

Er rückte ein wenig näher, und mein Herz klopfte schneller.

»Ein Glaube, der sich nicht durch Taten beweist«, fuhr er fort, »ist wertlos. Sie sprechen von der Liebe und Gnade Gottes, die jedoch nicht für das Volk Israel zu gelten scheinen. Mich hat immer beeindruckt, wie sehr ihr an eurem Glauben festgehalten habt. Ihr habt so viel Leid erlebt, wieso seid ihr nicht verbittert oder empfindet Hass auf eure Peiniger?«

Es wurde allmählich dunkel. Das Licht in den Fernstern der Häuser warf schmale, helle Streifen aufs Pflaster.

»Das stimmt«, antwortete ich. »Die meisten Menschen verlässt in der Not ihr Glaube. Für die Kinder Israels ist er jedoch das Einzige, das uns schwere Zeiten durchstehen lässt. Mein Vater erzählte mir, dass gerade während der Verfolgungen der Glaube an Adaunoi besonders stark gewesen sei. Wir finden Halt in unserer Gemeinschaft. Sie ist fast wie eine Familie, ganz gleich, wo auf der Welt wir uns befinden. Außerdem erinnern wir uns gegenseitig immer wieder daran, dass wir Sein erwähltes Volk sind, und das verleiht uns Kraft.«

»Eine Familie, so etwas habe ich leider nie kennengelernt.« Lorenzo nahm ein Steinchen von der Umrandung des Brunnens und ließ es in den Schacht fallen. Dann suchte er meinen Blick. »Darf ich dich noch was fragen, Alisah?«

»Was willst du wissen?«

Die Lichter im Fenster beleuchteten Lorenzos hübsches Profil, und plötzlich wünschte ich mir, es berühren zu dürfen.

»In Frankfurt ist man dir mit viel Ablehnung begegnet. Trotzdem merke ich dir an, dass du dich auf die Reise freust. Hat das mit deinen Freunden zu tun?«

»Mit den Bundschuhs?« Ich lächelte. »Natürlich freue ich mich sehr auf sie. Aber es gibt da noch eine ganze Reihe anderer Gründe.« Ich sah auf seine starken und doch sensiblen Hände. »Die Judengasse hat damit zu tun. Innerhalb ihrer Mauern kann ich mich frei bewegen, ohne misstrauisch angesehen zu werden. Ich kann die Mikwe besuchen, wann immer ich es möchte, und muss keine unkoscheren Speisen essen, weil ich keine anderen bekomme. Dort kann ich sein, wie ich bin. Verstehst du das?«

»Durchaus«, erklärte Lorenzo nach einer kurzen Pause. »Heute Morgen habe ich Christoph getroffen. Er bricht übermorgen auf und lässt dich grüßen.«

Langsam spazierten wir zu Isaaks Haus zurück. Dort hielt er meine Hand fest und küsste sie, bevor wir hineingingen.

Wir brachen kurz nach Sonnenaufgang auf. Isaak lenkte den Wagen, Lorenzo und ich saßen hinten zwischen unserem Gepäck, als er das Gespräch eröffnete.

»Der Medicus und ich haben gestern Abend noch lange geredet.«

»Ich habe es gehört. Sicher habt ihr über Glaubensfragen diskutiert?«

»So kann man es ausdrücken, Alisah. Seit ich bei euch bin, habe ich viel erlebt und gelernt. Was ich von dem Medicus erfahren habe, spricht mein Innerstes auf eine Weise an, die ich bisher nicht kannte. Irgendwie fühle ich mich… bei Adaunoi zu Hause.«

Aufmerksam lauschte ich seinen Worten, auf seinen Zügen lag eine stille Heiterkeit.

»Was willst du mir damit sagen, Lorenzo?«

»Ich möchte einer von euch werden.«

»Wirklich?« Einige Momente lang war ich sprachlos. »Du meinst, du willst den *Gijur* vollziehen?«

»Was ist das?«

»Unser Wort für das, was die Christen konvertieren nennen.«

»Ja, genau das will ich. Ich weiß nicht, was nötig ist, um jüdisch zu werden, aber ich werde alles dafür tun.«

»Oh Lorenzo! Wie ich mich freue!« Ich tastete nach seiner Hand. »Das bedeutet mir sehr viel.«

Isaak hatte unser kleines Gespräch verfolgt. »Was sagt Ihr nun, Alisah?«, kam es vergnügt von vorn. »Ist das nicht eine wunderbare Neuigkeit?«

»Ja, Isaak«, erwiderte ich nur, denn mir war der Hals vor Glück plötzlich ganz eng.

Unser weiterer Weg verlief schweigsam. Lorenzos Geständnis hatte mich überrascht, und ich brauchte eine Weile, bis mir bewusst wurde, was sein Entschluss bedeutete. Für ihn, für mich, für unsere Zukunft. Seine Hand jedoch lag weiter in meiner.

Dann war es so weit. Nach über einem Jahr betrat ich ein paar Stunden später an Lorenzos und Isaaks Seite zum ersten Mal wieder Frankfurter Boden. Der Torwächter schenkte unserem Wagen kaum Beachtung, da wir keine Waren in die Stadt hineinbrachten. Der Wirt des *Ochsen* hatte Lorenzo angeboten, Matteo in seinem Stall unterzubringen. Er wollte das Tier versorgen, solange wir in Frankfurt weilten. Es war Lorenzo nicht leichtgefallen, seinen Esel in Höchberg zurückzulassen.

Die Frühlingssonne wärmte unsere Gesichter und stimmte mich versöhnlicher. Schließlich war es nicht die Stadt selbst, an die ich dunkle Erinnerungen hegte, sondern die Menschen, die mich verhöhnt und verachtet hatten. Zugleich hatte ich auch Hilfsbereitschaft und Freundlichkeit erfahren. Jetzt kehrte ich in Begleitung von guten Freunden zurück, die mehr in mir sahen als eine verschleierte Frau mit einem gelben Ring auf dem Kleid. Freude erfüllte mich, und mit einem Mal erklang das Lachen der Kinder, die nach einem langen Winter endlich wieder im Freien spielen konnten, noch fröhlicher in meinen Ohren.

»Isaak, ich möchte unbedingt die Bundschuhs besuchen«, bat ich ihn, als wir den Eingang der Judengasse passierten.

»Gern«, meinte er nur und lenkte den Wagen zum Haus meiner Freunde.

Dort angekommen, klopfte ich an die Haustür neben der *Eule.* Josephs bärtiges Gesicht wurde sichtbar.

»Alisah, das gibt's doch nicht!« Mit großen Augen maß er mich und zog mich in eine herzliche Umarmung.

»Joseph, ich möchte dir meinen Freund und Mentor Isaak Weinlaub vorstellen. Er ist Medicus, und ich habe viel von ihm lernen dürfen«, sagte ich, nachdem er mich freigegeben hatte. »Und der junge Mann hier ist Lorenzo Neri. Wir kennen uns noch aus Frankfurt.«

»Seid willkommen«, stammelte der Wirt, aber sein Gesicht drückte Verständnislosigkeit aus. »Du kannst…«

Seine Miene reizte mich zum Lachen, und ich erkannte, wie sehr es ihn freute. »Ja, Joseph, ich kann wieder sprechen.«

Lea tauchte hinter ihm auf und schob ihren Mann resolut zur Seite. Auf dem Arm trug sie die kleine Elana, was sie jedoch nicht davon abhielt, mich auf beide Wangen zu küssen. Sie strahlte.

»Unsere Alisah ist zurück, und sie spricht wieder!«, rief Joseph aus, dass es nur so durch die Gasse hallte.

»Ich höre es, mein lieber Mann, ich höre es.«

»Alisah!« Samuel drängte sich an ihr vorbei und umarmte mich stürmisch.

»Kommt mit in die Stube«, forderte der Wirt uns auf. »Du musst uns alles erzählen, Alisah.«

Ich tat, worum er mich gebeten hatte.

»Du hättest uns längst besuchen sollen«, ermahnte mich Joseph, nachdem ich meinen Bericht beendet hatte.

»Alisah trifft keine Schuld«, erklärte Isaak, »ich habe sie die letzten Monate so sehr in Beschlag genommen, dass für eine Reise nach Frankfurt keine Zeit blieb.«

Ich wies auf die Blumen und Zweige, mit denen Lea den Raum geschmückt hatte. »Habt ihr etwas dagegen, wenn wir das Wochenfest mit euch verbringen?«

»Nein, im Gegenteil. Wir freuen uns«, entfuhr es Joseph.

»Außerdem möchte Lorenzo zu unserem Glauben übertreten. Deshalb würden wir gern mit dem Rabbiner sprechen.«

Lorenzo suchte den Blick des Wirtes. »Medicus Weinlaub, bei dem Alisah bisher gearbeitet hat, erklärte mir, ich müsse vor drei Rabbinern begründen, warum ich mich zu diesem Schritt entschlossen habe.«

»Sucht am besten Gumprecht Levi zum Stern auf«, antwortete Joseph, »er wird euch alles Weitere erklären. Wo werdet ihr wohnen, Alisah?«

»Habt ihr noch mein früheres Zimmer zur Verfügung?«

»Natürlich. Du gehörst doch zu unserer Familie. Wir haben immer gehofft, dass du wiederkommst. Ihr, Herr Neri, findet bestimmt etwas in einem Frankfurter Gasthaus.«

Isaak erklärte, er wolle sich beim *Affen*-Wirt Knebel einmieten. Ich ließ mein Bündel bei den Bundschuhs, und wir suchten kurze Zeit später den Rabbiner auf.

»Alisah Friedman, wie schön, Eure Stimme zu hören«, begrüßte er uns erfreut. »Wie ist es Euch ergangen?«

Ich erzählte ihm von Isaak und der Urkunde, die mich befähigte, als Medica zu arbeiten.

»Nun wollt Ihr in Frankfurt Eure Dienste anbieten?«

»Das auch, aber Herr Neri und ich sind aus einem anderen Grund hier.«

Ich nickte Lorenzo zu, und er begann, dem Rabbiner sein Ansinnen vorzutragen.

»Ihr wollt zum Volk Israel gehören?« Deutlich stand dem Rabbiner das Erstaunen in das faltige Gesicht geschrieben. Gumprecht Levi zum Stern ließ sich in seinen Sessel zurücksinken. »Das kommt wahrlich selten vor. Den christlichen Glauben abzulegen, um ein Kind des Gottes Abrahams, Jakobs und Isaaks zu werden, wird Euer ganzes Leben verändern. Wenn Ihr zu unserem Glauben übertretet, ist das ein endgültiger Schritt. Ihr könnt diesen Bund niemals auflösen. Wer jüdisch ist, der bleibt es, und mit ihm alle seine Nachfahren. Seid Ihr Euch vollkommen sicher?«

»Darüber hat Isaak Weinlaub ausführlich mit mir gesprochen. Von ihm habe ich bereits vieles über Euren Glauben erfahren. Ich bin festen Willens.«

Der Schriftgelehrte fuhr sich durch den dichten Vollbart. »Über Eure Beweggründe wird man Euch beizeiten noch befragen. Wenn ich und zwei weitere Rabbiner sie akzeptieren, beginnt Euer Unterricht. Ihr lernt alles, was ein Jude wissen muss, und wir werden Euch auf Herz und Nieren prüfen. Am Ende wird der Bund, den Ihr mit Adaunoi eingeht, mit der Beschneidung besiegelt. Der Vorstand der Gemeinde trifft sich heute hier in meinem Haus. Kommt eine Stunde vor Sonnenuntergang wieder, damit Ihr Euch den anderen Rabbinern ebenfalls vorstellen könnt.«

»Verbindlichsten Dank. Ich werde da sein«, sagte Lorenzo mit fester Stimme.

Kurz darauf verließen wir das Haus *Eichel*, um zu den Bundschuhs zurückzukehren. Lorenzo wollte sich im Gasthof *Zum Strauß* nach einer Kammer erkundigen und später erneut Gumprecht Levi aufsuchen. Ich verbrachte den restlichen Tag mit Lea und den Kindern, da Joseph in seiner Schänke zu tun hatte.

Es dämmerte bereits, als Lorenzo wieder bei den Bundschuhs eintraf. »Die Rabbiner haben eingewilligt«, berichtete er aufgeregt. »Sie erkennen meine Begründung für den Übertritt an. Wenn Schawuot vorüber ist, beginnt der einjährige Unterricht durch einen Talmudlehrer. Danach erfolgt die Prüfung durch die Rabbiner.«

»Du wirst die ganze Zeit in Frankfurt leben?«

»Ja, so wie du, Alisah, wenn du bei Christoph in der Bade-stube arbeitest.«

Auf Samuels Gesicht breitete sich Hoffnung aus. »Du kommst zurück, Alisah?«

»Ja, Samuel.«

Das Aufleuchten in Lorenzos Augen entging mir nicht. Da kam mir plötzlich ein Verdacht. Was, wenn er nur meinet-wegen zum jüdischen Glauben übertreten wollte?

Ich sprang auf. »Kann ich dich kurz sprechen?«, murmelte ich mit einem Blick zu Lorenzo.

»Gern.«

Wenig später traten wir auf die stille Gasse.

»Übrigens hat auch Rabbi zum Stern gestattet, dass ich an eurem Fest teilnehme«, bemerkte er.

»Wie schön! Aber ich muss noch etwas anderes von dir wissen. Bitte sag mir die Wahrheit. Willst du nur einer von uns werden, weil du mich…?«

»Weil ich dich liebe? Nein, Alisah, das ist nicht der ein-zige Grund. Ich fühle mich zum ersten Mal in meinem Leben wohl. Eure Gemeinschaft und die Art, wie ihr lebt und denkt, ist das, wonach ich immer gesucht habe. In eurer Mitte be-komme ich eine Ahnung davon, was es bedeutet, ein Zuhause zu haben.« Sein Lächeln wirkte verlegen. »Allerdings gebe ich zu, dass die Aussicht darauf, eines Tages um dich werben zu dürfen, mir geholfen hat, meine Entscheidung zu treffen.«

»Da dein Studium ein ganzes Jahr dauert, werden wir uns viel sehen können«, erwiderte ich und fühlte reines Glück in mir aufsteigen.

Die Freude darüber, uns während der nächsten zwölf Mo-nate nahe zu sein, teilte auch Lorenzo, und wir lächelten ein-ander an. Zugleich wurde ich traurig, denn der Abschied von Isaak Weinlaub rückte unaufhaltsam näher.

61

Lorenzo

Das große Fest war vorüber. In der Synagoge hatte Lorenzo neben Isaak gesessen, der ihm leise erklärte, was die einzelnen Gebete und Gesänge bedeuteten. Die Zeremonien waren so ganz anders als bei den Christen. Dieser Gottesdienst war feierlich und dennoch von einer gewissen Heiterkeit geprägt, die er von den christlichen Messen nicht kannte. Die Blicke der Männer und Frauen waren neugierig, aber freundlich gewesen. Danach hatten Joseph und Lea ihn, Alisah und Isaak zum Essen eingeladen.

»Alisahs Freunde sind auch unsere Freunde«, hatte der Wirt nur gesagt, als Lorenzo sich für die Gastfreundschaft bedankte.

Einen Tag später trat er nun vor den Tisch, hinter dem die drei Schriftgelehrten ihn erwarteten.

»Setzt Euch bitte«, forderte ihn der junge Rabbiner auf, der sich Lorenzo als Eli Blumenthal vorgestellt hatte.

Der Venezianer begegnete den Blicken der Männer, die ihn über einen Stapel Bücher hinweg begrüßten. Der Zweite hieß Isidor Löw und war kaum jünger als Rabbi Levi zum Stern, der nun das Wort ergriff.

»Beginnen wir also mit dem Anfang unserer Geschichte, damit, wie der Höchste unseren Stammvater Abraham ins Gelobte Land führte und Seinen Bund mit ihm schloss. Als Zeichen dieses Bundes musste sich Abraham verpflichten, seine Nachkommen beschneiden lassen. Sein Sohn war Isaak, ein

Name, den viele von uns tragen. Genau wie Moishe, ein weiterer großer Prophet. Adaunoi benutzte ihn, um die Kinder Israels aus der Sklaverei in Ägypten zu befreien. So steht es im Tanach. Doch zu diesem wichtigen Ereignis kommen wir zu einem späteren Zeitpunkt. An den meisten Tagen wird Euch Rabbi Blumenthal unterrichten. Er ist auch der Talmudlehrer der Gemeinde.«

Lorenzo freute sich, denn der junge Mann war ihm sofort sympathisch gewesen.

Täglich suchte Lorenzo seither das Haus *Eichel* auf und lernte alles über die Ursprünge des jüdischen Glaubens, die Bedeutung von Purim, Chanukka, das Laubhüttenfest und den jüdischen Kalender kennen.

»Vergesst bitte nie, beim Betreten der Synagoge die Yarmulke aufzusetzen«, erinnerte ihn Rabbi Blumenthal freundlich, aber bestimmt, nachdem Lorenzo es an einem Schabbes versäumt hatte, die Kappe zu tragen. »So beweist Ihr Eure Bescheidenheit und zeigt der Gemeinde und dem Höchsten Eure Gottesfurcht.«

»Ich verstehe. Warum sitzen Männer und Frauen in der Synagoge eigentlich getrennt?«, wollte Lorenzo wissen.

»So wird verhindert, dass sich die Frauen am Gottesdienst beteiligen, außer durch das Gebet. Außerdem schließen wir damit aus, dass die Männer sich von den Frauen ablenken lassen«, fügte Blumenthal augenzwinkernd hinzu.

Der Rabbiner fuhr mit seinen Erläuterungen fort. Der Unterricht war für Lorenzo wie der Eintritt in eine völlig andere Welt, und zuweilen fiel es ihm schwer, die Zusammenhänge zu begreifen. Doch der Rabbiner freute sich darüber, wie intensiv sein Schüler sich mit den jüdischen Gesetzen auseinandersetzte. Auch Alisah sollte sehen, wie ernst es ihm war.

Eines Abends begegnete er auf dem Weg zum Gasthof *Strauß* Magister Nesen.

»Wie lange seid Ihr schon in Frankfurt?«, erkundigte sich der Gelehrte, während sie nebeneinander den Kornmarkt hinunterschlenderten.

»Seit zwei Wochen.«

»Wie geht es Euch? Seid Ihr immer noch auf der Suche nach Alisah Friedman?«

»Nein, Herr Magister.« Lorenzo erklärte ihm, wie er sie wiedergetroffen hatte. Sicher nahm Nesen an, dass er sich geschäftlich in der Stadt aufhielt. »Und Ihr?«, fragte er weiter, »habt Ihr inzwischen mehr Menschen für die Reformation gewinnen können?«

»Oh, es gibt viele Frankfurter, die offen sind für Luthers Thesen. Es wäre gut, wenn er bald selbst zu ihnen spräche. Ich möchte den Wittenberger gern persönlich kennenlernen.«

Mittlerweile waren sie vor dem Eingang der Lateinschule angekommen.

»Wie lange bleibt Ihr noch in der Stadt? Ich frage nur, weil am Sonntagabend eine Versammlung im Haus Goldstein stattfindet. Wollt Ihr nicht ebenfalls kommen?«

»Nehmt es mir nicht übel, Herr Magister, aber die abfälligen Äußerungen über die Juden bei der letzten Zusammenkunft haben mich regelrecht entsetzt.«

»Wir haben doch darüber gesprochen, Neri. Luther hat dazu eine andere Meinung. Aber wenn Ihr lieber Papist bleiben wollt, bin ich der Letzte, der Euch davon abhält.« Prüfend ruhte Nesens Blick auf ihm.

»Ihr irrt, Herr Magister. Ich habe inzwischen im Judentum meinen Weg gefunden und werde im nächsten Jahr konvertieren.«

»Sagt, dass das nicht wahr ist!« Ungläubig starrte Wilhelm Nesen ihn an. »Ich dachte, die neue Lehre hätte Euch angesprochen. Stattdessen erwägt Ihr, den christlichen Glauben zu verlassen? Um den gelben Ring an Eurer Kleidung zu tragen, der Euch Verachtung und Spott ausliefert?«

»Ein Mensch muss zu seiner Überzeugung stehen. Ihr tut es ebenso und haltet mit Euren Ansichten über Rom auch nicht hinter dem Berg.«

»Mit dem feinen Unterschied, dass die Reformation sich durchsetzt, während die Juden immer ein Schattendasein fristen werden.«

Lorenzo senkte die Stimme, denn eine Gruppe Männer schritt an ihnen vorüber. »Soll ich meine Überzeugung davon abhängig machen, wer auf der Siegerseite steht?«

Nesen schmunzelte. »Jetzt habt Ihr mich. Dennoch kann ich Euren Entschluss nicht gutheißen. Seid bitte ganz offen zu mir: Hat man versucht, Euch zu überzeugen? Ihr wisst, das ist den Juden verboten.«

Der Venezianer wehrte entschieden ab. »Niemand hat mich zu irgendetwas überredet, Herr Magister. Es ist meine ureigene Entscheidung. Ihr selbst habt vor einiger Zeit über die Freiheit des Gewissens gesprochen. Nun denn, ich habe die für mich richtige Wahl getroffen.«

»Ich stelle fest, ich kann Euch nicht umstimmen.«

Lorenzo ergriff die ausgestreckte Hand. »So ist es. Ich danke Euch für Euer Verständnis. Wir werden uns sicherlich noch öfter begegnen. Mein Studium dauert ein Jahr. So lange bleibe ich in Frankfurt. Alisah Friedman ist übrigens ebenfalls in der Stadt. Sie wird demnächst als Medica arbeiten.«

»Tatsächlich?«

»Der Rat hat es gestattet. Wenn Ihr einmal ärztliche Hilfe benötigt, Ihr findet Frau Friedman in der Badestube von Christoph Bäuerlein am Liebfrauenberg. Ich wünsche Euch eine gute Nacht.«

Am nächsten Morgen wartete Lorenzo am Judentor auf Alisah. Dort begegneten ihnen zwei Frauen. Beide waren nicht gerade mit Schönheit gesegnet und schienen obendrein von boshafter Natur zu sein. Die Ältere hatte ein fliehendes

Kinn und vorstehende Augen, mit denen sie ihn und seine Begleiterin abschätzig musterte.

»War das nicht die Friedman?«, raunte eine von ihnen. »Ich dachte, sie hat Frankfurt schon vor langer Zeit verlassen.«

»So ist es, Tamar. Hast du gesehen? Der fremde Mann an ihrer Seite war kein Jude. Ich möchte zu gern wissen, was er mit ihr zu schaffen hat.«

Als die Weiber außer Hörweite waren, sprach er Alisah auf die beiden an.

Sie verzog das Gesicht. »Das waren Tamar Zuckermann und Schwester Cohn. Mit ihnen verbinde ich sehr unangenehme Erinnerungen.« Daraufhin berichtete sie, was sie mit den beiden Frauen erlebt hatte.

Ihre Stimme zitterte ein wenig dabei und verriet ihre unterdrückten Gefühle. Wie gern hätte er sie in die Arme geschlossen und ihren bebenden Mund so lange geküsst, bis er seinen traurigen Zug verlor. Aber das durfte er nicht riskieren.

»Die beiden waren der Grund, warum ich in der Stadt arbeiten wollte«, schloss sie und wollte sich abwenden, doch Lorenzo strich ihr übers Kinn, damit sie ihn ansah.

»Dann muss ich diesen gehässigen Personen sogar dankbar sein. Schließlich hätten wir uns sonst niemals kennengelernt. Kopf hoch, Alisah. Die beiden können dir weder vom Geist noch von der Herzenswärme das Wasser reichen. Lass ihre Gehässigkeiten wie Regentropfen an dir abperlen. Sie sind es nicht wert.«

Alisahs feine Züge wurden weich und entspannten sich. »So siehst du mich, Lorenzo?«

Ein älteres Paar strebte dem Judentor zu. Sie warfen den jungen Leuten ein kurzes *Schalom* zu und zogen ihrer Wege. Trotz aller Eindrücke kam es ihm vor, als würde die Welt für einen winzigen Moment den Atem anhalten, so wie er.

»Ja, Alisah«, antwortete er. »Für mich bist du der tapferste und weichherzigste Mensch, dem ich je begegnet bin.«

Sie lächelte schüchtern, während sie gemeinsam zum zweitgrößten Marktplatz der Stadt schritten. Sie suchten die Badestube auf. Christoph empfing sie mit offenen Armen und zeigte ihr ihren Behandlungsraum.

Mit leuchtenden Augen ging Alisah durch das Zimmer. Später putzten sie es gemeinsam, bis alles glänzte. Als sie fertig waren, räumte Alisah mit geröteten Wangen die Instrumente ihres Vaters in ein Regal. Lorenzo sah sie weinen, doch dieses Mal waren es Tränen der Freude, die er ihr aus dem Gesicht wischte. Sie war nie schöner gewesen als in diesem Moment, da ihr bewusst wurde, dass sich ihr größter Traum tatsächlich erfüllte.

Später am Abend saß er in seiner Kammer. Es wurde Zeit, seine eigenen Medizinbehältnisse zu begutachten, in denen er seine Waren verwahrte. Da er morgen erstmals wieder auf den Kornmarkt gehen wollte, um seine Heilmittel feilzubieten, musste alles vorrätig sein. Tinkturen zur Wundheilung, ein Kräutersud gegen Magenbeschwerden, ein gutes Abführmittel sowie herzstärkende und hustenlindernde Tropfen. Früher hatte er manchmal auch Liebestränke angeboten, die gingen besonders gut.

Er grinste, als er an die Zeit zurückdachte. Aber das war Vergangenheit, er wollte nur noch wirksame Heilmittel anbieten. Alisah sollte schließlich stolz auf ihn sein.

62

Alisah

Am Morgen vor seiner Rückreise nach Höchberg besuchten Isaak und ich noch einmal die Synagoge. Lorenzo hatte Unterricht beim Rabbiner. Als wir das Bethaus verließen, blendete uns die strahlende Sonne, die bereits einen Hauch von Wärme mit sich brachte.

Ich hakte mich bei Isaak unter. »Habt Ihr noch ein wenig Zeit? Ich möchte Euch gern jemanden vorstellen.«

»Warum nicht?«

Daraufhin führte ich den Medicus zum Marktplatz und ließ den Blick schweifen. Kurz darauf blieben wir vor einem ausladenden Tisch stehen, an dem einige junge Männer in Büchern blätterten.

Herr Reintaler stutzte, als er mich erkannte. »Frau Friedman! Wie lange ist es her, seit wir uns zuletzt gesehen haben?« Sichtlich überrascht schüttelte er mir die Hand.

»Schon eine ganze Weile«, antwortete ich.

Der Buchhändler wechselte die Gesichtsfarbe. »Ihr sprecht?«

In wenigen Sätzen berichtete ich ihm, was sich im letzten Jahr ereignet hatte.

Reintalers Fassungslosigkeit war nicht zu übersehen. »Was für eine Geschichte, liebe Frau Friedman. Das ist ja wunderbar!«

»Ja, das ist es.« Ich machte die beiden Männer miteinander bekannt. »Ab der kommenden Woche findet Ihr mich am Liebfrauenberg.«

Der Buchhändler riss die Augen auf, als er von der Badestube und meinem Behandlungsraum erfuhr.

»Ich habe Euch zu danken«, fuhr ich fort. »Ihr wart der Erste, der mir eine Möglichkeit gab, meine Dienste anzubieten. Das werde ich Euch nie vergessen.«

Reintaler wehrte leicht verlegen ab. »War mir ein Vergnügen. Umso erfreulicher, dass sich Euer Schicksal offenbar zum Guten gewendet hat.«

Daraufhin erzählte Isaak von uns und unserer gemeinsamen Zeit. »Als Medica steht Alisah jetzt die Welt offen, und ich schätze mich glücklich, sie auf ihrem Weg begleitet zu haben.«

Ich drückte Isaaks Arm. »Sollte Euch mal ein Zipperlein plagen, dann kommt jederzeit zu mir, Herr Reintaler«, sagte ich zu ihm.

»Das werde ich tun. Alles Gute, Frau Friedman.« Er runzelte die Stirn. »Einen Augenblick noch. Bevor ich es vergesse: Letzte Woche war ein junges Mädchen bei mir und hat nach Euch gefragt. Wie hieß sie noch gleich?« Er hielt kurz inne. »Jetzt hab ich's! Ihr Name war Elsa, und sie sagte mir, Ihr hättet ihr Kind auf die Welt gebracht.«

Elsa… Sofort stand mir das tragische Bild wieder vor Augen. Die vornehme Frau Pfefferkorn, die mich beschimpft hatte, weil ich Elsa statt den Säugling gerettet hatte. »Ich erinnere mich.«

»Sie lässt Euch ausrichten, dass sie nicht mehr für die Herrschaften arbeitet und jetzt bei guten Leuten in Diensten steht.«

»Wie schön. Ich danke Euch. Bis bald, Herr Reintaler.«

Auf dem Rückweg verabschiedete sich der Medicus noch von Lea und Joseph. Dann war auch für uns der Moment des Abschieds gekommen. Der Wagen war angespannt, Isaaks Gepäck verstaut, und wir standen voreinander.

Mein Lehrer nickte mir aufmunternd zu und strich mir

über die Wange. »Mir fallen so einige Patienten ein, die ganz sicher nach Euch fragen werden. Herr Ruprecht zum Beispiel, der nicht müde wird, in Dankbarkeit von Euch zu sprechen, weil Ihr sein Bein gerettet habt. Was soll ich ihnen sagen, liebe Alisah?«

»Richtet ihm Grüße aus. Er findet mich hier in Frankfurt, falls er meine Hilfe benötigt.«

»So ist es recht, Mädchen.« Isaak küsste mich auf die Stirn. »Wir sehen uns bald wieder, spätestens bei unserem nächsten Fest. Viel Glück für Lorenzo. Passt gut auf Euch auf.«

»Ihr auch.«

Mit feuchten Augen blickte ich seinem Wagen nach, der langsam über das holprige Pflaster rumpelte.

In der Nacht vor der Eröffnung der Badestube lag ich wach. Zu neu, zu aufregend war die Vorstellung, endlich als Medica arbeiten zu dürfen. War ich meiner Aufgabe überhaupt gewachsen? Fehlte mir nicht die Erfahrung, um meinen Patienten bestmöglich zu helfen?

Lorenzo versuchte meine Bedenken zu zerstreuen, als wir uns am frühen Morgen auf den Weg zum Liebfrauenberg machten.

Vor der Badestube hob er mein Kinn. In seinem Blick lag Zärtlichkeit. »Nur Mut, Alisah. Du schaffst das. Unser Leben verändert sich. Ich habe auch Angst, den Ansprüchen der Rabbis nicht gerecht zu werden, das kannst du mir glauben. Hast du eine Ahnung, wie genau sie mich beobachten?«

Er ahmte den strengen Blick von Rabbi Löw nach, und ich kicherte.

In den ersten beiden Wochen schenkte mir kaum ein Gast in der Badestube Beachtung. Vermutlich hielten sie mich für Christophs Gehilfin, weil ich oft bei ihm in der Badestube aushalf. Lorenzo und ich trafen uns in jeder freien Minute. Sein Studium hielt ihn in Atem, trotzdem entdeckte ich immer häufiger einen neuen, heiteren Zug an ihm, was ihm ausgesprochen gut zu Gesicht stand. Wenn ich zuweilen noch befürchtet hatte, dass Lorenzo seine Freude am Studium bald verlieren würde, sollte ich mich täuschen. Meine Liebe zu ihm wuchs von Tag zu Tag.

In diesem Jahr hielt der Sommer früh Einzug und brachte wochenlange Trockenheit mit sich. Die Menschen stöhnten unter der Hitze, besonders die Alten und Gebrechlichen litten. Noch immer begegnete man mir mit Skepsis. Nicht wenige Patienten fragten den Bader, was eine Frau – obendrein noch eine Jüdin – als Ärztin in der Praxis zu schaffen habe. Ich konnte es ihnen nicht verdenken, war der Beruf doch ein Privileg der Männer. Bald darauf aber suchten die ersten Schwangeren meinen Rat. Sie gestanden mir, sich zu schämen, wenn sie von einem männlichen Kollegen untersucht wurden, und waren erleichtert, sich meinen Händen anvertrauen zu können.

»Mach dir nichts draus, Alisah«, entgegnete Christoph eines Abends, als ich meiner Enttäuschung darüber Luft machte, bisher nur als Hebamme und Medica für Frauenleiden anerkannt zu werden. »Hab ein wenig Geduld. Wenn sie erkennen, welch großartige Fähigkeiten du hast, werden sie uns die Tür einrennen.«

Trotz aller Anfangsschwierigkeiten bereute ich meinen Schritt keinen Augenblick. Rabbi Löw, der sich vom Bader einen faulen Zahn hatte ziehen lassen, nahm mich eines Morgens beiseite.

»Gestern habe ich eine äußerst anregende und hitzige Diskussion mit Herrn Neri geführt«, erklärte er nuschelnd und presste eine Hand auf die geschwollene Wange. Sein Grinsen misslang. »Ein guter Mann mit vielen Fragen.«

»Das ist er«, erwiderte ich und spürte Zärtlichkeit in mir aufsteigen.

»Das Hebräisch fällt ihm noch schwer«, fügte der Rabbiner hinzu. »Aber er lernt eifrig und wird es schon schaffen.«

In der darauffolgenden Zeit wurden die wenigen gemeinsamen Stunden mit Lorenzo zu einem kostbaren Gut, denn er vergrub sich regelrecht in den Lehrbüchern und der Thora, während Christoph und ich es mit der Ruhr zu tun bekamen.

Zunächst tauchten nur einzelne Fälle von Brechdurchfällen auf, doch keine Woche später waren unsere Behandlungsräume überfüllt von bleichen, ausgezehrten Menschen, die sich nur noch mit Mühe auf den Beinen hielten. Viele von ihnen konnten sich keinen Medicus leisten oder sich in einem Spital behandeln lassen, weshalb wir beinahe rund um die Uhr arbeiteten. Stets riet ich den Patienten, sich und das Krankenlager sauber zu halten und viel zu trinken.

Zuweilen waren wir der Verzweiflung nah, denn einige Menschen verloren ihr Leben, und jeder Einzelne schmerzte mich. Dann endlich ließ die Sommerhitze nach, und mit ihr verebbte auch die Zahl der Ruhrpatienten. Im Badehaus kehrte wieder mehr Ruhe ein.

Die ersten bunt verfärbten Blätter kündeten vom nahenden Herbst. Es war Mittagszeit, und Lorenzo und ich nutzten eine Pause, um uns im Schatten eines Baumes vor dem Marktplatz niederzulassen. Es war Wochen her, seit wir das letzte Mal ungestört gewesen waren. Dabei gab es etwas, das ich ihm unbedingt sagen wollte. In der Nacht hatte es geregnet, nun glitzerten die roten und gelben Blätter im hellen Sonnenlicht.

»Du bist so schweigsam heute, Lorenzo«, eröffnete ich das Gespräch, nachdem ich ihn eine Weile dabei beobachtet hatte, wie er angestrengt in die Luft starrte. »Hast du heute einen schlechten Tag?«

Er wendete sich mir zu. »Das weniger, eher hatte ich es mit unangenehmen Zeitgenossen zu tun.« Er suchte meinen Blick. »Heute habe ich meinen Stand neben dem von Herrn Reintaler aufgebaut. So anregend ich es auch fand, mit ihm zu plaudern, war es trotzdem kein guter Einfall.«

»Wieso nicht? Reintaler ist doch kein unangenehmer Mensch.«

»Er nicht, aber er wurde beschimpft, weil er sich mit mir abgibt, einem Kerl, der mit Jüdinnen buhlt.«

Ich fuhr hoch. »Wie bitte?«

»Du hast richtig gehört, Alisah. Es scheint Leute zu geben, die glauben, dass wir beide in Sünde leben. Deshalb wollen sie nichts mehr bei mir kaufen, sagte einer. Den genauen Wortlaut erspare ich dir lieber.«

Seine Augen funkelten vor Zorn, und ich blickte erschüttert zu Boden. »Dann ist es besser, wenn wir uns nicht mehr treffen, Lorenzo.«

»Alisah!«

»Nein, hör mich an, bitte«, wisperte ich. »Du musst etwas unternehmen, sonst laufen dir deine Kunden fort.«

»Du rätst mir, Abstand zu dir zu halten?« Vor Erregung erhob er die Stimme, und ich gab ihm ein Zeichen, leiser zu sprechen. »Niemals!«, fuhr er flüsternd fort. »Sofern ich die Prüfung bestehe, bin ich in einigen Monaten ebenfalls jüdisch. Ich verrate doch nicht die Menschen, zu denen ich bald gehöre.«

Ich seufzte. »Warum machen sie uns das Leben nur so schwer? Heute hat mich übrigens Tamar Zuckermann angesprochen, als ich aus der Mikwe kam. Sie meinte, ich solle mich zurückhalten, ich gäbe kein gutes Vorbild für die Jugend ab.«

»Wieso?«

»Tamar und Schwester Cohn haben uns doch vor einer Weile miteinander gesehen. Auch sie glauben offenbar, dass wir das Bett miteinander teilen.«

»Aber da ist nichts, wessen wir uns schämen müssten.«

»Das wissen wir beide, aber du kennst diese Weiber nicht.«

»Gut, dann zeigen wir uns eben nicht mehr zusammen in eurem Viertel«, antwortete Lorenzo. Sein Tonfall wurde schärfer. »Wieso behandeln dich deine eigenen Leute so schlecht?«

»Die beiden sind weit über dreißig. Gewiss sind sie nur neidisch darauf, dass sich so ein gut aussehender Mann um mich bemüht.«

»Das hört der gut aussehende Mann aber gern«, gab Lorenzo lächelnd zurück und fasste sanft nach meiner Hand.

Hier, außerhalb der Judengasse, unter dem Baum mit den tief hängenden Ästen, waren wir für eine Weile ungestört. Ich ließ es geschehen. Wie gut es sich anfühlt, wie selbstverständlich, dachte ich und betrachtete unsere verschlungenen Hände.

»Ich möchte dir etwas sagen«, begann ich zögernd.

Lorenzo sah mich abwartend an.

»Ich habe damals einen furchtbaren Fehler begangen. Wenn ich dir nur versucht hätte zu erklären, was in mir vorging…« Ich hielt kurz inne, denn ich war es nicht gewohnt, offen über meine Gefühle zu sprechen. Nach einem tiefen Atemzug fuhr ich fort. »Leider habe ich zu dem Zeitpunkt noch nicht gewusst, was du mir bedeutest.«

Unsere Blicke begegneten sich, und ich erkannte mein Bild in seinen Augen.

»Ich liebe dich, Lorenzo Neri. Wenn du mich heute noch einmal fragen würdest, ich würde mit dir kommen, wohin du auch gehen willst.«

Mit einem unterdrückten Laut beugte er sich zu mir herunter und hauchte mir einen Kuss auf die Stirn. Ich hob den Kopf, und für einen winzigen Moment fanden sich unsere Lippen.

Gleich darauf zuckte ich zurück. »Lorenzo, bitte nicht!«

Sofort ließ er mich los. »Entschuldige, Alisah, ich sollte mich besser in der Gewalt haben. Aber es ist unendlich schwer, sittsam neben dir zu sitzen und nicht zeigen zu dürfen, wie glücklich du mich mit deinen Worten machst.«

Ich schloss kurz die Augen und stellte mir vor, wie es wäre, als seine Ehefrau den Kopf an seine Schulter zu lehnen. Der

Gedanke war wundervoll, und ich verließ diesen Traum nur ungern.

»Schön war der Kuss trotzdem«, gestand ich.

»Alisah, auch du hast mich schon einmal geküsst. Ich habe es nie vergessen.«

Hitze stieg mir in die Wangen, und ich war froh, als er das Thema wechselte. »Eure Gottesdienste berühren mich jedes Mal sehr. Ich freue mich darauf, die Gebete eines Tages mitzusprechen. Wenn ich mir nur die hebräischen Schriftzeichen besser merken könnte. Manchmal ist es schier zum Verzweifeln.«

»Hab Geduld mit dir, Lorenzo. Ich habe es schließlich auch geschafft.«

Er zog eine Grimasse. »Du hast diese Sprache ja auch mit der Muttermilch aufgesogen, Alisah.«

»Ich gebe dir Unterricht, wenn du möchtest. Aber Vorsicht, ich bin eine strenge Lehrerin.«

Er blinzelte. »Wann könntest du denn eine Stunde für mich erübrigen?«

»Morgen Abend zum Beispiel. In den letzten Monaten hatte ich nicht den Mut und oft auch nicht die Gelegenheit, allein mit dir zu reden. Aber wenn ich etwas tun kann, damit du deine Prüfung bestehst, helfe ich dir ganz eigennützig.«

Ich spürte förmlich, wie sich ein Lächeln in meine Augen schlich.

»Das nehme ich gern an.« Er strich über meinen Daumen. »Übrigens habe ich mir einen neuen Namen ausgesucht, den ich tragen werde, sobald ich zum Volk des Höchsten gehöre.«

Gespannt blickte ich ihn an.

»Rabbi Blumenthal und ich beschäftigen uns zurzeit mit dem Buch der Psalmen. Im ersten dieser Lieder heißt es ›Wohl dem, der nicht wandelt im Rat der Gottlosen, noch tritt auf den Weg der Sünder. So ein Mann ist wie ein Baum, gepflanzt an den Wasserbächen, und alles, was er tut, das gerät wohl.‹ Dieses Bild gefällt mir, Alisah. Deshalb habe ich beschlossen, mich Ilan – Baum – zu nennen.«

»Das ist ein sehr schöner Name, Lorenzo«, erklärte ich gerührt.

»Auch den Namen Neri möchte ich ablegen«, sprach er weiter. »Was hältst du davon, eines Tages den Namen Morgenstern zu tragen? Alisah Morgenstern – ich liebe den Klang schon jetzt. Hast du es gehört?« Er umfasste meine Schultern. »Ich will mit deiner Antwort nicht warten, bis ich jüdisch bin. Willst du meine Frau werden, wenn ich die Prüfung hinter mich gebracht habe? Sag es mir bitte gleich, damit ich etwas habe, woran ich mich in den nächsten sechs Monaten klammern kann, wenn das Studium mich völlig verrückt macht.«

Mit geschlossenen Augen wiederholte ich im Geist den Namen. Alisah Morgenstern, Ehefrau von Ilan Morgenstern. Als ich die Lider wieder öffnete, umfasste ich einen Moment sein Gesicht. »Ich dachte, du fragst mich nie. Ja, nichts kann mich je glücklicher machen, als für immer … zu dir zu gehören, Lorenzo.«

Wange an Wange verharrten wir einige gestohlene Augenblicke, unfähig, unsere überschäumende Freude auszudrücken.

Mit Bedauern löste ich mich von ihm. »Ich muss zurück in die Praxis. Sehen wir uns am Schabbes in der Synagoge?«

»Natürlich.« Lorenzo versuchte, eine grimmige Miene aufzusetzen, was durch das Strahlen auf seinem Gesicht jedoch fehlschlug. »Um uns wieder von missgünstigen Weibern beobachten zu lassen. Aber wenn sie glauben, mich damit einzuschüchtern, dann täuschen sie sich gewaltig. Was wissen die beiden schon von der Liebe und davon, wie viel Kraft sie verleiht?«

»Genau.« Wir sahen einander an. Dann stand ich auf und strich zum Abschied wortlos über seine Hand.

In Gedanken malte ich mir unsere Zukunft aus, während ich zur Badestube zurückkehrte. Es fiel mir unendlich schwer, Christoph nicht von unseren Hochzeitsabsichten zu erzählen und meinen Dienst wie gewohnt in der Praxis zu versehen, ohne mir mein Glück anmerken zu lassen.

Als die Bundschuhs und ich am nächsten Morgen beim Frühmahl saßen, betrachtete ich gedankenverloren ihre Gesichter. Ob Lorenzo und ich auch eines Tages Kinder haben würden, die sich vertrauensvoll an unsere Brust schmiegten?

Joseph gab eben eine komische Geschichte von einem seiner Gäste zum Besten, als es an der Tür klopfte. Auf einen Wink seines Vaters lief Samuel aus der Küche, um gleich darauf in Begleitung des alten Gompich zurückzukehren.

Der schmächtige Mann mit dem gelichteten Haar war einer der Gemeindediener, zu dessen Aufgaben es gehörte, die Menschen zum Frühgottesdienst zusammenzurufen. Erst vorgestern hatte er vor dem Haus der Bundschuhs in seiner Eigenschaft als Schulklepper den Beginn des Schabbes angekündigt. Trotz seiner etwa siebzig Jahre besaß er noch eine kräftige Stimme.

»*Schalom*, Gompich«, begrüßte Joseph ihn. »Was kann ich für Euch tun?«

Der Gemeindediener richtete den Blick auf mich. »Ich habe den Auftrag, Euch zum Haus *Eichel* zu begleiten.«

Ich erschrak. »Mich? Warum will man mich sprechen?«

»Das wird Levi zum Stern Euch selbst mitteilen.«

Eine düstere Ahnung beschlich mich. Ich erhob mich steif und gehorchte, während ich spürte, wie mir die Blicke der Familie Bundschuh folgten.

Der alte Gompich führte mich zur Amtswohnung unseres Rabbiners. Dort trat ein junger Beamter auf mich zu und brachte mich in einen großzügig geschnittenen Raum, wo ich mich dem obersten Richter der jüdischen Gemeinde Frankfurts gegenübersah.

»*Schalom*, Frau Friedman. Ihr wisst, warum ich Euch holen ließ?«

»Ich nehme an, Tamar Zuckermann war bei Euch, Herr Rabbiner?«

»Sie macht sich große Sorgen um Euch«, bestätigte er. »Aus diesem Grund hat sie mich gestern um ein Gespräch gebeten.«

Ich musste mich beherrschen, um nicht aufzulachen. »Tamar braucht sich um mich nicht zu sorgen.«

»Das mag sein. Aber was sollen unsere jungen Leute denken, wenn sie sehen, wie vertraut Ihr mit Herrn Neri umgeht?«

Er bat mich, Platz zu nehmen. »Meint der Italiener es wirklich ernst? Rabbi Blumenthal ist immerhin äußerst zufrieden mit ihm.«

Das zu hören, freute mich, und ich bestätigte, dass Lorenzo und ich heiraten wollten, sobald er in die Gemeinde aufgenommen sei.

Mit ernster Miene ermahnte mich der Rabbiner, dass wir nach Lorenzos Gijur dafür Sorge zu tragen hätten, das Gerede möglichst bald zu beenden.

Nachdenklich machte ich mich auf den Heimweg. Vor uns lagen lange Monate, in denen wir darauf achten mussten, keinen weiteren Unmut zu erregen.

63

Lorenzo

Kurze Zeit später bat Rabbi Levi zum Stern auch Lorenzo zu sich.

»Junger Mann, ich höre, Ihr macht Fortschritte im Studium«, eröffnete der oberste Richter das Gespräch. »Das freut mich. Doch heute habe ich ein besonderes Anliegen an Euch. Frau Friedman versicherte mir, dass Ihr willens seid, sie zur Frau zu nehmen. Ist das wahr?«

»Nichts lieber als das, Herr Rabbiner«, antwortete Lorenzo.

»Dann soll es so sein. Der Talmud erklärt uns, dass jeder menschliche Körper lediglich von einer halben Seele bewohnt wird. Erst wenn sie sich mit der Seele eines anderen Menschen verbindet, sind sie vollkommen, und die beiden werden eins. Wir sprechen davon, die andere Hälfte zu finden. Das gilt übrigens für alle Menschen, nicht nur für unser Volk. Um jedoch in allen wichtigen Bereichen des Lebens an einem Strang ziehen zu können, müssen sie sich einig sein und demselben Glauben angehören. Für uns hat die Verbindung zum Ewigen eine größere Bedeutung als für die Christen, weshalb wir eine heilige Verpflichtung empfinden, das Erbe unserer Väter weiterzutragen. Mann und Frau sollen ein Heim aufbauen und ihren Kindern unsere uralten Werte vermitteln. Deshalb dürfen Juden die Ehe nur untereinander eingehen. Heiratet eine jüdische Frau dennoch einen Christen, kehrt sie dem Glauben ihrer Väter buchstäblich den Rücken.«

»Aber woher weiß der Einzelne, wer seine andere Hälfte ist?«, wollte Lorenzo wissen.

»Die Seelen, die sich eines Tages vereinen sollen, sind bereits vor der Geburt füreinander bestimmt. Der Ewige sorgt dafür, dass sie einander begegnen.«

»Ihr meint, Alisah und ich *sollten* einander finden?« Was für eine wunderbare Vorstellung, fügte er in Gedanken hinzu.

»Davon sind wir überzeugt, Herr Neri. Ein eheloser Mensch ist unvollkommen, denn der Ewige gab uns einst den Auftrag, fruchtbar zu sein und die Erde zu füllen. So verbreiten wir unseren Glauben, ohne missionieren zu müssen.«

»Ich verstehe.«

Der Oberrabbiner drehte nachdenklich seinen Ehering. Lorenzo hatte gehört, dass er und seine Frau zwei verheiratete Töchter und einen Sohn hatten.

»Wie verläuft die Zeremonie, Herr Rabbiner?«

»Ihr werdet an einem Dienstag heiraten, denn es heißt über den dritten Schöpfungstag: ›Siehe, es war gut!‹ An diesem heiligsten und bedeutendsten Tag Eures Lebens tragt Ihr ein einfaches weißes Gewand als Zeichen der Reinheit. Es soll Euch dazu ermahnen, immer ehrlich zu Eurer Ehefrau zu sein.«

»Ich danke Euch für Eure Ausführungen.«

Bald darauf verabschiedete sich Lorenzo leichteren Herzens von dem Rabbiner. Er konnte es kaum erwarten, Alisah von dem Gespräch zu berichten. Wenn doch die nächsten Monate nur schnell dahingingen, dachte er und schlug den Weg zum Badehaus ein.

Aber die Tage und Wochen zogen sich endlos in die Länge. Einzig an dem Wechsel der Jahreszeiten konnte er erkennen, dass die Zeit nicht stehen blieb. Alisah und Lorenzo übten mehrmals die Woche Hebräisch, und allmählich wurde es wieder Winter. Der erste Frost setzte ein. Wer vor die Tür musste, band sich ein Tuch um Nase und Mund, um sich vor der klirrenden Kälte zu schützen. Zahlreiche Gassen und

Feldwege wurden unpassierbar, und die Händler mit ihren Lasttieren quälten sich durch die vereiste Stadt. Kaum jemand verirrte sich noch auf die Marktplätze.

Während Lorenzo über seinen Studien saß, um die gestrengen Rabbiner zufriedenzustellen, arbeitete Alisah oft bis spät am Abend. Nachdem es sich herumgesprochen hatte, wie geschickt sie auch Knochen zu richten und danach zu schienen wusste und wie gut sie es verstand, selbst komplizierte Augenbehandlungen durchzuführen, konnte sie sich vor Patienten kaum retten.

Als Lorenzo Christoph Bäuerlein einmal in der Stadt begegnete, erzählte dieser ihm, er necke Alisah zuweilen damit, dass sie eigentlich in der Praxis übernachten könne, da sie ohnehin nur zum Schlafen in ihre Kammer kam.

An so manch einsamem Abend in seiner Kammer glaubte Lorenzo, der Winter würde niemals aufhören, seine eisigen Finger nach dem Land auszustrecken.

Aber irgendwann stieg die Sonne höher und gewann an Kraft, und nachdem das Pessachfest vorbei war, begann der Schnee zu schmelzen, der die Gassen und Plätze wochenlang bedeckt hatte. Bald darauf konnten sich die Bewohner der Judengasse an den ersten Blumen in ihren Gärten erfreuen.

Eine Woche später war es endlich so weit – der große Tag, auf den Lorenzo so verbissen hingearbeitet hatte, war da: seine Prüfung vor den kritischen Augen der drei Rabbiner. Mit schweißnassen Händen betrat er an einem nebligen Morgen das Gerichtshaus der Gemeinde.

Rabbi Blumenthal, Rabbi Löw und der Oberrabbiner forderten ihn auf, sich zu setzen.

Lorenzo holte tief Luft und zwang sich, den Blicken der Gelehrten, die ihn eine quälend lange Zeit musterten, nicht auszuweichen.

»Welchen Namen habt Ihr für die Zukunft gewählt?«, unterbrach Levi zum Stern die angespannte Stille.

»Ilan Morgenstern.«

Die Männer nickten anerkennend.

»Fangen wir an«, eröffnete der Oberrabbiner die Prüfung. »Wie viele Gesetze gibt es in der Thora?«

»Sechshundertdreizehn.«

»Richtig. Seid Ihr willig, sie in Zukunft zu befolgen?«

»Ich bin bereit.«

Isidor Löw ließ ihn nicht aus den Augen. »Welches ist das höchste Gebot des Ewigen?«

Lorenzo reckte das Kinn. »Liebe deinen Nächsten wie dich selbst.«

»Was bedeutet das?«

»Es ist die Verpflichtung, jeden Menschen so zu behandeln, wie ich selbst behandelt werden möchte.«

»Gut. Was verlangt der Höchste außerdem von uns?«, ergriff Eli Blumenthal das Wort.

»Ihn zu lieben«, antwortete der Venezianer mit fester Stimme. »Mit ganzem Herzen, ganzer Seele und ganzer Kraft. In der Thora heißt es: ›Diese Worte sollst du deinen Söhnen einschärfen, sollst von ihnen reden, wenn du in deinem Hause weilst und wenn du auf dem Wege bist, wenn du dich schlafen legst und wenn du aufstehst.‹«

»Seid Ihr willens, Seinen Auftrag jeden Tag aufs Neue zu erfüllen?«, fragte der Oberrabbiner.

In Lorenzo breitete sich Wärme aus. »Ja, das bin ich.«

»Nennt bitte die Feiertage, die uns der Ewige schenkte«, bat Rabbiner von Stern.

Lorenzo tat, wie ihm geheißen und versicherte, dass er die Synagoge auch weiterhin so oft wie möglich besuchen wolle. Außerdem erklärte er sich damit einverstanden, sich beschneiden zu lassen. Danach verlangten sie von ihm noch ein Gebet in hebräischer Sprache. Trotz unzähliger Stunden der Übung kam es ihm nur schwer über die Lippen. Bestimmt hatte er es nicht fehlerfrei gesprochen. Für einen Moment rief er sich

Alisahs Gesicht ins Gedächtnis, denn er brauchte etwas, was ihm neue Kraft verlieh. Als er mit seiner Aufmerksamkeit zu den Rabbinern zurückkehrte, war es in ihm ruhiger.

Gleich darauf stellten die drei ihm eine weitere Aufgabe. Auch der Abschnitt aus der Thora, den er vorlesen musste, bereitete ihm Schwierigkeiten. Als Gumprecht Levi zum Stern irgendwann mit ernstem Gesichtsausdruck eine Pause ankündigte, war sich Lorenzo sicher, gescheitert zu sein.

Seine Ängste und Sorgen erwiesen sich als unbegründet. Gegen Mittag verließ Lorenzo Neri als Ilan Morgenstern, nun Mitglied der jüdischen Gemeinde von Frankfurt, stolz das Gebäude. Er trug eine neue Yarmulke. Alisah eilte ihm entgegen. Sie strahlte mit der Sonne um die Wette, in ihren Augen entdeckte er Freude und zärtliche Liebe.

Hinter ihm stand plötzlich Joseph Bundschuh, der ihm begeistert auf die Schulter klopfte. »Meinen Glückwunsch. Willkommen im Volk Abrahams, Isaaks und Jakobs, lieber Lorenzo.«

»Ilan«, verbesserte ihn Alisah, »er heißt nun Ilan Morgenstern.«

»Danke, Joseph«, erwiderte das frisch gebackene Gemeindemitglied. »Das muss gefeiert werden. Ich kann wahrlich einen guten Schluck gebrauchen. Meine Knie sind noch immer ganz weich.«

Der Wirt lachte. »Das glaube ich dir gern. Bitte entschuldige, ich muss mich an deinen neuen Namen erst noch gewöhnen.«

»Ich auch«, sagte Lorenzo mit einem Zwinkern und folgte Joseph und Alisah ins Haus der Bundschuhs.

Lea hatte den Küchentisch bereits festlich gedeckt und begrüßte ihn fröhlich. Daraufhin gesellte sich Ilan zu den Kindern, die ihn wegen seiner neuen Kopfbedeckung neugierig beäugten.

Als sich Alisah zu ihm setzte, ergriff er ihre Hand. »Schade, dass Isaak nicht bei uns ist«, sprach sie aus, was Ilan soeben durch den Kopf gegangen war. Der Medicus war schließlich sein erster Lehrmeister gewesen.

»Wir laden ihn zu unserer Hochzeit ein«, entgegnete er sanft.

»Hochzeit?« Nach einem Moment der Fassungslosigkeit klopfte ihm Joseph auf die Schultern. »Wenn das keine Neuigkeit ist.«

64

Alisah

Es wurde Juni, und unser großer Tag nahte. Der zeremonielle Teil der Eheschließung sollte auf dem Vorplatz des Gerichtshauses stattfinden. Viele fleißige Mitglieder aus der Gemeinde hatten sich schon gestern Nachmittag eingefunden, um ihn feierlich herzurichten. Da ich meinen Behandlungsraum für einige Tage geschlossen hatte, bot ich ihnen meine Unterstützung an. Aber die Helfer lehnten mein Angebot entschieden ab.

Ich besuchte die Mikwe und legte dem Rabbiner das Zertifikat vor. Den Abend verbrachte ich in meiner Kammer. Als sich die ersten Sterne am Himmel zeigten, holte ich Vaters Handbuch hervor. Der Ledereinband war fleckig und wellte sich an einer Ecke. Zärtlich strich ich über das alte Buch und schlug es auf. Noch immer entströmte ihm der scharfe Geruch von Kräutern, den auch mein Vater stets mit sich getragen hatte. Ob ihm Ilan gefallen hätte?

In jener Nacht schlief ich kaum, zu wundervoll war die Vorstellung, in wenigen Stunden Ilans Namen zu tragen. Aufgeregt wie nie zuvor, wartete ich schon vor dem Sonnenaufgang darauf, dass Lea meine Kammer betrat.

Dann half mir meine Freundin beim Baden und Ankleiden. Zu guter Letzt steckte sie meine Haare zu einer kunstvollen Frisur hoch, die nur Ilan zu sehen bekommen sollte. Deshalb legte Lea einen Schleier darüber.

Wir warteten in der Stube, bis es an der Haustür klopfte.

Kurz darauf führte Joseph Isaak und Ilan herein. Wie ich mich freute, den Medicus zu sehen. Er umarmte mich herzlich und sichtlich gerührt. Mein zukünftiger Mann trug wie ich ein weißes Gewand und seine neue Yarmulke. Eine Woche lang hatten wir einander nicht sehen dürfen. Das sollte die Liebe der zukünftigen Eheleute steigern. Als ob das noch möglich war. Die Bundschuhs und der Medicus verließen den Raum.

Ilan hob die Hände und verharrte einen Moment, als wolle er meine Wangen berühren. Ich schloss die Augen, als er nach dem dünnen Stoff meines Schleiers griff und damit mein Gesicht bedeckte.

Gleich darauf öffnete sich die Tür.

»Lasst uns gehen«, bat Joseph heiser. Der Medicus neben ihm gab meinem zukünftigen Mann einen Wink. Ilan nickte und verließ mit Isaak das Haus.

Wenige Augenblicke später strebten auch Joseph, Lea und ich mit den Kindern dem Platz zu, wo der Traubaldachin von vier Männern festgehalten wurde. Einer von ihnen war Isaak. Mit beiden Händen umfasste er die verzierte Stange, über der sich der farbige Stoff erhob. Ilan wartete zwischen dem Kantor und Rabbi Blumenthal, der die Zeremonie durchführte. Ein paar Schritte vor dem Baldachin blieb ich an Leas Seite stehen, damit Ilan als Erster daruntertreten konnte.

Rabbi Blumenthal begrüßte die Gäste, darunter auch Schimon Storch, mit dem ich damals nach Frankfurt gekommen war. Wie lange das inzwischen her zu sein schien.

Der Mazzotbäcker lächelte, und ich ahnte, dass auch er an unsere Reise zurückdachte.

»Alisah, kommt bitte unter die Chuppa und zeigt, dass Ihr Euer Heim stets mit Liebe und Verständnis führen wollt, indem Ihr Euren zukünftigen Ehemann sieben Mal umkreist.«

Ich tat, worum der Rabbi mich gebeten hat. Als der Kantor ein Gebet anstimmte, das den Ewigen an die ebenfalls anwesenden Seelen meiner verstorbenen Eltern erinnern sollte, schossen mir Tränen in die Augen. Rasch wischte ich sie fort, während ich an Ilans rechte Seite trat.

Rabbi Blumenthal sprach den Weinsegen und reichte uns den Kelch. Ich hob den Schleier und trank einen Schluck, um ihn an Ilan weiterzugeben. Sein glückliches Lächeln drang mir bis ins Herz. Er ergriff meine rechte Hand und streifte mir einen Ring über den Zeigefinger.

»Mit diesem Ring bist du mir angeheiligt nach dem Gesetz von Moses und Israel.«

Der junge Rabbiner trat vor. »Versprichst du, Ilan Morgenstern, deine Frau zu ehren, zu kleiden, zu ernähren und alle ihre Bedürfnisse zu erfüllen?«

»Ja, das will ich tun«, antwortete Ilan fest.

Aufmerksam lauschte ich den uralten Segensworten.

»Gelobt seist du, Ewiger, der erfreut Bräutigam und Braut«, endete der Rabbi schließlich.

Ein Gemeindediener reichte uns ein Glas mit rotem Wein. »Trinkt.«

Ilan und ich leerten es gemeinsam.

»*L'chaim!*«, rief jemand.

Das Glas zerbrach in tausend Stücke.

»*Masel tov!*«, erscholl es aus der Menge um uns.

Die meisten Gäste waren mir bekannt. Ich entdeckte Schwester Katz, den Hekdeschmann und seine Frau, sogar die alte Reyle war gekommen. Heute war ihr Blick allerdings freundlicher als bei unserer ersten Begegnung. Lea und die Kinder strahlten, und auch Isaaks Gesicht war die Freude deutlich abzulesen.

Mein Magen knurrte, was in dem fröhlichen Lärm jedoch niemand hörte. Schließlich hatten Ilan und ich seit gestern Abend gefastet, und die Sonne stand inzwischen hoch am wolkenlosen Himmel.

Bald darauf ging es hinüber ins Tanzhaus. Der Raum war festlich geschmückt. Einige Musikanten, in ihre besten Gewänder gekleidet, packten ihre Instrumente aus. Gleich darauf erfüllten die schwungvollen Klänge der Leiern das Gebäude.

Isaak saß zwischen den Bundschuhs und verfolgte mit offensichtlicher Zufriedenheit, wie Ilan und ich den Tanz eröffneten. Von der temperamentvollen Melodie angesteckt, wirbelte mich mein Mann durch den Raum, und ich lachte.

»Sieh dir nur Isaak an. Wie glücklich er ist«, raunte er mir atemlos zu.

»Findest du nicht auch, dass dies eine gute Gelegenheit wäre, mit ihm zu sprechen?«, antwortete ich.

Als der Tanz zu Ende war, steuerten wir auf ihn zu.

Isaak drückte uns herzlich. »Ein wunderschönes Fest, meine Lieben. Danke, dass ich dabei sein darf.«

»Ohne Euch können wir doch keine Hochzeit feiern«, erwiderte ich und küsste ihn auf die Wange.

Isaak klopfte meinem Mann auf die Schulter. »Ilan… der Name gefällt mir sehr gut. Was gibt es Neues in Frankfurt? Was macht Christoph? Wie läuft die Badestube?«

Seine Flut an Fragen reizte mich zum Lächeln, wenngleich mir ob der Zweifel, wie Isaak auf unsere Mitteilung reagieren würde, nicht danach zumute war. »Wir sind zufrieden, Isaak.«

»Das ist schön. Nur warum seht Ihr mich dann so nachdenklich an?«

»Isaak, wir werden zwar mit Euch nach Höchberg zurückkehren, aber nur für kurze Zeit«, sagte ich vorsichtig.

»Wir wollen uns in Venezia niederlassen«, ergänzte Ilan.

Der Medicus zog seine Stirn in Falten. »Ihr wollt das Reich verlassen? Das ist allerdings eine Überraschung. Ich nehme an, Ihr tut es der Sicherheit wegen. Aber auch in der Judengasse könnt Ihr in Frieden leben.«

»Das ist es nicht allein, Isaak«, gestand mein Mann. »Ich bin dort geboren und habe noch immer gute Kontakte zu jüdischen Händlern und den Bewohnern des Ghettos. Sie alle werden sich um ihre neue Medica und meine Heilmittel reißen. Die Zeit des Vagabundierens ist endgültig vorbei. Wir wünschen uns einen Ort, an dem unsere Kinder in Frieden aufwachsen können. Ganz ehrlich, Isaak«, er lächelte den Medicus voller Wärme an, »die Lagunenstadt ist zu schön, um sie zu vergessen. Wollt Ihr uns nicht begleiten?«

Der Medicus wechselte die Farbe. »Ist das Euer Ernst?«

Ich nickte. »Bitte kommt mit uns, Isaak.«

»Ich glaube, ich muss mich setzen.« Er ließ sich schwer auf die Bank sinken. Als die Farbe in seine Wangen zurückkehrte, warf er uns einen verwirrten Blick zu. »Warum wollt Ihr Euch mit einem alten Mann wie mir belasten? Die Reise wird ohnehin beschwerlich genug«, brachte er schließlich hervor.

Ich setzte mich an seine Seite. »Ihr habt mir ein Heim und eine neue Zukunft gegeben. Wie könnten wir ohne Euch reisen?«

Isaak schüttelte fassungslos den Kopf.

»Gebt Euch einen Ruck«, bat mein Mann, und ich liebte ihn dafür umso mehr.

Ich legte eine Hand auf Isaaks Arm. »Ihr seid für mich wie ein zweiter Vater geworden.«

»Aber meine Patienten…«, protestierte er schwach.

»Auch in Venedig gibt es genügend Menschen, die Eure Hilfe benötigen«, setzte ich nach. »Bedenkt nur: Jedes Mal, wenn Ihr in die Synagoge gehen oder an einer Feierlichkeit teilnehmen wollt, habt Ihr eine weite Anreise. Was, wenn Euch irgendwann – möge dieser Tag fern sein – die Fahrt zu anstrengend wird? Ich kenne Euch, Isaak, ohne den Kontakt zu den Gemeindemitgliedern wärt Ihr unglücklich.«

Der Medicus wischte sich über die feuchten Augen. »Da mögt Ihr wohl recht haben.«

Ilan suchte seinen Blick. »Als ich zuletzt in Venezia war, war der Medicus in unserem Ghetto schon recht betagt und konnte sich vor Arbeit kaum retten. Die Venezianer schätzen die Fähigkeiten unserer Ärzte sehr.«

»Überlegt doch nur«, fiel ich ein und nahm Isaaks Hände in meine. »Was haltet Ihr davon, wenn wir uns die Behandlungsräume teilen? Der Medicus und die Medica, die Kranken könnten sich dann aussuchen, wer sie behandelt. Wäre das nicht wunderbar?«

»Aber wie soll ich mich, wie sollen wir uns denn in Venedig verständigen? Wir sprechen doch die Sprache der Italiener nicht, Alisah.«

»Macht Euch deswegen keine Sorgen«, beschwichtigte ihn mein Mann. »Im Ghetto leben Juden aus allen Gegenden der Welt, darunter auch viele Aschkenasim.«

»Kommt mit uns, Isaak … bitte!«

»Na, das habt Ihr zwei ja mal fein eingefädelt.« Ein Lächeln umspielte seine Lippen. »Den Wunsch kann ich Euch wohl kaum abschlagen, was?«

Voller Freude küsste ich ihn auf beide Wangen.

»Vorsicht!«, Isaak lachte auf. »Nicht dass Euer Ehemann noch eifersüchtig wird.« Er erhob sich. »Ich finde, unsere Entscheidung muss begossen werden. Das hätte ich mir nun wahrlich nicht träumen lassen, dass ich alter Kerl noch ins feine Venedig ziehe.«

Wir erhoben unsere Gläser.

»Meine Patienten werden gewiss enttäuscht sein, dass ich gehe. Mein Haus verkaufe ich, von dem Erlös richten wir unsere Praxis ein. *L'chaim!*«

»Auf das Leben!«, rief auch Ilan, mein wunderbarer Mann, und ich staunte einmal mehr, wie der Ewige mein Schicksal so wunderbar zum Guten gewendet hatte.

Später bat mich Isaak noch zum Tanz, und unsere Stimmung wurde immer ausgelassener.

Der Abend verging wie im Rausch, bis mich Ilan bei der Hand nahm und wir den Saal verließen. Vom Baumeister war uns eine Wohnung am nördlichen Tor zur Verfügung gestellt worden. Die kleine Familie, die sie bis vor wenigen Wochen bewohnt hatte, war ausgezogen, um in den Osten überzusiedeln.

Im schwachen Licht des durch die Fenster hereinfallenden Mondscheins suchten wir die Schlafkammer.

Zahllose Frühlingsblumen bedeckten das Bett und verströmten einen betörenden Duft. Am Kopfende lag ein herzförmiges Bild, das Tulpen, Lavendel und andere Blumen zeigte. In der Mitte stand in Kinderschrift »*Masel tov*, Alisah und Ilan« geschrieben, darunter die Namen Akiva, Tirza, Binah und Ruth. Gerührt betrachtete ich das Geschenk der Bundschuhmädchen.

»Sieh nur!« Mein Mann wies auf ein zusammengerolltes Pergament.

Ich las, was auf dem unter das Bändchen geschobenen Zettel stand: »›Für Alisah und Ilan – von Samuel‹.«

»Öffne du ihn«, bat ich meinen Bräutigam.

Ilan entrollte den handtellergroßen Bogen. »›Wohl dem, der nicht wandelt…‹« Er sah auf. »Mein Lieblingspsalm unseres Königs David. Samuel hat ihn auf Hebräisch geschrieben.«

Ich legte die Blüten in einen Korb neben dem Bett. In einem Nebenraum entledigte ich mich meines Hochzeitskleides und wusch mich über einer Schale mit lauwarmem Wasser. Zum Schluss löste ich mein Haar. Im Untergewand kehrte ich in die Kammer zurück und schlüpfte unter die Decke.

Kaum einen Herzschlag später kroch mein Mann zu mir. Er war nackt. Im Mondlicht begegneten sich unsere Blicke. Ilan strich eine Haarsträhne beiseite, die mir ins Gesicht gefallen war, und küsste meine trockenen Lippen. Wortlos ließ er seine Hand unter den dünnen Stoff gleiten und begann, meinen Leib zu erkunden. Sanft ertastete er meine Brust. Ich hielt die Luft an. Seine Finger wanderten tiefer und verharrten, als er mein Zittern spürte.

»Bitte hör nicht auf«, hauchte ich.

Er fuhr fort, mich zu streicheln, bis ich mein Becken hob

und das Unterkleid auszog. Dann spürte ich seinen Mund an der Halsbeuge, die seine Zunge behutsam nachzeichnete. Unbekannte Gefühle stiegen in mir auf, und ich schmiegte mich an ihn. Als ich es vor Sehnsucht kaum noch aushielt, zog ich ihn auf mich.

»Du bist wunderschön«, murmelte er und küsste mich innig. »Wenn du wüsstest, wie lange ich schon hiervon träume«, murmelte er an meinem Ohr.

»Ja, ich auch«, flüsterte ich und überließ mich meinen Gefühlen.

Am nächsten Morgen öffnete ich die Augen und schloss sie sogleich wieder, denn der gleißende Sonnenstrahl, der durch das Fenster auf unsere Kissen fiel, blendete mich. Ilan bewegte sich neben mir, und ich strich ihm über die Wange.

»Guten Morgen.«

Er fasste nach meiner Hand, hielt sie fest an sein noch schlafwarmes Gesicht gedrückt. »*Boker tov*, meine Liebste.« Liebevoll ruhte sein Blick auf mir, als er den Arm um mich legte.

Eine Weile lagen wir eng umschlungen da. Noch einmal zogen die Bilder des gestrigen Tages an mir vorbei, all die Menschen, die uns gratuliert und Geschenke überreicht hatten. Einige hatten uns eingeladen, sie in den nächsten sieben Tagen zu besuchen, darunter der Wundarzt Ascher und seine Frau Jochebed, Deborah und Elieser Strauß, Samuels Großeltern und natürlich Lea und Joseph.

»Wir müssen den Bundschuhs noch erzählen, was wir vorhaben«, sagte ich. »Es wird nicht leicht. Sie sind meine besten Freunde.«

»Eben deshalb sollten wir es bald tun. Sie werden es verstehen, da bin ich mir sicher.«

Ich seufzte, aber Ilan verschloss meine Lippen mit einem zärtlichen Kuss. Danach liebten wir uns erneut.

65

Regensburg im Juni 2015

Mit einem unbeschreiblichen Gefühl der Befriedigung schrieb Gideon das »Ende« unter die letzte Seite seines handschriftlichen Manuskriptes und legte den Füllfederhalter weg. Die letzten Strahlen der Abendsonne fielen durchs Terrassenfenster auf Paulas schmale Gestalt. Sie hatte die langen Beine auf dem Sofa ausgestreckt, hielt den Kopf über einen Roman gesenkt. Ein Lächeln überzog sein Gesicht, während er sie beobachtete.

Es war ein Samstagabend Ende Juni, und im Wohnzimmer war nur der leise Wind zu hören, der durch die Obstbäume und Rosensträucher im Garten strich. Wenn Gideon einen Wunsch frei hätte, dann würde er diesen stillen Moment für immer einfangen wollen. Natürlich könnte er sofort seine Freude mit ihr teilen und ihr sagen, dass er den Rohentwurf für den Roman beendet hatte. Doch bevor er den Erfolg mit ihr feierte, wollte er das Glücksgefühl noch einige Momente allein auskosten. Ohne den geerbten Koffer säße er jetzt nicht in seinem eigenen Haus in der Galgenbergstraße, sondern würde sich damit abfinden, ein Leben lang über langweiligen Kalkulationen zu brüten. Und er wäre Paula nie begegnet.

Wenn er so darüber nachsann, war es eigentlich schade, dass nicht mehr Menschen von Alisahs Leben erfuhren. Ein Gedanke zuckte ihm durch den Geist und elektrisierte ihn. Seine Mundwinkel hoben sich. Er hatte nichts zu verlieren.

Er würde einfach einen Ausdruck seines Romans an einen Verlag schicken. In Leder binden lassen konnte er die Geschichte schließlich immer noch.

Paula wandte ihm den Blick zu und lächelte verlegen. »Beobachtest du mich etwa? He, du strahlst ja wie ein Honigkuchenpferd. Hab ich was verpasst?«

Mit einem Satz war er bei ihr und zog sie in die Arme. »Nicht direkt, Paula. Ich bin fertig, und gerade eben ist mir etwas bewusst geworden.«

Sie riss die Augen auf. »Fertig? Gid, wieso sagst du das denn nicht gleich? Herzlichen Glückwunsch!« Liebevoll küsste sie ihn. »Moment mal, was ist dir gerade klar geworden?«

Er nahm ihr Gesicht in beide Hände. »Was hältst du von der Idee, zu mir zu ziehen? Ich habe es satt, dich immer nur am Wochenende zu sehen.«

»Tatsächlich?« Ihre Stimme klang rau.

»Und wie. Hier ist Platz genug.«

Sie schlang ihm die Arme um den Hals. »Äußerst verlockend, dein Angebot.«

Gid grinste. »Das trifft sich gut. Ein Nein hätte ich sowieso nicht gelten lassen.«

»Na, hör mal!«

»Ehrlich gesagt dachte ich, der Weg nach Erlangen wäre dir vielleicht zu weit. Weil er sich aber kaum …«

»…von der Strecke von Würzburg unterscheidet, wäre das kein Argument, nicht wahr?«, erwiderte sie mit einem schelmischen Lächeln.

»Genau!«

Sie küsste ihn auf die Nasenspitze. »Ich habe mich schon gefragt, wann du das Thema endlich ansprichst.«

Er lachte. »Wann soll der Umzug stattfinden?«

»Ich kündige meine Wohnung zum nächstmöglichen Termin. In drei Monaten können wir einen Möbelwagen bestellen.«

»Schön, mein Schatz. Ich werde Sven bitten, uns zu helfen, und wir machen den Umzug in Eigenregie.«

»Eine gute Idee, so lerne ich deinen Kollegen endlich auch mal kennen. Was sagt er eigentlich zu deinen Plänen, dich selbstständig zu machen? Oder hast du es ihm noch gar nicht erzählt?«

»Doch, er weiß von meinem Fernstudium und was ich vorhabe. Sven findet es gut, obwohl er bedauert, dass wir dann nicht mehr zusammen arbeiten. Aber zurück zu uns, Paula.« Gideon setzte ein feierliches Gesicht auf und hob die rechte Hand wie zum Schwur. »Hiermit verspreche ich hoch und heilig, meine Schmutzsocken wegzuräumen und den Müll rauszubringen.«

Paula kicherte. »Wer's glaubt, wird selig.«

Die beiden hielten einander umfangen. Gid schloss kurz die Augen und fragte sich, wie sein Leben früher verlaufen war, ohne Paula, und stellte überrascht fest, dass er sich kaum daran erinnerte.

Als sie sich schließlich von ihm löste, lag ein erwartungsvolles Glitzern in ihren Augen. Sie wies auf das Manuskript. »Darf ich es lesen?«

»Sobald ich es in meine Datei übertragen habe, okay?«

»Ich kann es kaum erwarten zu erfahren, wie die Geschichte ausgeht.«

»Natürlich genauso wie in Alisahs Tagebuch«, antwortete er lächelnd und klappte den Laptop auf. Paula hatte die letzten Seiten vor zwei Tagen übersetzt. »Onkel Aaron bekommt den ersten Ausdruck und ein Verlag einen zweiten.«

Sie legte den Kopf schief. »Eine gute Idee. Liebling, ich wünsche dir viel Glück. Was hast du eigentlich mit den Tagebüchern vor?«

»Ich werde sie einem Museum als Leihgabe zur Verfügung stellen«, erwiderte Gideon. »Sicher werden sie Alisahs Aufzeichnungen digitalisieren und so für die Nachwelt erhalten.«

Später ging er mit Paula ins Arbeitszimmer und nahm nachdenklich eine Ausgabe des Talmud zur Hand, die einst seinem Großvater gehört hatte. Vorsichtig strich er über die goldenen hebräischen Schriftzeichen auf dem Einband. Und er selbst?

Nach einem Jahr in Regensburg verspürte Gideon erstmals den Wunsch, sich das hiesige Bethaus anzusehen. In einem Beitrag des Bayerischen Rundfunks hatte er von dem Plan der Gemeinde erfahren, auf dem Gelände, wo bis 1938 das niedergebrannte Bethaus gestanden hatte, eine neue Synagoge zu bauen. Im Jahre 2019 und damit genau fünfhundert Jahre nach der Vertreibung der Regensburger Juden könne der Neubau stehen, so der Traum einiger Bürger, die für die Synagoge warben.

Epilog

Herbst 2015

Als Gideon an einem Spätnachmittag im November vor einem Ladenlokal stehen blieb und den von einem Schildermacher angebrachten Schriftzug begutachtete, stieg Erregung in ihm auf: »Bücher & mehr«. Bis vor einem halben Jahr hatte ein Secondhandgeschäft die Räumlichkeiten in der Innenstadt von Regensburg genutzt. Für Gideon war es einer glücklichen Fügung gleichgekommen, dass der Ladenbesitzer den Mietvertrag aus Altersgründen gekündigt hatte. Gids Geschäft war das einzige in der Stadt, das neben Büchern eine beachtliche Anzahl guter Weine führte, viele davon aus israelischen Anbaugebieten. Den Kontakt zu den Weinbauern an den Golanhöhen hatte sein Großonkel hergestellt.

Heute Abend, nach mehreren Wochen der Renovierung, fand endlich die feierliche Eröffnung statt. Während er durch das halb fertig dekorierte Schaufenster spähte, ließ er das letzte Jahr Revue passieren. Seit Paula bei ihm eingezogen war, hatte sich sein Leben grundlegend verändert, und er fragte sich, warum er mit seinen Entscheidungen so lange gezögert hatte. Nachdem er sie getroffen hatte, war ihm alles so einfach erschienen.

Er zog den Schlüssel aus der Hosentasche und öffnete die Tür. Ihm blieben genau zwei Stunden, dann würden hoffentlich die ersten Gäste seinen Buchladen betreten. Gideon ließ den Blick schweifen. Gegenüber dem Schaufenster hatte er mit Paula eine gemütliche Leseecke eingerichtet. Ein rotes Sofa lud zum Verweilen ein, den runden, geschwungenen Holztisch hatten sie auf einem Flohmarkt erstanden. Er passte wunderbar in sein Konzept einer guten, alten Stube, in der man sich gern niederließ, um in spannenden Büchern zu lesen. Neben der Tür zum zweiten Verkaufsraum stand eine Vitrine mit ausgesuchten Weinen und Gläsern, davor ein Stehtisch, auf dem Knabbereien arrangiert waren. Indirekte Beleuchtung sorgte für eine heimelige Atmosphäre.

Zufrieden ging er in den angrenzenden Raum, dessen Wände mit deckenhohen Regalen ausgestattet waren, prall gefüllt mit einer Mischung aus Klassikern und Neuerscheinungen. Die Holzdielen knarrten bei jedem Schritt, und der ganz besondere Geruch von Büchern lag in der Luft. Während Gid vor dem antiken Spiegel seine Krawatte richtete, wuchs seine Nervosität. Direkt daneben befand sich eine kleine Nische mit einem kleinen Tisch. Der siebenarmige Leuchter und eine Ausgabe des Talmud sollten die Kunden und Besucher auf jene Literatur hinweisen, die es nur in seinem Geschäft gab: Werke von jüdischstämmigen Schriftstellern wie Feuchtwanger, Kafka und dem Nobelpreisträger Isaak Bashevis Singer, einige davon sogar in hebräischer Übersetzung.

Auch ein kleines modernes Antiquariat hatte er eingerichtet. Gut drei Dutzend Bücher aller Weltreligionen füllten die Regale. Er strich über den rotledernen Buchrücken einer gebundenen Bibel mit Illustrationen von Marc Chagall.

Die melodiösen Klänge der Türglocke rissen ihn aus seinen Betrachtungen.

»Wo steckt denn der Inhaber?«, vernahm Gid eine Stimme hinter sich und wandte sich um.

Sven stand vor ihm, in der Hand ein in Geschenkpapier verpacktes Präsent.

»Wir haben noch nicht geöffnet.« Mit einem Grinsen schlug Gid in die ausgestreckte Hand des Freundes ein.

»Ich weiß, aber die Tür war offen, und ich dachte, vielleicht kannst du noch Hilfe gebrauchen.« Er sah sich um und nickte anerkennend.

»Gute Idee. Ich würde gern noch ein paar der Kunstgegenstände aus Olivenholz zwischen die Bücher ins Schaufenster stellen.« Gid deutete auf das Geschenk. »Ich nehme an, das ist für mich?«

Sven reichte sie ihm. »Alles Gute zur Geschäftseröffnung. Ich hoffe, der Wein schmeckt. Ich kenne mich mehr mit Bier aus, wie du weißt.«

Gideon lachte, und die beiden machten sich an die Arbeit. Wenig später betrat Paula das Geschäft. Sie trug ein helles knöchellanges Kleid mit einem herzförmigen Ausschnitt. Ihre Wangen waren sanft gerötet. Sie begrüßte Sven und wandte sich dann Gideon zu. Die Arme um seinen Hals geschlungen, küsste sie ihn. Nachdem sie sich von ihm gelöst hatte, öffnete sie ihre Handtasche.

»Die Post hat etwas für dich gebracht. Ich finde, genau zum richtigen Zeitpunkt.«

Gideon starrte auf das Buch in Paulas Hand.

»Tut mir leid, ich musste das Paket einfach öffnen. Schau es dir an.«

»*Die Tochter des Medicus*. Eine Familiengeschichte von Gideon Morgenstern‹«, las er halblaut vor und nahm es entgegen. Wie so oft in den letzten vierzehn Tagen seit der Veröffentlichung strich er ehrfürchtig über den edel wirkenden Einband und schlug das Buch auf. »Schon die zweite Auflage? Unfassbar! Mein Name… mein Buch!« Seine Stimme zitterte vor Aufregung.

»Wahnsinn!«, sagte Sven, der ihm über die Schulter gespäht hatte. »Wie ist es, den eigenen Namen auf einem Cover gedruckt zu sehen und obendrein zu wissen, dass die Story eine Menge Aufsehen erregt?«

»Irgendwie unwirklich«, gab Gideon zu. »Es kommt mir

vor, als hätte ich die E-Mail des Verlages erst gestern geöffnet und gelesen, dass sie das Buch veröffentlichen wollen.«

Paula griff nach Gideons Hand. »Das muss Schicksal sein. Der Stein, der alles ins Rollen gebracht hat, war Gids Entscheidung, anhand des Tagebuchs einen Roman zu verfassen.«

»Nein«, widersprach dieser, »es hat alles mit dir angefangen.«

Da ging erneut die Türglocke und Dr. Morgenstern und seine Frau schoben sich ins Innere.

»Ist das heute kalt«, brummte der Arzt und schüttelte sich.

»Nein, das Wetter ist perfekt«, widersprach Gideon und trat den beiden entgegen. »Bei ›Bücher & mehr‹ können sich meine Kunden aufwärmen. Schön, dass ihr da seid. Herzlich willkommen!«

Die Neuankömmlinge machten sich mit Sven bekannt.

»Onkel Aaron, Natascha. Ich würde mich freuen, wenn ihr meinem Roman zur Feier des Tages einen schönen Platz im Schaufenster geben würdet.«

»Gern«, erwiderte Natascha, »aber wieso hast du das nicht längst selbst gemacht? Dem Buch gebührt doch ein Ehrenplatz.«

Er hob die Schultern. »Ich möchte, dass ihr das übernehmt. Schau hinein, Onkel Aaron.« Damit hielt er ihm das Buch entgegen.

»Zweite Auflage?«, platzte Dr. Morgenstern verdutzt heraus. »Junge, das ist ja fantastisch!« Er wollte Gideon den Band zurückgeben, aber der schüttelte den Kopf.

»Komm schon, Onkel Aaron. Stell es ins Schaufenster. Ohne unsere Familie gäbe es das Buch nicht.«

Gideon beobachtete, wie der Roman genau in die Mitte platziert wurde. Voller Freude blickte er in die Gesichter der Menschen, die ihn auf seinem Weg begleitet hatten.

Wenig später empfing er seine ersten Kunden, die neugierig sein Sortiment beäugten. Unter ihnen auch einige Mitglieder der Jüdischen Gemeinde, die er in den vergangen Wochen öfter aufgesucht hatte.

»Darf ich Ihnen ein Glas koscheren Wein anbieten?«, fragte Gid ein Ehepaar und erntete ein anerkennendes Nicken seines Großonkels.

In den Räumen von »Bücher & mehr« herrschte bald reger Andrang. Leise Stimmen erfüllten den Raum. Einige Gäste blätterten neugierig in seinem Roman. Natürlich hatte Gid ein paar Exemplare ausgelegt, die auf reges Interesse stießen, sicherlich auch, weil unmittelbar nach Erscheinen des Buches ein lokaler Fernsehsender darüber berichtet hatte. Allmählich begann er sich zu entspannen.

Paula und er waren gerade in ein Gespräch mit Sven vertieft, als sich ein jüngerer Mann mit einer Kamera den Weg zu ihnen bahnte.

»Guten Abend. Herr Morgenstern?«

»Der bin ich. Guten Abend. Was kann ich für Sie tun?«

»Hätten Sie vielleicht einen Moment Zeit?« Der Mann stellte sich als Reporter einer Regionalzeitung vor und bat ihn um ein kurzes Interview. Gideon führte ihn in den antiquarischen Bereich, wo es etwas ruhiger zuging.

Der Reporter zückte einen Schreibblock. »Ihr erster Roman *Die Tochter des Medicus* erregt derzeit viel Aufmerksamkeit. Darin beschreiben Sie das Leben Ihrer jüdischen Vorfahren zur Zeit der Pogrome. Warum haben Sie sich dazu entschlossen, die Geschichte Ihrer Vorfahren als Roman zu veröffentlichen?«

»Weil sie meinen größten Respekt verdienen«, antwortete Gideon. »Außerdem ist es mir ein Bedürfnis, von den unglaublichen Erlebnissen und dem immensen Können der jüdischen Ärzte zu erzählen.«

»Herr Morgenstern, Sie sind gebürtiger Italiener und Jude. Ist es nicht schwer, in unserer Zeit jüdisch zu sein?«

»Nicht schwerer, als es immer schon gewesen ist«, entgegnete Gid wie aus der Pistole geschossen. »Allerdings gehören weder ich noch meine Lebensgefährtin zu den praktizierenden Gläubigen, also den nach allen jüdischen Vorschriften lebenden Juden.«

Der Journalist hob den Blick von seinen Notizen. »Wird es weitere Werke aus Ihrer Feder geben?«

»Ja, ich habe mit dem nächsten bereits begonnen. Mehr möchte ich an dieser Stelle noch nicht verraten.« Gideon bemerkte, wie Paula ihm vom anderen Raum her zuwinkte. »Es tut mir leid, ich muss mich jetzt wieder um meine Gäste kümmern. Vielen Dank.«

Kurz darauf trat er zu Paula und Onkel Aaron, während sich Natascha und Sven angeregt miteinander unterhielten.

»Junge, du hast zu tun, und wir wollen uns gleich auf den Weg machen. Vorher möchte ich dir aber noch etwas überreichen, ein Eröffnungsgeschenk sozusagen.«

Vorsichtig wickelte Gideon es aus dem geschmackvollen Seidenpapier. »Eine Schriftrolle?«

»Öffne sie. Sie enthält verschiedene Gebete.«

»Wie alt ist sie, hundert Jahre?«

»Eher hundertfünfzig. Irgendwie hat sie den Krieg überlebt. Sie muss unserem Vater gehört haben. Ephraim schenkte sie mir zu meinem dreizehnten Geburtstag. Sie hat mir immer viel bedeutet, deshalb soll sie ab heute dir gehören, mein Junge.«

Gideon starrte auf das Pergament mit den hebräischen Schriftzeichen. Daneben stand die deutsche Übersetzung in Sütterlinschrift. Er legte die Schriftrolle auf einem Bistrotischchen ab und strich mit kaum verhohlener Rührung über den Arm seines Großonkels. »Vielen Dank.«

»So, jetzt müssen wir aber aufbrechen. Ich wünsche dir allezeit so viele Kunden wie heute Abend. In der Gemeinde werden wir tüchtig Werbung für deine Buchhandlung machen. In Straubing haben wir so etwas ja leider nicht.«

»Gut für mich«, lachte Gideon, »kommt sicher nach Hause.«
Er sah den beiden einen Moment lang nach, um sich dann
einigen Kunden zuzuwenden, die an der Kasse auf ihn warteten.

Eine Weile später leerte sich allmählich der Buchladen, und
Paula händigte jedem Besucher einen Flyer mit den Ankün-
digungen der nächsten Events aus, die jeden zweiten Samstag stattfinden sollten. Zunächst stand ein Klavierabend auf
dem Plan, danach wollte Gid eine Lesung halten, und in der
Vorweihnachtszeit sollte es eine Weinprobe geben, für die
ein Händler aus Norddeutschland mit einem Teil seines Sor-
timents von koscheren Weinen und Spirituosen anreisen
würde.

Nachdem sich auch Sven verabschiedet hatte, machte Paula
die Abrechnung.

Sie strahlte. »Wenn das so bleibt, können wir hochzufrie-
den sein.«

Mit einem wohligen Seufzer öffnete Gideon die beste Flasche Rotwein, die er auf Lager hatte, und schenkte ihnen ein.
Dann ließ er sich auf dem Sofa nieder.

»Setz dich zu mir, Paula.«

Lächelnd schmiegte sie sich in seinen Arm. Ihre Gläser
klangen hell aneinander. Gid ließ den Blick schweifen. Die
Teelichte flackerten und warfen diffuses Licht an die Wände.
Auf dem Bistrotisch stand noch eine Anzahl Gläser, die Schalen mit den Knabbereien waren leer, und auf dem runden
Tisch lagen einige Bücher, in denen die Gäste geblättert hatten. Das Herz wurde ihm weit vor Freude. Er stellte sein Glas
ab.

»Auf diesen Moment habe ich lange gewartet.«

»Ja, ich weiß. Dein Lebenstraum hat sich heute Abend erfüllt. Du kannst stolz auf dich sein.«

Er schüttelte den Kopf. »Nein, das meine ich nicht.«

Gideon zwang sie, ihn anzusehen. Er küsste sie lange und

zärtlich. »Paula, du bist mein ganzes Glück. Ich möchte mein Leben mit dir verbringen. Willst du Frau Morgenstern werden?«

Einen Herzschlag lang schien sie sprachlos zu sein. Dann nickte sie, und ihr hübsches Gesicht schien plötzlich von innen heraus zu leuchten. »Und ob ich will!«

Eng umschlungen, Wange an Wange, sog Gideon diesen besonderen Moment in sich auf, an den er sich bis zu seinem Lebensende würde erinnern können.

Paulas Stimme klang belegt, als sie weiterredete. »Hast du etwas dagegen, wenn wir uns unter dem Baldachin das Jawort geben, Liebling? Du magst es vielleicht etwas komisch finden, weil wir unsere eigene Meinung zu dem jüdischen Glauben haben, aber …«

»Es wäre genau der richtige Abschluss. Ich glaube, da gibt es einige, die sich darüber freuen würden. Ich gebe zu, so eine Hochzeit habe ich mir auch vorgestellt«, unterbrach er sie schmunzelnd. »Ich hätte übrigens ebenfalls einen Wunsch.«

»Welchen denn?«

»Ich möchte eine Hochzeitsreise mit dir machen, in meine italienische Heimat. Was sagst du dazu?«

Paula lächelte verschmitzt. »Sie soll nicht etwa nach Venedig gehen, oder?«

Gideon tat überrascht. »Wie kommst du denn darauf?«

Sie schlang ihm die Arme um den Nacken. »Weil Venedig eine wundervolle Stadt sein soll zum Beispiel? Möglich, dass es dort das eine oder andere für uns zu entdecken gibt, lieber Herr Morgenstern.«

»Genau«, grinste er und umschloss ihre Hand mit seiner. »Mit etwas Glück finden wir sogar ein paar Spuren, die Alisah und Ilan dort hinterlassen haben.«

Gideon und Paula wechselten einen verschwörerischen Blick, und ihre Lippen fanden sich zu einem innigen Kuss.

Glossar

Adaunoi: deutsch: »mein Herr«. Aschkenasische Aussprache von *Adonai*, der Bezeichnung für Gott im Alten Testament.

Aschkenasim: deutsche Juden, im elften Jahrhundert etwa zwanzigtausend. Sie unterschieden sich in ihren Traditionen von den sephardischen Juden.

Bader: mittelalterlicher Heilberuf, der das Badewesen (Badehäuser), die Körperpflege und das Rasieren umfasste. Der Arzt der kleinen Leute. Hauptbehandlungsmethoden waren Aderlass und Schröpfen.

Bammel: jiddisch für Angst. Jiddisch war die Sprache der Juden, wahrscheinlich schon seit dem zehnten Jahrhundert. Sie entstand auf Grundlage der germanischen Sprachen, vermischt mit polnischen und hebräischen Elementen.

Bar Mizwa: deutsch: »Sohn der Pflicht«. Erreichen der Mündigkeit eines Juden mit dem dreizehnten Geburtstag, ab dem ein Junge für das Beachten der jüdischen Vorschriften verantwortlich und vollwertiges Mitglied der Gemeinde war und noch heute ist.

Betonica officinalis: Heilpflanze.

Bleyweiß: mittelalterlicher Ausdruck für einen Grafitstift, auch *Schreibblei*, ab 1653 *Bleystefft* genannt.

Boker tov: hebräisch für »Guten Morgen«.

Bosune: trompetenähnliches Instrument.

Büchermess: In Frankfurt fand seit 1330 zweimal jährlich eine Handelsmesse statt, auf der Kaufleute aus dem ganzen Reich ihre Waren anboten. Seit 1480 entwickelte sich neben der Handelsmesse auch eine Buchmesse.

Casa: italienisch für Haus.

Celsus, Aulus Cornelius: etwa 25 v. Chr. bis 50 n. Chr., wichtigster medizinischer Schriftsteller seiner Zeit.

Challa: Mehrzahl *Challot*. Geflochtene Teigbrote aus Weißmehl, die an jüdischen Feiertagen gegessen wurden. In der aschkenasischen Tradition wurden sie mit Mohn oder Sesam bestreut.

Chanukka: auch *Hanukka* oder Lichterfest. Ein Fest zum Gedenken an die Wiedereinweihung des Zweiten Tempels im Jahre 164 v. Chr.

Chuppa: Hochzeitsbaldachin.

Diabetes: So wurde die Zuckerkrankheit bereits in der Antike von dem griechischen Arzt Aretaios 100 n. Chr. genannt.

Freie Reichsstädte: im Volksmund ab dem fünfzehnten Jahrhundert eine Zusammenfassung der Freien Städte und der Reichsstädte; letztere unterstanden keinem Reichsfürsten, sondern direkt dem Kaiser.

Gefilte Fisch: typisches Gericht der aschkenasischen Juden, wurde kalt gegessen.

Ghetto: mittelalterliche Bezeichnung des Judenviertels in Venedig.

Gijur: Konvertierung zum Judentum.

Guardia di Finanza: italienische Finanzpolizei.

Gulden: Silber- oder Goldmünze, die seit dem vierzehnten Jahrhundert von deutschen Fürsten geprägt wurde.

Gojim: jüdische Bezeichnung für alle Nichtjuden, Einzahl *Goi*.

Heumonat: alter Name für den Monat Juli.

Hekdesch: auch *Hekhaus*. Jüdisches Spital.

Hekdeschmann: Verwalter des *Hekdeschs*, dem die Pflegerinnen und Pfleger unterstanden.

Heller: auch Häller oder Haller. Beliebte Zahlungsmünze seit dem dreizehnten Jahrhundert. Zwei Heller sind etwa ein Pfennig.

Hübschlerin: mittelalterlich für Prostituierte. So bezeichnet, weil eine ehrbare Frau sich nicht herausputzen – hübsch machen – durfte.

Humanismus: eine im Spätmittelalter aufkommende Weltanschauung, deren wichtigste Prinzipien Toleranz, Gewaltlosigkeit und die freie Entscheidung des Gewissens darstellten.

Hundsfott: Bezeichnung für einen schlechten Menschen.

Imbiz: althochdeutscher Begriff aus dem neunten Jahrhundert für eine Zwischenmahlzeit, heute Imbiss.

Infirmarius: Leiter des Krankenhauses in Klöstern.

Innsprucke: mittelalterlicher Name von Innsbruck.

Yarmulke: altjiddisch für Kippa, jüdische Kopfbedeckung der Männer.

Jeruschalajim: jüdisch für Jerusalem.

Judengasse: das mittelalterliche Judenviertel.

Kidduschin: die jüdische Verlobung.

Klafter: alte Hohl- und Maßeinheit. Je nach Gegend etwa 1,70 bis 1,80 Meter, die Breite zwischen den ausgestreckten Armen eines Mannes.

Kippa: jüdisches Gebetskäppchen, oft auch im Alltag getragen.

Kohelet: alttestamentliches Buch des Predigers Salomo.

Kollege: lat. *Collega*. Amtsgenosse, jemand, der unter demselben Recht steht wie man selbst.

koscher: rein, in der jüdischen Religion erlaubte Nahrungsmittel oder Gegenstände.

Laubhütte: In ihr feierten die Juden im Herbst sieben Tage lang das Sukkot, das Laubhüttenfest. In der Frankfurter Judengasse bauten viele Bewohner eine solche Laubhütte an die Hinterwand ihres Haus. Dabei musste das Dach wenigstens zum Teil offen sein, damit man bei Nacht die Sterne sehen konnte.

L'chaim: jüdisch für »auf das Leben«.

Mandelsulz: aus Mandelmilch bestehende weiße Speise, die bereits zu mittelalterlichen Fastenzeiten gegessen wurde.

Matzewah: jüdischer Grabstein, bei den Aschkenasim aufrecht stehend.

Masel Tov: jüdisch für »viel Glück«.

Mazzot: Mehrzahl *Mazza*. Ungesäuertes Brot, das beim Passahmahl gegessen wird.

Medicus: mittelalterlicher Arzt.

Medica: mittelalterliche Ärztin.

Melancholia: mittelalterlicher Ausdruck für Depression.

Mesusah: eine aus Metall oder Holz gefertigte Kapsel mit Versen aus der Thora, die am Türpfosten jüdischer Häuser befestigt wurde.

meschugga: jiddisch für verrückt.

Metlinger, Bartholomäus: deutscher Arzt des ausgehenden Mittelalters und Autor des ersten deutschsprachigen Werkes über Kinderheilkunde.

Mikwe: rituelles Reinigungsbad der Juden. Im Becken musste »lebendiges, fließendes Wasser«, also Wasser natürlichen Ursprungs sein (Quell-, Grund- oder Regenwasser). Das Untertauchen überwachte eine Aufpasserin, die Badefrau.

Niddah: Zeit der Menstruation, in der die jüdische Frau als unrein galt.

Ort der Ewigkeit: jüdische Bezeichnung für den Friedhof.

Paracelsus: eigentlich Theophrastus Bombastus von Hohenheim, 1493 bis 1541, Arzt, Alchemist, Astrologe und Philosoph.

Pfennigsack: anderes Wort für Geldbeutel.

Purim: Das Fest erinnert an die Rettung des jüdischen Volkes vor der Vernichtung durch Haman, den höchsten Regierungsbeamten des persischen Königs. Die Geschichte wird im alttestamentlichen Buch Esther erzählt.

Rabbiner, Rabbi: Schriftgelehrter. Oberste religiöse Autorität und Richter in der jüdischen Gemeinde.

Ring, gelber: auch Judenring oder Judenkreis genannt. Im sechzehnten Jahrhundert vorgeschriebene Kennzeichnung, Vorläufer des Judensterns während der Zeit des Nationalsozialismus.

Schabbes: jiddisch für Sabbat, den wöchentlichen Ruhe- und Feiertag der Juden.

Schalom: jüdischer Friedensgruß.

Schmonzes: jiddisch für Unsinn.

Schreibblei: auch *Bleyweiß*. Mittelalterlicher Ausdruck für einen Grafitstift.

Schulklepper: Angestellter der jüdischen Gemeinde, der die Bewohner der Judengasse an Wochentagen durch Klopfen an den Haustüren, am Sabbat oder an Festtagen durch lautstarke Aufforderungen zum Gottesdienst rief.

Schultheiß: auch Dorfschulze. Altertümlicher Name für einen Beamten, der im Auftrag seines Herrn (Landesherrn, Stadtherrn) für Ordnung sorgte, meist auch Richter der niederen Gerichtsbarkeit.

Sederabend: oft auch nur *Seder* genannt. Auftakt des jüdischen Pessachfestes (Passah). An diesem Abend wird – in der Regel im Kreis der Familie – des Auszugs aus Ägypten gedacht.

Stangenknechte: auch *Stadtbüttel*. Mittelalterliche Stadtdiener, die, mit einer langen Holzstange bewaffnet, zur Aufrechterhaltung der Ordnung eingesetzt wurden.

Sukkes: auch *Sukkot*. Das jüdische Laubhüttenfest.

Sütterlin: eine spezielle Schriftform, die 1915 in Preußen eingeführt wurde. In den dreißiger Jahren war sie als *Deutsche Volksschrift* Teil des offiziellen Lehrplans an deutschen Schulen.

Synagoge: Bethaus, in dem sich die Juden zum Gebet und zum Schriftstudium versammelten.

Tallit: Gebetsmantel und -schal.

Talmud: deutsch: »Belehrung«. Es handelt sich um die Auslegung der in der Thora niedergeschriebenen Gesetze Adonais.

Tanach: die Heilige Schrift des Judentums, bestehend aus *Thora* (den fünf Büchern Mose), Nevi'im (den Büchern der Propheten) und Ketuvim (den Psalmen, Sprichwörtern, dem Prediger, dem Hohelied, Daniel, Esra, Ruth und den beiden Chronik-Büchern).

Tanzhaus: Gebäude, in denen die Bewohner der Judengasse ihre Feste feierten.

Thora: die fünf Bücher Mose, das jüdische Gesetz.

Torre dei Lamberti: Glockenturm in der norditalienischen Stadt Verona.

Vena brachiales: großes, im Oberarm verlaufendes Blutgefäß.

Nachwort

Zu den Ereignissen um die Ausweisung der Regensburger Juden ergaben die uns zugänglichen Quellen kein einheitliches Bild. Mal ist von einer Frist von fünf Tagen die Rede (*Die Judenverfolgung in Bayern* von Joseph Maria Mayer, 1869), mal von einer Verlängerung von acht Tagen (*Kritische Geschichte. Notizen zur historischen Analyse*), dann wieder von zwei Wochen. Wie es genau war, lässt sich im Nachhinein wahrscheinlich nicht mehr eindeutig sagen.

Der Patrizier *Hamman von Holzhausen* ist eine historisch belegte Figur. Er lebte von 1467 bis 1536 und bekleidete in seiner Geburtsstadt Frankfurt mehrfach das Amt des *Älteren Bürgermeisters*. Als Förderer der Reformation und des Humanismus berief von Holzhausen 1519 den Humanisten *Wilhelm Nesen* als ersten Rektor der neugegründeten Lateinschule, die sich zunächst in von Holzhausens Haus *Zum Goldstein* in der heutigen Buchgasse befand.

Der Magister *Wilhelm Nesen* (1492 bis 1524) gehörte zum Kreis bedeutender Männer wie Ulrich Zwingli und Erasmus von Rotterdam, bis er nach Aufenthalten in Basel, Paris und dem belgischen Löwen nach Frankfurt kam und dort die Söhne der Patrizier, darunter auch die von *Claus Stalburg*, unterrichtete. Wilhelm Nesen, der tatsächlich zeitweise als Nachtwächter arbeitete, war ein Anhänger Luthers, den er im April 1521 in Frankfurt kennenlernte, als der Reformator auf seiner Reise zum Reichstag zu Worms sowie bei seiner Rückreise im Gasthaus *Zum Strauß* übernachtete.

Die alte *Reyle*, auf deren ausgebreitete Waren Alisah an

ihrem ersten Tag in Frankfurt beinahe tritt, ist ebenfalls eine historisch belegte Person. Die Tochter eines der wenigen Handwerker, die es in der Judengasse gab, lebte Anfang des sechzehnten Jahrhunderts und verkaufte Silbergeschirr und Kleinode. Sie saß dabei auf einem niedrigen Stuhl, weshalb man sie als »Hockin« bezeichnete. (Quelle: Homepage des Museums Judengasse, Frankfurt.)

Knebel, der Wirt des *Affen*, lebte von 1490 bis 1533 in der Frankfurter Judengasse. Aus Polen stammend, wurde er 1490 vom Rat der Stadt als Weinzapfer eingesetzt und erhielt das Monopol des Wein- und Bierzapfens zunächst im Haus *Zum Elefanten* und ab 1508 im Wirtshaus *Zum Affen*. Anders als die anderen jüdischen Wirte durfte er seinen Gästen auch außerhalb der Mahlzeiten Getränke vorsetzen. (Quelle: Homepage des Museums Judengasse, Frankfurt.)

Ascher, der Wundarzt (heute Chirurg), kam 1508 aus Wimpfen nach Frankfurt, heiratete dort die Tochter eines Wirtes namens Seligmann und lebte bis 1559 im Haus *Zur Traube*. (Quelle: Homepage des Museums Judengasse, Frankfurt.)

Gompich, der Gemeindediener und Schulklepper, lebte um 1500 in der Judengasse. 1504 wurde er Opfer einer sogenannten Blutbeschuldigung. Es hieß, er habe einen Frankfurter Schuster gezwungen, ihm das Blut seines ermordeten Stiefsohnes zu bringen, um es für rituelle Handlungen zu benutzen. Gompich wurde verhaftet, gestand aber trotz Folter nicht. Schließlich stellte sich heraus, dass der Schuster, der bei Gompich verschuldet war, gelogen hatte. Der Gemeindediener wurde sofort frei gelassen und kehrte in die Judengasse zurück. Wie lange er dort noch lebte, lässt sich nicht mehr feststellen. (Quelle: Homepage des Museums Judengasse, Frankfurt.)

Gumprecht Levi zum Stern war in den Jahren 1515 bis 1533 Rabbiner in Frankfurt. Er und seine Frau Belchen hatten zwei verheiratete Töchter (Hundle und Rifka) und einen Sohn

(Jakob). (Quelle: *Die jüdische Gemeinde in der frühen Neuzeit* von Cilly Kasper Holtkotte, Verlag Walter de Gruyter 2010.) Auch *Johannes Pfefferkorn* (1469 bis 1521) ist eine historisch belegte Person. Der 1505 mit seiner Frau und seinen Kindern zum Christentum konvertierte Jude kam 1509 nach Frankfurt, wo er sogleich beim Rat die Herausgabe aller hebräischen Bücher beantragte. Nachdem Pfefferkorn zunächst über eintausend Bücher in der Judengasse beschlagnahmen konnte, ordnete Kaiser Maximilian jedoch die Rückgabe an.

Die *Frankfurter Judengasse* war über vierhundert Jahre lang der Wohnort der jüdischen Bevölkerung. Sie lag außerhalb der Stadtmauer im Osten der Stadt, war dreihundertdreißig Meter lang, etwa vier Meter breit und verlief in einem leichten Bogen von der heutigen Konstablerwache fast bis zum Mainufer. Ihre drei Tore wurden am Abend sowie an Sonn- und christlichen Feiertagen geschlossen. Um 1520 lebten dort etwa zweihundertfünfzig Menschen auf engstem Raum zusammen. Seit ihrer Einrichtung gab es vom Rat der Stadt Frankfurt immer wieder neue strenge Auflagen, welche die Freiheit der Frankfurter Juden einschränkten.

1454 ermahnte er die Bewohner der Judengasse unter anderem, »nicht so auffällig in den Straßen spazieren zu gehen und an Sonn- und Feiertagen ihre Türen zu schließen«, ab 1683 war ihnen das Ausfahren und Ausreiten nur noch zu geschäftlichen Zwecken gestattet. Ab dieser Zeit muss es den Juden gänzlich verboten gewesen sein, in der Stadt spazieren zu gehen, denn 1764 machten die Bewohner des jüdischen Viertels beim Magistrat eine Eingabe, »spazieren zu dürfen«, worauf das Bauamt antwortete, diese Petition sei »ein neuer Beweis von dem grenzenlosen Hochmut dieses Volkes, das alle Mühe anwendete, um sich bei jeder Gelegenheit den christlichen Einwohnern gleichzusetzen«. (*Die Juden in Deutschland von der Römerzeit bis zur Weimarer Republik* von Nachum T. Gidal, Könemann, Köln 1988.)

Luthers Schrift *Von der Freiheit eines Christenmenschen* veröffentlichte der Reformator im Spätsommer 1520. Wir haben uns die schriftstellerische Freiheit herausgenommen, sie schon im Frühling desselben Jahres erscheinen zu lassen.

Benutzte Literatur

Juden in der christlichen Umwelt während des späten Mittelalters. Herausgegeben von Alfred Haverkamp und Franz-Josef Ziwes. Duncker & Humblot, Berlin 1992 (Zeitschrift für Historische Forschung, Beiheft 13).

Geschichte der Juden Mitteleuropas 1500-1800 von Stefan Litt. Wissenschaftliche Buchgesellschaft, Darmstadt 2009.

Die Geschichte der Judengasse in Frankfurt am Main von Professor Dr. Isidor Kracauer, Verlag von J. Kauffmann, Frankfurt am Main 1906.

Die Frankfurter Judengasse – Jüdisches Leben in der frühen Neuzeit von Fritz Backhaus, Gisela Engel, Robert Liberles und Margarete Schlüter, Societäts-Verlag, Frankfurt 2006.

Die Juden in Deutschland – von der Römerzeit bis zur Weimarer Republik von Nachum T. Gidal, Könemann, Köln 1988.

Die Arznei ist Goldes wert von Britta-Juliane Kruse, Walter de Gruyter, Berlin – New York 1999.

Frauen in der Abendländischen Heilkunde von Professor Dr. med. Walther Schönfeld, Ferdinand Enke Verlag, Stuttgart 1947.

Der Honig und der Stachel von Rabbiner Dr. Walter L. Rothschild, Gütersloher Verlagshaus, Gütersloh 2009.

Städte der Welt von Georg Braun und Franz Hogenberg. Gesamtausgabe der kolorierten Tafeln von 1572 bis 1617. Herausgegeben von Stephan Füssel, Taschen Verlag GmbH, Köln 2011.

Alte medizinische Instrumente von Elisabeth Bennion, Parkland. Deutschsprachige Ausgabe von Ernst Klett, Stuttgart 1980.

Danksagung

Wie immer geht ein herzliches Dankeschön an unsere Verlagsleiterin und Lektorin Eléonore Delair, aber auch an Nicola Bartels, unsere Verlegerin, ohne die dieser Roman nicht das Licht der Buchwelt erblickt hätte.

Unser Dank gilt ebenfalls unserer Agentin Lianne Kolf sowie unserer Agenturlektorin Ingeborg Castell und Angela Troni für das Endlektorat.

Herrn Dr. Ernst Künzl, Autor zahlreicher Publikationen zu den Themen antike Kulturgeschichte, griechische und römische Waffen, Geschichte der antiken Wissenschaften, sowie Germanien, danken wir für seine Information über die Arbeit und das Leben der Ärztinnen im Mittelalter. Allen, die an der Geschichte der Ärztinnen in der Antike interessiert sind, empfehlen wir sein Buch *Medica. Die Ärztin*, erschienen 2013 bei Nünnerich-Asmus.

Ein dickes »Dankeschön« an die Teilnehmerinnen der Schmökerkiste-Leserunden, die sich immer wieder von unseren Geschichten begeistern lassen, und natürlich an unsere Ehepartner Michael und Gislind für ihre Liebe und Unterstützung.